U0113016

天津博物館藏

直報

玖

天津古籍出版社

光緒二十四年五月

直報

本館開設天津紫竹林海大道老菜市氣燈房巷內

光緒二十四年五月初一日　第一千零八十七號
西歷一千八百九十八年六月十九日　禮拜日

部照又到　直隸勸辦湖北賑捐局自光緒二十四年正月至二月底請奬各捐生部照又到請即攜帶實收來局換照可也

上諭恭錄

旨榮祿現署直隸總督所管正白旗漢軍都統着崑岡署理欽此　上諭戶部尚書着徐樹銘暫行署理欽此　上諭崑岡許應騤着教習庶吉士欽此　上諭此次散館之修撰張謇駱成驤編修王龍文喻長霖葉經授職二甲庶吉士蕭榮爵李翘芬趙增琦羅長裿林開謨曹汝麟李翰芬胡矩賢歐家廉張世培陳楷萬本端胡峻沈雲沛惲毓嘉趙鶴齡葉芾棠吳緯炳劉燕翼吳庭芝劉家璪尹慶舉張啓藩金式沙元炳林炳章劉汝驥饒芝祥廖基鈺趙炳麟于疏枚世榮錫嘏俱着授爲編修三甲庶吉士石長信余炳文安秉玠謝遠涵俱着授爲檢討蕭立炎胡思敬葛毓芝陶福履章華周紹昌蕭之葆輿廉成連增張繼良陳恩棨涂福田張鶴齡雷以動李之釗孫同康文琳俱着以部屬用杜作航何華耕潘齡皐何棐健秦錫圭江蘊琛陳翰聲沈同芳林清照齊耀琳錫鐸李干皆聶延祜胡嗣芬林玉銘李景驤陳望林翁成琪俱着以知縣卽用繙譯庶吉士文華貴福俱着授爲編修欽此

中東議會餘談

昨日本前司法大臣淸浦君與我華海關道李觀察諸公興亞之議大旨以强弱在士氣不在兵力譬之持家人心聚則事業興聚家而爲國聚國而爲天下興廢之由一視乎氣之通不通聚不聚苟氣無不通氣無不聚合君與臣民同一氣而共致其力則何事不可以興惟須先開民智定民志智開志定識之眞則爲之力故議興亞必自學校始學校與議院報館勢相通義復相屬皆所以明其義開其智也惟中國鄉校議政之風春秋後久闕其事所謂謀及庶人者直如創舉幾至駭人聽聞非惟中國惟然也雖日本亦有之據淸浦君言日本初立維新諸舉國人亦非盡洽繼乃郎安以初之義未盡明繼乃義盡通曉也云云竊按日本維新之始學校報館議院悉法泰西而議院初設國人意氣已分兩黨一守舊一維新上下議院皆有此習遇事力爭各執一是直至馬關一役守舊黨始氣奪口塞乃知初之各執一是實學有不同智有優絀也抑又聞之英自撫有印度幅員倍於英者幾五十地旣廣人非不衆而議院中獨無位置印人之地非外之也以印人文與理多未明其於利害是非公私間未能立判使妄議之徒亂人意則何益矣故必待其學立智闢乃使入院此近事之可取証者故淸浦君力勸中國多立學堂分爲上中下三等初學自下而中而上使其智漸開漸廣智以公而明力以識而堅於學校立其體於議院達其用於報館妙其權衡以補偏救弊善矣噫中國風氣之難轉也以報紙不便於隸不便於例因而事事不便於利嫉之者衆矣數年前報館之設多在租界館主概係西人畏華官之忌耳廣報館設學城以忤某制軍封閉嗣於中東失和後　上諭命崇實學風氣乃興然京師强學會報爲一時名下某某中外賢吏所開只以某侍御惡其不便指爲趨利揭奏查封幸得某大司空開

張聖聽乃復奉　旨改爲官書局彙報近又有某侍御以報館譏刺時政奏請明降　御旨俾官於報館得有限制之權復爲　皇上所飭懿歟盛哉即不必東使之來我中國已有自新之象東國亦以驟躋於諸大强邦自顧恐非其敵深以英贊德人之商務日新因羨生畏恐非自强不能抗非聯中國以同保亞洲不能自强而清浦君興亞之舉適際其時吾知其必有合也清浦君勉乎哉其速將興亞章程寄來以便我同心一氣斟酌而力行之亦以新我之國因再紀以爲興亞左劵

擇吉履新　○新簡署理戶部尙書徐壽衡總憲定於五月初二日辰刻上任示仰闔署司員筆帖式書皂人等至期一體謁見○又新簡署理步軍統領崇受之大司寇定於五月初四日午刻上任示仰八旗叅領佐領章京五營副叅遊都守千把外委等官至期一體謁見

鼓攻再紀　○某殿撰創辦善舉於中取利經徐蔭軒中堂訪悉擯諸門墻之外疊列前報今聞徐中堂復詳細訪查該殿撰令劉啓賢領銀二十餘萬兩先在京西蘆溝橋開設永利成洋米局頗稱利市又在蘆溝橋賃房數處欲開雜貨各店尙未開市等情種種網利營私情迹昭著中堂復將前門內西城根願學堂義塾所懸殿撰匾額摘去遣人携至府第立即劈碎並另派人四處查訪倘再經査出妄爲肥巳情事定行從嚴指糾以儆官邪云

斬梟示衆　○四月二十六日刑部江蘇司由獄提出斬决盜犯小常黃三沈二等三名綁入囚車派撥營兵押解至宣武門外菜市口地方赴監斬官前點名行刑但聽劊子手高喊好刀即見人頭落地劊子手將首級三顆裝入木籠懸杆示衆聞該犯等因去冬在石駙馬大街迭次搶刦得贓是以問擬斬梟王法森嚴而愍不畏死性使然歟

緝獲拐匪　○四月二十八日南營西珠汛營弁購同眼線在宣武門外南下窪三清觀廟內擒獲拐匪五名解赴四川營西珠汛都戎署內審訊沿途見者無不切齒第不知所拐者何人所犯者何案一經研訊自必正典刑矣俟訪再錄

西醫活人　○前門內刑部街聚寶南烟店門首來一走方醫生右執棕拂左携藥囊以江湖口訣招搖過市觀者蟻聚紛紛購藥儼若山陰道上應接不暇該醫正在高談闊論之際忽然頭昏目眩遽倒於地面如死灰衆皆駭異中有識者曰此乃羊癎瘋也當不藥自愈有晉省人叚某經過熟視之曰此先生與吾同鄉當扶其歸厲正欲行時恰逢張醫路過頓發慈心以西藥治之片時清醒惟手足癱軟難行叚某即代携藥囊扶掖以去噫行醫治人動稱靈丹起死今例臥街心囘生無術豈所謂名醫不自醫歟

水龍得力　○祝融氏之貽害烈矣哉崇文門外東夾道地方四月二十七日夜間更籌三報景福居酒館突然火光燭天燄騰萬丈各處水龍聞警奔救絡繹縱橫而窄巷淺街弗能消納所賴本街之救援者高登瓦面將東西南朔相連之舍四面拆毀以斷囘祿之路俾免殃及是以僅焚去房屋一間詢起火緣由乃因煤油燈筆禍未至延燒隣佑誠屬幸事

无妄之灾　○崇文門內東四牌樓隆福寺廟前原有牌樓一座因年久失修木料糟朽於四月二十八日午前忽然倒塌比時有粥擔在旁貿易致將賣粥並吃粥人一併砸傷身死當經該管地面官廳詳報步軍統領衙門票委東城兵馬司韓鶴汀正指揮帶領吏仵前往相驗因無親屬由該廟喇嘛備棺殮埋噫此二人之死於非命殆所謂禍從天降歟

用作舟楫　○工部主事康有爲刑部主事張元濟奉　旨召見巳見邸鈔茲聞二十八日在　頤和園召對康工部瀝陳時要隨問卽答　聖心甚爲嘉悅有派在總署行走之說張主政所對亦極簡要名論不刊想　聖主求賢濟世不日當被綸音展其抱負也

未免殘忍　○殘割屍骸例干嚴譴況在父子之親何忍出此狠毒也京師德勝門內井兒衚衕地方有蔡某者曾應童子試久而未售且艱於似續屢產屢殤年近不惑尙無子息去春又得一兒試啼聲卽知爲英物珍逾掌珠不料今夏芒種節後又被閻羅王喚去蔡謂此孩屢來鬼混情殊可恨因取廚刀砍破頭面割去手臂兩耳擲以飼狗血肉淋漓令人慘不忍覩噫既欲其生又惡其死下此毒手欲望有子其可得乎

聞所未聞　○婦人生產原係生死關頭因難產而亡者有之從未有死後仍能產生者頃聞四月二十三日前門外琉璃廠小沙土園樂生廣育堂育嬰所內有人送來雙生女孩二口經堂中司事查問來由據云韓姓因妻懷孕於是夜子刻產生一女血暈而亡停屍在床延至次日辰時復又一女落蓐妻亡無乳哺孩是以送入堂中求恤嬰命云云聞者莫不駭異復向送嬰人詰詢再三據云次女實係死屍所生是以訪錄以符新聞體例云

督轅門抄　○四月三十日晚見　候補道張大人翼　晏大人振恪　王大人仁寶　新授甘肅慶陽府楊文鼎　候補州章兆蓉　補大名縣苗玉珂

督批照錄　○江蘇候補道張翼等稟批據稟該道等創設定康公司上自福音堂起下至法租界炮台止東至海河西至海大道此段地址界於法日租界之間擬由該道等仿照英法租界章程設法整理應准照辦所有界內修築馬路疏濬水溝及沿河一帶擇要修築馬頭等事亟應籌集款項次第舉辦以期振興商務候將告示發交津海關道轉給張貼此批

同請　聖安　○署直督協辦大學士榮仲華中堂初一日來津等因均紀前報頃接京電云是日早由京起程准於十二點鐘抵津公館茶座均預備整齊王夔帥於各廟拈香畢即率同城各官赴車站迎迓恭請　聖安

拈香謝雨　○直督王夔帥行香求雨各情形曾紀前報旋於二十六日晚果得雨二寸有餘禾苗均獲沾潤爰諏吉初一日早出府率同司道赴城內關帝廟玉皇閣龍王廟等處拈香虔伸謝悃仰答神庥

示禁登城　○昨城守營徐都府出示略云時屆天氣炎熱靠城居民婦女出入往往有不肖之徒窺看難免不生事端本府除派存城汎及城守弁兵巡査外合行出示如有不法之徒登城不服赶逐扭獲來營懲辦決不姑寬

粮價日昂　○津埠所需各項粮米向由鄰省及外州縣販運而來以資周轉茲聞糧行中人前往各處採買而粮價較本津尤昂因相顧躊躕不敢放手採購津人一聞此信各米糧舖均抬價居奇每日有增無減以致數米爲炊者無不愁鎖雙眉

欺凌孤寡　○西門外常甲開茶舖生意頗佳向用姪乙在舖中照料嗣因不務正業溺於嫖賭被甲逐出詎甲於月初病故乙欺寡婦孤兒欲將茶社霸爲己有因此尋衅爭吵將該舖器俱摔毁殆盡氏情急擬赴縣鳴冤刻經鄰里出爲調處未知能了結否噫欺壓孀孤外人已干例禁況骨肉至親乎若乙者其與禽獸奚別

捐局被毁　○本月初九夜浙江紹興府屬餘姚縣境三山城土藥捐局被莠民聚衆毁去一事昨日紹興采訪友人函告云此局實被莠民縱火焚燒延及店鋪數家三山巡檢署亦經祝融氏收拾其半當肇事時餘姚縣張大令漢章馳往彈壓莠民紛紛擾擾聲稱米價昂貴無以謀生務求出示平減并須撤去土藥捐局以濟時艱大令諭以示減米價事屬可行惟土藥捐係奏奉　諭旨辦理萬難邀免莠民聞言鼓譟大令剴切曉諭置若罔聞且漸漸將大令圍住縣署親兵見勢不佳急擁護大令登舟乃一波未平一波又起溯從前土藥捐未設局時捐款皆由某紳包繳是日莠民以捐局雖毁恐仍由紳出頭舉辦因羣赴紳家擬毁其屋且得紳而甘心焉詎料紳早有所聞宅內外均伏有壯士鄉民一鼓作氣蜂擁入門以爲傾其巢毁其卵直如拉朽摧枯耳不虞伏兵齊起棍棒交加莠民驚駭之餘自相踐踏兼之門徑不熟無路可逃格鬥移時損傷不少其幸未被創者咸抱頭鼠竄事後省垣大憲委前署紹興府傳少卿太守査勘太守奉檄之下立卽束裝東渡隨有員弁若干人勇丁二百名已於十八日行抵蘭亭鑑水間矣

補邦日替　○外國報云補耳加里阿庫款支絀外債甚多匪第難於歸本抑且納利無方至無可如何乃肆其譎詐藉以勒索他邦殊難保其不敗也自外觀之補廷猶如富國蓋近修鐵路三條用欵浩大而猶不足復擬開闢馬頭二座由奧銀行借二十三億以資用度成否尚不可必按巴爾堪半島諸小國皆極拮据若希臘塞維阿亦與補國同惟羅馬阿尼較勝

捕魚立會　○丹國現請德俄英三國會商北海捕魚之事既會日期約俟各國委員到齊再行商定

日國稅務　○日國稅甚重而官俸又甚薄然各項經費尙屬不敷不獨海軍一項已也今年春夏之交上議院議加稅下議院議減俸旗鼓相當相持兩月日皇乃節省宮內費三百萬元以調劑之其議始息竊維俸太薄則弊必滋稅太重則民愈苦上之人祇知爲上計下之人祇知爲下計此兩失之者

日國銀行　○日本銀行頗多而貲本在百萬元上者共八所民間貿易錢洋外益以鈔幣有由國家製造者有由銀行製造者

路透電音　○德國各報紛然公論德廷現欲或在斐利濱羣島之中獲一口岸云○有一美國游擊將軍曾於三希埃格海口測視一周並報稱日國全軍艦隊咸泊於此云○水師提督三柏森電稱現查得美兵屍身悉被屠戮頗形蠻野云

光緒二十四年四月二十九日京報全錄

宮門抄○四月二十九日理藩院　鑾儀衛　光祿寺　正藍旗值日　翰林院引　見七十八名　崇禮謝署步軍統領　恩　大額駙續假五日　順天府奏京師得雨四寸有餘　內閣奏派考試漢軍中書　派出懷塔布清銳　又奏派彈壓副都統　派出鈕楞額

召見軍機　崇禮　胡燏棻　閱卷大臣　派出崑中堂許應騤徐郙裕德廖壽恒唐景崇闊普通武楊頤鳳鳴梁仲衡壽耆準良

○○奴才恩澤薩保跪　奏爲休致大員傷病舉發在籍身故恭摺具陳仰祈　聖鑒事竊據齊齊哈爾署廂黃旗協領事務常興呈據二品廕生承壽禀稱伊父原任都京正藍旗蒙古副都統托倫佈前於光緒十七年因傷疾交作懇請開缺奏　上諭托倫佈奏假滿病仍未痊懇請開缺一摺正藍旗蒙古副都統托倫佈着准其開缺調理該副都統在乾清門侍衛御前侍衛當差多年曾經出師打仗殺賊立功加恩着賞食全俸以示體恤欽此欽遵之下力疾回旗數年於茲醫藥罔效日甚一日於本年三月二十一日傷劇病篤垂危之際喚子承壽及姪承志至臥榻前泣囑曰身受　皇上高厚鴻慈涓埃未報滿冀沉疴稍愈再効犬馬之勞不期病勢日加朝難保夕捫心內疚辜負良多承壽承志務當切記斯言時以報効　朝廷爲念繼承先志各等語言訖嗚咽伏枕望　闕叩首自是喘微氣竭至是日未時身故等情禀經該旗呈報前來奴才等伏查傷故休致副都統托倫佈履歷內開自道光咸豐年間出征以奉挑三音哈哈內侍　闕廷遂奉派跟隨親王僧格林沁轉戰直隸山東河南安徽江浙等省渥蒙拔擢歷任副都統護軍統領前鋒統領幫辦伊犁行營事件科布多參贊大臣察哈爾都統頭品頂戴　紫禁城騎馬綳僧額巴圖魯勇號　殊恩曠典無已有加其勞績軍功自早在　聖明洞鑒奴才等向雖未與共事特以時艱日迫素悉該副都統久歷行陣每相造訪講求兵事其忠勇之抱憂忿之懷輒激發於言論間未嘗以衰老謝世現因傷劇身故伊子廕生承壽尙未及歲零丁孤苦僅賴伊姪披甲承志經理喪事奴才等目覩情形殊堪憫惻合無仰懇　天恩俯念該故員因傷病捐軀應如何　優予恩䘏之處出自　聖慈除將該故副都統戰功履歷造册咨部備核外所有休致大員在籍傷故各緣由理合恭摺具陳伏乞　皇上聖鑒訓示謹　奏奉　硃批另有旨欽此

○○四川學政臣吳慶坻跪　奏爲恭報歲試成都府及附考各屬情形仰祈　聖鑒事竊臣於上年十一月二十八日曾將到任日期恭報在案本年正月二十二日始扃門考試成都府並八旗駐防兼照章調取松潘理懋功三廳資綿茂三直隸州文武生童於三月二十五日一律藏事省棚考試人數最多易滋弊竇經歷任學政臣嚴飭稍知歛跡臣於開考之前嚴切曉示札飭各學教官慎選廩保嚴禁濫保空名諸弊並手書簡要規約苦口諄誡生童正場日臣竟日在堂親督監場教官認眞稽察場規尙爲整肅間獲鎗替立時訊究發交提調從嚴懲辦提覆面試格外從嚴使作僞者無可遁飾各屬文風純疵不一臣於經古一場分門命題策以時務兼及天算格致諸學頗有通曉事理貫通中西者武生武童向多桀驁不馴易於滋事嚴飭該教習廩生等加意約束尙屬安靜每發落日輒飭諸生以讀書立品勿干預詞訟擇其淹通經史者獎勵而優異之並勉以留心經世之學以冀造成有用之才武生則飭以安分守法無蹈非僻蓋文武殊途而期其成材則一惟有勉竭心力懲勸兼施庶幾仰副　朝廷作養人才之至意所有微臣歲試成都府並附考各屬情形理合恭摺具陳伏乞　皇上聖鑒謹　奏奉　硃批知道了欽此

○○頭品頂戴山西巡撫臣胡聘之跪　奏爲京控交審案件循例繕單奏　聞仰祈　聖鑒事竊查前准部咨京控交審案件無論奏咨每年將已未結數目分兩次開單具奏並摘錄案由註明交審月日及未能審結緣由聲明咨部等因歷經遵辦在案茲查自光緒二十三年七月起至十一月底止及二十四年正月內新收京控三起先後飭發太原府審辦或人證未齊或現經提訊尚未審結據按察使會同布政使詳請具　奏前來臣覆核無異除分咨查照外理合開繕清單恭摺具陳伏乞　皇上聖鑒謹　奏奉　硃批刑部知道單併發欽此

○○恩澤等片　再上年二月間鎮邊軍馬步隊統領札克丹布保全等以江省被災甚重糧價倍昂稟請先期撥給款項備買軍食等因當由庫儲齊字營扣存夫價項下籌墊中左右三路步隊營各六千兩籌墊馬隊六起銀九千兩分春夏秋三季由該營支薪餉內陸續扣還隨時奏明辦理在案查此項籌墊款業經分季扣回如數歸還原款除咨戶部查照外謹附片陳明伏乞　聖鑒謹　奏奉　硃批戶部知道欽此

○○奴才祥麟奴才依崇阿跪　奏爲查明前保武職各員並無冒濫籲懇　天恩仍照前擬給奬以示鼓勵恭摺覆　奏仰祈　聖鑒事竊奴才等前准兵部咨開內閣抄出察哈爾都統祥麟等奏前因軍台各站遞送伊犁公文摺報兩年以來並無貽誤可否即由奴才等擇其各台尤爲出力各保數員以示鼓勵等因具奏奉　硃批准其酌保數員毋許冒濫欽此奴才等遵將軍台四段所屬四十四台各項人員逐細詳察一再删減僅就尤爲出力勞績卓著者每段擇保數員暨兩處管站部員筆帖式承辦軍台印房事務人員分繕清單恭呈　御覽等因光緒二十四年二月二十八日奉　硃批該部議奏單併發欽此欽遵到部除文職暨蒙古請奬各員應由吏部理藩院辦理外查會奏章程內開嗣後凡奏准酌保數員之案文武各計至多均不過十員等語此次察哈爾都統祥麟奏保遞送伊犁公文摺報軍台各站出力所保武職各員已逾十員之數核與定章不符應請將單開武職各員全案駁回由該都統查明核覆删減至多不得過十員之數俟奏請到部再行核辦等因光緒二十四年閏三月初六日具奏奉　旨依議欽此等因咨行前來查奴才等所屬阿勒泰軍台計四段統共四十四台前摺曾已聲明各台擇其尤爲出力者各保數員奏奉　諭旨後遵即開單將軍台四段所屬四十四台各項人員逐細詳察一再删減僅將尤爲出力勞績卓著者共保三十一員合計按四十四台每台尚不及一員委係核減至再並無冒濫除文職暨蒙古請奬各員現准吏部咨取履歷理藩院議准加級外惟有仍懇　天恩俯准將前保武職各員照擬給奬以示鼓勵之處出自　逾格鴻慈所有查明前保武職各員並無冒濫仍請擬奬緣由理合恭摺覆奏伏乞　皇上聖鑒　勅部核覆施行謹奏奉　硃批兵部議奏欽此

○○頭品頂戴兩江總督臣劉坤一跪　奏爲揀員借補陸路參將員缺恭摺仰祈　聖鑒事竊江西甯都營參將桂林因病告退照例勒令休致遺缺係陸路部推之缺接准部咨准其扣留外補應用儘先人員行令迅即揀選合例人員請補等因伏查是缺參將駐紮甯都州城汎地遼闊兵民强悍巡防彈壓最關緊要非精明幹練之員不足以資表率茲於兩江儘先各員內逐加遴選查有無論推題缺出兩江儘先補用副將胡煦年五十三歲安徽當塗縣人由武童隨剿出師疊著勞績薦保以遊擊留於兩江儘先補用嗣於分援浙江安徽福建三省迭克湖州長興廣德等府州城出力案內奏以參將仍留兩江無論推題缺出儘先補用同治七年七月由營請咨到標候補復於續行查明剿平西捻水陸各軍出力經前直隸督臣李鴻章保奏同治九年四月初二日奉　上諭胡煦著免補參將以副將仍歸原標無論推題出缺儘先補用欽此各在案該員年力强健營務愼勤以之借補是缺參將洵堪勝任核與借補限制亦屬相符合無懇　天恩俯准以無論推補缺出兩江儘先補用副將胡煦借補江西甯都營參將員缺實於營伍地方均有裨益如蒙　俞允俟部覆至日即行給咨送部引　見以符定制除將該員履歷咨送部科查核外謹會同江西巡撫兼提督銜臣德壽恭摺具　奏伏乞　皇上聖鑒　訓示遵行新章書明該員並無參革朦保情弊合併聲明謹　奏奉　硃批兵部議奏欽此

出售隋美人志原石久佚精拓僅存今付石印并附張叔未題詠每分一圓先行集股印成後預期布告憑此票取件未入股者倍收價値此帖五月間就出先取爲快餘票無多又到新出濟公傳 全續彭公案 三次重印快覽百種

天津北門內各報總處紫氣堂仝啓

啓者昨接上海孫仲英善長來電旋又接到顧緝庭葉澄衷嚴筱舫楊子萱施子英各觀察來電據云江蘇徐海兩屬水災綦重飢民數十萬顚沛流離死亡枕籍災區十餘縣待賑孔急需欵甚鉅官欵恐未能徧及素仰貴社諸大善長久辦義賑飢溺猶已敬求代呼將伯源源接濟功德無量當滙賑欵卽滙上海陳家木橋電報總局內籌賑公所收解可也云云伏思同居覆載異姓不啻天親縱隔形骸民物莫非胞與頓遭洪水哀此災荒盡是蒼生何分畛域況救人性命卽積我 陰功雖此日拯茲黎庶散盡赤仄青蚨卜他年報在子孫同來玉堂金馬敝社欵無備濟自知獨力難成術欲廣仁惟冀衆擎易舉叩乞 顯官鉅紳仁人君子共憫奇災同施仁術 原擬活人無算雖千金之助不爲多但能濟世有功卽百錢之施不爲少盡心籌畫量力輸將 敝社不禁爲億萬災黎泥首叩禱也如蒙 慨助卽交天津溜米廠濟生社帳房代收並開付收條以昭徵信

濟生社籌賑同人謹啓

新開元隆號綢緞洋貨莊

自去歲四月初旬開張以來蒙 各主顧垂盼雲集馳名日盛 本號特由蘇杭等處加意揀選名機新鮮貨色零整銀價俱照大市行市公平發售以昭久遠此白 寄賣龍井雨前素茶福建皮絲水烟各種眞料大小皮箱 開設天津府北門外估衣街中路北門面便是

元茂機器磚瓦公司

本公司仿照西法燒作磚瓦專屬創舉曾經通稟在案該貨堅固異常價値從減並各樣印花磚瓦俱全 賜顧者請至海大道新興南里內本公司面議可也謹啓

魁隆號綢緞洋貨莊

本號自置顧繡綢緞洋貨等物整零均按銀莊格外公道皆比大市價廉發售 寄賣各種眞料大小皮箱漢口水烟袋各種眼鏡龍井雨前紅茶梗 寓天津北門外估衣街五彩號衚衕口坐北向南 士商賜顧者請認本號招牌特此謹啓

告白

啓者刻下磁州煤礦已將吸水機器安置停妥各窰宿水俱已抽乾所出之煤與唐山五槽相等局內章程按照商辦極爲謹密將來利益已有成效但資本愈厚獲利愈多爲此布告津都中各處紳商有欲入股得利者其股票寄存源豐潤票號請向面塡可也

磁州礦務局謹啓

告白

出售本津新輯類類報三日一次全年百次論年四元先交九扣收價洋三元六角論月無折扣用粉連石印按綷濟六科分明別類五月初一日出報閱者先定爲快

天津北門內各報總處梁子亨啓

零剪

品名	價
高鴉青	一千三百五
正號元青貢緞每尺	一千四百文
中號	一千一百文
副號	八百八十文
眞杭青金銀庫緞每尺	二千二百文
眞裕順會皮絲烟每包	一千一百文
南京鹹鴨每支 大	一千八百文
小	一千二百文

寄售

品名（每斤）	價
龍井	一吊七百文
雨前	一吊一百文
珠蘭	一吊四百文
雀舌	九百六十文
蜂翅	一吊二百文
紅袍	六百四十文
小種	一吊一百文

本號自製元綫京緞躉售零剪杭紡衣線寧燕金腿南貨精貨一應俱全近因錢市漲落不同因分別減價抑因無恥之徒假冒南味字號者甚多雖云謀利誠恐亂眞欲辦蓮猶用煩楮墨

天津宮北大獅子胡同公益仁記南號謹白

三井洋行分莊

告白

啓者日本商始創貿易爲業數拾年以來今分莊開設北門外鍋店街沈家衚衕口對過專選精工料實東洋棉紗各等時式大小疋棉布粗洋布斜紋洋標等格外公道價亦從廉凡仕商賜顧者請至分莊面議可也特此佈聞

三井本莊主人啓

告白

新出石印濟公傳此書出在南宋高宗皇帝出一位高僧濟公奉佛敕旨降世人間儆愚勸善忠孝節義與前辭善題濟公不同本房不惜多金邀請名公細加批註由濟公降生共二百四十回趙家樓馬家湖前後接連又全續彭公案經史子集石印鉛板家藏板局板均照申價發售寄售毛賈夥巷瑞芝閣

天津貢字山房謹啓

告白

啓者本局光緒二十三年第十四屆總結帳目現經彙算清楚業經登報邀請股友公同核閱除將帳畧刊印屆期分佈外兹照定章於五月朔在天津上海香港三處派分本屆股利仍按上屆章程老股派利一分二釐新股派利一分到期卽祈帶息摺赴臨領取諸君携摺核發特此佈達以便開平礦務總局啓

告白

頭彩第七千四百七十七號
二彩第二萬零七百五十號
三彩第一萬零三百零四號

諸君三次所買官商快覽如有得頭二三彩及上下附彩者請卽携原書來領當卽照發彩洋也

絳雪齋啓

音槐居士行楷潤格

堂幅：丈四　四元；八　三元；六　二元；五尺　一元半；四　一元；三　八角

紈摺扇　三角

坤杭扇　一元

條屏：五　三元；四尺　二元；三　一元半

楹帖：六　一元半；五尺　一元；三　八角

先惠潤資件交文美齋南紙局
行楷同潤泥金不加請
各報分處梁子亭兩處

戊戌夏定

本號專作英法大菜各色精細點心各樣洋酒洋貨等物一應俱全並售

上　紅茶　每斤津錢八百

上　一千

又批發茂生公司鐵六百

烟零整發售價値格外海紙

瀆原箱計一百盒計價洋一公

百四十四元每盒價五百

支洋一元五角凡仕商

賜顧請卽駕臨是荷主人謹白

悅來洋貨店

開設天津法國租界紅樓後自運各國玩物金邊三連磨花描銀玻璃磚鏡子五彩大小碗蓋杯盤料器奇形異樣香水壺荷包靴拔洋景磯子手套戒指表鍊花針扣子叫鐘洋火盒玳瑁梳篦金銀首飾鼻烟壺各樣五色料金珠畫圖等物格外價廉消售發客

減價

今有友人自辦陝西老土每兩津錢四百八十文新到梁州土每兩津錢五百四十文如蒙賜顧者請到東門內聚隆成寄售

告白

皖江方友莊司馬喬廣津門紫竹林義和生西棧精于岐黃儕輩頗受𠈁友莊本世家子不欲以醫鳴僕等以爲沽以上良醫甚盼姑懸壺以救眼前人亦仁者之造福也特𥙷之以告采薪者〇謹代訂車費兩竿門診一竿

王蓮生馬少雲
洪月坡胡丹甫仝啓

告白

啓者本行搖彩頭彩大座鐘置價銀一千兩每張售洋三元至今尚存數十張未售諸公速來購票本行擇定五月初八日早八點鐘至十二點鐘開彩過午不候先到者抓號挨號抓彩請諸公駕臨本行勿悞臨時不到本行主人代抓各憑天命也詳細數目前報登過此次不及備載現移紫竹林南郵政局隔壁大樓便是有喊洋行謹啓

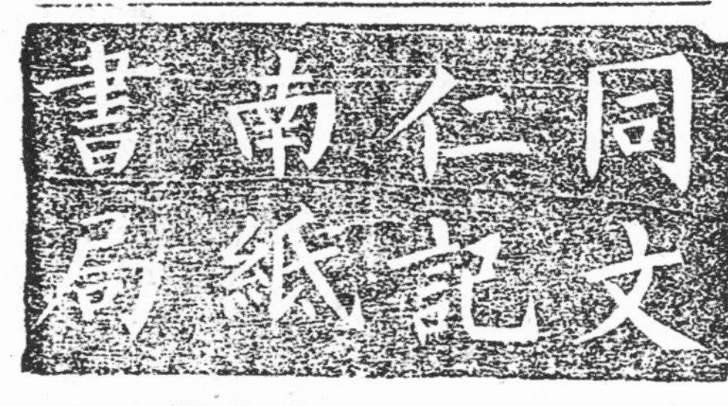

本局自印耕香館畫牘每部價洋二元專辦各種石印書籍精選加高南紙頂細雅扇格外價廉廣天津東門外磯子衚衕本局啓

本局謹啓

美孚老牌煤油

啓者美國三達煤油公司之德富士老牌煤油天下馳名萬商稱美薹其質潔色清亮白如銀且絕無烟氣能耐久燃比之生薹等油晶光百倍而儉用價廉此為德富士老牌之佳處誠屬無雙妙品也士商賜顧請到天津美孚洋行採辦或向就近殷實行店購買庶不致悞

DEVOE'S
PAT'D JUNE 22.63.
BRILLIANT
OIL
IMPROVED
PAT'D JUNE 28.64.
PATENT CAN
美孚行

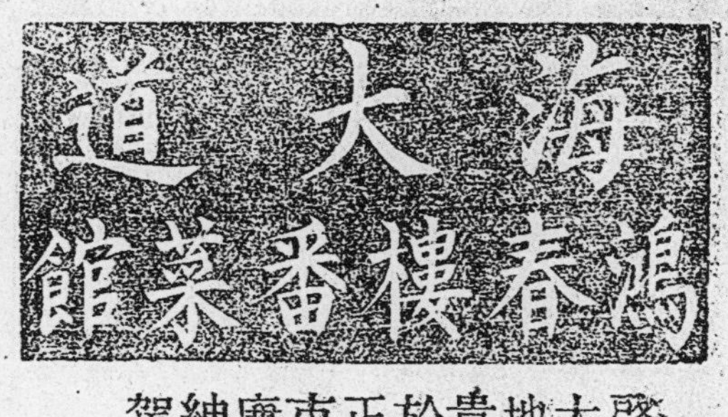

啓者本店三層大樓工程告竣地勢寬闊以備貴官紳請讌擇於去臘遷移新正月初二日開市各樣俱全價廉物美凡仕紳賜顧者請駕臨是幸

主人謹白

五月初三日輪船出口　禮拜二
永清　輪船往牛庄　招商局

五月初五日出口輪船　禮拜四
新裕　輪船往上海　招商局

五月初一日銀洋行情
天津通行九七六錢
銀盤二千四百二十七　洋一千七百四十文
紫竹林通行九六錢
銀盤二千四百六十文　洋一千七百六十五
洋錢行市七錢二分

擇於閏三月十一日開張

新開 敦慶隆綢緞洋貨莊

本號開設天津北門外估衣街西口路南第五家專辦上等綢緞顧繡以及各樣花素洋布各碼線批合線俱按銀莊零整批發格外克己士商賜顧者請認明本號招牌庶不致誤

本號特白

朱鈍翁先生脉理奥深醫學穩慎吾浙同鄉每抱沉疴咸賴拯濟計游津十年先今屢治疑難危症俱喜著手回春久寓彌勒菴內

開設紫竹林法國租界北

天福茶園

新到京都

崇慶名班

特請京都上洋姑蘇山陝等處

各色文武　頭等名角

五月初二日早十二點鐘開演

小連仲　長祿　東發亮　巴拉紅　福玉　十二紅　王全立　小福奎　張長奎　雙處　蘇廷奎　王雲　賽喜壽　賽狸風　小旋寶　趙三恒　崇斌雪

精忠保國　盜菁　臨童山　天水關　黃金臺　新安驛　衆武行黃河陣

晚七點鐘開演

蓋天雷　邊義臣　小三寶　蒲州翠　十八紅　王喜雲　常雅秋　于報　十一紅　賽狸貓　小龍奎　楊四立　李吉瑞　一陣風　趙斌恒　老八　衆武行

全家福　殺廟　七星廟　鐵蓮花　雙　泗洲城

開設天津紫竹林海大道旁

福仙茶園

啓者本園於前月初四日止戲清理賬目今將戲園及園內桌椅磁壺磁碗新製彩切零星等件合盤出兌如有願兌者及詳細章程請至本園面議可也特此佈告

福仙茶園謹啓

創包機器

敬啓者近來西法之妙莫過機器靈巧至各行應用非得其人難盡其妙每值傷損修理必悞時日今有甯子卿專於經理機器茲擬創辦包定各項機器以及向有機器常年煤料工力價值格外公道如貴行欲商者請到福仙茶園面議可也特白

直報

本館開設天津紫竹林海大道老菜市氣燈房巷內

光緒二十四年五月初二日 第一千零八十八號
西歷一千八百九十八年六月二十日 禮拜一

直隸勸辦湖北賑捐局自光緒二十四年正月至二月底請獎各捐生部照又到請卽攜帶實收來局換照可也

上諭恭錄

上諭前因京師雨澤稀少朕兩次親詣　大高殿拈香並派貝勒載濂等分詣　時應宮等處拈香虔申祈禱雖經得有雨澤仍未十分霑足現在節近夏至農田待澤尤殷彌深寅盼五月初二日朕仍親詣　大高殿拈香　時應宮着仍派貝勒載濂　昭顯廟着仍派貝勒載潤　宣仁廟着仍派貝子溥倫　凝和廟着仍派輔國公載瀾同於是日分詣拈香欽此　硃筆丁立瀛補授順天府府丞欽此

因報紀糧價日昂事推論之

天災流行何國蔑有堯九年水湯七年旱聖人蒿目憂之如此其汲汲者誠以食爲民所天一日不再食則飢再日不一食則病數日不得食則必死民生所繫卽國計所關也自來變亂之興半由凶年饑歲百姓迫於飢寒懦弱者離散而已死亡而已若桀驁之徒則不然小則爲攘竊大則肆刦掠甚或互相煽誘嘯聚山林中以致釀成大禍糜亂而不可收拾近數年偏災屢告幾於無歲無之若直隸若山西若四川江蘇等地方水與旱交乘民多菜色骨肉不相保餓殍望於途所幸賢有司軫念民艱據情入告請內帑賑濟之不足則勸捐紳富或告糴於鄰封圖維補救保全民命卽以安靜地方否則窮極思亂在所不免耳據採訪函稱津門本通商口岸業農者少所需各色米糧皆由鄰省暨外州縣販運而來藉資接濟近因各處價皆貴運載來津本無多利益加以脚力與課稅所費不貲故米商等均觀望不敢放手而本地各鋪戶一聞此信遂囤積居奇糧價有增無減致數米爲炊者無不雙眉愁鎖云云此昨日報也載筆之餘不禁爲民憂更爲世慮畿南一帶被水患者有年矣間有收穫之區不足供一方食用雜糧則仰給於關東白米則藉資於南省去歲奉省歉收海糧迄未見入口而江浙等處亦然屢聞禁米出洋之信其爲短少可知矣現在米色高者每斤津錢一百文亦不下八九十文殷實家尚不至十分爲難而傭工食力之徒一日兩餐恐未易果腹也本埠雖稱繁富究竟貧者居多統計城廂內外何止十萬戶外鄉流寓與無賴匪徒十八九平時屢滋事端倘再煽惑飢民隱患何堪設想孔子云君子固窮小人窮斯濫矣孟子亦云若民則無恒產因無恒心苟無恒心放辟邪侈無不爲已此不可不慮者也頃閱新聞報載浙江紹興府因米價翔貴小民所入無幾不能謀生計遷怒於米鋪羣起而與之爲難當被搗毀者十二家刻米業中儲積已空概皆閉門停市府憲熊太守立將社倉官米平糶奈爲數無多未便售罄復與紳商會議在善舉項下籌款向湖墅通濟米棧購糧一萬石陸續運紹按八折平糶以惠窮黎又申報載甯屬米貴如珠貧民難謀一飽有司復欲徵藥料稅以致大爲譁譟此外若江南之江甯府屬米貴異常江浦縣尤甚城內各鋪存米無多約僅足支三五日民心甚屬惶懼蘇垣亦因米少民食維艱奎中丞與聶方伯熟商籌銀數萬兩委員赴江西等處購買諸如此類幾於指不勝屈嗚呼自海疆多故

以來度支告匱抽厘金加土稅息借商欵輾轉搜括財力已覺難支近復加以年凶穀貴十室九空其不至激而生變者幾何哉先年雖有伏莽未靖時虞乘間竊發若砍刀與哥老與三合等會匪到處勾結以期易於舉事而終未能互相響應者詢因閭閻家給人足安居樂業誰肯起而爲非者倘或甑生塵灶無烟老幼仰屋日不聊生之際則事未可知矣爲亂死不爲亂亦死等死也與其坐以待斃徒轉溝壑何如竄身匪盜中連合相擄掠猶得苟延殘喘於旦夕勢之所必至也直隸惟南數府風俗强悍往往不時騷動順天天津等處近京畿首沾王化素稱文敎之邦如南省聚衆抗官各情事自古無聞然地方官父母斯民乃如秦人視越人之肥瘠忽不加喜戚於心亦非計之得者現在米糧既稱來源不旺價值日增關心民瘼者所當爲未雨之綢繆或示定米價不准奸商任意抬高或籌欵項向豐稔處購買舉辦平糶免致患生不測非徒窮民之幸實地方之福也不禁企予望之

曉示拔貢　○禮部爲曉諭事查定例各省拔貢由學政給單赴部選拔次年五月內投文驗到六月初旬奏請　朝考直省併作一場在貢院扃試等因歷次遵行在案今戊戌科各直省選拔生於本年六月初旬奏請　朝考爲此出示曉諭各直省選拔生務於五月內投文驗到毋得自悞特示

輪流演槓　○恭忠親王薨逝於五月十七日發引已列前報茲聞燈市口永利槓房自五月初二日爲始每日辰刻督飭槓夫一百六十名由恭邸肩抬杠架走銀錠橋黃城根興化寺街護國寺西四牌樓馬市橋一帶輪流換班演杠以備是日行走平穩

月無法紀　○順天府大興縣皂役白某平日仗勢欺人人多畏之如虎與族弟白隆福有嫌隙因串同夥友張某將隆福誘至縣署私收班管凌虐百端旋被謝邑尊查知即將白某詳解順天府嚴行究詰按律審辦詎白某未正刑誅在押身死其子白殿魁悲忿交加復糾同禮賢鎮里長史琛等數十人赴隆福麥地內吶喊威嚇不令工作且任意蹂躪以洩私忿而報父仇現經順天府簽派快班捕役飛赴禮賢鎮嚴緝兇拏解京按律從重究辦以爲目無法紀者戒

一槍命中　○京師前門外東磚兒衚衕有黃四者游手好閒不務正業於四月二十九日早晨在五聖菴後身忽與一不識姓名人相遇一言不發即被拔出六響洋鎗迎面轟擊黃應聲而倒彈子穿入腹內該處地面頗僻靜故無追捕者迨營坊官人聞知赶即馳至兇首業已無踪急報知其親屬抬回醫治無如傷勢甚重恐非藥石所能奏效經坊署派仵作書差前往驗視傷痕錄取供招據黃四云與兇手並不謀面不知有何讐恨下此毒手其爲讐家主使耶抑錯誤耶

賭棍行兇　○京師前門內西交民巷估衣衕有駱四者專設賭局爲生四月二十九日有回民雲某赴該賭局以銀一錠爲孤注轉瞬輸去復以衣物質錢數千詎甫入場又經敗北不由忿火中燒肆行辱罵駱等始則敬以老拳繼而亂棍交下乃雲自幼精通少林家法頗能耐得敲打駱覩此情形以爲來我太歲頭上動土不容再有生理隨用利刃將雲砍傷數處血流如注雲因寡不敵衆傷勢甚重旋即昏倒不省人事經該管地面官廳將駱四等拏獲詳解步軍統領衙門按律懲辦至雲某有無性命之憂俟訪明再錄

禽鬨獸鬥　○京師前門外王廣福斜街一帶妓館林立近日屢有匪棍聚集多人强索錢文稍有不遂即聚衆尋釁或搶奪妓女或毆傷龜鴇種種惡習不可枚舉雖經當道出示嚴拏無如言者諄諄聽者藐藐昨聞有甲乙二人以獵豔探香自鳴得意一夕至柳守衛某妓寮中多方纏擾七十鳥暗遣侍者白某出爲勸慰二人置若罔聞並勾串多人將白某打傷門窗戶壁亦被摔碰後經和事老從中調停其事始寢次日有李某者與白某素無嫌隙父子三人各持木棍赴該妓寮門首尋白某拚命白亦喝令魚兵蝦將將李頭顱打傷血流如注該處地面捕役聞知恐釀巨禍一併捉將官裏去惟餘黨皆逃未識能逍遙法外否

語頗不經　○近來在禮盛行其例以工夫年限分等次首曰當家次曰陪座不知始於何代創自何人不獨男子樂爲即婦人刻下亦有隨喜者前門外廚子營古佛菴前居住吳媪年逾五旬素戒烟酒在禮多年今於四月二十八夜間夢見已故一婦生前與吳同道特來延請往冥間陪坐於黎明告人曰吾今歸位矣衆人半信半疑之際不料果於午刻無疾而終按此語頗不經亦付諸不論不

議可也

督轅門抄 ○五月初一日見 正任臬台袁大人 運司方大人 關道李大人 道台任大人 山海關道明大人 通永道沈大人 天津府潘大人 分府潘清泰 本縣呂增祥 候補通判徐慶銓 候補縣丞張壽齡 候補府經歷譚 振 候補州同黃祖戴 天津鎮羅大人 保定中協侯士翰 大沽協韓照琦 中營韓廷貴○初二日見王制台 提督聶軍門 通永道沈大人 候補道承大人 張大人鼎祐 譚大人 吳大人懋鼎 張大人振棨 蒯大人 張大人翊宸 李大人肇文 鄭大人業斆 湯大人 佘大人 朱大人臻祺 孫大人鍾祥 晏大人 汪大人 柯大人 那大人三 那大人晉 王大人仁寶 繆大人 洪大人 梁大人誠 吳大人廷斌 李大人竟成 竇大人 張大人蓮芬 周大人 韓大人 趙大人 傅大人 王大人修植 嚴大人復 朱大人福春 袁大人 孫大人寶琦 蔭大人 張大人翼 李大人樹棠 程大人建勳 徐大人潤 甘肅慶陽府楊文鼎 四川重慶鎮呂大人本元 樂字營梅大人東益 水師營鄭大人國俊 護衛營何大人永盛 親兵副營王大人兆瑞 護衛翼長董大人全勝 城守營徐大人傳藻 直字營史大人濟源 城守左營金 右營宋春華 河營劉培堂 大沽前右營李忠純 大沽中右營谷潤田 大沽後右營張祥瑞 大沽前左營李錫瑞 大沽後左營龔金鰲

已接三篆 ○榮中堂於初一日十二點鐘抵津卽乘輿赴督轅拜謁是日申刻卽在海防公所接署直督北洋鹽政三篆擺設香案望闕叩首謝 恩禮畢通城司道文武各持手版稟賀

藩憲牌示 ○昨由省來信藩憲牌示調署延慶州知州商作霖期滿遺缺以准補斯缺呂懋光飭赴新任

軍節北上 ○頃據官場傳說前福州將軍調任四川總督裕壽帥於上月馳赴新任計程當已抵鄂二十八日忽有電 旨速令來京之信至所爲何事俟訪再佈

日使南旋 ○連日記議興亞會各節日大臣本擬在津少留卽赴烟台自烟再赴牛莊游歷由朝鮮旋國玆探得日本前司法大臣清浦君前內務次官男爵松平君暨協興會主筆田山子漁君已於昨早十一點餘鐘乘火車赴唐沽登輪南發

既富方穀 ○學校爲救時急務振興學校之舉自都城奉 旨以京師大學堂爲各行省之倡尤應首先舉辦着軍機大臣總理各國事務王大臣會同妥議等因已見邸抄將見四方風動踵而起者自不勝枚舉惟瘠區恐無力速成耳津邑青鎭富甲一郡聞河南保甲衆耆有創設義學之舉業蒙邑尊批准矣

多匪成擒 ○河東老爺廟混混昨夜被該處保甲並東混高弁不知何故抓得二十餘名內有三人被抓時自投於河至今不知生死俟訪再錄

狎而玩之 ○每逢端午節龍舟會中人卽聚會舉行於舟之龍尾上作緣童狎皃諸劇好之者樂此不疲滅頂濡首無慮也昨初一日龍舟行至關上羣戲正酣而舟小人多轉側間舟底朝天翻上趕緊撈救查點人數或謂尚短二名或謂一名不短其說不一想戲散後歸家定知確信

年青智短 ○河北金家窰海潮寺內刷紙作坊爲異鄉人所開其學徒穆某年十八歲因作掌歸家諸事托穆辦理刻以端陽節近欠外賬目討者甚急更兼作內失去銀約二塊恐作掌回來無顏可對遂於昨夜吞洋烟尋死雖經灌救不能復生當經該地保稟請相驗邑尊因接差忙迫改於次日相驗云

黑旗鬧餉 ○西字報云接得廣州來電畧謂前月十八日午後劉淵亭鎭軍所部勇丁卽俗指爲黑旗兵者大爲鼓譟緣去冬膠州事起督憲譚制軍檄令鎭軍赴廣西遍邊與安南交界處募勇五千名帶至穗垣防守地方官供給糗糧只敷二千人之口食以致各勇難謀一飽祗得籲求鎭軍轉乞制軍設法補給迨制軍因病乞假後本月十七日撫藩二憲互相商議欲將口糧裁減各勇遂紛紛

滋鬧洶湧異常雖鎮軍素號嚴明至此亦無從撫輯省城外所有錢米諸鋪次第被刼一空弃聲言地方官倘不籌辦米石接濟無怪我等稱戈犯上似此紛紜擾攘恐與哥老會三合會諸匪聯合地方必致未易敉平也

潮民叛亂　○昨日香港來電云廣東潮州府屬忽有亂民謀叛府尊及夫人均被戕衙署付之一炬省垣各大憲一聞警報即調勇丁一千馳往勦撫

印民復亂　○印度之彼得羅尼與布拏墟相近地方復大亂由疫症盛行公家查疫不善所致有一回婦患疫委員不善考驗致該婦大受夷傷於是回民起而爲亂云　譯四月巴黎辯論報

麥價陡漲　○俄國阿弟薩地方來信云近因美日交戰該處麥價陡漲各處碓坊售賣殆盡該處海口猶有輪船多艘等待運麥出口查現年該處天氣和暖雨水調勻麥苗甚茂收成頗豐小民方以爲麥富落價詎他國搆兵將麥盡運出口以致麥價頓昂小民殊失望也　譯日本郵報

路透電音　○美國上議院業將聯合檀香山羣島之策議准當其辯論之際於時斐利賓羣島古巴及波投來口等處收入版圖一事衆口一辭無不欣然樂從亟欲立此奇勳也○遠征小呂宋第二軍隊已離三藩謝司戈城且將由火奴魯魯派兵船護之前往○美議員已收有三十五隻運船於禮拜二日駛離潭擺一事議准且允以兵艦十三艘護送第欲開往何處尚未宣示也○法國首相米蘭君因事辭職已奉僉允聞李博德君當繼掌國鈞云

光緒二十四年四月三十日京報全錄

宮門抄○四月三十日吏部　翰林院　廂藍旗值日　兵部引　見四十六名　廂黃滿八名　正黃蒙二名　正白蒙二名　廂紅滿九名　崑中堂等各謝授署缺　恩　署直隸總督榮中堂請　訓　與伯錫侯各續假十日　良培續假五日　長順奏請開缺倉塲奏漕船五日回空　召見軍機　榮中堂

○○奴才覺羅崇歡志銳跪　奏爲司員自戕查明並無別故恭摺仰祈　聖鑒事竊查道光二十八年欽奉　上諭嗣後文職自知縣以上如有自盡之案該督撫專摺奏聞以昭愼重等因欽此通行在案茲查烏里雅蘇台承辦戶部掌印主事職銜瑞良於二十三年藉差送部帶領引　見十二月十九日回城銷差因病未能接辦部事正月間該員精神一切照常忽於二月初十日自服洋烟一次經人查覺灌救得蘇曾責成同住之筆帖式嵩桂營兵高喜加意守延至二月三十日夜間該員聲明去別人家閒坐直至三更尚未回寓嵩桂等當卽找尋無踪回明兵部派人四下尋找天明三月初一日早間始經尋見該員在城西角樓自戕殞命遺有清單佈屬家事井井有條並有命該如此死而無怨字樣當卽派令兵部司員帶領仵作勘驗委係自戕所有綏遠城駐防並同居之嵩桂高喜均已出具並無別故切結查該員瑞良平日辦事勤愼管理戶部官事亦毫無糾纏不淸遽爾自戕實百思不得其致死之由遠在寒邊死於非命情形殊堪憫惻除將其身後料理淸楚靈柩派人送回所遺各缺另行揀補及咨移京旗綏遠城將軍查照外理合繕摺具陳伏乞皇上聖鑒再蒙古叅贊大臣親王那木濟勒端多布因病請假現已回牧未經列銜合併聲明謹　奏奉　硃批知道了欽此

○○頭品頂戴陝甘總督臣陶模跪　奏爲揀員請補知縣員缺以裨地方恭摺仰祈　聖鑒事竊據甘肅藩臬兩司會詳稱正寗縣知縣董繼序病故業經扣留截缺自應照例按班請補查例載知縣病故休三項缺出准其照缺題補各項候補並進士卽用人員分班相間輪補各本班到班時應先用本班先一人與題補升調所遺內照缺題補本班大挑舉人等語甘肅病故休知縣缺出前此請以雷正鳴調遷之先係以候補知縣李瑞徵准補伏羌縣知縣今正寗縣一缺輪該卽用相間到班應先用卽用先之員查有新海防儘先卽用知縣張心鏡年四十二歲江蘇靑浦縣人由進士卽用知縣簽掣甘肅光緒十九年四月到省因繳照逾限降三級調用送部引　見奉旨仍發原省以原官補用應得降三級調用處分俟補官日卽爲降三級留任欽此二十一年二月回甘繳照旋遵新海防例報捐本

班儘先即用奏文以二十一年六月十八日作爲新班到省日期歷署高台臯蘭等縣均無貽誤該司等查該員張心鏡淸愼持躬勤求民隱以之請補正甯縣知縣堪以勝任與例亦符會詳請　奏前來臣查該員張心鏡年壯才明宅心正大歷署各缺諸臻妥協合無仰懇天恩准以該員張心鏡補授正寧縣知縣實於地方有裨如蒙　俞允該員以知縣請補知縣銜缺相當毋庸送部引　見再該員各署任並無參罰案件伏乞
皇上聖鑒訓示謹　奏奉　硃批吏部議奏欽此

○○奴才覺羅崇歡志銳跪　奏爲司員因病開缺循例揀員充補以資辦公恭摺仰祈　聖鑒事竊據理藩院帮辦章京主事職銜普祥呈請近來身軀多病不服水土即應呈請開缺俾資回旗調理並請咨引　見查該員既無經手事件病勢亦屬實情自應照准給咨惟所遺之缺關繫四監並中俄交涉甚爲緊要年來辦事乏人經奴才等屢次奏明早在　聖明洞鑒之中勢須爲缺擇人以明白詳愼之員酌量調補無事循資升授始能措置裕如查有現任戶部帮辦章京主事職銜遇缺即補防禦後以佐領遇缺即補先換頂戴額爾德蒙額淸蒙熟習明白謹愼堪以調補理藩院帮辦章京一缺俟七年報滿就武回城保案仍如其舊所遺戶部帮辦章京一缺查有現任內閣額外　帖式五品頂戴補用驍騎校瑞秀老成練達辦事精晰堪以擬補俟七年報滿就武回城後循例以防禦遇缺即補所遺額外筆帖式一缺查有五品頂戴補用驍騎校候補　帖式薩克什納人極謹愼辦事樸實堪以擬補俟五年報滿就武回城後循例以防禦遇缺即補如蒙　俞允一俟遇有差便行給該員赴部帶領引　見所遺候補筆帖式一缺除照章揀員咨補外所循例揀補司員各缺以資辦公緣由理合恭摺具陳伏乞　皇上聖鑒　再蒙古參贊大臣親王那木濟勒端多布因病請假現已回牧未經列銜合併陳明謹　奏奉　硃批著照所請該衙門知道欽此

○○奴才祥麟奴才依崇阿跪　奏爲牧羣值年委署主事資深筆帖式年滿循案分別保　奏恭摺仰祈　聖鑒事竊奴才衙門所屬牛羊羣向由內務府奏派委署主事一員筆貼式一員在口值年辦理牧務五年期滿保送該衙門帶領引　見照例委署主事留京以主事升用筆貼式即升授署主事該員等如果當差倍加勤奮每屆年滿由奴才等奏請獎叙在案茲查護軍參領銜委署主事雙惠由筆貼式於光緒十六年二月二十一日前於光緒十九年正月奏請主事宜保因病出缺所遺委署主事一缺照案該員試署經內務府於是年三月初八日具　奏奉　旨依議欽此於光緒二十一年閏五月初一日筆貼式任內五年期滿任都統奴才惪銘出具考語咨送內務府帶領引　見奉　旨張家口牛羊羣委署主事着雙惠補授欽此旋即來口於今已逾三年統計任差將巳八載在口殊屬資深溯查該員由筆帖式到口之日時値前委署主事文鑑因案革職該羣蒙古訟風未息又兼欵項支絀措置殊難該員尙能潔巳從公牧務悉臻妥善至內務府調取牛羊承應　內廷要差以及各項差使亦均敬謹預備迄今毫無貽誤洵屬謹愼從公明白安詳前於筆帖式五年期滿未曾保奏查六品銜筆帖式繼昆於光緒十九年四月二十六日到口該員自到口以來襄辦一切牧務亦均奮勉毫無貽誤洵屬當差奮勉講求牧務於本年四月二十六日計巳五年期滿該員等在口當差勤苦援照五年差滿成案可否仰懇　天恩量加鼓勵護軍參領銜値年委署主事雙惠謹擬併案核獎請俟差滿留京後免補主事在任以員外郎歸升班儘先前即行升用六品銜値年筆帖式繼昆擬請　賞加副護軍參領銜俟遇委署主事缺出照例升授以昭激勸出自　鴻慈逾格如蒙　俞允該二員果能始終奮勉俟委署主事年滿一併咨送內務府帶領引　見所有直年委署主事資深　帖式年滿循案分別保獎各緣由是否有當謹繕摺具　奏再査値年委署主事雙惠此次仰邀獎叙核與筆帖式前次期滿併案保獎再屆年滿應即無庸另行獎叙合併陳明伏乞
皇上聖鑒　訓示遵行謹　奏奉　硃批該衙門知道欽此

○○胡聘之片　再三品銜現署冀甯道在任候補道太原府知府孫紀雲廉謹老成賢聲素著前曾兩權雁平道篆此次復經臣委署冀甯道篆務均能整躬率屬措置裕如堪膺監司之任擬懇　天恩開去該員太原府缺以道員仍留晉省照例補用如蒙俞允所遺太原府知府係省會首府要缺例應請　旨合併陳明謹附片具　奏伏乞　聖鑒　訓示謹　奏奉　硃批孫紀雲著准其開缺欽此

出售本津新輯類報三日一次全年百次論年四元先交九扣收價洋三元六角論月無折扣用粉連石印按經濟六科分門別類五月初一日出報閱者先定爲快 天津北門內各報總處梁子亭啓

啓者昨接上海孫仲英善長來電旋又接到顧緝庭葉澄衷嚴筱舫楊子萱施子英各觀察來電據云江蘇徐海兩屬水災綦重飢民數十萬顛沛流離死亡枕籍災區十餘縣待賑孔急需款甚鉅官款恐未能徧及素仰貴社諸大善長久辦義賑飢溺猶已敬求代呼將伯源源接濟功德無量蒙滙賑款即滙上海陳家木橋電報總局內籌賑公所收解可也云云伏思同居覆載異姓不啻天親縱隔形骸民物莫非胞與頓遭洪水哀此災荒盡是蒼生何分畛域況救人性命即積我 陰功雖此日拯茲黎庶散盡赤仄青蚨卜他年報在子孫同來玉堂金馬敝社款撫備濟自知獨力難成術欲廣仁惟冀衆擎易舉叩乞 顯官鉅紳仁人君子共憫奇災同施仁術 原擬活人無算雖千金之助不爲多但能濟世有功即百錢之施不爲少盡心籌畫量力輸將 敝社不禁爲億萬災黎泥首叩禱也如蒙 慨助即交天津溜米廠濟生社帳房代收並開付收條以昭徵信

濟生社籌賑同人謹啓

新開 元隆號綢緞洋貨莊

自去歲四月初旬開張以來蒙 各主顧垂盼雲集馳名日盛本號特由蘇杭等處加意揀選名機新鮮貨色零整銀價俱照大莊行市公平發售以昭久遠此白 寄賣龍井雨前素茶福建皮絲水烟各種真料大小皮箱 開設天津府北門外估衣街中路北門面便是

元茂機器磚瓦公司

本公司仿照西法燒作磚瓦事屬創舉曾經通禀在案該貨堅固異常價値從減並各樣印花磚瓦俱全 賜顧者請至海大道新興南里內本公司面議可也謹啓

魁陞號綢緞洋貨莊

本號自置顧繡綢緞洋貨等物整零均按銀莊格外公道皆比大市價廉發售 寄賣各種眞料大小皮箱漢口水烟袋各種眼鏡龍井雨前紅茶梗 寓天津北門外估衣街五彩號衚衕口坐北向南 士商賜顧者請認本號招牌特此謹啓

拍賣告白

啓者本月初四日卽禮拜三上午十點鐘在紫竹林仁記洋行棧房內樓上拍賣上等外國家俱棹椅床鋪各樣鏡子立櫃數件棹子數件地氈洋燈籐椅等件 如欲買者請早來細看面拍可也

永盛洋行謹啓

告白

逕啓者昨登美日戰圖逢有閱時務日報者附送一紙不取分文不看時務日報者無涉新到山東時報代售舊藏湖陵唐靜岩先生法各種古篆隸書大屏十二幅字字精妙洵有益於初學爰刻成帖以供同好每全幅價銀肆兩另有新出濟公傳係宋朝知覺羅漢降世伏魔度迷全續彭公案除奸行俠保忠良

天津北門內各報總處紫氣堂全啓

天后宮北 義興順綢緞莊

本莊自置顧繡綢緞綾羅紗絹各樣洋貨南貨雅扇桂母頭油香貨歸安貝松泉湖筆一概俱全

頭號杭寧綢 四錢二
頭號摹本緞 三錢八
紅梅茶 每斤 九百六
紅茶 六百四
紅茶梗 二百二
龍井茶 一吊八
金百薇裙布裡每套五兩八
壽綿
哆囉蔴每尺原碼 四分二
各莊夏布一概照行發莊

三井洋行分莊　白告

啓者日本商始創貿易爲業數拾年以來今分莊開設北門外鍋店街洮家衚衕口對過專選精工料實東洋棉紗各等時式大小疋棉布粗洋布斜紋洋標等格外公道價亦從廉凡仕商賜顧者請至分莊面議可也特此佈聞

三井本莊主人啓

白告

新出石印濟公傳此書出在南宋高宗皇帝出一位高僧濟公奉佛敕旨降世人間做懸勸善忠孝節義與前醉菩題濟公不同本房不惜多金邀請名公細加批註由濟公降生共二百四十回趙家樓馬家湖前後接連又全續彰公案經史子集石印鉛板家藏板局板均照申價發售寄售毛賈影巷瑞芝閣

天津袁字山房謹啓

白告

啓者本局光緒二十三年第十四屆總結帳目現經彙算清楚業經登報邀請股友公同核閱除將帳畧刊印屆期分佈外茲照定章於五月朔在天津上海香港三處派分本屆股利仍按上屆章程老股派利一分二釐新股派利一分到期即祈有股諸君携帶息摺枉臨領取以便憑摺核發特此佈達

開平礦務總局啓

白告

頭彩第七千四百七十七號
二彩第二萬零七百五十號
三彩第一萬零三百零四號

諸君三次所買官商快覽如有得頭二三彩及上下附彩者請即携原書來領當即照發彩洋也

絳雪齋啓

紫竹林第一樓番菜館

本號專作英法大菜各色精細點心各樣洋酒洋貨等物一應俱全並售

上　八百
上　紅茶每斤津錢一千
　　六百

又批發茂生公司鐵海紙烟零整發售價値格外公道原箱計一百盒價洋一百四十四元每盒計五百支洋一元五角凡仕商賜顧請卽駕臨是荷

主人謹白

白告

皖江方友莊司馬喬寓津門紫竹林義和生西棧精于岐黃儕輩頗受名友莊本世家子不欲以醫鳴僕等以爲沽上良醫甚夥姑懸壺以救眼前人亦仁者之造福也特揚之以告采薪者

○議代訂車費兩竿門診一竿

王蓮生　馬少雲　洪月坡　胡丹甫　仝啓

白告

啓者本行搖彩頭彩大座鐘置價銀一千兩每張售洋三元至今尚存數十張未售諸公速來購票本行擇定五月初八日早八點鐘至十二點鐘開彩過午不候先到者抓號挨號抓彩請諸公駕臨敝行勿悞臨時不到本行主人代抓各憑天命也詳細數目前報登過此次不及備載現移紫竹林南郵政局隔壁大樓便是

有畹洋行謹啓

悅來洋貨店

開設天津法國租界紅樓後自運各國玩物金邊三連磨花描銀玻璃磚鏡子五彩大小碗盞杯盤料器奇形異樣香水壺荷包靴拔洋景襪子手套叫鐘錬表花針扣子戒指洋火盒玳瑁梳篦金銀首飾鼻烟壺各樣五色料金珠書圖等物格外價廉消售發客

音槐居士行楷潤格

堂幅　丈四四元　八尺三元　六尺二元　五尺一元半　四尺一元　三尺八角

條屏　五尺三元　四尺二元　三尺一元半

楹帖　六尺一元半　五尺一元　三尺八角

紈摺扇三角
杭
坤扇一元

行楷同潤泥金不加請先惠潤資件交文美齋南紙局各報分處梁子亨兩處

戊戌夏定

減價

今有友人自辦陝西老土每兩津錢四百八十文新到梁州土每兩津錢五百四十文如蒙賜顧者請到東門內聚隆成寄售

本局自印耕香館畫膾每部價洋二元專辦各種石印書籍精選加高南紙頂細雅扇格外價廉寓天津東門外襪子衚衕本局啓

本局謹啓

美孚老牌煤油

啓者美國三達煤油公司之德富士老牌煤油天下馳名萬商稱美蓋其質潔色清亮白如銀且絕無烟氣能耐久燃比之生荳等油晶光百倍而儉用價廉此為德富士老牌之佳處誠屬無雙妙品也士商賜顧請到天津美孚洋行採辦或向就近殷實行店購買庶不致悞

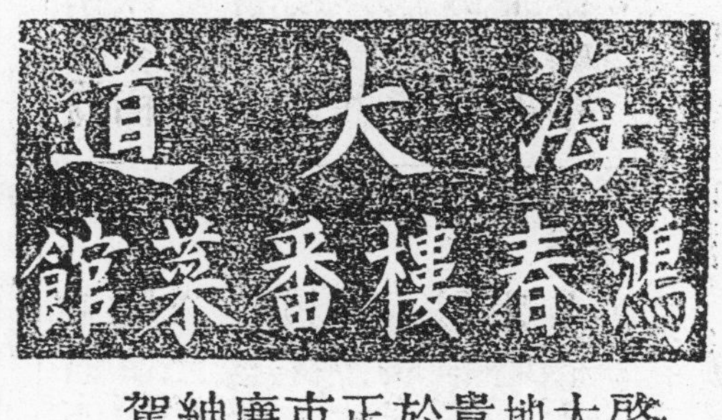

開設紫竹林法國租界北

天福茶園

京都新到

崇慶名班

特請京都上洋姑蘇山陝等處

各色文武 頭等名角

五月初三日早

忌辰

晚七點鐘開演

全姜張趙萬十楊于一王常雙白趙蘇李楊
小長鑲一福占陳喜雅文斌廷吉四
班五奎四桂紅寶奎風雲秋處奎恒奎瑞立

萬壽堂 鎖五龍 慶頂珠 雙搖會 戰蒲關 衆武行 招賢鎮

開設天津紫竹林海大道旁

福仙茶園

啓者本園於前月初四日止戲清理賬目今將戲園及園內桌椅磁壺磁碗新製彩切零星等件合盤出兌如有願兌者及詳細章程請至本園面議可也特此佈告

福仙茶園謹啓

創包機器

敬啓者近來西法之妙莫過機器靈巧至各行應用非得其人難盡其妙每值傷損修理必悞時日今有甯子卿專於經理機器茲擬創辦包定各項機器以及向有機器常年煤料工力價值格外公道如貴行欲商者請到福仙茶園面議可也特白

海大道 鴻春樓番菜館

啓者本店三層大樓工程告竣地勢寬闊以備貴官紳請讌擇於去臘遷移新正月初二日開市各樣俱全價廉物美凡仕紳賜顧者請即駕臨是幸

主人謹白

五月初三日輪船出口 禮拜二
永清 輪船往牛庄 招商局
五月初五日出口輪船 禮拜四
新裕 輪船往上海 招商局

五月初二日銀洋行情
天津通行九七六錢
銀盤二千四百二十七 洋一千七百四十文
紫竹林通行九六錢
銀盤二千四百六十文 洋一千七百六十五
洋錢行市七錢二分

新開 敦慶隆綢緞洋貨莊

擇於閏三月十一日開張

本號開設天津北門外估衣街西口路南第五家專辦上等綢緞顧繡以及各樣花素洋布各碼線批合線俱按銀莊零整批發格外克已士商賜顧者請認明本號招牌庶不致誤 本號特白

朱鈍翁先生脉理奧深醫學穩慎吾浙同鄉每抱沉疴咸賴拯濟計游津十年先今屢治疑難危症俱喜著手回春久寓彌勒菴內

直報

本館開設天津紫竹林海大道老栞市氣燈房巷內

光緒二十四年五月初三日 第一千零八十九號
西歷一千八百九十八年六月廿一日 禮拜二

上諭恭錄

上諭依克唐阿等奏馬賊焚刦集鎮並燬衙署請將疎防各官分別懲處一摺本年四月間有馬賊二百餘人竄入朝陽鎮沿途燒搶該總管等既未能先事預防又未能探明賊目立時搜捕實屬畏葸無能咎無可諉海龍城總管依桑阿着革職留營効力以觀後效左翼長候補協領璽格着即行革職海城縣知縣署海龍廳通判楊澍着交部議處仍着依克唐阿等嚴飭派出各營隊實力搜拿將此股賊匪悉數撲滅毋任蔓延爲患餘着照所議辦理該部知道欽此　上諭徐郙着管理國子監事務欽此　上諭孫家鼐着充會典館正總裁許應騤着充會典館副總裁欽此　上諭徐會澧着充國史館副總裁欽此　軍機大臣面奉　諭旨芬車現丁母憂左翼前鋒統領仍着載卓署理鑾儀使仍着奕功署理鑲黃旗滿洲副都統仍着官祥署理欽此

書蔡觀察二姬殉夫事

易文言曰坤至柔而動也剛至靜而德方體柔用剛夫人而知之至謂體剛用柔則鮮或躂焉抑知物惟其靜也斯能動亦惟其方也斯能剛立體剛方剛之至方之至斯可以靜可以柔能靜能柔斯剛不愎方不迂蓋其剛能以柔發故其方皆以圓行此坤元之所以爲至而深有合於臣道妻道以永正以大終歟夫女辭家以適人猶臣出身以事主臣矢不貳女矢無佗終身大義苟能是是亦足矣臣有大小言不貳則大小無分妻有嫡庶言無他則嫡庶奚別至昔人云雖忠不烈視死如歸意謂必死則烈見始忠見未免於激世之恣情一往者或據此例以矢不回動輒輕生竟與匹婦溝瀆同一致過矣過在能剛不能柔實過在剛有未至耳果至之則隨遇而安相時而動剛也而柔出之柔也而剛出之亦顧其所遭何如則可已竊嘗持此以相古今天下求之鈞衡中難其人何況百爾求諸副笄間不概見何況雛姬然而理賦於天氣鍾於性得天獨厚其性斯殊品可超牝牡驪黃分可畧夫尊卑貴賤也昨報紀二星並烈一則有足尙矣觀察蔡君諱濬源字鑒泉順天文安人世居東淀之勝芳清流一曲瀠洄環抱望氣者謂此爲仁里氣得中和宜多善士出其間里中街巷通以橋或板或石活中孔便航船覓生活聚而享水利者數萬戶巨室之族四楊薛與邢外蔡居其一觀察富而仁鄉里稱長者初爲部郎時曾治鄉之中亭河捐貲出力鄉人至今道之嗣援例以道員分發山左加二品銜引　見後太夫人謂觀察無昆仲宜廣似續遂命隨侍之王氏二婢爲副室兩婢溫淑勤愼無疾言無遽色遇事有守能斷識大義太夫人器之閫第無間言時年才十五歲耳觀察聽鼓濟南公暇喜臨池或撫廣平墨跡以自適二姬侍之儼似紅袖添香夜讀者觀察每當興酣揮毫落紙一幹一花如鐵石凜凜凌霜雪二姬其熟味此趣歟何其節概與同也觀察患疫以四月十二日卒二姬哀毀猶以爲人情之常及絕粒數日衆始憂力勸之二姬同聲曰

長次二公子久成立行將蜚皇騰達高堂仰事不乏人三公子雖未成立彼生母自能撫育惟大人地下寂寞莫侍巾櫛此則我兩人責無旁貸者且我輩小婢子身受重恩靑年無主與其以未亡殘喘遺大人永世牽懷何如畢未了前因令大人九京含笑我兩志決矣雖有說法生公非頑石可使點頭也衆知其心不可轉延至二十一日夜同時氣絕年皆十八歲噫異矣二姬姓同行同其卒時之年月日時同縱其生有不同而同室同穴其與觀察生前早結同心歟其觀察素日刑于之化有以漸摩使然歟叔季人情澆薄臣子奸惡不徒在於橫暴貪汚實莫甚于依違兩可仇亦君也盜亦君也惟其不能剛以柔是以不能柔而剛勢遂流於汚暴不能之死而不二其品格視二姬之無他也遠矣故樂書之爲妻道勸卽爲臣道戒

經之營之　○日前因　皇太后　皇上本年在南苑閱視秋操所有團河等處工程亟爲修理現經　欽派承修大臣立山公委派南苑郎中常恩　承慧　祥泰　書正　主事世琛於四月二十八日午刻赴戶部領出銀二十萬兩專司其事於五月十二日開工興修云

考取中書　○欽命閱卷大臣禮部尚書懷理藩院左侍郎清爲曉諭事照得此次考試漢軍中書取中名次開列於後　計開

第一名劉學洙正黃旗漢軍文衡佐領下人翰林院筆帖式　第二名繼源正黃旗漢軍福煊佐領下人吏部候補筆帖式　第三名存榮廂黃旗漢軍澧深佐領下人都察院筆帖式　第四名陳廷勳正黃旗漢軍桂斌佐領下人舉人　第五名線文藻廂黃旗漢軍爲文佐領下人翰林院筆帖式

坤維不靜　○自鰲足立極地得養以靜靜其常動其變也五月初一日夜間一點鐘二刻京師西北隅忽然聲從地起若沉雷若朔風隆隆然自北而南維時屋宇遂有傾動之勢人坐榻上者儼如舟居欹斜者再始共驚爲地動云所可異者詰朝詢之隣舍內城與外城則情形各有不同有言動搖頗甚盤盞有聲者有言床榻微覺撼搖者且有毫無知覺者因憶昔人於地震一事每每强作解人謂地之動非地動乃人心之偶動也然歟否歟姑錄之以俟博物之君子

多藏取禍　○崇文門外淸化寺街潘某出外貿易近始滿載而歸意氣軒昂閭里莫不豔羨四月二十八夜間魚更三躍時突有匪黨多人持械入室肆行刦掠潘某自念所積白銀皆從數千里幸苦中得來若被刦去何以爲生由是奮不顧身與盜匪相鬥無如寡不敵衆以致被盜斫傷鮮血淋漓奄奄待斃次晨遣人赴營坊稟報勘驗一面延醫調治蒙官嚴飭捕頭上緊蹤緝贓盜務獲然潘某受傷甚重惟恐有性命之憂耳

其說不一　○日前報登東交民巷建蓋洋樓安設電氣燈前門大街石路傍墁墊石子路開行東洋車等情現經某侍御等聯銜條陳停止惟聞前門大街仍經街道衙門諭定各舖商及各色貿易之人石路兩旁毋得擺攤貿易支搭布帳限五月二十日以前均遷移東西城根及珠市口迤南東西壇根是否仍開行東洋車其說不一俟有續聞再錄

理當有理　○在理者不吸烟不飲酒其師非年高望重不克當也玆聞宣武門外南橫街堂子衚衕高廟在理公所王某年登耄耋溘然長逝五月初一日爲發引之期其門弟子情殷執紼者多至千餘人一律素服招搖過市殯儀之盛可見一斑

督轅門抄　○初二日晚見　前山西河東道奭大人良　保定參將余子才　親兵前營畢大人瀛○初三日見　袁大人世凱　中堂出府送　王制台上京

帥節晉京　○王制軍於初一日申刻業將直督篆務交卸赶卽料理行裝准於初三日早十一點乘火車赴京署督憲榮中堂率同司道赴車站恭送寄請　聖安

兩院題目　○集賢書院初二日輪應天津道憲官課業經考訖謹將題目照錄正場　文題　子曰以不敎民戰是謂棄之　詩題　賦得富國由崇儉得崇字五言八韻　補考　文題　足兵　詩題　賦得秧針得禾字五言八韻又三取書院　生文題　曾

賢育才以彰有德　童題　而天下平　道在邇章　通塲詩題　賦得綠槐高處一蟬吟得高字五言生八韻童六韻

股票銷差　○候補知縣熊大令前曾奉委赴滄州靜海縣靑縣等處辦昭信股票差使已紀報牘茲聞昨日回津趨赴督轅銷差矣

火未成災　○昨午兩點鐘北洋醫院西某姓家因炊爨不戒於火當卽鳴鑼報警各水會齊集灌救扒去草房一間回祿君卽捲旗而去

終難漏網　○某甲者未識姓名口音似武淸人向住河北窪窰某小店小本營生人以鄉愚目之日昨忽有捕役數人乘夜就店內擒之鎖牽以去嗣聞甲係該處慣賊因犯案來津避匿豈知法網難逃乎

私爐復立　○本埠向有私爐鼓鑄經上憲嚴行查拿稍爲斂迹茲聞故智復萌城廂內外所在多有此次所鑄之錢視鵝眼畧大專供各當商使用私錢一吊可售制錢八九百文故私鑄愈多獲利愈厚諒賢有司終當設法整頓之也

慣貼膏藥　○昨晚有府署差役朱三胡三二役向侯家後各娼窰妓館聲稱有某公館走失女僕一名向各院內尋找各使孔方兄相見該差卽退惟歸賈衚衕內田茂勝下處不理此事因與朱三胡三口角次早朱胡二役率領府差數人將田茂勝之下處內娼妓五人抓獲送至縣署官媒處看管有好事者出爲調處向該差關說許錢若干始將娼妓五人釋放潘太守疾惡如仇恐該役所爲未必果眞公事也

湘辦民團　○前山東藩司湯方伯聘珍致仕回湘僑寓省門旋與在籍二三巨紳議辦民團保衛鄉里所擬簡明章程六條極稱妥洽稟由撫憲批准由首府長沙善化兩縣先行倡辦不日卽可舉行茲將所奉憲批照錄如左　前山東布政使司湯紳聘珍稟集公議擬就團練章程由批　來呈並公議團練章程六條均悉查第一條所稱辦法當以淸查匪類操演技藝爲主一切務求簡易不涉鋪張並以洋人傳教通商游歷奉　旨允行務各父誡其子兄誡其弟毋得布散浮言滋生事故貽累地方　第二條稱團練全在得人否則恐滋流弊擬暫先從長善兩縣開辦其他郡縣得一人則舉辦一處不拘以圖省同時舉辦亦不拘圖省必全舉辦　第三條稱省城地方彈壓甚嚴且皆士宦紳商無丁可練自應從鄉間辦理其在鄉市鎭仍歸入團練以資守望　第四條所需經費就地籌畫總須聽其自願毫不抑勒其捐就之錢穀各歸各團應用另擇團內殷實公正紳耆輪年掌管由團正副核定數目開單支取按年按月榜列以供衆覽　第五條練丁並無定數應視團境廣狹籌費多寡爲衡不必期與各團劃一亦不合數團爲一團練丁皆擇自農民不以無業游民充數　第六條團練重在淸查遇外來形跡可疑之人登時驅逐　內各家置小鑼一面遇有搶刼之事則登屋鳴鑼附近各家聞聲往捕兇挐如已經縛執不得任意毆戕立卽解局轉送地方官懲治又於各　設樹藝社其荒山可種植者向山主租佃墾種招無業之人工作嚴申盜竊砍伐之禁各等說均爲保固地方彌患無形起見而所稱辦理全在得人否則恐滋流弊尤爲計慮周密誠能照章切實舉行於地方大有裨益應如議暫先從長善兩縣開辦候卽飭局刊發關防並札飭各府廳州縣查照愼擇明正紳耆各就地方情形妥商辦理發去樹藝告示一千張並卽查照此復淸摺存

日本災荒　○日本山梨縣署距東京三十五日里所屬之南巨摩郡豐岡郡大城組地方有居戶五十九家人丁二百九十餘口亦一小部落也郡人皆以耕種手藝營生本無儲蓄近因米糧異常騰貴度日維艱共往山中尋掘樹根草皮磨粉製食藉以充飢一日有人掘葛藤等根持歸磨製餅餌食之頓覺果腹村人聞之遂相率往掘據云實較別種樹根甘美云見日本報

海軍經費　○英國本年海軍經費自四月一號起至明年三月三十一號止水師提督處預算用欵需二十四兆磅合佛郎六百兆茲首紀海軍大操提督處建議應將海軍人數增至十萬零六千並應首造鐵甲艦三艘帶甲巡艦四艘單桅船四艘連已動工之船艦合計本年英船廠應有鐵甲艦十二艘頭等巡艦十六艘二等巡艦六艘三等巡艦十艘單桅船六艘砲船四艘滅魚雷船四十一

艘按此艦隊中應將君主之游歷船一艘加入該船卽用以代維多 亞殯得亞培坐船者蓋英國君主之游歷船亦歸在戰艦內計算也以上條議係由各部臣開單交付議院中言增造戰艦因並及機匠等停工一層頗爲詳晰蓋因停工故有鐵甲艦八艘及頭等巡艦二等巡艦等皆須遲至六個月後始克興造所有交付本年承辦欵項較初定之欵亦減少一千四百磅云 譯巴黎辯論報

英籌時局 ○太晤士報云自英在吐尼士及馬達加斯加二處地方相讓權利人頗以待英爲不公我英亦惟順受決無拒敵之意我等須記憶昔法人兼併馬達加斯加時曾宣示內外不損英國權利其後法在馬島行事殊大不然可爲前車之鑒今又有人在極東方施用此計書劵租地我等愼勿爲其所悞蓋英在極東商務之利非馬島所可同也 譯四月巴黎辯論報

光緒二十四年五月初一日京報全錄

宮門抄○五月初一日戶部 通政司 詹事府 八旗兩翼值日無引 見 禮王假滿請 安 懷塔布等考試漢軍中書覆 命 廣西總兵李永芳到京請 安 長順謝准其開缺 恩 吏部呈進月官卷 召見軍機 清銳 張蔭桓 李永芳 皇上明日卯初二刻升 中和殿看版卯正二刻至 大高殿拈香畢還宮

○○都察院左都御史臣裕德等跪 奏爲據呈奏 聞請 旨事據湖南主事胡鍾駒等以戶部員外郎王育桐陰謀吞產誣控慈母等詞赴臣衙門呈請代奏並王湯氏邵氏具稟呈控臣等公同查閱據原呈稱巳故宣化鎭總兵王可陞之子王育桐藉父廕官戶部員外郎去年冬月王可陞歿於任所今年三月王育桐自宣化來京以可陞之柩委置城外並不回籍營葬王可陞繼妻湯氏妾邵氏相從三十餘年育桐產後其生母體羸不任鞠育可陞命邵氏撫養至於成立其爲慈母夙所共知育桐恐湯氏邵氏分其貲財力圖擠去並欲加害湯氏與邵氏急無所投暫居會館育桐竟將其衣服箱隻截留誣邵氏與革兵李某通姦挾貲潛逃赴北城坊具控並揑造公呈竊同鄉官銜名以証其事豈獨有玷官常實屬顯干法紀等語兩稟語意畧同臣等詳閱該主事等所呈各節案關倫紀且係職官均經取具同鄉官印結懇請代奏足見是非所在鄉里僉同擬請 旨飭下刑部訊辦以維風教而肅官常謹據實代陳並鈔錄原呈原稟恭呈 御覽伏乞 皇上聖鑒謹 奏奉 旨巳錄

○○具呈戶部主事胡鍾駒趙英謝鼎庸黃珩何慶吾禮部主事吳國鏞康劉 兵部主事曾熙曾紀先曾炳璜刑部主事曹廣楨李希聖歐陽琦許鄧起樞朱光輝刑部郎中李章俊工部主事陳爲祺翰林院編修周克寬鄭沅王龍文內閣中書方榮秉曹廣權國子監助敎劉鉅晏孝儒等爲陰謀吞產誣控慈母呈請代奏請 旨飭部嚴辦以懲兇逆而維倫紀事竊以慈母如母載在禮經喪服有文沿爲定制謹按 大清律子爲慈母服斬衰三年斟酌禮意昭垂憲章豈惟明送死之經亦以敎養生之孝茲有巳故宣化鎭總兵王可陞之子王育同憑藉父廕官戶部員外郎素行不端縉紳不齒去年冬月王可陞歿於任所今年三月王育同自宣化來京竟以可陞之柩委置城外自居華屋朋暱惡少淫賭如故並不回籍營葬該故總兵王可陞有繼妻湯氏又有老妾邵氏相從三十餘年經理家事人無閒言王育桐產後其生母吸食洋藥體氣甚羸不任鞠育可陞命邵氏撫養至於成立其爲慈母同鄉夙所共知王可陞專閫三十年不無藏蓄王育桐恐湯氏邵氏分其資財力圖擠去並欲加害湯氏邵氏日在危慮之中王可陞本籍湖南永順府保靖縣人邵與湯急無所投因暫挈居永光寺中街永靖會館所有行李尙存源順標局乃王育桐竟將其衣服箱隻概行截留胆敢誣邵氏與革兵李某通姦挾貲潛逃赴北城坊具控且揑造公呈竊同鄉京官數人銜名以證其事深駭物聽都下譁然邵氏年巳五十有餘兩鬢皆斑被誣各節不辨自明聞邵氏積有奩資曾以可陞父母遺命捐資助賑奉 旨建坊而王育桐斬衣衰經之中兇逆巳著挾淩弱衰嫠之志爲併吞全產之謀父柩既不送歸慈母居然誣控行同梟獍非止喪心豈獨有玷官常實屬顯干法紀鍾駒等以事重倫常案關風紀必應援情定讞亟宜列罪上 聞爲此仰祈代奏請 旨褫王育桐官飭下刑部究辦以懲兇逆而肅紀綱實爲德便須至呈者 具稟命婦王湯氏年五十五歲湖南永順府保靖縣民籍抱告家人王福爲聽刁逗遛吞噬家財污衊慈母懇正倫紀事竊氏係巳故宣化鎭總兵王可陞

之繼室先有長子桂林次子錫齡桂林早逝遺孫中鎰中銓次子亦有兩孫中錕中慶同治六年復納邵氏曾氏曾氏生子育同因曾多病故夫命邵氏撫養成人曾係生母邵係慈母不意故夫於去歲十一月初四日在任病故遵照平日治命歸保靖籍安葬所有公共家財並金銀衣物等件遺命三房均分另開清單寄源順標局收存本年三月十九日由宣搬柩過京氏屢催起程不知何故典屋逗遛私向標局將公共家財取去而氏及邵氏衣物零件氏往取給據云少爺阻止不准開箱並云須要小心防範等語邵氏同寓連喚育同四次躲避不面查知家人王金龍卽王祥並子婦楊氏之舅宋志衡及育同妻弟楊錫吾刁唆圖謀分肥欲將靈柩搬傍子婦楊氏籍貫湘潭縣安葬並欲將氏與邵氏謀害以遂吞謀之願氏恐有性命之憂迺與邵氏並外孫李少良移寓永靖會館請憑同鄉理講殊同縱詞揑誣邵氏與外孫李少良捲逃等情竊同鄉京堂曾廣漢等八名具控北城坊案下竊李少良係氏親外孫現年二十餘歲邵氏誼係舅婆現年五十二歲名分攸關年齒懸絕氏與邵氏同寓會館何爲逃走衣箱什物現存標局何爲捲逃至曾廣漢等公禀逐一詢問皆云竊名具控卽此一事虛誣足見千言飾說明係刁唆謀吞情形顯然致使死者旅櫬久羈生者骨肉相讐只得遺抱叩乞提訊俾夫櫬得歸故里邵氏得以昭雪家財照股均分存歿均感沾恩上禀　具呈原任宣化鎭總兵王可陞之妾邵氏年五十二歲係湖南永順府保靖縣民籍抱告家人吳開元爲逆子訟母家奴欺主父櫬無歸人倫大變事竊氏不幸遭家不造被逆子育桐揑砌捲逃等情將氏並外孫李少良誣控北城坊在案緣逆子育桐係三妾曾氏所生因曾多病命氏撫養保抱顧復以迄成立並爲娶湘潭楊鎭軍玉書之女爲妻均由氏始終經理備極劬勞曾屬生母氏屬慈母不意家長去歲十一月初四日在任病故素有治命歸保靖籍安葬三月由宣扶柩過都衣箱什物等件各寫各票寄存源順標局氏至局取衣據云少爺阻止不准取給並說飲食小心防範氏同寓喚桐四次均避不面查知家奴王金龍卽王祥並子婦楊氏之舅宋志衡及桐妻弟楊錫吾等刁唆欲行將氏毒斃希圖謀財分肥氏恐有性命之憂只得同繼室湯氏並外孫少良移寓永靖會館憑同鄉公論殊桐忍心害理聽唆揑砌氏與外孫李少良捲逃等情誣控坊官案下果於初十日將良帶押十一日坊差率官媒四名到館帶氏幸同鄉勸免伏思氏果於婦道有虧故家長在日焉能委主家政三十餘年同經氏撫二十餘載何忍恩將仇報詞稱捲逃衣箱現存標局不知所捲何物又稱逃走氏與湯同住會館不知所逃何方良係故家長三胞妹之孫卽同表姪爲之保外委娶婦成家今辭退兵糧厫送舅公櫬歸以報恩德並無不合明係王祥宋志衡等從中刁唆迫氏暮年毫無生路故爾揑詞誣控似此逆子訟母家奴欺主致使旅櫬久懸骨肉相仇只得遺抱泣訴情出無奈爲此事關悖逆重大合行禀乞嚴行訊究分別治罪俾柩得歸故里氏蒙昭雪存歿均感哀哀上禀

○○奴才永德奴才奎成跪　奏爲揀派換防官兵照案押解餉銀由驛前往恭摺具陳仰祈　聖鑒事竊奴才等於光緒二十四年二月間准烏里雅蘇台將軍崇歡科布多叅贊大臣寶昌等咨稱烏里雅蘇台科布多滿營戍守官兵內係三年期滿奏請更換茲屆更換之期烏里雅蘇台應開兵額八名揀派管帶官一員科布多應開兵額五名揀派管帶官一員均經奏准押解餉銀由驛換防各等因前來奴才等遵卽照咨揀派兵十三名並選派騎都尉兼一雲騎尉委佐領雙全恩騎尉委驍騎校吉拉敏二員一俟晋省籌撥該二城本年前半年經費銀兩管解到綏時卽行飭交該官兵等押解由驛前往以符奏案至所派換防官兵仍應分別借支俸銀並給發製裝一往路行鹽菜等項銀兩遵照戶部新章核給暨携帶軍器等項仍照舊章辦理除造具該官兵銜名清册分咨外理合恭摺具陳伏乞
皇上聖鑒謹　奏奉　硃批該部知道欽此

○○太子少保頭品頂戴兩廣總督臣譚鍾麟跪　奏爲彙案請襲世職仰祈　聖鑒事案准兵部咨承襲世職發標人員三月彙奏一次遵辦在案茲光緒二十四年春季分據海陽歸善嘉應各州縣詳送承襲雲騎尉許耀光鍾樹標張朝恩熊澄請襲世職發標前來查定例承襲世職令嫡長子孫承襲如無嫡長子孫許令弟姪承者承襲又承襲雲騎尉年已及歲免其送部令該督撫驗看具題准其就近發標學習支食全俸各等語今請襲雲騎尉許耀光鍾樹標張朝恩熊澄年均及歲請襲發標核與定例相符臣驗明發標學習相應

彙繕清單恭呈 御覽除將各該員親供宗圖履歷册結咨送部科外謹繕摺具陳伏乞 皇上聖鑒 勅部核覆施行謹 奏奉
硃批兵部議奏單併發欽此

啓者昨接上海孫仲英善長來電旋又接到顧緝庭葉澄衷嚴筱舫楊子萱施子英各觀察來電據云江蘇徐海兩屬水災綦重飢民數十萬顛沛流離死亡枕籍災區十餘縣待賑孔急需欵甚鉅官欵恐未能徧及素仰貴社諸大善長久辦義賑飢溺猶已敢求代呼將伯源源接濟功德無量蒙滙賑欵卽滙上海陳家木橋電報總局內籌賑公所收解可也云云伏思同居覆載異姓不啻天親縱隔形骸民物莫非胞與頓遭洪水哀此災荒盡是蒼生何分畛域況救人性命卽積我陰功雖此日拯茲黎庶散盡亦戊青蚨卜他年報在子孫同來玉堂金馬敝社欵無備濟自知獨力難成術欲廣仁惟冀衆擎易舉叩乞 顯宦鉅紳仁人君子共憫奇災同施仁術原擬活人無算雖千金之助不爲多但能濟世有功卽百錢之施不爲少盡心籌畫量力輸將敝社不禁爲億萬災黎泥首叩禱也如蒙 顧助卽交天津溜米廠濟生社帳房代收並開付收條以昭徵信

濟生社籌賑同人謹啓

新開元隆號綢緞洋貨莊

自去歲四月初旬開張以來蒙 各主顧垂盼雲集馳名日盛本號特由蘇杭等處加意揀選名機新鮮貨色零整銀價俱照大莊行市公平發售以昭久遠此白

寄賣龍井雨前素茶福建皮絲水烟各種貨料大小皮箱

開設天津府北門外估衣街中路北門面便是

元茂機器磚瓦公司

本公司仿照西法燒作磚瓦事屬創舉曾經通禀在案該貨堅固異常價値從減並各樣印花磚瓦俱全 賜顧者請至海大道新興南里內本公司面議可也謹啓

魁陞號綢緞洋貨莊

本號自置顧繡綢緞洋貨等物整零均按銀莊格外公道皆比大市價廉發售 寄賣各種貨料大小皮箱漢口水烟袋各種眼鏡龍井雨前紅茶梗 寓天津北門外估衣街五彩號衚衕口坐北向南 士商賜顧者請認本號招牌特此謹啓

拍賣告白

啓者本月初四日卽禮拜三上午十點鐘在紫竹林仁記洋行棧房內樓上拍賣上等外國家俱棹椅床鋪各樣鏡子立櫃數件棹子數件地毡洋燈籐椅等件 如欲買者請早來細看面拍可也

永盛洋行謹啓

告白

逕啓者昨登美日戰圖逢有閱時務日報者附送一紙不取分文不看時務日報者無涉新到山東時報代售舊藏湖陵唐靜岩先生法各種古篆隸書大屛十二幅字字精妙洵有益於初學爰刻成帖以供同好每全幅價銀肆兩另有新出濟公傳係宋朝知覺羅漢降世伏魔度迷全續彭公案除奸行俠保忠良

天津北門內各報總處紫氣堂全啓

夢華館圖章潤格

每字津錢

玉章	四吊
晶章	三吊
磁章	二吊
竹章	一吊
牙章	六吊
石章	三百

天津北門內府署東各報總處紫處堂代收

初二日接班四川新出蜀學報續并叢書報每本共有五十二頁前論時務內載士農工商先定爲快 又到算學報至拾冊農學報至三十三冊類報初一日出初四訂本類者名目繁多不及全錄餘 代售法製青鹽每包八百每盒津錢八十文出售 初二全續彭公案濟公傳物奇價廉天津北門內各報總處紫氣堂啓

告白

新出石印濟公傳此書出在南宋高宗皇帝出一位高僧濟公奉佛敕旨降世人間儆愚勸善忠孝節義與前醉菩題濟公不同本房不惜多金邀請名公細加批註由濟公降生共二百四十回趙家樓馬家湖前後接連又全續彭公案經史子集石印鉛板家藏板局板均照申價發售寄售毛賈夥巷瑞芝閣

天津黄字山房謹啓

告白

啓者本局光緒二十三年第十四屆總結帳目現經彙算清楚業經登報邀請股友公同核閱除將帳畧刊印屆期分佈外茲照定章於五月朔在天津上海香港三處派分本屆股利仍按上屆章程老股派利一分二釐新股派利一分到期即祈有股諸君携帶息摺枉臨領取以便憑摺核發特此佈達

開平礦務總局啓

告白

頭彩第七千四百七十七號

二彩第二萬零七百五十號

三彩第一萬零三百零四號

諸君三次所買官商快覽如有得頭二三彩及上下附彩者請卽攜原書來領當卽照發彩洋也

絳雪齋彩啓

告白

啓者刻下磁州煤礦已將吸水機器安置停妥各窰宿水俱已抽乾所出之煤與唐山五槽相等局內章程按照商辦極爲謹密將來利益已有成效但資本愈厚獲利愈多爲此布告津都申各處紳商有欲入股得利者其股票寄存源豐潤票號請向面塡可也

磁州礦務局謹啓

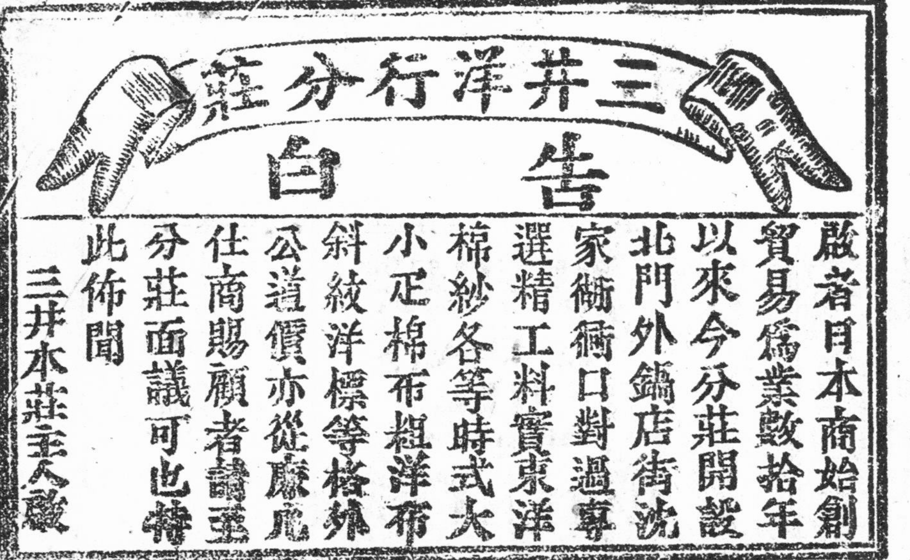

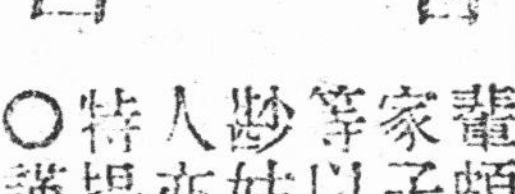

本號專作英法大菜各色精細點心各樣洋酒洋貨等物一應俱全並售

上　　　　　　　八百
紅茶　每斤津錢　一千
上　　　　　　　六百

又批發茂生公司鐵海紙烟零整發售價值格外公道原箱計一百盒價洋一百四十四元每盒計五百支洋一元五角凡仕商賜顧請即駕臨是荷

主人謹白

悅來洋貨店

開設天津法國租界紅樓後自運各國玩物金邊三連磨花描銀玻璃磚鏡子五彩大小碗盞杯盤料器奇形異樣香水壺荷包靴掖洋景礮子手套叫鐘表鍊花針扣子戒指洋火盒玳瑁梳箆金銀首飾鼻烟壺各樣五色料金珠畫圖等物格外價廉消售發客

減價

今有友人自辦陝西老土每兩津錢四百八十文新到梁州土每兩津錢五百四十文如蒙賜顧者請到東門內聚隆成寄售

告白

皖江方友莊司馬喬廣津門紫竹林義和生西僟精于岐黄儕輩頗受嵇友莊本世家子不欲以醫鳴僕等以爲沽上良醫甚尠姑縣壺以救眼前人亦仁者之造福也特揚之以告采薪者○謹代訂車費兩竿門診一竿

王蓮生　馬少雲　洪月坡　胡丹甫　仝啓

告白

啓者本行一搖彩頭彩大座鐘置價銀一千兩每張售洋三元至今尚存數十張未售諸公速來購票本行擇定五月初八日早八點鐘至十二點鐘開彩過午不候先到者抓號挨號抓彩請諸公駕臨行勿悞臨時不到本主人代抓各憑天命也詳細數目前報登過此次不及備載現移紫竹林南郵政局隔壁大樓便是有喊洋行謹啓

本局自印耕香館畫牘每部價洋二元專辦各種石印書籍精選加高南紙項細雅扇格外價廉廣天津東門外襪子衚衕本局啓

本局謹啓

美孚老牌煤油

啓者美國三達煤油公司之德富士老牌煤油天下馳名萬商稱美蓋其質潔色清亮白如銀且絕無烟氣能耐久燃比之生荳等油晶光百倍而儉用價廉此爲德富士老牌之佳處誠屬無雙妙品也士商賜顧請到天津美孚洋行採辦或向就近殷實行店購買庶不致悞

DEVOE'S
PAT'D JUNE 22.63.
BRILLIANT
OIL
IMPROVED
PAT'D JUNE 28.64.
PATENT CAN
美孚行

海大道
鴻春樓番菜館

啓者本店三層大樓工程告竣地勢寬闊以備貴官紳請讌擇於去臘遷移新正月初二日開市各樣俱全價廉物美凡仕紳賜顧者請郎駕臨是幸

主人謹白

五月初五日輪船出口　禮拜四

新裕　輪船往上海　招商局

景星　輪船往上海　怡和行

五月初三日銀洋行情

天津通行九七六錢

銀盤二千四百二十七　洋一千七百四十文

紫竹林通行九六錢

銀盤二千四百六十文　洋一千七百六十五

洋錢行市七錢二分

新開 敦慶隆綢緞洋貨莊

擇於閏三月十一日開張

本號開設天津北門外估衣街西口路南第五家專辦上等綢緞顧繡以及各樣花素洋布各碼線批合線俱按銀莊零整批發格外克已士商賜顧者請認明本號招牌庶不致誤

本號特白

朱鈍翁先生脉理奥深醫學穩慎吾浙同鄉每抱沉疴咸賴拯濟計游津十年先今屢治疑難危症俱喜著手回春久寓彌勒菴內

開設紫竹林法國租界北

天福茶園

京都新到

崇慶名班

特請京都上洋姑蘇山陝等處

各色文武　頭等名角

五月初四日早十二點鐘開演

蒲州翠　長祿　巴拉紅　禿美　十二紅　大貞　白文奎　趙四　小福奎　安桂秋　張長全　羊喜壽　李吉瑞　蘇廷奎　一師鳳　津雅秋　張鳳台

忠孝牌　掃秦　廣太莊　審刺客　打金枝　草橋關　衆武行演火棍打韓昌

晚七點鐘開演

八百紅　崇雅俊　常喜秋　王雲　賽狸綵　雙處　蘇廷奎　于謝報　才寶　十一紅　楊福寶　姜小五　張晏奎　姜小五　張鳳台　李吉瑞　于占■

斬黃袍　賣胭脂　除三害　九更天代滾釘板　衆武行雙包案

開設天津紫竹林海大道旁

福仙茶園

啓者本園於前月初四日止戲清理賬目今將戲園及園內桌椅磁壺磁碗新製彩切零星等件合盤出兌如有願兌者及詳細章程請至本園面議可也特此佈告

福仙茶園謹啓

創包機器

敬啓者近來西法之妙莫過機器靈巧至各行應用非得其人難盡其妙每值傷損修理必悞時日今有甯子卿專於經理機器茲擬創辦包定各項機器以及向有機器常年煤料工力價值格外公道如貴行欲商者請到福仙茶園面議可也特白

直報

本館開設天津紫竹林海大道老菜市氣燈房巷內

光緒二十四年五月初四日　第一千零九十號

西歷一千八百九十八年六月廿二日　禮拜三

部照又到　直隸勸辦湖北賑捐局自光緒二十四年正月至二月底請奬各捐生部照又到請即攜帶實收來局換照可也

上諭恭錄

上諭恭壽奏請飭催藩司迅速赴任等語調任四川布政使王之春着張之洞譚繼洵飭令該藩司即行赴任毋稍延緩欽此　上諭御史曾宗彥奏農工二務亟宜振興一摺另片奏南北洋宜設立礦學學堂等語着總理各國事務衙門一併議奏欽此　上諭張汝梅奏特參玩視盜案致釀人命之知縣請旨革職一摺山東費縣知縣葛鴻恩於民人賀茂占呈報搶案並不上緊緝拏臟賊輒將事主管責致令自戕實屬荒謬糊塗費縣知縣葛鴻恩着即行革職以示懲儆餘着照所議辦理欽此　上諭御史宋伯魯楊深秀奏禮臣守舊迂謬阻撓新政一摺着許應騤按照所參各節明白回奏欽此

讀湯方伯辦團章程書後

古者寓兵於農鄉里也鄉黨也居則望衡對宇耕與鑿出入相守望一旦有變則爲卒兩爲師旅而帥以鄉大夫荷戈執殳驅馳王事無養兵之費而收其功無徵兵之勞而得其用法至良意至美也後世兵制屢更兵自兵民自民民出資以養兵兵出力以衛民有相須而無相害自井田廢古法難行因時制宜不能不與爲變通耳然運糧饋餉國家歲糜千百萬而猝然召募實與烏合無殊勝則趨利爭功鼓譟示勇敢及其敗也如土崩如瓦解紛紛然作鳥獸散不復相救援蓋上與下情未孚彼與此勢未稔豈若鄉里鄉黨中人非親族即故舊死生共而甘苦同者然後知古人立法有深意非後世所可及也雖然遺意猶有存焉者則惟團練是團練辦法各處雖不同大約不出按戶出丁紳耆董率之以時訓練操演或爲農或爲工或爲商賈無事時安其居樂其業絕無曠時廢事之虞而內可靖匪類之勾通外可免盜賊之擄掠計無善於此者且經費無多輕而易舉也購器械而已製旗幟而已夜間支更酌捐燈燭資所需更屬有限鄉有鄉之團鎮有鎮之團邑有邑之團分之則衆小團也合之則一大團也倘猝有大故堅壁清野乘障相拒守賊無所掠將飢而自潰或不時乘間邀擊堵截之且可助軍之勢而爲之援咸豐同治間髮捻交訌天下騷然不靖山東及河南各地方大半結寨築壘畫地以自守其得免於殺戮者鄉團之力居多焉而功之最大最顯者莫如湖南當賊之由粵入湘也原任大學士前兵部侍郎曾文正公方告假家居　皇上稔公知兵多幹畧廷檄命與湘撫駱大中丞商辦團練公知人善任號召三湘諸豪傑創立水師砲船率子弟兵順流東下不啻王濬之樓船下益州也而湖北而安徽而江西以次摧堅壘復名城困賊於金陵僅歷十餘年遂得芟刈各渠魁創平禍亂使天下重覩太平豐功偉烈彪炳宇宙間非皆於鄉團肇其基乎近來時事多艱外逼强鄰海疆無寧宇而腹地各會匪伏莽未靖者砍刀若哥老若三合暗相勾結蔓延幾半寰區設一旦乘間竊發禍患何堪設想前任山東藩司湘江湯方伯聘珍愍然憂之現因致仕寓省垣與

第二頁

在籍二三巨紳倡議興辦民團保衛閭閻具稟撫憲批准由首府長善兩縣先倡慎擇明正紳耆各就地方情形妥商辦理擬定章程六條一皆周詳簡當不鋪張不糜費平易而便於行初不過防盜賊清地面保身家而已但能認眞講求實事求是固民心聯民情集民力以次拓充推廣其裨益正未可量也湘省風俗素稱剛方果敢慷慨尚義氣勤奮耐勞非浮靡柔脆者比得賢紳董倡導之作其忠義奮發之氣將見衆志成城同仇敵愾可以分可以合可以動可以靜居則爲義民保護鄉閭出則爲義兵集成勁旅其分皆父兄子弟至親暱也其人皆農工商賈甚循良也各有身家性命臨敵相應援無譁譟無潰散也近年招練各軍不啻星羅棊布然終不甚得力者類因應募入營半多無業游民或盜賊亡命素不相親附統帶官復不善撫巡故臨敵先走非譁則變豈若鄉團之聯合一氣乎幸而烽烟熄閭閻安堵則已耳設一旦有警義旗所向振臂一呼何異身之使臂臂之使指出死力以殺敵致果文正諸公之偉績無難見於今日也方伯勉乎哉

克紹前烈　○頃聞我　皇上於萬幾之暇留意西國語言文字仰見　聖資天縱器量海涵薄海臣民同深欽服有　內廷値差者傳云唐少司馬景崇曾經奉使各國於泰西之學靡有不知前席陳辭定有嘉謨入告念我朝　聖祖仁皇帝精闡天地之學深通各方之言羣牧來　朝澤貽萬世今我　皇上克紹先烈學富中西康乾之治當尋見於今日草莽之臣無任歡抃

覩光有喜　○翰林院爲曉諭事照得本年戊戌科會試新進士奉　旨五月初十日起至十三日止分作四日帶領引見欽此欽遵爲此出示仰新進士等知悉初十日帶領一甲進士宗室滿洲蒙古漢軍直隸奉天江蘇十一日帶領安徽江西浙江福建十二日帶領山東山西河南陝西甘肅湖北十三日帶領湖南四川廣東廣西雲南貴州新進士等務於各是日五鼓均穿常服備帶元青掛佩帶荷包手巾進內以便排單點名帶領引　見並先期赴本院演禮毋得自悞特示

派官安位　○恭忠親王神牌奉入　饗殿　欽派大臣前往將事迭綴前報茲聞神牌業已製竣舁送　園寢偏殿暫奉派翰林院官一員內閣中書一員於五月初三日吉時敬謹於神牌上恭書清漢文字　欽派濂貝勒錢子密大宗伯朝服向　神牌行一跪三叩禮畢嗣王行禮復奉入饗殿安設龕座太常寺官贊禮讀文嗣王行禮樂止獻徹典禮告成　欽派大臣回京覆　命自本年七月十五日中元節起按節由嗣王行致祭禮以垂永久

發欵修倉　○東便門外大通橋監督倉廒滲漏坍塌卽應修理昨經工部奏請　欽派承修大臣溥善公委派司員督飭祥發天盛天有全盛木廠官商人等擇於五月初三日開工

核對筆跡　○禮部爲示二傳八旗官學候補教習郭鎭彝向霽嵐李毓麟等三員限於初五日午刻親身赴部驗到備帶筆墨當堂塡寫親供核對筆蹟毋得違悞特示

恭頌德政　○京師崇文門外東河沿東城兵馬司嚴少尉以敬愛民如子久著政聲五月初二日經地面各舖戶製造萬民傘二柄德政在民匾額一方雇備儀仗鼓樂由手帕衚衕慶福堂飯莊將匾額抬至東城官署大堂懸掛嚴君謙讓弗遑却之至再始肯拜受於是肆筵設席特請子弟魏耀亭陳子芳等演唱二簧坐腔往賀者絡繹不絕南國甘棠西京膏黍令人有餘思焉

屍變述聞　○屍變之事有謂死期誤觸凶煞者亦有謂猫犬出入靈幃致魂魄受生氣以故蠢然思動者總之事出偶然以不辨辨之可也昨聞阜成門內葡萄園地方陳某有中年子於四月二十九日寅刻奄然物化已經半日適於午後覓友代爲料理身後衣衾之際不知何故其屍忽變兩目直視兩手頻揮兩足且彳亍而行猝莫能禦親友等視之不可禁之不能不得已呆立於旁而覘其異該屍竟自寢所奔至門外距家數武之街頭始一跌而踣旋由陰陽生等協力舁回卽公議不候吉時備棺成殮以防再變當時舉家驟經異狀罔不立時輟泣爭相走避咸無敢以正覷云

綹賊伎倆　○節屆端陽京師各舖店生意頗旺攘往熙來絡繹不絕而綹竊之徒亦卽混雜其間擱五月初一日黃昏時宣武

門內西單牌樓寶英齋糕點鋪購物之人擁擠不開有某少年亦往購買糕點等物旋由搭連內取出錢票數張除由店中作價收訖外尙餘二張放在櫃上等候找回零錢之際忽有人將少年所購之物碰落於地不由少年大怒正欲發話忽有身傍一人向少年笑曰足下勿動怒人多失錯事常有之我代爲檢拾如何言罷俯身一一拾起少年視其檢訖拱手作別憶及錢票似尙未收急回顧早已不翼飛去方悟適纔獻勤者卽係綹賊同黨蓋誘令他顧以便乘間施其伎倆足見若輩設計之巧實令人防不勝防也

險遭壓斃 ○宣武門外棒鎚營居住張姓于四月下澣新建屋宇五楹山壁已砌疊完成擬擇吉上樑以畢工事不虞是日守夜之單某突然被房山覆壓幾至於死幸張聞聲趨視赶緊撥開土木將單救出否則作墻下鬼矣

督轅門抄 ○初四日中堂見 運司方大人 關道李大人 清河道高大人 山海關道明大人 候補府吳積鎏 李蔭梧 江槐序 周政 顧廷枚 楊善慶 陳公恕 白曾烜 張廣生 胡濚 易州宋乃恭 河間同知邵國銓 補廣平同知楊炳華 分司蔡壽臻 候補同知鄭崇新 林聯輝 張錫藩 候補直隸州蔡紹基 候補州陽煥章 章兆蓉 唐貞吉 新樂縣汝作枚 滿城縣郭文藹 補大名縣苗玉珂 補懷來縣吳永 河間縣吳國棟 候補縣陳用壎 周文藻 周炳蔚 汪文綬

督批二則 ○具呈職員馬湘等係滄州人保人王長發批仰布按兩司按照呈情確切查明核議詳奪粘單抄存○具呈氏人張夢梅係藁城縣人具呈爾兄張喜福在途被人殺死已獲兇犯李廢物承認不諱究竟何人造意自應切實確究何得任其狡展仰藁城縣迅速提犯確究務得實情錄取切供擬議詳辦一面先將審過供情詳覆查核粘單抄存此批

挖渠事竣 ○護衛營何統領奉委派兩營隊挖挑海光寺河渠昨已告竣收工統領諒不日赴轅銷差矣

案未了結 ○昨河北金家窰海潮寺內刷紙作坊穆某呑洋藥而死一案初二日一點鐘委廉林大令帶同刑招仵親詣相驗飭令廟主並作坊掌櫃暫行棺殮俟屍親來津再爲定奪

重責賭犯 ○河東小雙廟土棍楊二向在該處開設場局自保甲局憲李太守嚴禁賭博有犯必懲楊二每於隱僻處幹此生活昨正賭勝之際被保甲委員金大令查知卽將楊二抓捕堂訊之下棍責二百地方亦有失查之咎棍責二百意欲押送總局有該處董事劉某再事央懇着楊二具永不設賭甘結該董亦具保結始將該犯釋出

避風無地 ○四月之杪颶風大作旅順口外有中國福靖兵船被風摧拆三段立時沈沒船上之人約一百六十餘名經救得生者僅四名其餘皆朝海若矣

行同無賴 ○東門內日興昌錢鋪東家高松圃叅軍於上月因病身故伊家卽將大門用白紙糊封門首豎立旛杆內門設立喪榜此津門通例詎昨有某槍桿偵知松圃尙有繼母在堂不應糊門卽邀同類之人數十名赴高宅欲搶喪榜赴琴堂請示有高之戚友說合許以孔方兄了事大衆始罷噫甚矣槍桿子之頑鈍無恥也

錢能了事 ○河東潘家店因欠外之項甚多卽將店房賣與某姓爲業得錢萬餘吊潘之祖母某氏一文未得因此于前月二十八夜該氏自縊身死被縣署値班偵知其事前往潘家攔阻不准棺殮潘不願報官央懇値班並地方如若私合情願給値差錢五百吊地方二百吊値差首肯准潘棺殮云

駁船成燼 ○帶水公司保康駁船泊於武備學堂前旁爲馮氏佳城古樹千章故舟以皆喜維纜其處該船保康滿裝新貨忽由今早三點餘鐘焚至九點餘火燄愈烈晨風愈猛樹已焚去數株幸去樓房民居鋪戶皆遠然火起艙內外有鐵皮無法施救云

二子爲誰 ○唐沽於午潮後撈起浮屍二衣履尙存附近人多不識殮而識之以待屍親認領

天津濟生社籌賑同人具

代收江蘇第九次助賑清單 ○韓小姐助錢平化寶銀三十兩 廣帮餘茂寶號罰花生客充善舉助洋二百元 餘慶堂助錢二吊文 滅費充公館主人助洋三元 栩栩仙求默化危險助錢一吊文

廈門喜雨 ○漳廈各郡百物騰貴民不聊生苦旱故也今閏四月十九二十日大雨兩晝夜四野霑透田可種疫亦可望少減又先頭一亂萌可與遐邇共慶矣

江西興學 ○江西省城各書院肄業多至數百人皆謂有文事必有武備擬仿湘鄂添武備學堂○江西吏治月課久廢茲有候補縣等擬請仿各省章程立吏治學堂講求刑政云

建立埠頭 ○英國外政衙門接到駐紮蘇化領事官申呈內稱該處官報載伯魯加拉政府出示招工擬在丹牛布河沿威與地方建立埠頭工費計估價銀五十五萬四千佛郎現付二萬七千七百佛郎餘者定於西歷五月二十一日及五月三十一號分二次交清其詳細章程懸於蘇化工務衙門大堂俾供衆覽並將章程刊印出售每張價二十佛郎云 譯英國商部月紀

日本交鄰 ○日相伊藤氏遊歷外洋藉以諮訪歐美之底蘊此外以隻身遊泰西歸而與聞國政者亦不一而足然則其辦外交之事之得法也固宜日本近欲以內地許外人雜居凡旅居外人卽由彼國地方官管束擬與西人約重訂刑章另設通律期於彼此無忤而西人拒之卽本國之人亦多以爲未便然日廷猶欲徐徐商之

光緒二十四年五月初二日京報全錄

宮門抄○五月初二日禮部 宗人府 欽天監 侍衛處值日 吏部引 見七十九名 孫家鼐等各謝授署缺 恩 順天學政張英麟到京請 安 四川副將陳均山謝 恩 記名總兵田友貴謝 恩 杭州協領栢梁謝 恩 克王續假五日 松溎續假十日 信公徐郙各請假十日 侍衛處奏派前引備引大臣 派出定昌成端達賚志鈞 召見軍機 張英麟 皇上明日丑正二刻至 地壇上祭禮成後至 雍和宮拈香畢還宮

○○二品頂戴署陝西布政使按察使臣李有棻跪 奏爲恭報微臣接署藩篆日期叩謝 天恩仰祈 聖鑒事竊臣於光緒二十四年四月初六日奉陝西撫臣魏光燾行知以藩司李希蓮因病出缺所遺篆務委臣署理等因當卽恭設香案望 闕叩頭謝 恩遵於初八日接印任事伏念臣關中陳臬兩攝藩條時懍冰兢曾勉籌夫挹注自慙綆短實無補於涓埃茲復承乏旬宣重權舊篆五中循省彌切悚惶查陝省地屬要區藩司職膺重任用人行政所期弊絕而風淸酌盈劑虛要在足民而裕課如臣檮昧懼弗克勝任惟有益矢靖共力肩艱鉅隨事禀商督撫臣悉心經理撫艱難之時事勉竭菲材荷 高厚之深恩冀酬寸效所有微臣接署藩篆日期理合恭摺叩謝 天恩伏乞 皇上聖鑒謹 奏奉 硃批知道了欽此

○○三品銜署陝西按察使鹽法道臣江瀌川跪 奏爲恭報署理臬篆日期叩謝 天恩仰祈 聖鑒事竊臣於光緒二十四年四月初六日接奉陝西撫臣魏光燾行知以藩司李希蓮因病出缺委臬司李有棻署理藩篆所遺臬司印務委臣署理等因旋於初八日准李有棻委員將臬司印信文卷移交前來當卽恭設香案望 闕叩頭祗領任事伏念臣楚北庸才關中承乏鹺綱忝握既整飭之無方臬司曾兼彌迂疏之自愧涓埃未報惶悚方深茲復寵叨非分謬攝提刑任重才銓益滋兢惕查臬司爲刑名總滙陝省係關隴要區吏治宜淸不外整躬以率物時艱方亟尤宜除莠以安良舉凡禁暴詰奸明刑弼教如臣檮昧深懼弗勝惟有益加奮勉力矢愼勤遇事禀商督撫臣認眞經理不敢以暫時攝篆稍涉因循以期仰答 高厚鴻慈於萬一所有微臣署理臬篆日期理合恭摺叩謝 天恩伏乞 皇上聖鑒謹 奏奉 硃批知道了欽此

○○魏光燾片 再臣前准戶部咨以各省厘稅狃於外銷遂至隱匿請 旨通飭各省將外銷各欵向來取給於厘稅者據實奏明分別裁減一面將所收百貨厘鹽厘茶厘土藥厘及常稅雜稅等項銀錢數目據實按季具報等因奏奉 諭旨依議欽此咨行到陝臣當卽欽遵轉行厘稅總局司道一體遵辦去後茲據該司道詳稱查陝省地瘠民貧銷貨不廣厘金收數因之不旺近經設法整頓比較往時尚有增益每年照章開支一成均屬核實無可裁減餘銀儘數報部此外再無絲毫外銷之欵至按季具報一節本應恪遵辦理惟查

省外厘局遠近不一收數多寡懸殊遇有月報到局票册紛沓非逐股詳細核對不能防其弊漏核有不符之處卽須專札行查更入更出不能不需時日先來後到實難拘定期限若必按季具報勢必核對粗疏恐不免乘間滋生弊混擬仍按年彙總造報隨時詳細核查似於厘務實有裨益等情具詳前來臣覆查該省厘稅自定章以後認眞勾稽並無中飽之弊外局月報紛至自非詳細核對不足以防疏漏而期核實該司道等所稱按季具報一節碍難遵照辦理委係實在情形除再由臣督飭司道認眞查察辦理並咨部外所有陝省厘稅仍懇照章擬辦按年造報緣由理合附片陳明伏乞　聖鑒飭部查照謹　奏奉　硃批戶部知道欽此

○○頭品頂戴雲貴總督臣崧蕃頭品頂戴雲南巡撫臣裕祥跪　奏爲滇省舉辦昭信股票開具日期並現在籌借股欵數目恭摺具陳仰祈　聖鑒事竊臣等於光緒二十四年三月十八日准戶部咨議覆中允黃思永奏籌借華欵請造股票一摺光緒二十四年正月十四日具奏奉　旨依議欽此並擬定詳細章程咨行飭辦到滇臣等當卽督同司道悉心籌議於藩司衙門設立昭信滇局遴委妥員經理已於閏三月開辦省外卽以各府直隸廳州提舉衙門爲分局責成巡道就近督辦不准苛派勒捐致滋紛擾先由臣等暨司道遞及府廳州縣提舉大使武職提鎭副將參遊分別實署缺分飭令量力認股以爲紳商倡導已集銀五萬三千餘兩其都守佐雜以及候補人員聽便自認惟股票尙未頒發遵章暫用藩司印收一俟頒發到滇卽換給部票按本計息悉遵部章辦理用昭大信等情據藩司湯壽銘詳請具　奏前來臣等伏查滇省素稱邊瘠異常淸苦旣乏席豐履厚之家闤闠亦無富商巨賈體察全省情形除票號由京集股外約計本地紳商可集股銀七萬兩合之官股共集銀十三四萬兩之譜擬先請領一百兩股票二千張除塡用外如能風氣大開紳商踴躍下餘之票以備陸續招集所有滇省舉辦昭信股票開局日期暨現計認借股票銀數緣由謹合詞恭摺具陳伏乞　皇上聖鑒　再現値勸諭紳商認借股票前奉部議開辦舖稅藥牙一節若同時並議恐紳商疑難於事轉多窒碍擬俟集股倡行後再行籌議合先陳明謹　奏奉　硃批戶部知道舖稅藥牙現已停辦矣欽此

○○頭品頂戴雲南巡撫奴才裕祥跪　奏爲請免賓川保山等州縣被水被旱成災田糧以舒民困恭摺仰祈　聖鑒事竊查上年六月初四日賓川州屬赤者江外等村蛟水陡發冲沒田禾自和等村雨水稀少多未栽插又保山縣屬南下哨地方栽插過晚秋收無望據該州縣稟報均已成災業將委勘賑撫大概情形先後馳陳在案茲據署賓川州知州黎元熙會同委署太和縣知縣熙珍保山縣知縣項聯晉會同委員補用知縣顏先封各將勘明被灾田畝分別等則村莊花戶姓名請免條粮銀米官莊租折數目造册取結申由該府道層遞加結詳經布政使湯壽銘糧儲道英奎核明詳請具　奏前來奴才査賓川州屬赤者江外等村共被水成灾田八頃五十畝一分應徵秋粮米二十三石八斗二升零條公等銀三十六兩九錢六分零又自和等村共被旱成灾田九十七頃六十九畝一分應徵秋粮米二百四十二石四斗二升零條公等銀三百八十四兩五錢三分零官莊租折銀五十三兩四錢一分七釐又保山縣屬南下哨地方共被旱成灾田一十頃六十八畝二分六厘應徵秋粮米七十五石零條丁等銀四十八兩七錢八分零既據該印委等會勘確實均係十分成災若仍照常徵收民力實有未逮合無仰懇　天恩俯念民情瘠苦准將該州縣應徵光緒二十三年分前項銀米租折全數豁免以舒民困除册結分送部科查核外所有賓川保山等州縣被水被旱成灾請免田粮租折緣由謹會同雲貴總督臣崧蕃恭摺具陳伏乞　皇上聖鑒　訓示謹　奏奉　硃批着照所請戶部知道欽此

○○裕祥片　再前准戶部議覆滇省各井煎鹽柴本應奏明借發以昭愼重等因歷經遵辦在案茲據鹽法道普津會同布政使湯壽銘詳稱據署黑井提舉何亮標詳借光緒二十四年黑井柴本銀七千兩元興井柴本銀五千兩永濟井柴本銀三千兩共銀一萬五千兩又署白井提舉江德濤詳借光緒二十四年白井柴本銀三千五百兩喬後井柴本銀三千五百兩又據阿陋井大使王瑞章詳借二十四年阿陋井柴本銀六百兩均在本年徵收各該井課內分別借給飭令該提舉等出具印領將銀交殷實皂戶採辦供煎仍自次年夏季起予限一年分季扣收隨採批解列入二十六年銷册造報倘扣繳不足卽令該提舉大使賠繳照例參處等情詳請具　奏前來

奴才覆查無異除咨部查照外所有借撥黑元永白喬阿陋等井柴本銀兩緣由謹會同雲貴總督臣崧蕃附片具陳伏乞 聖鑒 訓示謹 奏奉 硃批戶部知道欽此

啓者昨接上海孫仲英善長來電旋又接到顧緝庭葉澄衷嚴筱舫楊子萱施子英各觀察來電據云江蘇徐海兩屬水災甚重飢民數十萬顚沛流離死亡枕籍災區十餘縣待賑孔急需款甚鉅官款恐未能徧及素仰貴社諸大善長久辦義賑飢溺猶己敬求代呼將伯源源接濟功德無量蒙滬賑款卽滙上海陳家木橋電報總局內籌賑公所收解可也云云伏思同居覆載異姓不啻天親縱隔形骸民物莫非胞與頓遭洪水哀此災荒盡是蒼生何分畛域況救人性命卽積我陰功雖此日拯茲黎庶散盡赤仄青蚨卜他年報在子孫同來玉堂金馬敝社欵無備濟自知獨力難成術欲廣仁惟冀衆擎易舉叩乞 顯宦鉅紳仁人君子共憫奇災同施仁術原擬活人無算雖千金之助不爲多但能濟世有功卽百錢之施不爲少盡心籌畫量力輸將敝社不禁爲億萬災黎泥首叩禱也如蒙 慨助卽交天津溜米廠濟生社帳房代收並開付收條以昭徵信

濟生社籌賑同人謹啓

新開
元隆號綢緞洋貨莊

自去歲四月初旬開張以來蒙 各主顧垂盼雲集馳名日盛 本號特由蘇杭等處加意揀選名機新鮮貨色零整銀價俱照 大莊行市公平發售以昭久遠此白 寄賣龍井雨前素茶福建皮絲水烟各種眞料大小皮箱 開設天津府北門外估衣街中路北門面便是

元茂機器磚瓦公司

本公司仿照西法燒作磚瓦專廠創舉曾經通稟在案該貨堅固異常價値從減並各樣印花磚瓦俱全 賜顧者請至海大道新興南里內本公司面議可也謹啓

魁陞號綢緞洋貨莊

本號自置顧繡綢緞洋貨等物整零均按銀莊格外公道皆比大市價廉發售 寄賣各種眞料大小皮箱漢口水烟袋各種眼鏡龍井雨前紅茶梗 寓天津北門外估衣街五彩號衚衕口坐北向南 士商賜顧者請認本號招牌特此謹啓

天后宮北
義興順綢緞莊

本莊自置顧繡綢緞綾羅紗絹各樣洋貨南貨雅扇桂母頭油香貨歸安貝松泉湖筆一概俱全

頭號杭寧綢 四錢二
頭號摹本緞 三錢八
紅梅茶 每 九百六
紅茶 六百四
紅茶梗 斤 二百二
龍井茶 一吊八
金百灑裙布裡每套五兩八
壽棉
哆囉蔴每尺原碼四分二
各莊夏布一概照行發莊

夢華館圖章潤格

玉章 四吊
晶章 三吊
磁章 每字津錢 二吊
竹章 一吊
牙章 六吊
石章 三百

天津北門內府署東各報總處紫處堂代收

告白

予最喜閱各種新報京津滬粵閩浙之旬報日報現看者三十七種惟粵港各報京中鮮有售者津門梁君子亨憂時士也因開北方風氣起見經理南北各報數十種予寄洋函定廣智報博聞報香港中外報及閩之閩報華美報滬上數種報均蒙源源接寄無誤而且津門各報總報分館梁君報價公道取價眞廉屢次信局悞寄遺失後蒙照數補齊每報館停印不出梁君自認均不能歸看報處吃虧如此公平交易果然名不虛傳爲此布告遠近同好時事明理各報諸君不妨函購定請向津門各報總處必先覩爲快也 京都最愛看報人張琴舫氏識

三井洋行分莊

白告

啟者日本商始創
貿易爲業數拾年
以來今分莊開設
北門外鍋店街洸
家衚衕口對過專
選精工料實東洋
棉紗各等時式大
小疋棉布粗洋布
斜紋洋標等格外
公道價亦從廉凡
仕商賜顧者請至
分莊面議可也特
此佈聞

三井本莊主人啟

白告

新出石印濟公傳此書出
在南宋高宗皇帝出一位
高僧濟公奉佛敕旨降世
人間微愚勸善忠孝節義
與前醉菩題濟公不同本
房不惜多金邀請名公細
加批註由濟公降生共二
百四十回趙家樓馬家湖
前後接連又全續彭公案
經史子集石印鉛板家藏
板局板均照申價發售寄
售毛賈夥巷瑞芝閣
天津衮字山房謹啓

白告

啓者本局光緒二十三年
第十四屆總結帳目現經
彙算清楚業經登報邀請
股友公同核閱除將帳署
刊印屆期分佈外茲照定
章於五月朔在天津上海
香港三處派分本屆股利
仍按上屆章程老股派利
一分二釐新股派利一分
到期即祈有股
諸君攜帶息摺枉臨領取
以便憑摺核發特此佈達
開平礦務總局啓

白告

頭彩第七千四
百七十七號
二彩第二萬零
七百五十號
三彩第一萬零
三百零四號
諸君三次所買
官商快覽如有
得頭二三彩及
上下附彩者請
即攜原書來領
當即照發彩洋
也　絳雪齋啓

白告

啓者刻下磁州煤礦已
將吸水機器安置停妥
各窰宿水俱已抽乾所
出之煤與唐山五槽相
等局內章程按照商辦
極為謹密將來利益已
有成效但資本愈厚獲
利愈多為此布告津都
申各處紳商有欲入股
得利者其股票寄存源
豐潤票號請向面填可
也
磁州礦務局謹啓

本號專作英法大菜各色
精細點心各樣洋酒洋貨
等物一應俱全並售
上　　　　八百
紅茶每斤津錢一千
上　　　　六百
又批發茂生公司鐵海紙
烟零整發售價值格外公
道原箱計一百盒價洋一
百四十四元每盒計五百
支洋一元五角凡仕商
賜顧請即駕臨是荷
主人謹白

悅來洋貨店

開設天津法國租界
紅樓後自運各國玩
物金邊三連磨花描
銀玻璃磚鏡子五彩
大小碗盞杯盤料器
奇形異樣香水壺荷
包靴掖洋景襪子手
套叫鐘表鍊花針扣
子戒指洋火盒玳瑁
梳篦金銀首飾鼻烟
壺各樣五色料金珠
書圖等物
格外價廉消售發客

減價

今有友人
自辦陝西
老土每兩
津錢四百
八十文
新到梁州
土每兩津
錢五百四
十文
如蒙賜顧
者請到東
門內聚隆
成寄售

白告

皖江方友莊司馬喬
廣津門紫竹林義和
生西棧精于岐黃儕
輩頗受益友莊本世
家子不欲以醫鳴僕
等以爲沽上良醫甚
夥姑縣壺以救眼前
人亦仁者之造福也
特揚之以告采薪者
○謹代訂車費兩竿
門診一竿
王蓮生馬少雲
洪月坡胡丹甫全啓

白告

啓者本行一搖彩頭彩大座
鐘置價銀一千兩每張售
洋三元至今尚存數十張
未售諸公速來購票本行
擇定五月初八日早八點
鐘至十二點鐘開彩過午
不候先到者抓號挨號抓
彩請諸公駕臨繳彩勿悞
臨時不到本行主人代抓
各聽天命也詳細數目前
報登過此次不及備載現
移紫竹林南郵政局隔壁
大樓便是有喊洋行謹啓

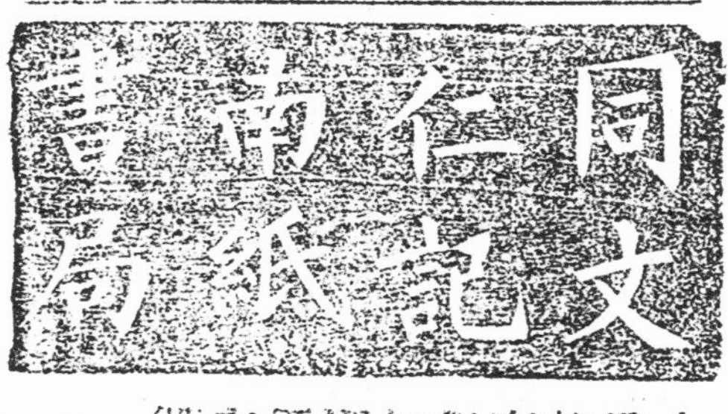

本局自印耕
香館書賸每
部價洋二元
專辦各種石
印書籍精選
加高南紙頂
細雅扇格外
價廉寓天津
東門外襪子
衚衕本局啓

本局謹啓

五月初六日輪船出口　禮拜五
通州　輪船往上海　太古行
五月初七輪船日出口　禮拜六
景星　輪船往上海　怡和行

五月初四日銀洋行情
天津通行九七六錢
銀盤二千四百二十七　洋一千七百四十文
紫竹林通行九六錢
銀盤二千四百六十文　洋一千七百六十五
洋錢行市七錢二分

朱鈍翁先生脉理奧深醫學穩愼吾浙同鄉每抱沉疴咸賴拯濟計游津十年先今屢治疑難危症俱喜著手回春久寓彌勒菴內

本館開設天津紫竹林海大道老棗市氣燈房巷內

直報

光緒二十四年五月初五日　第一千零九十一號
西歷一千八百九十八年六月廿三日　禮拜四

部照又到　直隸勸辦湖北賑捐局自光緒二十四年正月至二月底請獎各捐生部照又到請即攜帶實收來局換照可也

上諭恭錄

上諭宋慶奏營官虛誇謬妄行同無賴請旨革職等語河南候補都司高維勳候補遊擊崔凌雲於撤差後逗遛天津互相招搖希圖撞騙實屬軍營敗類均着即行革職交地方官嚴加管束以肅營規欽此　上諭步軍統領衙門奏拿獲迭次結夥持械搶刦盜犯請交部審辦一摺所有拿獲之譚大邢大即邢溎淋二名着交刑部嚴行審訊按律定擬未獲之皮匠張仍着嚴緝務獲究辦原拏此案之員弁着俟刑部定案時聲明請旨該衙門知道欽此　上諭步軍統領衙門奏拿獲結夥持械搶擄婦女人犯請交部審辦一摺所有拿獲之夏老兒即夏得海小崇即崇興駕子安即安永泰小邵即邵永長趙老即趙連順閻三扭張邢氏等七名口着交刑部嚴行訊究在逃之小林馬六兒小辛小海等犯仍着嚴緝務獲究辦另片奏拿獲持械尋毆搶擄婦女人犯等語小李即李恩明小石即石萬福朱蔣氏朱德順等四名口着一併交刑部審明辦理該衙門知道欽此　旨內閣典籍着王繩補授奉天京府經歷着張錫猷補受河南分巡河陝汝道着崇縉補授湖北宜昌府知府着陳其璋補授雲南馬龍州知州着李同壽補授雲南麗江府維西通判着李復覲補授山東沂州府水利鹽捕通判着李徵庸補授廣東東安縣知縣着朱琨補授廣東高明縣知縣着李道南補授河南尉氏縣知縣着鄒邦瑞補授直隸曲陽縣知縣着周斯億補授順天保定縣知縣着彭英甲補授雲南廣通縣知縣着賀席珍補授俸滿教職李瀛昌着以知縣用陳惠麟着以知縣用洪爾謙着以知縣用截取舉人　廷禧着以教職用王德馨着以教職用黃啓蔫着以教職用阮安貞陳淦伍襄鈞黃宗增榮捷葉秉樞俱着以教職用孫家璠着以知縣用張其忠胡樹猷徐禮和歐陽鑑厚寶森俱著以教職用翰林院筆帖式着勝繼補授刑部筆帖式着奎福補授理藩院筆帖式着寶璋補授刑部筆帖式着庚鎏補授翰林院筆帖式着庚音通阿補授兵部筆帖式着吉誠補授翰林院筆帖式四缺著毓安德崑寶存桂蓁補授刑科筆帖式著圖格補受詹事府筆帖式着崇鋼補受起居注筆帖式著綸惠補受翰林院筆帖式二缺著續斌桂霖補受禮科筆帖式着駿康補受吏科筆帖式著烏努春保補受兵部筆帖式着崇培補受內閣侍讀學士着福敏補受兵科給事中着唐椿森補受內閣中書着增桂補受擬補內閣中書恩榮毓秀郭恩慶孫錫李植國子監學錄任金如俱准其補受截取國子監監丞蔣志震着照例用保送知府編修高觀昌徐繼孺檢討王塾俱以知府分發省分補用保送直隸州知州刑部主事玉慶工部主事胡治銓俱交部記名以直隸州知州用保舉吉林即補主事文哲琿着照例用題補安徽廬州府知府保舉在任候補道文翰着准其補受照例用保舉直隸候補知縣何厚吾着照例用吏部考功司員外郎着丁寶銓補受所遺主事王榮先補受烏里雅蘇台辦理理藩院事務章京着繼普去欽此

喜觀 天顔 ○正任直隸總督王夔帥遵 旨入都 陛見交卸起程已紀昨報憲節於初三日酉刻到京暫假東安門外金魚衚衕賢良寺歇宿赶備請安摺二分膳牌一隻於初四日子刻賫赴西苑門交由奏事處分呈夔帥卽於寅正趨詣西苑樞垣發出傳單第二起入見 上於勤政殿詢以北津要務夔帥條奏如儀退出南海乘輿回寓午後往謁諸當道頗形忙碌

官樣文章 ○衙門夏季有減刑之例都察院行知問刑各衙門畧謂每年夏至後至立秋前一日止如立秋在六月以內則以七月初一日爲止除一切盜賊及鬥毆傷人罪應杖笞各犯不減外餘則罪應杖掌者減等八折發落罪應笞責者槪免枷號人犯交保暫釋俟立秋後再行補枷今屆五月初三日夏至六月二十日立秋應自五月初三日起至七月初一日止照例辦理等因要亦官樣文章也

傳領甲米 ○戶部爲傳示事俸餉處案呈所有正黃廂紅等旗五月分甲米折色銀兩本部庫定於五月初十日開放務於是日夘刻赴庫承領毋得違悞特示

盜風熾甚 ○京師彰儀門內天成錢店生意尙屬可觀五月初二日晚八點鐘時突有匪徒十餘人明火持械闖入該店搶刧三百數十兩呼嘯而逃當經舖夥呼喊兵丁等知其去尙未遠跟蹤追赶該匪見兵追已近胆敢施放洋鎗兵丁一人轟傷甚重該兵隨赴官廳禀報後經步軍統領衙門飭差查緝勒令人贓務獲究辦都中盜風之熾於此可見一斑

改習洋操 ○掌江南道監察御史唐侍御宗彥條陳各省陸軍平日操演有失規模嗣後皆可改爲洋操現經戶兵工三部會議照准已於五月初一日會同具奏奉 旨依議欽此諒已通行各省一體遵照矣

夏季歇考 ○順天學政張大宗師英麟於日前來京宮門請安業見邸抄茲聞大宗師向於節屆夏至爲夏季歇考之期來京陛見俟交秋再行請訓出都赴京東一帶開棚考試

薙匠晦氣 ○京師宣武門外西茶食衚衕某鼇容舖作頭上之生涯通耳中之消息獲利頗裕昨有客入舖薙髮未半卽聞鼻息嗤嗤一若學莊周化蝶者姑聽之乃歷時良久仍是垂頭不醒舖主心知有異急行呼喚詎客喉中已作格格聲霎時氣絶舖主大驚立尋該地面總甲詳告其由逾時有一婦號咷而來則客妻也欲與舖主爲難由總甲調停囑舖主畧爲破費大錢數貫該婦始負屍而去說者謂此客之死由急沙所致云

主人德厚 ○京師永定門外梁某自幼販洒爲生生子不肖雖習裱糊手藝素不務正不能養老梁度外置之投入沙土園傳盆亭善士寓爲執鞭灑主僕相得已歷多年梁雖年逾古稀身體强健辦事可靠善士念其孤獨可憐預給貲爲置壽具存貯廟中以備身後之需且不以僕人待之梁亦感激圖報翼翼小心昨五月初二日午前尙飲食如常午後稍覺身倦將其送至族弟處調養並爲延醫調治乃醫尙未至梁已溘然長逝當報知主人用壽具裝殮說者羡梁之愚吾則佩傳之厚也樂爲書之以勸世之爲主僕者

飛簷走壁 ○京師地面現有外來巨賊專能飛簷走壁轉瞬無蹤卽幹捕亦無從捉摸日前朝陽門內八大人胡同一帶某宦宅已被祛篋而去雖經該管地面官廳弁兵勘驗嚴密緝尙未破獲四月二十四日夜間宣武門內西單牌樓蜈蚣衛胡同馮姓家約於二更後忽聞異香撲鼻卽肢體綿軟不能移動口亦噤不能開目覩進來三人將衣箱銀櫃盡行撬開取出金銀衣物約共値銀一千數百兩其人並向床上云我等過路謝爾資助今往別處生理爾亦不必追緝徒耗經費吾去矣迨次晨馮某察看前後門未開惟墻頭畧有踏損之處誠恐結怨若輩祇得隱忍未敢報案

督轅門抄 ○初四日晚中堂見 前山東登州鎭章高元 楚軍馬隊魏嘉祺 水師副營朱鶴鳴 通永翼長吳謙貞 親兵馬隊楊福同 練軍前營王義才 左營楊金富 右營龔先第 後營汪有明 補用副將韓殿爵 初五日 文武各官上院賀節

黃廂誌喜 ○頃聞官場傳說初四日晚刻接奉京電署督憲榮中堂簡授文淵閣大學士同城文武各官擬于初五日早赴行

轅門賀並虔叩節禧

輔仁課題　○初三日輔仁書院輪應海關道憲課期業經考訖謹將生童題目照錄　生文題　夏后氏五十而貢兩節　童題　助者藉也龍子曰治地莫善於助　通場詩題　賦得榴花角黍門時新得新字五言　生八韻　童六韻

女子能貞　○河東西方菴前魏姓女名運姐自幼許字院署後曹姓子爲室刻年及笄女母見姿首頗佳欲將改聘獲厚利女聞知不善所爲遂于昨晚僱洋車暗赴曹家曹姓隨遣人向魏責問現在兩造紛紜尙未知作何處置

遇人不淑　○駱某巽鄉人僑寓河北西窰窪小本營生而酷嗜賭博昨將資本輸盡至不能作生理妻某氏向院鄰借錢三千數百文暫資敷衍詎錢入駱手竟攜入局中仍作孤注一擲妻聞之大痛竊謂遇人不淑終身無復出頭日乘夜悄然出門投河覓死經同院聞聲赶卽勸回噫堂堂七尺軀不能爲牀頭人吐氣致令負氣輕生不當愧死耶

漢口市情　○絲毛上莊售價十三元次莊十一二元　菜子一項湖南西湖菜子到漢紅菜子一兩六七錢黑菜子一兩三四錢　黃豆每担二兩五六錢新蠶豆一兩七八錢以上物價較前皆漲　惟錢價漸次跌落每大錢一千售銀八錢零六厘洋錢則仍售銀七錢四分五厘　零絲一項價雖加增而各店收貨甚少絲色亦不如前因雨水過多鮮繭減色且難起絲藥材黃連價跌計售二百七十餘兩稻未成米者上莊一兩二錢次莊一兩一錢來貨不少　菜油六兩二錢較前約跌六七錢　安化茶䓬品十七兩春蕊十七兩玉芝十七兩翁萃十六兩五錢豐玉十七兩五錢春馥十六兩七錢五分安春十七兩崇陽洞茅十五兩五錢茗春十四兩福蘭十三兩嶽淸十兩零三錢　計兩湖共到茶一千零九十七字四十一兩零八百六十八件售於順豐阜昌禮記三行其餘價目未詳

武試改制　○武昌武試府憲奉學憲王札約謂今日武庠卽他年將領設於鎗砲表尺線路茫然不知一旦有事無一可用何貴此途令本院考試武生童正場之前仿照文生童考試經古場先試測算輿地論說倘應試者算理尙屬明白至正場馬步箭後場弓刀石雖止平常亦當拔置前列云云

皖解賑銀　○安慶訪事人云去歲皖北水旱成災輕重不一省憲除委員分途查勘分別撫恤外查得鳳陽自去歲迄今疊遭水災田廬蕩析災黎露宿風餐慘不忍覩地方官據實申詳皖撫鄧大中丞飭藩司由庫撥銀四萬兩委候補知縣王子銘大令迅速押解災區會同地方官妥爲撫恤大令奉委後卽詣庫領銀於前月十二日稟辭押解趲程進發

成都添電　○四川成都至打箭爐向無電線自去年西藏用兵始添電線從此南路消息靈便商務亦當日盛

厦門市情　○周觀察虔誠求雨得降甘霖民心因之稍慰自後兩月來又久旱不雨所有蕃薯落花生靑荳等一律乾死無遺春荒已成民情萬分惶急洋行中雖有平糶之舉而米商復於四月十二日起倡議漲價云

厦礦重開　○厦門對峙之南太武山煤塘前經劉奉之少尹徐玉田鹺尹集股開採後因經費不敷旋卽中止茲悉又有滬商徐某招集股分購買機器裝運來厦賃屋開設公司聞不日卽可開辦特未知能獲實效否

湘士東游　○日本東京東亞報館蓋粵東諸巨商與彼國二三士人所設乃專敎中東兩國之事者近湘中接到該報館來函請爲代延三湘名士二人前至東瀛司其筆札聞應斯聘者一爲善化畢松琥拔萃永年一爲邵陽樊春徐拔萃錐約日內卽擬命駕東遊云

東文學堂　○東文學堂在使署西偏初中國與日本立約時以中東本同文之國使署中無須另立譯官嗣以彼此文字往來仍多未便因設東文學堂旋廢之前李伯行星使始復興焉內有監督官一員中東敎習各一人學徒五六人

蘇丹兵事　○英埃兵所紮之營距迭爾文士部大營相近開仗有日英坐營在別耳別爾由該直達阿特巴爾河口英兵頭頭是隊氣脈相通武官西耳打耳到別耳別爾副戎宮鐵耳統帶備軍英埃兵分段扼要陣式頗爲聯絡迭耳文士部主現仍住山子地方

而其兵係歸武官歐斯滿統帶刻已移防約距山子四十里歐武官意在攻襲惟英埃兵信息靈捷恐一有舉動卽爲所知耳　譯彼得堡時報

土事瑣聞　○佛薩里亞所駐土兵艱苦備嘗死亡相繼當與希人戰陣之際所失者不下二千名積勞染病而亡者又三萬餘人其餘之兵不堪目擊佛埠現有之兵共四萬五千若不早爲遣撤恐無噍類矣邇來土補交涉事宜異常齟齬如俄許補人動兵則補之槍砲當早齊發有人云補之步兵二隊馬兵一隊砲兵六隊俟在俄營當差請假回籍之補武官到齊後卽時移防前往近土界處駐紮　譯彼得堡新聞報

設險守國　○俄羅斯與土耳其交界地方屬俄國界者名曰加示屬土國界者名曰挨示廐茲聞俄廷日前特簡某武員率領炮兵數隊又帶各種大砲計共二百五十尊及過山砲三十尊前往扼守加示地面土國邊防之官趕將是事申奏土廷土廷隨備文牘照會俄廷詢其所以增兵增炮之故俄廷不答土廷亦派武員率領炮兵賫送吉刺是尼兩種大砲把守挨示廊地面又派員往德京栢靈催造前定各大砲配入戰艦以便隨時調用

光緒二十四年五月初三日京報全錄

宮門抄○五月初三日兵部　太常寺　太僕寺　鑲黃旗値日無引　見　湖南副將定祥謝　恩　綏遠城協領額爾德尼善訥木歡謝　恩　提督衙門奏拿獲搶擄婦女人犯夏老兒等七名口請交刑部　又拿獲搶擄婦女人犯小李卽李恩明等四名口請交刑部　又拿獲搶刦盜犯譚大等二名請交刑部　召見軍機　皇上明日辦事後　王　頤和園　皇太后前請安後駐蹕

○○魏光燾片　再臣迭奉　諭旨飭令整頓釐務遵卽督率司道悉心籌畫期於杜絕弊端力求實效自二十二年以來收數大有起色業將抽收支解數目奏報在案茲查二十三年各項釐金各局卡委員亦能勤加奮勉恪遵新章核實收報計所收土釐數目雖較二十二年稍形短絀究由本省土藥歉收商販少來所致已於上年六月咨部有案而百貨釐金則較之二十二年益見加增合計收款實亦有盈無絀現經通盤核算滿年實共抽收百貨釐銀四十七萬六千九百一十二兩零比較上年長收銀七萬九千一百三十七兩零又收土藥釐銀十四萬八千四百三兩零比較上年短收銀六萬四千三百四十兩零二項共實收銀六十二萬五千三百一十五兩零遵照部議留外辦公並局卡經費按一成計算共扣銀六萬二千五百三十一兩零實存銀五十六萬二千七百八十四兩零又倖銀加收二成糖釐銀一千六百六十四兩零又加收烟酒釐銀三千三百四十八兩零又晋省包收潞鹽釐銀二萬一千八百五十兩零所有支銷欵內遵章扣出四分六分平餘銀二千三百三十六兩零以上共銀五十九萬一千九百八十三兩零俱已陸續儘數轉解司庫備撥餉需由釐稅局司道造具各卡抽收支解及提留各欵細數清冊具詳前來臣覆查無異除各冊咨部外所有光緒二十三年分抽收釐金存支數目謹附片具陳伏乞　聖鑒謹　奏奉　硃批戶部知道欽此

○○魏光燾片　再前准部咨嗣後各省拿獲馬賊土匪並夥衆持械强刦案件如實係離省甚遠解犯中途堪虞就近解交該管道府或委員覆審明確由該管道府核明情罪稟候督撫批飭就地正法按季彙案具奏等因歷經遵辦在案玆查光緒二十四年春季分據　州審辦洛川縣拿獲盜犯孫葆亭陳等管二犯訊據供認該犯孫葆亭起意糾邀在逃之李五兒卽楊五兒薛老三黃老六李三王老九余老九徐老九並誘哄陳等管入夥一共九人於光緒二十三年五月十七日夜孫葆亭等分持刀棍陳等管結夥行刦事主吳老七家錢物牛驢並綑縛事主擄掠其妻吳陳氏及其幼女月兒同逃行至中途孫葆亭復與李五兒等謀殺吳老七身死陳等管臨時畏懼先逃事後分受贜錢不知謀殺事主情事等情由該縣稟經臣批司轉行兼護　州直隸州洛川縣知縣王祖植提犯覆訊供情相符照章議擬稟候核示前來臣以該犯孫葆亭爲首糾搶贜物綑縛事主擄掠婦女同逃並中途殺斃事主實屬兇暴昭著罪不容誅當與督臣批飭就地正法傳首犯事地方懸杆示衆俾昭炯戒陳等管被誘入夥臨時畏懼先逃事後分受贜物雖不知謀殺事主情事按例罪

應擬流照章鎖繫巨石八年俟限滿察看情形辦理逸犯李五兒卽楊五兒等飭緝獲日另結所有光緒二十四年春季分情重盜犯照章懲辦緣由謹會同陝甘督臣陶模附片具陳伏乞　鑒謹　奏奉　硃批刑部知道欽此

○○奴才覺羅崇歡志銳跪　奏爲循例揀補司員各[illegible]以資辦公恭摺仰祈　聖鑒事竊烏里雅蘇台軍營戶部承辦章京主事職銜瑞良自狀殞命除專摺另行　奏報外所遺戶部承辦章京之缺奴才等公同揀選得委署主事五品頂戴遇缺卽補防禦錫齡心地明白核算精細堪以擬補俟七年報滿就武岡城擬請俟補防禦後以佐領遇缺卽補先換頂戴所遺委署主事一缺查有五品頂戴補用驍騎校領外　式博勒合恩才具明敏辦事精詳堪以擬補俟五年報滿就武岡城循例以防禦遇缺卽補所遺額外筆帖式一缺查有補用驍騎校候補　式同福人極精細繙譯熟悉堪以擬補俟五年報滿就武岡城循例以防禦缺卽補如蒙　兪允一俟遇有差使卽行給咨各員赴部帶領引　見除候補　帖式一缺照章揀員咨部外所有循例揀補司員各缺以資辦公緣由理合恭摺具陳伏乞　皇上聖鑒　再蒙古參贊大臣親王那木濟勒端多布因病請假現已回牧未經列銜合併陳明謹　奏奉　硃批着照所請該衙門知道欽此

○○陶模片　再署督標中軍副將借補甘肅提標中軍參將師玉春現因被控撤任所遺中軍副將印務查有現署督標左營參將永昌協副將韓廷芝熟悉營務辦事實心堪以暫行兼署除檄飭遵照外謹附片具　奏伏乞　聖鑒謹　奏奉　硃批兵部知道欽此

○○陳寶箴片　再湖南汝州府屬之江華寧遠及桂陽直隸州屬之藍山嘉禾等縣均與廣西富川恭城廣東連州各州縣接壤山深林密路徑紛歧光緒二十四年正月間風聞藍山等處民間有廣西匪徒入境勾結之語當經臣批飭地方文武員弁查拿防範去後旋據署寧遠縣知縣卜彥偉署江華縣知縣車玉襄先後禀報會督團營拿獲會匪黃嘉瑞涂沅杷唐運思等並起獲飄布馬刀等件訊據供認廣西會匪吳大棟卽吳文彬與周錦沅等藏伏湘粵交界處所放飄糾人潛謀滋事約期攻撲江華縣城因人尚未齊卽被破獲餘匪均各逃散又據署藍山縣知縣史宜長禀報匪黨圖攻江華未成復圖襲擾該縣當經訪聞會商營汛設法捕獲龍宗金李賤苟等並起獲僞示語極狂悖經臣隨時批飭將該犯等就地正法臣查匪徒黃嘉瑞結會聯謀約期滋事實屬不法已極茲幸先事破獲不致貽害地方現在各屬民情安靜如常堪以上慰　宸廑除仍札飭該州縣並防綠各營暨咨廣東廣西各撫臣飭屬一體嚴拿在逃匪目吳大棟周錦沅等務獲懲辦一面力行保甲解散脅從以清匪源而安閭里外所有拿獲會匪懲辦緣由會同兼署湖廣總督臣譚繼洵附片具陳伏乞　聖鑒謹　奏奉　硃批刑部知道欽此

○○頭品頂戴湖南巡撫臣陳寶箴跪　奏爲遵　旨籌辦昭信股票先將大畧情形恭摺具陳仰祈　聖鑒事竊臣前准戶部咨開議覆右中允黃思永奏籌借洋欵請由部印造昭信股票頒發中外由官先行領票繳銀以爲商民之倡一摺奉　旨依議行等因欽此當卽欽遵出示曉諭並率同在省司道等員會商地方正紳設立昭信湘局妥籌辦理伏思中外臣民同此食毛踐土渥荷　天恩當茲時事艱難度支竭蹶卽令竭忱報効皆分義所當然況蒙　聖慈曲加體恤僅令暫時息借並不責以捐輸自當感激奮興不遺餘力惟是湖南地方僻居江嶺之間向無富商大賈出產不豐紳商黎庶總抱忠愛之忱而財力實有不逮現先勸據在任候補各員籌集銀十萬兩業經電復戶部繳齊卽行彙解一面派委員紳及分飭各屬勸諭紳商士民各自激發天良量力借繳以濟要需仍不許稍有抑勒以期仰副　朝廷軫念民依至意除辦有成數另行　奏報外謹將籌辦大畧情形先行恭摺具陳伏乞　皇上聖鑒謹　奏奉　硃批戶部知道欽此

○○陳寶箴片　再新選寧遠縣知縣李春培於光緒二十三年十月二十八日到省例應飭赴新任惟查該員初登仕版恐於寧遠地方情形未能熟悉應請先行留省差委以資歷練據署布政使李經羲署按察使黃遵憲會詳前來除批飭遵照並將文憑咨部查銷外謹會同湖廣總督臣張之洞附片陳明伏乞　聖鑒謹　奏奉　硃批吏部知道欽此

初三日接班農學報至三十二册　蒙學報至二十二册　華美報至第四册　新出頭册類類報　算學報至第十册　惟有九册未見　渝報一册至十六册俱全　蜀學報第一册　餘者不及全錄　天津北門內府署東各報總處紫氣堂全啓

啓者昨接上海孫仲英善長來電旋又接到顧緝庭葉澄衷嚴筱舫楊子萱施子英各觀察來電據云江蘇徐海兩屬水災綦重飢民數十萬顛沛流離死亡枕藉災區十餘縣待賑孔急需款甚鉅官款恐未能徧及素仰貴社諸大善長久辦義賑飢溺猶已敬求代呼將伯源源接濟功德無量蒙滙賑款即滙上海陳家木橋電報總局內籌賑公所收解可也云云伏思同居覆載異姓不啻天親縱隔形骸民物莫非胞與頓遭洪水哀此災荒盡是蒼生何分畛域況救人性命即積我陰功雖此日拯茲黎庶散盡赤仄青蚨卜他年報在子孫同來玉堂金馬敝社欵無備濟自知獨力難成術欲廣仁惟冀衆擎易舉叩乞　顯官鉅紳仁人君子共憫奇災同施仁術原擬活人無算雖千金之助不爲多但能濟世有功即百錢之施不爲少盡心籌畫量力輸將敝社不禁爲億萬災黎泥首叩禱也如蒙慨助即交天津溜米廠濟生社帳房代收並開付收條以昭徵信　濟生社籌賑同人謹啓

新開 元隆號綢緞洋貨莊

自去歲四月初旬開張以來蒙　各主顧垂盼雲集馳名日盛本號特由蘇杭等處加意揀選名機新鮮貨色零整銀價俱照大莊行市公平發售以昭久遠此白

寄賣龍井雨前素茶福建皮絲水烟各種眞料大小皮箱

開設天津府北門外估衣街中路北門面便是

元茂機器磚瓦公司

本公司仿照西法燒作磚瓦事屬創舉曾經通禀在案該貨堅固異常價値從減並各樣印花磚瓦俱全　賜顧者請至海大道新興南里內本公司面議可也謹啓

魁陞號綢緞洋貨莊

本號自置顧繡綢緞洋貨等物整零均按銀莊格外公道皆比大市價廉發售　寄賣各種眞料大小皮箱漢口水烟袋各種眼鏡龍井雨前紅茶梗　寓天津北門外估衣街五彩號衚衕口坐北向南　士商賜顧者請認本號招牌特此謹啓

告白

予最喜閱各種新報京津滬粵閩浙之旬報日報現看者三十七種惟粵港各報京中鮮有售者津門梁君子亨憂時士也因開北方風氣起見經理南北各報數十種予寄洋函定廣智報博聞報香港中外報及閩之閩報華美報滬上數種報均蒙源源接寄無誤而且津門各報總報分館梁君報價公道取價眞廉屢次信局悞寄遺失後蒙照數補齊每報館停印不出梁君自認均不能歸看報處吃虧如此公平交易果然名不虛傳爲此布告遠近同好時事明理各報諸君不妨函購定請向津門各報總處必先覩爲快也　京都最愛看報人張琴舫氏識

京減緞價零售剪現

零剪

品名	價
高鴉背	一千三百五
正號元青貢緞每尺	一千四百文
中號	一千一百文
副號	八百八十文
眞杭青金銀庫緞每尺	二千二百文
眞裕順魯皮絲烟每包	一千一百文
南京鹹鴨每支大	一千八百文
南京鹹鴨每支小	一千二百文

寄售

品名（每斤）	價
龍井	一吊七百文
雨前	一吊一百文
珠蘭	一吊四百文
雀舌	九百六十文
蜂翅	一吊二百文
紅花	六百四十文
小種	一吊二百文

本號自製元濮京緞兼售零剪杭緞衣線宮燕金腿南貨精貨一應俱全近因錢市漲落不同分別減價抑因無恥之徒假冒南味字號者甚多雖云謀利誠恐亂眞欲辦蕭貨用煩諸鑒天津宮北大獅子胡同公益仁記南味坊謹白

告白

新出石印濟公傳此書出在南宋高宗皇帝出一位高僧濟公奉佛敕旨降世人間徽懇勸善忠孝節義與前醉菩題濟公不同本房不惜多金邀請名公細加批註由濟公降生共二百四十回趙家樓馬家湖前後接連又全續彭公案經史子集石印鉛板家藏板局板均照申價發售寄售毛賈夥巷瑞芝閣

天津黄字山房謹啓

告白

啓者本局光緒二十三年第十四屆總結帳目現經彙算清楚業經登報邀請股友公同核閱除將帳畧刊印屆期分佈外茲照定章於五月朔在天津上海香港三處派分本屆股利仍按上屆章程老股派利一分二釐新股派利一分到期即祈有股諸君攜帶息摺枉臨領取以便憑摺核發特此佈達

開平礦務總局啓

告白

頭彩第七千四百七十七號
二彩第二萬零七百五十號
三彩第一萬零三百零四號

諸君三次所買官商快覽如有得頭二三彩及上下附彩者請即攜原書來領當即照發彩洋也

絳雪齋啓

告白

啓者磁州煤礦已將吸水機器安置停妥各窰宿水俱已抽乾所出之煤與唐山五槽相等局內章程按照商辦極為謹密將來利益已有成效但資本愈厚獲利愈多為此布告津都申各處紳商有欲入股得利者其股票寄存源豐潤票號請向面塡可也

磁州礦務局謹啓

三井洋行分莊

告白

敞者日本商始創貿易為業數拾年以來今分莊開設北門外鍋店街洸家衚衕口對過專選精工料實東洋棉紗各等時式大小疋棉布粗洋布斜紋洋標等格外公道價亦從廉凡仕商賜顧者請至分莊面議可也特此佈聞

三井本莊主人敬

紫竹林第一番菜樓館

本號專作英法大菜各色精細點心各樣洋酒洋貨等物一應俱全並售
上　　八百
紅茶每斤津錢一千
上　　六百
又批發茂生公司鐵海紙烟零整發售價值格外公道原箱計一百盒價洋一百四十四元每盒計五百支洋一元五角凡仕商賜顧請即駕臨是荷

主人謹白

夢華館圖章潤格

玉章四吊
晶章三吊
磁章二吊
竹章一吊
牙章六吊
石章三百
每字津錢

天津北門內府署東各報總處紫處堂代收

減價

今有友人自辦陝西老土每兩津錢四百八十文新到梁州土每兩津錢五百四十文如蒙賜顧者請到東門內聚隆成寄售

告白

皖江方友莊司馬喬寓津門紫竹林義和生西棧精于岐黃儕輩頗受益友莊本世家子不欲以醫鳴僕等以為沽上良醫甚夥姑懸壺以救眼前人亦仁者之造福也特揚之以告采薪者○謹代訂車費兩竿門診一竿

王蓮生　馬少雲　洪月坡　胡丹甫　仝啓

告白

啓者本行搖彩頭彩大座鐘置價銀一千兩每張售洋三元至今尚存數十張未售諸公速來購票本行擇定五月初八日早八點鐘至十二點鐘開彩過午不候先到者抓號挨號抓彩請諸公駕臨敝行勿悞臨時不到本行主人代抓各憑天命也詳細數目前報登過此次不及備載現移紫竹林南郵政局隔壁大樓便是

有喊洋行謹啓

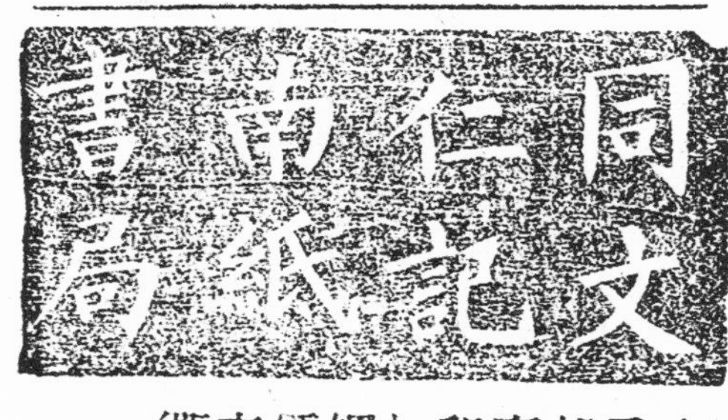

本局自印耕香館畫譜每部價洋二元專辦各種石印書籍精選加高南紙項細雅扇格外價廉天津東門外襪子衚衕本局啓

本局謹啓

美孚老牌煤油

啓者美國三達煤油公司之德富士老牌煤油天下馳名萬商稱美蓋其質潔色清亮白如銀且絕無烟氣能耐久燃比之生荳等油晶光百倍而價廉用儉此爲德富士老牌之佳處誠屬無雙妙品也士商賜顧請到天津美孚洋行採辦或向就近殷實行店購買庶不致悞

DEVOE'S
PAT'D JUNE 22.63.
BRILLIANT
OIL
IMPROVED
PAT'D JUNE 28.64.
PATENT CAN
美孚行

海大道 鴻春樓番菜館

啓者本店三層大樓工程告竣地勢寬闊以備貴官紳請讌擇於去臘遷移新正月初二日開市各樣俱全價廉物美凡仕紳賜顧者請即駕臨是幸

主人謹白

五月初六日輪船出口　禮拜五
通州　輪船往上海　太古行
五月初七輪船出口　禮拜六
景星　輪船往上海　怡和行

五月初五日銀洋行情
天津通行九七六錢
銀盤二千四百二十七　洋一千七百四十文
紫竹林通行九六錢
銀盤二千四百六十文　洋一千七百六十五
洋錢行市七錢二分

新開 敦慶隆綢緞洋貨莊

擇於閏三月十一日開張

本號開設天津北門外估衣街西口路南第五家專辦上等綢緞顧繡以及各樣花素洋布各碼線批合線俱按銀莊零整批發格外克已士商賜顧者請認明本號招牌庶不致誤

本號特白

朱鈍翁先生脉理奧深醫學穩愼吾浙同鄉每抱沉疴咸賴拯濟計游津十年先今屢治疑難危症俱喜著手回春久寓彌勒菴內

開設紫竹林法國租界北

天福茶園

京都新到

崇慶名班

特請京都上洋姑蘇山陝等處

各色文武　頭等名角

五月初六日早十二點鐘開演

八福崇巴銀張楊王賽雙安一云崇李崇崇
百拉長福喜狸桂陣里吉
紅玉芬紅堂奎寶雲䆕處秋風燕俊䳘雪鵬

汴梁圖　對銀盃　活捉　鍘美案　百萬齋　舉鼎　大賣藝　衆武行洗浮山

晚七點鐘開演

十小白謝一賽于王常終小小小羊十張蘇
二連文才陣狸喜雅德鴻福祿喜一長延
紅仲奎寶風貓報雲秋明奎奎奎壽紅奎奎

戰太平　七星燈　小上墳　虹霓關　定軍山　衆武行陽平關

開設天津紫竹林海大道旁

福仙茶園

啓者本園於前月初四日止戲清理賬目今將戲園及園內桌椅磁壺磁碗新製彩切零星等件合盤出兌如有願兌者及詳細章程請至本園面議可也特此佈告

福仙茶園謹啓

創包機器

敬啓者近來西法之妙莫過機器靈巧至各行應用非得其人難盡其妙每值傷損修理必悞時日今有甯子卿專於經理機器茲擬創辦包定各項機器以及向有機器常年煤料工力價值格外公道如貴行欲商者請到福仙茶園面議可也特白

直報

本館開設天津紫竹林海大道老菜市氣燈房巷內

光緒二十四年五月初六日　第一千零九十二號
西歷一千八百九十八年六月廿四日　禮拜五

上諭恭錄

上諭王文韶着在軍機大臣上行走補戶部尚書總理各國事務衙門行走榮祿着補授直隸總督兼充北洋通商大臣欽此　上諭許應騤奏遵旨明白回奏一摺該尚書被叅各節旣據逐一陳明並無阻撓等情卽着毋庸置議禮部有總司貢舉學校之責總理衙門辦理交涉事件均關緊要該尚書嗣後遇事務當益加勉勵與各堂官和衷商榷用副委任欽此　上諭正藍旗蒙古都統和碩額駙扎拉豐阿持躬謹恪練達老成由散秩大臣挑在乾清門當差充御前侍衛補授副都統薦升都統管理健銳營神機營各處事務宣力有年克勤厥職前因患病賞假調理遽聞溘逝軫惜殊深加恩着照都統例賜邺任內一切處分悉予開復應得邺典該衙門查例具奏欽此　上諭榮祿着授爲文淵閣大學士欽此

行駛內河小火輪新章

欽命總理各國事務衙門爲劄行事光緒二十四年四月初四日准總稅務司申稱前奉鈞札以南洋大臣電稱內河行輪章程九條亦有應分晰添改者飭卽妥議核辦等因奉此內河華洋行駛小輪一節實係約外之事無非爲商務興旺稅餉日增於地方無碍起見是以前擬章程九條原爲華船而設倘有洋船駛入內河亦應一律辦理立章之用意如此凡船須領關牌在內河何處起下貨應遵該處定章完納各項稅厘被拖之船應於何處厘卡候驗小輪亦應停輪在口岸應納何項稅厘卽由該關核辦不遵約束者撤銷關牌所擬各節期順商情而保厘稅照此辦理稅關厘卡彼此不相牽涉開辦後若有應修改者自可隨時改訂第五條口內之稅由關核辦一節不得不由該關將貨查明何處來何處去曾否完過何項稅厘查明方能分晰徵免此係通商各口之事與內地無涉第六條小輪在內港起下貨物應遵該處定章完納稅厘是內港之稅關厘卡均有照舊徵收之權第七條被拖船隻應於何處候驗小輪亦應於何處停輪貨物俱照該卡章程辦理是以來往時過何關卡自不能任便駛過沿途厘金何能免納惟此條末句應添數字云其小輪所裝之貨並被拖之船所載之貨俱照各該卡之章程辦理長江小輪一槪不准拖帶貨船第九條僅言撤牌未免過輕應添照約罰辦一節查各項約章並無如何罰辦之明文惟可改寫卽照各關卡定章罰辦一面由海關將牌撤銷不准復往內港貿易至沿江六處侵碍厘金一節查該六處厘金向由江漢關稅務司按結呈報其數甚徵征收與否於稅課無甚出入旣長江不准拖船卽可照上文之語添於第七條之末以爲補救謹將原章九條酌改添註申請鑒核等因前來本衙門查內河行駛小輪本爲興旺商務無碍稅餉起見旣據南洋電稱有應行修改之處自當再加酌訂不厭詳求茲准總稅務司申呈覆爲酌改按照原章添入各語覺爲周妥應仍作爲試辦章程隨時

察看情形續爲核訂相應咨行順天府府尹澄照辦理可也須至咨者附抄章　此稿未完

混元一氣　○端陽佳節內廷例演戲劇初三日內務府飭傳福壽班自五月初四日起至初八日止在　頤和園伺候演全本混元盒雄黃陣以應端陽節令並聞首領太監傳云此戲新排新彩新切分外出色福壽班各優伶排演甚爲可觀　皇太后諒有賞賜云

天心感應　○京師節逾夏至雖日前得有甘霖總未渥沛　皇上於初二日復詣大高殿拈香虔申祈禱果於初四日清晨彤雲密布至卓午雨師稅駕雷電交加隨即跳珠戛玉簷溜淙淙至二更時始止至翌日天氣尙未晴霽至誠默感蒼穹農心稍慰

長安市景　○節屆端陽戶部庫欵支絀所有闔署書吏辦公勤勞經敬子齋大司農暨諸堂憲公議暫將各吏應得飯食銀兩開放三個月俟庫欵稍有盈餘再行連閏補放兩個月於支絀之中示以體恤無如從公之輩俱負債累累又加以銀價跌落每兩銀祇易當十大錢十吊零二百文洋銀每元易當十大錢七吊六百文食物又無一不貴雖有可領之欵仍不免仰屋之嗟云

四喜之二　○新進某生年弱冠美丰姿家素貧而學甚博文壇筆陣淹有衆長赴院試時借榻於京師水磨衚衕某姓家有掌珠一顆秀麗絕倫細數芳齡與生適合正値屛開孔雀招覓乘龍生一登其門即中其選茲已邀掌判冰人問名納采定於芹香染袖時大開甥館贅入洞房清才艷福人皆羨之語云書中自有顏如玉不綦信哉

可以風世　○高靄亭二尹住前門內碾兒衚衕浙產也以佐職聽鼓順天累年不得差委家徒四壁負債纍纍今春適蒙上憲委派差次乃又因病告退未幾逝世育有子女各一其子年已十六讀書不成女亦及笄待字身後棺衾之費一無所出有老僕馬某北京人情深故主振臂疾呼以狀聞於主人之同鄉舊好歛錢以殮既殯後又慮無以歸其旅櫬乃殫心竭力各處張羅謀得白銀五十餘金然終不敷盤費之用高有舊庖人劉某素善調羹馬僕謂曰吾輩同受主恩今日當思所報劉唯唯聽命馬曰請以五十金權子母開設一小吃食鋪於東交民巷煩爾烹飪使公子司帳我則剝蒜抽薪伺應食客俟得贏餘以歸主人之柩泉下有靈當必默佑劉應諾已於日昨開張鼎和館都中人士慕其義者咸往小酌目見馬僕奔走供役事公子輩甚謹而面無德色如斯古誼可風世矣

雌虎惡鬥　○宣武門外騾馬市天安齋鞋店專售坤履等物鋪主劉某家居梁家園地方其主婦姚氏素有胭脂虎之目因被石頭胡同某妓賒去貨價索欠不還五月初四日該氏親至妓寮大作獅威與該妓始角口繼角手拉衣揪髮扭作一團漸致皮破血流陰私皆露幸有力大如牛者强爲解鬨各歸其家行路人瞥見或掩其目或撫其掌同聲呼曰奇觀哉

騙術頗巧　○五月初三日午後有某甲手提油瓶一枚內裝菜油十餘斤背負茶葉十二包至前門外某布店購斗紋洋布一匹店夥取數匹聽檢甲云布係主人命購須將貨携至大保吉巷某烟館交與一觀然後論價倘不信可留茶葉與油作抵夥恐有詐將竹籤入油探驗無訛於是任甲取去至晚不來猶謂以彼較此有盈無絀不以爲意孰料待至黃昏人靜仍覺踪影杳然將油傾出見面上僅有油四五兩其下滿貯清水茶葉係囘殘者蓋油性入水不沈雖用籤探而水被油截不露破綻至此始悟被騙懊惱異常云

官塲紀事　○官塲自四月杪迎新送舊冠蓋紛馳已迭紀報牘頃悉　榮中堂已奉　恩命補授直隸總督　欽差大臣昨日酉刻院署接奉電　旨同城司道暨府廳州縣各局各營大小官弁俱赴河北行轅叩賀並聞　中堂於接篆後以北洋爲洋務總滙幕府需員候補道李觀察葆恂新選慶陽府楊太守文鼎進署辦事謹按李觀察爲前河督李子和督部之公子淸才峻望迥邁時流楊太守爲稚虹觀察之介弟前曾佐合肥相國幕貫通西學淹有衆長仰見　中堂簡拔眞才洵堪爲北洋得人慶也

彈壓銷差　○管帶親軍馬隊楊副戎福同四月間奉委赴大名一帶彈壓各情曾紀報牘現因賊匪歛迹地方安靜如常副戎拔隊來津昨已趨督轅禀請銷差

浮橋工竣　○東浮橋歷年已久橋木漸形朽壞昨經衆橋夫據情禀明新造浮橋十空業經告竣不日即當挨次安好以便行

人云

龍舟誌盛 ○端陽節本津歷有龍舟之戲點綴昇平聞初一三五以三單日爲期維時紅妝麗質白袷少年爭欲一開眼界衣香扇影掩映兩岸間因憶蘇詩頗有明朝看瀰在萬人空巷門新妝二語彷彿似之

不孝當誅 ○昨午河北三太爺廟戲樓後有老嫗年近六旬在烟館門首長跪口念彌陀不絕觀者如堵詢悉嫗徐姓孀居子某甲不務正業好嫖賭近更溺於鴉片烟任嫗飢寒弗顧也嫗情急故作此態以辱之諺云養兒防老若某甲者有不如無矣

盡心民事 ○本邑地窄人稠時有火患每當火災之時有不法匪徒趁火搶奪防不勝防昨保甲總局李太守深悉其患設法補救傳諭各段保甲局製大旗兩杆高杆燈籠一個遇有火災之際白晝持旗夜晚執燈赴火廠彈壓俾不逞之徒見之知所斂迹且可使各段局員隨時趨救不致懶惰太守此舉兩得其益居民獲福無量

倚勢作威 ○某甲異鄉人現在河北窰窪某營充當差使遂倚勢作威無惡不作日在大王廟前一帶尋花問柳而不名一錢昨妓應酬稍疎致觸蛙怒糾約狐朋狗黨將屋中所有搗毀殆盡並聲言捉將官裡去旋有人出爲調處令該妓磕頭陪禮始罷

暫借一枝 ○富家子弟驕奢淫逸是其慣技聞有韓某者素好淫蕩與侯家後周胡子小班內妓名唐玉鈴者有嚙背盟因制中嫖妓恐招物議在江乂衚衕內租房爲藏嬌之所月給津錢二百吊俟服滿後再將玉鈴納入小星之列

湘江會盛 ○湘南風氣日開較之江海各省有過之無不及也自上年前學使江建霞文宗創立湘學會於校經書院爲多士講學之地近則日新月異繼長增高後來名目有所謂南學會羣萌會延年會學戰會法律會不半載間講堂之塲居然林立或暫就書院屋舍或另賃街市民房人盡憤興士皆淬厲爲楚有材於斯爲盛新學之興此邦殆其嚆矢歟

浙議墾荒 ○浙江各屬未墾田地迭經當道曉諭設法開墾然拋荒之地刻以統省核之不下數千百頃致將 國家膏腴之土棄如石田殊覺可惜現經馬蘭汀大史林蓉圃茂才陸公渙世尉與杭紹紳富等清查荒曠田畝就各屬土性之高低燥濕勸種桑麻禾麥以收天地自然之利而興富國裕民之策其有無主田畝由會酌定官價收繳省庫撥作照信股票不足之款等因開列章程稟呈撫憲求請照准開辦諒邀允准從此與湘省農學會同相濟美一時矣

振興蘇埠 ○蘇撫奎樂峰中丞決計大開馬路接與蘇埠茲悉自中丞親臨閱看而後當由洋務局總辦劉子貞觀察慶汾派員督同匠工一路丈量由盤而胥由南北濠而達昌關南童子門計一千六百六十四丈現已插旗爲識將次開築行見四通八闢道里無阻車馬往來百貨流通以故人情踴躍商務興旺胥陽地一帶日新月盛熱鬧異常各店生意無不蒸蒸日上而東洋人亦聞風踵至彼此開工聞東人擬先建房屋三十幢西人擬造樓房四十幢並有意大利商人亦在密渡橋畔購地二十五畝周圍築墻以備他日經營絲廠云

蘇滬鐵路 ○江寧蘇滬鐵路經劉制軍奎撫憲電咨盛大臣籌欵開辦並咨調浙江候補道潘雲孫觀察學謙爲總辦茲悉觀察督同洋匠由滬勘路至蘇當赴撫轅請見稟承一切以工務要緊即辭赴常鎮江甯而去據聞俟查勘畢事即須開工築軌噫若此則江南全省骨節靈通商埠之興自可計日以待

絲廠開工 ○青陽地蘇經絲廠前因廠中所儲繭巳罄暫行停工而做工之各婦女亦均散去特派司事人等携貲分赴錫金湖州及洞庭山等處收買新繭現巳收得六千餘担陸續運回廠董祝少英部郎乃涓吉於四月二十四日開工一時青年少婦又復呼姨約妹前往剝繭抽絲

蕪湖弭患 ○蕪湖訪事友來函云自沙市亂民滋事蕪地訛言四起風鶴驚傳道憲袁觀察先事防維添派員役隨在稽査並出有禁止訛言告示駐蕪英美等國教士亦恐匪徒乘間起釁稟由本國領事函請蕪湖道加意防範觀察乃商請粘健大營派勇一隊

駐紮於閩象山附近藉以鎭壓此外敎堂及領事稅務司等公館則伤密爲防衛浹旬以來文武營局通班出巡一屆黃昏烟館飯鋪盤査極嚴想經此竭力防維或不至再釀禍亂矣

變通文字 ○比利時京電云該國議院現經會議該國公文往來向用法文此時欲兼用佛勒彌文字視同法文一律計從者四十七人違者三十六人業已准行 譯西四月德應聲報

荷籌借欵 ○荷蘭國電云該政府近欲籌借鉅欵以抵舊債約須四十五兆沽而敎之譜按三厘行息已經荷主諭交下議院會議 譯德應聲報

古巴島記 ○古巴島幅員頗廣面積十一萬二千一百九十一啓羅邁當若將該島附近之小島一併算入則有一十一萬八千八百三十二啓羅邁當該島居民一兆六十餘萬名口謀生不易情形甚苦前數年中國人尙有數千近亦漸少九十七至九十八年該島預算出入數項計入欵二十四兆七十萬元該島所欠各債共一千四百零四萬馬克內欠日國共二百兆馬克該島墾種地畝約居百分之十園林居百分之四荒田居百分之七內地半無人迹於一千八百九十一年島中務農者共九萬零九百六十戶其田產共值二百二十兆元出產以蔗糖爲大宗其次則爲烟葉其餘出口貨如木料蜂蜜黃蠟果品等物進口貨則有米麪鹹牛肉等項九十三年入口各貨價值共六十五兆元出口貨值八十九兆六十萬元 譯德歌崙報

光緒二十四年五月初四日京報全錄

宮門抄○五月初四日刑部 都察院 大理寺 正黃旗値日無引 見 莊王瑞洵各假滿請 安 車王由口外回京請 安 直隸總督王文韶到京請 安 成公等謝前引大臣 恩 道府崇禧等謝 恩 大額駙續假五日 鄭王文琳各續假十日 八額駙遞遺摺 召見軍機 王文韶 崇禧

○○奴才保年奴才興存奴才春齡跪 奏爲特參庸懦不職各員請 旨分別參辦以儆疲玩而肅營政恭摺仰祈 聖鑒事竊奴才等自到任以來查悉廣州駐防積弊皆由官不能約束兵丁而兵丁恣意肆橫莫敢誰何奴才等迭經訓飭滿漢協佐各官於所轄兵丁破除情面認眞管束冀其官能行法兵皆從令庶幾指臂相聯咸成勁旅乃不負 朝廷設立駐防之深意數年來兵丁等尙知儆懼漸有一二不肖偶犯事故無不嚴行究辦惟近來協佐內仍有陽奉陰違徇情袒護者實堪痛恨勢不得不嚴行參辦以挽頹風而免效尤光緒二十四年閏三月十二日據滿洲正白廂藍旗協領連保廂白旗佐領兼襲騎都尉英惠上甲喇防禦恒祥驍騎校賽堪稟報本甲喇馬甲得慶於本月十一日晚掌燈時候與正白旗福英因賭吵鬧將福英毆傷現不知所傷輕重已將得慶飭交該管佐領家屬鎖禁官圈聽候訊辦旋據藍翎廂黃正白旗滿洲卓異協領松英等稟稱正白旗砲兵福英於閏三月十一日晚因賭博爭論錢文被廂白旗馬甲得慶毆傷面旁二處並鎗傷大腿請飭相驗各等情稟報前來奴才等當卽檄飭署理事同知多齡前往該旗相驗詳覆核辦是晚復據協領連保等報稱馬甲得慶在官圈乘間逃走請先革退馬甲錢糧等情奴才等迭經勒限緝拿務獲究辦而該管協佐任意搪塞久未弋獲旣已疏縱於前又不能迅速拏獲其平日不能約束可知況當整飭營伍之際似此不職之員未便姑容除將該管領催家屬由奴才等査明分別懲辦外相應請 旨將廂白正藍旗協領連保以佐領降補廂白旗佐領兼襲騎都尉英惠革去佐領仍留騎都尉世職上甲喇防禦恒祥驍騎校賽堪均屬疎忽咎有應得擬請交部議處以爲疲庸者戒奴才等仍當隨時察看如有庸懦不職之員再行認眞劾辦庶頹風可挽營政可肅矣所有特參庸懦不職之旗營各官緣由理合恭摺具奏伏乞 皇上聖鑒訓示遵行謹 奏奉

硃批另有旨欽此

○○廖壽豐片 再上虞縣知縣儲家藻調省差委所遺員缺現有應辦要務應行酌量委署玆查有安吉縣知縣汪一麟堪以委令調署據藩臬兩司會詳前來除檄飭遵照外謹會同閩浙總督臣邊寶泉附片具 奏伏乞 聖鑒謹 奏奉 硃批吏部知道欽此

○○譚鍾麟片　再廣東省節次裁減兵勇數目均經　奏報在案其隨時添改勇目人等照章應奏咨立案査光緒二十三年分因附省地方盜風尙熾飭南海番禺二縣各募壯勇二百名河弁管帶分赴各鄉巡緝又北海鎭所轄之白龍尾港地方經前督臣李瀚章奏明築台置炮派員駐守共募炮目炮勇人等四十四名又水師提督臣何長淸以虎門等處炮台原有副炮目不敷分布議裁炮勇八十九名改募副炮目五十九名以資操防又各炮台舊設砲位間有布置未周已擇要添設鋼炮月給擦油修費並雇募敎習及機器工匠講求操演俾免鏽壞所有薪糧修費等項數目暨先後起支日期據善後局司道分晰造册具詳前來除册咨部外謹會同廣東巡撫臣許振禕附片具陳伏乞　聖鑒勅部立案施行謹　奏奉　硃批該部知道欽此

○○陳寶箴片　再臣於光緒二十三年十二月會經　奏明遵　旨創設時務學堂請於藩庫糧庫及厘金局歲提銀一萬二千兩爲該學堂並武備學堂常年經費聲明不敷之項由臣督率紳士設法籌措奉　旨戶部知道欽此等因在案臣査時務學堂每年經費約需銀一萬五千兩公欵不敷甚鉅迭據紳士在籍翰林院庶吉士熊希齡前四川隆安府知府蔣德鈞等稟稱湘省鹽厘於光緒二十年部議東征籌餉每斤加價二文其時各鹽行以錢折銀每百斤繳銀一錢現就近來錢價折合應有盈餘銀二分有奇擬請在此項加價二文內每售鹽百斤飭補繳銀二分作爲時務學堂經費仍於公欵毫無所損而以地方已出之欵爲地方作育人材尤與另行籌捐不同因前往江寧稟經兩江總督批査每年補收此項應有銀一萬四千餘兩准以一半爲湘省時務學堂經費其一半解歸江南支應局收用嗣因湘督銷局總辦道員易順鼎以緝私經費不敷稟於准撥時務學堂之七千兩內劃撥二千兩爲緝私經費及湘水校經堂與湘學新報之用紳等復電請兩江總督撥足前議所允之數旋奉印電批示於此項長餘鹽欵按成分撥以加足二千金爲度等語在案此後應由湘督銷局每年彙收撥解經費銀七千兩合之奏撥公欵可支常年之用應請　奏明咨部立案等情前來臣査此項鹽厘加價二文餘欵實因現在銀價與初收時鹽行折合銀價情形不同故每百斤得有此二分盈餘相應繳官欵並無出入既經兩江督臣劉坤一批准於補繳數內每年撥銀七千兩爲湖南時務學堂經費以湘人已出之欵爲湘人學堂之用於理尤順除咨部立案外理合附片陳明伏乞　聖鑒謹　奏奉　硃批戶部知道欽此

○○甘肅新疆巡撫臣饒應祺跪　奏爲揀員借補副將要缺以資營伍恭摺仰祈　聖鑒事竊照新疆迪化城守協副將曾松如因病懇請開缺經升任撫臣陶模具奏奉　旨允准旋因甘回出竄復經臣會同督臣奏留在案所遺揀員請補等因臣査迪化係省會重地事務殷繁城守協副將爲武職領袖責任綦重非明幹有爲練達營務之員難期勝任茲査有留新遇缺儘先題奏總兵博卿額巴圖魯現署該營副將査春華樸誠勇敢韜畧優長前在湘軍隨征關隴新疆勳勞卓著迨關外底定管帶定邊四旗馬隊委署撫屬濟木薩營叅將均能整飭營規轄境安謐前年冬調署迪化城守協副將紀律嚴明講求華洋操法暇時督率附省各營旗修理城池橋渠道不遺餘力士馬强壯調度有方洵堪膺干城之選且在新年久情形熟習緩急定可足恃以之借補斯缺人地相宜必能勝任裕如合無仰懇　天恩俯准以總兵査春華借補迪化城守協副將要缺實於營務大有裨益如蒙俞允並懇飭部先給署劄俟防務大定卽行給咨送部引　見以符定制除飭取履歷清册咨部外謹會同陝甘總督臣陶模恭摺具奏伏乞　皇上聖鑒　訓示謹　奏奉　硃批兵部議奏欽此

○○劉樹堂片　再據布政使額勒精額詳稱豫省兵馬錢糧奏銷向應隨同地方奏銷彙題上年因光緒二十二年分前項奏銷未能如期造報詳請　奏明展緩現已督飭赶造惟光緒二十三年分地方奏銷業已屆期所有是年兵馬錢糧奏銷因冬季兵餉尙未發竣催取各營銷册到齊尙需時日勢難同時彙題呈請援案　奏展前來臣覆査無異相應仰懇　天恩俯准照案將豫省光緒二十三年分兵馬錢糧奏銷展緩至光緒二十五年奏銷屆期隨同造報除飭將二十二年銷册趕緊造册核明具　題並咨部外爲此附片具陳伏乞　聖鑒　訓示謹　奏奉　硃批着照所請該部知道欽此

啓者昨接上海孫仲英善長來電旋又接到顧緝庭葉澄衷嚴筱舫楊子萱施子英各觀察來電據云江蘇徐海兩屬水災綦重飢民數十萬顚沛流離死亡枕籍災區十餘縣待賑孔急需欵甚鉅官欵恐未能徧及素仰貴社諸大善長久辦義賑飢溺猶已敬求代呼將伯源源接濟功德無量蒙滙賑欵卽滙上海陳家木橋電報總局內籌賑公所收解可也云云伏思同居覆載異姓不啻天親縱隔形骸民物莫非胞與頓遭洪水哀此災荒盡是蒼生何分畛域况救人性命卽積我陰功雖此日拯茲黎庶散盡赤仄青蚨卜他年報在子孫同來玉堂金馬敝社欵無備濟自知獨力難成術欲廣仁惟冀衆擎易舉叩乞　顯官鉅紳仁人君子共憫奇災同施仁術原擬活人無算雖千金之助不爲多但能濟世有功卽百錢之施不爲少盡心籌畫量力輸將敝社不禁爲億萬災黎泥首叩禱也如蒙　慨助卽交天津溜米廠濟生社帳房代收並開付收條以昭徵信

濟生社籌賑同人謹啓

自去歲四月初旬開張以來蒙　各主顧垂盼雲集馳名日盛本號特由蘇杭等處加意揀選名機新鮮貨色零整銀價俱照大莊行市公平發售以昭久遠此白
寄賣龍井雨前素茶福建皮絲水烟各種貨料大小皮箱
開設天津府北門外估衣街中路北門面便是

元茂機器磚瓦公司

本公司仿照西法燒作磚瓦事屬創舉曾經通稟在案該貨堅固異常價値從減並各樣印花磚瓦俱全　賜顧者請至海大道新興南里內本公司面議可也謹啓

本號自置顧繡綢緞洋貨等物整零均按銀莊格外公道皆比大市價廉發售
寄賣各種貨料大小皮箱漢口水烟袋各種眼鏡龍井雨前紅茶梗　寓天津北門外估衣街五彩號衚衕口坐北向南
士商賜顧者請認本號招牌特此謹啓

告白

予最喜閱各種新報京津滬粵閩浙之旬報日報現看者三十七種惟粵港各報京中鮮有售者津門梁君子亨憂時士也因開北方風氣起見經理南北各報數十種予寄洋函定廣智報博聞報香港中外報及閩之閩報華美報滬上數種報均蒙源源接寄無誤而且津門各報總報分館梁君報價公道取價眞廉屢次信局悞寄遺失後蒙照數補齊毋報館停印不出梁君自認均不能歸看報處吃虧如此公平交易果然名不虛傳爲此布告遠近同好時事明理各報諸君不妨函購定請向津門各報總處必先覩爲快也

京都最愛看報人張琴舫氏識

天后宮北

義興順綢緞莊

本莊自置顧繡綢緞綾羅紗綃各樣洋貨南貨雅扇桂甶頭油香貨歸安貝松泉湖筆一概俱全

頭號杭寧綢　四錢二
正號摹本緞　三錢八
紅梅茶　每　九百六
紅茶　六百四
紅茶梗　斤　二百二
龍井茶　一吊八
金百𪗋裙布裡每套五兩八
壽棉
哆囉蔴每尺原碼四分二
各莊夏布一概照行發莊

初三日接班農學報至三十二册蒙學報至二十二册華美報至第四册新出頭册類類報算學報至第十册惟有九册未見滃報一册至十六册俱全蜀學報第一册餘者不及全錄

天津北門內府署東各報總處紫氣堂仝啓

告白

新出石印濟公傳此書出在南宋高宗皇帝出一位高僧濟公奉佛敕旨降世人間儆愚勸善忠孝節義與前醉菩題濟公不同本房不惜多金邀請名公細加批註由濟公降生共二百四十回趙家樓馬家湖前後接連又全續彭公案經史子集石印鉛板家藏板局板均照申價發售寄售毛賈夥巷瑞芝閣

天津賣字山房謹啓

告白

啓者本局光緒二十三年第十四屆總結帳目現經彙算清楚業經登報邀請股友公同核閱除將帳畧刊印屆期分佈外茲照定章於五月朔在天津上海香港三處派分本屆股利仍按上屆章程老股派利一分二釐新股派利一分到期即祈有股諸君攜帶息摺枉臨領取以便憑摺核發特此佈達

開平礦務總局啓

告白

頭彩第七千四百七十七號
二彩第二萬零七百五十號
三彩第一萬零三百零四號

諸君三次所買官商快覽如有得頭二三彩及上下附彩者請即攜原書來領當即照發彩洋也

絳雪齋啓

告白

啓者刻下磁州煤礦已將吸水機器安置停妥各窰宿水俱已抽乾所出之煤與唐山五槽相等局內章程按照商辦極爲謹密將來利益已有成效但資本愈厚獲利愈多爲此布告津郡申各處紳商有欲入股得利者其股票寄存源豐潤票號請向面塡可也

磁州礦務局謹啓

本號專作英法大菜各色精細點心各樣洋酒洋貨等物一應俱全並售
上　　　八百
紅茶每斤津錢一千
上　　　六百
又批發茂生公司鐵海紙烟零整發售價值格外公道原箱計一百盒價洋一百四十四元每盒計五百支洋一元五角凡仕商賜顧請即駕臨是荷

主人謹白

夢華館圖章潤格

玉章　四吊
晶章　三吊
磁章　二吊
竹章　一吊
牙章　六吊
石章　三百
每字津錢

天津北門內府署東各報總處紫處堂代收

減價

今有友人自辦陝西老土每兩津錢四百八十文新到梁州土每兩津錢五百四十文如蒙賜顧者請到東門內聚隆成寄售

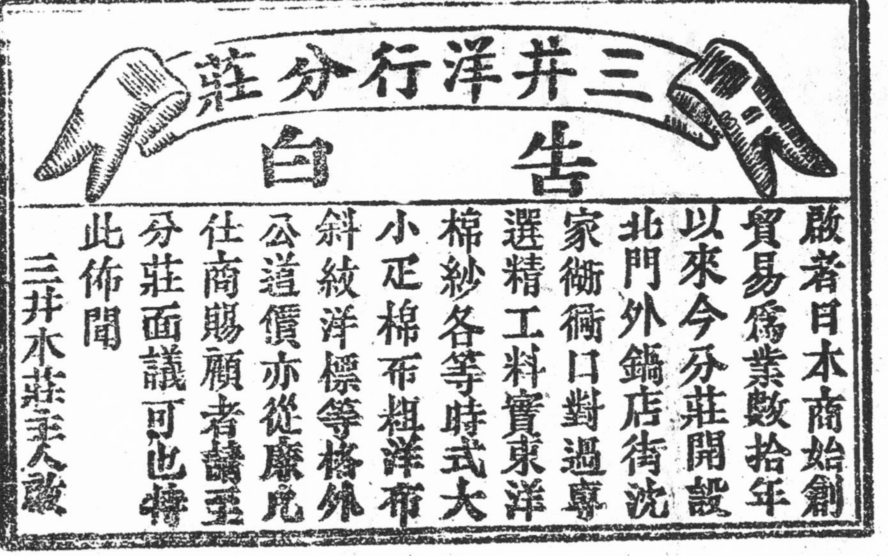

告白

皖江方友莊司馬喬寓津門紫竹林義和生西棧精于岐黃儕輩頗受益友莊本世家子不欲以醫鳴僕等以爲沽上良醫甚眇姑懸壺以救眼前人亦仁者之造福也特揚之以告采薪者○謹代訂車費兩竿門診一竿

王蓮生　馬少雲
洪月坡　胡丹甫　仝啓

告白

啓者本行搖彩頭彩大座鐘置價銀一千兩每張售洋三元至今尚存數十張未售諸公速來購票本行擇定五月初八日早八點鐘至十二點鐘開彩過午不候先到者抓號挨號抓彩請諸公駕臨敝行勿悞臨時不到本行主人代抓各憑天命也詳細數目前報登過此次不及備載現移紫竹林南郵政局隔壁大樓便是

有喊洋行謹啓

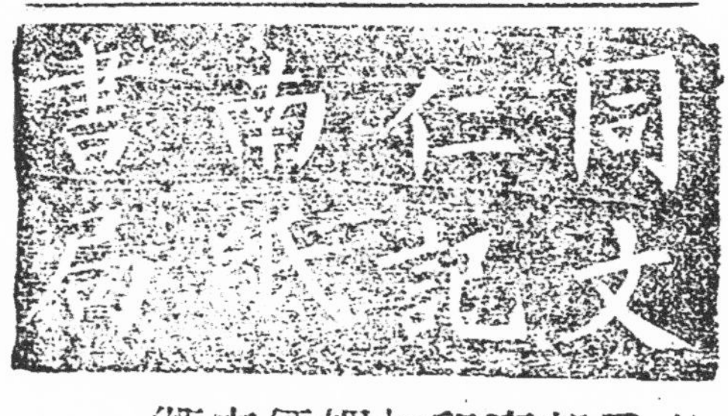

本局自印耕香館畫賸每部價洋二元專辦各種石印書籍精選加高南紙頂細雅扇格外價廉廣天津東門外襪子衚衕本局啓

本局謹啓

美孚老牌煤油

啓者美國三達煤油公司之德富士老牌煤油天下馳名萬商稱美蓋其質潔色清亮白如銀且絕無烟氣能耐久燃比之生荳等油晶光百倍而儉用價廉此爲德富士老牌之佳處誠屬無雙妙品也 士商賜顧請到天津美孚洋行採辦或向就近殷實行店購買庶不致悞

DEVOE'S
PAT'D JUNE 22.63
BRILLIANT
OIL
IMPROVED
PAT'D JUNE 28.64
PATENT CAN

海大道 鴻春樓番菜館

啓者本店三層大樓工程告竣地勢寬闊以備貴官紳請讌擇於去臘遷移新正月初二日開市各樣俱全價廉物美凡仕紳賜顧者請即駕臨是幸

主人謹白

五月初七日輪船出口 禮拜六
景星 輪船往上海 怡和行
五月初八輪船日出口 禮拜日
海晏 輪船往上海 招商局

五月初六日銀洋行情
天津通行九七六錢
銀盤二千四百四十五 洋一千七百三十五
紫竹林通行九六錢
銀盤二千四百七十七 洋一千七百六十二
洋錢行市七錢一分八

擇於閏三月十一日開張

本號開設天津北門外估衣街西口路南第五家專辦上等綢緞顧繡以及各樣花素洋布各碼線批合線俱按銀莊零整批發格外克已士商賜顧者請認明本號招牌庶不致誤

本號特白

朱鈍翁先生脉理奧深醫學穩愼吾浙同鄉每抱沉疴咸賴拯濟計游津十年先今屢治疑難危症俱著手回春久寓彌勒菴內

開設紫竹林法國租界北

天福茶園

京都新到

崇慶名班

特請京都上洋姑蘇山陝等處
各色文武 頭等名角
五月初七日早十二點鐘開演

蓋天雷 崇俊 八百紅 小亂 常雅秋 蘇廷奎 羊喜壽 十一紅 謝才寶 白文奎 一陣風 雙處 王喜雲 楊福寶 張長奎 安桂秋 巴拉紅

沙坨國 柴桑口 取洛陽 御菓園 烏龍院 探母 五花洞 衆武行

晚七點鐘開演

京都新到

全班 十二紅 邊義臣 趙斌恒 董鳳巖 一陣風 常雅秋 安桂秋 雙處 高玉喜 十一紅 小福奎 常雅秋 蘇廷奎 李瑞吉 趙斌恒 張鳳台

萬壽堂 五雷陣 虎惡村 硃砂痣 十八扯 獨木關 衆武行

開設天津紫竹林海大道旁

福仙茶園

啓者本園於前月初四日止戲清理賬目今將戲園及園內桌椅磁壺磁碗新等製彩切零星如件合盤出兌有願兌者詳細章程請至本園面議可也特此佈告

福仙茶園謹啓

創包機器

敬啓者近來西法之妙莫過機器靈巧至各行應用非得其人難盡其妙每值傷損修理必悞時日今有甯子卿專於經理機器玆擬創辦包定各項機器以及向有機器常年煤料工力價值格外公道如貴行欲商者請到福仙茶園面議可也特白

直報

本館開設天津紫竹林海大道老菜市氣燈房巷內

光緒二十四年五月初七日　第一千零九十三號
西歷一千八百九十八年六月廿五日　禮拜六

上諭恭錄

上諭孫家鼐着以吏部尚書協辦大學士欽此　上諭延茂着補授吉林將軍欽此　上諭步軍統領着崇禮補授欽此○上諭我朝沿宋明舊制以四書文取士康熙年間曾經停止八股改試策論未久旋復舊制一時文運昌明儒生稽古窮經類能推究本原闡明義理制科所得實不乏通經致用之才乃近來風尚日漓文體日敝試塲獻藝大都循題敷衍於經義罕有發明而譾陋空疏者每獲濫竽充選若不因時通變何以勵實學而拔眞才着自下科爲始鄉會試及生童歲科各試向用四書文者一律改試策論其如何分塲命題考試一切詳細章程該部卽妥議具奏此次特降諭旨實因時文積弊太深不得不改弦更張以破拘墟之習至士子爲學自當以四子六經爲根柢策論與制藝殊流同源仍不外通經史以達時務總期體用兼備人皆勉爲通儒毋得競逞博辯復蹈空言致負朝廷破格求才至意欽此

行駛內河小火輪新章　續前稿

華洋小輪船駛起通商各省之內港章程　領牌挂號　一通商省分之內港嗣後均准華洋各項小輪船便由各該通商口岸徑行往來貿易　二非海式樣之各項華洋小輪船或在口岸內行駛或往來內港除按本國律章應隨有之牌照外尙須赴稅務司處請領關牌其關牌內應將業主姓名籍貫註明並將船名船式及水手人數等項按行開列每年換領一次如改業主及停止貿易等事卽將所領之關牌繳銷初次領牌應納牌費關平銀十兩其後每年換領新牌納費二兩　三此項小輪船如只在口內行駛無須每次赴關呈報一切惟若欲前往內港於出口回口時俱應一體報關無關牌者一概不准前往內港　四此項小輪船所有懸挂燈盞防範碰撞及招僱更換水與査驗水鍋機器等事俱須遵照各該口原有之章程辦理　五此項小輪船如在各口裝載應稅之貨駛赴內港應卽報明海關由關核定應否照完何項出口稅如由內港裝載應稅之貨駛回本口應卽報關由關一體核辦　六此項小輪船在內各處起貨下貨應照該處定章遵納各項稅釐　七此項小輪船若拖帶船隻被拖之船應於何處釐卡候驗則小輪亦應於該處停輪其小輪所裝之貨並被拖之船所載之貨俱照各該卡之章程辦理長江小輪一概不准拖帶貨船　八凡在內港犯事者無論或違背稅章或毆辱人命或盜竊財產等事均須由該處地方官按懲辦本處人民之律章審斷惟若係洋人之船及犯事者爲洋人船上所用之華人應由地方官一面知照就近口岸之稅務司轉告該船之領事官該領事官卽可派員前赴觀審若犯法者爲洋人應照條約所論護照之條將人送交就近口岸之稅務司轉交該領事官辦理　九凡小輪船經過稅關釐卡等處並不遵允停輪或搭客水手等在內港地

方滋鬧肇釁等事卽照各關卡定章罰辦一面由海關將該船之船牌撤銷不准復往內港貿易　以上所擬足爲現時管理此項小輪船之章嗣後如有應行修改之處卽可隨時酌情改訂

吏部再示　○吏部爲再行曉諭事據都察院咨請揀發委用兵馬司吏目一員查吏目揀選上次捐納止此次應揀應補查在部投供應補兵馬司吏目無人按照定例於應補正從九品廩增附生出身並應補正從九品各項人員內揀選前經出示在案相應再行出示曉諭前項人員如有情願赴揀者務於五日內取具同鄉京官印結赴部呈明以便列入揀選毋得自誤特示

狀頭謝神　○本科新狀元夏同龢於授職後定於五月十六日辰刻赴吏部署內大堂前望　闕謝恩畢至文選司求賢科科房內虔備祭禮香燭楮帛　致祭　魁星尊神俱穿蟒袍補服行三跪九叩禮一時肸蠁之誠俎豆之盛洵足昭垂奕世已

市景蕭條　○京師自冬春苦旱市肆清寥端節市景亦大異往年曾紀前報刻下銀價每兩不過易錢十千零四百文洋銀則祗換京錢七吊零五百文錢價日貴而朱提之來龍去脈亦極疲乏關心時局者深恐江河日下市面將一蹶難振云

人贓並獲　○五月初四日清晨有一人年約三十餘歲口操南音衣服麗都肩負包裹至前門外煤市街和義當舖質錢櫃夥啓視內有綢緞衣服若干件正在估價時突來西河沿汛弁督兵四名追蹤而至向之詰問其人言語支吾不能實對兵勇遂出黑索拘之而去聞已解營看管當稟詳提憲訊明究辦蓋其人係穿窬之類衣乃某宦家失贓也

查抄賊窩　○京師人烟稠密宵小繁多雖有五城司坊練勇局及各營汛弁兵認眞緝捕而鼠偷狗竊竟不能絕跡銷聲蓋亦未經抄窩之弊也五月初四日南城練勇分局訪悉崇文門外安國寺地方孟姓家實爲盜贓淵藪立卽會同南城坊前往捕拏時該窩主與積竊周明等七人正在高談闊論色舞眉飛勇丁弁兵出其不意簇擁而前悉數就擒並起獲洋鎗刀械等件解至坊署略訊梗概詳城咨送刑部按律審辦

連拐兩孩　○五月初四日宣武門外火道口地方王某家六歲男孩嬉戲門前瞥眼間忽去如黃鶴四處徧找踪迹杳無又對門一女孩年甫十一於初三日提籃買物良久未返家人往尋見者云去已多時亟向各處偵求迄無影響大約一朶彩雲已被風吹去矣嗟乎藍田玉碎合浦珠遺夢中思繞膝之歡襟上洒倚門之淚傷心慘目有如是耶安得賢有司痛懲已獲奸民嚴緝漏網餘孽使閭閻安枕無憂乎

孩童萬幸　○京師鬧市馳馬跑車最易闖禍乘者騎者均當戒以小心不容疏忽也前門內西長安門外地方寬敞自五月初一日起至十五日止每日午後富家子弟駕輕策肥往來馳騁厥名日快車賽跑蓋陋俗也初四日有一貌似臧獲者乘駿馬如風而行馬之周身毛色其黑如墨蹄白於銀與鞍上人同爲俊物正行間一小孩横街而過適當馬頭其人緊銜轡而緩搖鞭馬竟昂首長嘶直從孩童身上躍過旁觀大懼以爲孩當粉碎矣詎馬去孩起毫無傷損人咸嘖嘖稱馬性之馴良又謂該童之福澤正未可量矣

接管監督　○戶部貴州司現准山西巡撫胡大中丞咨開查歸化城關稅每屆一年例應先期奏明委員兼管歷經遵辦在案茲據歸綏道文保以該關監督印務自上屆光緒二十三年五月十三日由該道接管起扣至二十四年五月十三日止一年期滿由布政使詳請奏委前來查文保管理稅務以來實力稽徵尙無貽悞茲屆期滿自應仍委歸綏道文保兼管歸化關監督印務以資熟手而專責成除另行奏聞外相應咨明戶部查照可也

莫問後庭　○左安門內太陽宮地方居住彭某向作小本生涯娶妻嚴氏雖家計蕭條而琴瑟之間頗稱和好本初三日晚間臨盆居然得慶弄璋彭某欣然色喜以爲嗣續有人詎細視之五官四肢不異尋常獨糞門一竅不通不覺大異隣人咸來觀看亦皆詫以爲奇昨日彭將新產之孩懷送順治門內城根美國女醫院醫治不知能一施刀圭神術爲之鑿開渾沌否俟訪明再錄

督轅門抄　○初六日晚中堂見　正任臬台袁大人世凱　乙未翰林院編修羅長椅　初七日未會客

瀛眷晉京 ○王制軍赴京陛見後補授戶部尚書等因均登前報茲悉派差官帶親兵數十名來津迎取家眷並搬運一切箱篋等件定於初八日將督署一律騰清

軍麾戾止 ○宣化鎮陳渭濱鎮憲飛熊因公來津一節業紀前報茲聞初六日午後軍麾戾止假玉泰棧爲行轅擬於次日早趨赴督轅晉謁云

命案照登 ○錦衣衛橋王姓子年十歲上下初三日下午散館後與同學二人往周姓菜園中玩耍見架上王瓜離離爭向摘取周督見斥逐王子不聽周大怒喝令園丁抓獲立時毆斃周見釀成命案將屍身暫行藏匿俟無人時移往他處掩埋滅迹被王姓查知赴縣喊控初五日邑尊片請某大令帶同刑招仵親詣相驗據稱並無傷痕王姓心不甘服聞復赴府轅控告尚未知如何辦理統容細訪再佈

私藥被獲 ○侯家後三德軒西某姓洋藥局因偸買私貨希圖漁利被洋藥厘捐局憲查知當經派員帶同勇丁將舖掌抓獲送有司按律懲辦

人財兩空 ○異鄉人某甲寓河東西方菴前拉洋車爲生昨有同鄉某乙因妻病故遺七歲幼女無人撫養因携之來津託甲覓主賣作婢以免贅累適被該處無賴偵知娩甲說合欲買爲童養媳令將女送來相看然後付錢詎女至伊家卽藏匿不放亦不名一錢竟至人財兩空甲與乙雖找向饒舌然其如無賴何哉

盜賊繁興 ○鼠竊狗偸事所恒有然未有如今年之甚者聞城內石橋衚衕某公館門房昨下午兩點鐘看門人偶一盹睡被妙手兒乘間將屋內衣服等件盡行竊去雖跟踪追赶然已鴻飛冥冥不知去向矣

拐帶來津 ○鄭某楊村人寓河北大街北營門口某姓店內據云同鄉匪棍有綽號花鞋李者將伊嫂拐逃風聞在津埠藏匿因來尋覓迄今十餘日尙無影響並各處張帖告白如有知情送信者當有重謝云

人生朝露 ○河北大紅橋馬某靜海人編葦蓆爲生昨夜睡鄉深入偶一翻身跌落床下妻聞聲燃燈審視見仰身僵臥如死人惟兩目灼灼直視而已次晨赶緊延醫診治迄不見效至晚竟卒說者謂寃鬼活捉噫無稽矣

應守局外 ○厦門友人來函云駐厦美領事某君堅請本地官場撥地一所以爲訓練水軍之用華官以美班戰事未罷中國應守局外之例不能允行不知美領事尙有何詞以請也

事須再議 ○沙市亂定後日本所索賠欵五條刻聞朝廷只允償銀十萬零五千兩以抵當日被燬各物餘皆不准是以兩造尙未定議云

學堂易員 ○皖垣求是學堂自舊歲起造房屋以來至今年仲春始行竣事所有招考各童鄧中丞特親自面試惟各童定章須十六歲以內刻下所取之童多係廿餘歲者而總辦張之升觀察忽爾辭差不知何故現中丞遴選鄭紀常觀察接辦聞觀察爲粵東世家精通中西學問素爲各大憲所器重故特畀是差以資敎育至幫辦則改委鄧子和二尹似此實事求是自必能名實副相也

銀局將開 ○杭垣銀元局廠前設於本城六官巷口因未能合宜現改建下城軍裝局前之報國寺傍刻已丈定基址破土鳩工終日月斧雲斤晰夕工作聞不日將次告竣前經汪伯懷大令龍珠等向外洋購訂之機器邇亦陸續運至省垣所有刻模鎔銀擦洗滾邊各廠司事匠人半係由廣東湖北兩處調來工藝尤極精緻定於天中節後擇日開爐奈無知鄉曲每喜入內觀看不知機器重地殊干未便現奉札委沈曉蓉明府錡彈壓阻止以昭鄭重

高待俄官 ○橫濱信云高麗待俄員度支官阿列嗾葉福及俄武備敎習禮意欠優俄使詰問高廷且問高廷是否仍用該員等襄助高王命寬限三天以便細思三月十號樞密院會議云該員等可以聽其辭差而署理外部大務某則謂朝鮮今日之安惟俄是

續其意見不與樞密諸公相合已可槩見

歐美交涉 ○法報云美合衆國竟將俄人於古巴事宜如何守持局外並美人於亞洲情景如何干預各節均已宣示周知至美擬籌銀五十億以爲保衛地方之用亦已籌妥文士鑾羅耶有言美洲有事泰西諸國毋得干預理應如此今歐洲有事美人亦不得出頭俄使署中人莫不謂古巴之亂祗令西班牙一國辦理俄今暗爲扶持想美人當曲諒也

選官流弊 ○三月間意大利議院聽政衆劾選舉議員諸弊力陳其非蓋議員入選官長多有受賄情事而錦阿蘭州尤甚又某報云意大利賄賂通行不僅錦阿蘭州之官爲然議院之風氣如此又云意大利充選議官者未嘗以國計民生爲心總不免惟利是視有人云意大利大臣之去留視乎議官議官之去留視乎舉者舉者除利己外不相聞問該員等各欲保全其利權羣相賄託 以上俱譯西四月木司寇新聞報

光緒二十四年五月初五日京報全錄

宮門抄○五月初五日工部 鴻臚寺 正白旗値日無引 見 定公假滿請安並謝前引大臣 恩 福敏謝授內閣侍讀學士恩 王文韶陳其璋文翰預備召見 倉場奏漕船五日回空 召見軍機 王文韶

○○奴才延茂跪 奏爲道員現屆俸滿照章出考援案擬請暫緩送部引 見恭摺仰祈 聖鑒事竊查吉林分巡道一缺前經吏部議定作爲衝繁疲難四字近邊最要之缺查照熱河道之例專用旗員定爲三年俸滿由該將軍秉公察看如果稱職堪膺保薦卽出具切實考語開缺送部引 見恭候 欽定如准作爲俸滿候升由部知照軍機處進單候 旨簡用未經升調之先仍令按月赴部投供至俸滿所遺之缺及或由別項出缺均照熱河道之例與直隸口北道山西歸綏道等缺合併積算由吏部將各部院滿洲蒙古郞中與滿洲科道兩項相間分班咨取保送帶領引 見請 旨補授等因於光緒十四年二月初八日具奏奉 旨依議欽此欽遵咨行遵辦在案茲據現任吉林分巡道聯陞詳稱該道自光緒二十年十一月二十九日到任起連閏扣至二十三年十月二十九日三年俸滿遵照定章造具履歷清册先期報明等情前來奴才查該分巡道聯級平易妥實不事矜張自奴才上年到任後凡有關繫緊要差務悉委該道總司稽察頗資臂助平日於地方事宜均能認眞整頓現在據報俸滿自應照章出具切實考語開缺送部引 見惟奴才於上年冬間開辦吉林墾礦各事當經奏派該道總辦墾礦總局事務諸臻妥實漸有成效未便驟易生手查前任吉林分巡道訥欽俸滿因纂輯吉林通志未竣經前將軍長順奏奉 恩旨准令暫緩送部在案玆該道聯級事同一律合無仰懇 天恩俯准暫留吉林俟將經手事件赶令料理就緒再行給咨飭令赴部引 見出自 鴻慈逾格至吉林分巡道一缺謹援照上屆辦理成案仍請 飭部照章辦理俾將來接替有人以免員缺久懸除將履歷清册送部查核外所有道員俸滿照章出具考語援案暫緩送部緣由理合恭摺具陳伏乞

皇上聖鑒訓示謹 奏請 旨奉 硃批着照所請吏部知道欽此

○○記名提督直隸大名鎭總兵斐淩阿巴圖魯奴才吳殿元記名提督河南河北鎭總兵謨勇巴圖魯奴才孫顯寅記名堪勝提督山東漕州鎭總兵奇朗阿巴圖魯奴才萬本華跪 奏爲三省會哨日期巡查地方情形恭摺仰祈 聖鑒事竊照直隸大名鎭河南河北鎭山東曹州鎭總兵每年十月內在於直隸開州地面會哨一次歷經辦理在案本年屆當會哨之期奴才等互相函商約定日期選帶官兵分路行走各由接壤處所週歷巡查於十月十九二十等日齊集開州晤面會哨奴才等經過地方留心察訪二麥播種百姓安堵洵堪仰慰 宸廑伏查直豫東三省壤地相接每交冬令宵小易生必須認眞梭巡方免疏虞奴才等自當和衷共濟三省聯爲一氣督飭營汛不分畛域實力緝拿設有匪踪無論在何省地面就近知會該管營縣合力兜拿總期盜賊斂跡農民安枕以冀仰副 聖主除莠安良之至意謹將奴才等會哨日期及巡查地方安靜情形理合恭摺具 奏奴才等拜摺後帶領官兵分巡稽察各回本任合併聲明伏乞 皇上聖鑒謹 奏奉 硃批知道了欽此

○○奴才延茂跪　奏爲將吉林練軍積年剿捕馬賊打仗陣傷亡故官弁兵勇照章懇請　賜卹以慰忠藎恭摺仰祈　聖鑒事竊查吉林通省練軍並各旗民衙門官兵練勇等積年剿捕馬賊打仗陣傷亡故之官弁兵勇歷經奏請蒙　恩賜卹在案茲據各該處查明呈報自光緒十九年七月初一日起至二十三年八月底止所有與賊打仗陣亡之三姓正黃旗雲騎尉委防禦全明等五十七員名受傷身故之伊通正黃旗雲騎尉常貴等八員名奉派護接軍餉中途河水漲發被水淹沒之吉林鳥槍營鑲白旗五品軍功天旗綠委哨官富平阿等四員名在營積勞病故之五常堡廂黃旗驍騎校德林一員先後呈請核辦前來奴才等查該官弁兵勇等剿賊打仗或力竭陣亡或受傷身故或因公殞命積勞病故均係經年馳驅戎馬之中勤勞卓着並同一歿於王事情堪憫惻合無仰懇　恩俯准將雲騎尉委防禦全明等七十員名　飭部照軍營陣亡例從優議卹以慰忠魂而昭激勸除將該官弁等旗佐銜名造册咨送戶兵二部核辦外敬繕清單恭呈　御覽理合恭摺具　奏伏乞　皇上聖鑒謹　奏奉　硃批該部議奏單併發欽此

○○奴才榮祿等謹　奏爲遵保獲盜尤爲出力員弁籲懇　恩施獎勵以昭激勸恭摺仰祈　聖鑒事竊據南營叅將金如鑑等督飭守備王文煥等會同西城正指揮盧光耀西城紳士史幹成等帶同弁兵跟踪拿獲糾夥持械捆縛事主鄰境搶刦盜犯王三即王七等一案又據該營都司王連捷等帶同弁兵拿獲私雕假寶僞造誥勅人犯王三即王培芝等一案傳同被刦事主解經奴才衙門研訊供招奏送刑部審辦嗣經刑部訊明各犯定擬罪名將王三即王七小毛即毛四喜小胡即胡景沅高八即高鳳汶小劉即劉荃仔劉五即劉峻菁均擬斬決梟示王三即王培芝擬以斬決餘均分別辦理並聲明獲盜出力員弁應由該衙門自行核辦等因鈔錄原奏知照前來查原拿各案之員弁等將此等鄰境搶刦盜犯跟踪跡緝拿獲多名其僞造誥勅人犯亦經訪獲破案緝捕尙屬得力未便沒其微勞自應擇優獎敘以昭激勸除隨同獲犯各員弁擬請由奴才衙門存記遇有應升之階酌量補用至協同獲盜之司坊紳董等官仍由奴才等移咨各該城自行酌核請獎外將首先尤爲出力之候補都司王文煥擬請侯補都司後以遊擊升用陞用遊擊都司王連捷擬請侯補遊擊後以叅將升用候補把總唐永寬張瑞祺王灝均擬請以把總補用協獲出力之委協尉英華雲騎尉趙恩瀚五品頂戴候補千總王錫恩祁寶森均擬請　賞換四品頂戴把總王增餘王均六品頂戴候補外委郭瑞于魁麟均擬請　賞換五品頂戴以示鼓勵之處出自　皇上逾格　恩施爲此謹奏請　旨奉　旨已錄

○○延茂片　再查前吉林將軍希元等片奏由伊犁遣撤官兵內有奏保以佐領儘先補用已經引　見奉　旨記名在百餘名如按原官階照章輪補非特缺少壅滯且底缺均係領催馬甲並未歷過防禦驍騎校實缺一旦驟膺協領佐領之任未諳旗務恐致廢弛擬請比照成案將此項人員嗣遇防禦缺出先行酌量借補仍留原保官階應於旗務及勞績保舉兩有裨益等因奏奉　俞允歷經欽遵辦理在案茲查吉林滿洲正黃旗玉林佐領下副都統銜記名協領花翎披甲英順前在軍營打仗出力疊經各該統兵大臣歷保今職現在練軍充當叅領於捕盜一切洵稱得力奴才等察看該員久歷戎行材堪造就未便久令向隅今阿勒楚喀正黃旗防禦英賢陞任遺缺擬請以副都統銜記名協領花翎披甲委叅領英順借補用昭激勸且核與奏准成案相符並請照案仍留該弁原保升階升銜侯遇有應補協領缺出再當隨時酌量請補如蒙　俞允該員係業經引　見記名人員毋庸再行送部奴才等爲激勵人才整頓旗務起見是否有當謹附片具陳伏乞　聖鑒謹　奏奉　硃批兵部議奏欽此

啓者昨接上海孫仲英善長來電旋又接到顧緝庭葉澄衷嚴筱舫楊子萱施子英各觀察來電據云江蘇徐海兩屬水災綦重飢民數十萬顛沛流離死亡枕籍災區十餘縣待賑孔急需欵甚鉅官欵恐未能徧及素仰貴社諸大善長久辦義賑飢溺猶己敬求代呼將伯源源接濟功德無量蒙滙賑欵卽滙上海陳家木橋電報總局內籌賑公所收解可也云云伏思同居覆載異姓不啻天親縱隔形骸民物莫非胞與頓遭洪水哀此災荒盡是蒼生何分畛域況救人性命卽積我陰功雖此日拯茲黎庶散盡赤仄青蚨卜他年報在子孫同來玉堂金馬敝社欵無備濟自知獨力難成術欲廣仁惟冀衆擎易舉叩乞　顯官鉅紳仁人君子共憫奇災同施仁術原擬活人無算雖千金之助不爲多但能濟世有功卽百錢之施不爲少盡心籌畫量力輸將敝社不禁爲億萬災黎泥首叩禱也如蒙　慨助卽交天津溜米廠濟生社帳房代收並開付收條以昭徵信

濟生社籌賑同人謹啓

新開元隆號綢緞洋貨莊

自去歲四月初旬開張以來蒙　各主顧垂盼雲集馳名日盛本號特由蘇杭等處加意揀選名機新鮮貨色零整銀價俱照大莊行市公平發售以昭久遠此白　寄賣龍井雨前素茶福建皮絲水烟各種眞料大小皮箱　開設天津府北門外估衣街中路北門面便是

元茂機器磚瓦公司

本公司仿照西法燒作磚瓦事屬創舉曾經通稟在案該貨堅固異常價値從減並各樣印花磚瓦俱全　賜顧者請至海大道新興南里內本公司面議可也謹啓

本號自置顧繡綢緞洋貨等物整零均按銀莊格外公道皆比大市價廉發售　寄賣各種眞料大小皮箱漢口水烟袋各種眼鏡龍井雨前紅茶梗　寓天津北門外估衣街五彩號衚衕口坐北向南　士商賜顧者請認本號招牌特此謹啓

告白

予最喜閱各種新報京津滬粤閩浙之旬報日報現看者三十七種惟粤港各報京中鮮有售者津門梁君子亨憂時士也因南北方風氣起見經理南北各報數十種予寄洋函定廣智報博聞報香港中外報及閩之閩報華美報滬上數種報均蒙源源接寄無誤而且津門各報總報分館梁君報價公道取價眞廉屢次信局悞寄遺失後蒙照數補齊每報館停印不出梁君自認均不能歸看報處吃虧如此公平交易果然名不虛傳爲此布告遠近同好時事明理各報諸君不妨函購定請向津門各報總處必先覩爲快也

京都最愛看報人張琴舫氏識

京緞減價零售現剪

零剪

品名	價
高鴉背	一千三百五
正號元青貢緞每尺	一千四百文
中號	一千一百文
副號	八百八十文
眞杭青金銀庫緞每尺	二千二百文
眞裕順曾皮絲烟每包	一千一百
南京鹹鴨每支　大	一千八百文
南京鹹鴨每支　小	一千二百文

寄售

品名（每斤）	價
龍井	一吊七百文
雨前	一吊一百文
珠蘭	一吊四百文
雀舌	九百六十文
蜂翅	一吊二百文
紅苑	六百四十文
小種	一吊二百文

本號自製元緞京緞躉售零剪杭綢衣綫本莊金腿南貨糟貨一應俱全近因錢市漲落不同分別減價抑因無恥之徒假冒南味字號者甚多雖云謀利誠恐亂眞欲辦薰猶用煩楮墨

天津宮北大街子胡同公益仁記南味坊謹白

告白

新出石印濟公傳此書出在南宋高宗皇帝出一位高僧濟公奉佛敕旨降世人間儆愚勸善忠孝節義與前醉菩題濟公不同本房不惜多金邀請名公細加批註由濟公降生共二百四十回趙家樓馬家湖前後接連又全續彭公案經史子集石印鉛板家藏板局板均照申價發售寄售毛賈夥巷瑞芝閣
天津貢字山房謹啓

告白

啓者本局光緒二十三年第十四屆總結帳目現經彙算清楚業經登報邀請股友公同核閱除將帳署刊印屆期分佈外茲照定章於五月朔在天津上海香港三處派分本屆股利仍按上屆章程老股派利一分二釐新股派利一分到期卽祈有股諸君携帶息摺赶臨領取以便憑摺核發特此佈達
開平礦務總局啓

告白

頭彩第七千四百七十七號
二彩第二萬零七百五十號
三彩第一萬零三百零四號
諸君三次所買官商快覽如有得頭二三彩及上下附彩者請卽携原書來領當卽照發彩洋也
絳雪齋啓

告白

啓者刻下磁州煤礦已將吸水機器安置停妥各窰宿水俱已抽乾所出之煤與唐山五槽相等局內章程按照商辦極為謹密將來利益已有成效但資本愈厚獲利愈多為此布告津都申各處紳商有欲入股得利者其股票寄存源豐潤票號請向面塡可也
磁州礦務局謹啓

三井洋行分莊
告白

敝者日本商始創貿易為業數拾年以來今分莊開設北門外鍋店街洮家衚衕口對過專選精工料實東洋棉紗各等時式大小疋棉布粗洋布斜紋洋標等格外公道價亦從廉凡仕商賜顧者請至分莊面議可也特此佈聞
三井本莊主人啓

本號專作英法大菜各色精細點心各樣洋酒洋貨等物一應俱全並售
上　八百
紅茶　每斤津錢　一千
上　六百
又批發茂生公司鐵海紙烟零整發售價値格外公道原箱計一百盒價洋一百四十四元每盒計五百七洋一元五角凡仕商賜顧請卽駕臨是荷
主人謹白

夢華館圖章潤格

每字津錢

玉章	晶章	磁章	竹章	牙章	石章
四吊	三吊	二吊	一吊	六吊	三百

天津北門內府署東各報總處紫處堂代收

減價

今有友人自辦陝西老土每兩津錢四百八十文新到梁州土每兩津錢五百四十文如蒙賜顧者請到東門內聚隆成寄售

告白

皖江方友莊司馬喬廣津門紫竹林義和生西棧精于岐黃儕輩頗受益友莊本世家子不欲以醫鳴僕等以為沽上良醫甚夥姑懸壺以救眼前人亦仁者之造福也特揚之以告采薪者○謹代訂車費兩竿門診一竿
王蓮生　馬少雲　洪月坡　胡丹甫　仝啓

告白

啓者本行搖彩頭彩大座鐘置價銀一千兩每張售洋三元至今尚存數十張未售諸公速來購票本行擇定五月初八日早八點鐘至十二點鐘開彩過午不候先到者抓號挨號抓彩請諸公駕臨敝行勿悞臨時不到本行主人代抓各憑天命也詳細數目前報登過此次不及備載現移紫竹林南郵政局隔壁大樓便是有喊洋行謹啓

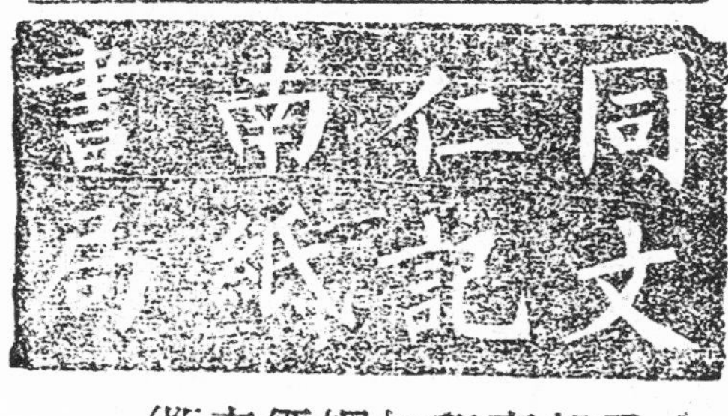

本局自印耕香館畫膽每部價洋二元專辦各種石印書籍精選加高南紙頂細雅扇格外價廉廣天津東門外襪子衚衕本局啓
本局謹啓

美孚老牌煤油

啓者美國三達煤油公司之德富士老牌煤油天下馳名萬商稱美蓋其質潔色清亮白如銀且絕無烟氣能耐久燃比之生荳等油晶光百倍而儉用價廉此為德富士老牌之佳處誠屬無雙妙品也士商賜顧請到天津美孚洋行採辦或向就近殷實行店購買庶不致悞

DEVOE'S
PAT'D JUNE 22.63
BRILLIANT
OIL
IMPROVED
PAT'D JUNE 28.64
PATENT CAN
美孚行

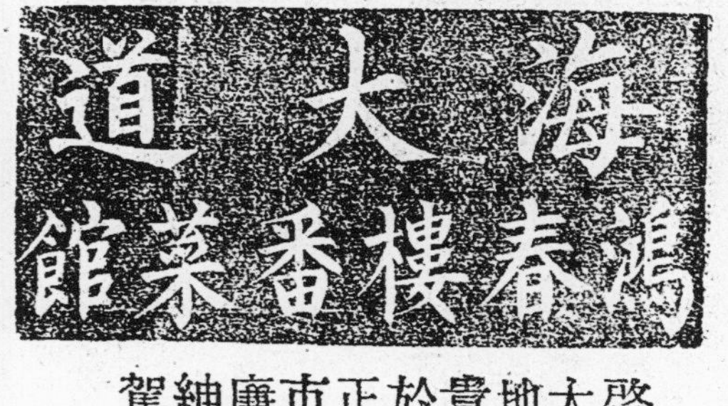

啓者本店三層大樓工程告竣地勢寬闊以備貴官紳請讌擇於去臘遷移新正月初二日開市各樣俱全價廉物美凡仕紳賜顧者請卽駕臨是幸

主人謹白

五月初八日輪船出口　禮拜日
海晏　輪船往上海　招商局
五月初九輪船日出口　禮拜一
順和　輪船往上海　怡和行
武昌　輪船往上海　太古行

五月初七日銀洋行情
天津通行九七六錢
銀盤二千四百四十五　洋一千七百三十五
紫竹林通行九六錢
銀盤二千四百七十七　洋一千七百六十二
洋錢行市七錢一分八

新開 敦慶隆綢緞洋貨莊

擇於閏三月十一日開張

本號開設天津北門外估衣街西口路南第五家專辦上等綢緞顧繡以及各樣花素洋布各碼線批合線俱按銀莊需整批發格外克已士商賜顧者請認明本號招牌庶不致誤

本號特白

朱鈍翁先生脉理奧深醫學穩慎吾浙同鄉每抱沉疴咸賴拯濟計游津十年先今屢治疑難危症俱喜著手回春久寓彌勒菴內

開設紫竹林法國租界北

天福茶園

京都新到

崇慶名班

特請京都上洋姑蘇山陝等處

各色文武頭等名角

五月初八日早十二點鐘開演

邊東八蒲小巴李老一一高雙張謝羊安白蘇
義發百州三拉瑞　　陣玉　長才喜桂文廷
臣亮紅翠寶紹吉蓋鳳喜處奎寶壽秋奎奎

紅逼宮　忠保國　頂燈　獅子樓　胭脂虎　提放曹
八代　大王左　諸仙鎮　錘斷背
衆武行

晚七點鐘開演

京都新到
十大小于王賽高十小袁楊雙于常蕭蘇趙
二　福占喜狸玉一鴻貴福　　雅鳳廷斌
紅貞奎奎雲諧喜紅奎泰寶處報秋巖奎恒

臨童山　戰城都　打面缸　鳳鳴關　浣沙計
衆武行　趙家樓

開設天津紫竹林海大道旁

福仙茶園

啓者本園於前月初四日止戲清理賬目今將戲園及園內桌椅磁壺磁碗新製彩切零星等件合盤出兌如有願兌者及詳細章程請至本園面議可也特此佈告

福仙茶園謹啓

創包機器

敬啓者近來西法之妙莫過機器靈巧至各行應用非得其人難盡其妙每値傷損修理必悞時日今有甯子卿專於經理機器玆擬創辦包定各項機器以及向有機器常年煤料工力價値格外公道如貴行欲商者請到福仙茶園面議可也特白

直報

本館開設天津紫竹林海大道老菜市氣燈房巷內

光緒二十四年五月初八日　第一千零九十四號

西歷一千八百九十八年六月廿六日　禮拜日

部照又到　直隸勸辦湖北賑捐局自光緒二十四年正月至二月底請奬各捐生部照又到請即攜帶實收來局換照可也

上諭恭錄

旨那彥圖着補授閱兵大臣欽此　硃筆曾廣漢補授都察院左副都御史欽此　旨着派剛毅管理健銳營事務欽此　旨着派懷塔布管理圓明園八旗官兵包衣三旗官兵並鳥鎗營事務欽此

薰蕕炯鑑

不遭跋扈之惡不識靖獻之忠家與國有同情哉昔賢是言確有見地粵稽廿四史賢臣肖子烈女奇男慷慨激昂曷勝俯仰然揆諸中庸忠孝節義之旨似不必盡如刎頸剖心斷臂割股毀容刺目使世人言必驚心聞必動魄然後爲賢臣肖子烈女奇男者不讀中庸之言乎君子之道四邱未能一焉觀其所求乎子所求乎臣所求乎弟與朋友間不過曰事父事君事兄先施道未越日用起居時不拘百年一日義且責男不責女非畧也夫婦爲道所造端朋友爲人倫通義不言夫婦夫婦已賅乎其內立乎其先如郊社以事上帝章不言后土爲省文姑不具論而必揭其義爲庸德爲庸言意謂道甚尋常盡人當由即盡人爲不得不由胡曰未能胡猶必謹蓋將同勉爲君子即以所謂庸者行其奇即以所謂奇者出以庸故夫世人之視爲奇或即君子所視爲庸世人之視爲庸適又君子所視爲奇豈君子性與人殊哉樹之於聲也水之於沸也或撼之或激之樹與水固無心乎聲與沸亦顧其所遭爲何如則所行爲何如而已如是則忠孝節義之道通如是則忠孝節義之名定世猶以庸言庸行爲習見習聞而忽不之奇者亦未嘗取不能庸言庸行人以參觀而對鏡矣昨報文安蔡觀察王氏二姬殉夫事嗣後詳查鑒泉蔡觀察濬源公三歲失怙依母太夫人成立遂矢志通顯表母節公生平事母謹無巨細必奉命歲每災必命竭力助賑蒙　旌予樂善好施字准建坊太夫人以公鮮兄弟宜置妾廣似續及聽鼓山左歷辦嵩武軍營務暨武闈提調文闈監試保甲總局蒙奬加二品銜公每思報君日長報母日短爰於某歲歸省太夫人因命以隨侍二婢爲副室時姬年皆十五歲事太夫人以次俱恭順又儉僕厭塗澤太夫人賢之舉家無間言今四月十二日公染疫卒二姬哀毀至絕粒以某夜同時卒觀察公子三人長函次奭嫡夫人出又次觀如夫人出自是遵例皆奉王氏二姬爲庶妣稟太夫人命於五月某日附公柩次殯於堂一時聞者見者莫不贊二姬一心之烈憶二姬素昔之德稱太夫人出命之明至諸公子之所爲衆雖韙焉不過謂奉命承教卒鮮衆口交贊如所謂仁乎公子重耳者竊爲平心論之世祿之家鮮克由禮富而好禮自古爲難諸公子生長富貴中苟其天性少近不仁教方稍涉非義嫡庶之際最易猜嫌無論長次公子昂藏丈夫不肯屈尊於少豔即三公子年齒尙穉豈遽肯謂他人母以甘自卑於十數齡之二姬二姬縱賢猶是心肝人孰無有橘之移而爲枳泉之化而爲醴者一氣所感一德所孚人物一理妻孥樂則兄弟翕兄弟翕則父母順

妻孥兄弟之前情眞事近處處不可以僞時時必當乎情語云家道興看後生人固樂有賢父兄尤實樂有賢子弟家雖得順孝也弟也慈也起點一順則百順咸集二姬之烈之賢出乎天性其得以遂厥天性者半成於太夫之教半成於諸公子之賢此理顯然習而不察及觀邸抄所載巳故宣化鎭總兵王可陞之公子所爲不禁耿然愴然忿然慨然曰蔡有子王無子也按逆子王育桐藉父廕官戶部員外郎可陞歿任所育桐扶柩來京委柩城外自居華屋比匪淫賭可陞繼室湯氏老妾邵氏皆從可陞三十餘年育桐生母體羸不任鞠育可陞命邵撫桐至於成立娶婦皆邵經理邵爲慈母同鄉共知育桐恐嫡母湯慈母邵分其家資欲加害湯邵危急無所投暫絜居永慶會館行李存永源順標局桐將其箱隻截留誣邵與可陞彌甥李某通姦携資潛逃赴控北城坊並竊同鄉官銜名揑造公呈証其事坊差將李帶押復率官媒四名帶邵赴案幸被同鄉勸阻而止邵現年五十有餘兩鬢巳班被誣不辨自明邵氏積有奩資曾以可陞父母遺命捐資助賑奉　旨建坊非匹婦婢妾可比且爲桐也母者桐於斬衰中欺㛰棄柩呑產經同鄉京官胡鍾駒等廿餘人在都察院呈請代奏請　旨飭部嚴辦其嫡母慈母亦皆具稟請究四月廿六日奉　上諭王育桐着先行革職交刑部審訊欽此俱詳邸抄此其兇逆狂悖顯干法紀之情形大畧較諸跋扈臣子有其過之同鄉共忿身受者其何以堪耶以視蔡家諸公子蘂蕕除器百年後人將原兩事始末比論之爲勸戒嗚呼可以觀矣故復並紀以維風化

示期履新　○新簡戶部尚書王夔石大司農定於五月初十日辰刻上任示仰闔署司員筆帖式書皂人等至期一體謁見

投考正錄　○五月二十八日係考試國子監學正學錄之期所有本屆會試未第之舉人先期取具同鄉京官印結赴部投結經吏部奏請　欽派閱卷大臣是日黎明傳集各孝廉齊赴貢院伺候聽點魚貫而入俟搜檢王大臣按名散卷考試畢再行覆　命云

利息加增　○總理各國事務衙門據盛大臣文稱與比利時公司所訂鐵路借欵該公司以利息仍須加增五厘等情總署巳准照辦矣

委署坊印　○南城兵馬司吏目戴少尉式棻現在因案撤任所有員缺城憲牌仰揀發正指揮周士俊署理

古物出世　○阜成門內皮庫衚衕居住方某皖省人也貿易爲生於端陽前一日因栽種花草以消炎夏掘地得銅井闌一形圓而色黑質地渾堅雕鏤古樸背有篆文數行剝蝕漫患不可卒讀惟寶佑四年及德作六字可辨今聞某孝廉以靑銅千翼購得之什襲而藏不肯輕以示人也

何傷一劍　○前門大街沈某擺舊貨攤貿易爲生有一劍長尺有咫黝闇銹澀套於匣雖數人力拔之卒不得出久置冷攤無人問昨有一老人操陝省口音貿貿然來見而問價沈久視如廢鐵謂君旣欲之酌贈可也老人卽以英餠二枚易之並出錢二千頒沈某代爲購公鷄一隻宰鷄以血滴劍匣中劍卽躍然脫穎而出沈駭甚欲加細問老者巳携劍去人爭傳老人所得必寶劍噫龍蟠鳳逸之士不得收名定價者多矣而何傷於一劍乎

秋毫可析　○京師宣武門內西單牌樓捨飯寺有文姓者正紅旗人也擅長楷書而目力甚精能於黃豆上繪黿鼉蛟龍魚鼈生焉八字又能於一寸紙中寫今夫天一節或古詩數篇或心經一卷書成以顯微鏡窺之但覺楷法精嚴一筆不苟昨於端陽節前有人覓得象牙琢成一寸方牌二片書有潘文勤公墨蹟章欵齊全據言將此牙牌携入　內廷不知何用說者謂現在美國開建博覽會如有好事者將此物送入會中亦一奇觀也

少見多怪　○京師新到一異方女子年約三旬以外身上有肉瘢一條微露紅色云是自幼生成形與龍無異首在項後髮際由脊背盤旋而下至腰下而止爪尾俱全此女並擅江湖賣解諸術全班共十五六人多係婦女初至都門卽在熱閙處演技觀者甚衆如多給錢文並可以現自在身一覩肉龍之天矯近復移入城內隆福寺護國寺地方開塲演技有左翼番役甄某以此項人來歷不明且似俱有膂力恐其滋生事端立卽驅之出城故昨仍至城外戲藝乞錢圍而觀者擁擠益甚說者有此種江湖解數外路巳數見不鮮

卽此女之所謂肉龍者亦安知不由矯柔造作而成觀者俱嘖嘖稱奇爭先覩快亦可謂少所見而多所怪已

雲津官話 ○津邑爲通商口岸事務殷繁縣署中向有帮審委廉清理案牘而精明强幹者恒兼別項要差固由上憲器重亦因能者多勞也近聞官場傳說上憲因人員雖擠差難遍及凡在縣帮審者不准更兼別項差使以均勞逸而示公平

頭塲題目 ○天津縣考及投卷情形均登前報茲將是日考試詩文題目照錄 已冠文題 衆食之者 未冠文題 財散通場二題 則天下之民 賦得憂國願年豐 得年字五言六韻

命案續誌 ○前報王子被園丁毆斃控縣相驗後復赴府控告等因茲聞由府委員驗得屍身共傷十七處洵屬毆斃無疑旋將園丁二人提案研訊一名虎一名豹係兄弟供皆狡展飭令五板一問並用各樣嚴刑後祇認移屍不肯承招毆打時因天晚遂飭還押以候覆訊

關上火災 ○初八日夜漏四更河北關上毘盧室前周姓家不戒於火立刻火光燭天不可嚮邇當卽鳴鑼報警各水會齊集竭力灌救延至二時之久計燒去四合房兩所約共十餘間回祿君始行返駕因該宅墻垣高峻火不能出故未殃及鄰右耳

洋車闖禍 ○昨晚二更時有東洋車拉客飛行至宮北大獅子衚衕適仁記南味坊學徒出外辦事突被撞倒在地立卽暈絕經舖鄰瞥見押令車夫將學徒拉回該坊急用藥灌救始漸蘇甦車夫本出無心但令取保而去

私錢難禁 ○本埠私錢充斥屢經官府嚴禁而若輩陽奉陰違玩愒如故聞估衣街某錢舖開設有年素稱殷實日昨在門前扛卸錢捆車上另有兩布袋爲夥友自行携入而沙沙有聲察度情形定非制錢可比果係犯法牟利倘一旦發覺當不止被罰已也噫

失迷又見 ○本埠失迷幼孩之事入夏以來稍覺安謐日昨河北窰窪馮姓復失迷八歲男孩一名早出至晚未歸刻經伊父赴鐵橋大衚衕一帶鳴鑼尋找未悉能否珠還合浦也

米商須知 ○金陵米價昂貴前經江寗府劉嘉樹太守出示平糶價値爲之一平玆又接訪事友來信據云近日米價又復日有所增推原其故蓋緣外江米船絕無到者四鄉之米不足供都人士之食各米行因來源缺少周轉不靈遂不得不重新增價省米旣貴外江米販固宜紛來至乘此善價而沽乃竟裹足不前者則由本年二三月間日本商人有來江省購米之請南洋大臣劉峴帥當時旣電咨總署顯與拒絕又恐內地米商貪圖重利暗地轉輸於是嚴立米船出口之禁各處米商懔會憲意不知禁止出口只不准偸漏外洋並不禁流通內地自經憲諭之後數月來竟絕無米船至省是以省米日少一日卽日貴一日也劉太守體念民艱見米價難平深思遠慮乃飭元寗兩縣趕緊出示申明憲意諭令各米商迅卽運米來寗毋得仍前觀望云云從此千艘白粲銜接而來當不致再興如珠之歎也

吳淞地貴 ○吳淞口邇因建造鐵路寓滬西人紛紛前往購地以致地價飛漲業經總理衙門電咨南洋大臣准令各國作爲通商碼頭劉峴帥遂札飭關道蔡觀察總理其事並飭前廣西桂平梧鹽法道向子振觀察萬縈爲會辦已於前日來滬暫假寓英廨卽偕繪圖西人並丈量人等雇備小火輪擬於今日前往查勘云

稽查卡務 ○江浙釐卡自四月一號移交總辦梅而士稅務司接辦以來一切章程均由赫總稅務司議定其各卡向用委員書辦人等概俟三個月後再行裁減更調本月二十四日梅稅務司帶同文案差役人等雇船先往浙江嘉興一帶各卡稽查每日應收釐金若干卡中共用人數若干事畢再往松江一帶查察然後回滬

寄人籬下 ○頃接粤友函稱小呂宋僑寓華民甚多向無領事保護現美西搆兵我華商民之作寓公者被其淩虐慘無天日經香港東華醫院董事稟請粤督譚制軍設法已奉制軍飭諭略謂據該醫院董事盧紹勛等稟稱現在西班牙國與美國失和旅居小呂宋華民懇請設法保護經本部堂據稟電請總理衙門託英國代爲保護頃准覆電英外部已允所託保護呂宋中國商民等因該善

堂卽速電致小呂宋商等知悉至該處英領事署商辦可也云云據此則海外遺黎當有生機一線矣

西軍覆沒 ○美西之戰屢見西報互有勝負無大夷傷惟西五月朔西艦隊之守小呂宋者爲美國艦隊所攻砲火如雷槍彈如雨西艦多於美艦三分之一竟被美軍轟燬片甲不存誠有海軍以來第一塲惡戰也

東亞瑣聞 ○俄東海濱省本在亞洲僑居之高人爲俄服役誠實耐勞下至俄之村民亦莫不覔高人代其工苦高之巡捕所衣官服向自俄人購買俄小武官若哨長行走漢城居然副參氣象他如海參威村民行獵必覔一外國貧民用以驅使水鳥被槍斃者向係命犬牽取至此直可命人矣 譯木司寇新聞報

船數加增 ○英境客歲小鑪匠齊行罷市造船因之阻碍今由廠主說好該匠等始各就工故本年應造之船籌欵較多水兵額數增六千三百四十名共核十萬六千三百九十名 譯木司寇新聞報

預謀索欵 ○時事報云美國政府擬飭水師員弁派兵佔據太平洋呂宋屬羣島並封禁海口以爲息戰立約時索取賠欵地步倘呂宋政府不願照行則將各島售與歐洲各大國或盡售與英國各島於英國最爲合宜諒英國當以善價購之也 譯日本郵報

光緒二十四年五月初六日京報全錄

宮門抄○五月初六日內務府 國子監 正紅旗值日無引 見 孫家鼐假滿請安並謝協辦大學士 恩 王文韶謝在軍機大臣上行走並謝戶部尙書 恩 崇禮謝授步軍統領 恩 良培慶福各續假五日 恩佑續假十日 張蔭桓陳其璋文翰預備召見 掌儀司奏十五日祭 奉先殿溥撰行禮 召見軍機 張蔭桓 陳其璋 文翰

○○北洋大臣直隸總督臣王文韶跪 奏爲留防湘軍馬步三十營支用薪糧馬乾雜費等項造册報銷恭摺仰祈 聖鑒事竊查前江西布政使陳湜所部湘軍馬步二十營留防山海關廣東高州鎭總兵余虎恩所部湘軍虎字十營移駐河西務月支薪餉光緒二十一年九月間因湘軍糧台裁撤經臣會同兩江督臣劉坤一奏准自是年十月分起歸天津海防支應局經理仍由戶部撥欵供支當經該局查明余虎恩所部各營餉項本係原額巳經湘軍糧台報部有案照章接支陳湜所部馬步各營及大旗新兵人等有由他營歸併及另行招募者月支薪糧馬乾雜費等項數目先後開單詳經奏咨立案旋准部咨以該軍馬隊較直隸馬隊人數旣減所用馬夫應令照章酌減等因飭據陳湜將每營酌減馬夫三名仍設二十名又大旗什長四名月支口糧二兩戶部令照江南准銷案內蘇防護旗每名每月刪銀九錢按六兩三錢開支等因其餘各欵均核准嗣於光緒二十二年正月六月該兩軍先後遵 旨遣撤復經臣飭由招商局調撥輪船分起裝運回南分別遣散並照章另給恩餉兩月所有由津遣散日期及陳湜所部升字三營飭派降補副將方友升統帶到鄂後如留防本省所發恩餉卽作爲七八兩月正餉均由臣先後奏報並飭將用欵核明專案造銷各在案茲據海防支應局詳稱收支湘軍餉項例應造報因有行查各欵陳湜早經病故各統將又皆散處南省直至本年始遽逐一査覆前來自應赶緊核明造册報銷以淸案欵計自光緒二十一年十月初一日起至二十二年六月底止舊管無項新收項下湘軍糧台移交銀二十萬六千四百四兩有奇戶部指撥局存海軍鉅欵生息銀二十萬兩又在津滬兩關所克薩欵內由江海關撥解銀二十八萬二千六百二十三兩有奇由津海關撥解銀二十四萬兩各軍繳回馬匹變價銀三千一百十兩有奇本案製造帳房例扣平餘銀九十七兩有奇共收銀九十三萬二千二百三十五兩有奇開除項下應歸戶部核銷陳 所部湘軍福壽馬步二十營並隨營差遣文武員弁大旗親兵哨探馬兵薪水公費口粮柴草等項銀五十八萬八千三百七兩有奇余虎恩所部湘軍虎字十營並隨營差遣文武員弁親兵馬步小隊薪水公費口粮柴草等項銀十七萬八千二百七十六兩有奇福壽等營拉砲馬匹馬夫口粮馬乾等項銀九千七百九十兩有奇應歸兵部核銷湘軍壽前等營遇難淹斃官弁人等邺賞銀一萬四百五十兩有奇遣撤各營官弁勇夫輪船水脚銀十萬九十六兩有奇應歸工部核銷湘軍福壽等營砲費銀一千十五兩有奇馬步各營領用帳房銀九千七百四十四兩有奇福壽等存儲軍火兵米房租銀八百三十六兩

有奇共開除八十九萬八千五百十八兩有奇實在項下共存銀三萬三千七百十七兩有奇另款存儲聽候部撥各營餉項均係遵照部覆核准餉章支給惟陳湜各營大旗什長口糧每名删銀九錢係二十二年十一月接准部咨其時該軍遣散已將半年無從追繳應照實支銀數造報又各軍另給恩餉於二十二年十月經戶部奏准遣撤各軍恩餉章程內開營哨官均給一月薪水不給公費統領借支薪水公費不得另給恩餉等語此次該兩軍係二十二年正月至六月先後遣撤照章加給恩餉隨時奏咨係屬發餉在先部章在後具查本年二月間兩江督臣劉坤一以泰安軍報銷案內所支統領兩月恩餉經部删減行令追繳當以所發恩餉均係隨時支給現在遣散已閱兩年無從追繳奏請准銷欽奉　硃批戶部知道欽此等因在案該兩軍所支恩餉並大旗什長口糧事同一律應請照案准銷製造其餘帳房用過工料遣散各軍支用輪船水脚遇難弁兵支用郵賞等項銀兩均係查照成案開支實用實銷並無絲毫浮冒造具清册詳請　奏咨等情前來臣覆核無異謹繕簡明清單恭呈　御覽仰懇　天恩勅部核銷除將清册分咨戶兵工等部外理合恭摺具陳伏乞　皇上聖鑒謹　奏奉　硃批該部知道單併發欽此

○○德壽片　再案准吏部咨欽奉　上諭嗣後各省州縣無論奏調委署代理着每屆三月彙奏一次等因欽此轉行欽遵在案茲據布政使翁曾桂詳稱光緒二十三年冬季分委署代理知縣印務所有試用知縣鄭輔清委代瑞昌縣知縣請調新城縣知縣譚紹裘委署番陽縣知縣試用知縣汪培委署浮梁縣知縣貴谿縣知縣楊焜委署德化縣知縣試用知縣楊國璋委署瑞昌縣知縣共五員造册詳請具　奏前來臣覆核無異除清册咨部外理合附片具陳伏乞　聖鑒謹　奏奉　硃批吏部知道欽此

○○陳寶箴片　再臣於光緒二十二年八月奏保浙江補用知縣闗棠內閣中書改就知縣李見荃揀選知縣王士傑謝鍾英賀國昌等五員堪備州縣循能之選懇　恩飭下名該省督撫臣給咨送部引　見量予錄用等情是年十月初十日接准原片奏　硃批闗棠等均着發往湖南交陳寶箴差遣委用吏部知道欽此欽遵恭錄轉行去後除闗棠業經病故王士傑未經起程來湘不計外其李見荃一員已先由內閣中書以知縣引　見分發浙江候補經臣咨明浙江撫臣廖壽豐飭知該員卽於光緒二十三年三月初九日由浙到省賀國昌於三月十八日到省謝鍾英於三月二十二日到省經臣分別札委勘丈濱湘淤洲招辦礦務事均能切實辦理勞怨不辭絕無敷衍習氣且皆志趣向上爲守兼優洵爲牧令中難得之材該員等均係知縣本班合無仰懇　天恩准將浙江候補知縣李見荃揀選知縣賀國昌揀選知縣謝鍾英三員均以知縣留歸湖南委用以資臂助出自　高厚鴻慈除李見荃本係浙江候補知縣今以本班奏歸湖南委用應請免繳分發離省指省銀兩外其賀國昌謝鍾英二員應飭例補交分發銀兩如蒙　俞允再由臣飭取該員等履歷送部註册臣爲地方需才起見理合附片具陳伏乞　聖鑒　訓示謹　奏奉　硃批着照所請吏部知道欽此

○○德壽片　前准軍機大臣字寄光緒二十三年七月十五日奉　上諭戶部奏籌撥甘肅新餉一摺甘肅關內外各軍餉關繫緊要現經該部將光緒二十四年新餉查照上屆所撥銀數於各省關指請飭依限提前報解等語着該撫嚴飭司道按照撥數於本年十二月底趕解三成至來年四月底解清等因欽此計單開光緒二十四年分甘肅新餉撥江省銀三十六萬兩並准戶部咨同前由當經行據藩司糧道以前項餉銀司庫支絀萬難全籌會詳　奏明援照歷辦成案於司庫地丁厘金項下籌解三分之二銀二十四萬道庫漕項等款錢糧內撥解三分之一銀一十二萬兩陸續起解前由司道庫籌撥銀十五萬八千兩分作三批循舊發交商號滙赴甘肅兌收經臣　奏咨各在案茲據藩司翁曾桂詳稱動放厘金銀二萬兩移准糧道籌撥道款錢糧銀三萬兩共銀五萬兩作爲江省奉撥光緒二十四年第四批甘肅新餉飭令尉豐厚商於二十四日赴陝甘督臣衙門轉發甘肅藩庫兌收所有餘平銀兩已遵照自行扣存至解此批甘肅新餉銀五萬兩職名係江西布政使翁曾桂籌解銀二萬兩督糧道劉汝翼籌解銀三萬兩合併聲明等情詳請具　奏前來臣覆核無異所有江西籌解奉撥甘肅省光緒二十四年新餉第四批銀兩交商滙兌並籌解各職名緣由理合附片陳明伏乞　聖鑒謹　奏奉　硃批戶部知道欽此

啓者昨接上海孫仲英善長來電旋又接到顧緝庭葉澄衷嚴筱舫楊子萱施子英各觀察來電據云江蘇徐海兩屬水災綦重飢民數十萬顚沛流離死亡枕籍災區十餘縣待賑孔急需款甚鉅官款恐未能徧及素仰貴社諸大善長久辦義賑飢溺猶已敬求代呼將伯源源接濟功德無量蒙滙賑款卽滙上海陳家木橋電報總局內籌賑公所收解可也云云伏思同居覆載異姓不啻天親縱隔形骸民物莫非胞與頓遭洪水哀此災荒盡是蒼生何分畛域況救人性命卽積我陰功雖此日拯茲黎庶散盡赤仄青蚨卜他年報在子孫同來玉堂金馬敝社款無備濟自知獨力難成術欲廣仁惟冀衆擎易舉叩乞　顯官鉅紳仁人君子共憫奇災同施仁術原擬活人無算雖千金之助不爲多但能濟世有功卽百錢之施不爲少盡心籌畫量力輸將敝社不禁爲億萬災黎泥首叩禱也如蒙　慨助卽交天津溜米廠濟生社帳房代收並開付收條以昭徵信

濟生社籌賑同人謹啓

新開 元隆號綢緞洋貨莊

自去歲四月初旬開張以來蒙　各主顧垂盼雲集馳名日盛本號特由蘇杭等處加意揀選名機新鮮貨色零整銀價俱照大莊行市公平發售以昭久遠此白

寄賣龍井雨前素茶福建皮絲水烟各種眞料大小皮箱

開設天津府北門外估衣街中路北門面便是

元茂機器磚瓦公司

本公司仿照西法燒作磚瓦事屬創舉曾經通稟在案該貨堅固異常價值從減並各樣印花磚瓦俱全　賜顧者請至海大道新興南里內本公司面議可也謹啓

魁陞號綢緞洋貨莊

本號自置顧繡綢緞洋貨等物整零均按銀莊格外公道皆比大市價廉發售　寄賣各種眞料大小皮箱漢口水烟袋各種眼鏡龍井雨前紅茶梗　寓天津北門外估衣街五彩號衚衕口坐北向南　士商賜顧者請認本號招牌特此謹啓

告白

予最喜閱各種新報京津滬粵閩浙之旬報日報現看者三十七種惟粵港各報京中鮮有售者津門梁君子亨憂時士也因開北方風氣起見經理南北各報數十種予寄洋函定廣智報博聞報香港中外報及閩之閩報華美報滬上數種報均蒙源源接寄無誤而且津門各報總報分館梁君報價公道取價眞廉屢次信局悞寄遺失後蒙照數補齊每報館停印不出梁君自認均不能歸看報處吃虧如此公平交易果然名不虛傳爲此布告遠近同好時事明理各報諸君不妨函購定請向津門各報總處必先覩爲快也

京都最愛看報人張琴舫氏識

拍賣告白

啓者本月十一日卽禮拜三下午兩點半鐘在紫竹林駁船公司後門拍賣保康大駁船一隻願買者請來是處面拍惟此項貨去只准拆其木料鐵料以作別用不許改作民船致多不便特此佈聞

永盛洋行謹啓

天后宮北 義興順綢緞莊

本莊自置顧繡綢緞綾羅紗絹各樣洋貨南貨雅扇梓頭油香貨歸安貝竕泉湖筆一概俱全

頭號杭甯綢　四錢二
頭號摹本緞　每　三錢八
紅梅茶　九百六
紅茶　六百四
紅茶梗　斤　二百二
龍井茶　一吊八
金百𦈌裙布裡每套五兩八
壽棉
哆囉蔴每尺原碼　四分二
各莊夏布一概照行發莊

光緒二十四年五月初八日
直報
第六版
二三三四

白　告

新出石印濟公傳此書出在南宋高宗皇帝出一位高僧濟公奉佛敕旨降世人間微愚勸善忠孝節義與前醉菩題濟公不同本房不惜多金邀請名公細加批註由濟公降生共二百四十回趙家樓馬家湖前後接連又全續彭公案經史子集石印鉛板家藏板局板均照申價發售寄售毛賈夥巷瑞芝閣
天津賓宇山房謹啓

白　告

啓者本局光緒二十三年第十四屆總結帳目現經彙算淸楚業經登報邀請股友公同核閱除將帳署刋印屆期分佈外茲照定章於五月朔在天津上海香港三處派分本屆股利仍按上屆章程老股派利一分二釐新股派利一分到期卽祈有股諸君携帶息摺枉臨領取以便憑摺核發特此佈達
開平礦務總局啓

白　告

頭彩第七千四百七十七號
二彩第二萬零七百五十號
三彩第一萬零三百零四號
諸君三次所買官商快覽如有得頭二三彩及上下附彩者請卽携原書來領當卽照發彩洋也
絳雪齋啓

白　告

啓者刻下磁州煤礦已將吸水機器安置停妥各窰宿水俱已抽乾所出之煤與唐山五槽相等局內章程按照商辦極爲謹密將來利益已有成效但資本愈厚獲利愈多爲此布告津都申各處紳商有欲入股得利者其股票寄存源豐潤票號請向面塡可也
磁州礦務局謹啓

三井洋行分莊　白　告

啟者日本商始創貿易爲業數拾年以來今分莊開設北門外鍋店街洗家衚衕口對過專選精工料實東洋棉紗各等時式大小疋棉布粗洋布斜紋洋標等格外公道價亦從廉凡仕商賜顧者請至分莊面議可也特此佈聞
三井本莊主人啟

紫竹林　第一樓番菜館

本號專作英法大菜各色精細點心各樣洋酒洋貨等物一應俱全並售
上　八百
紅茶每斤津錢一千
上　六百
又批發茂生公司鐵海紙烟零整發售價值格外公道原箱計一百盒價洋一百四十四元每盒計五百支洋一元五角凡仕商賜顧請卽駕臨是荷
主人謹白

夢華館圖章潤格

每字津錢
玉章　四吊
晶章　三吊
磁章　二吊
竹章　一吊
牙章　六吊
石章　三百
天津北門內府署東各報總處紫處堂代收

減　價

今有友人自辦陝西老土每兩津錢四百八十文新到梁州土每兩津錢五百四十文如蒙賜顧者請到東門內聚隆成寄售

白　告

皖江方友莊司馬喬寓津門紫竹林義和生西棧精于岐黃儕輩頗受益友莊本世家子不欲以醫鳴僕等以爲沽上良醫甚尠姑懸壺以救眼前人亦仁者之造福也特揚之以告采薪者
○謹代訂車費兩竿門診一竿
王蓮生　馬少雲　洪月坡　胡丹甫　仝啓

白　告

敬啓者吾鄉張靖達 周武壯 剛敏 公諏吉月之初十日巳刻奉位入祠凡我同鄉以及各省年世寅誼曁津郡紳耆諸公一時知會不週未免負咎特登報奉聞屆期如蒙降臨是所欣盼
安徽同人公啓

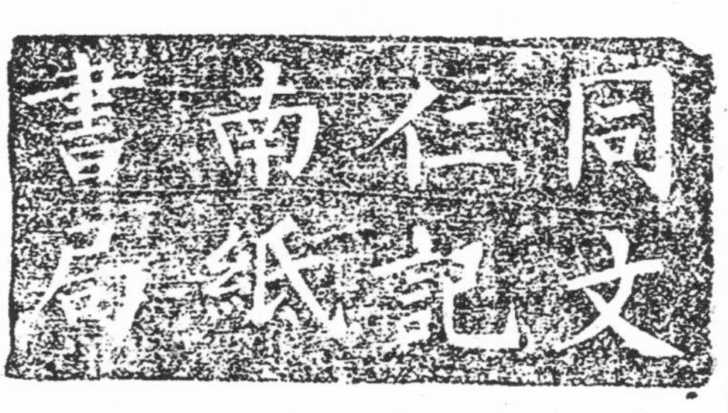

本局自印耕香館書臘每部價洋二元專辦各種石印書籍精選加高南紙頁細雅扇格外價廉廉天津東門外磯子衚衕本局啓
本局謹啓

五月初九輪船日出口 禮拜一

順和 輪船往上海 怡和行

武昌 輪船往上海 太古行

五月初八日銀洋行情

天津通行九七六錢

銀盤二千四百六十七 洋一千七百五十

紫竹林通行九六錢

銀盤二千五百文 洋一千七百七十五

洋錢行市七錢一分八

朱鈍翁先生脉理奥深醫學穩愼吾浙同鄉每抱沉疴咸賴拯濟計游津十年先今屢治疑難危症俱喜著手回春久寓彌勒菴內

直報

本館開設天津紫竹林海大道老菜市氣燈房巷內

光緒二十四年五月初九日　第一千零九十五號
西歷一千八百九十八年六月廿七日　禮拜一

部照又到　直隸勸辦湖北賑捐局自光緒二十四年正月至二月底請獎各捐生部照又到請即攜帶實收來局換照可也

上諭恭錄

上諭正白旗漢軍都統着凱泰補授正藍旗蒙古都統着載勛補授欽此

哀聖像文

慨自匡人欲殺幾代攖刺虎之矛宋相行兇使先絕獲麟之筆痛斯文之墜地何止伐檀信有命之在天仍傷絕粒似茲阨隍已備歷於生前何意强梁復慘遭於死後如敵兵之擅毀我　聖躬者夫怨必烈猶知重道俄羅斯亦願傳經蓋欲置赤子於治安必先沐素王之德化聞風仰慕知中國有聖人貼地遵依重尼山之師表用悉豚魚可格勿言鳥獸難羣故可汗雖敢窺邊而撻利終知尊聖也詎意敵兵肆無顧忌事非奪食紾臂胡爲地異在牀剝膚竟切遂至斷同俠士折類名醫良臣翊主之席在昔已留遺憾小子啓予之訓迄今竟歉全歸身貽偏重之憂容改翼如之度將謂名敎自饒樂地曾曲此肱斯人可以回天何嫌隻手故敵兵以此嘗試使夫子受此折磨嗟嗟天地四大先道而後稱王古今五倫惟聖乃能啓我覩茲無狀能不痛心恨刮地而難平讐戴天而羞共休笑書生之弱未解談兵苟受國士之知定能破敵作周勃興劉之袒奮田單號族之呼倘邀社稷之靈得雪師門之恨即使殤如汪琦猶覺榮勝魏收奈力與願違理爲勢屈橫磨之劍片紙空書請繫之纓半籌莫展殿上抱牌之哭心莫披丹墀前殉石之悲血徒埋碧此固亘古之巨變而爲多士之奇羞者乎惟是英靈未泯罪惡難逃願改居夷之心試下懲紓之力我戰則克尙記師言神既匪遙盡紓國難暗爲呵護以膈君衷乃震聲靈挽回士氣庶使弟子某洩其積憤報厥沈冤斷蛟銘管父之勳免投東海伐竹暴强徒之罪罄此南山　錄粵東博聞報

護月派員　○五月十五日月蝕初虧在三點少八分蝕甚在五點二十三分三秒經太常寺派出寺丞祥厚郭扎清河典簿崇山方光紳博士成霖史從鑑　翰林院編修奎善惠彬檢討康際清溫仲和　詹事府主簿文明陳欽九王玉麟戚時增　吏部員外郎升允主事陞祿額郎中呂賢埜主事黃佐昌戶部員外郎興福主事慶春員外郎宋兆綸主事部秀巖禮部郎中祺章主事常順員外郎黃英采主事朱贊廷兵部員外郎廣潤主事春慶員外郎張廷霖主事趙秉璋刑部員外郎那福主事覺羅瑞芳員外郎夏壽田張桂林工部主事伯齡員外郎福潤主事馮佩謹陳宗濂太常寺贊禮郎春福全順覺羅世謙伊里布筆帖式嵩濬常緒樸壽文凱等均於十五日戌刻至太常寺署內伺候救護以崇典禮

東省解餉　○山東巡撫咨差候補同知蔣濬督管解光緒二十四年夏季分內務府經費銀三萬兩於月之初六日辰刻飭傳該委員親身赴內務府交納後掣批回省銷差

司成上任 ○新簡管理國子監事務徐季和大司空涓吉於五月初十日辰刻上任先行謁廟禮畢然後履新經典籍廳示仰闔署官員吏役門斗人等知悉至期一體謁見各宜凜遵毋違特示

茶社吃驚 ○五月初七日阜成門內天祿軒茶社忽來差役甚夥將座中啜茗客四人鎖拏押送步軍統領衙門是時隨而觀者約有一二百人皆不明其所犯何案次晨探聞此四人林某等係結夥搶刦之犯經南營菜市汎弁兵購同眼線前往嚴拏解訊云

典舖起贓 ○五月初七日宣武門內西單牌樓仁壽當門首有車三輛鎖載賊犯三名官差十數名向該典當起驗贓物甚多押解步軍統領衙門嚴訊所起賊贓是否相符詰訊得實按律懲辦

殺姦自首 ○前門外北蘆草園馮某娶妻兪氏不安於室與李某有染馮某先不知情迨後春光洩漏馮藉李貲度日亦無可如何昨於五月初六日不知緣何一時忿火中燒乘一對野鴛鴦交頸之際卽持利刃將李某並兪氏一併砍傷血流如注李某傷勢甚重當卽斃命兪氏傷稍輕尙有奄奄一息馮卽持刀自行投案稟報相驗詳城送部按律審辦至其中有無別情俟訪明再錄

是惡因緣 ○宣武門外椿樹頭條衚衕周某子於閏三月娶某氏女爲室伉儷甚篤昨於五月初六日一對小夫妻不知緣何啓釁彼此口角各不相讓其子一時氣忿難消以一盞阿芙蓉膏吞服斃命該氏見夫無故輕生自知罪魁禍首恐翁姑決不相饒乘間將赤金兜肚鉤吞服斃命當經翁姑報於北城會同五城指揮相驗現聞男女兩家親屬赴案各執一詞未知如何訊斷俟訪明再錄

督轅門抄 ○五月初八日晚中堂見 張大人翼 孫大人寶琦辭 張大人鼎祜 初九日見 運司方大人 海關道李大人 天津道任大人 新調熱河道恒大人壽 覇昌道端大人方 候補道汪大人瑞高 衛大人杰 徐大人楨祥

直藩牌示 ○署武邑縣裴敏中期滿飭准補是缺之王玉珂卽赴新任天津海防同知吳崇偉署事期滿飭本任同知史善詒卽回本任懷安縣缺以准補是缺之張良暹赴任河間縣張主敬衡水縣吳國棟玉田縣陳縉均飭各回本任以專責成

同蒙眷顧 ○孫觀察寶琦傅觀察雲龍奉 旨調京 召見一節茲悉昨晚由督轅發下咨文孫觀察赴院稟辭今日北上傅觀察聞將局差交代清楚亦卽北上兩觀察一熟洋務一精西學皆時務中俊傑之才 國家銳意維新行當深蒙 寵眷矣

奉委會審 ○候補直隸州楊刺史同鼎奉海關道憲札委赴豐潤縣會同縣令審訊要案昨已赴道轅稟辭行當稟知中堂捧檄前往矣

性理題目 ○天津縣文童投卷及正場各則均登前報茲于初九黎明諸童扃試性理謹將論題照錄 性理 幾善惡論 孝經 論

傷叔及祖 ○河北西窰窪王姓家其鄰右時聞該姓吵鬧昨又不知何故其家之姪傷叔頭額姪之祖向前攔阻復將乃祖打傷當經地方將逞强之王某扭住送交該管有司懲辦至如何責處訪明再登

愛鶯失雞 ○河東準提菴後某甲久戀烟花不顧妻子經妻屢勸不改妻忿甚吞烟自盡經妻之母偵知定欲控官幸親族出爲理處乃修經超度厚葬之

紙貴先聲 ○上諭自下科爲始鄉會試及生童科歲試停止八股改試策論已見邸抄按策論以四書六經爲根抵子史文集爲波瀾蓋將以破拘墟除謭陋求爲有用之學此識時俊傑所當有開必先者順天大城縣劉君芷衫畿南名下前註七家詩津門賦久已風行茲又有莊子辨訛等書若干卷待梓其桃李馬鵬卿復爲古文比一帙體例如平淮西碑韓文與段文連篇諸如此類兩兩對擧以牖初學最能開人識見聞已將付石印其書一出定卜紙貴洛陽矣

預卜興隆 ○津埠大小錢舖暨各換錢局皆資本無多專恃行使紙片以資周轉每逢節前年尾一取現錢立卽倒閉然一經取錢不短亦立卽興隆焉訪事云端陽日下午三點鐘赴北門裏公幹路經小儀門內見立興恒錢舖門首持帖取錢者擁擁擠擠喧嚷

異常如入山陰道上頗有應不暇之勢該號果從此興隆當可預卜矣

事似挾嫌　○河東吉家衖裴公館於去歲有人夜間常向公館內拋磚擲瓦裴大令卽知會河東汛高弁務將拋磚之人訪究已列報牘前晚裴公館復有人擲磚院內並上贅字條上寫公館跟人劉宗在外倚主之勢無惡不爲並詐索王三喜娼寮津錢六千五之說匿名帖例不舉辦想亦挾嫌所致也

繭包被焚　○滬北絲廠林立每于初夏之時雇人往無錫常州等處購買鮮繭近巳陸續來滬有某鄉山船經某絲廠雇裝載鮮繭二百餘包來滬停泊老閘港內前晚繭包中不知如何遺火一時火光四布幸旁泊之某航船舟子瞥見狂聲呼救並爲設法汲水灌救始卽息滅聞共焚去鮮繭數包云

黑旗安靜　○日前文滙西報載粵督譚制軍出缺及省城黑旗兵變一節各報曾照譯錄茲得粵東訪事友來函謂譚制軍雖政躬不豫然吉人天相定卜勿藥之占至黑旗依然安靜如常並未有變亂之事合亟登報以釋羣疑

福紳平糶　○福州城外紳士某翁家頗充裕凡窶人子平日乞分餘潤有求必應茲因省中米價太昂念貧者無以爲生乃發其積粟平糶招集該鄉貧戶來糴一升只收廿四文但有限制按日一名男丁六合女丁三合其稍可自給以及出外經商學習技藝者不在此例似此博施周急誠富貴中人所不數覯者合亟錄以風世

浙議開倉　○浙省有常平倉歷年所存米穀數甚浩繁現巳積至一百餘萬石向由紳董經理刻値米珠薪桂聞藩憲惲方伯籌恤民艱因札委候補同知張受之司馬臨吉莅倉盤查擬先酌提數成減價平糶以惠窮黎此舉果行茅檐矮屋中定必有口皆碑歡聲雷動矣

金陵絲米　○金陵平糶屢載前報茲訪事函云昨日省中由江西運到白米一萬餘石帆檣林立均泊於南門水西門一帶刻下由官定明市價每石三元六角二分惟赤貧小民仍以米貴如珠爲憾又今年蠶市因陰晴寒暖失時絲場受損近日新絲上市不如往日惟價値稍高現在上絲一百二十三元二角中下絲則二十二元及二十元零二角云

菜麥跌價　○漢陽南鄉一帶大小等麥收成頗隹數月以前小麥市價竟漲至三串五六百文現巳減跌至一串二三百文之譜大麥亦僅値一串數百文又菜子一項收成亦好每重一石現僅値價二串文之譜故漢鎭菜油每重一斤現均跌至八十四文亦生民之幸事也

英國添船　○英海軍本年應造之船巳將開工者共鋼甲十二隻頭等巡哨船十六隻二等巡哨船六隻三等巡哨船十隻刬船六隻魚雷砲艇四隻魚雷巡哨船四十一隻　木斯科新聞報

議禁鴉片　○英基督教會議禁鴉片烟入會議者爲印度錫蘭新加坡緬甸各處牧師僉稱印度賣烟公所應槪嚴禁錫蘭所有烟館一槪封閉緬甸舊有禁烟章程尤應推廣增訂務使黃白黑等族不分貴賤一律遵守至東土種烟日本載運出口販赴英地自非敎會所能攔阻也　木斯科新聞報

整飭艦隊　○德議院將艦隊章程宣示二次俾衆周知此章計共二欵一係應用船艦總水師提督船一隻鋼船二隊每隊八隻挨次而列海防二等鋼船二隊每隊四隻有事時大差船六隻小差船十六隻海外巡哨船大者三隻小者十六隻一係備用船艦挨次船二艘巡哨船大者三艘小者四艘魚雷艇小砲艇及他項艇船尙不在內計自一千八百九十八年四月一號起德船總數共大小五十三隻云　譯俄四月彼得堡時報

美船受傷　○訪事友來電云昨美國水雷壁船於滿潭支士洋面與日斯巴尼亞國砲船相遇旋卽施礮交攻各放礮十一門美國水雷船漸覺不支下旂而遁受傷頗重譯日本郵報

光緒二十四年五月初七日京報全錄

宮門抄○五月初七日理藩院　鑾儀衛　光祿寺　廂白旗値日無引　見　那王謝授閱兵大臣　恩　剛中堂謝管理健銳營
恩　懷塔布謝管理圓明園八旗事務　恩　曾廣漢謝授左副都御史　恩　克王松溎各續假五日　召見軍機　崑中堂

○○奴才恩澤薩保跪　奏爲按照部議聲覆各情並遵就原撥之銀均勻散放恭摺仰祈　聖鑒事竊査迭准戶部咨稱本部議覆江省奏報齊齊哈爾等處二十三年收成分數接濟銀兩一摺於光緒二十四年正月十四日具奏奉　旨依議欽此是時撥銀十五萬兩又議覆續報黑龍江各城二十三年收成分數接濟銀兩一摺於光緒二十四年二月二十三日具奏奉　旨依議欽此先後兩次鈔錄原奏咨令欽遵辦理前來大致以江省歲報災歉年年接濟欺朦冒濫之弊恐不能無在部臣綜核度支當茲時事日艱不得不力求實際而奴才等忝膺疆寄自問天良未昧亦豈忍稍聽虛糜謹將此中情形爲我　皇上詳晰陳之如部議齊齊哈爾接濟原奏內稱黑龍江因災接濟口糧有案可考自道光二十七年至同治十三年共祗接濟三次自光緒二年至二十三年則竟接濟至十六次光緒二十一年以前該省接濟銀數率以數萬兩爲常現光緒十四年接濟銀數最多然亦只十二萬餘兩乃光緒二十二年該將軍奏請接濟銀數竟增爲十八萬餘兩此次奏請接濟銀則又增爲二十九萬餘兩各節暨續議黑龍江各城接濟原奏內稱何以該將軍請撥光緒二十三年齊齊哈爾黑龍江墨爾根布特哈等城因接濟銀竟至四十五萬餘兩之多一節査江省向鮮耕稼雖有水旱而不甚害民迨近數十年間征調過繁蓄牧之業廢林木漸少游獵之利微於是各城大半務農務農多則占地多地勢不能盡同天時亦難由就斷無高窪普收之歲卽有照常接濟之人加以嫩江各河日積日淤每屆夏秋輒至四溢尙有相隔百餘里十日半月不能達者曾因此擬行隄防溝洫之法屢次委員査勘迄以工鉅費多未由修治而二十二年陰雨歷數十日二十三年各城久雨復値墨爾根城山中發蛟故論歷年之災又以此二年爲最甚被淹旣廣需欵自奢理固然也且昔之接濟大半發糧並於布特哈所屬旗佐往往專發糧是以請銀見少今因倉無存糧不得不專發銀去年收成又多係一分以每口每日三錢計之一人卽需銀三兩餘不免請銀見多矣此因災接濟歷年不止以及上年請接濟銀至四十五萬餘兩之實在情形也部奏又稱若謂年年江河泛漲積水不消兼之夏雨連綿遍地汪洋橫流漫溢以致災區若此之廣災情若此之重不得不請撥鉅欵普行接濟何以該將軍當時並不飛章入告年終亦不一併彙奏且泛漲不消者究係某江某河橫流漫溢者究在某城某處何以該將軍原奏均不詳細聲明況該城接濟口糧本係專各城官莊承種公田交納額糧人等而設若並非承種公田亦不交納額糧則不得濫行接濟何以該將軍竟將布特哈原無公田不交額糧之戶亦請接濟銀六萬餘兩各節査上年七八月間接據各城廳咨稟之後俱卽隨時咨明戶部第慮所報不實未敢率爾上　聞由省派出勘災之員又以積水未消處處難以履勘遲至數月方據覆到迨經戶司核稟應需銀四十餘萬兩奴才恩澤焦灼萬分一駁再駁至於數駁始飭覆勘繼飭減終則各司旗環聚衷訴謂此事本係定例但求據寔入告　恩出自上其時省城已由奴才恩澤勸紳商施粥濟饑四方聞風踵來鵠面鳩形不堪入目因是萬不得已而後具奏然已多歷時日不及趕於年終一併彙陳其泛漲漫溢之區在齊齊哈爾布特哈墨爾根三城者則爲嫩江及其上游各河在呼蘭城廳者則爲松花江呼蘭各河在黑龍江城者則爲黑龍江該各城所屬江河前水一片汪洋無從分晰至布特哈因災接濟實係向有之事本省接濟舊案亦不分是否承種公田交糧與不交糧之人但視收成一分至三分者卽請分別接濟而往時開單奏報或於布特哈一城聲言該處原無公田向不交糧例不接擠云云係因是年收成已逾三分如有公田卽應交糧上二語特爲不交糧者言之下稱例不接濟者又以收成既逾三成照章不應接擠也此奏報稍緩江河未詳以及布特哈不交報糧之戶亦請接擠銀六萬餘兩之實在情形也現在各城待哺嗷嗷如俟委員勘覆再行接擠屬實屬緩不擠急謹遵部議於所撥齊齊哈爾等處接擠銀十五萬兩內酌量分撥各城咨飭各該副都統揀派委員確查實係極貧之戶均勻散給不足擬由上年呼蘭賑餘奴才等請留建修武備學堂購買銀元機器並購運抬槍等項下騰挪彌補其實應接濟數目蠲緩數目統俟散放完竣結報到

日再行彙案咨部如有絲毫欺冒情弊定即從嚴參辦至後接濟限制勸報章程容俟隨時體察奏明辦理所有按照部議聲覆各情並就原撥之銀均勻散放緣由謹恭摺具陳伏乞　皇上聖鑒　訓示謹　奏奉　硃批該部知道欽此

○○頭品頂戴山東巡撫臣張汝梅跪　奏爲特參玩視盜案致釀人命之知縣請　旨即行革職恭摺仰祈　聖鑒事竊臣前經訪聞費縣知縣葛鴻恩有事主呈報搶案抑勒斃命情事檄飭沂州府確查去後旋據該署府恭會稟稱迭次選委幹員馳往密訪祇查有該縣南鄉策馬村人賀茂占由奉天省回籍於上年六月初五日途遇吳姓同宿該縣龍王溝葛鳳春旅店初六日早賀茂占與吳姓一同起身移時賀茂占獨折回店聲言行至距莊三里許地方被吳姓乘間用刀砍傷搶去銀物逃逸賀茂占自將傷痕用藥敷蓋赴縣呈報該縣葛鴻恩親詣勘訊因情節可疑細加盤詰賀茂占供與吳姓中途結伴同行先至沂水縣境馬站莊店內喝茶有店主與賣線客均與吳姓認識伊曾換給線客銀四錢零可證葛鴻恩當即備文關會沂水縣知縣蕭照祥飭差前赴馬站莊旅店查詢店主因恐受訟累捏覆並無其事蕭照祥據情移覆葛鴻恩愈疑賀茂占呈報不實七月十七日復提賀茂占研詰因其不服頂撞量予笞責賀茂占等願隨差赴馬站莊旅店指認店主來案對質葛鴻恩當派差役范保昌押令前往因天晚同在南關劉沾元旅店住歇詎賀茂占因報搶被責又恐店主到案不認且無川資愁忿交迫是夜范保昌睡熟用小刀自戕肚腹由破墻缺口走至義地倒臥適范保昌驚覺喊同夥尋見賀茂站報經葛鴻恩驗傷飭醫調治無效延至二十日因傷殞命復報經葛鴻恩親詣驗訊即以賀茂站捏報到案畏罪自戕身死兄賀彬藉屍狡執稟府委員會訊繼又以屍兄查明悔悟結求罷訟稟請銷案此外並無被刦自戕案件等情具覆臣因恐所查尚有不實批飭臬司毓賢摘提人證至司研訊各供均與該府所稟相符賀茂站委因被搶呈報經該縣嚴詰責懲忿激自戕殞命差役范保昌並無需索凌虐情事並據該管道府層遞詳揭會同藩司呈請參辦前來臣查該縣葛鴻恩於事主賀茂站呈報搶案並不上緊緝拿贓賊指爲捏報駁詰笞責復派差押令自行查找人証致令愁忿自戕身死實屬荒謬糊塗未便稍事姑容相應請　旨將費縣知縣葛鴻恩即行革職以示懲儆除飭將人証分別發回省釋仍飭接任知縣勒緝逸賊吳姓務獲究報外理合恭摺具　奏再所遺費縣知縣員缺東省現有應補人員應請扣留外補合併陳明伏乞　皇上聖鑒　訓示謹　奏奉　硃批另有旨欽此

○○王文韶片　再直隸省城創設畿輔學堂業將辦理情形具　奏在案該學堂應延學長齋長已聘浙江嘉興縣人丁憂前翰林院編修沈曾桐作爲學長浙江富陽縣人丁憂前候補中書科中書陸桂星順天宛平縣人同文館英文副教習候補都察院都事陳壽平充當東西齋長現在沈曾桐陸桂星業已抵省惟陳壽平因在都察院候補多年資格已深一經出京恐資格被扣序補無期不敢輕易應聘臣查陳壽平深通英法語言文字邃於算數聘爲齋長必能培植後進造就人才若因有碍資格不能出京深爲可惜近年候補實缺京官或各省投効或各省奏調差遣或奏調隨同出洋均經奏明不扣資格今遵　旨創設畿輔學堂奏奉電　諭着切實舉辦毋得視爲具文等因是該員陳壽平赴畿輔學堂充當齋長即與在京供職無異合無仰懇　天恩飭下吏部都察院飭令陳壽平來直充當齋長准其不扣資格照常序補補缺後先行派員署理將來陳壽平回京供職再飭赴任是否有當理合附片具陳伏乞　聖鑒　訓示謹　奏奉　硃批着照所請該衙門知道欽此

啓者昨接上海孫仲英善長來電旋又接到顧緝庭葉澄衷嚴筱舫楊子萱施子英各觀察來電據云江蘇徐海兩屬水災綦重飢民數十萬顚沛流離死亡枕籍災區十餘縣待賑孔急需欵甚鉅官欵恐未能徧及素仰貴社諸大善長久辦義賑飢溺猶已敬求代呼將伯源源接濟功德無量蒙滙賑欵卽滙上海陳家木橋電報總局內籌賑公所收解可也云云伏思同居覆載異姓不啻天親縱隔形骸民物莫非胞與頓遭洪水哀此災荒盡是蒼生何分畛域況救人性命卽積我陰功雖此日拯茲黎庶散盡赤仄青蚨卜他年報在子孫同來玉堂金馬敝社欵無備濟自知獨力難成術欲廣仁惟冀衆擎易舉叩乞 顯宦鉅紳仁人君子共憫奇災同施仁術原擬活人無算雖千金之助不爲多但能濟世有功卽百錢之施不爲少盡心籌畫量力輸將敝社不禁爲億萬災黎泥首叩禱也如蒙 概助卽交天津溜米廠濟生社帳房代收並開付收條以昭徵信

濟生社籌賑同人謹啓

新開元隆號綢緞洋貨莊

自去歲四月初旬開張以來蒙 各主顧垂盼雲集馳名日盛本號特由蘇杭等處加意揀選名機新鮮貨色零整銀價俱照大莊行市公平發售以昭久遠此白

寄賣龍井雨前素茶福建皮絲水烟各種眞料大小皮箱

開設天津府北門外估衣街中路北門面便是

元茂機器磚瓦公司

本公司仿照西法燒作磚瓦事屬創舉曾經通稟在案該貨堅固異常價值從減並各樣印花磚瓦俱全 賜顧者請至海大道新興南里內本公司面議可也謹啓

魁陞號綢緞洋貨莊

本號自置顧繡綢緞洋貨等物整零均按銀莊格外公道皆比大市價廉發售 寄賣各種眞料大小皮箱漢口水烟袋各種眼鏡龍井雨前紅茶梗 寓天津北門外估衣街五彩號衚衕口坐北向南 士商賜顧者請認本號招牌特此謹啓

告白

初八日來班點石齋畫報至四月下浣全到廣智報至十七册 蜀學報內幷叢書報至第二册時務報至六十四册俱全 新出類類報本津論年三元六角外埠均加寄費代售法製青鹽美人志帖花卉絹片唐靜厚法十二大副足銀四兩 新出濟公傳初集二集三集全集彭公案 又至時務報館出書中國工商業攷光緒會計錄 代數通藝錄 餘者各書各報尙未全錄

天津北門內各報總處紫氣堂局全啓

京緞減價零售剪現

零剪 寄售

高鴉青	正號元青貢緞每尺	中號	副號	眞杭青金銀庫緞每尺	眞裕順曾皮絲烟每包	南京鹹鴨每支 大	小	龍井	雨前	珠蘭	雀舌	蜂翅	紅袍	小種 每斤
一千三百五	一千四百文	一千一百文	八百八十文	二千二百文	一千一百文	一千八百文	一千二百文	一吊七百文	一吊一百文	一吊四百文	九百六十文	一吊二百文	六百四十文	一吊二百文

本號自製元淺京緞躉售零剪杭綢衣線官燕金腿南貨糟貨一應俱全近因錢市漲落不同分別減價抑因無恥之徒假冒南味字號者甚多雖云謀利誠恐亂眞欲辦蠹猶用煩楮墨

天津宮北大獅子胡同公益仁記南味坊謹白

三井洋行分莊
告白

啟者日本商始創貿易爲業數拾年以來今分莊開設北門外鍋店街洗家衚衕口對過專選精工料實東洋棉紗各等時式大小疋棉布粗洋布斜紋洋標等格外公道價亦從廉凡仕商賜顧者請至分莊面議可也特此佈聞

三井本莊主人啟

告白

新出石印濟公傳此書出在南宋高宗皇帝出一位高僧濟公奉佛敕旨降世人間儆愚勸善忠孝節義與前醉菩題濟公不同本房不惜多金邀請名公細加批註由濟公降生共二百四十回趙家樓馬家湖前後接連又全續彭公案經史子集石印鉛板家藏板局板均照中價發售寄售毛賈夥巷瑞芝閣

天津賣字山房謹啓

告白

啓者本局光緒二十三年第十四屆總結帳目現經彙算清楚業經登報邀請股友公同核閱除將帳畧刊印屆期分佈外茲照定章於五月朔在天津上海香港三處派分本屆股利仍按上屆章程老股派利一分二釐新股派利一分到期卽祈有股諸君攜帶息摺枉臨領取以便憑摺核發特此佈達

開平礦務總局啓

告白

頭彩第七千四百七十七號

二彩第二萬零七百五十號

三彩第一萬零三百零四號

諸君三次所買官商快覽如有得頭二三彩及上下附彩者請卽攜原書來領當卽照發彩洋也

絳雪齋啓

告白

啓者刻下磁州煤礦已將吸水機器安置停妥各窰宿水俱已抽乾所出之煤與唐山五槽相等局內章程按照商辦極爲謹密將來利益已有成效但資本愈厚獲利愈多爲此布告津都申各處紳商有欲入股得利者其股票寄存源豐潤票號請向面塡可也

磁州礦務局謹啓

本號專作英法大菜各色精細點心各樣洋酒洋貨等物一應俱全並售

上上紅茶　每斤津錢一千八百

上紅茶　每斤津錢一千六百

又批發茂生公司鐵海紙烟零整發售價值格外公道原箱計一百盒價洋一百四十四元每盒計五百支洋一元五角凡仕商賜顧請卽駕臨是荷

主人謹白

告白

敬啓者吾鄉張靖達周武壯周剛敏公諏吉月之初十日巳刻奉位入祠凡我同鄉以及各省年世寅誼暨津郡紳者諸公一時知會不週未免負咎特登報奉聞屆期如蒙降臨是所欣盼

安徽同人公啓

減價

今有友人自辦陝西老土每兩津錢四百八十文新到梁州土每兩津錢五百四十文如蒙賜顧者請到東門內聚隆成寄售

告白

皖江方友莊司馬喬鳳津門紫竹林義和生西棧精于岐黃儕輩頗受益友莊本世家子不欲以醫鳴僕等以爲沽上良醫甚尠姑懸壺以救眼前人亦仁者之造福也特揚之以告采薪者○謹代訂車費兩竿門診一竿

王蓮生　馬少雲　洪月坡　胡丹甫　仝啓

拍賣告白

啓者本月十一日卽禮拜三下午兩點半鐘在紫竹林駁船公司後門拍賣保康大駁船一隻願買者請來是處面拍惟此項貨去只准拆其木料鐵料以作別用不許改作民船致多不便特此佈

閏　永盛洋行謹啓

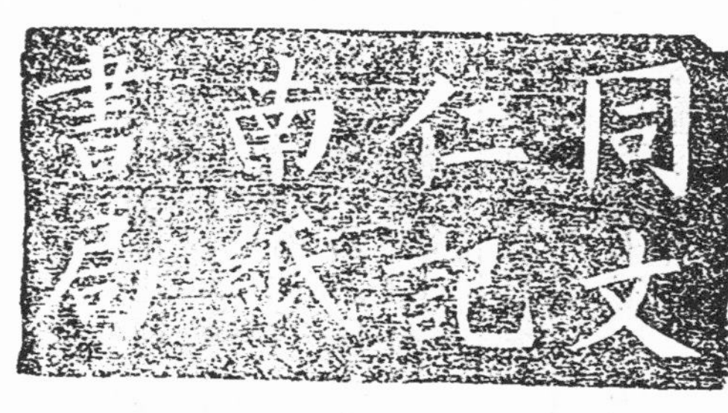

本局自印耕香館畫臘每部價洋二元專辦各種石印書籍精選加高南紙項細雅扇格外價廉鷹天津東門外褳子衚衕本局啓

本局謹啓

美孚老牌煤油

啓者美國三達煤油公司之德富士老牌煤油天下馳名萬商稱美蓋其質潔色清亮白如銀且絕無烟氣能耐久燃比之生荳等油晶光百倍而儉用價廉此爲德富士老牌之佳處誠屬無雙妙品也士商賜顧請到天津美孚洋行採辦或向就近殷實行店購買庶不致悞

美孚行

DEVOE'S
PAT'D JUNE 22.63.
BRILLIANT
OIL
IMPROVED
PAT'D JUNE 28.64.
PATENT CAN

海大道 鴻春樓番菜館

啓者本店三層大樓工程告竣地勢寬闊以備貴官紳請讌擇於去臘遷移新正月初二日開市各樣俱全價廉物美凡仕紳賜顧者請駕臨是幸

主人謹白

新開 敦慶隆綢緞洋貨莊

擇於閏三月十一日開張

本號開設天津北門外估衣街西口路南第五家專辦上等綢緞顧繡以及各樣花素洋布各碼線批合線俱按銀莊零整批發格外克巳士商賜顧者請認明本號招牌庶不致誤

本號特白

朱鈍翁先生脉理奧深醫學穩愼吾浙同鄉每抱沉疴咸賴拯濟計游津十年先今屢治疑難危症俱喜著手回春久寓彌勒菴內

五月初十日輪船出口　禮拜二
順和　輪船往上海　怡和行
武昌　輪船往上海　太古行
五月十二日輪船出口　禮拜四
新豐　輪船往上海　招商局

五月初九日銀洋行情
天津通行九七六錢
銀盤二千四百六十五　洋一千七百四十八
紫竹林通行九六錢
銀盤二千四百九十七　洋一千七百七十二
洋錢行市七錢一分八

開設紫竹林法國租界北

天福茶園

京都新到

崇慶名班

特請京都上洋姑蘇山陝等處各色文武頭等名角

五月初十日早晚

合堂

十一日早晚准演

開設天津紫竹林海大道旁

福仙茶園

啓者本園於前月初四日止戲清理賬目今將戲園及園內桌椅磁壺磁碗新製彩切零星等件合盤出兌如有願兌者及詳細章程請至本園面議可也特此佈告

福仙茶園謹啓

創包機器

敬啓者近來西法之妙莫過機器靈巧至各行應用非得其人難盡其妙每值傷損修理必悞時日今有寗子卿專於經理機器茲擬創辦包定各項機器以及向有機器常年煤料工力價値格外公道如貴行欲商者請到福仙茶園面議可也特白

夢華館圖章潤格

玉章	四吊
晶章	三吊
磁章	二吊
竹章	一吊
牙章	六吊
石章	三百

每字津錢

天津北門內府署東各報總處 紫處堂代收

直報

本館開設天津紫竹林海大道老菜市氣燈房巷內

光緒二十四年五月初十日　第一千零九十六號
西歷一千八百九十八年六月廿八日　禮拜二

上諭恭錄

上諭茲當整飭庶務之際部院各衙門承辦事件首戒因循前因京師大學堂爲各行省之倡特降諭旨令軍機大臣總理各國事務王大臣會同議奏卽着迅速覆奏毋再遲延其各部院衙門於奉旨交議事件務當督飭司員剋期議覆儻再仍前玩愒並不依限覆奏定卽從嚴懲處不貸欽此　上諭前因蘆漢開辦鐵路設立招商公司特派盛宣懷督辦計時將及兩年所有勘路購地各事宜應已辦有端緒此項鐵路關繫緊要豈容觀望遷延現在業巳籌有的欵着盛宣懷剋日興工趕辦並將辦理情形先行具奏倘再延不開辦玩誤要工責有攸歸盛宣懷豈能當此重咎耶此外粵漢甯滬各路並着承辦各員一體迅速開辦毋得任意遲緩欽此

營員更替　○神機營右翼漢軍排隊專操正紅旗副都統祥普現巳調充右翼五處馬隊專操所遺之缺經慶邸等諭將火器營馬隊帮操廂紅旗副都統吉陞點充○神機營左驍馬隊帮操普侍衛現巳調充左翼五處馬隊帮操所出之缺經總理營務處繕單稟請各堂憲點派經慶邸等諭將左驍抬槍隊營統二等侍衛常順點充

了悟了悟　○永定門外五里許觀音堂廟內有一老僧了悟年逾八旬和光混俗不染不沾禮佛誦經殆無虛日蓋其未入桑門時適當國運鼎盛曾盡力於王事厥後功成身隱披髮出家數十年來常在蒲團上研究天人眞理頃者率門弟子從赤道直下至南極測量一週於五月端陽前至京西潭柘山岫雲寺擬與八淵蟠龍師遇師往朝紅螺山雲遊於是弟子留候飛錫歸來巳則先歸山寺矣

偷樹被殺　○西直門外迤南　海甸某塋地內樹木成林前有盧某垂涎巳久起意偷鋸樹木於四月間業巳乘間偷鋸數株該墳丁馮某並不知情逾日復來偷鋸經馮某呵阻雖巳將樹鋸有傷痕未得偷去因此懷忿不休日前竟敢持刀向馮尋衅豈料馮某雖充墳丁自幼曾習少林拳脚技藝高强將盧所持利刃奪落彼此揪毆後用他刃將盧砍傷斃命報官相驗塡格錄供於初八日詳城咨送刑部按律審辦

中俄新約　○第一欵因俄國願在中國北海濱境有方便地方以資俄國得天然形勢之勝而保俄國水師無意外之虞故大清國大皇帝陛下特允將旅順口大連灣二處及鄰近相連之海面租與俄國惟中國帝權不得稍有損碍　第二欵租地界線隨後測量至於由大連灣往北之界及他方向之界一切細情俱應由兩國政府派員勘定惟租界境內俄羅斯全享租主權利　第三欵租期應自畫押之日始扣算二十五年惟既巳滿期之後應准由兩國會商斟酌續租　第四欵按遵第一欵所開俄羅斯卽可派員在兩

處經營水陸武備惟一切俄人應歸俄國大員一人管轄不得用總督巡撫等名目中國兵隊不准在租界內屯紮中國人民准其居住惟不得犯租界內一切條規如遇中國人民犯法應交中國最近之地方官審判兩國辦理罪犯情形仍遵照咸豐十年即一千八百六十年之中俄條約所開　第五欵租界北界之外應留一甌脫兩國不准居民之隙地其甌脫界限應隨後由駐紮俄國之中國使臣與俄國政府商妥甌脫境內應歸中國管理惟除與俄國先行商妥外中國兵隊不得私入甌脫　第六欵旅順口既允准作爲水師屯集之處祗准中俄兩國之船停泊他國不論兵船商船一律不准駛入至大連灣亦須擇一方便地方專爲中俄兩國屯泊兵輪其餘各屬作爲通商口岸所有各國船隻准其隨時出入無禁　第七欵旅順大連灣兩處因地勢險要故俄國情願自備欵項建造砲台營寨及一切保衛地方應行舉辦之事隨時由俄國酌行　第八欵中國前於一九八百九十六年准造鐵路一條經亞西亞鐵路軌道接至大連灣現准即行開辦所有築造詳細情形悉照中國滿洲鐵路章程幷准添造支路從營子即牛莊鴨綠江中間接至濱海方便之處其如何築造及勘定地址悉由中國使臣在俄京聖彼得堡與東方鐵路公司督辦會商妥協惟俄國築造鐵路不准格外侵佔中國地方　第九欵此項條約自簽押之日爲始兩國即行遵照辦理其換約之處須在俄京聖彼得堡與中國使臣訂定　光緒二十四年三月初三日即一千八百九十八年三月二十七號在中國北京定約

督轅門抄　○五月初九日晚中堂見　江西候補道張大人鴻翰　初十日見　海關道李大人　候補道張大人振棨

憲眷將臨　○中堂前次來津衙命速行未暇携及瀛眷頃由督轅委派內差一員乘坐火車赴都接眷刻署內已預備齊整中浣前後諒可一同遷入矣

請領軍火　○甘軍委員韓宜三遊戎謙奉董軍門札委來津請領軍火昨已抵津暫假通義機爲行台是日趨轅稟知督憲隨即領得軍火若干前往交納云

俎豆千秋　○中興盛業湘淮兩軍並稱而淮軍尤以盛軍功績爲最多當周剛敏武壯兄弟創建是軍時徧地賊踪餉糈奇絀兩公帕首芒鞋馳驅於賊氛最熾之地以忠義勗士卒與士卒共甘苦用能戰無不勝攻無不克粵匪捻匪以次蕩平功業載在旗常無庸贅述天下敉定後合肥相國以海防要隘莫善屯田知二公起自田間久握兵柄當以小站屯政後先屬公兄弟維時濱海一區彌望斥鹵地幾不毛經武壯公選弁兵之熟諳農事者口講指畫以身先之不數年間成熟稻田若干千頃兵粮於是取給而農隙講武凡外洋之新式槍砲習之精益求精屹然獨峙有猛虎在山之勢子昂觀察爲武壯公哲嗣時正弱冠趨庭之暇隨同練習兵政農政淵源家學後繼有人自兩公故後時移世易至今談往事者於武壯公之昆弟津津樂道焉客年奉　旨建二公專祠擇地於郡城北門外之三條石經之營之期年而成本日辰刻子昂觀察奉二公粟主由玉皇閣出估衣街河北大街至三條石祠中敬謹安位趨而送者官商紳士冠裳濟濟盈千累百途爲之塞猗歟盛哉聞前直督張敬達公粟主亦於是日入祠禮謂有功於民者爲神信哉

通鎮病故　○蘆台來電云據稱通永鎮賈制壇軍門起勝于昨夜在任病故刻雖稟明督憲尚不知委派何員接署

縣試二紀　○初九日爲天津縣試論塲昨報漏擺孝經題茲悉爲言滿天下無口過句合即補登是日應考諸童有趙李二人臨塲誤點巳於貢院牌示聞此屆人數民籍約有八百餘名云

小火例誌　○初九日四點餘鐘馬家口下六十間房地方某姓柴廠失愼附近水會速集幸該處取水尙便地亦寬綽得手故其時風雖不小而人衆力齊比即灌救得息聞僅焚去柴草一堆云

榕城米市　○邇來榕垣米缺價昂每石白米漲至六千餘文其五千外之米均糙色不堪下咽有某米商備本赴上海建寗府屬採米數百石欲運來省以資民食奈被土人禁阻而郡城米鋪亦不能向各處採糴因此米價亦漲至五千左右刻聞建郡各官出示抑價通城米鋪均相率罷市民心惶惶貧民集聚多人往府縣衙門喧鬧經府縣尊及諸紳衿再三勸諭始肯暫退並諭各米鋪照常開

店貿易不可再漲價值云

瞻對餘談 ○重慶采訪友人云西藏瞻對地方向歸土司管轄前年瞻民與漢民搆釁經四川總督鹿芝生制軍特派張大令繼帶勇數百名入藏立將土司獲解成都未幾卽病故大令正擬在藏中安置電線稟請制軍奏設州縣而道途傳述或謂大令被藏人圍困或謂已服毒自盡要皆無稽之語影響全無者也祇以制軍與成都將軍恭軍帥各有意見兼之西藏喇嘛起而爭權亟欲轄制其地因串同已故土司之子取道入京浼當軸具奏奉 旨將地賞還大令奉文後遵卽拔營回蜀而制軍已早去官矣迄今英法人之遊歷打箭爐巴塘裏塘各處者歷述情形殊爲太息客言如此然乎否乎

重慶教案 ○重慶江北廳鬧教案起美國要索四端一曰散團二曰懲匪三曰賠修教堂四曰撫卹被難之人目下團民已安靜如常國司馬復拿獲肇禍之僧大林等三人訊供解省教堂則許以二千五百金塡賞遭難者亦卹以二千五百金所難者美人謂所獲僧大林等三人並匪首尙須另外查拿旣而司馬因病乞假遺缺由試用縣渝釐局委員勞大令文琦署理正擬於四月十五日接印忽大憲電札飭司馬將教案結清後再由大令接署不知司馬將何以料理一清也

粤東土匪 ○廣州友人云廉州府屬靈山縣土匪作亂糾衆以千餘計揭竿斬木勢甚猖狂是處爲欽防營所轄統領潘植生觀察得稟卽派勇前往堵勦幷恐兵力單薄稟請督憲添兵督憲委莫都戎善積帶隊啓行大約不難蕩平醜類也又聞惠州府屬連平州亦有土匪滋擾地方官稟報到省大憲委方都戎杜東帶所部潮普勇星夜就道勦撫兼施云

粤西戒嚴 ○香港循環日報云廣西懷集縣境接連東粤廣寗邇有匪類伏莽其閒滋擾閭閻刼掠行旅城鄉市鎭一律戒嚴本省大吏立派大軍馳往勦辦事聞於廣東大憲深恐匪類豕突狼奔致爲東省之患特就駐防北江之安勇內挑選百名速赴廣寗擇要防堵幷相機協勦以期效收指臂早奏膚公

寗紳購米 ○寗郡米糧缺乏衆紳邀集衆米行司年在能仁局聚議將購辦暹羅米四萬石以備接濟核計連運費每石約需六圓有奇減售四圓八角其中虧蝕之數除以常平倉所存洋銀一萬五千圓抵償外再當勸募殷實之家捐資湊足衆已允諾大約不日卽可往購矣

民教輯睦 ○蕪湖美國福音堂最爲華麗其分設之基督聖公宣昭諸堂亦臻美備教士穆君更和氣迎人循循善誘故該處人民信從者衆而教務亦日推日廣其有益地方者首在設大醫院施藥送診有起死回生手段大江南北就醫者每日不下數十人以故該地婦孺無不知有穆司鐸也今福音堂又新到傳教鄭牧師向在他省聲望素著今來秉鐸是邦每晨宣講新約無論賢愚貧富與談均彬彬有禮刻下民教極爲和睦特錄之以爲地方幸

斐洲亂事 ○斐洲法屬之尼格河在左近地方聚衆至二千餘名預備與法軍交戰法軍駐紮河之左岸 譯德歌倫報

分治克島 ○克島喀尼亞電云克島暫立政府爲保全該島起見現將該島分爲四區暫歸四大國照管以資鎭攝一堪底亞歸英人管一賴田那阿波克羅那兩區歸俄人管一拉希提西提亞兩處歸法人管一喀尼亞飛里那斯法加三處歸意人管又云聞意國不日派軍一枝赴寄薩摩斯駐紮 譯彼得堡太晤士報

日俄訂約 ○日我訂約三條一日我兩帝國國家宜確認高麗國有獨立自主之權自今以後日我兩國不得干涉其內政二如高麗國國家有所請於日本及我兩國先相告語否則不得擅舉三我國須認日本之商務及工業等事大盛於高麗國內且日本民人在高極衆我國不得阻碍日本在高之商務工業云此約實訂於一千八百九十八年四月二十五號 俄以我字代 譯日報大阪朝日報

印亂將平 ○英人在印度邊界用兵近聞叛民交出俘勇七十名係按定約辦理將此項俘勇先行監禁作爲押質 譯彼得

光緒二十四年五月初八日京報全錄

宮門抄○五月初八日吏部　翰林院　廂紅旗值日無引　見　恩壽假滿請　安　鄭王專摺謝授正白漢都統　恩　莊王謝授正藍蒙都統　恩　壽昌載蕚各續假十日　召見軍機　皇上明日辦事後由　頤和園還宮

○○廣西巡撫臣黃槐森跪　奏爲已故按察使遺愛在民謹將生平政蹟據實具陳籲懇　天恩宣付史館立傳以彰循吏而順輿情恭摺仰祈　聖鑒事竊據藩司游智開臬司蔡希邠會詳據桂林府知府孫欽晃轉據署臨桂縣知縣張杲詳據前署大理寺卿太僕寺少卿岑春煊五品卿銜翰林院編修曹駟等四十五人聯名呈稱竊照已故前任廣西按察使秦煥江蘇淮安府山陽縣人由咸豐庚申進士以主事簽分戶部遷員外郞轉郞中京察一等記名以道府用光緒五年　簡放廣西桂林府遺缺知府六年春間到省　奏補桂林府知府是年四月到任下車伊始卽以正文風端士習爲務釐定書院課程選高才生肄業其間課卷皆手自評改未嘗憚煩曩官京曹印員文名有江左五大家之稱及門之士頗衆至是士論尤翕然心折近今粵西登高第者悉出門下論者以爲皆秦故臬司之教有以致之云其視民事尤重閭閻有疾苦未嘗不知之而輿咻之七年春所屬臨桂縣以糧賦缺額稟白院司設局淸查操之過急臨桂屬之蘇橋田畝素多農民惶懼不逞之徒從而煽惑遂有鬨鬧糧局之事勢將生變省會議派營勇前往辦理該故臬司力持不可以爲小民未喻大義今脅以兵必挺而走險遂輕騎親赴各鄉傳齊父老開誠布告民皆感泣仍安耕鑿置不逞之徒於法地方卒獲無恙八年冬調署梧州府事時法越搆衅邊圉戒嚴大兵雲集南北洋轉運餉糈軍械絡繹於途悉由梧州經過應需舟楫纜夫費不貲該故臬司俱捐廉應付不以絲毫累民其敎士治民一如桂林任十年春回任十一年夏靈川山中發蛟大水爲患省河暴漲一夕數丈猝不及防兩岸居民悉被飄沒男婦老幼死者無算該故臬司登城眺望爲之垂涕不已立卽委員分赴四鄉查勘受災之輕重詳請具奏將本年糧賦分別蠲緩並捐廉收埋浮厝十二年歲大饑石米錢四五千文前護撫臣李秉衡方以籌辦邊防駐龍州未回人心搖動變將生於俄頃米商呈請領印照免抽釐稅赴東運米來西或以西省釐稅視米穀爲大宗爾時需餉方殷未便聽釐稅無著該故臬司以爲事當權其緩急救飢卽以防亂未宜因噎廢食自發印照付給商人至東購米一面派員赴全州一帶購米由陸路星夜兼程趲運至省或謂由陸路運費將不貲從何開報該故臬司慨然曰民命爲重但期米能速到運費雖鉅尙何足計倘不獲開報傾家賠補之所不辭於是全州之米迅抵桂林立卽設局平糶民心頓安東省商運之米未幾亦至全活饑民以數十萬計民到於今稱之十三年遷鹽法道十五年擢按察使其官桂林府時每當雨澤愆期或霪雨弗止輒步行禱雖酷日炎暑泥淖盈途不少郤步而一經祈禱晴雨無不感應如響論者以爲其至誠所感故凡晴雨祈禱皆自君有司始之雖其旣擢司道鄉民有事於祈禱該故臬司亦欣然從之其重民事如此十六年春晉京展　覲輕裝瀕發送者盈途上自縉紳下及傭保靡不咸集街市爲之闐溢僉稱第一淸官士民爲撰德政刋石於疊綵山下用誌愛戴乃行舟次湖北黃州舟爲風撼左臂致傷抵淮安本籍遂呈請開缺養病十七年病故十九年桂林苦旱田禾就槁鄉民乞雨猶奉其銜名神位以行該故臬司官粵十載敎士治民一本於至誠無爲操守不苟囊無積蓄行李蕭然而惠政及民洵足與古之循良媲美春煊等或寄居省會或生長是鄉見聞最確其眞名實允堪相副理合臚列事蹟呈請詳奏懇　恩宣付史館立傳俾垂不朽等情詳請具　奏前來臣查該故臬司秦煥由郡守以歷臬司洵屬靖共盡職凡政敎之所布皆慈惠之堪稱士庶同懷循良弗愧該紳等聯名呈請出於愛戴至誠合無仰懇　天恩俯准將已故前任廣西按察使秦煥生平政績　宣付史館立傳以彰循吏而順輿情出自逾格鴻慈謹會同兩廣總督臣譚鍾麟恭摺具　奏伏乞　皇上聖鑒訓示謹　奏奉　硃批着照所請該衙門知道欽此

○○黃槐森片　再馬平縣三都汛巡檢銅印一顆據馬平縣方占鼇查覆稟稱署該巡檢周灃因當日會匪事機緊急署內所存印信無人看守隨帶在身遇匪接仗被刀砍斷衣帶受傷致將印信失落屢經該縣飭查無獲此印係遇匪接仗受傷遺失與尋常疏忽有間

且其子周爲需被賊殺害情形可憫仰懇　天恩寬免議處並請　旨飭部另鑄頒發以昭信守現飭剏三都汎巡檢木質鈐記一顆暫給行用謹會同兩廣總督臣譚鍾麟附片陳明伏乞　聖鑒謹　奏奉　硃批着照所請該部知道欽此

○○廣西巡撫臣黃槐森跪　奏爲查明廣西外銷各欵係屬籌捐收發據實具陳仰祈　聖鑒事竊臣接准戶部咨本部奏各省厘稅請飭切實具報以憑考核一摺光緒二十二年十二月二十三日具奏奉　旨依議欽此相應鈔錄原奏飛咨遵照內開本年十一月二十五日欽奉　上諭前曾諄諭各督撫嚴杜厘金中飽並未和盤托出欽此臣等查厘金中飽弊在承辦委員至不肯和盤托出則在司局各省例不應支而事非得已者輒於厘稅收欵提留濟用所爲外銷者也各省院司類有案存原非自謀肥已然有外銷之事卽有匿報之欵否則從何羅掘現在中飽之弊認眞整頓自不致仍前泄　惟外銷之欵若不和盤托出則厘金之數亦終不能和盤托出擬請飭下各督撫將外銷各欵取給於厘稅者據實奏明分別裁減一面將所收百貨鹽茶土藥等厘及常雜稅據實報部毋事欺飾從前造報不實或外銷浮糜寬其既往並准將外銷最要之欵切實聲明量予支使無窘於公事等因咨行到臣遵卽轉行遵辦去後茲據廣西先後厘金等局司道詳稱查歷年所收厘稅皆係據實報部並無掩飾近年抽厘日絀疊遵　諭旨整頓嚴杜中飽承辦各員尙知警惕加勉而收數總難豐旺訪查情由咸謂洋關三聯票單盛行彼盈則此絀勢有必至該司道弗敢以爲當然惟有隨時認眞考查期無隱漏儻敢稍滋弊竇立卽從嚴參辦至外銷之欵實有其事而欵係籌捐並非提用厘稅以向歸外銷原非匿報如果係在厘稅收欵提留支用今既奉部奏明寬其既往准將外銷要欵切實聲明量予留支正可和盤托出遵照部議聲請留支何肯隱藏自干咎戾惟外銷欵項出籌捐自屬實情謹縷晰陳之伏查粵西開辦抽厘係在咸豐初年洪逆竄擾之後維時各屬土匪蠭起募勇剿捕餉項無資乃辦抽厘接濟頻年籌防辦剿支欵日形竭蹶抽厘尙不敷供軍用無可提留其常稅雜稅則徵收解支皆有定額非奉部撥不准動支何能提作外銷之用前於光緒十一年內奉文裁節局費卽將另有交代發審待質三倉保甲等局及分查城段委員薪水等費係由外捐不支正欵緣由詳經前護撫臣李秉衡咨部查核在案當時係飭查局費祇就局言之此外尙有津貼苦缺佐雜公費偵緝盜匪購線花紅拏獲盜匪賞犒等欵合計歲共需銀三萬四千餘兩除由優缺州縣捐解外並取盈於梧州府抽捐緝捕經費嗣經言官以梧州抽捐過鉅不免累商奏請查辦經前任兩廣督臣張之洞會同前護撫臣李秉衡遵　旨查明停抽隨將外銷之費極力裁減而由所必需者每年尙應支二萬五千餘兩力難捐足勸諭各商於完厘隨捐八分公費外加捐二分共捐一成之數仍與鄰省抽厘隨捐一成公費相符藉助緝捕花紅等費該商亦知靖盜所以保衛商旅俱各樂從惟隨厘捐交公費每年盈絀無定合州縣捐解及併計如項不敷隨時設法補苴此廣西外銷之欵出自籌捐之實在情形也茲奉飭查合將外銷各欵開列清單詳請奏咨等情臣覆加查核所詳尙係實在情形單開外銷各欵亦係不可少之需其欵出自優缺州縣捐解及先提梧州府抽收經費繼勸商捐出助皆有案可稽實非提用厘稅逐欵細核悉爲所必需無可裁減除將清單咨部查核外理合據實具陳伏乞　皇上聖鑒　訓示再抽厘銀數俱已按年據實造冊送部其常稅雜稅亦於每年奏銷冊內照徵收實數造報並無隱飾臣仍當隨時於報收厘稅認眞查察整頓以期涓滴歸公倘有稍涉朦混卽嚴參澈究以重公欵合併陳明謹　奏奉　硃批戶部知道欽此

吏隱同津

浙西張敬和司馬僑居沽上嘗赴北塘緣賈鎭帥今春患病極劇經司馬細心醫治疊奏奇功鎭帥感甚已揭諸報章虔伸謝悃而其公子慮有餘病未除諄留司馬在塘審視延至清和下澣洵乎精神矍鑠飲食如初且自津郡雇取名班賽神酬願矣司馬念節屆端陽時交長至津郡病症較多踵門延請者每悵相左因卽決意回津藉慰衆望並約此後天氣炎熱出門果諸多不便況本地病症一經著手必得始終其事凡在百里外相延者暫不應聘倘有險怪疑難之症尙須酌量彼此重輕騰挪前往然或朝往夕歸或羈遲一二日亦不便許久躭延耳特此佈　聞

啓者昨接上海孫仲英善長來電旋又接到顧緝庭葉澄衷嚴筱舫楊子萱施子英各觀察來電據云江蘇徐海兩屬水災綦重饑民數十萬顛沛流離死亡枕籍災區十餘縣待賑孔急需欵甚鉅官欵恐未能徧及素仰貴社諸大善長久辦義賑飢溺猶己敬求代呼將伯源源接濟功德無量蒙滙賑欵即滙上海陳家木橋電報總局內籌賑公所收解可也云云伏思同居覆載異姓不啻天親縱隔形骸民物莫非胞與頓遭洪水哀此災荒盡是蒼生何分畛域況救人性命即積我陰功雖此日拯茲黎庶散盡赤仄青蚨卜他年報在子孫同來玉堂金馬敝社欵無備濟自知獨力難成術欲廣仁惟冀衆擎易舉叩乞 顯官鉅紳仁人君子共憫奇災同施仁術原援活人無算雖千金之助不爲多但能濟世有功即百錢之施不爲少盡心籌畫量力輸將敝社不禁爲億萬災黎泥首叩禱也如蒙 慨助即交天津溜米廠濟生社帳房代收並開付收條以昭徵信

濟生社籌賑同人謹啓

新開元隆號綢緞洋貨莊

自去歲四月初旬開張以來蒙 各主顧垂盼雲集馳名日盛本號特由蘇杭等處加意揀選名機新鮮貨色零整銀價俱照大莊行市公平發售以昭久遠此白

寄賣龍井雨前素茶福建皮絲水烟各種真料大小皮箱

開設天津府北門外估衣街中路北門面便是

元茂機器磚瓦公司

本公司仿照西法燒作磚瓦事屬創舉曾經通禀在案該貨堅固異常價值從減並各樣印花磚瓦俱全 賜顧者請至海大道新興南里內本公司面議可也謹啓

魁陞號綢緞洋貨莊

本號自置顧繡綢緞洋貨等物整零均按銀莊格外公道皆比大市價廉發售 寄賣各種真料大小皮箱漢口水烟袋各種眼鏡龍井雨前 紅茶梗 寓天津北門外估衣街五彩號衚衕口坐北向南 士商賜顧者請認本號招牌特此謹啓

告白

出售蜀學報內載叢書報此報官紳士農工商皆可一目了然新出類類報論年三元六角外埠四元酌加寄費廣東庶智報每月四大冊論年四元閏月郵費另加時務日報本津城內每月五伯文津城外每月六百文華美月報論年津錢一吊先覩爲快新出濟公傳初集二集三集四集全續彭公案 繪像列仙傳 和尚傳 均無多部請取

天津北門內府署東各報總處紫氣堂局仝啓

各報總處梁子亭白

逕啓者彼處昨接經濟書局來信云經濟書票至十五日前還有三二張售完至十六日止書票不出即候六月內出書每部十元不二價

天津北門內府署東紫氣堂啓

天后宫北 義興順綢緞莊

本莊自置顧繡綢緞綾羅紗絹各樣洋貨南貨雅扇桂母頭油香貨歸安貝松泉湖筆一概俱全

頭號杭寧綢　四錢二
頭號摹本緞　三錢八
紅梅茶　每　九百六
紅茶　　　　六百四
紅茶梗　斤　二百二
龍井茶　　　一吊八
金百
壽綿綉裙布裡每套五兩八
哆囉蔴每尺原碼四分二
各莊夏布一槩照行發莊

白告

新出石印濟公傳此書出在南宋高宗皇帝出一位高僧濟公奉佛敕旨降世人間儆愚勸善忠孝節義與前醉菩題濟公不同本房不惜多金邀請名公細加批註由濟公降生共二百四十回趙家樓馬家湖前後接連又全續彭公案經史子集石印鉛板家藏板局板均照申價發售寄售毛賈夥巷瑞芝閣
天津糞字山房謹啓

白告

啓者本局光緒二十三年第十四屆總結帳目現經彙算清楚業經登報邀請股友公同核閱除將帳署刋印屆期分佈外茲照定章於五月朔在天津上海香港三處派分本屆股利仍按上屆章程老股派利一分二釐新股派利一分到期卽祈有股諸君攜帶息摺枉臨領取以便憑摺核發特此佈達
開平礦務總局啓

白告

頭彩第七千四百七十七號
二彩第二萬零七百五十號
三彩第一萬零三百零四號
諸君三次所買官商快覽如有得頭二三彩及上下附彩者請卽攜原書來領當卽照發彩洋也
絳雪齋彩啓

白告

啓者刻下磁州煤礦已將吸水機器安置停安各窰宿水俱已抽乾所出之煤與唐山五槽相等局內章程按照商辦極爲謹密將來利益已有成效但資本愈厚獲利愈多爲此布告津都申各處紳商有欲入股得利者其股票寄存源豐潤票號請向面塡可也
磁州礦務局謹啓

三井洋行分莊
白告

啟者日本商始創貿易爲業數拾年以來今分莊開設北門外鍋店街洗家衚衕口對過專選精工料實東洋棉紗各等時式大小疋棉布粗洋布斜紋洋標等格外公道價亦從廉凡仕商賜顧者請至分莊面議可也特此佈聞
三井本莊主人啟

紫竹林
第一樓番菜館

本號專作英法大菜各色精細點心各樣洋酒洋貨等物一應俱全並售
上　八百
紅茶每斤津錢一千
上　六百
又批發茂生公司鐵海紙烟零整發售價値格外公道原箱計一百盒價洋一百四十四元每盒計五百支洋一元五角凡仕商賜顧請卽駕臨是荷
主人謹白

遺失銀票

茲因在塘沽遺失震興第六千九百三十五號現銀條一紙計京平十六兩頃已向該舖掛號如有拾得作爲廢紙望各寶號切勿收用特此聲明
羅琬洲啓

減價

今有友人自辦陝西老土每兩津錢四百八十文新到梁州土每兩津錢五百四十文如蒙賜顧者請到東門內聚隆成寄售

白告

皖江方友莊司馬喬廣津門紫竹林義和生西棧精于岐黃儕輩頗受益友莊本世家子不欲以醫鳴僕等以爲沽上良醫甚尠姑懸壺以救眼前人亦仁者之造福也特揚之以告采薪者
○謹代訂車費兩竿門診一竿
王蓮生　馬少雲　洪月坡　胡丹甫　仝啓

拍賣告白

啓者本月十一日卽禮拜三下午兩點半鐘在紫竹林駁船公司後門拍賣保康大駁船一隻願買者請來是處面拍惟此項貨去只准拆其木料鐵料以作別用不許改作民船致多不便特此佈聞
永盛洋行謹啓

本局自印耕香館畫賸每部價洋二元專辦各種石印書籍精選加高南紙項細雅扇格外價廉廣天津東門外襪子衚衕本局啓
本局謹啓

五月十二日輪船出口　禮拜四
新豐　輪船往上海　招商局
五月十三日輪船出口　禮拜五
連陞　輪船往上海　怡和行

五月初十日銀洋行情
天津通行九七六錢
銀盤二千四百四十文　洋一千七百三十文
紫竹林通行九六錢
銀盤二千四百七十五　洋一千七百五十五
洋錢行市七錢一分三

本館開設天津紫竹林海大道老棧市氣燈房巷內

光緒二十四年五月十一日　第一千零九十七號
西歷一千八百九十八年六月廿九日　禮拜三

部照又到

直隸勸辦湖北賑捐局自光緒二十四年正月至二月底請獎各捐生部照又到請即攜帶實收來局換照可也

上諭恭錄

上諭順天府府尹胡燏棻奏請精練陸軍並神機營改用新法操演又出使大臣伍廷芳奏京營綠營參用西法各摺片當經先後諭令軍機大臣會同督辦軍務王大臣及神機營王大臣八旗都統妥議具奏現在督辦軍務處業已裁撤所有諭令議覆各節即着軍機大臣會同神機營王大臣八旗都統迅速議奏毋得延緩欽此　上諭王毓藻奏特參舞弊之營官請旨懲辦等語貴州普安營管帶候補副將廖連陞空額冒餉朦弊甚多被控有案經該撫訪查屬實着即行革職永不敘用並從重發往軍台効力贖罪以示懲儆欽此

鑿枘生自訟

鑿枘生佚其名亦不詳其居里性執拗遇事好詰駁持論不挫於人慷慨尙義氣不輕然諾而舉止生硬不作世俗柔媚態故親附者少人以其與世齟齬不相入也羣相戲以鑿枘名生聞之亦不甚置辨家貧初設童蒙帳規矩嚴急動以禮法相繩及門有所犯輒朴責無少貸尤不喜逢迎富貴豪華衆爭趨附之則傲睨不屑望望然避去而曲意相欵接者多寒畯以故大遭輩流白眼至無駐足地轉徙遊津門居停憫其窮招致門下令襄筆札事故態依然未悛也會時事棘天下多故每一談及輒扼腕太息憤疾見於詞色無少顧忌當時名公卿嘖嘖人口舉世所仰爲蕭曹姚魏者亦多所指駁少許可且作爲論說肆口譏諷而識見拘墟謭陋少學術人皆非笑之初不知非笑之爲非笑也執友某君童稚交也造而規之曰昔杜少陵憂國憂民嘗以禹稷自命時寄諷諭於吟哦中後世猶有議其過者然官雖微拾遺補闕固其職也范文正作秀才時即以天下爲已任後果參知政事宦相才與志相副用能見諸施行非徒託空言者比君窮措大奔走風塵仰筆墨爲生活無所謂官守言責也且老矣潦倒不能橫飛惟緘口結舌隨時俯仰爲藏拙地計之上者而顧津津焉作老生常談雌黃無所諱無裨於事適足以見笑而自玷耳生曰君眞愛我者也人苦不自知惟僕則否當斷斷爭論時豈不知違衆戾俗爲人所詬病然箭在弦上不得不發耳語曰少成若天性習慣成自然又曰惟上知與下愚不移狂悖出於性其有不能移者乎敬聞命矣請於三千六百日中當徐悉懺悔之友曰如知其非義斯速已矣人壽幾何而以十載爲期耶況　中朝當痛深創巨之餘爲革故鼎新之計勵精圖治百廢俱興開礦產築鐵路創設紡織製造諸局廠所以致富也購兵輪製槍砲訓練海軍陸軍各隊伍所以自强也近復改武試設特科推廣大小各學堂所以育人才備任使也內政修外患不彌而自消治化將有蒸蒸日上者詩云聖朝無闕事自覺諫書稀處淸明之世故爲憤激之談無病而呻耶劉四罵人耶其不至取人侮辱者幾何生乃蹶然起喟然歎曰吁聖朝則有之而曰無闕事將誰欺欺天乎屈指數十年間收利權矣而增釐加稅惟搜括於閭閻試問生財之大道何如也飭武備矣而粉飾鋪張惟徼倖於

無事試問得力之勁旅誰是也延敎習招生徒歲糜數百萬但能解洋語通洋文居然登薦牘保官職而獲優差無非爲紈絝少年開終南捷徑求其通經達變足備緩急者幾人也乃上恬下熙舉國泄泄然遂謂有恃而無恐譬如厝火於積薪處其上幸火之未然而曰安轉瞬火發能免切膚之災乎昔西人威妥馬居中國久熟悉情形歸後著日記內言中國總理衙門一切規矩與歐洲異凡議各國交涉事使臣每一發論新進之大臣視舊大臣舊大臣視親王親王言衆乃轟然應要皆雷同語若親王不言大臣不敢先言也一日余至署諸人相顧無敢發一語余不復能耐乃曰今日天氣甚好諸人以目視親王尙不敢遽言某君久在衙門行走者也似覺不可復默乃首答曰天氣果好於是王大臣莫不曰天氣好紛紛然若犬之吠影嗚呼緘默與阿諛積習成風見笑於外洋久矣古者天子聽政公卿至於列士獻詩瞽獻典史獻書百工諫庶人傳語王斟酌焉是以行事而不悖今也大臣不肯言小臣不敢言士庶人復箝制之使不得盡言上下相蒙淸議何在耶民之有口也善敗於是乎興行善而備敗胡可壅焉現在各直省報館林立類皆慮於心而宣於口崇論宏議足補時政所未及僕不才何敢妄相比附然以管窺天不得謂所窺之非天以蠡測海不得謂所測之非海故甯違衆速謗庶幾千慮之一得以視唯阿取容與默然無所建白者其優劣當有辨也君休矣勿多言

倉帥示諭　○兩倉帥諭五月十六日提驗江蘇十三起漕粮江蘇四起白粮後半起十七日提驗浙江八起九起曹粮江蘇五起白粮前半起十八日提驗浙江十起曹粮江蘇五起白粮後半起十九日提驗山東濟右帮粟米三十票浙江三起白粮前半起二十日提驗江蘇十四起曹粮浙江一起白糧後半起掃數報完二十一日提驗山東濟右帮粟米二十四票江蘇六起白糧三十五船二十二日提驗江蘇十五起曹糧浙江十一起曹糧江蘇六起白糧十五船七起白糧二十船二十三日提驗江蘇十六起曹糧江蘇七起白糧毋得違悞

尙書喬遷　○戶部尙書王夔石大司農於五月初九日喬遷宣武門內西四牌樓甘石橋路西府第屋宇軒敞亭池幽雅每日入　朝亦極近便云

培植人材　○大興縣謝邑尊錫芬創立培育文社培植人才此次夏季甄別案揭示復於五月初八日提前列諸君入署面試生題子之武城全章童題道千乘之國至使民以時通塲詩題賦得雨餘北固山圍坐得餘字五言八韻

是否有心　○京師自去冬以來屢有錢店關閉之事錢行生意淸淡幾有一蹶不振之勢關心世道者久切杞憂矣不意安定門內新街口義成錢店因虧空票存甚多無錢應取日昨稟請封閉當經該管地面官廳詳報步軍統領衙門將該鋪主夏某解案鎖押勒限嚴追第鋪東高築債臺遁無踪跡致商民人等受累不少莫不欲食其肉而寢其皮似此情形與無賴匪徒設局誆騙有何區別賢有司若不從重懲辦其市道之衰庸有底止乎

勘透情關　○屠某者京南文安縣人居前門外琉璃廠西北園貿易爲生頗稱利市近年稍有積蓄憑媒撮合娶寇氏女爲妻過門後夫婦相得氏料理家務井井有條且修眉入畫臉若芙蓉見者目爲美人屠愛之甚凡折腰屈膝所謂賤丈夫者甘之如飴頃聞於五月初七日寇氏忽不知去向屠四處偵尋杳無踪跡因痛不欲生竟於初八日將八千根煩惱絲盡行剪去投入彰儀門內南馬道寶應寺禮佛爲僧誓不再踏紅塵焉

是亦例也　○吏部文選考功稽勳驗封四司部書掣得經承繁缺者各堂憲轎夫車夫從役於三日內向索喜貲相沿成習近聞吏部文選司開設科施某掣補接缺甫經數日衆轎夫强索錢文百般逞兇爲當道訪聞情形恐成巨禍致有失察之咎業經飭令屬員派差嚴拏懲辦未知若輩能否歛跡也

最慣舞弊　○宣武門外爛麵衚衕傅姓向隨某觀察爲司閽頗見信任觀察入京　簡放遠郡傅某不願同赴任所遂留京貪緣某部充當書吏銅臭薰天聲氣廣結刻因案受賄爲上司所知立送西城究辦矣

督轅門抄 ○五月十一日　中堂見　永定河道陳大人慶滋住集成棧　候補道張大人運芬　汪大人瑞高　洪大人恩廣　承大人霖　王大人崇烈住同順店　安徽候補道劉大人作樑住大興棧　正定鎮李大人安堂住新浮橋魏公館　署通永協龍大人殿揚　記名提督邵大人復勝　李大人大霆　總兵鄭大人才盛　本府潘大人　保定同知謝慶揚　昌黎縣富賫住盛興棧　靜海縣程恩中　成安縣文濂住慶興棧　署揚村通判沈永銜　候補府吳大人積鋆　前江蘇無錫縣吳觀樂住中和棧

督批照錄 ○安徽等省附生劉琨等稟批據請補考集賢書院候行津郡司道查核辦理此批

委接局差 ○總辦機器東局傅觀察雲龍前奉　旨調京　召見一則曾紀報牘茲于日昨稟知起程督憲將所遺局差札委支應局總辦汪君牧觀察瑞高接辦是日上院稟謝並稟知任事云

左岸工竣 ○前報紀小關地方沿河左岸被水冲刷居民稟請修築蒙道憲批准並蒙水利局派員勘估興工茲工已報竣不日當請驗收云

例許別字 ○津民張來子爲子某乙訂婚温氏未娶而其子因案被遣温家遂將女別字張不服懷婚書呈控琴堂蒙批查歷辦成案凡定婚在先尚未成親而夫犯軍流等罪願同遣者聽其隨往不願者聽其另適如果温氏將女改許屬實則其不願可知所呈應不准理婚書發還張其從此息喙乎

戲園得人 ○鳴盛茶園荒閉後兩月有餘游租界者殊覺掃興自四月望天福重開地方爲之煥然一振按園主駱仁山人極精細謹愼向在唐仁廉軍門營中當差廣交游重然諾雖不名一錢而集貲招股人皆樂爲此園經其整頓規模整肅迥非昔比其照料觀劇人一切無弗周到人無間言且新到之崇慶班班主爲饒陽巨族各項角色齊備如十一紅李吉瑞常雅秋小福奎一陣風等洵爲後起之秀益以雙處王喜雲蘇廷奎張長奎楊四立等各名角更覺五花八門無美不臻利市十倍可操券得也

孽自雀巢 ○南頭窰劉姓子年約十二三歲日昨因放午學偕同窗年相若之郭姓子偵知某廟簷下雀雛將成携梯探其巢劉子先登及項伸膊入窩窩深手短膊入窩者將半郭子樂甚繼登以備得雛承接詎心忙足亂登梯至半並梯扳倒郭子將頭顱碰破血流不止劉子膊在窩中猝不及出梯倒足空身懸牆上哭失聲驚動衆人聞聲赶卽救下而孩膊已折多時矣慘哉二子孽雖自作亦家教不嚴之失也

事有舊章 ○日昨關道轅門內有孀婦四五人伺觀察公出還署時環跪轎前稟求賞食恤嫠口糧一分以資度日而守苦節等語觀察諭謂本道設立恤嫠會原爲養贍無告孀婦但事有專司爾等當遵照舊章向董事面陳一切再行核辦可也

惜未破甕 ○紫竹林王某開設小雜貨舖爲生月之初九日早伊媳不知何故自投水缸覔死及家人知覺撈救已香消玉殞無計還魂聞氏之母家得耗已協同該管地方赴縣控告請驗至其中有無別情一經訊鞫自當水落石出也

江西匪案 ○江西采訪云月前屬信豐縣楊溪司巡檢余少尹緝獲哥老會匪四名解縣訊供正法者二保釋者二其黨心不甘服再合廣東會匪二百餘人於四月某日口稱報復前仇攻破司署大門直入內署將弓兵及家丁一律驅出翻箱倒篋刦去銀物約值數千金旋復縱火焚燒鈐記則棄諸溪澗中無從撈取幸少尹乘機逸出得免於殃現經拿獲八名解送縣衙大約須盡法懲辦矣

教案兩誌 ○香港來電云廣東海豐縣莠民作亂將美國教堂中學塾縱火焚燬美國駐廣州領事某君亟請兩廣制軍調勇前往彈壓以免若輩滋蔓難圖○字林西報據山西訪事云由甘肅省調赴北京之某軍於某日道經平陽府境將城內西教士住宅刦掠一空窗門器皿等件皆爲所毀並傷及僕人數名幸該教士等立卽避往他處得保無虞地方官聞警後赶卽派兵前往彈壓尚不至釀成巨禍云

杭垣平糶 ○杭省米糧缺乏市價昂貴前由廖中丞委員購米平糶先經傳諭各舖速平價值前已登報現在所購米石陸續

到杭暫就仁錢兩倉存儲以便接濟藩憲特委候補同知張司馬臨吉常川駐倉會同兩縣驗兌

藏衛銀式 ○藏衛所用銀錢俱係藏中自製其成色約番銀一錢五分其錢面有八花圍爲一元如欲零用剪爲六塊每塊合洋銀一分六釐有零行用之地東至察木多一帶西至靖西與聶拉木並定吉一帶頗稱利便云

俄築鐵路 ○大連灣各地俄人以賤價購買不少中國政府已允其造鐵路自大連灣至天津並由牛莊再造一路至盛京吉林一帶此項工程俱由俄人出貲云 譯字林報

俄比通商 ○比俄兩國商務至一千八百九十四年始見暢旺緣前此俄商多買德貨自俄德稅政有違礙後俄人又在比國定買機器鋼鐵等物歲以爲常故俄國市場比貨參半而德人製造之貨較前有差 譯彼得堡太晤士報

辦理交涉 ○泰晤士報接君士但丁信云土國大臣往晒法得赴彼得堡商辦事件一緣俄廷欲派希太子補授克列特島巡撫缺一緣希臘應償軍費欵項如何付給又云該大臣携帶禮物甚多係土皇贈與俄皇俄后者 譯德七日報

美人籌策 ○紐約海勒報言近聞法政府知會美政府聲稱倘美廷將艦隊駛入地中海在該海面襲擊西班牙船隻或進攻西班牙城池法廷頗滋不悅又云美廷又造艦隊佔取海威島至於飛麗濱羣島近無確耗據該島總督言島中已將防務布置妥帖倘敵人來攻卽與開仗據美人談時務者云飛麗濱羣島他日必爲美有又云美人雖得該島或不據爲已有已有處置之法莫妙於將該島向歐人掉換在美洲佔據之地如英之坎拿大等類爲兩得其便云 譯巴黎辯論報

戰碍商情 ○自美西啓釁以來德國土貨銷售於該兩國者日少遠不如前暢旺此情美商亦自言之德國於西班牙商務尤屬阻滯巴爾次羅納地方向爲德國出貨總滙一旦銷路頓塞殊爲可惜所幸德商多方設法善事經營於西班牙向有大股貲本者吃虧較淺棉線絨麻顏料等貨雖西班牙抽稅最重而來自德國者尙多又有絲棉等物常由漢鉢運往瑪尼拉統計德之運往飛麗濱島貨物得價約値德錢十兆自美西交戰該島商務必致全行倒歇若以該國有事思變計改運別項土產恐亦得不償失也譯德應聲報

光緒二十四年五月初九日京報全錄

宮門抄○五月初九日戶部 通政司 詹事府 正藍旗値日無引見 大額駙續假五日 召見軍機

○○大學士署理直隷總督奴才榮祿跪 奏爲恭報奴才接篆任事日期叩謝 天恩仰祈 聖鑒事竊奴才奉 旨署理直隷總督於上月三十日 陛辭仰蒙 垂訓周詳莫名欽感卽於五月初一日遵 旨乘坐火車行抵天津准直隷督臣王文韶飭委天津府知府潘靑照天津鎭標中軍遊擊韓廷貴將直隷總督北洋大臣關防各一顆長蘆鹽政印信一顆 王命旗牌文卷書籍等件賫送前來當卽恭設香案望 闕叩頭謝 恩祗領任事伏念奴才滿洲世僕知識庸愚壯年筮仕迭蒙 高厚之施九列頻躋未效涓埃之報玆承 恩命權領畿疆繁劇初膺悚惶交集查直隷爲 京師門戶之區總督有統轄文武之責凡夫籌備海防整軍經武固關緊要而天津爲北洋通商重地撫馭遠人輯和民教尤爲目前當務之急至於吏治河工鹽務及地方一切事宜雖督臣王文韶在任有年成規具在亦應隨時認眞經理奴才惟有恪遵 聖訓矢愼矢勤不敢以暫時攝篆稍涉因循以冀仰慰 宸廑於萬一除循例具 題外所有奴才接篆任事日期暨感激下忱理合繕摺恭謝 天恩伏乞 皇上聖鑒謹 奏奉 硃批知道了欽此

○○奴才依克唐阿溥蔚廷杰跪 奏爲馬賊焚刦集鎭並燬衙署請將疏防之旗民各官分別革職 交部議處以示懲儆恭摺仰祈 聖鑒事竊本年四月十七日據海龍城總管依桑阿署海龍廳通判楊澍會銜禀稱本月十二日午刻據朝陽鎭左翼翼長花翎候補協領璽格禀稱訪有馬步賊匪二百餘人由通化縣樣子哨竄來境內本日卯刻由大威子往北竄擾沿途搜搶持械焚燒民房勢甚猖獗逼近鎭街商民驚惶無措等語依桑阿隨派馬步哨弁帶隊飛速前往堵剿並調駐防山城子馬步隊趕往協拏楊澍亦派捕盜營兵馳往並諭飭附近各團分路防堵請迅派隊兵前來剿辦等情據此正在調隊間復據該總管等以前禀自申刻發後戌刻據探兵回稱

我兵甫進朝陽賊犯已搶入鎭街燒燬左翼衙署並鎭內廟宇及舖商多家我兵奮力攻擊以寡不敵衆隊兵受傷七名致鎭街爲賊占踞等情稟報到省奴才依克唐阿當飛調奉字中軍統帶烏勒興額後軍統帶德克登額並營官周廷順吉祥富陞額等各帶所部星夜馳往實力剿辦責成將此股賊匪悉數撲滅毋任蔓延滋患自各隊開拔後又據該總管等報明探得於十四日午刻退出朝陽鎭先在伊通河縴尖食現在樓上盤踞臨行索去鎭街各舖戶寶銀六十錠快鎗五桿抬鎗二十桿洋砲十五桿子藥兩袋並聲明風聞壐格業已回城尙未晤面等情馳稟前來查近來劇盜李隆非以百餘人竄擾通化一帶奴才等屢次通飭各處防營並附近廳縣督率民團協力兜剿不得株守一隅嗣據各處呈報總以山深林密溝岔紛歧此拿彼竄飄忽異常未能立將該賊殲滅然賊數雖衆尙未甚　張也今焚朝陽鎭街之賊旣由通化竄入自係賊首李隆非因通化捕急致挺而走險惟朝陽鎭爲該廳精英聚集之處商賈輻輳左翼衙署在焉賊自樣子哨竄往不啻百里之遙沿途燒搶節節躭延豈能朝發夕至若此時調集防兵號召民團嚴設守備何至鎭街遽被蹂躪況賊已嘯聚數百其聲勢不謂不張而該總管等先旣懵然無聞此時迭次來稟均未探明賊目姓名確切聲叙其平日玩寇臨時張皇情形已可槪見在該廳辦團伊始一時或難得力且捕盜營兵僅二十名寡不敵衆猶可說也若該總管兼充盛字外軍統帶且有馬步隊四百名在彼駐紮聽調何一任賊來如入無人之境至右翼翼長駐守鎭街保障攸資猝遇賊至不事固守現旣同城難保非聞警先走均未便稍事姑容相應請　旨將花翎副都統銜海龍城總管依桑阿先行革職留營効力以觀後效右翼翼長花翎候補協領壐格卽行革職同知銜陞用同知海城縣知縣署海龍廳通判楊澍交部議處以爲廢弛捕務者戒除咨吏兵兩部查照外是否有當謹合詞恭摺具陳伏乞　皇上聖鑒　訓示謹　奏奉　硃批另有旨欽此

○○直隸總督臣王文韶跪　奏爲揀員調補海疆知縣要缺恭摺仰祈　聖鑒事竊天津縣知縣李振鵬升補灤州知州經部覆准應以光緒二十三年五月十二日接到部文之日作爲開缺日期歸五月分截缺所遺天津縣知縣一缺水陸交衝經管運河提工查緝盜賊彈壓地方責任綦重兼有華洋交涉事宜本係衝繁疲難沿河最要之缺嗣改爲海疆要缺例應在外揀選前請以吳橋縣知縣勞中宣調補經部議覆以該員任內有承緝盜案例關降調核與調補定章不符復經請以靜海縣知縣楊文鼎調補部議以該員已選授甘肅慶陽府知府所請應毋庸議行令另行揀選等因當經轉行遵照去後茲據藩司員鳳林臬司覺羅延雍在於通省現任選缺知縣內逐加遴選非歷俸未滿卽人地未宜惟查有交河縣知縣原恩瀛堪以調補會詳請　奏前來臣查原恩瀛年四十三歲河南温縣人由附貢生報捐同知改捐知縣並加同知銜光緒十一年十二月選授無極縣知縣十二年七月到任十三年調補容城縣知縣十五年調補今職十七年三月到任嗣因署大名縣任內於二十二二十一兩年東明黃河安瀾案內奏保在任以直隸州知州升用該員年強才練振作有爲以之調補天津縣知縣實堪勝海疆要缺之任惟以繁調繁與例稍有未符第交河縣係煩疲難三項沿河要缺而天津縣爲衝繁疲難兼四海疆要缺較之交河縣尤爲難治且人地實在相需例得聲明奏請合無仰懇　天恩俯念海疆員缺緊要准以原恩瀛調補天津縣知縣於地方實有裨益該員係沿河知縣請補海疆要缺知縣銜缺相當毋庸送部引　見至該員雖係再調任內並無承審積案承緝盜案經徵錢糧已起降革叅限處分且題調要缺一切因公處分例免核計所有叅罰案件應完俸銀在光緒二十年八月十六日欽奉　諭旨寬免以前者應完繳毋庸造册其奉　旨寬免以後應完罰俸銀兩已據完解司庫造具叅罰清册送部所遺交河縣知縣要缺應俟接到部文核明開缺日期再行照例揀選請補所有揀員調補海疆要缺知縣緣由理合恭摺具　奏伏乞
皇上聖鑒　勅部核覆謹　奏奉　硃批吏部知道欽此

○○黃槐森片　再更換防營管帶遵奉　諭旨均經隨時奏報在案茲據管帶右軍前營遊擊郭湧泉具稟請假回籍修墓所遺該營防勇自應另行委員接帶查有候補遊擊吳秉賢熟悉情形留心防務堪以接帶除檄飭該員遵照接帶防勇督率哨弁加意操防外謹會同兩廣總督臣譚鍾麟附片具陳伏乞　聖鑒謹　奏奉　硃批兵部知道欽此

啓者昨接上海孫仲英善長來電旋又接到顧緝庭葉澄衷嚴筱舫楊子萱施子英各觀察來電據云江蘇徐海兩屬水災綦重饑民數十萬顛沛流離死亡枕籍災區十餘縣待賑孔急需欵甚鉅官欵恐未能徧及素仰貴社諸大善長久辦義賑饑溺猶已敬求代呼將伯源源接濟功德無量蒙滙賑欵卽滙上海陳家木橋電報總局內籌賑公所收解可也云云伏思同居覆載異姓不啻天親縱隔形骸民物莫非胞與頓遭洪水哀此災荒盡是蒼生何分畛域況救人性命卽積我陰功雖此日拯茲黎庶散盡赤仄青蚨卜他年報在子孫同來玉堂金馬敝社欵無備濟自知獨力難成術欲廣仁惟冀衆擎易舉叩乞　顯官鉅紳仁人君子共憫奇災同施仁術原擬活人無算雖千金之助不爲多但能濟世有功卽百錢之施不爲少盡心籌畫量力輸將敝社不禁爲億萬災黎泥首叩禱也如蒙　慨助卽交天津溜米廠濟生社帳房代收並開付收條以昭徵信

濟生社籌賑同人謹啓

吏隱回津

浙西張敬和司馬僑居沽上嘗赴北塘緣買鎮帥令春患病極劇經司馬細心醫治疊奏奇功鎮帥感甚已揭諸報章虞仲謝悃而其公子慮有餘病未除諄留司馬在塘審視延至清和下澣洵乎精神矍鑠飲食如初且自津郡雇取名班賽神酬願矣司馬念節届端陽時交長至津郡病症較多踵門延請者每悵相左因卽决意回津藉慰衆望並約此後天氣炎熱出門果諸多不便況本地病症一經著手必得始終其事凡在百里外相延者暫不應聘倘有險怪疑難之症尙須酌量彼此重輕騰挪前往然或朝往夕歸或羈遲一二日亦不便許久躭延耳特此佈聞

新開元隆號綢緞洋貨莊

自去歲四月初旬開張以來蒙　各主顧垂盼雲集馳名日盛本號特由蘇杭等處加意揀選名機新鮮貨色零整銀價俱照大莊行市公平發售以昭久遠此白

寄賣龍井雨前素茶福建皮絲水烟各種眞料大小皮箱

開設天津府北門外估衣街中路北門面便是

本公司仿照西法燒作磚瓦事屬創舉曾經通稟在案該貨堅固異常價値從減並各樣印花磚瓦俱全　賜顧者請至海大道新興南里內本公司面議可也謹啓

本號自置顧繡綢緞洋貨等物整零均按銀莊格外公道皆比大市價廉發售　寄賣各種眞料大小皮箱漢口水烟袋各種眼鏡龍井雨前紅茶梗　寓天津北門外估衣街五彩號衚衕口坐北向南　士商賜顧者請認本號招牌特此謹啓

予最喜閱各種新報京津滬粵閩浙之旬報日報現看者三十七種惟粵港各報京中鮮有售者津門梁君子亨憂時士也因開北方風氣起見經理南北各報數十種予寄洋函定廣智報博聞報香港中外報及閩之閩報華美報滬上數種報均蒙源源接寄無誤而且津門各報總報分館梁君報價公道取價眞廉屢次信局悞寄遺失後蒙照數補齊每報館停印不出梁君自認均不能歸看報處吃虧如此公平交易果然名不虛傳爲此布告遠近同好時事明理各報諸君不妨函購定請向津門各報總處必先覩爲快也

京都最愛看報人張琴舫氏識

告白

新出石印濟公傳此書出
在南宋高宗皇帝出一位
高僧濟公奉佛敕旨降世
人間徹愚勸善忠孝節義
與前醉菩題濟公不同本
房不惜多金邀請名公細
加批註由濟公降生共二
百四十回趙家樓馬家湖
前後接連又全續彭公案
經史子集石印鉛板家藏
板局板均照申價發售寄
售毛賈夥巷瑞芝閣
天津賁字山房謹啓

告白

啓者本局光緒二十三年
第十四屆總結帳目現經
彙算清楚業經登報邀請
股友公同核閱除將帳畧
刊印居期分佈外茲照定
章於五月朔在天津上海
香港三處派分本屆股利
仍按上屆章程老股派利
一分二釐新股派利一分
到期即祈有股
諸君携帶息摺枉臨領取
以便憑摺核發特此佈達
開平礦務總局啓

告白

頭彩第七千四號
百七十七號
二彩第二萬零
七百五十號
三彩第一萬零
三百零四號
諸君三次所買
官商快覽如有
得頭二三彩及
上下附彩者請
即携原書來領
當即照發彩洋
也
絳雪齋啓

告白

啓者刻下磁州煤礦已
將吸水機器安置停妥
各窰宿水俱已抽乾所
出之煤與唐山五槽相
等局內章程按照商辦
極爲謹密將來利益已
有成效但資本愈厚獲
利愈多爲此布告津都
申各處紳商有欲入股
得利者其股票寄存源
豐潤票號請向面塡可
也
磁州礦務局謹啓

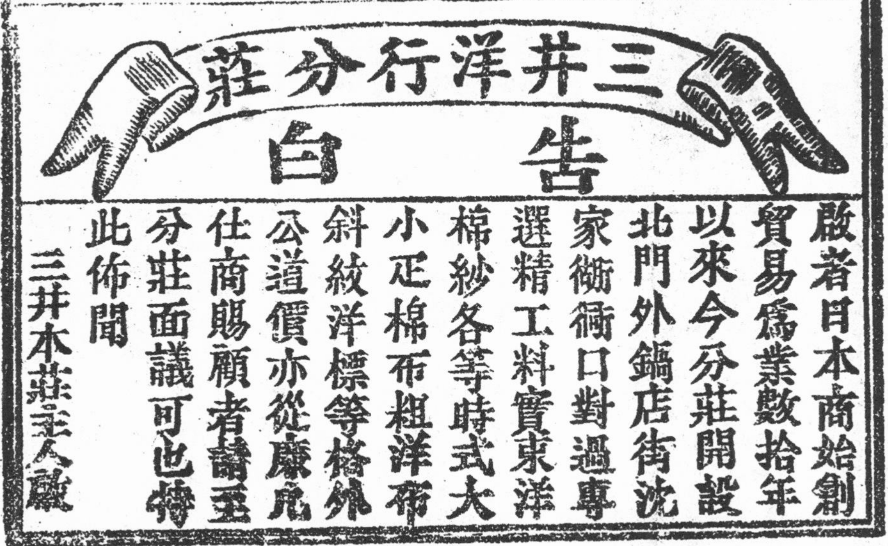

三井洋行分莊
告白

啟者日本商始創
貿易爲業數拾年
以來今分莊開設
北門外鍋店街洗
家衚衕口對過專
選精工料實東洋
棉紗各等時式大
小疋棉布粗洋布
斜紋洋標等格外
公道價亦從廉凡
仕商賜顧者請至
分莊面議可也特
此佈聞
三井本莊主人啟

紫竹林 第一樓番菜館

本號專作英法大菜各色
精細點心各樣洋酒洋貨
等物一應俱全並售
上　　　　八百
紅茶每斤津錢一千
上　　　　六百
又批發茂生公司鐵海紙
烟零整發售價值格外公
道原箱計一百盒價洋一
百四十四元每盒計五百
支洋一元五角凡　仕商
賜顧請即駕臨是荷
主人謹白

遺失銀票

茲因在塘沽
遺失震興第
六千九百三
十五號現銀
條一紙計京
平十六兩頂
已向該舖掛
號如有拾得
作爲廢紙望
各寶號切勿
收用特此聲
明
羅琬洲啓

減價

今有友人
自辦陝西
老土每兩
津錢四百
八十文
新到梁州
土每兩津
錢五百四
十文
如蒙賜顧
者請到東
門內聚隆
成寄售

告白

皖江方友莊司馬喬
寓津門紫竹林義和
生西棧精于岐黃儕
輩頗受益友莊本世
家子不欲以醫鳴僕
等以爲沽上良醫甚
尠姑懸壺以救眼前
人亦仁者之造福也
特揚之以告采薪者
〇謹代訂車費兩竿
門診一竿
王蓮生　馬少雲
洪月坡　胡丹甫　仝啓

各報總處梁子亨白

逕啓者彼處昨接
經濟書局來信云
經濟書票至十五
日前還有三二張
售完至十六日止
書票不出即候六
月內出書每部十
元不二價
天津北門內府
署東紫氣堂啓

同仁南紙局 文記

本局自印耕
香館書臘每
部價洋二元
專辦各種石
印書籍精選
加高南紙頂
細雅扇格外
價廉寓天津
東門外磁子
衚衕木局啓
本局謹啓

美孚老牌煤油

啓者美國三達煤油公司之德富士老牌煤油天下馳名萬商稱美蓋其質潔色清亮白如銀且絕無烟氣能耐久燃比之生荳等油晶光百倍而儉用價廉此爲德富士老牌之佳處誠屬無雙妙品也士商或向賜顧請到天津美孚洋行採辦就近殷實行店購買庶不致悞

DEVOE'S
PAT'D JUNE 22.63.
BRILLIANT
OIL
IMPROVED
PAT'D JUNE 28.64.
PATENT CAN
美孚行

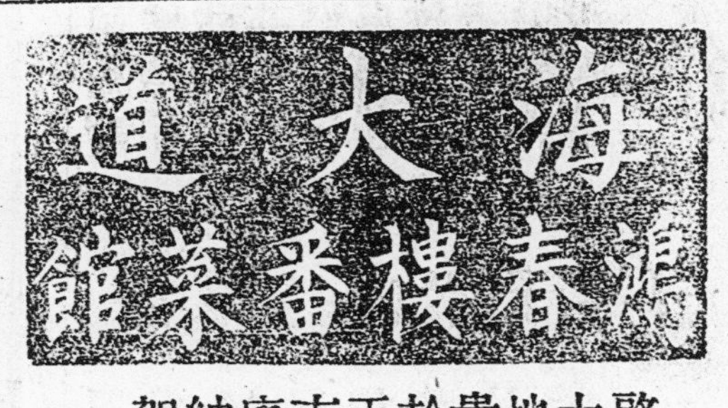

啓者本店三層大樓工程告竣地勢寬闊以備貴官紳請讌擇於去臘遷移新正月初二日開市各樣俱全價廉物美凡仕紳賜顧者請駕臨是幸

主人謹白

五月十二日輪船出口　禮拜四
新豐　輪船往上海　招商局
五月十三日輪船出口　禮拜五
連陞　輪船往上海　怡和行

五月十一日銀洋行情
天津通行九七六錢
銀盤二千四百五十五　洋一千七百三十五
紫竹林通行九六錢
銀盤二千四百九十文　洋一千七百六十文
洋錢行市七錢一分三

新開　敦慶隆綢緞洋貨莊

擇於閏三月十一日開張

本號開設天津北門外估衣街西口路南第五家專辦上等綢緞顧繡以及各樣花素洋布各碼線批合線俱按銀莊零整批發格外克巳士商賜顧者請認明本號招牌庶不致誤　本號特白

朱鈍翁先生脉理奧深醫學穩慎吾浙同鄉每抱沉疴咸賴拯濟計游津十年先今屢治疑難危症俱喜著手回春久寓彌勒菴內

開設紫竹林法國租界北

天福茶園

京都新到

崇慶名班

特請京都上洋姑蘇山陝等處

各色文武　頭等名角

五月十二日早十二點鐘開演

邊義臣　小三寶　巴拉紅　崇彪　蓋天雲　八百紅　蒲州翠　白文奎　袁清泰　小福奎　小鴻全　王喜雲　賽徑瀛　崇雪　李吉瑞　長祿　老蓋

全家福　打沙鍋　算糧登殿　五丈原　取帥印　鴻鑾禧　叅武行　伐子都

晚七點鐘開演

十二紅　禿美　楊福寶　張長奎　小祿奎　趙四　十一紅　于占奎　雙處　安桂秋　常雅秋　王喜雲　賽徑瀛　蘇廷奎　趙斌恒　一陣風　李吉瑞

罵閻　黑風帕　洪洋洞　桑園會　月華園　叅武行　四杰村

開設天津紫竹林海大道旁

福仙茶園

啓者本園於前月初四日止戲清理賬目今將戲園及園內桌椅磁壺磁碗新製彩切零星等件合盤出兌如有願兌者及詳細章程請至本園面議可也特此佈告

福仙茶園謹啓

創包機器

敬啓者近來西法之妙莫過機器靈巧至各行應用非得其人難盡其妙每値傷損修理必悞時日今有甯子卿專於經理機器玆擬創辦包定各項機器以及向有機器常年煤料工力價値格外公道如貴行欲商者請到福仙茶園面議可也特白

本館開設天津紫竹林海大道老菜市氣燈房巷內

光緒二十四年五月十二日 第一千零九十八號
西歷一千八百九十八年六月三十日 禮拜四

上諭恭錄

上諭恩澤等奏大員在任積勞病故懇恩賜䘏一摺呼倫貝爾副都統烏善早歲從戎隨剿山東河南安徽江蘇湖北吉林等省迭著戰功洊授任副都統以來於辦理邊防諸務亦能悉合機宜烏善着加恩照軍營立功後積勞病故例從優議䘏該部知道欽此 旨呼倫貝爾副都統着伊星阿補授欽此

不下帶之言

報紙所載約皆盛衰興廢已成之迹未成之形與夫將成之故宜法宜戒一欣羨一悚懼期與家國天下相勉爲興盛以防其衰廢力振其衰廢以轉爲興盛而已雖云紙上空談而學淺才疎痒心思勞目力實有人一巳百人什己千之苦每至夕陽將下公事一畢力懈神昏如學生課完下學亟思散步郊外放其天若其性頓作上古民如野鹿想絕不欲更與時賢作酬對談治忽也昨晚出館西行半里折而南又東至於河又北西歸於館時佛燈已上室皆燭館人云客候已久延入則戚某寓津謀生與予同病者坐甫定遽談家務並言某某富貴數傳卽中落某某小康數年卽斷炊某祖孫父子世及因相夷而致惡某叔姪兄弟同爨因不睦而析居遂相與稽其盛衰興廢之事溯其盛衰興廢之由益悟家與國有同情而國遠家近遠不如近之所見益眞也國疎家親疎不如親之所言更切也蓋疎遠則情或不屬眞切則情莫不關且國之事禮樂刑罰文言之每深而難明家之事起居飲食質言之恒淺而易曉爰舉數條以爲家之長與衆人告卽爲國之臣與民庶鑑客言其鄉有叔姪兄弟之某某者初爲富室其大父不理生產遂致一貧如洗其父行輩六七人生而貧幾無立錐遍呼將伯親族中無一援手其稍長者能食己力足養一口而不足以養一家少者終日轆轆不一飽以傭於人無間名者長次數人每對父母晞噓曰使我輩得操尺寸柄小富貴當無難立致父母之養何慮也會年饑賑甚普某乃以所得錢米爲小貿易人見其勤愼咸樂助彼亦未嘗或失信於朋友也由是兄弟輩或農或賈往無不利歲獲萬金觀其家之用度則猶窶人也未幾益富子弟輩以文武獲雋鄉里稱善人然馬騰於槽人喧於室事雖多而無廢人雖多而不冗用雖多而長裕也其後進欵日增較前百倍子弟公用之外私用漸或不足漸有所貸漸不能償風派日進於光華性情日進於闊綽鄙前人之陋恨家督之嚴入不敷出乃竊公欵還私債勾外人偸自己偸之不已復毀棄之如毀棄仇人之物也者 此稿未完

宮殿工程

○戶部爲示傳事所有內務府請領 咸福宮 體元殿等處工程工料銀兩本部庫定於五月十六日開放務於是日辰刻派員赴庫承領毋得違悞特示

示傳教習　○禮部爲示傳事八旗官學候補教習杜師甫李夢庚等二員限於五月十三日午刻親身赴部驗到備帶筆墨當堂塡寫親供核對筆蹟毋得違悞特示

歸還部墊　○山東布政使呈差候補同知蔣濬啓管解光緒二十四年分內務府經費歸還部墊銀一萬兩已於五月初十日午刻赴戶部投批交納

幽州氣候　○京師自夏至以來每日炎威特甚幾致爍石流金初八九等日赤傘高張行人莫不揮汗如雨初十日淸晨陰雲密布於未申之交雷聲隆隆得有急雨雜以冰雹至日暮時雨師返駕夜間天氣驟寒非棉被不能煖體十一日黎明雨師復至居人晨起盡易絺綌而衣單夾天時之不正如是攝生者可不愼哉

塾師被控　○前門外八角琉璃井設有義塾數處向隸順天府董理其事昨聞其塾師被楊某等聯名具控謂該師專營外務不守塾規等語尹憲以義塾爲培養人材之地果如所禀則誤人子弟良非淺鮮特委蔣子巖司馬前赴各塾查明有無前項情弊司馬奉委後於五月初六七八等日前往各處訪查想各塾師之勤惰優劣不難水落石出而尹憲之關心塾事於此亦可畧見一斑矣

德門壽母　○京師前門內松樹衚衕朱愼齋之母朱孟氏年屆九旬親見七代由族隣具結聯禀順天府忠義總局據情入奏懇發匾額以彰人瑞尹憲以盛世休徵宜邀　旌揚鉅典除請　旌外昨於五月初八日由總局頒發匾額一方由氏親屬衣冠具領爲德門壽母慶

僧紹道統　○巫覡之流假託神仙是其慣技從無僞託天師以炫流俗者蓋以太乙眞傳子子孫孫世守勿替不容贋鼎惑人也乃近日右安門外草橋關帝廟僧人杲望生面別開匠心獨運詭託天師附體爲都中人士祈福禳災愚夫愚婦被其関動頂禮焚香討水求符者絡繹不絕凡此有關例禁不知有地方之責者及僧錄司所司何事而故作痴聾也

悍毒之報　○東便門內鍋腔衚衕悍婦王錢氏心甚狠毒先後溺斃三女未產一男戚屬有以果報惕之者反謂自我生之自我殺之何爲罪過竟不悛改去年冬初婦復懷孕延至今夏腹大如匏震動不已氏痛暈者數次矣五月初七日將次分娩腹痛欲裂死而復生迨落蓐乃一蛇首人身之物收生婆驚駭欲絕氏因胞衣不下仰臥床邊囑託穩婆將所產拋入溷中蛇忽怒目張牙回首嚙氏產門氏大呼一聲隨卽暈絕逾兩點鐘始甦家人畢集立將此蛇擊斃氏被嚙處忽然壅腫痛徹心骨呼號不已次日逾腫便道爲之不通惟有號叫乞恕並言在冥中受刑等事祇剩奄奄一息其夫頻於灶君前焚疏懺悔求賜再生諺所謂閒時不燒香急來抱佛脚者然而晚矣

雲津望幸　○古者翠華臨幸原係省方問俗非徒事遊觀也我朝　聖祖　高宗屢次巡幸江南暨直隸山西等省經行之地蠲免錢糧時稱極盛自嘉道以來未之聞焉本年九月初三日　皇上擬恭奉　皇太后於南苑閱操後巡幸天津閱視海陸各軍操演惟　聖駕與　慈駕同行所有駐蹕地方及一切供張允宜敬謹預備海防公所雖甚寬敞堪備行宮之用第規模尙須修改卽在海光寺閱操亦應畧加修葺聞閣督部堂現札飭藩司鹽運司海關道天河兵備道暨北洋支應局會商妥籌而督辦修理工程與製備供張諸事則專委江蘇候補道張燕謀觀察經理並聞有張少農王奎章兩觀察幫同辦理之說至一切典禮是否援照南巡盛典抑以時事孔艱或畧爲損益之處想中堂必請　旨遵行矣

籌欵修橋　○東浮橋新造十空業經工竣等情均紀前報茲聞鹽道憲查悉北大關浮橋亦因年久未免間有朽復籌欵排造大約月內卽可告竣

聯鑣北上　○四川總督裕壽山制軍與調補直藩裕壽泉方伯前奉　諭旨着來京　陛見已見邸抄按制軍與方伯昆仲聞行旌均到上海定於日昨換輪北上大約三四日內卽可抵津云

幾乎擠倒　○東門內某雜貨店巨賈也日昨遣學徒某甲赴河北關上某錢舖取錢因挑換私錢被辱甲歸備訴屈抑舖長大怒遂向附近各舖湊集該錢舖帖存數百吊分遣十餘人同時往取任意挑剔錢舖掌見此情形極力俯就詢悉來由赶緊煩人向雜貨舖竭力勸說其事始寢

商埠新開　○秦王島屬直隸永平府撫甯縣轄地界湯河山海關之間距津四百九十五里本一小海灣且甚荒僻然地氣稍和冬令不冰去歲大沽口封凍輪船不通郵政局來往信息若從陸路遞送殊覺時延而費重因雇開平礦務局輪船一艘由該島遞往烟台甚爲方便現經中國允准開埠通商以後每屆冬令天津海河封凍輪船不便駛行該島商務必格外興旺惟沿海沙灘彌亘潮水不時漲落深淺不等將來仍須另費一番經營也

有傷晚節　○頃聞大城縣屬某村某孀婦年逾半百子成立娶妻早巳古井無波白分菁襁終老矣詎死灰再熱忽起意改醮該村有異鄉人某甲作賣布小生意指名欲嫁之倩媒關說於前月下旬成婚並有積蓄銀若干兩亦携帶去是夕甲有二三朋好前來致賀勸飲巨杯甲興豪暢飲不覺酩酊大醉沉沉睡去及次晨日高方起而新人竟雉經亡矣有謂日犯凶煞者有謂前夫作祟者議論紛紜究皆莫明其故眞所謂一個悶葫蘆教人無從打破也

巡工告示　○大清署理各口巡工司戴爲　通行曉諭事照得本巡工司前奉　總稅務司赫　憲劄行以沿海沿江建造鐙塔浮樁等事或係創設或宜改移或有增添或須裁撤營造既有變更務卽隨時彰明出示通曉各處俾得行江海船隻周知徧喻等因茲本巡工司查津海關稅務司所屬界內北河口外向設鐙船一隻現經改移合將其情形度勢開列於左　計開　一大沽北河口外向設大沽鐙船一隻現因該處攔江沙漲故將鐙船移至東南五百八十二丈於朔望潮落時水深十六尺之處該船在緯度北約三十八度五十四分三十六杪經度中國中線約一度二十二分　光緒二十四年五月初二日　第三百二十一號示

粵漢鐵路　○中國山海關鐵路告成商民交受其益成效彰彰是以各省通商口岸凡有關繫商務大宗者均欲次第開辦前有湘粵巨商具禀鄂督擬請開辦粵湘鐵路刻巳准行開辦派員勘路茲承友人將湘省鹽法長寶道通飭各府廳州縣札飭寄示合先照登　爲札飭事准藩司咨奉督部堂張札開光緒二十四年三月二十日准　督辦鐵路總公司事務大臣大理寺少堂盛咨呈開竊照粵漢鐵路關係緊要前粵湘鄂三省紳商呈請通力合作以保中國利權而杜外人覬覦業經本大臣據情會奏奉　旨允准原奏造端之始以勘路爲第一要義應由三省遴委員紳公同測勘使知便商衛國事在必行除巳遴派洋工程司並由湘鄂兩省及總公司各派譯員導護前進外合亟遴委熟諳洋務明幹大員督同勘路查有湖南候補蔡道乃煌籍隸嶺南服官湘楚堪以派委前往鄂省禀商兩廣督部堂暨廣東巡撫部院並請粵省派員再行帶領洋工程師由廣州勘起至佛山三水韶州樂昌與湖南省之宜章縣交界處爲一大段所有路經各該州縣何處地勢高低斜直何處繁庶可設車站有何物料足資工用均應督同華洋各員詳審察看周諮博訪筆記繪圖按日詳註遇有河渠山道並須設法繞越以省工料勘驗事畢逐細具覆以憑會商核辦除飭蔡道遵照辦理並分咨外相應咨呈查照等因到本部堂准此除分行外合就札行札到該司卽便查照等因行司移道准此合行札飭札到該府卽便轉飭所屬一體查照此札

有約在先　○馬關條約中國賠日本兵費銀二萬萬兩此時朝鮮向日本卽議分此項以資沾溉緣假途平壤廣備軍糧朝鮮與有力焉主是議者爲商部大官金家振現因中國巳將此欵掃數全完朝鮮政府復申前說命駐日本公使李　榮向日本政府索取或謂事關分金必須專派公使或又謂巳與駐韓日使嫡商刻下尙未定若何辦法也　譯錄讀賣新聞

日本海軍　○日本水手在兵船當差者多由漁戶及商船水手中拔補蓋東洋濱海居民皆習水性較挑練生人事半功倍日本兵船布置十分妥帖上自大官下至末吏陸軍海軍一夫得一夫之用其執政諸君視國事如家事經營慘淡惟日不足第籌畫間或

有未善歐洲學業未能融化貫通耳○日本海軍小官一萬三千二百十四員內領催三百八十七員哨長二千一百四十五員○日本水師學堂肄業武官每年放三十名派往各船現已加額約再逾三年畢業者當必加倍機器學堂有軍械所船政局每年放二十五名或三十名現亦加額再逾二年畢業者較前亦必加倍東京又設有水師大學堂礮學堂魚雷學堂海軍省近將海船營造匠水手等多名派赴外國其武官有在俄太平洋水師船學習者而外國人入日本兵船學習殊覺不易緣日本武官薪俸不豐每在外國兵船官艙居住未免拮据或曰日本船中救火水管極佳以俄船安設此項水管在一定地方而日本船則將水管分設各處首尾相連節節靈通也　譯彼得堡時報未完

光緒二十四年五月初十日京報全錄

宮門抄○五月初十日禮部　宗人府　欽天監　廂藍旗值日　翰林院引　見八十六名　廣甯城守尉溥實請　訓　博公毓秀各請假十日　倉場奏漕船五日回空　欽天監呈進月蝕圖　禮部奏派磨勘試卷　派出崑中堂壽耆綿文準良楊頤趙舒翹　召見軍機　溥實

○○二品銜淮安關監督奴才金聲跪　奏爲恭報接印任事日期叩謝　天恩仰祈　聖鑒事竊奴才內府世僕知識庸愚渥荷　隆施涓埃未報乃蒙　恩命　簡任淮安關監督感激難名當卽趨詣　宮門叩謝　天恩嗣於　陛辭之日仰蒙　召見　訓誨周詳無微不至奴才跪聆之下莫名欽感遵卽起程出京航海南下於光緒二十四年四月十二日行抵淮安准前任監督都慶將淮安關關防一顆書籍文卷等項委員齎送移交前來奴才望　闕叩頭祇領任事伏查淮宿海三關分設大小口岸責重事繁在在均應體察現當災歉之餘商貨運行寥落尤須設法招徠認眞辦理奴才初膺艱鉅倍切冰兢惟有殫竭血誠實力整頓嚴剔弊竇寬恤商艱遇有緊要事件隨時與督撫臣咨商或就近與漕臣商辦總期　國課有裨商情無阻俾稍伸夫　悃冀仰答夫　鴻慈除將庫儲錢糧逐一確查另摺　奏報外所有奴才接印任事日期並感激微忱理合恭摺叩謝　天恩伏乞　皇上聖鑒謹　奏奉　硃批知道了欽此

○○奴才依克唐阿廷杰跪　奏爲遵　旨勸辦昭信股票集有成數擬將滙解需費作正開銷請　旨飭部在案恭摺仰祈　聖鑒事竊本年正月十五日恭閱電傳閣鈔光緒二十四年正月十四日奉　上諭奏遵議右中允黃思永奏籌借華欵請造股票一摺據稱按照該中允原摺所陳詳細叅酌擬由部印造股票一百萬張名曰昭信股票頒發中外周年以五釐行息期以二十年本利完訖平時股票准其轉相凭買每屆還期准抵地丁鹽課在京自王公以下在外自將軍督撫以下無論大小文武現任候補候選官員均領票繳銀以爲商民之倡其地方商民願借者卽責成順天府府尹及各省將軍督撫將部定章程先行出示並派員剴切勸諭不得稍有勒索派辦之員能解鉅欵者分別優予奬叙各等語着依議行當此需欵孔亟該王公以及內外臣工等均受朝廷厚恩卽各省紳商士民亦當深明大義共濟時艱等因欽此旋承准總理衙門電知前因奴才依克唐阿卽倡領二百股另報効銀一萬兩奴才廷杰領五十股另報効銀五千兩禮部侍郎文英領二十股另報効銀二千兩兵部侍郎領三十股另報効銀二千兩戶部侍郎良弼領四十股刑部侍郎英煦領五十股工部侍郎鍾靈領三十股副都統溥蔚領二十股府丞貴賢領五十股其餘闔省協佐防校等報効一年官俸旗民兩屬現任候補文武各官及各營將領均承領股票以爲商民之倡約計集數三十萬兩電達總理衙門代奏奉　旨依克唐阿電悉該將軍倡領股票足見急公其報効銀兩着歸入股票一律辦理至協佐防校等報効官俸亦着一併歸入股票欽此嗣准戶部刷印原奏並詳訂章程咨行前來並准電開昭信股票造成需時有繳欵者應由地方官先付用印實收俟股票頒發再行換給等因奴才等當卽出示曉諭一面遴委驛巡道志彭東邊道榮森署山海關道玉頣勳協領達春程世榮准補昌圖府知府陳震候補知府明徵會同各地方官延邀公正紳富剴切勸諭曉以大義各聽量力出借如查有勒派情事嚴行叅辦所有繳到銀兩先由各地方官付給印收並在驛巡道衙門設立昭信奉局一切文件俱用驛巡道關防照部定章程辦理將來歸還本息銀兩省城歸官錢局外城歸殷實鋪商經管發付以免

平色參差並通飭各地方官一體遵照去後茲據各屬先後報到勸諭紳商士民出借數目並陸續解銀前來奴才等核計共銀五十萬兩前來合之三十萬兩共銀八十萬兩均彙續解省賫存雖未解之銀約尚有三十餘萬兩五六月以內終可解齊查奉天地近邊塞戶鮮富饒更非商賈輻輳之區近來遼南遭兵燹後省西北一帶連歲歉收民生彫敝銀錢兩項本極艱窘此湊集若干不得謂非踴躍各屬市面已萬分竭蹶奴才等現通飭各屬仍再急於勸辦其有深明大義報効情殷者仍聽其便至此間銀色低潮湊集解部折耗太多自不如歸票號滙解庶本地之銀仍留本地行用可免貼色惟銀數至八十萬兩滙費亦屬不貲擬請即由股欵或另撥公欵作正開銷相應請　旨飭部立案以免賠累除將已到銀兩分存號商聽候部撥再行滙解並咨戶部查照外是否可行謹合詞恭摺具陳伏乞

皇上聖鑒　訓示謹　奏奉　硃批戶部知道欽此

○○成都將軍兼署四川總督臣恭壽跪　奏爲川東一帶賑務完竣議將收支銀錢穀米數目繕具清單恭摺仰祈　聖鑒事竊查光緒二十二年川省夔州綏定忠州一帶秋霪成災山崩迭見食貴民飢酉陽州屬亦於二十三年雨雹成災當經督臣鹿傳霖分飭地方官就地籌欵並動用倉穀賑糶嗣因災區太廣飢民衆多所籌銀穀不敷賑濟復經鹿傳霖　奏准開辦賑捐分咨鄰省一體勸辦並蒙

皇太后　皇上賞給內帑銀十萬兩鹽厘十萬兩仍於鹽土各厘局及各屬徵收地丁項下撥欵派員馳赴湘鄂蘇黔等省暨本省上游各處採買穀米雜粮並提撥收成較好各屬倉穀運往各災區分別散放賑糶兼施不遺餘力災祲飢黎幸免轉塡溝壑而隣省義紳亦有籌欵來川助賑者迨至上年秋後收成轉稔始將各屬賑務陸續停止臣接署督篆後隨即督飭各屬將先後報銷各事宜妥爲籌辦茲據辦賑各廳州縣將收支銀錢穀米一切數目呈由布政使裕長核明開單詳請　奏咨前來臣查川省賑務自光緒二十二年十二月起至二十三年九月止歷時二百餘日賑救飢民以數百萬計所銷之欵共計二百餘萬兩細加稽核確係實支實用毫無浮冒除支用外尚存捐欵銀二萬六百餘兩而各省代收川捐尾數尚有未經解到者川省辦理賑務所動各屬倉穀共計六十五萬餘石僅發過穀價銀五十六萬餘兩不敷買還應請將此項餘存銀兩及各省欠解川捐尾數留作買補倉穀之用一俟倉穀買補足額如有餘存再行全數報部聽候撥用設有不敷即由本省籌欵彌補不再動用正欵是否有當除咨部查照外理合繕具清單恭摺具　奏伏乞

皇上聖鑒　訓示勅部核銷施行謹　奏奉　硃批該部知道單併發欽此

○○壽蔭片　再前經奏准每年由閩海關厘局及船政經費並六成洋稅項下協濟熱河兵餉銀六萬兩自光緒二十二年起至二十三年止共應協解銀十二萬兩先後准滙到銀五萬五千兩又本年二月復准籌撥銀一萬五千兩發交號商源豐潤滙解津海關道衙門兌收咨會領取等因奴才當即派委前往領取嗣於閏三月初三日據該員將協餉銀一萬五千兩照數領回除查收儲庫以備支放外查閩關應協熱河光緒二十二二十三兩年餉銀共十二萬兩除先後滙到銀七萬兩外尚欠未解銀五萬兩並本年應解協餉銀六萬兩共計欠解銀十一萬兩現在熱河需餉孔殷無餉籌措除備文咨催外相應請　旨飭下戶部行催福州將軍裕祿赶緊設法籌措以濟餉需是否有當理合附片陳明伏乞　聖鑒　訓示謹　奏奉　硃批即著咨行增祺趕緊籌解欽此

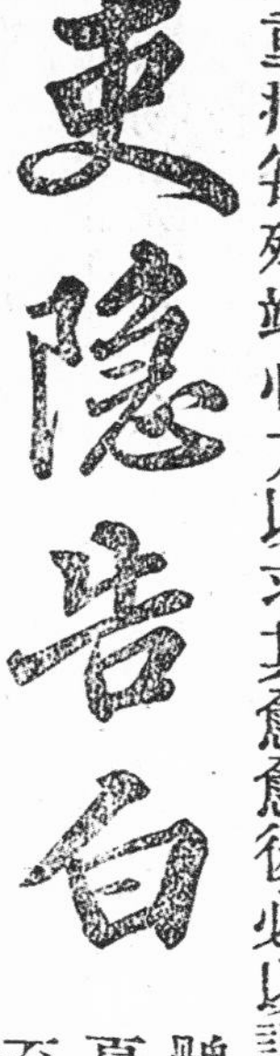

從來病者以診治爲先痊則以調養爲要誠以稍不自愼則痊者復病而病轉滋深所貴愼之又愼而不可輕心掉也僕自蒞津以來凡遇重症每殫竭心力以求其愈愈後必以調養爲諄囑獨於北塘賈鎭帥有難焉者鎭帥膺專閫重寄年雖老而心猶壯故運甓之勤撫髀之嘆在所時有而無如其病也雖病必醫醫必痊痊而不善養則病復作僕自仲春以迄孟夏嘗赴北塘悉心診治計三閱月其病而復痊者屢矣然猶諄諄囑以調養切勿誤服藥餌延至清和下浣見其精神矍鑠飲食如初且自津郡雇取名班賽神酬願矣僕始畧爲放心不取謝資折回津寓不圖昨聞驚報將星仍以藥誤而隕也使確念余囑則董奉之杏林僕豈不望多栽數株惟事已如此深恐後之施治者反以僕爲藉口也故登諸報端以明治病未必善言者所能愈又豈可行險以幸中售技者必當審愼立方而病家亦當善于調養耳

啓者昨接上海孫仲英善長來電旋又接到顧緝庭葉澄衷嚴筱舫楊子萱施子英各觀察來電據云江蘇徐海兩屬水災綦重飢民數十萬顛沛流離死亡枕籍災區十餘縣待賑孔急需欵甚鉅官欵恐未能徧及素仰貴社諸大善長久辦義賑飢溺猶已敬求代呼將伯源源接濟功德無量蒙滙賑欵即滙上海陳家木橋電報總局內籌賑公所收解可也云云伏思閭居覆載異姓不啻天親縱隔形骸民物莫非胞與頓遭洪水哀此災荒盡是蒼生何分畛域况救人性命即積我陰功雖此日拯茲黎庶散盡赤仄青蚨卜他年報在子孫同來玉堂金馬敝社欵無備濟自知獨力難成術欲廣仁惟冀衆擎易舉叩乞 顯官鉅紳仁人君子共憫奇災同施仁術原擬活人無算雖千金之助不爲多但能濟世有功即百錢之施不爲少盡心籌畫量力輸將敝社不禁爲億萬災黎泥首叩禱也如蒙 慨助即交天津溜米廠濟生社帳房代收並開付收條以昭徵信

濟生社籌賑同人謹啓

新開元隆號綢緞洋貨莊

自去歲四月初旬開張以來蒙 各主顧垂盼雲集馳名日盛 本號特由蘇杭等處加意揀選名機新鮮貨色零整銀價俱照 大莊行市公平發售以昭久遠此白 寄賣龍井雨前素茶祁建皮絲水烟各種眞料大小皮箱 開設天津府北門外估衣街中路北門面便是

本公司仿照西法燒作磚瓦事屬創舉曾經通稟在案該貨堅固異常價値從減並各樣印花磚瓦俱全 賜顧者請至海大道新興南里內本公司面議可也謹啓

魁陞號綢緞洋貨莊

本號自置顧繡綢緞洋貨等物整零均按銀莊格外公道皆比大市價廉發售 寄賣各種眞料大小皮箱漢口水烟袋各種眼鏡龍井雨前紅茶梗 寓天津北門外估衣街五彩號衚衕口坐北向南 士商賜顧者請認本號招牌特此謹啓

建平永平金礦局告白

啓者壬辰年春 前北洋大臣李委潤等創辦建平金礦自顧菲材膺茲艱鉅不勝任自開辦以來疊於平建朝赤等處徧加採試或以石堅金薄不敷度支或以費鉅工艱難祈速效頻年耗損實屬不支迨丙申歲抄核計彌縫舊缺外始有微餘洎丁酉全年見盈遂奉 熱河都憲諭以丁酉正月至四月爲建平第一屆升課其課銀已於今春解呈熱河五月至十二月爲第二屆其課銀亦不日報解又丙申冬分設永平金礦該處砂綫窄小浮露於外無大水患工程尚簡計至去年十二月底共試辦十四個月稍見餘利去冬十一月杪該局又得遷安縣屬之峪爾岩今正以後出金日逐見增將後可望蒸蒸日上刻亦報解第一屆升課惟是解課以後即應分息在股諸君觖望已久茲定於六月初一日在天津招商局內建平帳房上海寶源祥香港招商局等處分派屆時務祈 諸股友携摺杻顧以憑核發除將歷年辦理情形收支帳目稟報公牘彙刊成册印送核閱外合將派息日期登報奉聞

徐潤等謹白

天后宮北 義興順綢緞莊

本莊自置顧繡綢緞綾羅紗絹各樣洋貨南貨雅扇桂冊頭油香貨歸安貝松泉湖筆一概俱全

頭號杭寧綢 四錢二
頭號摹本緞 三錢八
紅梅茶 每斤 九百六
紅茶 六百四
紅茶梗 二百二
龍井茶 一吊八
金百襽裙布裡每套五兩八
壽棉
哆囉蔴每尺原碼四分二
各莊夏布一槩照行發莊

告白

新出石印濟公傳此書出在南宋高宗皇帝出一位高僧濟公奉佛敕旨降世人間儆愚勸善忠孝節義與前醉菩題濟公不同本房不惜多金邀請名公細加批註由濟公降生共二百四十回趙家樓馬家湖前後接連又全續彭公案經史子集石印鉛板家藏板局板均照申價發售寄售毛賈夥巷瑞芝閣

天津糞字山房謹啓

告白

啓者本局光緒二十三年第十四屆總結帳目現經彙算清楚業經登報邀請股友公同核閱除將帳署刊印屆期分佈外茲照定章於五月朔在天津上海香港三處派分本屆股利仍按上屆章程老股派利一分二釐新股派利一分到期即祈有股諸君攜帶息摺柾臨領取以便憑摺核發特此佈達

開平礦務總局啓

告白

頭彩第七千四百七十七號
二彩第二萬零七百五十號
三彩第一萬零三百零四號
諸君三次所買官商快覽如有得頭二三彩及上下附彩者請即攜原書來領當即照發彩洋也

絳雪齋啓

三日一本
石印類類報

約看至四個月可成書七部八股已改策論此報詢屬利器也每月津錢六百四十文先交報資定看全年者收洋肆元不折不扣

北閣內延邵公所對門類類報館啓

三井洋行分莊 告白

啟者日本商始創貿易爲業數拾年以來今分莊開設北門外鍋店街洸家衚衕口對過專選精工料實東洋棉紗各等時式大小疋棉布粗洋布斜紋洋標等格外公道價亦從廉凡仕商賜顧者請至分莊面議可也特此佈聞

三井本莊主人啟

紫竹林 第一樓番菜館

本號東作英法大菜各色精細點心各樣洋酒洋貨等物一應俱全並售

上　八百
上　紅茶每斤津錢一千
　　六百

又批發茂生公司鐵海紙烟零整發售價值格外公道原箱計一百盒價洋一百四十四元每盒計五百支洋一元五角凡什商賜顧請即駕臨是荷

主人謹白

遺失銀票

茲因在塘沽遺失震興第六千九百三十五號現銀條一紙計京平十六兩頃已向該鋪掛號如有拾得作爲廢紙望各寶號切勿收用特此聲明

羅琬洲啓

減價

今有友人自辦陝西老土每兩津錢四百八十文新到梁州土每兩津錢五百四十文如蒙賜顧者請到東門內聚隆成寄售

告白

皖江方友莊司馬喬寓津門紫竹林義和生西機精于岐黃儕輩頗受益友莊本世家子不欲以醫鳴僕等以爲沽上良醫甚尠姑懸壺以救眼前人亦仁者之造福也特揚之以告采薪者○謹代訂車費兩竿門診一竿

王蓮生　馬少雲
洪月坡　胡丹甫　仝啓

各報總處梁子亨白

逕啓者彼處昨接經濟書局來信云經濟書票至十五日前還有三二張售完至十六日止書票不出即候六月內出書每部十元不二價

天津北門內府署東紫氣堂啓

本局自印耕香館畫賸每部價洋二元各種精選石印書籍專辦加高南紙細雅扇格外價廉廣天津東門外襪子衚衕本局啓

本局謹啓

美孚老牌煤油

啓者美國三達煤油公司之德富士老牌煤油天下馳名萬商稱美蓋其質潔色清亮白如銀且絕無烟氣能耐久燃比之生荳等油晶光百倍而儉用價廉此為德富士老牌之佳處誠屬無雙妙品也士商賜顧請到天津美孚洋行採辦或向就近殷實行店購買庶不致悞

DEVOE'S
PAT'D JUNE 22.63.
BRILLIANT
OIL
IMPROVED
PAT'D JUNE 28.64.
PATENT CAN
美孚行

開設紫竹林法國租界北

天福茶園

京都新到

崇慶名班

特請京都上洋姑蘇山陝等處

各色文武　頭等名角

五月十三日早十二點鐘開演

邊福八蒸東巴安袁王賽張雙高賽福蘇崇
義　百州發拉桂[illegible]喜狸長　玉旋　廷雅
臣玉紅翠亮紅秋泰雲鑫奎處喜風林奎秋

葭萌關　蘆花計　趕子　宇宙峯　新安驛　取滎陽　衆武行八美圖

晚七點鐘開演

新到

劉老小小大張雙高王白羊十于賽李楊崇
景　祿德　長　玉喜文喜一占旋吉四
山虎奎生禿處喜雲奎壽紅奎風瑞立雪

李淩碑　文昭關　魚藏劍　烏龍院　定軍山　衆武行盜魂鈴

開設天津紫竹林海大道旁

福仙茶園

啓者本園於前月初四日止戲清理賬目今將戲園及園內桌椅磁壺磁碗新製彩切零星等件合盤出兌如有願兌者及詳細章程請至本園面議可也特此佈告

福仙茶園謹啓

創包機器

敬啓者近來西法之妙莫過機器靈巧至各行應用非得其人難盡其妙每值傷損修理必悞時日今有甯子卿專於經理機器茲擬創辦包定各項機器以及向有機器常年煤料工力價值格外公道如貴行欲商者請到福仙茶園面議可也特白

海大道　鴻春樓番菜館

啓者本店三層大樓工程告竣地勢寬闊以備貴官紳請讌擇於去臘遷移新正月初二日開市各樣俱全價廉物美凡仕紳賜顧者請即駕臨是幸

主人謹白

五月十三日輪船出口　禮拜五
連陞　輪船往上海　怡和行
五月十五日輪船出口　禮拜日
新裕　輪船往上海　招商局
怡生　輪船往上海　怡和行

五月十二日銀洋行情
天津通行九七六錢
銀盤二千四百五十五　洋一千七百三十五
紫竹林通行九六錢
銀盤二千四百九十文　洋一千七百六十文
洋錢行市七錢一分三

新開敦慶隆綢緞洋貨莊

擇於閏三月十一日開張

本號開設天津北門外估衣街西口路南第五家專辦上等綢緞顧繡以及各樣花素洋布各碼線批合線俱按銀莊零整批發格外克已士商賜顧者請認明本號招牌庶不致誤

本號特白

朱鈍翁先生脉理奥深醫學穩愼吾浙同鄉每抱沉疴咸賴拯濟計游津十年先今屢治疑難危症俱喜著手回春久寓彌勒菴內

本館開設天津紫竹林海大道老菜市氣燈房巷內

光緒二十四年五月十三日　第一千零九十九號
西歷一千八百九十八年七月初一日　禮拜五

部照又到　直隸勸辦湖北賑捐局自光緒二十四年正月至二月底請獎各捐生部照又到請即攜帶實收來局換照可也

上諭恭錄

上諭前因京師入夏以來雨澤稀少朕迭次親詣　大高殿拈香並派貝勒載濂等分詣　時應宮等處拈香仰蒙　昊慈眷佑渥沛甘霖朕心實深寅感允宜敬謹報謝用答　天庥朕於本月十二日親詣　大高殿拈香　時應宮着派貝勒載濂　昭顯廟着派貝勒載潤　宣仁廟着派貝子溥倫　凝和廟着派輔國公載瀾同於是日分詣報謝仍冀頻邀　鴻貺甘澍應時以慰農望欽此　上諭給事中高燮曾奏成都將軍恭壽署理總督與爲將軍時聲名迥異請嚴旨申飭等語言官職在糾參自應指明欵跡據實臚陳該給事中既稱恭壽貪劣顯著吏治蠹敝物議沸騰當有實跡可指着高燮曾迅速明白回奏欽此

不下帶之言　續前稿

爲之督者業爲親手所創險阻艱難已備嘗人之情僞復盡知謂無財則度日不能求財非求己不可財不能有聚無散而散之易聚之難散之易當知有以圖其易聚之難當知有以圖其難窽以圖之財之散也如川下流不能遏水之不去而長留惟當使去留有利而無害財之聚也如棹上灘不能期路之多順而少逆惟當使順逆有進而無退禍患不能一日無利祿不可以坐享人之處世事事如兩軍對壘不可失機一失機則首領難全人之持家時時如長夜防偷不可留隙一留隙則漏卮無底果其家法井井有條縱有一二不肖子弟束於家法亦不至一敗遂不可收拾於是人之仰其家者遂謂其富貴當無窮子弟之安其居者亦以爲富貴實可恃迨創業者以老退繼起之督不識顧大家全局能利人方能利己惟喜得一權主政思便己僞以便人始則暗施養奸縱惡之術以持子弟之短繼則盡爲假公濟私之舉遍置附己之人此偷其一彼偷其什家人之偷者則百外人之偷者則千已偷之物各爲己有其數尚可以稽未偷之物棄之如遺其數實無從考且其耕稼商販事事皆委任外人既費辛俸又誤事機家之局面雖宏家之法度已亂耗財之路日以增生財之路日以減是時爲之計者諷其析產庶使人人知物力艱難而家督則外假同堂之義度若容人內藏不肖之心計期肥己至接借無門萬不得已而析爨弊不能去利不能興一分立貧勢遂不可以救藥此鄉之婦孺皆能道其始末者也其所謂祖孫父子因相吏而致惡者其家數世單傳產既饒沃生易更利市三倍第其祖若父多外遇各營別巢私債累累其孫效之爰盜賣家產廉其值仿時價十分之一煩人與買主說項訂以祖父歿日交割買主受之賣主感戴喜不勝與敦友誼或叩其故曰此吾外府脫異日託庇宇下其將何以惠我耶未幾其祖父卒買主索房急賣主擬遲騰數日借第治喪買主不允並促以刻日他徙未遷而債主畢集索其祖父之欠者十之八索其本身之欠者十之二無已就事論事蕩產而速遷之猶竊幸積有私囊冀可出資經營以圖恢復詎又爲人所騙致令妙手空

空徒呼負負乞援親族親族或議其素不識人不可以與共事或謂其昔不顧親今豈信友皆厭見之後棄斧獨羈某戚家荏苒以歿之二者言之可笑聽之可憐思之又甚可畏竊因之有感矣上下之情通則寃民少上下之情聯則義士多上爲頭目下爲手足相通相聯其相顧亦何煩驅使否則上之人不肯顧其下下之人不肯顧其上各自爲計遂各不相保當此割地賠欵愚民則漠不相關其自以爲智者又極思入彼教之門牆附強國之版宇爲避征謠上策而計臣能吏巧宦又將竭中土國帑民膏寄諸他人籬下藩衛之爲異日逍遙三徑資將謂國可破而家不可亡嗟乎嗟乎是厝火而處積薪覆巢而計完卵也不觀英取印度之事乎去其君卽奴其民既不與以權要復不許厠議員印民至今甘爲捕役又不觀取緬甸之事乎括富室之財復取其妻孥拍賣之至台灣膠州旅大我華民之身受者概能言焉若夫各洋之虐待華民華工各報載之無煩細述由是觀之國勢強弱君與民無時不休戚相關正不啻家衆與家督貧富勢難獨享也茲於客言益信誠哉其言近指遠不下帶而道存也爰誌之爲我邦人告

照例辦事　○倉帥向例於五月十二日祭壩聞辦差人傳示是日兩倉帥率同兩坐糧廳中西兩倉滿漢監督通永道東路同知漕運通判通州知州土壩同知石壩州判齊集大光樓恭設香案以次行禮是時鼓樂聲與爆竹聲聲聲相應禮成樂止兩倉帥在樓少憩旋至河干督同兩坐糧廳分作四段逐船驗收向所爲攙和偸漏之弊一掃而空倉帥愼重倉儲之意卽此已見一班當承祭時凡陳設祭品准由隨從人等搶取名曰搶壩不知何所命意亦不知昉自何時據云歷屆如此遂沿爲成例云

取利殊難　○現經順天府會同五城察院派委清査京城內外共有典當一百九十五家利息每月一分半二分不等富戶之欲爲此事者甚多而年年卒無添設者緣每開一當須有四當出具聯環保結承領戶部發商生息銀三千數百兩按季交息每年另納當稅銀五十兩又須報捐昭信股票且自掌櫃以迄號房每典所需不過二十餘人若一經開市凾薦之人往往紛至沓來不堪用者居多現在各典當公議自五月十五日起一律增息向來一分半者改爲二分二分者改爲二分半其餘銅磁皮貨零星物件仍以三分行息雖照此增息仍徒有開當之名無開當之利云

從容就義　○阜成門內兵馬司衚衕張姓婦性極貞靜姑老夫死茹苦含辛矢志養姆以十指爲生活已兩年矣今春姑去世婦孑然一身早存死志因完姑之窀穸竭力屏擋將姑柩葬於張氏塋次婦嘗語鄰婦曰吾事畢矣可以行矣鄰疑其有異志詎於五月初九日夜間竟以三尺線帶了此殘生次日經鄰人呼之不應脫門入內一縷貞魂早往幽冥路上矣用特訪錄以備採風者闡發幽光云

額駙殯儀　○和碩額駙扎公騎箕仙逝五月初四日呈遞遺摺已見邸抄茲聞該府第內高搭起脊棚延請隆福寺　雍和宮　嵩祝寺喇嘛番僧唪經齋醮門首擺設鼓樂以備迎送弔客往來者皆係王貝勒貝子諸鉅公車轎塞途哀榮稱盛聞於六月二十五日發引屆期如何殯葬訪明再錄

督轅門抄　○五月十一日晚中堂見　提督聶軍門　袁大人世凱　張大人翼　十二日見　運司方大人　關道李大人　道台任大人　霸昌道端大人　淸河道高大人　候補道潘大人　蒯大人　分省補用道程恩培　候補府顧廷枚　顧元勳　李蔭梧　吳家修　薊永分司謝廷恩　署龍門縣羅鼎焜　樂亭縣韓克強　元城縣王遂春　候補州袁世廉　陳其元　候補同知徐治仁　補直隸州王繼善　雙奎　補獻縣錢錫家　候補縣啓泰　夏鴻藻　章國治　江宗瀚　聶軍門　宣化鎭陳大人　樂字中營吳有珍　范天貴　儘先叅將苗開泰　副將張志勇　趙建臣　總教習王得勝　昌平叅將汪隆元　親軍馬隊蘇長慶辭　保陽馬隊張泰辭　記名總兵聶榮華　李學孔　記名副都統奇克紳布　大沽後右營卞長勝　轅下先鋒總兵王征元　張銀龍　衛本光　副將郭學海　周正高　段日陞　程起鳳　遊擊孫吉武　李鴻鈞　周行彪　十二日晚見　張大人翼　候補鹽大使壽康　十三日見　委署通永鎭李大人大霆謝委　候補道黃大人建筦

履勘校場 ○昨報雲津望幸一則恭紀 皇上擬於九月初三日恭奉 慈禧皇太后慈駕幸天津閱視海陸各軍操演等因駐蹕行宮就海防公所酌加修葺而閱操校場計在海光寺迤南然非地勢寬敞不足以昭愼重聞今早八點鐘閣督部堂榮中堂出轅率同提鎭司道暨府縣各營統領赴圍墻外八里台子地方相視一周蓋因 兩宮親臨一切帳殿將台暨扈從文武大臣幕府均須敬謹預備一俟履勘得宜卽當諏吉興工及早修理云

川督將臨 ○四川總督裕壽山制軍調補直隸布政司裕壽泉方伯由上海換輪北上一節曾紀昨報茲聞輪已掛口十四日准可抵津邑尊預備茶座在火車站何統領出隊迎接通城司道前往迎迓云

虎符暫握 ○通永鎭賈制壇軍門因病出缺等情曾紀報牘茲悉閣督憲因該鎭篆務緊要暫委記名總兵李鎭軍大霆署理兼統淮練各軍日昨公事發下諒不日卽當赴轅叩謝並稟辭赴任

路案例誌 ○昨晚有少年人不過二十上下死在河東火車道旁身穿藍夏布褲褂不知被何人所殺肚破腸流血痕狼藉當經該管地方稟報邑尊詣驗不知是仇是盜並不知該屍姓名居址統俟訪明再錄

輪船擱淺 ○訪事函云今有卯馬拉布拉輪船由英國運來松木因東風吹漲該船遂駛入淺灘漲落輪膠寸步難移該輪遂被重載壓損當招僱中國民船接運貨物來津該輪遂擬拍賣

騙貨被控 ○饒陽縣盧老協向在饒陽城內開設瑞升成舖面數十年來在津辦貨久見信於交易之家忽於今年春間來津賒取某舖煤油若干箱并某舖雜貨若干担共值銀數千兩遂安心騙取借以肥己現於月初又復來津辦貨某舖偵知前往理討竟出不情言語某舖在天津縣控告縣票差至店傳人而盧老協竟自逃逸聞縣尊特辦關文往該縣關傳務期到案又聞盧老協現在天津某貨局藏匿原告現四處偵探恐被訪明其藏匿之家亦將被牽同受訟累也

華艦誌詳 ○朝廷於馬關議和之後卽向英德各廠訂造戰艦數號爲禦侮之具上年業有飛鷹飛霆兩水雷船告竣駛回備用茲閱倫敦西四月二十二號中華西字報云中國在英國安士頓船廠定造者計有一等快艦二艘一名海琛一名海濟現均落成試水查該二船所有墩數馬力礮位各等均同計該艦直長應三百九十六英尺橫闊應四十六尺八英寸吃水深應十六尺九英寸堪載四千三百墩每點鐘能行二十三英里船內配裝八寸徑口大砲貳門又四寸七徑口快砲十門又中砲十貳門其彈子可容三磅之譜又機器炮十門又水雷筒五具徑口十八英寸其船面之甲厚應一寸五分其船旁之厚則應五寸管駕戰房厚應六寸可載煤炭一千墩其在德國之士得珍船廠定造者計有貳等快艦三艘一名海容一名海鎭一名海勝亦已告厥成功查該三艘所有墩數馬力砲位各等亦皆相同計該艦直長應三百二十八英尺橫闊應四十一英尺吃水深應十六尺四英寸堪載貳千九百五十墩馬力七千五百匹載煤貳百念墩每點鐘可行十九英里半船內裝配六寸徑口克虜伯礮三門四寸七徑口快砲八門又機器砲六門又落小艇所用之小礮一門水雷筒各三具復在德國斯機哥船廠定造者計有水雷艇四艘一曰海龍一曰海虎一曰海鳥一曰海鯨每點鐘可行三十貳英里其馬力礮位墩數均未詳以上九艘聞約夏秋之交可以駛回中國其管駕官則係林君國祥等五員更有定造快船貳艘目下尙未興工云云按以上各船名係由英文譯出未知是否中國如此整頓水師可謂不遺餘力然中國此時患無水師將領不患無水師戰船所望秉國者當於水師武備學堂中愼爲籌選將材也

巡工告示 ○大淸署理各口巡工司戴爲 通行曉諭事照得本巡工司前奉 總稅務司赫 憲劄行以沿海沿江建造鐙塔浮樁等尋或係創設或宜改移或有增添或須裁撤營造既有變更務卽隨時彰明出示通曉各處俾得行江海船隻周知徧喻等因茲本巡工司查鎭江關稅務司所屬界內殷洲頭地方向置之鐙桿現經移設合將其情形度勢開列於左 計開 一長江揚州府儀徵縣世業洲一名禮祀洲 西角之房洲頭地方向所設之鐙桿一架現因該處江岸坍塌自原處移設向北八十四度東相距五百十

一丈　光緒二十四年五月初二日　第三百二十二號示

江西務實　○之江友人函稱萍鄉縣紳董孫某創建時務學堂經費業已籌備禀請撫師立案蒙德靜山大中丞批准飭縣會紳妥速興工已派黃幼農觀察祖絡爲總辦於四月十二日在曾公祠設局其學堂名曰務實從此人材蔚起當可紹白鹿遺踪矣

阿境風俗　○阿比亞尼亞國馬兵衣紅衣乘白馬隊長則衣藍衣乘紅馬武官服色亦極鮮明隨營皆有醫官○阿國官員率多騎騾鞍轡齊備其護衛手持藤牌外鑲金銀寶光交射尤壯觀瞻○遇有迎迓使臣之際另有兵勇一大隊各執方旗一面五光十色照人耳目率領者爲阿王愛壻○俄使某入覲阿王後出謂人曰阿王謙挹逾恒宜其一國稱尊也○阿王宮禁綦嚴大門外護以大砲七十尊○阿國餽送喜用烙餅黑麪饅首牛羊等物所製鐵格酒係衆用水蜜二物釀成云

比貨行銷　○比利時鋼鐵貨物銷於俄境者頗多第歸價之限須量爲寬展查德英局廠除出之貨以六個月歸償甚至九月一歸者倘比商與俄人交易照此辦理比貨定必暢銷況西伯利亞鐵路將成需貨更多乎　譯彼得堡時報

英后往法　○倫敦消息英后日內擬往法國法水師參贊斐艾弄現已動身回法在塞布爾地方恭候英后駕臨預備一切迎接典禮　譯巴黎辯論報

光緒二十四年五月十一日京報全錄

宮門抄○五月十一日兵部　太常寺　太僕寺　侍衛處值日　翰林院引　見八十六名　慶福續假五日　興伯續假十日　熙俊請假十日　孫寶琦傅雲龍預備召見　召見軍機　孫寶琦　傅雲龍

○○奴才延茂跪　奏爲吉林機器局暨代造黑龍江軍火動支經費欵目及存發軍火料件造册核銷恭摺仰祈　聖鑒事竊查吉林機器局經前將軍長順奏明移交所有該局以前收支欵項截期至光緒二十二年五月底止均歸長順自行造銷自六月初一日起以後應需欵目卽由奴才造報並將五月底以前不敷庫平銀四萬四千四百五十九兩八錢零九厘及庫儲各項料件數目開具清單咨送前來奴才因查知該局積弊太深當卽派員接辦逐欵清查並將弊混情形先行奏明在案嗣經奴才查明該前總會辦呈報各册實有以少報多者亦有以多報少者不惟册載數目諸多不符卽各項賬簿亦十缺五六甚或有名無料有料無名彼此混淆吏難究詰惟有就現存料件逐一盤查另立册籍逐件登明並請卽以此次清查爲準以免轇轕等情當於二十三年四月十三日奏明咨部亦在案又准戶部來咨凡各省局處開支薪餉等項如有原庫平者改領湘平每兩減扣四分如領庫平者改領京二兩平每兩減扣六分均自二十三年七月初一日起一律減扣如購買外洋物料數目均難議減等因各在案又黑龍江鎭邊軍軍火因撥欵不敷請歸並吉林局兼造所有收支欵目自宜歸併報銷又代造銀圓廠機器等項用過工料銀兩亦應撥還各等因曾經先後奏明亦在案茲查該局自光緒二十二年六月初一日起截至二十三年六月底止舊管無項尚虧前任不敷庫平銀四萬四千五十九兩八錢零九厘新收由戶部領到二十二年秋季二十三年春季兩次庫平銀九萬七千五百兩又黑龍江鎭邊軍撥交經費庫平銀三萬兩又收銀圓廠撥還工料庫平銀一萬一千四百四十五兩二錢九分四厘七毫四絲零九微統共收過庫平銀十三萬八千九百四十五兩三錢九分四厘七毫四絲零九微內開除該局暨營口轉運分局薪工局費搬運長夫以及由上海購買物料隨時價值水陸運脚並在吉購買物料隨時價値等項共支過庫平銀十三萬二千五百八十二兩七錢八分一厘二毫八絲四忽八微尙餘庫平銀六千三百六十二兩五錢一分三厘四毫五絲六忽一微應卽盡數歸還上屆不敷銀兩除歸還外尙有實在不敷庫平銀三萬八千零九十七兩二錢九分五厘五毫四絲三忽九微又自二十三年七月初一日起截至是年十二月底止續由戶部領到湘平銀四萬八千七百五十兩又收黑龍江鎭邊軍經費湘平銀一萬五千兩共收過湘平銀六萬三千七百五十兩內開除該局暨營口轉運分局薪工局費搬運長夫並由上海購買物料隨時價值水陸運脚及在吉購買物料隨時價值統共支過湘平銀五萬六千六百八十兩一錢七分六厘八毫二絲零一微尙餘湘

平銀七千零六十九兩八錢二分三厘一毫七絲九忽九微按每湘平銀一兩折庫平九錢六分計折該庫平銀六千七百八十七兩零三分零二毫五絲二忽七微應卽儘數歸還前屆不敷銀兩除歸還外仍有實在不敷庫平銀三萬一千三百一十兩零二錢六分五厘二毫九絲一忽二微此項銀兩係由防餉項下騰挪濟用容俟領到經費再行陸續歸墊經該局員造册呈報請銷前來當經奴才檄委署吉林分巡道謝汝欽協領恩慶親履該局按照册報各欵以及收發料件存儲軍火等項詳細盤查逐欵勾稽是否有無浮冒據實查復去後茲據查明稟覆所有該局動支欵目報存軍火料件委係實用實銷核實開報並加具印結稟覆前來奴才復核無異除該局員司書識匠弁等起支停止薪工銀兩日期業經部咨先行咨部查核在案茲將收支各欵並發料件製造軍火存儲子藥分晰條目造具細册分別咨送戶兵工三部查照核銷外再此次銷册因有庫平湘平之分故分兩截造報藉清眉目嗣後仍按年造報庶年清年欵以免牽混所有吉林機器局暨代造黑龍江鎭邊軍火動支經費銀兩及存發軍火料件數目分晰造報緣由謹恭摺具陳伏乞
皇上聖鑒謹 奏奉 硃批該部知道欽此

○○奴才延茂跪 奏爲已故將軍遺愛在民據情籲懇 天恩准於吉林捐建專祠以遂愛戴而順輿情恭摺仰祈 聖鑒事竊據吉林正黃旗協領保成等署理吉林分巡道謝汝欽等及吉林紳士卽選教諭前景州訓導趙韞輝等先後聯名稟稱已故前任吉林將軍世襲一等繼勇侯希元志勵廉隅心存忠藎於光緒九年由江甯將軍調任吉林將軍十一年兼督辦邊務事宜維時中法戰事方起各省戒嚴吉林爲根本重地與俄接壤該將軍不動聲色從容布置先於瀕邊要隘調紮重兵預爲防範復派營隊梭巡防緝民心賴之以安嘗慨謂邊疆要務軍政爲先故將甯衛各軍奏改爲靖邊五路從前積習宿弊一洗空之勤訓練儲利器築砲台雖無事時如臨大敵復每於閱邊之次徧訪民間疾苦與各營利弊均設法調劑隨時整頓暇則與諸將士考論山川情勢防守機宜尤能洞中窾要至今邊練各軍尙稱道弗置至於培植人材保持善類更屬無微不至自捐鉅欵以助膏火除奸去惡以植人心遇有聰穎子弟莫不誘掖曲成培植倍力是以成就尤多在任數年諸所籌畫苟可利 國利民徒未畏勞而避怨他如建義塾行保甲通錢法恤窮黎種種善政不勝枚舉蓋凡有益於地方士民者無不樂爲不倦而又盡躬率屬維持風化確有古名臣風十四年調任福州吉省人士深以不能挽留爲恨嗣因積勞終於閩省訃至之日官民感哀道路以泣具見德澤及人之深且遠也今擬請就地籌捐於吉省建立專祠藉遂尸祝等情稟請具奏前來奴才查該故將軍六載邊境乂安百廢具舉至今謳思勿替實屬遺愛在民復查前將軍德英前督辦軍務大臣穆圖善前會辦邊務大臣喜昌皆以功德昭著先後同邀 曠典建祠設祭該故將軍任吉最久士民受惠尤甚揆之有功德於民則祀之之義亦屬相符旣據該協佐道府紳士等先後呈請奴才等未敢壅於 上聞可否仰懇 天恩俯准於吉省捐建專祠以隆報饗而慰羣情之處出自 鴻慈逾格謹恭摺具陳伏乞 皇上聖鑒 訓示謹 奏奉 硃批着照所請該部知道欽此

曹景波行老在八十間房新福里開設烟館字號德恩元素日務正並不滋生事端於五月初七日有一不知姓名人問三順班在何處隨口答言不知可向他處去問其人便自走開至晚間卽聽得三順班有搶妓女之事至其中一切細情均不得知云

吏隱告白

從來病者以診治爲先痊則以調養爲要誠以稍不自慎則痊者復病而病轉滋深所貴愼之又愼而不可輕心掉也僕自蒞津以來凡遇重症每殫竭心力以求其愈愈後必以調養爲諄囑獨於北塘賈鎭帥有難焉者鎭帥膺專閫重寄年雖老而心猶壯故運甓之勤撫髀之嘆在所時有而無如其病也雖病必醫醫必痊痊而不善養則病復作僕自仲春以迄孟夏嘗赴北塘悉心診治計三閱月其病而復痊者屢矣然猶諄諄囑以調養切勿誤服藥餌延至淸和下浣見其精神矍鑠飲食如初且自津郡雇取名班賽神酬願矣僕始畧爲放心不取謝貲折回津寓不圖昨聞驚報將星仍以藥誤而隕也使確念余囑則董奉之杏林僕豈不望多栽數株惟事已如此深恐後之施治者反以僕爲藉口也故登諸報端以明治病未必善言者所能愈又豈可行險以幸中售技者必當審愼立方而病家亦當善于調養耳

啓者昨接上海孫仲英善長來電並又接到顧緝庭葉澄衷嚴筱舫楊子萱施子英各觀察來電據云江蘇徐海兩屬水災奇重飢民數十萬顛沛流離死亡枕籍災區十餘縣待賑孔急需款甚鉅官款恐未能徧及素仰貴社諸大善長久辦義賑飢溺猶已敬求代呼將伯源源接濟功德無量蒙滙賑款即滙上海陳家木橋電報總局內籌賑公所收解可也云云伏思同居覆載異姓不啻天親縱隔形骸民物莫非胞與頓遭洪水哀此災荒盡是蒼生何分畛域況救人性命即積我陰功雖此日拯茲黎庶散盡赤仄青蚨卜他年報在子孫同來玉堂金馬敝社款無備濟自知獨力難成術欲廣仁惟冀衆擎易舉叩乞 顯官鉅紳仁人君子共憫奇災同施仁術原擬活人無算雖千金之助不爲多但能濟世有功即百錢之施不爲少盡心籌畫量力輸將敝社不禁爲億萬災黎泥首叩禱也如蒙 慨助即交天津溜米廠濟生社帳房代收並開付收條以昭徵信

濟生社籌賑同人謹啓

新開元隆號綢緞洋貨莊

自去歲四月初旬開張以來蒙 各主顧垂盼雲集馳名日盛本號特由蘇杭等處加意揀選名機新鮮貨色零整銀價俱照大莊行市公平發售以昭久遠此白

寄賣龍井雨前素茶祁建皮絲水烟各種䌷料大小皮箱

開設天津府北門外估衣街中路北門面便是

元茂機器磚瓦公司

本公司仿照西法燒作磚瓦事屬創舉曾經通稟在案該貨堅固異常價值從減並各樣印花磚瓦俱全 賜顧者請至海大道新興南里內本公司面議可也謹啓

魁陞號綢緞洋貨莊

本號自置顧繡綢緞洋貨等物整零均按銀莊格外公道皆比大市價廉發售 寄賣各種䌷料大小皮箱漢口水烟袋各種眼鏡龍井雨前紅茶梗 寓天津北門外估衣街五彩號衚衕口坐北向南 士商賜顧者請認本號招牌特此謹啓

建平永平金礦局告白

啓者壬辰年春 前北洋大臣李委潤等創辦建平金礦自顧菲材膺鉅不勝主臣開辦以來疊於平建朝赤等處徧加採試或以石堅金薄不敷度支或以費鉅工艱難祈速效頻年耗損實屬不支迨丙申歲抄核計彌縫舊缺外始有微餘洎丁酉全年見盈遂奉 熱河都憲諭以丁酉正月至四月爲建平第一屆升課其課銀已於今春解呈熱河五月至十二月爲第二屆其課銀亦不日報解又丙申冬分設永平金礦該處砂綫窄小浮露於外無大水患工程尚簡計至去年十二月底共試辦十四個月稍見餘利去冬十一月杪該局又得遷安縣屬之峪爾岩今正以後出金日逐見增將後可望蒸蒸日上刻亦報解第一屆升課惟是解課以後即應分息在股諸君觖望已久茲定於六月初一日在天津招商局內建平帳房上海寶源祥香港招商局等處分派屆時務祈諸股友携摺枉顧以憑核發除將歷年辦理情形收支帳目禀報公牘彙刊成冊印送核閱外合將派息日期登報奉聞 徐潤等謹白

拍賣告白

啓者本月十七日即禮拜二下午三點鐘在利順德飯店後新房子拍賣藥材赤芍蒼朮玉竹大黃甘草生地等件如欲買者請早來細看面拍可也特此佈聞 永盛洋行謹啓

告白

啓者本局光緒二十三年第十四屆總結帳目現經彙算清楚業經登報邀請股友公同核閱除將帳畧刊印屆期分佈外茲照定章於五月朔在天津上海香港三處派分本屆股利仍按上屆章程老股派利一分一分二釐新股派利一分到期即祈有股諸君携帶息摺枉臨領取以便憑摺核發特此佈達 開平礦務總局啓

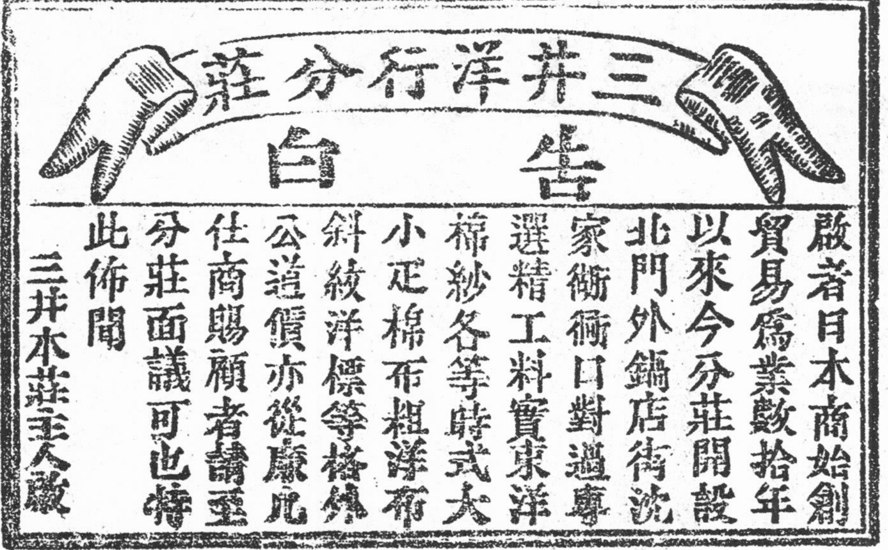

三井洋行分莊

告白

啟者日本商始創貿易爲業數拾年以來今分莊開設北門外鍋店街泷家衚衕口對過專選精工料實東洋棉紗各等時式大小疋棉布粗洋布斜紋洋標等格外公道價亦從廉凡仕商賜顧者請至分莊面議可也特此佈聞

三井本莊主人啟

告白

新出石印濟公傳此書出在南宋高宗皇帝出一位高僧濟公奉佛敕旨降世人間微愚勸善忠孝節義與前醉菩題濟公不同本房不惜多金邀請名公細加批註由濟公降生共二百四十回趙家樓馬家湖前後接連又全續彭公案經史子集石印鉛板家藏板局板均照申價發售寄售毛賈夥巷瑞芝閣

天津賣字山房謹啓

告白

頭彩第七千四百七十七號

二彩第二萬零七百五十號

三彩第一萬零三百零四號

諸君三次所買官商快覽如有得頭二三彩及上下附彩者請即攜原書來領當即照發彩洋也

絳雪齋啓

零剪　寄售

高鵝背正號元青貢緞每尺
中號
副號
眞杭青金銀庫緞每尺
眞裕順曾皮絲烟每包
南京鹹鴨每支大
小
龍井
雨前
珠蘭
雀舌
蜂翅
紅袍
小種
每斤

一千三百五
一千四百文
一千一百文
八百八十文
二千二百文
一千一百文
一千八百文
一千二百文
一吊七百文
一吊一百文
一吊四百文
九百六十文
一吊二百文
六百四十文
一吊二百文

本號自製元寶京緞綫縐零剪杭綢衣官燕一金應俱全近市張落不同分別減價抑因無味恥徒假冒南號云之謀利者甚多雖有欲辦恐用濫其藏

天津宮北大獅子胡同公益仁記南坊謹白

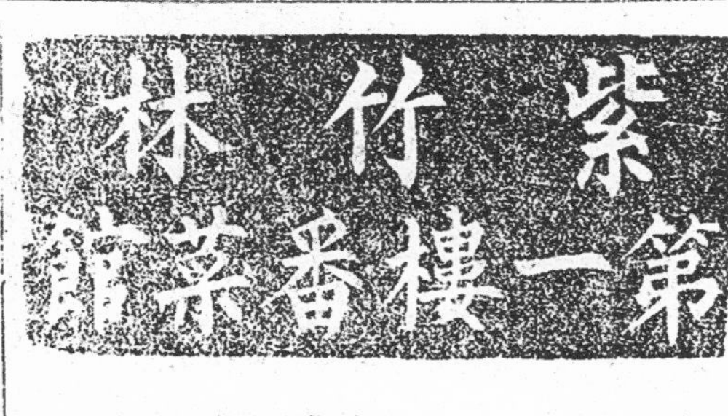

本號專作英法大菜各色精細點心各樣洋酒洋貨等物一應俱全並售

上　八百

上紅茶每斤津錢一千

六百

又批發茂生公司鐵海紙烟零整發售價值格外公道原箱計一百盒價洋一百四十四元每盒計五百支洋一元五角凡仕商賜顧請即駕臨是荷

主人謹白

遺失銀票

茲因在塘沽遺失震興第六千九百三十五號現銀十條一紙計京平十六兩頭已向該鋪掛號如有拾得作爲廢紙望各寶號切勿收用特此聲明

羅琬洲啓

減價

今有友人自辦陝西老土每兩津錢四百八十文新到梁州土每兩津錢五百四十文如蒙賜顧者請到東門內聚隆成寄售

告白

皖江方友莊司馬喬廬津門紫竹林義和生西機精于岐黃濟舊頗受益友莊本世家子不欲以醫鳴僕等以爲沽上良醫甚尠姑懇壹以救眼前人亦仁者之造福也特揚之以告采薪者

○謹代訂車費兩竿門診一竿

王蓮生馬少雲洪月坡胡丹甫仝啓

各報總處梁子亨白

逕啓者彼處昨接經濟書局來信云經濟書票至十五日前還有三二張售完至十六日止書票不出即候六月內出書每部十元不二價

天津北門內府署東紫氣堂啓

本局自印耕香館書牘每部價洋二元專辦各種石印書籍精選加高南紙頂細雅扇格外價廉天津東門外襪子衚衕本局啓

本局謹啓

五月十五日輪船出口 禮拜日

新裕 輪船往上海 招商局

怡生 輪船往上海 怡和行

五月十三日銀洋行情

天津通行九七六錢

銀盤二千四百五十五 洋一千七百三十五

紫竹林通行九六錢

銀盤二千四百九十文 洋一千七百六十文

洋錢行市七錢一分三

直報

本館開設天津紫竹林海大道老棻市氣燈房巷內

光緒二十四年五月十四日　第一千一百號

西歷一千八百九十八年七月初二日　禮拜六

部照又到　直隷勸辦湖北賑捐局自光緒二十四年正月至二月底請獎各捐生部照又到請即攜帶實收來局換照可也

上諭恭錄

上諭李鴻章著稽察欽奉上諭事件處欽此　旨此案着交劉樹棠督同臬司親提人證卷宗秉公研訊確情按律定擬具奏原告民人馬蓮該部照例解往備質欽此。上諭御史宋伯魯奏請將經濟歲舉歸併正科並各省生童歲科試迅即改試策論一摺前因八股時文積弊太深特諭令改試策論用覘實學惟是掄才大典究以鄉會兩試爲綱鄉會試既改試策論經濟歲舉亦不外此自應併爲一科考試以免紛歧至生童歲科着各省學政奉到此次諭旨卽行一律改試策論毋庸俟至下屆更改將此通諭知之欽此

因本報某孀改醮事系之以論

諺云忠臣不二主烈女不二夫婦人事人以色與臣子事君以身二者固有同義乎然臣子之盡節似重於婦人而婦人之守節轉篤於臣子者何也士大夫讀書通古今類能深明大義一經策名登仕版卽當精白乃心以忠貞盟幽獨倘有賣國求榮通欵於敵仇事君而懷二心者國有常刑罪不赦若婦人再醮無關例禁且有離異大歸之條載在憲典似婦人之守節與否較臣子爲稍殺矣乃少年婦女輩或不幸早失所天但能稍知廉恥卽矢志不移無肯輕言再嫁者縱令家酷貧飢寒無衣食資亦能隱忍全節至死無怨悔同治初元奉

皇太后懿旨凡孀婦守節在三十歲以內者不必拘定年限取具親族鄰右甘結概准　旌表建坊就天津一郡而論自設立採訪局以來彙舉節孝者不止數千人抑何盛與至若過門守節抱主成婚之事亦屢有所聞而行之最奇者莫如蔡氏之一門雙烈焉文安蔡觀察兩姬氏皆王年纔二九耳今年四月初觀察捐館舍氏相約以身殉含殮後遂絕粒家人反覆勸慰終不食延至十餘日竟相繼死同鄉衆紳耆據事具稟請旌本館亦採誌報牘以彰節烈嗚呼志奪冰霜光爭日月凜凜大節鬚眉丈夫猶難之況出於孱弱兩女子實足以植綱常而維風化矣詎意薰與蕕異器良與莠殊科不數日間又聞某孀婦一事眞有索解不得者昨報載有傷晚節一則據稱大城縣地方某氏婦夫早故守志撫孤迄今十餘年子成立氏年已逾五旬自分靑裙終老矣詎死灰再熱忽起意改醮該村有巽鄉人某甲作小本生理指名欲娶之倩冰上人撮合遂於某日成婚是夕甲有二三朋好羣來道賀用巨杯勸飲甲量大興豪不覺酩酊大醉沉沉睡去次晨日高方起氏已雉經而亡旁人議論紛紜或謂日犯凶煞或謂前夫作祟究莫明其故云云夫人所最惜者性命也倘能置身度外視死如歸亦何名不可立何事不可行乃不死於取義不死於成仁竟死於改醮失節抑獨何與太史公有言人固有一死死或重於泰山或輕於鴻毛某氏之死泰山耶鴻毛耶吾因之有感矣彼鄉村婦女生長寒微少訓誨素不知名教綱常爲何物草亡木腐無足深責可異者士大夫耳古今來置身身通顯高爵厚祿受國恩者數十年平居無事時未嘗不慷慨激昂自負託孤寄命臨大

節而不奪一旦變起倉猝或委曲苟全反顔事敵冀偸生於旦夕間而反覆二三爲時君所鄙薄卒致抑鬱以死者往往有之明甲申之變貴戚大臣見事不可爲大半先期逋欵叩馬勸進求悅於仇敵而李闖悉付賊將劉宗敏營中拷索金銀甚至灼肌折支體備極慘酷鮮得活者不但此也向者中東事起統兵諸將帥亦有暗受敵人賄漏洩軍機重事偸濟火藥以致蹙地喪師歷失險要卒之被困重圍不得出智盡力窮仰藥以死何益哉即徼幸獲免慶再生而國法森嚴終難漏網一經被逮羈身囹圄中關三木攖金鐵雖未遽遭形戮而瘐斃病亡者已可按名歷指嗟乎死於敵與死於法等死也然見危授命臨難無苟免猶得邀殊恩蒙䘏典廕及子若孫彼闒茸奸巧者流全身保妻子終不能見宥於清朝徒被惡名爲世所唾罵孰得孰失必有能辨之者茲因某媾事連類及之見人臣委身事主與婦人之從一而終無二義一有蹉跌噬臍之悔何及也可不勉哉

鐵路近聞 ○蘆漢鐵路業已籌有的欵着盛宣懷尅日興工赶辦此外粵漢寗滬各路並着承辦各員一體迅速開辦 上諭已見邸抄又聞總理衙門新訂要約二欵 第一係與俄國道勝銀行訂約自山西太原府至直隷順天府之鐵路准由該銀行舖設再沿路之礦山亦由該銀行開採 第二係英意新跌結度公司中國政府特准其在陝西中央南部一帶開採煤鐵火油等礦並准其沿途舖設鐵路開濬運河准其在陝經營限以六十年該公司之貲本十分之六係英人所出礦師機器係用英美兩國人云○又聞政府向香港上海滙豐銀行商借英金二百萬磅以備開造山海關至牛莊鐵路的欵○又聞由廣西南寗至巴海鐵路已允歸法國辦理並法人所索撫䘏在廣西被害教士之欵亦已允賠云

禁擺茶攤 ○步軍統領衙門於十剎海沿河一帶徧貼告示畧謂京師爲首善之區凡屬軍民皆宜守分安常迺地安門外迤西十剎海當夏令荷花方盛之時沿河一帶茶桌林立設擺各攤致游人如蟻男女混雜車馬擁擠往來如梭儼同市井非僅動輒滋生事端且於人心風俗所關尤重爲此出示嚴行禁止倘敢男女混聚及有設擺茶桌各項情事無論何人立即拏交本衙門從重懲辦除不時派員往查外並飭該管地面官嚴行禁止如敢扶同隱瞞不爲嚴禁定行一併懲辦以正人心而端風化合行曉諭軍民人等一體凜遵毋違特示

城隍盛會 ○五月十一日爲順治門內馴象所都城隍出巡之期儀仗鮮明輿從擁擠頗極一時之盛前有扮地方鬼十數名披架帶鎖者四十餘名後有土地神活無常死無常判官五猖十破諸鬼神均皆裝模做樣惡態畢宣繼以鑾駕十數副綾綢繡花傘三十餘柄各色旗幟十數對大纛旗二對帥字旗數對神牌數十對香亭數座一路鼓樂喧闐悠揚盡致又有一班童男童女裝成罪犯載滿四車徐徐而行另有馬夫牽馬八匹及赤膊犯人兩膊以針刺孔封燈兩對四對並提爐一對者二十餘名又有捧香盤者十數名在輿前護衛而行一時香烟繚繞勅封顯佑威靈公都城隍神像則乘坐黃雲緞大轎八人舁之而行由馴象所抬出走西單牌樓報子街舊刑部街北鬧市口羅圈衚衕南鬧市口城根仍還馴象所城皇廟內安駕各各心願然此出巡往返十數里之遙路旁各家男婦均皆擺設香案跪迎粉白黛綠宅紫嫣紅頗有美不勝收之致有抱登徒之癖者亦於此物色名姝擴充眼界飽領艷福而匪類乘間攫竊遇事生風不可計數有地面之責者難免多加一番勞瑣矣

賣涿州票 ○蘆保鐵路火車現已開至涿州車價甚廉並聞由涿州至保定刻下業已赶修賣票開車當在荷花盛放時也

徧體生毛 ○京師右安門內萬壽西宮廟內有一童子年甫十五徧體生毛茸茸如獸其色黃長數尺披兩肩面上惟唇眼處無毛餘則皆是口大而牙黑勇力過人如獅非獅似犬非犬聞係產於滇省與越南交界地方有娣弟二人身長不滿三尺重僅二十餘斤天下之大無奇不有然則山海經所載羽人毛民固未盡子虛也

督轅門抄 ○五月十三日晚中堂見 稅務司賀璧理 法國領事杜士蘭 副領事杜理芳○十四日見 提督聶軍門 臬台袁大人 前琿春副都統恩大人辭自京來 新授湖南辰永沅靖道莊大人賡良 山海關道明大人保 候補道張大人翼

李大人竟成　聯大人芳　那大人晉　吳大人家修　陳大人善言　候補府馬錫鈞　候補同知周家梁　廷夔　張毅　伍光建
候補直隸州竇以筠　調署延慶州商作霖　調署唐山縣錢慶培　候補通判金銓　南皮縣殷樹森　候補縣劉尙文　王道昌
汪驊　何維材　劉炳炎　管鳳和　陳錦標　許鴻儀　本衙門筆帖式明恩　廣積庫大使劉恩誠　長蘆鹽運司經歷徐鈞
候補縣丞尙廷華

督批二則　○具呈當商程俊魁等係南宮縣人抱告典丁張林批仰布政司卽飭冀州按照呈請據實査明詳覆核奪又具呈
職員徐希曾係滄州人抱告工人崔慶麟批仰天津府卽飭鹽山縣將訊斷情形錄案詳覆核奪粘單抄存

路案再誌　○火車道路案一則已紀報牘玆經該管地方稟報邑尊委廉裴大令帶同刑招仵親詣相驗據地方供稱屍于姓
行大兇手于姓行七同姓不宗因爭妓女啓釁大令飭屍叔將屍棺殮並飭捕嚴拿凶犯

幾成誤殺　○河北獅子林集賢書院後昨傍晚有甲乙丙三人擲砂袋爲戲此竄彼跳互往互來正得意時袋將中落甲飛步
搶抓乙適飛一脚踢去正中甲之耳根應聲身倒當卽暈絕乙丙及觀者皆面面相覷莫敢聲張延至時許乃慶更生險哉倘因此斃命
乙豈能立無過地乎戲何益矣

弊原有竇　○客有自交河縣來者據云該縣附近某村向有鑄造私錢事刻經縣尊訪悉飭幹差捕役嚴密査拿乃鑄匪早已
藏匿竟未拿獲一犯然市廛間已無攙合私錢者然則欲斷私錢先斷私鑄則弊竇可塞矣

事有或然　○土藥落地稅爲國課所關近年吸烟者衆當必暢銷而稅局仍無起色反虞賠累大都因販客多半偸稅局中無
從稽査卽就烟館而論城廂內外約有一二千家之譜每館至少日銷二三兩每日銷土不下數千兩可得稅銀若干金果從此根究其
或可以上裕國課下免賠累乎人言如是姑存其說

巡工告示　○大淸署理各口巡工司戴爲　通行曉諭事照得本巡工司前奉　總稅務司赫　憲箚行以沿海沿江建造鐙
塔浮樁等事或係創設或宜改移或有增添或須裁撤營造既有變更務卽隨時彰明出示通曉各處俾得行江海船隻周知徧喩等因
玆本巡工司査九江關稅務司所屬界內九維洲地方向置之鐙桿現經移設合將其情形度勢開列於左　計開　一長江太平府繁
昌縣九維洲地方在江南卽係右岸向設有黑色鐙桿一架玆因江岸坍塌現經移設向南四十六度東相距約二十三丈
光緒二十四年五月初二日　第三百二十三號示

竹實收成　○廣東今春竹竟著花未花之先其葉盡脫已花之後作穗低垂花落成實實熟蒂落雞豚鵝鴨爭啄食之鄉人村
婦拾取嘗試形如麥實攙諸麥中幾不可辨生啖其味甘涼熟則甘香和米煮粥食之解熱貧民以其有用爭相收拾以飼鷄鴨蒔其價
廉於穀故多購之每石沽銀八錢至一兩之譜貧家小戶亦未嘗無小補也

頭茶出口　○漢口訪事函云該處洋商採辦頭茶已經告竣本地商人仍未獲有利益現在頭幫茶船名卑打士目於上月十
二日自漢埠運茶出口直放倫敦並聞福州頭幫茶船名兀甯魯吃亦早經出口往歐洲聞於本月二十七日已過石叨等處云

仇視猶人　○法屬阿耳熱耳有名列仁斯者擬除猶太敎人曾親策畫玆被査拿百姓不服嘯聚八百餘人官兵彈壓始平
譯彼得堡太晤士報

武員被逐　○德國俗尙武員而責望亦極重日前敖格司博格地方有某店夥不知因何將某步軍游擊毆傷登時昏仆店夥
逃去營中武官以游戎未將店夥致斃殊爲不武逐之游戎控官審得判店夥監禁十二日而游戎罷職

雪色新奇　○天下之理無盡苟不目覩鮮不以爲無稽之談歐洲阿耳披耳山時降紅雪西南風起時有之用顯微鏡窺之其
中有蠓蟲無數皮色甚紅至綠雪則不恒見或近北極處有時見之其色綠亦蟲所致　譯俄木司寇新聞報

美西戰電　○美國馬隊千人在第阿哥往攻西營西軍約二千人被美攻退進城固守美雖陣亡官弁兵丁五十人而銳氣不衰又據西國官場消息言美攻西營當被擊退軍官兵弁陣亡二十七人○西國水師提督千廝賴所統艦隊計鐵甲二艘快船三艘魚雷三艘運船五艘載兵四千名已到綏特海口美國擬派漆利提軍統快船一隻往攻西艦西提督千廝賴已預備交戰○美國派往小呂宋之四千人已由檀香島起程○西水軍千廝賴之艦隊缺煤已由西廷派煤船多隻前往接濟○美國艦隊已將三第阿哥口水道堵截○美伯理璽德傳諭古巴南邊海口及披有兜吳力叩島之海口一律封禁出入

光緒二十四年五月十二日京報全錄

宮門抄○五月十二日刑部　都察院　大理寺　侍衛處値日　翰林院引　見八十四名　克王徐郙錫侯各假滿請　安　幼官學奏派管學之大臣　派出溥良　召見軍機　崇禮

○○掌山東道監察御史臣宋伯魯山東道監察御史臣楊深秀跪　奏爲禮臣守舊迂謬阻撓新政請伸　乾威立賜降斥以儆效尤而重邦交恭摺仰祈　聖鑒事竊臣伏讀四月二十三日　上諭仰見　皇上赫然發奮圖新自强而尤垂意於學校外交兩事此誠儲才之急務保邦之遠猷也臣惟禮部爲學校總滙之區總署乃外交鈐鍵之地必得人以爲理始措治之得宜竊見禮部尙書總理各國事務大臣許應騤品行平常見識庸謬妄自尊大剛愎凌人禮部爲文學之官關繫極爲重大國家學校貢舉之制多由核議
皇上旣深維窮變通久之義爲鼓舞人才起見特開經濟特科歲舉兩途以廣登進而許應騤庸妄狂悖腹誹　朝旨在禮部堂上倡言經濟科之無益務欲裁減其額使得之極難就之者寡然後其心始快此外見有　詔書關乎開新下禮部議者其多方阻撓亦大率類是接見門生後輩輒痛詆西學遇有通達時務之士則疾之如讐　皇上日患經濟之才少而思所以養之許應騤日患經濟之才多而思所以遏之臣不解其何心也總理衙門爲交涉要區一話一言動易招釁非深通洋務洞悉敵情豈能勝任許應騤於中國學問尙未能十分講求何論西學而猶鄙夷一切妄自尊大其於傷邦交而損　國體所關非細故也臣以爲許應騤旣深惡洋務使之承乏總署於交涉事件一毫無所贊益而言語擧動隨在可以貽誤宜令卽行退出總理衙門實爲愼重邦交之道禮部總持天下學術
皇上方諄諄誡諭令天下講求時務以救空疏迂謬之弊而許應騤以空疏迂謬之人厠乎其間日以窒塞風氣禁抑人才爲事致　聖意不能宣達天下無所適從宜解去部職以爲守舊誤國者戒伏請　皇上天威特振可否將禮部尙書許應騤以三四品京堂降調退出總理衙門行走庶幾內可以去新政之壅蔽外可以免鄰封之笑柄所關似非淺鮮臣愚昧之見是否有當謹合詞具奏伏乞
皇上聖鑒訓示謹　奏奉　旨已錄　騤以葵字代

○○許應騤跪　奏爲遵　旨明白回奏事本月初二日內閣奉　上諭御史宋伯魯楊深秀奏禮臣守舊迂謬阻撓新政一摺着許應葵按照所參各節明白回奏欽此並軍機處抄錄原奏交出到臣俯思戇直之招尤仰荷　聖明之洞察許自陳達良深感悚謹將被參各節爲　皇上縷晰言之如原奏謂臣腹誹朝旨在禮部倡言經濟科無益務欲裁減其額使得之極難就之者寡一節査嚴修請設經濟科原摺係下總署核議臣與李鴻章等以其因延攬人材轉移風氣起見當經議准覆陳若臣意見參差可不隨同畫諾何至　朝旨旣下忽生腹誹夫誹存於腹該御史奚從知之任意誣揑已可概見至歲擧中額應由臣部妥議會同具奏恭候　欽定臣維事關創始當求詳愼自古名臣著論斤斤以珍惜名器爲要圖況鄕擧一階膠庠所重儻過爲寬取恐濫竽充數鄙夫之所喜卽志士之所羞人才何由鼓勵是以與同部諸臣熟商定額期協於中固不敢存刻核之見以從苛更不敢博寬大之名以邀譽且現未定稿該御史竟謂臣務欲裁減不知何據而言向來交議事件未經覆奏以前言官不得攙越條奏今該御史隱挾成見逞臆遽陳殊非體例原奏又稱詔書關乎開新下禮部議者臣率多方阻撓一節邇來迭奉　明諭如汰冗兵改武科諸政事均不隸臣部豈能越俎代謀此外惟楊深秀釐正文體一摺俟奉　旨交議按之西學時務無甚關涉且未擬稿何得云多方阻撓耶原奏又稱臣接見門生後輩輒痛詆西學遇

有通達時務之士則疾之如讎一節竊臣世居粵嶠洋務夙所習聞數十年講求西法物色通才如熟悉洋務之華廷春精練鎗礮之方耀善製火器之賴長均經先後奏保及中東事起三員業早凋謝未展其才臣深惜之方今時事多艱需才愈亟凡有偏長片技堪資實用者臣斷不肯失諸交臂即平日接見門生後輩無不虛衷諮訪冀有所益並勗以務求實際毋尚虛華初何嘗痛詆西學該御史謂臣讐視通達時務之士以指工部主事康有爲而言蓋康有爲與臣同鄉稔知其少即無行迨通籍旋里屢次搆訟爲衆論所不容始行晉京意圖僥倖終日聯絡台諫貪緣要津託詞西學以聳觀聽即臣寓所已干謁再三臣鄙其爲人概予謝絕嗣又在臣省會館私行立會聚衆至二百餘人臣恐其滋事復爲禁止此臣修怨於康有爲之所由來也比者飭令入對即以大用自負向鄉人揚言及奉 旨充總理衙門章京不無觖望因臣在總署有堂屬之分亟思中傷揑造浮辭諷言官彈劾勢所不免前協辦大學士李鴻藻嘗謂今之以西學自炫者絕無心得不過藉端牟利借徑弋名臣素服膺其論今康有爲逞厥橫議廣通聲氣襲西報之陳說輕 中朝之典章其建言既不可行其居心尤不可問若非罷斥驅逐回籍將久居總署必刺探機密漏言生事長住京邸必勾結朋黨快意排擠搖惑人心混淆國事關繫非淺臣疾惡如讐誠有如該御史所言者原奏又稱臣深惡洋務一節臣自承乏總署已逾一載平日仰蒙 召對輒以商務礦務置船械等事皆屬當務之急屢陳 天聽請次第施行臣是否窒塞風氣應亦難逃聖鑒竊自膠事定議後總署交涉事件益難措手倫徙爭以口舌斷不能弭隱患臣望淺材庸自揣萬難勝任惟有仰懇天恩開去總署差使俾息讒謗而免隕越實爲厚幸所有微臣明白回奏緣由繕摺具陳伏乞 皇上聖鑒謹 奏奉 旨已錄

○○宋慶片 再河南候補都司世襲雲騎尉高維勳從前投效奴才軍營派充行營巡捕官嗣察其舉止輕浮頗多外務當即遣回河南本標當差冀可歛束去冬由豫來旅仍酌與薪水留營效力該員不甘勞苦復求回標奴又酌酌與川資准其回豫近聞該員竟在旅順交涉之際挾妓而行逗遛天津胆敢冠戴紅頂冒稱副將銜係總辦毅軍營務處詐誇妄爲實爲軍營敗類又副將銜河南候補遊擊崔凌雲前在奴才軍營曾充先鋒官嗣據營務處稟稱該員不守營規私行酗酒宿娼行同無賴當即撤去差使現聞亦在天津冒稱毅軍委員與高維勳互相招搖希圖撞騙以上二員合亟請 旨一併革職驅逐回籍交地方官嚴行管束是否有當謹附片具陳伏乞 聖鑒 訓示施行謹 奏奉 硃批另有旨欽此

○○延茂片 再據署吉林分巡道謝汝欽詳稱雙城廳通判吳廷珍係順天府昌平州人前經因案調省現已擬結適接家信知原籍去年雨水過多祖塋被水冲圮懇請開去雙城廳本缺給假回籍修墓等情據此奴才查該員並無經手未完事件自應給假回籍並請開去本缺除繕給咨文並分咨查照外理合附片具陳伏乞 聖鑒 再所遺雙城廳通判一缺本省現有應補人員應請扣留外補合併陳明謹 奏奉 硃批吏部知道欽此

昨接本津東門內冰窖衚衕瑞昌店李宅委託代施石印繡像西方極樂圖　金剛經　高王觀音經後附靈驗記　均無多部諸善士如願領各種善書圖記請向東門內瑞昌店領取可也

天津各報總處紫氣堂仝啓

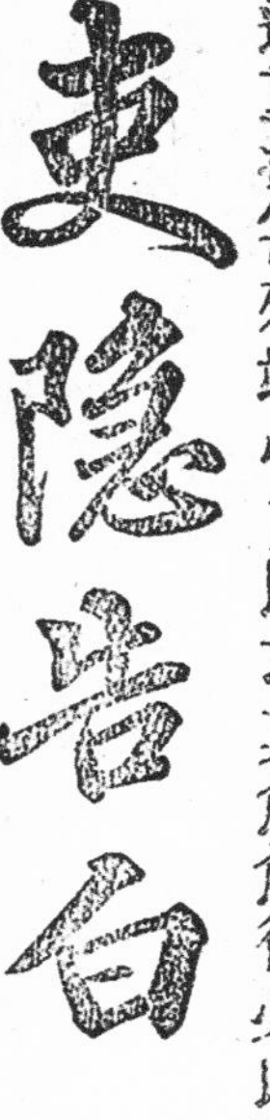

從來病者以診治爲先痊則以調養爲要誠以稍不自愼則痊者復病而病轉滋深所貴愼之又愼而不可輕心掉也僕自蒞津以來凡遇重症每殫竭心力以求其愈愈後必以調養爲諄囑獨於北塘賈鎮帥有難焉者鎮帥膺閫寄年雖老而心猶壯故運甓之勤撫髀之嘆在所時有而無如其病也雖病必醫醫必痊痊而不善養則病復作僕自仲春以迄孟夏嘗赴北塘悉心診治計二閱月其病而復痊者屢矣然猶諄諄囑以調養切勿誤服藥餌延至清和下浣見其精神矍鑠飲食如初且自津郡屢取名班賽神酬願矣僕始畧爲放心不取謝貲折回津寓不圖昨聞驚報將星仍以藥誤而隕也使確念余囑則董奉之杏林僕豈不望多栽數株惟事巳如此深恐後之施治者反以僕爲藉口也故登諸報端以明治病未必善言者所能愈又豈可行險以幸中售技者必當審愼立方而病家亦當善于調養耳

啓者昨接上海孫仲英善長來電旋又接到顧緝庭葉澄衷嚴筱舫楊子萱施子英各觀察來電據云江蘇徐海兩屬水災綦重飢民數十萬顛沛流離死亡枕藉災區十餘縣待賑孔急需款甚鉅官款恐未能徧及素仰貴社諸大善長久辦義賑飢溺猶已敬求代呼將伯源源接濟功德無量蒙滙賑款即滙上海陳家木橋電報總局內籌賑公所收解可也云云伏思同居覆載異姓不啻天親縱隔形骸民物莫非胞與頓遭洪水哀此災荒盡是蒼生何分畛域況救人性命即積我陰功雖此日拯茲黎庶散盡亦仄青蚨卜他年報在子孫同來玉堂金馬儆社款無備濟自知獨力難成術欲慮仁惟冀衆擎易舉即乞顯官鉅紳仁人君子共憫奇災同施仁術原擬活人無算雖千金之助不為多但能濟世有功即百錢之施不為少請盡心籌量力輸將儆社不禁為億萬災黎泥首叩禱也如蒙概助即交天津瀦米廠濟生社帳房代收並開付收條以昭徵信

濟生社籌賑同人謹啓

告白

新出石印濟公傳此書出在南宋高宗皇帝出一位高僧濟公奉佛敕旨降世人間儆愚勸善忠孝節義與前醉菩題濟公不同本房不惜多金邀請名公細加批註由濟公降生共二百四十回趙家樓馬家湖前後接連又全續彭公案經史子集石印鉛板家藏板局板均照申價發售寄售毛賈夥巷瑞芝之閣

天津贅字山房謹啓

新開 元隆號綢緞洋貨莊

自去歲四月初旬開張以來蒙各主顧垂盼雲集馳名日盛本號特由蘇杭等處加意揀選名機新鮮貨色零整銀價俱照大街行市公平發售以昭久遠此白

寄賣龍井雨前素茶福建皮絲水烟各種眞料大小皮箱

開設天津府北門外估衣街中路北門面便是

本公司仿照西法燒作磚瓦專屬創舉曾經通稟在案該貨堅固異常價值從減並各樣印花磚瓦俱全 賜顧者請至海大道新興南里內本公司面議可也謹啓

魁隆號綢緞洋貨莊

本號自置顧繡綢緞洋貨等物整零均按銀莊格外公道皆比大市價廉發售 寄賣各種眞料大小皮箱漢口水烟袋各種眼鏡龍井雨前紅茶梗 寓天津北門外估衣街五彩號衚衕口坐北向南 士商賜顧者請認本號招牌特此謹啓

建平永平金礦局告白

啓者壬辰年春 前北洋大臣李委潤等創辦建平金礦自顧菲材膺茲艱鉅不勝主臣開辦以來疊於平建朝赤等處徧加採試或以石堅金薄不敷度支或以費鉅工艱難祈速效頻年耗損實屬不支迨丙申歲抄核計彌縫舊缺外始有微餘洎丁酉全年見盈遂奉 熱河都統諭以丁酉正月至四月為建平第一屆升課其課銀已於今春解呈熱河五月至十二月為第二屆其課銀亦不日報解又丙申冬分設永平金礦該處砂綫窄小浮露於外無大水患工程尚簡計本去年十二月底共試辦十四個月稍見餘利去冬十一月杪該局又得遷安縣屬之塔爾岩今正以後出金日逐見增將後可望蒸蒸日上刻亦報解第一屆升課惟是解課以後即應分息什股諸君觖望已久茲定於六月初一日在天津招商局內建平帳房上海寶源祥香港招商局等處分派屆時務祈 諸股友携摺赶顧以憑核發除將歷年辦理情形收支帳目稟報公牘彙刊成冊印送核閱外合將派息日期登報奉聞

徐潤等謹白

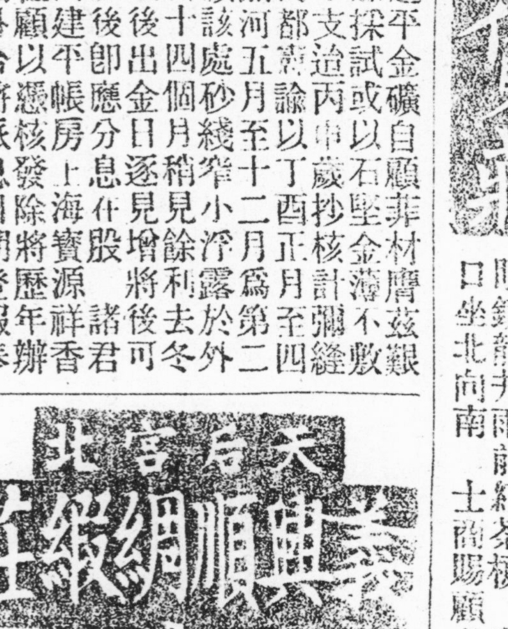

本莊自置顧繡綢緞綾羅紗絹各樣洋貨南貨雅扇桂花頭油香貨歸安貝松泉湖筆一概俱全

頭號杭甯綢 四錢二
頭號摹本緞 三錢八
紅梅茶 每 九百六
紅茶 六百四
紅茶梗 斤 二百二
龍井茶 一吊八
金百蝶裙布裡每套五兩八
壽棉
哆囉蔴每尺原碼 四分二
各莊夏布一概照行發莊

三日一本 石印類報

看至約四個月可成書七部八已改策論此報詢屬利器也每月津錢六百四十文先交報資定看全年者收洋肆元不折不扣

北閣內延邵公所對門類類報館啓

告白

頭彩第七千四百七十七號二彩第二萬零七百五十號三彩第一萬零三百零四號諸君三次所買官商快覽如有得頭二三彩及上下附彩者請即攜原書來領當即照發彩洋也

絳雪齋啓

寄售天津北門內府署東紫氣堂

本堂寄售祛製青鹽每包十盒八伯積痞塊肚大青筋面黃肌瘦腹皮板硬男婦老幼瀉痢瘟疫食後腹脹以上俱精白濁寒疝腎虛婦人赤白帶下經血塊處八寶靈淑錠專治一切牙症偏正頭疼眼弦抽痛年久不愈者立愈一切險證滴水難咽者立可進飲治之年預將此錠塞鼻少許能勉傳梁避一切穢汚邪氣痘瘡不便治中暑知人事立醒常將此藥盛以紗囊佩方屢試屢驗其效如神化痞膏大貼二津錢一百二十文如買十錠去錢一百

秘製化痞膏專治小兒食積乳積蟲時常脹痛毛髮焦稀意志不樂並治貼肚臍一切虛寒疼痛之症男子遺不調貼臍下腰眼婦人按有硬塊貼治蝎螫蛇咬及一切毒蟲之傷治治疔毒惡瘡初起即破治喉科受毒物之傷患處立愈瘟疫流行小兒出痘房中時將此錠代香焚之中熱霍亂時症痰厥氣牙關緊閉不帶身邊能避一切毒蟲均是世傳秘百五小貼一百五八寶靈淑錠每錠

京都敬慎堂主人啓

三井洋行分莊 告白

啟者日本商始創貿易爲業數拾年以來今分莊開設北門外鍋店街洮家衚衕口對過專選精工料實東洋棉紗各等時式大小疋棉布粗洋布斜紋洋標等格外公道價亦從廉凡仕商賜顧者請至分莊面議可也特此佈聞

三井本莊主人啟

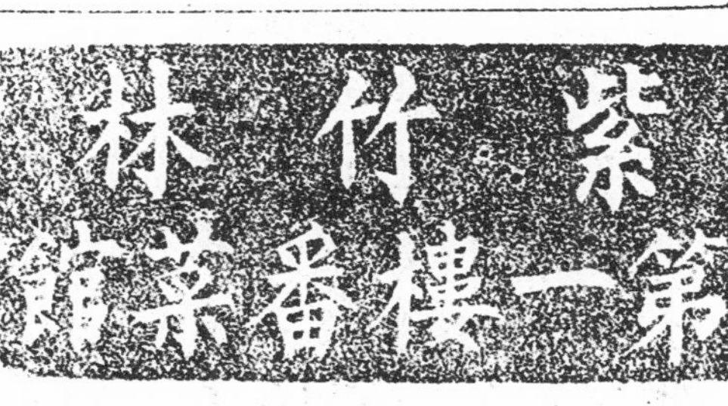

本號重作英法大菜各色精細點心各樣洋酒洋貨等物一應俱全並售

上　八百
紅茶　每斤津錢　一千
上　六百

又批發茂生公司鐵海紙烟零整發售價值格外公捲原箱計一百盒價洋一百四十四元每盒計五百支洋一元五角凡仕商賜顧請即駕臨是荷

主人謹白

拍賣告白

啓者本月十七日即禮拜二下午三點鐘在利順德飯店後新房子拍賣藥材赤芍蒼朮玉竹大黃甘草生地等件如欲買者請早來細看面拍可也特此佈聞

永盛洋行謹啓

減價

今有友人自辦陝西老土每兩津錢四百八十文新到梁州土每兩津錢五百四十文如蒙賜顧者請到東門內聚隆成寄售

告白

皖江方友莊司馬喬寓津門紫竹林義和生西棧精于岐黃僑津頗受屬友莊本世家子不欲以醫鳴僕等以爲活卜良醫甚夥姑懇壺以救眼前人亦仁者之造福也特揚之以告采薪者○謹代訂車費兩竿門診一竿

王蓮舟　馬少雲　洪月坡　胡丹甫　全啓

廣東鼎盛機器廠

本廠精造大小機器汽機火爐開礦水龍滅火水龍磨麵機器全套管辦鑄造修理精巧銅鐵等件貨真價廉倘蒙賜顧請至天津紫竹林法租界牌坊旁本廠面議不悞主顧

本主人謹啓

本局自印耕香館書牘每部價洋二元專辦各種石印書籍精選加高南紙頂細雅扇格外價廉廣天津東門外襪子衚衕本局啓

本局謹啓

美孚老牌煤油

啓者美國三達煤油公司之德富士老牌煤油天下馳名萬商稱美蓋其質潔色清亮白如銀且絕無烟氣能耐久燃比之生荳等油晶光百倍而儉用價廉此為德富士老牌之佳處誠屬無雙妙品也士商賜顧請到天津美孚洋行採辦或向就近殷實行店購買庶不致悞

DEVOE'S
PAT'D JUNE 22.63.
BRILLIANT
OIL
IMPROVED
PAT'D JUNE 28.64.
PATENT CAN
美孚行

海大道 鴻春樓番菜館

啓者本店三層大樓工程告竣地勢寬闊以備貴官紳請讌擇於去臘遷移新正月初二日開市各樣俱全價廉物美凡仕紳賜顧者請即駕臨是幸

主人謹白

五月十五日輪船出口　禮拜日

新裕　輪船往上海　招商局

怡生　輪船往上海　怡和行

五月十四日銀洋行情

天津通行九七六錢

銀盤二千四百五十五　洋一千七百三十五

紫竹林通行九六錢

銀盤二千四百九十文　洋一千七百六十文

洋錢行市七錢一分三

新開 敦慶隆綢緞洋貨莊

擇於閏三月十一日開張

本號開設天津北門外估衣街西口路南第五家專辦上等綢緞顧繡以及各樣花素洋布各碼線批合線俱按銀莊零整批發格外克己士商賜顧者請認明本號招牌庶不致誤

本號特白

朱鈞翁先生脈理奧深醫學穩慎吾浙同鄉每抱沉痾咸賴拯濟計游津十年先今屢治疑難危症俱著手回春久寓彌勒菴內

北界租國法林竹紫設開

天福茶園

京都新到

崇慶名班

特請京都上洋姑蘇山陝等處

各色文武　頭等名角

五月十五日早十二點鐘開演

八百紅　十二紅　巴拉紅　白文奎　賽狸繼　十四紅　滿州翠　十一紅　安桂秋　雙處　張長奎　王喜雲　常雅秋　趙斌恒　李吉瑞　蘇廷奎　楊四立

斬子　賣華山　狀元譜　殺府　桑園寄子　捉放曹　馬上緣　衆武行　獨木關

晚七點鐘開演

全班　張鳳台　羊喜壽　十四紅　滿州翠　于古奎　十一紅　萬鐵桂　汪德寶　張長奎　雙處　安桂秋　楊四立　常雅秋　王喜雲　蘇廷奎　趙斌恒

萬壽堂　大回朝　柳林池　變項珠　二進宮　迷人館　男女跑台　衆武行

開設天津紫竹林海大道旁

福仙茶園

啓者本園於前月初四日止戲清理賬目今將戲園及園內桌椅磁壺磁碗新製彩切零星等件合盤出兌如有願兌者及詳細章程請至本園面議可也特此佈告

福仙茶園謹啓

創包機器

敬啓者近來西法之妙莫過機器靈巧至各行應用非得其人難盡其妙每值傷損修理必悞時日今有甯子卿專於經理機器茲擬創辦包定各項機器以及向有機器常年煤料工力價值格外公道如貴行欲商者請到福仙茶園面議可也特白

直報

本館開設天津紫竹林海大道老菜市氣燈房巷內

光緒二十四年五月十五日　第一千一百零一號

西歷一千八百九十八年七月初三日　禮拜日

部照又到　直隸勸辦湖北賑捐局自光緒二十四年正月至二月底請獎各捐生部照又到請即攜帶實收來局換照可也

上諭恭錄

上諭新科一甲進士三名夏同龢夏壽田俞陛雲業經授職外李稷勳陸懋勳魏家驊姜秉善黃誥傅增湘孟錫珏秦曾潞葉在藻何作猷江志伊潘鴻鼎何元泰施愚蔭桓莊清吉黃大壎梁用弧丁惟魯李福簡華焯朱耀奎吳震春張鴻基伍毓崧于式棱吳功溥曾廣嵩李彝坤何聯恩趙東階易子猷汪明源凌福勳何國澧李端棨管象晉張鳴珂崔肇琳羅琛鄧邦述蔣熊張學智周勃雲祥魏鴻勛蔣炳章阿聯志琮陳驤查秉鈞陳培錕鍾錫璜章際治張履春文斌黃彥鴻董若洵壽富郭恩賡陳汝康潘昌煦袁勵準饒叔光魯爾斌許鄧起樞周緯藩牛東藩謝緒璠朱名炤胡濬蔡侗鄧曾護余寶凌黃壽袞范桂蓴高桂馨龍煥綸林東郊陳海梅王蘭庭馮汝唐俱着改翰林院庶吉士范軾趙汝湧莫洳洪蔡壽年許汝棻杜德興蔡桐昌張白基彭泰士薛炎吾魏震陳進鉅陸增煒章廷獻張光鼐區家偉何肇勳麥家嚴周國光楊增犖王士傑李效增胡祥棨曾瑞棻黃家駿趙傅忍蔡偉任本恕興元歐鏞石光暹楊潤身聶謙吉何廷獻張美五程式穀舒榮林耀增張傑徐德炳胡大榮韓肅儉商廷修蕭開甲傅邦翰桂殿華甯述俞孟廣來郭日章王闓城孫光祖王忠衍陳智偉宋嘉俊丁錫祜陳應濤盧德復尹家楣王守恂劉景慶熙薕成沂張璧田史悠瑞甯鵬南林鎮荆譚文蔚秦達章沈似濂文杰梁楷祝嘉聚張梅亭王廷揚李紹烈劉翼經張權唐越森林師望長春朱運新吳堂王儀通崔寶仁唐毓唐毓麟陳桂芳梁造舟陳斌麟榮煜王世奎俱着分部學習李華栢廖佩珣陳恩頤方象望呂慰曾陳湘濤孫卿裕鄭師灼鄭寶謙蔣玉泉任肇新包源陳綱康榮于廷琛趙以成俱着以內閣中書用范鍾劉重堪閻鳳閣楊詠裳盧元樟林景綬榮貫趙恩綸王芹芳陳棨寅李維楨王希賢饒士翹楊沅盧金書何端樹于鳳閣蘇耀泉蔡世信周應昌王道凝朱映青方雷李如松劉維垣宦勵范晉藩張孚襄于銘訓郝毓椿朱毓春何壽朋樂秀喬壽趙耀基李鍾嶽戴光祖陳伯侯馬楨向步瀛向昌甲陸乃棠胡世昌陳耕三劉煥光朱滄鼇李麟昌郭顯球任承紀蕭元怡熊廷權王可培張興慧韓桂攀張斯鈺劉鑒夏唐景崙吳立亭羅運松趙延泰張之銓彭鳳沼權向忠劉麟祥周長清詹照陳維倫李熙陳緯元馮由吳孝愷劉允亭潘餘慶謝家治傅松齡周震孫占鼇孫其敬黃惠安傅學敬高煥然王元廷鄭元濬周欽潘紹周計登瀛彭文翰翟宣陳光坤張輅張之埏王安定鄭鍾靈黎孝松魏命侯黃鍾杰張鳳藻周榮期陸春官熊光瓚方正應德完楊兆龍黃錫麟龐宣葛明遠陳星韶馬振儀吳承彥陳良均屠佩環崇本張綱王熾昌如麟袁勵端鴻勛端本棻徐炳麟程龢朱榮光李德遠李剛已劉聲駿俱着交吏部掣簽分發省分以知縣即用戶部候補員外郎王廷材着以員外郎即用刑部候補主事錢能訓工部候補主事暴翔均着以主事即用內閣即補侍讀中書朱彭壽着仍歸原班補用中書趙椿年楊廷璣國子監助教崇芳着以原班用內閣候補中書龍學泰着仍以中書

候補江蘇補用知府江忠振着以知府分發江蘇補用陝西候補知府王莊相着以知府發往陝西補用分省補用同知李士麟簽分甘肅大挑知縣陳易奇湖南大挑知縣魯晉湖北大挑知縣劉漢雲均着以原班用餘着歸班銓選欽此

歌舞昇平　○五月十五日內務府掌儀司傳集前門外排子衚衕雙石頭香廠秧歌地安門外太獅少獅開路萬壽無疆於是日赴　頤和園歌唱鼓舞以頌昇平

官樣文章　○戶部爲示傳事山東布政使呈差候補同知蔣濬啓知悉所有籌解內務府經費歸還部墊銀一萬兩本部現巳兌收其隨解平餘拾費銀三百三十兩係交內務府之款爲此示傳該委員親身赴內務府交納毋得違悞特示　山東鹽運使呈差候補鹽經歷李宸棟庫大使李清瑞管解光緒二十四年分籌解內務府經費歸還部墊銀五千兩光緒二十四年五月十二日午刻赴戶部投批交納矣　禮部爲曉諭事恭照光緒二十四年五月十九日小暑起至六月二十日立秋止禁止砍發樹木及上墳焚化紙錢爲此軍民人等知悉一體遵照毋違特示

嚴禁需索　○順天府所屬二十四州縣每歲科考凡應考諸童身家籍貫是否清白例設認派兩保查明出具切結畫押收考所以杜冒混而重名器也無如近年以來士習日壞該廩保往往藉考試爲牟利之階凡遇考童家貧稍裕卽藉口於身家不清臨場索詐不遂其欲不巳順天府尹憲胡雲楣大京兆現因府試屆期此等惡習斷不可長出示貼發轅門茲將憲示照錄於左　照得童生爲士子進身之始身家籍貫自宜清楚不容冒混例設認派兩保本係責令稽查如有身家不清以及荒籍冒籍等事應在本州縣呈請查辦不得至府考臨場混行攻訐合行出示曉諭爲此示仰順屬廩保人等知悉如果應考諸童有身家不清情事應先在本州縣呈請查辦不得待至府試臨場攻訐阻考倘本童並無違碍該廩保等輒敢刁難阻撓希圖訛詐除將本童收考外仍提該廩等從嚴究辦不貸各宜凜遵特示

保送傳補　○軍機上屆所取之滿洲章京及記名人員近因傳補就竣照例行文內閣六部理藩院八旗咨旗滿蒙實缺郎中員外郎中書筆帖式及候補人員通諭繙譯人等由本衙門出具考語由各衙門保送考試先行記名傳補當差

飭庫査收　○侍衛處爲咨照事所有本處散秩大臣乾淸門每年例應領養廉銀一萬兩於五月十六日應領散秩大臣等按員勻分相應咨由戶部查核飭庫査收

謔亦太虐　○前門外打磨廠東頭同泰店內有楊某與賀某取笑譏賀妻不貞與某某有約賀某信以爲實怒氣直沖不可抑遏隨以洋鎗將楊某轟傷現經控於南城坊未悉如何訊斷俟訪再錄

人爲財死　○京師右安門外鐵匠營地方有李氏婦平日專替借債從中漁利近來時運不濟經借之欵往往本利無着固巳忿無可洩端陽節時値各債主登門逼索無可彌縫遂於日前惘惘出門一去不返其家人竭力探尋渺無踪影定必凶多吉少刻下其兒女輩巳設幕成服焚錫化楮不復作生還之望矣

戲誠無益　○周三者冀州人自幼學習鐵匠手藝孔武有力貿易頗稱興隆惟年雖逾冠猶有童心五月初九日與對門米店鋪夥張某嬉戲時張持小刀切菜周伸其右足指謂張曰爾敢將刀砍我否張曰祇須爾不避有何不敢語尙未畢張刀遽下周足巳分爲兩截骨斷筋連鮮血滿地當卽暈倒不省人事急延傷科醫至見其傷勢過重未敢包醫先取京錢二十吊言爲配藥張見勢不佳逃避無踪云

督轅門抄　○五月十五日中堂見　四川總督裕大人祿　直隸藩台裕大人長　署通永鎭李大人大霆　請假三天

帝心簡在　○傅觀察雲龍孫觀察寶琦奉　旨調京召見各則均登前報日昨傅觀察由京來津所有局務一概交代汪觀察畢仍卽回京聞留於軍機處當差惟孫觀察尙未委派何職云

憲眷將來 ○前報紀中堂派差官一員赴都迎接憲眷昨聞由京來函云月之十九日可以抵津大約月底即當入署云

冢宰榮歸 ○協辦大學士戶部尚書翁大冢宰奉 上諭回籍已見邸抄茲于十三日出都乘坐火車過津有觀察等十餘員均往迎送至塘沽當日搭輪揚帆南旋

整頓營伍 ○聞官塲傳說日昨中堂札飭各營將所有老弱兵勇迅速裁革挑補以備大操並聞某軍統領某軍門有告退之說未知確否

通鎮起程 ○通永鎮病故所遺之缺奉督憲札委李鎮懿大霆署理各節均登前報日昨李鎮軍赴轅叩謝准於十六日起程諏吉十八日接篆任事云

仍兼支應 ○海防支應局總辦汪觀察瑞高奉委總辦東藥局一則已紀報牘茲將所遺支應局之差奉督憲札仍飭汪觀察兼理昨已趨轅稟謝

洋務設局 ○天津爲通商口岸交涉事日益繁多海關道大有應接不暇之勢閣督部堂現擬另設洋務局經理一切派海關道憲與水師營務處潘觀察妥議章程稟覆核奪

巨蝎赶人 ○昨友談及文安縣屬艾頭村魏某農家子端陽前一日在田刈草聞身後浙瀝有聲回首見巨蝎尺餘飛行草上魏大驚携鐮狂奔蝎尾追之迨離草叢墮地遂不似從前之速魏赶用鐮砍斃少頃頓覺手臂麻痛色變青紫其蝎毒所致歟倘爲所螫尚堪設想耶

失脚落水 ○諺云走馬行船三分險旨哉斯言日昨趙家塲王宅遣女僕赴河北關上親串家送桃麵由南渡口搭坐帮搖船行至大關上將起身下船距船小身重偶一動搖連捧盒一併跌落河中幸經該船主赶緊撈獲未遭滅頂而桃麵則被龍宮收去矣

潑婦虐姑 ○河東臨圮某甲向在西街某錢店司廚妻某氏係再醮性極潑悍因甲不常回家往往凌虐其姑昨晚不知何故大肆雌威竟將姑推倒門外摔有傷痕街鄰咸爲不平噫似此潑婦惜不遇虬髯客斷其首爲下酒物耳

幸未踏傷 ○河北大街衖往來衝途車馬常絡繹不絕日昨清晨有某姓老媪領幼童行至督馬號門首忽一營勇乘馬奔來躲避不及突被撞倒馬由身上躍過衆大驚以爲性命可虞詎馬過俱各無恙惟孩啼媼罵而已險哉

巡工告示 ○大清署理各口巡工司戴爲 通行曉諭事照得本巡工司前奉 總稅務司赫 憲劄行以沿海沿江建造鐙塔浮樁等事或係創設或宜改移或有增添或須裁撤營造既有變更務即隨時彰明出示通曉各處俾得行江海船隻周知徧喻等因茲本巡工司查潮海關稅務司所屬界內澄海縣地方曾設警船浮一個現經裁撤改置梅花樁合將其情形度勢開列於左 計開

一潮州府澄海縣地方曾設警船浮一個已經裁撤現於原設警船浮之外相距約六十尺改置梅花樁

光緒二十四年五月初二日 第三百二十四號示

連平亂耗 ○廣東連平州忽有土匪滋事大憲札委潮普還鎮營勇馳往會剿茲據省會訛傳連平之亂係因釐廠司巡辦理不善致觸衆怒而委員又不善調停士民忿甚糾衆毀拆釐廠匪類乘機煽聚揭竿倡亂本官無術消弭電稟上憲添軍協剿刻下猶未蕩平云

江行小輪 ○江西內河福康小輪公司創辦後拖帶船隻商民稱便生意頗有起色茲有英商來鄂察看內河一帶頗堪獲利因添設和濟江西輪船公司假廣天裕洋行擬於六月間開行駛江西內河至添設輪船幾艘及拖費價目章程俟商訂後查明續登

廣人恩遷 ○廣州訪事友手書云日前有華人數名由廣灣來省據云自該州灣爲法國佔據以後所設政刑極爲殘酷凡屬居民皆苦苛刻居是土者日坐針毡紛紛有遷地之謀云

英軍布置　○西阿洲土民作亂其首惡爲白某英人懸賞格有能將其生擒送營者酬五十磅日前英兵往捕受創者十六名退紮羅閣海口待援一切軍情由鴿遞傳查福里托溫一地距羅閣海口八十里鴿郵半鐘後即可知其動靜

鉛成百物　○有人云東阿洲葡萄牙屬土有鉛城一座其中公廨私宅客棧無一非白鉛所作鉛由英美運來其法係先將木版箚妥然後覆以鉛片而病者所乘之轎亡者所用之棺概以鉛爲之飲食器具亦莫不然

猴可驅使　○猴較他獸爲靈中華教其揀茶他處使其收棉某法水師武官云彼嘗使猴至廚竈炊火幫同廚役作菜法利恩城用猴汲水用猴磨麪格致家云猴之敏捷若使試作他工或亦能獲效也　以上俱譯俄四月木司寇新聞報

路透電音　○大佐克珍宣言彼國政府當將商請中國國家所擬修改內河行駛小輪章程詳加酌訂以期盡善盡美云

光緒二十四年五月十三日京報全錄

宮門抄○五月十三日工部　鴻臚寺　廂黃旗値日　翰林院引　見八十六名　李中堂謝管上諭事件處　恩　溥良謝管幼官學　恩　信公松溎良培各假滿請　安　鈕楞額請假五日　吳懋鼎預備召見　倉場奏漕船五日回空　工部奏派查估　惠陵工程　派出鳳鳴　召見軍機　吳懋鼎　皇上明日辦事後至　頤和園　皇太后前請安後駐蹕

○○大學士署理直隸總督奴才榮祿跪　奏爲恭謝　天恩仰祈　聖鑒事竊奴才恭閱邸抄光緒二十四年五月初四日內閣奉上諭榮祿着授爲文淵閣大學士欽此當卽恭設香案望　闕叩頭謝　恩伏念奴才滿洲世僕一介庸才權攝疆符方懍冰淵之懼忝陪　秘閣未陳日贊之謨欽奉　綸綍擢登輔弼師千是總愧揆文奮武之多疏巽　命新頒領　金匱石渠之重任　隆施渥被夙夜增慚奴才惟有益矢愼勤勉圖報稱望　九天閶闔彌切瞻　雲就　日之思萃萬國車書願睹一道同風之盛所有奴才感激下忱謹恭摺叩謝　天恩伏乞　皇上聖鑒謹　奏奉　硃批知道了欽此

○○奴才依克唐阿廷杰跪　奏爲揀員請補要缺知州以資治理恭摺仰祈　聖鑒事竊查遼陽州知州黃毓森請開缺修墓前於光緒二十四年三月初七日奉　硃批吏部知道欽此按五日行文奉天照限減半計算應以光緒二十四年三月二十七日作爲開缺日期歸於三月分截缺所遺遼陽州係繁疲難兼三要缺例應由外揀員升調該州地廣民頑案牘繁劇非明幹有爲力勝邊要者不足以資治理奴才等於現任知州內逐加遴選非現居衝要卽人地未宜而應升之員又皆歷俸未滿實無合例堪以升調之員惟查有現署懷德縣知縣奏准揷補留奉試用知州陳衍庶現年四十五歲安徽懷甯縣籍由附生中式光緒元年乙亥　恩科江南鄉試舉人三年考取漢謄錄簽分　國史館五年臣工列傳告成議敘知縣十一年投効山東河工河王莊等處合龍及挑截淤灘等案出力經山東巡撫奏保俟選本班以知州不論雙單月儘先選用並加四品銜經部議准十九年投効奉天軍營二十年經前將軍裕祿奏請以本班留於奉天補用十一月十三日奉　硃批着照所請吏部知道欽此二十一年閏五月請咨赴部引　見奉　旨着照例發往奉天欽此是年十月到省二十二年試用期滿甄別在案二十三年二月委署軍糧同知七月卸事八月初十日委署懷德縣知縣到任該員局度安詳辦事謹愼且係奏准揷補人員以之請補遼陽州知州洵堪勝任與例亦符合無仰懇天恩俯准以署懷德縣知縣試用知州陳衍庶署理遼陽州知州實於地方有裨如蒙　俞允該員係試用知州請補知州銜缺相當毋庸送部引　見仍俟試署一年期滿查其果能稱職再行題請實授所有遴員請補要缺知州緣由理合恭摺具陳伏乞　皇上聖鑒勅部核議施行謹　奏奉　硃批吏部議奏欽此

○○奴才信恪跪　奏爲查閱密雲等六處官兵操演情形恭摺具　奏仰祈　聖鑒事竊奴才仰蒙　天恩簡調密雲副都統當將接印任事日期奏　聞在案所有任內應行查閱各事件奴才於到任後自應逐一辦理當經查得密雲庫存官兵俸餉等項銀兩均於應存數目相符閱看八旗官兵步射騎射均屬可觀點驗額設官馬四百五十匹俱屬足額查驗官兵軍器並無虧短閱看兵丁演放炮位

抬槍鳥鎗打靶中靶者均敷成數閱看馬隊操演亦甚嫻熟隨於四月初九日自密起程前往兼轄之昌平州順義縣三河縣玉田縣古北口等處挨次巡查各處官兵軍器均尙堪用點驗各處馬匹亦足額數閱看各處官兵步射騎射均尙中平鳥槍兵丁演放鉛子中把者尙敷成數閱看古北口官兵操演大陣演把雲梯甚爲整齊其玉田三河二處兵丁演把雲梯各處兵丁演札長桿各項技藝亦尙嫻熟奴才卽嚴飭該防守尉等官平日必須勤加操練務期一律精熟以資得力奴才分處完竣於四月二十六日回營隨於五月初二日閱看密雲官兵操演大陣進退連環甚屬聯絡整齊演把雲梯及馬上三鎗三箭長槍舞刀小過堂各項技藝甚爲便捷所有密雲等六處官兵步射騎射鎗炮中把及技藝嫻熟者奴才隨時分別獎賞生疏者當面責飭以示勸懲之意查密雲駐防近來生齒日緊兵丁多係年力精壯頗堪造就値此講求武備之際奴才惟有與協領等將所屬兵丁嚴加訓練務期精益求精悉成勁旅以期仰酬 高厚鴻慈於萬一所有查閱密雲等六處官兵操演情形理合恭摺具陳伏乞 皇上聖鑒謹 奏奉 硃批知道了欽此

○○王文韶片 再臣前保勸捐辦理灤州唐山等處賑務出力員紳接准部咨以光緒二十一二年間奏保廣東等省勸辦順直賑捐出力請獎各案核計勸捐銀數每員均在一萬兩以上金灤州唐山等處賑務勸捐實銀僅止九萬餘兩請獎十六員未免過多應令核實刪減再行奏明辦理等因當經轉飭遵辦去後茲據籌賑局司道詳稱查灤州唐山賑務除由局撥款外開平礦務局江蘇候補道張翼等勸捐實銀九萬四千八百餘兩又直隸候補直隸州知州詹思聖等勸捐實銀四萬九千九百餘兩二共銀十四萬四千八百餘兩均經彙入光緒二十一年直隸工賑案內開單奏銷在案前次詳內漏未將詹思聖等勸捐銀兩叙入以致銀數不敷今奉部駁請將候補通判羅燮陽候補知縣繆桂榮二員刪除其餘十四員請仍照原保給獎核其勸捐銀數每員在一萬兩以上均與定章相符至查災放賑人員實因遵化灤州等處災情過重聚集飢民日以萬計開設粥廠分路放賑時閱四月之久風雨跋涉辛苦備嘗不無微勞足錄且原保本係擇尤開列委難再行核減致令向隅又臣前保勸捐查辦奉大錦州等處賑務出力員紳內有分省試用縣丞張毓澍請俟補缺後以知縣補用嗣接部咨以該員履歷未據送部暫停核議行令迅卽造送等因當經轉行遵照去後茲據籌賑局司道詳稱查張毓澍前因挑濬小清河出力案內經升任巡撫臣李秉衡奏保俟補缺後以知縣用經部核准於光緒二十二年十一月二十二日奉旨依議欽此此次所請獎叙係屬重複擬改請俟離縣丞任歸知縣班後加同知銜並造具履歷詳請具奏前來臣覆核無異所有勸辦灤州唐山賑捐銀數應懇 天恩勅部更照擬給獎以示鼓勵其試用縣丞張毓澍擬請改獎俟離縣丞任歸知縣班後加同知銜並請勅部歸案核覆除履歷咨部外理合附片具陳伏乞 聖鑒 訓示謹 奏奉 硃批吏部議奏欽此

○○王文韶片 再據津海關道李岷琛詳稱江浙海運漕船江蘇江北河運漕船抵津遵奉定章每船准其載貨二成查明免稅計天津鈔關自光緒二十三年三月二十一日起至六月初四日止共免海運漕船二成貨稅銀二萬三千八十九兩一錢又自光緒二十三年七月二十八日起至九月二十五日止共免河運漕船二成貨稅銀四千八百三十一兩五錢二共免徵銀二萬七千九百二十兩六等情請奏前來臣覆核無異除飭造具清册另行咨部外理合附片陳明伏乞 聖鑒謹 奏奉 硃批戶部知道欽此

吏隱告白

從來病者以診治爲先痊則以調養爲要誠以稍不自愼則痊者復病而病轉滋深所貴愼之又愼而不可輕心掉也僕自蒞津以來凡遇重痾每殫竭心力以求其愈愈後必以調養爲諄囑獨於北塘買鎭帥有難焉者鎭帥膺閫重寄年雖老而心猶壯故運甓之勤撫髀之嘆在所時有而無如其病也雖病必醫醫必痊痊而不善養則病復作僕自仲春以迄孟夏嘗赴北塘悉心診治計三閱月其病而復痊者屢矣然猶諄諄囑以調養切勿誤服藥餌延至清和下浣見其精神矍鑠飲食如初且自津郡雇取名班賽神酬願矣僕始畧爲放心不取謝資折回津寓不圖昨聞驚報將星仍以藥誤而隕也使確念余囑則董奉之杏林僕豈不望多栽數株惟事已如此深恐後之施治者反以僕爲藉口也故登諸報端以明治病未必善言者所能愈又豈可行險以幸中售技者必當審愼立方而病家亦當善于調養耳

啓者昨接上海孫仲英善長來電旋又接到顧緝庭葉澄衷嚴筱舫楊子萱施子英各觀察來電據云江蘇徐海兩屬水災甚重飢民數十萬顛沛流離死亡枕籍災區十餘縣待賑孔急需欵甚鉅官欵恐未能徧及素仰貴社諸大善長久辦義賑飢溺猶已敬求代呼將伯源源接濟功德無量蒙滙賑欵卽滙上海陳家木橋電報總局內籌賑公所收解可也云云伏思同居覆載異姓不啻天親縱隔形骸民物莫非胞與頻遭洪水哀此災荒盡是蒼生何分畛域況救人性命卽積我陰功雖此日拯茲黎庶散盡赤仄青蚨卜他年報在子孫同來玉堂金馬敝社欵無備濟自知獨力難成術欲廣仁惟冀衆擎易舉叩乞 顯官鉅紳仁人君子共憫奇災同施仁術原擬活人無算雖千金之助不爲多但能濟拯有功卽百錢之施不爲少盡心籌畫量力輸將敝社不禁爲億萬災黎泥首叩禱也如蒙 慨助卽交天津溜米廠濟生社帳房代收並開付收條以昭徵信

濟生社籌賑同人謹啓

新開元陞號綢緞洋貨莊

自去歲四月初旬開張以來蒙 各主顧垂盼雲集馳名日盛 本號特由蘇杭等處加意揀選名機新鮮貨色零整銀價俱照 大莊行市公平發售以昭久遠此白 寄賣龍井雨前素茶福建皮絲水烟各種眞料大小皮箱 開設天津府北門外估衣街中路北門面便是

元茂機器磚瓦公司

本公司仿照西法燒作磚瓦事屬創舉曾經通稟在案該貨堅固異常價値從減並各樣印花磚瓦俱全 賜顧者請至海大道新興南里內本公司面議可也謹啓

魁陞號綢緞洋貨莊

本號自置顧繡綢緞洋貨等物整零均按銀莊格外公道皆比大市價廉發售 寄賣各種眞料大小皮箱漢口水烟袋各種眼鏡龍井雨前紅茶欖 寓天津北門外估衣街五彩號衚衕口坐北向南 士商賜顧者請認本號招牌特此謹啓

建平永平金礦局告白

啓者壬辰年春 前北洋大臣李委潤等創辦建平金礦自顧菲材膺茲艱鉅不勝主臣開辦以來疊於平建朝赤等處徧加採試或以石堅金薄不敷度支或以費鉅工艱難祈速效頻年耗損實屬不支迨丙申歲抄核計彌縫舊缺外始有微餘洎丁酉全年見盈遂奉 熱河都統諭以丁酉正月至四月爲建平第一屆升課其課銀已於今春解呈熱河五月至十二月爲第二屆其課銀亦不日報解又丙申冬分設永平金礦該處砂綫窄小浮露於外無大水患工程尙簡計本去年十二月底共試辦十四個月稍見餘利去冬十一月杪該局又得遷安縣屬之衛嶺若今正以後出金日逐見增將後可望蒸蒸日上刻亦報解第一屆升課惟是解課以後卽應分息廿股 諸君觖望已久茲定於六月初一日在天津招商局內建平帳房上海寶源祥香港招商局等處分派屆時務祈 諸股友携摺赴顧以憑核發除將歷年辦理情形收支帳目稟報公牘彙刋成冊印送核閱外合將派息日期登報奉聞

徐潤等謹白

告白

新出石印濟公傳此書出在南宋高宗皇帝出一位高僧濟公奉佛敕旨降世人間徽勸善忠孝節義與前醉菩題濟公不同本房不惜多金邀請名公細加批註由濟公降生共二百四十回趙家樓馬家湖前後接連又全續彭公案經史子集石印鉛板家藏板局板均照申價發售寄售毛買彩巷瑞芝閣

天津寶字山房謹啓

告白

昨接本津東門內冰窖衚衕瑞昌店李宅委託代施石印繡像西方極樂圖 金剛經 高王觀音經附靈驗記 均無多部諸善士如願領各種善書圖記請向東門內瑞昌店領取可也

天津各報總處
紫氣堂仝啓

梁子亭代售類報

彼處經理各報多年如今北方風氣微開本津新出類類報每禮拜兩次訪經濟六門論年四元一九扣發外埠酌加寄費閱者定取賜函分送風雨不誤　天津北門內府署東各報總處啟

告白

頭彩第七千四百七十七號　二彩第二萬零七百五十號　三彩第一萬零三百零四號　諸君三次所買官商快覽如有得頭二三彩及上下附彩者請即攜原書來領當即照發彩洋也　絳雪齋啟

寄售天津北門內府署東紫氣堂

本堂寄售法製青鹽每包十盒八伯積痞塊肚大青筋面黃肌瘦腹皮板硬男婦老幼瀉痢瘧疾食後腹脹以上俱結白濁寒疝腎虛婦人赤白帶下經血塊處　八寶靈淑錠專治一切牙症偏正頭疼眼弦抽痛年久不愈者立愈一切險證滴水難咽者立可進飲　治之年預將此錠塞鼻少許能勉傳梁避一切穢污邪氣瘟瘡不便以治中暑知人事立醒　常將此藥盛以紗囊佩方屢試屢驗其效如神化痞膏大貼二津錢一百二十文如買十錠去錢一百

秘製化痞膏專治小兒食積乳積蟲時常脹痛毛髮焦稀意志不樂並治貼肚臍一切虛寒疼痛之症男子遺不調貼臍下腰眼婦人按有硬塊貼治蝎螫蛇咬及一切毒蟲之傷　治　治疔毒惡瘡初起即破　治喉科受毒物之傷患處立愈　瘟疫流行小兒出痘房中時將廿錠代香焚之中熱霍亂時症痰厥氣牙關緊閉不帶身邊能避一切毒蟲均是世傳秘百五小貼一百五八響靈淑錠每錠

京都敬慎堂主人啟

三井洋行分莊

告白

啟者日本商始創貿易為業數拾年以來今分莊開設北門外鍋店街洗家衚衕口對過專選精工料實泉洋棉紗各等時式大小疋棉布粗洋布斜紋洋標等格外公道價亦從廉凡仕商賜顧者請至分莊面議可也特此佈聞

三井本莊主人啟

本號專作英法大菜各色精細點心各樣洋酒洋貨等物一應俱全並售

上　八百
紅茶　每斤津錢　一千
上　六百

又批發茂生公司鐵海紙烟零整發售價值格外公道原箱計一百盒價洋一百四十四元每盒計五百支洋一元五角凡仕商賜顧請即駕臨是荷

主人謹白

拍賣告白

啟者本月十七日即禮拜二下午三點鐘在利順德飯店後新房子拍賣藥材赤芍蒼朮玉竹大黃甘草生地等件如欲買者請早來細看面拍可也特此佈聞

永盛洋行謹啓

減價

今有友人自辦陝西老土每兩津錢四百八十文新到梁州土每兩津錢五百四十文如蒙賜顧者請到東門內聚隆成寄售

告白

皖江方友莊司馬喬寓津門紫竹林義和生內機精于岐黃儕藉涵受益友莊本批家子不欲以醫鳴僕等以為法上良醫甚黔姑縣壺以救眼前人亦仁者之造福也特揚之以告采薪者○謹代訂車費兩竿門診一竿

王蓮生　馬少雲　洪月坡　胡丹甫　仝啓

廣東鼎盛機器廠

本廠精造大小機器汽機火爐開礦水龍滅火水龍磨麵機器全套管辨鑄造修理精巧銅鐵等件　貨真價廉倘蒙賜顧請至天津紫竹林法租界牌坊旁本廠面議不誤主顧

本主人謹啓

本局自印耕香館畫賸每部價洋二元專辦各種石印書籍精選加高南紙頂細雅扇格外價廉廣大津東門外襪子衚衕本局啓

本局謹啓

美孚老牌煤油

啓者美國三達煤油公司之德富士老牌煤油天下馳名萬商稱美蓋其質潔色清亮白如銀且絕無烟氣能耐久燃比之生荳等油晶光百倍而倹用價廉此為德富士老牌之佳處誠屬無雙妙品也 士商賜顧請到天津美孚洋行採辦或向就近殷實行店購買庶不致悞

DEVOE'S
PAT'D JUNE 22.63.
BRILLIANT
OIL
IMPROVED
PAT'D JUNE 28.64.
PATENT CAN
美孚行

海大道 鴻春樓番菜館

啓者本店三層大樓工程告竣地勢寬闊以備貴官紳請讌擇於去臘遷移新正月初二日開市各樣俱全價廉物美凡仕紳賜顧者請駕臨是幸

主人謹白

五月十六日輪船出口 禮拜一
蘇順 輪船往廣東 怡和行
五月十七日輪船出口 禮拜二
景星 輪船往上海 怡和行

五月十五日銀洋行情
天津通行九七六錢
銀盤二千四百七十二 洋一千七百四十七
紫竹林通行九六錢
銀盤二千五百零五 洋一千七百七十二
洋錢行市七錢一分三

新開 敦慶隆綢緞洋貨莊

擇於閏三月十一日開張

本號開設天津北門外估衣街西口路南第五家專辦上等綢緞顧繡以及各樣花素洋布各碼線批合線俱按銀莊零整批發格外克已士商賜顧者請認明本號招牌庶不致誤 本號特白

朱鈍翁先生脉理奧深醫學穩慎吾浙同鄉每抱沉疴咸賴拯濟計游津十年先今屢治疑難危症俱著手回春久寓彌勒菴內

開設紫竹林法國租界北

天福茶園

京都新到

榮慶名班

特請京都上洋姑蘇山陝等處

各色文武 頭等名角

五月十六日早十二點鐘開演

八百紅 小三寶 十四紅 東發亮 賽旋風 蘇廷奎 衆武行 白文奎 安桂秋 十一紅 于報 雙處 王喜雲 壽羊喜 張長奎 常雅秋 李吉瑞

汴梁圖 男起解 飛波島 寶蓮燈 奇冤報 探母 衆武行 盜御馬 連環套

晚七點鐘開演

十二紅 長祿 巴拉紅 小三寶 羊喜壽 趙斌恒 老蓋 衆武行 十一紅 高玉喜 羊喜壽 雙處 楊福保 賽迎譜 王喜妻 李吉瑞 蘇廷奎

打登州 項燈 挑滑車 戰城都 黃金台 衆武行 翠屏山 代殺山

開設天津紫竹林海大道旁

福仙茶園

啓者本園於前月初四日止戲清理賬目今將戲園及園內桌椅磁壺磁碗新製彩切零星等件合盤出兌如有願兌者及詳細章程請至本園面議可也特此佈告

福仙茶園謹啓

創包機器

敬啓者近來西法之妙莫過機器靈巧至各行應用非得其人難盡其妙每值傷損修理必悞時日今有甯子卿專於經理機器茲擬創辦包定各項機器以及向有機器常年煤料工力價值格外公道如貴行欲商者請到福仙茶園面議可也特白

本館開設天津紫竹林海大道老棻市氣燈房巷內

光緒二十四年五月十六日　第一千一百零二號
西歷一千八百九十八年七月初四日　禮拜一

部照又到　直隸勸辦湖北賑捐局自光緒二十四年正月至二月底請獎各捐生部照又到請卽攜帶實收來局換照可也

上諭恭錄

硃筆玉福祥補授太常寺卿欽此

不下帶續言

古今談國事者大端有二曰內政曰外交斯二者泛而觀之似宜並務兼營切而求之其輕重甚屬懸殊緩急大有辨別竊敢質言決之曰有內政斯有外交無內政卽無外交內政修外交乃有益內政不修外交適有損何者我茍君明臣良兵强國富其勢巖巖如泰山壓羣峰卽或勢不至此而君臣一德民之望之如望慈父母天之佑之又生賢子孫國無小興也勃焉其機如春艸怒發縱或偶遭屈抑踐踏損其一更茁茁叢生不可遏爲之鄰者必且前觀後慮自度度人環顧而無所適從惟願傾心以向我我不交彼彼自交我否則世之以大事小如湯事亳文事昆夷者古今幾人卽如湯文且以兼弱攻昧取亂侮亡著爲書打伐戎衣繼其志況非湯文然則彼鄰之所以交我者畏我耳私我耳欲有求於我耳斯三者如一無所取而顧殷殷然以彼富强交我貧弱彼此遣使各駐彼都與聞國政彼不畏我不私我無求於我實有求於我其亦深知我之駐彼國者贅若附指無能爲役彼之駐我國者秘若監軍無隙不摻勢將藉以窺我薄我陰圖我顯凌我伺隙啓釁以有挾而刦奪我也其迹昭然其情若揭傳曰與國人交止於信以若所爲抉若所欲欺而已矣以我之爲當彼之目彼直以爲欲欺不能而已矣信於何有又嘗卽家事揆之而知其然矣嘗見席豐履厚之家沃產連阡貿易利市親眷類豪富門前多車馬轍跡偶有所需無待挹注親友或投所好而供之貲財物力來往川換者不必計卽素無往還處亦任取攜無所阻取之卽陳年累月不見償亦無過而問者何也彼見我熱如火豔如花畏我私我或將有所求於我其欲與我酬酢餽獻惟恐我之不受也久矣迨富室之敗不必其一貧如洗也卽其將敗未敗時敗形未露敗勢已成其疇昔之投所好而供任取攜無阻者老成人則迹漸與疎不通有無心計人則事漸相制通以財而要其質重其息思豫佔其美產使無他售復百方廉其値而抑勒之胥小奸宄之陰黠者又復漸誘子弟以外務之私並轉爲借箸運籌遂其私成其過以爲他日挾短長迭相詐索地由是小人日近君子日疎持家政者倘具遠謀知聲勢不可以僞爲逐件實事以求是勢莫如何則析而小之自當勝中人之產使其各自爲理自當各自爲計亂極思治孰與無尺寸之堪憑者乃竟以爲合之則柴聚焰高內雖空虛不足恃自人視之或外塲猶不失體面恃外援以移山倒海當可借西補東而不知其大而無當如陷重淵愈墮愈深勢積難返無論援手無人卽或援之而所見相左適類北其轍南其轅大聲疾呼而不返矧世俗幸灾樂禍相習成風長愈接短愈截約謂不自立者扶亦不起牽因墻倒而齊推焉勿亦栽培傾覆之常理乎語云丟得下拾得起誰丟之誰拾之不

問自己更算何人耶人縱不知有國人孰不知有家國之本在家知齊家當知所以治國矣

催取選拔　○禮部爲曉諭事所有本年戊戌科各直省選拔生例應於本年五月內赴部投文驗到六月初旬　朝考經行曉諭在案今驗到人數尙屬無多爲此再行出示曉諭令各直省選拔生知悉務於五月內一律赴部投文驗到以便奏請　朝考毋得觀望特示

陰陽一體　○五月十四五等日爲　恭忠親王齋醮之期經內務府造辦處糊紮陰宅殿宇花園橋梁等處與府第式樣相同於十四日黃昏時派內侍何某督同夫役安排妥貼在十刹海地方焚化觀者莫不嘖嘖稱頌云

吉省領餉　○戶部爲示傳事所有吉林請領本年秋季分防餉銀兩本部庫定於五月十六日辰刻開放該委員留吉補用通判田葆綬務於是日赴庫承領毋得違悞特示

天留缺陷　○右安門外趙村店徐某廣有良田貫朽粟紅富甲鄉里僅生一子數齡時卽患膨脹醫藥俱窮致成痼疾身不滿三尺而腹則大如五石之瓠短髮數莖旣黃且細大約與說部中所稱之三寸丁剝皮可爲伯仲然在襁褓之中已聘定鄰村曹姓女爲室今男已及冠女亦及笄而女尤嬌艷無雙近日徐倩氷人商之曹姓欲爲其子完娶曹姓請俟病愈後再行成婚徐怒以爲我子雖抱恙究非身在床褥且鄉俗有婿病沖喜之說今若如是殆欲賴婚我拚破家財千貫訟於公庭必不使汝女再適他人曹姓無可如何遂任徐擇吉以女歸之有見其合巹者謂徐子形旣不全性又不慧女則花容絕世玉貌如仙惟慘戚不歡珠淚盈睫而已然苟能義命自安幽貞永抱天心隱格亦安必缺陷之終不能塡耶

遺失小孩　○五月十三日永定門外馬家堡地方有一年約花信之婦手攜六齡幼孩在該處觀看適二次火車到埠停車卸貨之際萬頭攢動小孩不知被何人牽去迨婦覺悟倉惶失措哭啼啼急在人叢中挨身尋覓究不知一顆明珠能歸掌上否

當有隱情　○五月十三日午後兩點鐘時宣武外粉房琉璃街忽有一婦人年約四十餘歲携一女子年約二十左右俱各剪去青絲三步一拜且泣且訴似有不共戴天之仇觀者數十人摩肩接踵圍如堵墻據云籍隸文安縣被店主騙去銀錢並欲强佔其女因亟將髮剪去控告無門有好事者問店主姓名我等當代汝出首婦人又對答支吾似痴似醉或曰是二尼僧故意託詞以聳人聽希圖告幫者其說不一嗣經巡視街道察院巡查至彼見其情節可疑立卽將該婦女一併交坊訊辦至其中究因何情俟訪明再錄

各有其是　○五月十三日宛平縣放告之期有陳韓氏赴縣署攔輿投控陳沈氏覇產不端等情當經縣主准詞飭提候訊旋卽差傳據陳沈氏禀稱丈夫陳松樵逝世數年小婦人生有子女得夫遺產守節撫孤因無人照顧隨歸父家謹愼過度不料被夫主相識之外室韓氏平地生波意欲强奪遺產氏不允從遂於十一日淸晨糾同黨羽前來搬運物件以遂其貪得之心恐小婦人追贓卽先來投案誣控希圖覇吞產業陳韓氏乃著名女棍動輒折梢卽求明鏡高懸從重懲辦以安良善而扶孤寡堂訊時邑尊令韓氏對質據供小婦人雖未與沈氏同居究與陳松樵有夫妻名分無非未曾生育子女所有遺產應否斷給叩求施恩公斷現經邑尊令其各覓同族人調處赴案回話想劉邑尊定能拯扶孤寡以昭公允至如何訊斷俟訪明再錄

盧扁再世　○西醫汪君炳南懸壺於京師宣武門內太平街挾活人術以濟世自去冬至今尙未期年所醫奇難危急之症著手回春者已有百數十人因而名望雀起每日求診者其門如市月前有一婦人十數日未得小溲奄奄一息遂遣人邀請臨診汪一見顏色卽謂症非難治立可見效諸醫及該婦家中人咸嗤其妄汪曰此係小腸閉塞所致非有他病但用外治之法卽得小解無須服藥當以細竹管使其親串甘氏爲之插入牝戶然後以藥水灌之不到半點鐘竟得小解兩次霍然而愈又有顧某因酒醉怒發以手奮擊琉璃窗劃斷手脉一時血流如注痛極暈絕汪用顯微鏡逐一將細碎玻璃取出又用藥水洗淨敷以藥末縫以藥綫外以藥布封其口未及五日傷口創合其他各種危急要症往往應手立起筆難盡述似此神技誠謂今世所少見聊記一二以告世之有疾者

督轅門抄　○五月十五日晚中堂見　乙未翰林林開譽　關道李大人　俄文繙譯劉崇惠　領事書思齊　副領事格羅思　武官沃羅諾管○十六日見　江蘇糧道陸大人元鼎　特用道希大人印賢　候補道嚴大人復　內閣中書林旭　新授四川川北鎮初大人發祥安到

行宮議妥　○前報擬就海防公所改作行宮等情茲聞運憲方都轉關憲李觀察會同帮辦各員商議地勢當稍加拓充淮軍招忠祠東西兩所均圈入行宮內各房用琉璃磚瓦大約六月初間即須興工云

川帥起程　○四川總督裕壽山督憲到津各則均登前報茲于十六日早十一點鐘乘火車赴京邑尊在車站預備茶座　聖安棚閣督部堂率同司道均赴茶座虔請　聖安

捐廉濟善　○津門善舉惟廣仁堂規模較大經費亦較繁近年來因入不敷出一切開支司事人頗形棘手天津道憲某觀察以事關重大萬難任其廢弛慨捐廉俸銀一千兩交該堂暫行敷衍以後仍當設法籌措云

貞魂難慰　○朱氏舊家女世居西窰窪氏夫某貧且無賴爲蕩子誘入河北大王廟後寶成棧旁某宦裔房基內搭臥鋪逼令賣娼婦誓不從夫痛楚之幾死者數翌日婦詣故里遍告舊鄰以其故嗣復潛脫布彩質錢數百易鴉片暗服之乘帮搖以歸將至新居毒發不能動僅舉手指臥鋪曰此妾居也舟子扶以下入鋪氣絕其二女一八歲一三歲拍屍呼母哭至絕次日舊鄰老婦輩知之咸來扭氏夫批頰無算然無奈也藁葬而已獨是死者長已矣生者僅數歲耳某既以賤行逼其妻安望以貞節教其女其不至流落者幾何津郡善士多倘將該女送入善堂保全之庶有以慰貞魂也吁

仁心義氣　○昨報于某因爭妓起衅被于禿刺斃經委廉相驗飭拿在案嗣因于禿遠颺將其兄于甲逮案嚴押勒交兇手屍父于起麟素知甲循謹從不滋生事端與弟于禿早經分爨且一家數口僅恃一人手藝存活案結不知何日何堪久被拖累因於堂訊時極言甲係正人釀事緣由概與無干懇求暫行開釋俾將該妓暨與于大同嫖之某乙管押候案噫仇其弟而不累其兄爲之剖白其寃使得置身事外亦仁慈亦義氣可以風矣

妖蛇報復　○永淸縣屬落垡村某甲年逾不惑子嗣尚虛去冬妻某氏產一甯馨物夫婦鍾愛非常日前氏　兒睡忽來常山率然君纏兒身三匝迨氏瞥見設法將蛇驅開兒已僵矣村人有知其事者云甲前在田間工作見有小蛇數條隨大蛇蜿蜒道旁悉數斃之惟大蛇入穴中得免嬰兒之死其蛇之報復歟人言如是姑照錄之

稅則新章　○智利國政府新訂海關稅則共二十款進口貨物有直百抽六十者有抽二三十者有抽數兩者惟行李衣箱及必需之物尋常家具教堂所用各物一概免稅出口章程不在此例　所有本國土產及製造各貨運往外國銷售者概免出口稅　西四月倫敦郵報

橫濱商情　○橫濱上月進口貨共值二千九百八十三萬二千九百四十七元出口貨共值一千零六十一萬九千二百七十元出口金錢共值一千一百九十一萬四千八百零三銀元銀錢共六百一十九萬七千五百五十七元進口金錢共值四萬零四百五十二銀元銀錢共三十九萬八千二百五十三元　西五月日本郵報

俄員回國　○本月初九日日本外政衙門接到韓京來電云前在高麗充當教習之俄國武弁雖經交卸尚住京師近日該武弁等接到俄京來電飭令趕緊回國　西五月日本郵報

鐵路減色　○紐約及赤喀郭之間設有鐵路商賈往來悉稱其便今因得律風已立鐵路生意日減色焉

光緒二十四年五月十四日京報全錄

宮門抄○五月十四日內務府　國子監、正黃旗值日無引　見　鄭王慶福大額駙各假滿請　安　景澧等因伊子授庶吉士謝

恩 明桂請假五日 文琳續假十日 召見軍機 補昨日引見漏抄李濤一名着交吏部掣簽分發省分以知縣即用

〇〇大學士直隸總督兼充北洋大臣奴才榮祿跪 奏爲恭謝 天恩仰祈 聖鑒事竊奴才恭閱邸抄光緒二十四年五月初五日內閣奉 上諭榮祿着補授直隸總督兼充辦理通商事務北洋大臣欽此當卽恭設香案望 闕叩頭謝 恩伏念奴才世効驅馳早供 任使甫權疆寄旋奉 簡除查直隸地當三輔北洋事萃五洲揆循必協時宜因應尤資遠署奴才忝膺艱鉅懼昧措施惟有殫竭愚誠力求實際凡任內應辦事宜如練軍以經武併餉以節陳察吏以安民通商以馭遠以及河防鹽政機局學堂均當切實講求屏除積習合羣策與羣力皆必躬而必親固不敢刻核爲能亦不敢因循貽誤以冀仰答 高厚生成於萬一所有奴才感激下忱理合恭摺叩謝 天恩伏乞 皇上聖鑒謹 奏奉 硃批知道了欽此

〇〇頭品頂戴署湖廣總督湖北巡撫臣譚繼洵跪 奏爲恭報微臣交卸兼署督篆日期仰祈 聖鑒事竊臣前承准總理各國事務衙門電開奉 旨張之洞着卽來京陛見有面詢事件湖廣總督着譚繼洵暫行兼署欽此遵將兼署督篆日期恭摺奏報在案茲於閏三月二十七日准本任督臣張之洞由上海來電奉 旨前據張之洞電奏於十七日起程嗣後尙未交卸來京之奏此時計程當抵上海惟現在湖北有沙市焚燒洋房之案恐湘鄂匪徒勾結滋事長江一帶呼吸相連上游情形最爲吃重着張之洞卽日折回本任俟辦理此案克復地方一律安靜再行來京欽此現張之洞業已回鄂臣卽於四月十二日謹將 欽頒咸字十五號湖廣總督銀關防一顆並 王命旗牌十面桿副暨文卷等項飭委武昌府知府逢潤古署督標中軍副將兪厚安齎送本任督臣張之洞接收臣卽於是日卸事除循例恭疏題報外所有微臣交卸兼署督篆日期理合恭摺具 奏伏乞 皇上聖鑒謹 奏奉 硃批知道了欽此

〇〇奴才恩澤薩保跪 奏爲呼倫貝爾副都統在任積勞病故籲懇 天恩從優賜邺以彰忠藎恭摺具陳仰祈 聖鑒事竊據呼倫貝爾總管成林等稟稱副都統烏善自閏三月初一日感受風寒兩腿腫痛以致觸犯軍營舊傷然猶力疾從公不惶將息詎意積勞過甚病勢忽加於是月十四日午刻出缺又據該故副郞統之孫錫彤稟稱閏三月十四日該故副都統自知不起喚錫彤至前訓以報効朝廷之道並自以受 恩深重未能圖報萬一言之弟流各等情呈遞履歷懇請具奏前來奴才等伏查已故呼倫貝爾副 統烏善自咸豐年間出師天津以次隨剿山東河南安徽江寧湖北吉林等省本省呼蘭漠河等處打仗一百三十餘次歷經前 欽差大臣親王僧格林沁前吉林將軍富明阿前黑龍江將軍豐紳文緒等先後奏保有案其軍功勞績想自在 聖明洞鑒之中光緒二十一年奴才恩澤由吉回江該副都統時正陞任呼倫貝爾見其老成勤愼心竊欽之而共事以來凡夫邊防交涉諸端籌謀悉合機宜遇事務持大體洵屬有爲有守不可多遘之才方期臂助長資時艱共濟遽聞淪謝慟悼殊深合無仰懇 天恩俯念該故副都統係立功後在任積勞傷發病故可否從優 賜邺之處出自 逾格鴻慈除將該故副都統戰功履歷造册送部查核外所有呼倫貝爾副都統在任積勞病故懇 恩優邺緣由謹恭摺具陳伏乞 皇上聖鑒訓示謹 奏奉 硃批另有旨欽此

〇〇奴才恩澤薩保跪 奏爲呼倫貝爾副都統因病出缺謹遴員先行前往接署並請 旨迅賜簡放恭摺馳陳仰祈 聖鑒事竊據呼倫貝爾總管成林等稟稱副都統烏善因感受風寒觸發前傷於閏三月十四日午刻出缺等情飛報前來奴才等伏查該處蜜邇強鄰又値鐵路興工交涉殷繁非揀明幹之員前往署理不足以資鎭攝當卽一面飛檄該總管成林暫護印務一面由省總管協參等官內詳加考核查有保薦卓異兩次 記名簡放副都統副都統銜齊齊哈爾鑲藍旗花翎協領依興阿辦事謹愼熟悉邊務以之派往接署洵堪勝任除檄飭遵照外仰懇 天恩俯念邊缺緊要迅賜簡放以重職守所有呼倫貝爾副都統因病出缺遴員先行前往接署並請 旨迅賜簡放緣由謹恭摺具陳伏乞 皇上聖鑒 訓示謹 奏奉 硃批另有旨欽此

〇〇貴州巡撫臣王毓藻跪 奏爲揀員請補守備各缺以實營伍恭摺仰祈 聖鑒事竊查黎平營右軍守備蕭慶祺革職遺缺接准部咨係題補第六輪第八缺應用儘先人員請補又松挑協右營守備張德基因病出缺業經臣會同督臣恭疏 題報所遺員缺係題

補第七輪第八缺應用儘先人員請補臣於通省武職人員內逐加遴選查有儘先都司定廣協左營左哨千總劉明遠現年五十四歲貴州松桃廳人由該協馬兵於咸豐十年剿賊立功給予六品軍功頂戴同治元年投効湖北各師營剿辦髮匪克復沿江出力保以外委儘先拔補並戴藍翎隨赴廣東軍營克復鎮平嘉應州城保以把總儘先補用復隨追剿捻匪克復馬欄雲巖等鎮解圍鳳翔府綏德州城保以守備儘先補用並加都司銜旋即回黔歸標候補十二年借補定廣協左營左哨千總承領劄付復於克復興義府新城並剿平扁担山等處賊巢出力歷保遊擊並換花翎及以叅將留黔儘先補用光緒九年因俸滿給咨送部引　見是年八月二十六日奉旨飭回本任候升欽此換給劄付回黔嗣因保案不符經部臣將該員前保遊擊花翎之案准其改爲以守備儘先補用並換花翎銷保叅將留黔之案改爲免補守備以都司留黔儘先補用於光緒二十三年五月十七日具奏奉　旨依議欽此現署該協右營守備事務該員力健才長堪以改補黎平營右軍守備員缺又松桃協右營守備員缺查名次在前之儘先守備羅恒甲與此缺不甚相宜惟查有都司銜儘補用守備古州鎮標右營右哨千總常福生現年五十四歲貴州黎平府古州廳人由武童於咸豐八年投入軍營剿辦黎平等處髮匪給予六品軍功頂戴隨同湘軍解圍黎平府城克復古州廳城保以外委儘先拔補復因赴湘解寶慶城圍保戴藍翎十一年入黔剿賊克復龔安縣城保免補把總以千總儘先拔補同治五年隨營前赴陝甘剿辦回匪援剿秦州秦安清水等處立解城圍出力保奏同治八年十月十五日奉　上諭着以守備儘先補用欽此嗣因甘肅軍務肅清凱撤回黔光緒二年克復下江永從並剿平六洞賊巢保加都司銜三年借補古州鎮標右營右哨千總弁缺承領劄付任事十六年因歷俸年給咨送部引　見奉旨着回任照例用欽此換給劄付回黔現在本任供職該員諳悉戎務堪以補授松桃協右營守備員缺均屬人地相宜合無仰懇　天恩俯准將劉明遠借補黎平營右軍守備常福生補授松桃協右營守備各缺實於營伍有裨如蒙　俞允俟接准部覆即行給咨赴部引　見以符定制除咨部科查照外謹會同雲貴總督臣崧蕃貴州提督臣羅孝連合詞恭摺具陳伏乞　皇上聖鑒　訓示謹　奏奉　硃批兵部議奏欽此

吏隱告白

從來病者以診治爲先痊則以調養爲要誠以稍不自愼則痊者復病而病轉滋深所貴愼之又愼而不可輕心掉也僕自蒞津以來凡遇重症每殫竭心力以求其愈愈後必以調養爲諄囑獨於北塘買鎮帥有難焉者鎮帥膺專閫重寄年雖老而心猶壯故運甓之勤撫髀之嘆在所時有而無如其病也雖病必醫醫必痊痊而不善養則病復作僕自仲春以迄孟夏嘗赴北塘悉心診治計三閱月其病而復痊者屢矣然猶諄諄囑以調養切勿誤服藥餌延至清和下浣見其精神矍鑠飲食如初且自津郡雇取名班賽神酬願矣僕始畧爲放心不取謝貲折回津廟不圖昨聞驚報將星仍以藥誤而隕也使確念余囑則董奉之杏林僕豈不望多栽數株惟事已如此深恐後之施治者以反僕爲藉口也故登諸報端以明治病未必善言者所能愈又豈可行險以幸中售技者必當審愼立方而病家亦當善于調養耳

啓者昨接上海孫仲英善長來電旋又接到顧緝庭葉澄衷嚴筱舫楊子萱施子英各觀察來電據云江蘇徐海兩屬水災綦重飢民數十萬顚沛流離死亡枕籍災區十餘縣待賑孔急需欵甚鉅官欵恐未能徧及素仰貴社諸大善長久辦義賑飢溺猶已敬求代呼將伯源源接濟功德無量蒙滙賑欵卽滙上海陳家木橋電報總局內籌賑公所收解可也云云伏思同居覆載羣姓不啻天親縱隔形骸民物莫非胞與頓遭洪水哀此災荒盡是蒼生何分畛域況救人性命卽積我陰功雖此日拯茲黎庶散盡赤仄青蚨卜他年報在子孫同來玉堂金馬敝社欵無備濟自知獨力難成術欲廣仁惟冀衆擎易舉仰乞　顯官鉅紳仁人君子共憫奇災同施仁術原擬活人無算雖千金之助不爲多但能濟世有功卽百錢之施不爲少盡心籌畫量力輸將敝社不禁爲億萬災黎泥首叩禱也如蒙　慨助卽交天津溜米廠濟生社帳房代收並開付收條以昭徵信

濟生社籌賑同人謹啓

新開 元隆號綢緞洋貨莊

自去歲四月初旬開張以來蒙　各主顧垂盼雲集馳名日盛本號特由蘇杭等處加意揀選名機新鮮貨色零整銀價俱照大莊行市公平發售以昭久遠此白

寄賣龍井雨前素茶福建皮絲水烟各種眞料大小皮箱

開設天津府北門外估衣街中路北門面便是

元茂機器磚瓦公司

本公司仿照西法燒作磚瓦專屬創舉曾經通稟在案該貨堅固異常價值從減並各樣印花磚瓦俱全　賜顧者請至海大道新興南里內本公司面議可也謹啓

魁隆號綢緞洋貨莊

本號自置顧繡綢緞洋貨等物整零均按銀莊洛外公道皆比大市價廉發售　寄賣各種眞料大小皮箱漢口水烟袋各種眼鏡龍井雨前紅茶梗　寓天津北門外估衣街五彩號衚衕口坐北向南　士商賜顧者請認本號招牌特此謹啓

建平永平金礦局告白

啓者壬辰年春　前北洋大臣李委潤等創辦建平金礦自顧菲材膺茲艱鉅不勝主臣開辦以來疊於平建朝赤等處徧加探試或以石堅金薄不敷度支或以費鉅工艱難祈速效頻年耗損實屬不支迨丙申歲抄核計彌縫舊缺外始有微餘洎丁酉全年見盈遂奉　熱河都憲諭以丁酉正月至四月爲建平第一屆升課其課銀已於今春解　呈熱河五月至十二月爲第二屆其課銀亦不日報解又丙申冬分設永平金礦該處砂綫窄小浮露於外無大水患工程尙簡計至去年十二月底共試辦十四個月稍見餘利去冬十一月杪該局又得遷安縣屬峪之爾岩今正以後出金日逐見增將後可望蒸蒸日上刻亦報解第一屆升課惟是解課以後卽應分息在股諸君觖望已久茲定於六月初一日在天津招商局內建平帳房上海寶源祥香港招商局等處分派屆時務祈　諸股友携摺枉顧以憑核發除將歷年辦理情形收支帳目稟報公牘彙刊成冊印送核閱外合將派息日期登報奉聞

徐潤等謹白

告白

新出石印濟公傳此書出在南宋高宗皇帝出一位高僧濟公奉佛敕旨降世人間勸善忠孝節義與前醉菩提濟公不同本房不惜多金邀請名公細加批註由濟公降生共二百四十回趙家樓馬家湖前後接連又全續彭公案經史子集石印鉛板家藏板局板均照申價發售寄售毛賈夥巷瑞芝閣

天津貢字山房謹啓

告白

頭彩第七千四百七十七號
二彩第二萬零七百五十號
三彩第一萬零三百零四號
諸君三次所買官商快覽如有得頭二三彩及上下附彩者請卽攜原書來領當卽照發彩洋也

絳雪齋啓

三井洋行分莊 告白

啓者日本商始創貿易爲業數拾年以來今分莊開設北門外鍋店街沈家衚衕口對過專選精工料實衷洋棉紗各等時式大小疋棉布粗洋布斜紋洋標等格外公道價亦從廉凡仕商賜顧者請至分莊面議可也特此佈聞

三井本莊主人啟

梁子亨代售類報

彼處經理各報多年如今北方風氣微開本津新出類類報每禮拜兩次訪經濟六門論年四元一九扣發外埠酌加寄費閱者定取賜函分送風雨不誤

天津北門內府署東各報總處啓

三日一本 石印類類報

看至約四個月可成書七部八將已改策論此報詢屬利器也每月津錢六百四十文先交報資定看全年者收洋肆元不折不扣

北閣內延邵公所對門類類報館啓

天后宮北 義興順綢緞莊

本莊自置顧繡綢緞綾羅紗絹各樣洋貨南貨雅扇桂花頭油香貨歸安貝松泉湖筆一概俱全

頭號杭寧綢 四錢二
頭號摹本緞 三錢八
紅梅茶 每斤 九百六
紅茶 六百四
紅茶梗 二百二
龍井茶 一吊八
金百蝶褶布裡每套五兩八
壽棉
哆囉蔴每尺原碼四分二
各莊夏布一概照行發莊

告白

昨接本津東門內冰窖衚衕瑞昌店李宅委託代施石印繡像西方極樂圖 金剛經高王觀音經附靈驗記 均無多部諸善士如願領各種善書圖記請向東門內瑞昌店領取可也

天津各報總處
紫氣堂全啓

紫竹林 第一樓番菜館

本號專作英法大菜各色精細點心各樣洋酒洋貨等物一應俱全並售

上 八百
紅茶 每斤津錢 一千
上 六百

又批發茂生公司鐵海紙烟零整發售價值格外公道原箱計一百盒價洋一百四十四元每盒計五百支洋一元五角凡什商賜顧請即駕臨是荷

主人謹白

拍賣告白

啓者本月十七日即禮拜二下午三點鐘在利順德飯店後新房子拍賣藥材赤芍蒼朮玉竹大黃甘草生地等件如欲買者請早來細看面拍可也特此佈聞

永盛洋行謹啓

減價

今有友人自辦陝西老土每兩津錢四百八十文新到梁州土每兩津錢五百四十文如蒙賜顧者請到東門內聚隆成寄售

告白

皖江方友莊司馬喬寓津門紫竹林義和生西機精于岐黃濟輩頗受益友莊本世家子不欲以醫鳴僕等以爲沽上良醫甚尠姑懸壺以救眼前人亦仁者之造福也特揚之以告采薪者○請一代訂車費兩門診一竿

王蓮生 馬少雲
洪月坡 胡丹甫 全啓

廣東鼎盛機器廠

本廠精造大小機器汽機火爐開礦水龍滅火水龍磨麵機器全套管辦鑄造修理精巧銅鐵等件貨眞價廉倘蒙賜顧請至天津紫竹林法租界牌坊旁本廠面議不悞主顧

本主人謹啓

本局自印耕香館書膽每部價洋二元專辦各種石印書籍精選加高南紙頂細雅扇格外價廉寓天津東門外襪子衚衕本局啓

本局謹啓

美孚老牌煤油

啓者美國三達煤油公司之德富士老牌煤油天下馳名萬商稱美蓋其

DEVOE'S
PAT'D JUNE 22.63.
BRILLIANT
OIL
IMPROVED
PAT'D JUNE 28.64.
PATENT CAN
美孚行

質潔色清亮白如銀且絕無烟氣能耐久燃比之生荳等油晶光百倍而儉用價廉此為德富士老牌之佳處誠屬無雙妙品也士商賜顧請到天津美孚洋行採辦或向就近殷實行店購買庶不致悞

海大道 鴻春樓番菜館

啓者本店三層大樓工程告竣地勢寬闊以備貴官紳請讌擇於去臘遷移新正月初二日開市各樣俱全價廉物美凡仕紳賜顧者請駕臨是幸

主人謹白

五月十七日輪船出口 禮拜二
景星 輪船往廣東 怡和行
五月十九日輪船出口 禮拜四
海晏 輪船往上海 招商局

五月十六日銀洋行情
天津通行九七六錢
銀盤二千四百六十七 洋一千七百四十五
紫竹林通行九六錢
銀盤二千五百文 洋錢一千七百七十文
洋錢行市七錢一分三

新開 敦慶隆綢緞洋貨莊

擇於閏三月十一日開張

本號開設天津北門外估衣街西口路南第五家專辦上等綢緞顧繡以及各樣花素洋布各碼線批合線俱按銀莊零整批發格外克已士商賜顧者請認明本號招牌庶不致誤 本號特白

朱鈍翁先生脉理奧深醫學穩慎吾浙同鄉每抱沉疴咸賴拯濟計游津十年先今屢治疑難危症俱喜著手回春久寓彌勒菴內

開設紫竹林法國租界北

天福茶園

京都新到

崇慶名班

特請京都上洋姑蘇山陝等處
各色文武 頭等名角
五月十七日早十二點鐘開演

京都新到 新到
八百紅 崇雪 十二紅 東發亮 張長奎 高玉喜 丁州紅 邊義臣 終德明 十一紅 姜小五 王喜雲 賽瑾蓮 李吉瑞 李玉堂 蘇廷奎 常雅秋

斬黃袍 宮門帶 鍘美案 太平城 伐東吳 滿臺飛 衆武行 溪皇庄 十樣雜耍

晚七點鐘開演

由都回津
姜小五 周茹荃 十四紅 邊義臣 白文奎 十一紅 安桂秋 姜小五 雙處 蘇廷奎 終德明 王喜雲 賽纓纓 趙斌恒 劉祥泉 常雅秋 李吉瑞

對刀步戰 空城計 戰蒲關 除三害 查關 衆武行 收關勝

開設天津紫竹林海大道旁

福仙茶園

啓者本園於前月初四日止戲清理賬目今將戲園及園內桌椅磁壺磁碗新製彩切零星兌件合盤出兌如有願兌者及詳細章程請至本園面議可也特此佈告

福仙茶園謹啓

創包機器

敬啓者近來西法之妙莫過機器靈巧至各行應用非得其人難盡其妙每值傷損修理必悞時日今有甯子卿專於經理機器玆擬創辦包定各項機器以及向有機器常年煤料工力價值格外公道如貴行欲商者請到福仙茶園面議可也特白

直報

光緒二十四年五月十七日　第一千一百零三號
西歷一千八百九十八年七月初五日　禮拜二

本館開設天津紫竹林海大道老桒市氣燈房巷內

部照又到　直隸勸辦湖北賑捐局自光緒二十四年正月至二月底請獎各捐生部照又到請卽攜帶實收來局換照可也

上諭恭錄

上諭軍機大臣會同總理各國事務衙門王大臣奏遵旨籌辦京師大學堂並擬詳細章程繕單呈覽一摺京師大學堂爲各行省之倡必須規模閎遠始足以隆觀聽而育人才現據該王大臣詳擬章程參用泰西學規綱舉目張尚屬周備卽着照所議辦理派孫家鼐管理大學堂時務辦事各員由該大臣愼選奏派至總教習綜司功課尤須選擇學賅中外之士奏請簡派其分教習各員亦一體精選中西並用所需興辦經費及常年用欵着戶部分別籌撥所有原設官書局及新設之譯書局均着併入大學堂由管學大臣督率辦理此次設立大學堂爲廣育人才講求時務起見該大臣務當督飭該教習等按照奏定課程認眞訓迪日起有功用副朝廷振興實學至意該衙門知道單併發欽此　上諭舉人梁啓超着賞給六品銜辦理譯書局事務欽此　上諭噶嚕岱慶祺均着開缺來京另候簡用阿拉楚喀副都統着鳳翔補授三姓副都統着保成補授欽此

論烈婦朱氏死節事

人生不幸爲女子身富貴貧賤舉不得自由一惟良人是賴所天而人也者曳綺羅襞粱內珠翠插滿頭出入與馬鄰里艷羨之固屬樂事卽不然爲田舍婦釵荊裙布食貧操井臼如詩所云野蔬充膳甘常藿落葉添薪仰古槐者而琴瑟諧好相敬如賓雖椎髻挽鹿車亦甘心焉惟遇人不淑遊蕩無行檢堂堂七尺軀不能爲牀頭人吐氣時占脫輻甚至闒茸無計自存活反視室人爲錢樹子以致墮落烟花中失身敗名節貽父母羞親族笑罵不以人數齒要皆迫於飢寒一經摧折不克自保全也誰是深明大義百折不回冰其心鐵其骨與金石同貞如本報所載烈婦朱氏者乎氏家本舊族父某士類中人生而窈窕性貞靜不茍笑言嫁某後善事翁姑克循婦道鄉黨無間言某駑劣好遊蕩父母沒後家益落不能自餬其口旋爲匪人誘由西窰窪遷河北在富紳郝姓空地搭窩堡居焉蓋將仰食於婦而婦不知也前數日引狂且入室使婦承迎之婦始悟不從哭且罵狂且鼠竄去某恚甚痛加鞭朴暈絕者非一次繼恐終不免乃赴西窰窪向舊鄰中姊妹行備訴苦楚然後脫舊衫質錢購芙蓉膏吞服死父母俱先沒無親屬爲之伸寃而洩忿艸艸藁葬訖遺二女長九齡次三齡而已嗚呼世風波靡名節之不立久矣學士大夫說禮樂敦詩書世道人心所賴以維繫一經利害攸分之際往往目眩心搖頓喪其所守況當出生而入死鮮不觀望焉遲迴焉託爲達變通權之說以苟免於目前婦人女子又何責焉若朱氏平日存心立志必有大過人者富貴不淫也貧賤不移也威武不屈也鬚眉丈夫所難能彼優爲之有餘裕惜家貧祚薄無人代爲表彰耳觀其見狂且而大怒以罵何等正氣受折挫而不變所守何等堅貞向舊鄰歷述苦楚然後仰藥以死又何等從容何等決斷倘艸亡木腐一任同歸於盡

而泯然無聞焉何以勵末俗挽頽風乎昔國初時有烈婦某氏因夫沉溺賭博中敗產喪行屢諫不悛忿激自經死臨決作絕命詩一章首情詞悽惋怨而不怒深得風人遺旨聞者哀之後流傳入禁中　憲廟重其賢而悲其遇詔有司建坊示旌獎而罰夫爲之守墓夫賭博固足以破家然不過飢寒而已流落而已未必喪節失身也妻以諫夫死猶得邀　邮典錫温綸並重懲其夫以示戒況氏遇尤蹇勢尤危折磨淩虐尤爲人所難堪而不爲利誘不爲勢屈卒能全貞白以終身語曰志士仁人無求生以害仁有殺身以成仁奇節也亦庸行也氏夫某寡廉鮮恥非人類無足責可慮者數齡之二女耳某既以賤行逼其妻何能以貞潔教其女行狗彘而性豺狼安知不以失望於妻者將於二女取償之此貞魂烈魄所不能瞑目於地下者也現在津郡設有採訪局凡有關忠孝節義事悉得彙案入奏邀旌表廣仁堂則專收鰥寡孤獨聾廢疾無告人以時給衣食使各遂其生意至良法至美焉朱氏之抗節與二女之無依皆在可敬可矜之例仁人君子倘能表白而保全之死者無使淹沒生者不致流離於人心風俗大有裨益焉不禁企予望之

委署道篆　○都察院掌京畿道監察御史陳其璋現已簡放湖北宜昌府知府遺缺現經都察院委派福建道監察御史胡侍御孚宸署理俟帶領引　見再行實授其所遺巡視南城之差現派貴州道監察御史楊侍御福臻署理

改用槓廠　○恭忠親王金棺發引日期已列前報茲聞改於五月十六日發引所有大槓儀仗原飭燈市口永利槓房備辦現經某貝勒因恭忠親王府邸內向有杠差皆係宣武門內甘石橋恒裕杠房應差自應仍派恒裕杠房辦理由邸抬至西直門外成府廣通寺暫停俟奉安時係派永利杠房抬往北湯山　園寢現聞杠價計銀一萬兩云

示領旗匾　○戶部爲示傳事所有禮部支領本年新科狀元夏同和等應領旗匾銀兩本部庫定於五月二十三日開放務於是日辰刻派員赴庫承領毋得違悞特示

活人甚多　○京師前門外打磨廠馮善士樂善不倦每屆夏令常以時症各藥隨處施濟活人甚多如在途見一發痧之人即出所携靈丹俾令吞服或代取茶水殷勤周至待之如骨肉此眞所謂好行其德也古云勿以善小而不爲其斯之謂歟

救護餘談　○五月十五日夜間月蝕所有救護司員已列前報頃聞各部院堂官因赴太常寺救護是以一點鐘時正陽門城門尙大開伺候各部院堂官出入太常寺署內自三點鐘起至五點鐘止鐘鼓齊鳴虔誠救護以崇典禮迨月轉樓陰日已一輪高揭矣

无妄之灾　○京師阜成門內錦什房街有某賭局明目張膽顧忌全無五月十三日有賭徒蝟集賭興方豪忽來暴客多人突露刀槍向之指嚇以致桌上銀錢之類囊括無遺既出門賭棍持械窮追匪開槍拒之彼此相攻如臨大敵適某甲行經是處未遑趨避致爲槍彈所傷鮮血淋漓登時斃命事後紛紛傳述謂甲爲貿易人旋經該管地面官廳請驗嚴緝兇人吁眞灾成无妄矣

同夥相扳　○京師南西門外關廂地方李某素業來其日間貿易夜間作樑上君子本領高强專能飛簷走壁行竊多贓未經破案於五月十四日三更時經北城練勇局勇丁在南橫街一帶巡夜忽見有一負包人飛奔而來勇丁上前盤詰言語支離即時鎖拏解局嚴訊據供姓王由前門外永安橋地方竊得物件被獲供出素與李三夥同行竊當派勇丁前往南西門外關廂地方將李三鎖拏解局歸案訊究供認不諱詳城咨送刑部按律懲辦矣

電傳　諭旨　○昨晚接京電云　上諭通永鎮缺着李安堂補授所遺正定鎮缺着藍斯明補授

督轅門抄　○五月十六日晚中堂見　海關道李大人　候補直隸州蔡紹基　英領事司格達　十七日見　新授四川川北鎮初大人發祥　署通永鎮李大人大霆　分統新建陸軍步隊姜大人桂題　陸軍步隊營徐邦傑　楊榮泰　吳長純　龔元友　馬隊任永清　砲隊叚祺理　陸軍執法營務處竇從周　稽查營務處張士元　候補道廕大人昌　顧大人元勳　江寧正黃協領成大人鶴　大名府榮大人銓　務關同知姚豸　海防同知吳崇偉　理藩院員外郞祥順　儘先叅將劉恩榮　徐國祥　薩鎮冰　楊常泰　大沽後右營卞長勝　候補縣朱成衍　史源　曾傳謨　趙昌麒　鹽山縣銘彝　正任安肅縣方鳳苞

憲眷將來　○頃聞官場傳說　榮中堂憲眷准於月之二十日來津並聞諏於二十七日入署

平墊校塲　○前紀履勘校塲榮中堂以八里台至佟家樓一帶地寬敞尙嫌未平茲特派撥某營兵勇赶將低窪處一律墊平以便　駐蹕閱操

添試策論　○各屬縣試舊例向有古學如策論詞賦古今體詩外又有所謂濂洛關閩之學者每於塲前投卷時先行出示令該童各自報名以便註册故事耳廿餘行省州縣與試諸童千百中不一見久矣夫朝野知八股試帖之藝可元可奎上以此爲正塲下以此爲正學餘皆雜技此論誠當然亦正其所正雜其所雜若先德行而後文藝則八股試帖又何嘗爲眞實正學哉自月之十三日奉上諭畧謂改試策論用覘實學着各省學政奉到此次諭旨卽行一律改試策論毋庸俟至下届等因欽此已見邸抄本爲速成人才起見昨十六日爲天津縣試第三塲邑尊已遵此示諭卽於此塲添試策論惟聞諭後有不能作者聽五字想因驟改新章恐諸童未易學步歟

急兎反噬　○減台子村民某青年嬌健恒自謂餘勇可賈昨夜有偸兒入院某聞聲驟起持梃飛步追至手起一擊杖落滚地某跌倒俱有聲繼喊且嚚鄰知有賊羣起視賊已不知去向某則血淋淋三指砍斷於地各寸許蓋某以木梃從賊背後猛擊賊以利刃反手相迎梃未及賊刃已中某强中更有强中手一技自恃者當知戒懵董追賊者尤宜愼矣

命案得供　○水梯子關帝廟後于七剌斃于二一案昨經裴大令提訊趙氏供稱氏前夫某病故後於今年再醮於于二于七從此不忿不料十二日同夫看會與于七相遇氏夫遂被于七剌死大令飭退下堂俟拿獲兇犯再訊

蘇添報館　○蘇垣靑陽地自開商埠建造洋橋竣工以後生意日形暢旺店舖林立士女如雲馬車工價亦日見加增故人皆以小上海目之頃聞密陀橋南昨日有某觀察約同某附生等湊集股本二萬元擬在該處開設報館建造洋房一所名曰日新報訪事每省六人專採官塲商務緊要事件街談巷語槪不選錄一切章程現已議定不日將刋登各報想吳中爲人文薈萃之區今於蘇報外復創此舉將來一紙流傳當必風行四海也拭目俟之

蘇丹戰畧　○蘇丹兵事肇自丙申先是意人爲阿比西尼亞所敗歐洲權勢向之行於非洲者至此頗震迭耳文士部民窺伺埃及屢欲蠢動考地輿大勢非洲利維及奴比兩處平野綿亘曠廓非常坐落中尼羅河之兩岸迤南一帶天生奇險以防外侮綽然有餘英相沙侯因欲顧全歐洲大局保護埃及是以恢復前界收取蘇丹耳○用兵之始士卒由埃及本地招募武官半爲英人初次派隊十萬其中祗有英之砲兵一哨後又增一哨此等布置非因軍務吃緊不過使埃及百姓知其所以勝蘇丹者賴有英兵耳○頭營紮於尼羅河二道閘口瓦抵嘎耳甫城另有印度兵多名沿紅海岸赴蘇阿祺穆所經之地虛張聲勢以便引誘敵兵前營掀制敵軍後路當移往端郭耳時該處距瓦抵嘎耳甫六百華里英人甚防其後立法極詳因轉運粮餉軍裝爲行軍要務於一千八百九十六年八月在二道閘口安立砲艇數艘往來巡邏藉與陸軍聯絡且在後路修築極速鐵路以便接濟其前營以駝代人充作一切苦工○迨挨兵獲勝迭耳文士部民始節節敗退歐斯滿爲該部大帥亦被撤回九月端郭耳失守埃及前營一鼓作氣並據地約一百五十俄里之寬合三百華里自是埃界往南展至千里其奴比地方爲各種游牧部落所居紛紛投誠英人膽氣益壯以爲蘇丹垂手可得於是前進攻歐木都耳滿及哈耳圖木因二處爲迭耳文士部之保障也○尼羅河閘口中有六道險阻異常入之不易砲艇行於其間須將全船拆卸放過別閘安好方可再行以之觀動靜報密音殊赶不及改用駝運一切亦屬未便且水土又極酷熱再四思維乃將瓦抵嗒耳甫及阿卜哈蔑得之間修造鐵路長千里去歲年底竣工其路經奴比地方繞越閘口三道費欵尙非浩大運兵輓餉因之亦易前鋒隊至此已往前移直抵蘇阿祺木矣○占據端郭耳後總統官日夜謀參去歲八月英官乾鐵耳茲大隊赴阿卜哈蔑得遇迭耳文士部兵交戰斬擒無算該部兵遂退出別耳別耳地方迭耳文士部民現於蔑帖木尼赫一帶盤踞該處距哈耳圖木二百里　俄四月木司寇新聞報

路透電音　〇茲據美提督薛軍門富德電稱現有西兵八千裏糧進發三第阿哥當經擬定於彼行抵之先即往迎勦并不俟援軍相助也云〇大將屈臣氏前經奉有廷命帶艦駛赴西國茲悉該軍或須遲遲其行緣其船隻尚未有戒行之日耳〇義大里裴洛司軍門現將布置內閣一切事宜辦理妥貼水軍都督闞維樓署爲外務交涉大臣提督聖瑪三授爲兵部尚書

光緒二十四年五月十五日京報全錄

宮門抄〇五月十五日理藩院　鑾儀衛　光祿寺　正白旗値日無引　見　粵海關監督莊山請　訓　王福祥謝授太常寺卿恩　梁啓超預備召見　召見軍機　莊山　梁啓超

〇〇頭品頂戴湖北巡撫臣譚繼洵跪　奏爲據情代奏叩謝　天恩恭摺仰祈　聖鑒事據頭品頂戴三品卿銜前雲南巡撫賈洪詔呈稱竊洪詔接奉行知光緒二十四年三月初二日內閣奉　上諭張之洞等奏耆臣重遇恩榮筵宴籲懇恩施一摺三品卿銜前雲南巡撫賈洪詔早膺民社薦陟封圻退處鄉閭年登大耋前因鄉考重逢賞加三品卿銜現在重遇恩榮筵宴洵屬藝林盛事着加恩賞給頭品頂戴准其重赴恩榮筵宴以光盛典欽此當即恭設香案望　闕叩頭謝　恩伏念洪詔退居草莽未報涓埃晚景桑榆自慚衰朽前此秋闈再遇　絲綸特錫卿銜今當春榜重逢頂戴　尉膺頭品復　恩榮之預宴疊沛　鴻慈蒙　高厚之生成莫名鼇戴所有感激下忱謹請代　奏叩謝　天恩等情前來理合恭摺代陳伏乞　皇上聖鑒謹　奏奉　硃批知道了欽此

〇〇高燮曾片　再臣聞四川成都將軍恭壽署理總督與爲將軍時聲名迥異貪劣顯著吏治蠹敝物議沸騰裕祿抵任時日不可知而數月中川民大受汚吏朘削之害懇祈　皇上嚴旨申飭勿俾敗壞巖疆大局幸甚附片密陳伏乞　聖鑒謹　奏奉　旨已錄

〇〇譚繼洵片　再湖北省厘金項下奉撥光緒二十四年京餉銀十二萬兩業經委解第一批銀三萬兩赴京交收在案茲據布政使王之春會同善後局司道詳稱復於厘金項下動撥第二批銀三萬兩飭委試用知縣葉丙勳馬宗翰管解赴京交納等情前來除繕咨轉給該委員等小心管解並飭將應解銀兩續籌委解外理合會同湖廣總督臣張之洞附片具陳伏乞　聖鑒謹　奏奉　硃批戶部知道欽此

〇〇奴才載遷松安跪　奏爲保獎上年搜捕松蟲尤爲出力人員遵議改擬請獎籲懇　恩施以昭激勸恭摺仰祈聖鑒事竊奴才等於上年九月間遵保搜捕松蟲尤爲出力人員內員外郎連璧等四員請加武職虛銜經兵部核准惟郎中廣泰等三員應獎敘尚未核准復經奴才等奏請　飭交總管內務府核議於光緒二十四年三月二十八日奉　硃批該衙門議奏欽此茲准內務府移咨議覆內開郎中文蔭文錦二員請加二品頂戴核與臣衙門司員由虛銜遞加二品頂戴成案相符應請照准至花翎二品頂戴郎中廣泰所請移獎伊子候補筆帖式麟慶俟補筆帖式後以主事儘先升用之處徧查並無勞績移獎成案礙難核准應請由該衙門另行奏獎等因抄錄原奏移咨前來查郎中廣泰職司承辦事務衙門印鑰牌暨內務府郎中事務夙稱得力上年搜捕松蟲一事統籌全局總司一切始終不懈悉臻妥協奴才等深資臂助且曾經前　欽派大臣倉場侍郎長萃工部右侍郎英年奏派隨從總司照料嗣因事竣經該大臣以該員調度有方不辭勞瘁實屬異常出力自應優予獎勵等因知照在案伏查　東陵內務府郎中並無別項升途惟溯查咸豐元年　西陵內務府　慕陵郎中那滿通額因勞績保獎以內務府三院卿升用並花翎二品頂戴郎中廣泰情事相同合無仰懇　天恩俯准援照西陵內務府　慕陵郎中那滿通額之案擬請將該員以內務府三院卿升用以示鼓勵之處出自　逾格鴻慈所有遵議改擬保獎緣由謹會同署理守護大臣奉恩輔國公奴才意普恭摺具陳伏乞　皇上聖鑒訓示謹　奏請　旨奉　硃批着照所請該衙門知道欽此

〇〇奴才意普載遷松安跪　奏爲司員試俸期滿循例題銷恭摺仰祈　聖鑒事竊據員外郎慶壽呈稱竊職係廂藍旗滿洲萬春佐領下人由增貢生遵新海防例報捐筆帖式光緒十七年四月選授工部漢檔房筆帖式是年五月到署兼清擋房行走二十年旋遵新

海防例在台灣捐輸案內報捐光祿寺署正復遵前例加捐員外郎於光緒二十一年五月補授　孝陵奉祀禮部員外郎閏五月十四日到任自到任之日起連閏扣至光緒二十四年四月十四日試俸三年期滿今將例應試俸呈請題銷等情前來查例載滿洲人員捐納升用者亦照議叙人員之例試俸三年准其調升等語今據員外郎慶壽呈請題銷試俸查該員在任三年循分供職並無參罰事故理合具陳恭候　命下奴才等再行移咨吏部該旗註册照例陞轉所有題銷試俸緣由謹循例恭摺具陳伏乞　皇上聖鑒謹　奏

奉　硃批吏部知道欽此

○○貴州巡撫臣王毓藻跪　奏爲上年四季分調委正佐各員署理別缺均未逾額候補委用人員並無委署有人之缺恭摺仰祈

聖鑒事竊查前准部咨凡調署實缺州縣佐雜不得逾十分之二並將因何調署緣由及委員若干員按季造册詳咨又咸豐十一年十一月二十三日奉上諭嗣後各省州縣無論奏調委署代理着每屆三月彙奏一次由吏部嚴行查核如有違例更調等弊即將該督撫藩司分別參奏欽此又准部咨候補委用試用人員除委署無人之缺及暫時代理毋庸核計外如委署有人之缺擬請州縣與佐雜分計各不得逾十分之一以示限制又州縣佐實缺人員調署比照委署定章各不得逾十分之一以示區別各等因歷經遵辦在案查貴州州縣共四十六缺佐雜共九十三缺光緒二十三年春夏秋冬四季分州縣調署別缺者知縣三員知州一員佐雜調署別缺者七員均未逾額候補委用試用人員州縣佐雜除實缺調署別缺並請咨赴引因病請假另有差委撤省察看甫經准補因案撤省開缺修墓所遺各缺不計外並無委署有員之缺據藩司邵積誠造册具詳前來臣覆查無異除册分送部科外謹恭摺具奏伏乞　皇上聖鑒

謹　奏奉　硃批吏部知道欽此

○○王毓藻片　再光緒二十四年五月二十四日准戶部咨開二十三年十二月二十三日本部具奏各省厘稅狃於外銷遂至隱匿

請　旨飭下各省將軍督撫將該省外銷各款向來取給於厘稅者據實奏明分別裁減一面將該省所收百貨厘鹽茶厘土藥厘及常稅雜稅等項銀錢數目據實報部毋庸欺飾統限奉　旨後三個月奏咨不得違等因當即轉行司局遵辦茲據布政使邵積誠按察使玉恒糧儲道黃元善詳稱遵查黔省向無常稅名目而雜稅稀少每年僅解司庫銀四千餘兩鹽稅厘一項前由四川包徵每年解黔銀十六萬兩此項均係司庫收支按年列入春秋撥册造報在案至土藥百貨各厘金向來委員抽收嚴定比較但民困土磽素鮮富商來此貿易所收衰旺無常除向留一成爲局用薪水外儘數報部近年土藥厘金撥歸江西福建兩省於應協餉下解部歸款百貨厘金則由善後局支發練餉扣存採辦糧米製造軍裝火藥等項例有定價每年需銀十餘萬兩其不敷之數向於協餉項下湊撥歷年協餉不足各省關積欠有五百餘萬兩例應支發各款尚多短欠扣善後報銷城防發審教案電報各局之用度及各官津貼等項每年約需銀七萬餘兩均須節省練軍經費挹彼注茲合盤籌算入項祇有此數期於通融濟用而已當此時事多艱司道等何敢狃於外銷之說稍滋糜費茲將收支實數陳明以重公欵等情詳請奏前來臣查該司道等所陳出入各欵條分數目朗若列眉均係實情毫無隱匿除咨查照外謹附片覆陳伏乞　聖鑒謹　奏奉　硃批戶部知道欽此

吏隱告白

從來病者以診治爲先痊則以調養爲要誠以稍不自愼則痊者復病而病轉滋深所貴愼之又愼而不可輕心掉也僕自蒞津以來凡遇重症每殫竭心力以求其愈愈後必以調養爲諄囑獨於北塘賈鎭帥有難焉者鎭帥膺專閫重寄年雖老而心猶壯故運甓之勤撫髀之嘆在所時有而無如其病也雖病必醫醫必痊痊而不善養則病復作僕自仲春以迄孟夏嘗赴北塘悉心診治計三閱月其病而復痊者屢矣然猶諄諄囑以調養切勿誤服藥餌延至淸和下浣見其精神矍鑠飲食如初且自津郡雇取名班賽神酬願矣僕始畧爲放心不取謝資折回津寓不圖昨聞驚報將星仍以藥誤而隕也使確念余囑則董奉之杏林僕豈不望多栽數株惟事已如此深恐後之施治者以反僕爲藉口也故登諸報端以明治病未必善言者所能愈又豈可行險以幸中售技者必當審愼立方而病家亦當善于調養耳

啓者昨接上海孫仲英善長來電旋又接到顧緝庭葉澄衷嚴筱舫楊子萱施子英各觀察來電據云江蘇徐海兩屬水災綦重飢民數十萬顛沛流離死亡枕籍災區十餘縣待賑孔急需欵甚鉅官欵恐未能徧及素仰貴社諸大善長久辦義賑飢溺猶已敬求代呼將伯源源接濟功德無量蒙滙賑欵卽滙上海陳家木橋電報總局內籌賑公所收解可也云云伏思同居覆載異姓不啻天親縱隔形骸民物莫非胞與頓遭洪水哀此災荒盡是蒼生何分畛域況救人性命卽積我陰功雖此日拯茲黎庶散盡赤仄青蚨卜他年報在子孫同來玉堂金馬敝社欵無備濟自知獨力難成術欲廣仁惟冀衆擎易舉叩乞 顯官鉅紳仁人君子共憫奇災同施仁術原擬活人無算雖千金之助不爲多但能濟世有功卽百錢之施不爲少盡心籌畫量力輸將敝社不禁爲億萬災黎泥首叩禱也如蒙 慨助卽交天津溜米廠濟生社帳房代收並開付收條以昭徵信

濟生社籌賑同人謹啓

新開 元隆號綢緞洋貨莊

自去歲四月初旬開張以來蒙 各主顧垂盼雲集馳名日盛本號特由蘇杭等處加意揀選名機新鮮貨色零整銀價俱照大莊行市公平發售以昭久遠此白 寄賣龍井雨前素茶福建皮絲水烟各種眞料大小皮箱 開設天津府北門外估衣街中路北門面便是

元茂機器磚瓦公司

本公司仿照西法燒作磚瓦事屬創舉曾經通稟在案該貨堅固異常價値從減並各樣印花磚瓦俱全 賜顧者請至海大道新興南里內本公司面議可也謹啓

魁陞號綢緞洋貨莊

本號自置顧繡綢緞洋貨等物整零均按銀莊格外公道皆比大市價廉發售 寄賣各種眞料大小皮箱漢口水烟袋各種眼鏡龍井雨前紅茶梗 寓天津北門外估衣街五彩號衚衕口坐北向南 士商賜顧者請認本號招牌特此謹啓

建平永平金礦局告白

啓者壬辰年春 前北洋大臣李委潤等創辦建平金礦自顧菲材膺茲艱鉅不勝主臣開辦以來疊於平建朝赤等處徧加採試或以石堅金薄不敷度支或以費鉅工艱難祈速效頻年耗損實屬不支迨丙申歲抄核計彌縫舊缺外始有微餘洎丁酉全年見盈遂奉 熱河都憲諭以丁酉正月至四月爲建平第一屆升課其課銀已於今春解呈熱河五月至十二月爲第二屆其課銀亦不日報解又丙申冬分設永平金礦該處砂綫窄小浮露於外無大水患工程尚簡計至去年十二月底共試辦十四個月稍見餘利去冬十一月杪該局又得遷安縣屬峪之爾岩今正以後出金日逐見增將後可望蒸蒸日上刻亦報解第一屆升課惟是解課以後卽應分息在股諸君觖望已久茲定於六月初一日在天津招商局內建平帳房上海寶源祥香港招商局等處分派屆時務祈 諸股友携摺赶顧以憑核發除將歷年辦理情形收支帳目稟報公牘彙刊成冊印送核閱外合將派息日期登報奉聞

徐潤等謹白

告白

新出石印濟公傳此書出在南宋高宗皇帝出一位高僧濟公奉佛敕旨降世人間儆愚勸善忠孝節義與前醉菩題濟公不同本房不惜多金邀請名公細加批註由濟公降生共二百四十回趙家樓馬家湖前後接連又全續彭公案經史子集石印鉛板家藏板局板均照申價發售 寄售毛買夥巷瑞芝閣

天津賫字山房謹啓

告白

頭彩第七千四百七十七號 二彩第二萬零七百五十號 三彩第一萬零三百零四號 諸君三次所買官商快覽如有得頭二三彩及上下附彩者請卽攜原書來領當卽照發彩洋也

絳雪齋啓

梁子亭代售類報

彼處經理各報多
年如今北方風氣
徽開本津新出類
類報每禮拜兩次
訪經濟六門論年
四元一九扣發外
埠酌加寄費閱者
定取賜函分送風
雨不誤
北
天門府署東各
津內報總處啓

告白

昨接本津東門內
冰窨衚衕瑞昌店
李宅委託代施石
印繡像西方極樂
圖　金剛經　高
王觀音經後附靈
驗記　均無多部
諸善士如願領各
種善書圖記請向
東門內瑞昌店領
取可也
天津各報總處
紫氣堂仝啓

零剪　寄售

品名	價
高鴉背	一千三百五
正號元青貢緞每尺	一千四百文
中號	一千一百文
副號	八百八十文
眞杭青金銀庫緞每尺	二千二百文
眞裕順會皮絲烟每包	一千一百文
南京鹹鴨每支 大	一千八百文
小	一千二百文
龍井（每斤）	一吊七百文
雨前	一吊一百文
珠蘭	一吊四百文
雀舌	九百六十文
蜂翅	一吊二百文
紅袍	六百四十文
小種	一吊二百文

本號自製元緞
京緞躉售零剪
杭綾衣線官紥
金腿南貨糟貨
一應俱全近因
錢市漲落不同
分別減價抑因
無恥之徒假冒
南味字號者甚
多雖云謀利誠
恐亂眞欲辦盡
蓄用煩楮墨
天津宮北大
獅子胡同公
益仁記南味
坊謹白

紫竹林第一樓番菜館

本號專作英法大菜各色
精細點心各樣洋酒洋貨
等物一應俱全並售
上　　　　八百
上　紅茶　每斤津錢　一千
六百
又批發茂生公司鐵海紙
烟零整發售價值格外公
道原箱計一百盒價洋一
百四十四元每盒計五百
支洋一元五角凡仕商
賜顧請卽駕臨是荷
主人謹白

拍賣告白

啓者本月十七
日卽禮拜二下
午三點鐘在利
順德飯店後新
房子拍賣藥材
赤芍蒼朮玉竹
大黃甘草生地
等件
如欲買者請早
來細看面拍可
也特此佈
聞
永盛洋行謹啓

減價

今有友人
自辦陝西
老土每兩
津錢四百
八十文
新到梁州
土每兩津
錢五百四
十文
如蒙賜顧
者請到東
門內聚隆
成寄售

告白

皖江方友莊司馬喬
廣津門紫竹林義和
生西棧精于岐黃儕
輩頗受益友莊本世
家子不欲以醫鳴僕
等以爲沽上良醫甚
尠姑懸壺以救眼前
人亦仁者之造福也
特揚之以告采薪者
○謹代訂車費兩竿
門診一竿
王蓮生馬少雲
洪月坡胡丹甫仝啓

廣東鼎盛機器廠

本廠精造大小
機器汽機火爐
開礦水龍滅火
水龍磨麵機器
全套管辦鑄造
修理精巧銅鐵
等件貨眞價廉
倘蒙賜顧請
至天津紫竹林
法租界牌坊旁
本廠面議不悞
主顧
本主人謹啓

本局自印耕
香館書臘每
部價洋二元
專辦各種石
印書籍精選
加高南紙頂
細雅扇格外
價廉廣天津
東門外襪子
衚衕本局啓
本局謹啓

美孚老牌煤油

啟者美國三達煤油公司之德富士老牌煤油天下馳名萬商稱美蓋其質潔色清亮白如銀且絕無烟氣能耐久燃比之生荳等油晶光百倍而儉用價廉此為德富士老牌之佳處誠屬無雙妙品也士商賜顧請到天津美孚洋行採辦或向就近殷實行店購買庶不致悞

DEVOE'S
PAT'D JUNE 22.63
BRILLIANT
OIL
IMPROVED
PAT'D JUNE 28.64
PATENT CAN
美孚行

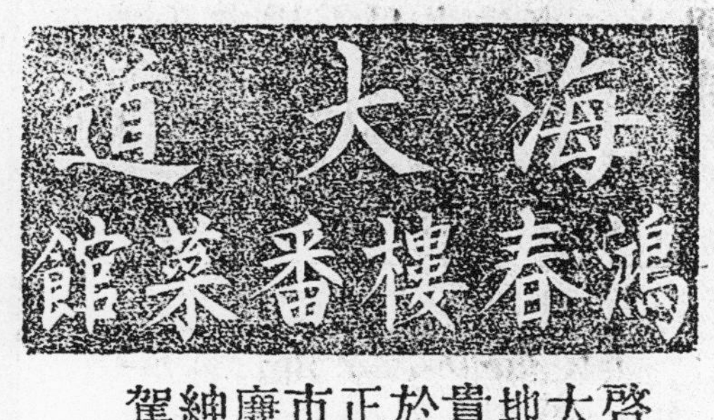

啟者本店三層大樓工程告竣地勢寬闊以備貴官紳請讌擇於去臘遷移新正月初二日開市各樣俱全價廉物美凡仕紳賜顧者請即駕臨是幸

主人謹白

五月十八日輪船出口　禮拜三
景星　輪船往廣東　怡和行
五月十九日輪船出口　禮拜四
海晏　輪船往上海　招商局

五月十七日銀洋行情
天津通行九七六錢
銀盤二千四百六十文　洋一千七百四十文
紫竹林通行九六錢
銀盤二千四百九十三　洋一千七百六十五
洋錢行市七錢一分三

新開 敦慶隆綢緞洋貨莊

擇於閏三月十一日開張

本號開設天津北門外估衣街西口路南第五家專辦上等綢緞顧繡以及各樣花素洋布各碼線批合線俱按銀莊零整批發格外克已士商賜顧者請認明本號招牌庶不致誤

本號特白

朱鈍翁先生脉理奧深醫學穩慎吾浙同鄉每抱沉疴咸賴拯濟計游津十年先今屢治疑難危症俱着手回春久寓彌勒菴內

開設紫竹林法國租界北

天福茶園

京都新到

崇慶名班

特請京都上洋姑蘇山陝等處

各色文武頭等名角

五月十八日早十二點鐘開演

八百紅　巴拉紅　東發亮　十四紅　蒲州翠　張長奎　羊喜壽　賽旋風　眾武行　安桂秋　楊福寶　雙處　高喜　賽玉蕙　王狸雲　蘇喜奎　于廷翰

罵金殿　闖王樂　三疑計　草橋關　搖錢樹　孝感天　翠英會　十二紅

晚七點鐘開演

由都回津

十二紅　邊義臣　白文奎　謝才寶　周茹荃　十一紅　小祿奎　羊喜壽　雙處　安桂秋　王喜雲　常雅秋　老蓋　李吉瑞　劉祥泉　劉燕芳　萬鐵柱

反唐邑　洪洋洞　鳳鳴關　舉鼎　胭脂虎　眾武行　大白水灘

開設天津紫竹林海大道旁

福仙茶園

啓者本園於前月初四日止戲清理賬目今將戲園及園內新桌椅磁壺磁碗等製合彩盤切零星如件有願兌者出兌及詳細章程請至本園面議可也特此佈告

福仙茶園謹啓

創包機器

敬啓者近來西法之妙莫過機器靈巧至各行應用非得其人難盡其妙每值傷損修理必悞時日今有甯子卿專於經理機器茲擬創辦包定各項機器以及向有機器常年煤料工力價值格外公道如貴行欲商者請到福仙茶園面議可也特白

直報

本館開設天津紫竹林海大道老棻市氣燈房巷內

光緒二十四年五月十八日　第一千一百零四號
西歷一千八百九十八年七月初六日　禮拜三

部照又到　直隸勸辦湖北賑捐局自光緒二十四年正月至二月底請獎各捐生部照又到請卽攜帶實收來局換照可也

上諭恭錄

上諭總理各國事務衙門奏議覆御史曾宗彥奏請振興農學一摺農務爲富國根本亟宜振興各省可耕之土未盡地力者尙多着各督撫督飭各該地方官勸諭紳民兼採中西各法切實興辦不准空言搪塞須知講求農政本古人勞農勸相之意是在地方官隨時維持保護實力奉行如果辦有成效准該督撫奏請獎叙上海近日創設農學會頗開風氣着劉坤一查明該學會章程咨送總理各國事務衙門查核頒行其外洋農務諸書並着各省學堂廣爲編譯以資肄習欽此　上諭建設大學堂工程事務着派慶親王奕劻禮部尙書許應騤迅速辦理欽此　上諭總理各國事務衙門奏議覆庶子陳秉和奏山東州縣承辦昭信股票間有勒派富民恐致輾轉售賣應切實查禁等語昭信股票原期上下流通毋得滋生弊竇該庶子所奏勒派等情恐不止山東一省着各該將軍督撫責成地方官査照部章妥爲辦理不准少有勒索苛派致累閭閻如愚民無知或有轉相抵售以致轇轕滋弊卽着切實查禁毋任吏胥人等藉端騷擾以恤民隱而杜弊端欽此　上諭朕欽奉　慈禧端佑康頤昭豫莊誠壽恭欽獻崇熙皇太后懿旨榮祿現已補授直隸總督所有菩陀峪萬年吉地工程仍着榮祿會同奕劻辦理欽此　上諭李安堂着調補直隸通永鎭總兵正定鎭總兵着藍斯明補授欽此

不下帶言再續

爲治之道有內政斯有外交內政誠急矣顧立政惟人聚人惟財治天下者必取天下之財以聚天下之人國猶天下家猶國也自古無不患貧之國卽無不患貧之家俗所謂樹大蔭暍者多樹小蔭暍者少其仰而待給則一也然則聚人以立政生財又其要務矣嘗見世之不善生財者但計邱山之得不容銖兩之失經營布置生息防守勞不勝言而猶不免親戚請求貧窮怨望僮僕奸騙大之而盜賊刼取小之而鼠竊穿窬至其經商虧折行路失脫歲無常稔田禾則什九逢災訟必終凶官事則雖勝猶敗其財之難聚猶常也而不知足者猶復無時而足必致貪有不足家本膏粱復剝他人之糠覈終必自亡其膏粱家本文繡復攘他人之敝裘終必自失其文繡得隴望蜀卽告以苟善守隴能是亦足人必不信牟因望蜀不得並隴失之信矣巳莫可如何況多財必殃及子弟賢者多智累以財則智昏愚者多過佐以財則過集人之生也愚多賢少多財之子弟財聚則惡必與聚往往以奢爲有福以殺爲有祿以淫爲有緣以詐爲有謀以貪爲有爲以吝爲有守以爭爲有氣以嗔爲有威以賭爲有技以訟爲有才百般顚倒財愈多禍愈多悖入悖出其敗立見愈敗則聚財之念愈急費欲裁而處處爲難費苟裁而事事將弛故事不論情但聞無利則必輟語不厭誕但聞有利則必從至爲生財負重息爲挹注變沃產爲股資任人唆指舍舊圖新昧遠謀而喜眼前近利棄本有而冀分外奇緣始則以貪濟貧繼且因貧愈貪而財之因聚而大

敗也不旋踵矣聚財之難也及觀善生財者宮室車馬器械衣服或華或朴無不整齊偶缺必增稍差必改其田禾無豐歉收穫必勝四鄰耕耘力糞溉勤或疑其費過於人財難久聚乃耕則有餘賈則利市其家主尊榮其子弟多賴其主伯亞旅各勤慎無異心咸謂其家之氣運使然夫氣胡爲來運誰爲致雖曰天命豈非人事哉語云善用力者就力善用勢者就勢善用財者就財善爲就斯善爲用則氣爲氣催運隨運轉用財乃所以生財故夫世之理財者不患其無有來頭實患其不是去路去處惟一亦第視其用之者爲何如而已夫曰用之原非虛擲空耗之謂也不觀新命之邦乎民富而君不獨貧益下不必其損上如必取諸府庫散諸閭閻使之坐食而一無事事是本期實惠均霑不幾類虛擲空耗哉且夫上發倉廩以賑貧窮以有形者養民屢賑而終虞不給不如下勤手足自蒙樂利以無形者養民不賑而常處有餘也是故君者出令者也臣者行君之令而致之民者也民者出粟米麻絲作器皿通貨財以事其上者也民不出粟米麻絲作器皿通貨財以事其上則誅孟子有曰樂歲粒米狼戾多取之而不爲虐是上之取民不必以薄爲其道也亦顧其財於何處取財於何處用耳如其用之以及時疏導江河以及時平治道路苟便於農自便於士既便於商復便於工上之取於富民者多富民之待貧於上者正復不少君固以取民而富民亦何嘗因君取而貧耶此大學平天下之道必歸本於生財而生財大道必結總於用舒者誠有所見而云然惜此義爲腐儒所掩而其眞不出也吁

愼重洩　旨　○九重高遠原貴明目達聰要不容以密勿之敷陳俾外間得以無端探聽殊非擲重　宮禁之道現在奉有諭旨嗣後各衙門陳奏事件除御前大臣軍機處內務府南書房四處例准本日洩遞外其餘部院衙門俱應於次早洩　旨

修理地壇　○京師安定門外　地壇殿座圍墻間有坍塌之處昨經工部督飭司員帶領商人前往勘估已擇於六月初旬興工云

示傳引見　○吏部爲示傳事所有擬補吉林將軍衙門筆帖式哈永布一員相應出示飭傳該員穿天青褂備帶補褂佩帶對子荷包手巾於五月二十日五鼓赴左翼門外本部公所書到聽候點名於膳前帶領引　見如排班時不到卽將綠頭簽撤下並先於五月十九日辰刻赴部演習口奏履歷萬勿遲悞特示

渾河覆舟　○頃有友人自冀州來云行至固安縣迤北渾河第四道泊渡口該河內有擺渡船十數隻在水面往來渡人每日自朝至暮欸乃之聲不絕五月十五日一點鐘時驀地狂風怒號河中浪湧數尺舟行不及繫纜顚簸碰撞有倉猝失事者乘舟之客計三十餘人隨波逐流而去旋聞張某等四人同遇此險幸經人撈救得生實可謂不幸中之幸矣

竊及官銜　○兵部署內拏獲冒充跟役綹竊衣包人犯一名解交步軍統領衙門訊辦今聞北署已將竊犯王福枷號一個月於五月十六日爲始每日派差押解在兵部署前示衆以爲冒充跟役乘間綹竊者戒

畏罪有跡　○前門外長巷二條衚衕居住劉某貿易爲生妻鮑氏屢受孀婆孟氏凌虐於五月十六日鮑氏復受多傷於夜間自縊身死報於中城會同五城指揮相驗屍親忿恨難消欲圖報復而孟氏畏罪躲避不敢露面未知南面者如何訊辦俟訪明再錄

三場勿到　○君子之於禽獸見其生不忍見其死況法場殺人之處身首兩離苟非監刑官何忍覩此慘狀耶京師前門外大蔣家衚衕高某薙髮爲業日前刑部出決李勒得一犯高忽興發隨往法場觀看因而受驚回家後喃喃私語常作驚慌之狀家人知其情節深以爲患其妻俞氏於五月十六日携帶香燭楮帛酒餚等物至法塲地面祈禱平安未知能否痊愈然可爲好觀殺人者戒

問諸水濱　○宣武門外南下窪龍爪槐地方有方塘半畝其淸如鑑每值春夏之交蘆葦叢生靑蒼無際饒有野趣五月十五日該塘內浮有溺斃男屍一具經人瞥見報地面官人當由總甲投北城報案相驗畢飭令備棺殮埋並諭總甲查訪屍親俾令認領庶正首邱而免暴露

恃强逞兇　○右安門內牛街有回民彭某者平時恃强淩弱魚肉鄉民自稱領有順天府督糧廳牙帖把持菜市鄉人敢怒而

不敢言昨因購取山藥油菜等起衅朋毆鄧某鱗傷遍體鄧某卽赴琴堂控告聞已將彭捉將官裏去尚未悉如何訊辦也

督轅門抄　○五月十七日晚中堂見　關道李大人　直隸州蔡紹基　美國領事若士得　副領事馬格磊　欽差康格　陸軍轉運局委員劉永慶　陸軍教習洋人巴森斯　曼德　施密特　祁開芬　高士達　稽查軍械魏爾昌　法文繙譯金栄　文利　山永協梁嶔　刑部主事陳春瀛　戶部郎中王國楨○十八日見　鎭台羅大人　關道李大人　道台任大人　江蘇候補道周大人　湖北候補道張大人煜林　直隸候補道湯大人紀尙　大名府榮大人　湖北候補府王曜鑾　候補同知楊來昭　勝岱左運機　署延慶州商作霖　補直隸州朱璋達　正任灤州李振鵬　署灤州程熙　候補通判趙懌芳　呂紹斌　程廷舉　候補縣孔憲廷　高維敬　劉獻謨　蒲秉坤　陳鳳翔　金永　方大文　蔡朝元　蔡啓盛　嚴祖慶　陳用壎　廖炳樞　阮國楨　瞿樹華　朱貞保　王樹泰　署成安縣文濂　工部員外郎韓蔭棣　署大名左營遊擊滿朝貴　補用副將盧石珠　通濟練船李和

督轅武巡捕李景文

留意人材　○榮中堂自履任後以北洋爲海軍總滙之區整軍經武及通商惠工在在非得人材不足濟事因於接見僚屬時虛懷延納每日自六鐘至十二鐘分班晉謁者恒數十人自司道提鎭以迄佐貳將弁皆以溫諭撫循俾得展厥素蘊如有緊要公務卽夜分亦得進見　中堂之留意人材孜孜求治於此已肇其端已

整頓營伍　○自壬午中日一役　朝廷知中國兵勇之不足恃由於統將平日尅扣浮冒無弊不作以致兵氣不揚臨陣退縮近數年來屢經　嚴旨減裁兵額嚴禁將領不得仍前舞弊已不啻三令五申榮中堂履任北洋首先嚴覈軍實已紀昨報茲據傳聞某營統將仍敢我行我法每營人數祇有得半之目噫是眞要錢不要命者矣

二覆題目　○本津縣試開塲及題目業登前報茲於十六日二覆試訖合將各題照錄以供衆覽　論題　管仲晏子合論　策題　問時文取士源流利病　賦題　浮瓜沉李賦以南皮之遊誠不忘爲韻　詩題　樹色到京三百里得京字五言八韻七律訪查氏水西山庄故址不拘韻津門雜詠不拘韻惟論題之下注云不能作論者卽以此題作時文

堂訊未招　○錦衣衛橋周二毆斃王姓子一案屢登報牘昨蒙裴大令提訊周供仍稱因王子偸瓜掌打後陡犯羊角瘋症令人背尋醫治不料半途命斃等語大令得供將周責手五百提訊園丁劉全淸概不肯承認亦責手二百均飭還押候再訊

行竊被獲　○新浮橋地方有慣賊行竊日前救生社失去撓鈎二把復有靠岸小船失去津錢十竿並衣服等件嗣後細加查訪盡得該竊蹤跡現於昨日午前遂將獲住交送捕班嚴加懲辦

列國議會　○俄國新聞報云德京柏靈之外交社會以遼東近多交涉事擬開列國公議會有事則令各國來會現議此列國公議會有謂宜開之中國北京爲妥適或議於絕東求一好地位與列國有關者爲便利云

吉省亢旱　○吉省來簡云該處自春徂夏雨澤稀少各處地土乾燥異常麥稼等苗難以栽種農民望雨甚殷刻下時交夏令天氣不正民多瘟疫其症先患咽痛旋卽吊筋不出三日卽死雖有善治之法而十人中得存者不過有三四人現在大吏虔申祈禱想彼蒼必能渥降甘霖也

電火焚杆　○廣東上月二十六日午候紅日陡潛濃雲密佈霎時間雷鳴電閃雨驟風馳督轅前旗杆雙矗詎電光過處旗杆猝爾燃着火光熊熊恍如高燒華燭觀者譁傳附近居民奔走偕來爭先快覩議論紛紜南番二縣聞報齊到彈壓各街水龍亦雲集灌救火卽滅熄未幾大雨如注人始散去惟二杆祇存半截焦灼之痕猶宛然在目餘則零星落地已成焦炭矣於是好談讖緯者附會其辭妄說吉凶焉

印災近耗　○印度消息工部局與查疫諸人十分齟齬自是日禮拜六起查疫會欵項工部局停止發放所發滙票計欵三萬

八千佛郎銀行中祗能開付四千八百佛郎○政府已派員考察現在情形査疫會亦料聚議　孟買地方情形可慮査疫會辦法未能妥協人情蠢動　四月巴黎辯論報

海軍集議　○昨議院會議海軍經費一節請募六百兆佛郎海軍省領袖議員云今日提督水師處請撥如此鉅欵者因有船二百三十八艘須裝配軍仗且此項船内須登載軍士五萬三百人○狹海艦隊之海軍用於戰時者與守時無異英國在地球各處需養兵艦甚夥○除現有之兵艦外我等須派兵艦若干艘常川往各海面遊弋以防戰事○我英在中國海面之艦隊有大鐵甲艦二艘日後可用地中海艦隊替代○我等所有措施宜沈穩勿露聲色至於修固巡艦以保護商途此則海軍省之責任宜恪愼從事巡船以行駛迅捷爲主此乃近在地球各處考驗而得之新理倘和局不敗則國勢烝烝日上卽一旦有事我勝算獨操不難一戰而捷也○俄艦既往旅順過冬爲持久計英艦何不亦往舟山過冬又謂與其勉力建造新艦須三年後始克告成何不將現有之艦修繕完美較爲得法　四月巴黎辯論報

光緒二十四年五月十六日京報全錄

宮門抄○五月十六日吏部　翰林院　正紅旗值日　吏部引　見三十二名　順天府二名　鑾儀衛一名　恩佑續假十日　鍾亮續假一個月　召見軍機　孫中堂　張蔭桓　皇上明日辦事後由　頤和園至　恭忠親王園寓金棺前賜奠畢還宮

○○掌山東道監察御史臣宋伯魯跪　奏爲請將經濟歲舉歸併正科並飭各省生童歲科試迅卽遵　旨改試策論以重掄才而節糜費恭摺仰祈　聖鑒事竊本月初五日奉　上諭因時文積弊太深不得不改紘更張以破拘墟之習總期體用兼備人皆勉爲通儒等因欽此臣伏讀之下仰見　皇上天錫勇智洞鑒積弊之原力破迂拘之論千年沉痼一旦掃除轉弱爲强在此一舉矣臣又讀本年正月初七日　上諭有創行經濟歲舉在各省學堂挑選高等學生應考作爲經濟科舉人貢士等語臣恭繹前後　兩諭用意實同特前者因八股取士相沿既久未便遽改故別創一格以待實學之士今既毅然廓清積習改試策論則與經濟歲舉所試各項已大畧從同似宜合爲一途以一觀聽臣竊維中國人才衰弱之由皆緣中西兩學不能會通之故故由科舉出身者於西學輙無所聞知由學堂出身者於中學亦茫然不解夫中學體也西學用也無體不立無用不行二者相需缺一不可今世之學者非偏於此卽偏於彼徒相水火難成通才推原其故殆頗由取士之法歧而二之也臣以爲未有不通經史而可以言經濟者亦未有不達時務而可謂之正學者敎之之法既無偏畸則取之之方當無異致似宜將正科與經濟歲舉合併爲一皆試策論論則試經義附以掌故策則試時務兼及專門泯中西之界限化新舊之門戶庶體用並舉人多通才且併兩科爲一科省卻無數繁費不然則歲歲舉行鄉會試　國家財賦斷不能支如承　采擇乞將臣所陳交部一併議覆抑臣更有請者新政之行當如風行草偃惟速乃成恭繹　諭旨改試策論自下科爲始臣竊思鄉會兩塲試事纔竣自不能不待諸下屆若生童歲科試現正隨時按考既定例下科始改則現時自仍用舊章彼生童若不習八股則無以爲應考之地若仍習之則明明爲已廢之制灼然知其無益兩年之後卽行棄置又何必牽天下之生童極費此兩年之力以從事於此是令天下無所適從也臣以爲應試之人莫多於生童故轉移風氣必當自生童試始既奉　明詔變弊以厲實學必使士子用心有所專注庶學問不致兩歧伏乞再行明降　諭旨除鄉會試自下科爲始改試策論外其生童歲科試卽飭各省學政隨按臨所至一經奉到諭旨立卽遵照新章一律更改經史時務兩者並重庶學者不必復以帖括分心得以專力講求實學至下科鄉會試之時而才已不可勝用矣臣爲速成人才撙節糜費起見是否有當伏乞　皇上聖鑒訓示施行謹　奏奉　旨已錄

○○德壽片　再臣接准戶部電開御史奏江北米價昂貴請將甯省及江北一帶米穀雜粮各釐捐暫行停收並暫免江西米厘等因除江北賑米業已免厘外其餘各處卽係斟酌情形奏咨辦理等因卽經轉行牙厘總局遵照斟酌辦理茲據總理江西牙厘局布政使翁曾桂詳稱伏查江西雖係產米之區然民食攸關如商販過多必有耗匱之虞況上年各屬間被水旱並非全省一律豐稔邇年來外

洋購米奸商私運出口實繁有徒以致沿海江閩浙廣各省米價皆昂漁利之輩窺探何處價廉卽從而生心羣相購販因江西內地各卡抽收茶厘獲利徵薄是以出境較少現當青黃不接之時米價尙平倘米利停免抽收資本輕減奸商惟利是趨必至串通內地囤戶售買一空屈指新穀登塲爲日尙早近又兼旬不雨設有偏災民無蓋藏飢饉堪虞關繫實非淺鮮且江北距江右千有餘里江湖重隔商販居奇卽使江右停抽米厘江北米價未必因之頓減斟酌情形擬請凡江北委員採辦米石有咨會免厘明文並有官司護照者一律免厘外其商販米石仍照常抽收厘捐以杜私販而蓄民食詳請具 奏等情前來臣查江西本年二三月間因江甯省委員買運米穀各數萬石以致價値增漲民間有食貴之虞幸遠地奸商因米穀抽厘販運尙稀故未至大漲所有江西米厘合無仰懇 天恩俯准毋庸議免以杜奸商販運而顧目前民食理合附片具陳伏乞 聖鑒 訓示謹 奏奉 硃批着照所請該部知道欽此

○○奴才依唐阿跪 奏爲補報光緒二十二年分奉天省將軍總督衙門經理出入欵目造册送部恭摺仰祈 聖鑒事竊照前准戶部咨奏頒册式令將奉省一年出入欵項遵照造送等因所有應歸將軍總督兩衙門經理歲出歲入各欵遵照册式造至光緒十九年分止業已咨部核辦其二十二十一兩年係在軍興期內增餉添兵欵項轇轕且各區免厘停稅應報收支各項未能造送二十二年分更易局處整頓稅捐名目繁多所有欵册亦非一時所能造齊均於奏報十九年分欵册案內聲請分別免造緩造奉 硃批戶部議奏欽此嗣准戶部咨開以二十二十一兩年軍務倥偬似難以常例相繩且該省出入各欵業經先後奏銷有案准如所請免造其二十二年分欵册亦准緩至二十四年春季補造等因於光緒二十四年二月十五日具奏奉 旨依議欽此咨照在案茲經飭據各屬將二十二年分收支數目陸續册報前來奴才覆加查核除奉天舊制各欵向 盛京戶部經理奉錦山海道經徵常洋兩稅專由北洋大臣經理各廳州縣銀米係由府尹經理應歸各衙門自行造報外其應由將軍總督兩衙門經理之光緒二十二年分歲出歲入各欵奴才督同經手各員將該年收支數目遵照部頒册式分別查造完竣除清册送部外理合恭摺具陳伏乞 皇上聖鑒謹 奏奉 硃批戶部知道欽此

啓者昨接上海孫仲英善長來電旋又接到顧緝庭葉澄衷嚴筱舫楊子萱施子英各觀察來電據云江蘇徐海兩屬水災綦重飢民數十萬顚沛流離死亡枕籍災區十餘縣待賑孔急需欵甚鉅官欵恐未能徧及素仰貴社諸大善長久辦義賑飢溺猶已敬求代呼將伯源源接濟功德無量蒙滙賑欵卽滙上海陳家木橋電報總局內籌賑公所收解可也云云伏思同居覆載異姓不啻天親縱隔形骸民物莫非胞與頓遭洪水哀此災荒盡是蒼生何分畛域況救人性命卽積我陰功雖此日拯茲黎庶散盡赤仄青蚨卜他年報在子孫同來玉堂金馬敝社欵無備濟自知獨力難成術欲廣仁惟冀衆擎易舉叩乞 顯官鉅紳仁人君子共憫奇災同施仁術原擬活人無算雖千金之助不爲多但能濟世有功卽百錢之施不爲少盡心籌畫量力輸將敝社不禁爲億萬災黎泥首叩禱也如蒙 慨助卽交天津溜米廠濟生社帳房代收並開付收條以昭徵信

濟生社籌賑同人謹啓

吏隱告白

從來病者以診治爲先痊則以調養爲要誠以稍不自愼則痊者復病而病轉滋深所貴愼之又愼而不可輕心掉也僕自蒞津以來凡遇重疴每殫竭心力以求其愈愈後必以調養爲諄囑獨於北塘賈鎮帥有難焉者鎮帥膺專閫重寄年雖老而心猶壯故運甓之勤撫髀之嘆在所時有而無如其病也雖病必醫醫必痊痊而不善養則病復作僕自仲春以迄孟夏嘗赴北塘悉心診治計三閱月其病而復痊者屢矣然猶諄諄囑以調養切勿誤服藥餌延至淸和下浣見其精神矍鑠飲食如初且自津郡雇取名班賽神酬願矣僕始畧爲放心不取謝資折回津寓不圖昨聞驚報將星仍以藥誤而隕也使確念余囑則董奉之杏林僕豈不望多栽數株惟事已如此深恐後之施治者以反僕爲藉口也故登諸報端以明治病未必善言者所能愈又豈可行險以幸中售技者必當審愼立方而病家亦當善于調養耳

自去歲四月初旬開張以來蒙各主顧垂盼雲集馳名日盛本號特由蘇杭等處加意揀選名機新鮮貨色零整銀價俱照大莊行市公平發售以昭久遠此白

寄賣龍井雨前素茶福建皮絲水烟各種眞料大小皮箱

開設天津府北門外估衣街中路北門面便是

元茂機器磚瓦公司

本公司仿照西法燒作磚瓦事屬創舉曾經通稟在案該貨堅固異常價値從減並各樣印花磚瓦俱全　賜顧者請至海大道新興南里內本公司面議可也謹啓

本號自置顧繡綢緞洋貨等物整零均按銀莊格外公道皆比大市價廉發售　寄賣各種眞料大小皮箱漢口水烟袋各種眼鏡龍井雨前紅茶梗　寓天津北門外估衣街五彩號衚口坐北向南　士商賜顧者請認本號招牌特此謹啓

建平永平金礦局告白

啓者壬辰年春前北洋大臣李委潤等創辦建平金礦自顧菲材膺玆艱鉅不勝主臣開辦以來疊於平建朝赤等處徧加採試或以石堅金薄不敷度支或以費鉅工艱難祈速效頻年耗損實屬不支迨丙申歲抄核計彌縫舊缺外始有微餘洎丁酉全年見盈遂奉　熱河都憲諭以丁酉正月至四月爲建平第一屆升課其課銀已於今春解呈熱河五月至十二月爲第二屆其課銀亦不日報解又丙申冬分設永平金礦該處砂綫窄小浮露於外無大水患工程尙簡計至去年十二月底共試辦十四個月稍見餘利去冬十一月杪該局又得遷安縣屬之爾岩今正以後出金日逐見增將後可望蒸蒸日上刻亦報解第一屆升課惟是解課以後即應分息在股諸君觖望已久茲定於六月初一日在天津招商局內建平帳房上海寶源祥香港招商局等處分派屆時務祈諸股友携摺枉顧以憑核發除將歷年辦理情形收支帳目稟報公牘彙刊成册印送核閱外合將派息日期登報奉聞

徐潤等謹白

告白

新出石印濟公傳此書出在南宋高宗皇帝出一位高僧濟公奉佛敕旨降世人間儆愚勸善忠孝節義與前醉菩題濟公不同本房不惜多金邀請名公細加批註由濟公降生共二百四十回趙家樓馬家湖前後接連又全續彭公案經史子集石印鉛板家藏板局板均照中價發售寄售毛賈夥巷瑞芝閣

天津賁字山房謹啓

告白

頭彩第七千四百七十七號
二彩第二萬零七百五十號
三彩第一萬零三百零四號

諸君三次所買官商快覽如有得頭二三彩及上下附彩者請即携原書來領當即照發彩洋也

絳雪齋啓

三井洋行分莊 告白

啟者日本商始創貿易爲業數拾年以來今分莊開設北門外鍋店街洮家衚衕口對過專選精工料實東洋棉紗各等時式大小疋棉布粗洋布斜紋洋標等格外公道價亦從廉凡仕商賜顧者請至分莊面議可也特此佈聞

三井本莊主人啟

舊鐵出售

啓者今有舊鐵鋼幅釘各百餘担舊東洋車一輛如有購者請至敝帳房面議可也

駁船公司楊少平告白

天后宮北 義興順綢緞莊

本莊自置顧繡綢緞綾羅紗絹各樣洋貨南貨雅扇桂母頭油香貨歸安貝松泉湖筆一概俱全

頭號杭寧綢 四錢二
頭號摹本緞 三錢八
紅梅茶 每斤 九百六
紅茶梗 六百四
龍井茶 二百二
一吊八
金百襇裙布裡每套五兩八
壽棉
哆囉蔴每尺原碼四分二
各莊夏布一概照行發莊

告白

皖江方友莊司馬喬廣津門紫竹林義和生西棧精于岐黃儕輩頗受益友莊本世家子不欲以醫鳴僕等以爲沽上良醫甚眇姑懸壺以救眼前人亦仁者之造福也特揚之以告采薪者○謹代訂車費兩竿門診一竿

王蓮生 馬少雲 洪月坡 胡丹甫 全啓

紫竹林 第一樓番菜館

本號專作英法大菜各色精細點心各樣洋酒洋貨等物一應俱全並售

上 八百
上 紅茶 每斤津錢 一千
六百

又批發茂生公司鐵海紙烟零整發售價值格外公道原箱計一百盒價洋一百四十四元每盒計五百支洋一元五角凡仕商賜顧請即駕臨是荷

主人謹白

廣東鼎盛機器廠

本廠精造大小機器汽機火爐開礦水龍滅火水龍磨麵機器全套管辦鑄造修理精巧銅鐵等件貨眞價廉倫蒙賜顧請至天津紫竹林法租界牌坊旁本廠面議不悞主顧

本主人謹啓

三日一本 石印類類報

看至約四個月可成書七部八報既已改策論此報詢屬利器也每月津錢六百四十文先交報資定看全年者收洋肆元不折不扣

北閣內延部公所對門類類報館啓

天福茶園

新排全本新戲

洛陽橋

本園特請藝人不惜工夫精製各樣彩切另新排洛陽橋八仙飄海仙女乘坐彩蓮花船打彩散樂羣妖作亂此橋工程不能告竣蔡狀元差家人夏德海赴水晶宮投文龍王閱文見喜遂帶領夏德海遊玩水晶宮花園作樂演唱合班名角戲中戲十錦雜耍各樣彩切龍王賞賜同文從此修造工程告竣龍王轉稟玉皇遣天兵天將各顯神通羣仙門法捉拿妖怪各現原形蔡狀元邀請四方士農工商俱來觀看所造橋樑內有三十六行作買作賣許多奇文令人可觀與前不同屆期擇日佈告光請駕臨賞覽是幸

本園謹啓

本局自印耕香館書臘每部價洋二元專辦各種石印書籍精選加高南紙頂細雅扇格外價廉寓天津東門外襪子衚衕本局啓

本局謹啓

減價

今有友人自辦陝西老土每兩津錢四百八十文新到梁州土每兩津錢五百四十文如蒙賜顧者請到東門內聚隆成寄售

五月十九日輪船出口 禮拜四
海晏 輪船往上海 招商局

五月十八日銀洋行情
天津通行九七六錢
銀盤二千四百六十文 洋一千七百四十文
紫竹林通行九六錢
銀盤二千四百九十三 洋一千七百六十五
洋錢行市七錢一分三

直報

本館開設天津紫竹林海大道老菜市氣燈房巷內

光緒二十四年五月十九日 第一千一百零五號
西歷一千八百九十八年七月初七日 禮拜四

部照又到 直隸勸辦湖北賑捐局自光緒二十四年三月初一日起至閏三月十五日止請獎各捐生部照又到請即攜帶實收來局換照可也

招領部照 捐生陳殿揚山東福山縣人前在直隸勸辦湖北賑捐局報捐監生部照早到望即攜帶實收來局換領切勿自誤

直隸勸辦湖北賑捐局第四次經收義賑清單

羅耀庭軍門捐銀五百四十八兩 鄂省災重前報備述已蒙 仁人君子慷慨資助三次登報茲復承 羅耀庭軍門倡率全營將士輸捐繳冊到局仁施普被立拯鴻嗷億萬災黎悉拜再生之賜功德無量感頌同聲矣 直隸勸辦湖北賑捐局謹識

直隸勸辦江蘇淮徐海賑捐局第三次收集義賑清單

袁慰庭廉訪捐銀一百兩 佘徽甫都轉捐銀陸百兩 以上共銀七百兩 竊江蘇淮徐海地方災重且酷經敝局布啓告災已荷仁人君子慷慨資助兩次登報在案茲復承 袁廉訪 佘都轉輸捐到局値此麥收失望災象未紓死亡流離之餘得此源源接濟億萬災黎冀有再生之慶謹爲九頓首以謝 直隸勸辦江蘇淮徐海賑局謹識

上諭恭錄

上諭胡聘之奏遵議武科改制各條開單呈覽一摺另片奏鄉會各試請將學堂生童擇優取中等語着兵部會同總理各國事務衙門歸入陶模奏請變通武科摺內一併議奏單併發欽此 上諭松椿奏已故大員遺愛在民懇准捐建專祠一摺原任大學士張之萬前在漕運總督任內禦寇治河恤民造士成績昭著遺愛弗諼據該紳士等臚陳事實援案具呈着准其捐建專祠列入祀典以彰藎績而順輿情該部知道欽此○上諭自古致治之道必以開物成務爲先近來各國通商工藝繁興風氣日闢中國地大物博聰明才力不乏傑出之英祗以囿於舊習未能自出新奇現在振興庶務富强至計首在鼓勵人才各省士民著有新書及創行新法製成新器果係堪資實用者允宜懸賞以爲之勸或量其材能試以實職或錫之章服表以殊榮所製之器頒給執照酌定年限准其專利售賣其有能獨力創建學堂開闢地利興造鎗砲各廠有裨於經國遠猷殖民大計並着照軍功之例給予特賞以昭激勵其如何詳定章程之處着總理各國事務衙門卽行妥議具奏欽此 上諭前據御史楊崇伊奏參左中允黃思永辦理賑務被控有案等語當經諭令順天府查明具奏茲據孫家鼐等奏稱黃思永辦理義賑等事並無被控案據及羅致官欵各情卽着毋庸置議另片奏該中允開堤洩水未經知照地方官辦理請予懲處等語黃思永開堤洩水雖屬爲民起見惟並未與地方官商辦究屬不合着傳旨申飭欽此 旨繙譯進士歧桂

著分部行走榮光着以庶吉士用聯華着仍以工部主事歸原班補用左桐招起陞博齊圖俱着分部行走存沛着以庶吉士用山東道監察御史員缺着慶秀補授截取江西道監察御史韓培森工部郎中崔國霖光祿寺署正胡尙德太常寺博士程鴻遇通政使司經歷趙鵬舉俱照例用擬補內閣中書凌盛嬉程松生俱准其補授明保前福建安溪縣知縣戚揚着以知縣儘先卽補仍交軍機處存記保舉廣西補用知府全文炳陝西候補知縣關覲光浙江候補知縣余文鉞俱照例用服滿前甘肅固原直隸州知州匡翼之着以直隸州知州仍發原省另行題補開缺送部俸滿前貴州思南府知府保謙着以簡缺知府用奏留吏部額外主事柯德樹王焯李長華趙廷珍慶隆張皆丁福申俱准其留部盛京刑部郎中員缺着毓斌補授光祿寺署丞員缺着呢克賁補授欽此

總署議覆山西商務局與福公司議訂山西礦務章程合同

山西礦務局與福公司議訂山西開礦鑄鐵以及轉運各色礦產章程條列于左　一山西商務局稟奉　山西巡撫批准專辦盂縣平定州潞安澤州平陽府屬煤鐵以及他處煤油各礦合將批准各事轉請福公司辦理限六十年爲期應先由礦師勘定何鄉何山何種礦產繪圖貼說稟請　山西巡撫查明果與地方情形無碍一面咨明　總理衙門備案一面發給憑單准其開採礦地勿稍耽延如係民產向業主議明或租或買公平給價如係官產應照該處田則加倍納賦　二山西商務局稟奉　山西巡撫批准自借洋債不得過一千萬兩之數如所派勘礦師以此數不敷于用山西商務局仍專向福公司續借　三凡調度礦務與開採工程用人理財各事由福公司總董經理山西礦務局總辦會同辦理　四各處鑛廠應用華洋董事各一人洋董管工程華董理交涉一切帳目皆用洋式銀錢出入洋董經理華董稽核各鑛廠總以多用華人爲是所有薪水皆由公司發給　五勘驗鑛地或應打鑽掘井探視鑛苗應先與地主商明踏損田禾酌量賠償若定辦一鑛有佔民地必須會同地方官或向地主租用或備價購買秉公定價務使兩不受虧方昭公允所開礦地無論或租或買但遇有墳塋祠墓必須設法繞越毋得發掘　六所辦鑛務每年所有礦產按照出井之價值百抽五作爲落地稅報効中國　國家每年結帳盈餘先按用本付官利六厘再提公積一分逐年還本仍隨減息俟用本還清公積卽行停止此外所餘淨利提二十五分歸中國　國家餘歸公司自行分給以後中國他處有用洋欵開採煤鐵者應請一概倣照此章辦理將所有礦產值百抽五納稅以歸劃一再此係商人籌借開辦鑛務如有虧折與中國．國家毫不干涉　　此稿未完

經紀須知　○順天府督粮廳魏　爲曉諭事奉　尹憲箚開各行經紀如有無帖私開舊帖朦頂牙行押令捐請部帖倘仍任意延玩卽行照章罰究等情爲此示仰各行經紀牙戶人等一體遵照爾等須知開行必先領帖朦充牙行例禁綦嚴自示之後如有無帖私開及舊帖朦頂之戶均限於六月二十日爲止一律赶緊請領部帖倘敢仍前玩延一經查明立卽提案究辦決不寬貸各宜凛遵毋違持示

守身宜愼　○都門一帶時令不正現巳五月中旬節交小署自十四五六等日每當亭午赤傘高張炎熱非常儼如三伏行人無不揮汗如雨城內外感受暑熱染患時症者比比皆是岐黃術及藥店無不利市三倍居人頗有戒心恐蹈前年覆轍守身如玉者應如何調攝哉

傷及手足　○阜成門外關廟居民陳三與堂兄陳二口角用刀將陳二砍傷經西城外坊拏獲於五月十七日詳城咨部按律懲辦其中有無別情俟訪明再錄

便吞血本　○東便門內鐵轆轆把居住李某於五月十五日與于某因夥開店舖被于侵吞血本李屢次尋于催算帳目乃于諸多支吾彼此口角一時氣忿將于用刀砍傷血流如注當經東城嚴少尉派差拏獲解案管押詳城按律懲辦

失而復得　○東直門內王駙馬衚衕李姓家有女年方十齡於五月十六日上街買物至午未歸卽在各處找尋迄無下落舉家驚惶莫知所措迨至日暮時該女之姑丈錢某在東四牌樓路遇車一輛內載一人並一女孩熟視知係李女緊緊跟隨審之甚確姑

敢上前將車攔住訊問女自何來拐匪見勢不佳如飛逃走錢某當將李女送回遂得骨肉團聚鄰人咸謂李某夫婦爲人忠厚夙有陰德故能逢兇化吉理宜然哉

勿貪口腹　○善魚一物味甚鮮美人多嗜之但其中另有一種名更與肖其毒無比食之立斃形色與善無異惟善尾圓更尾豎扁肖尾橫扁爲可辨耳京師前門外柴兒衚衕吳某於五月十六日入市以青銅四千購來白善二斤携歸烹調繼思有嘉餚不可無美酒於是解囊沽得梨花春淺斟細嚼不料纔食少許口舌忽覺麻木腹中疼痛異常不禁深爲駭異急命床頭人將善魚細驗但見其中有扁尾數段知係中毒卽將餘善倒入溝內急延醫生解救服藥數次由大便下黑血而愈吳某雖不至口腹傷身而河魚之疾已苦挨兩日矣世之喜嘗此味者尚其愼旃

日使請糴　○日本告飢請在中國沿海產米地方請糴一事經總署疊與日本公使婉商允爲緩辦緣中國亦有荒歉之地民間自顧不暇昨日使又申前說當經總署議俟秋成後察看情形若果豐穰中日同洲唇齒豈有閉糴之理再行酌核辦理已經彼此互商面允並以公文照會備案云

督轅門抄　○五月十八日晚中堂見　候補直隸州蔡紹基　比國領事穰爾　北洋大學堂教習洋人丁家立　伊美斯　克穎福　阿丹斯　德雷克○十九日見　江蘇糧道陸大人元鼎　候補道吳大人廷斌　候補同知韓傳琦　戴緒遠　候補通判時寶璋　候補縣陳曾翰　何德平　平章　韓廷煥　署獻縣胡良駒　雲字營何長吉　補用參將陳紀明

憲眷抵津　○今早炮聲隆隆知　中堂瀛眷已至自都門通城司道以次文武俱赴火車棧恭迓時方鐘鳴十一響想憲眷在帝城出府升車當在雞人報曉籌時矣

委解加價　○運司奉准豫引加價解庫銀兩已由都轉撥定委派候補運判許朝紳候補鹽經歷陸德鍾候補批驗大使嚴乃昭候補大使張漢臚候補巡檢蔣煥文何瑞麟押解赴部交納

催造册結　○津門採訪局所收節烈姓名籍貫例造淸册由府核實呈送學憲查閱會同禮部內閣彙奏昨經府憲傳諭該局赶將第十四起節烈淸册造齊未加結者不准列册

確係慣犯　○昨河東過街閣鄧五與大糞堆蕭老尋毆蕭持刀砍傷鄧頭當卽抬向縣署控告尋將蕭獲案委康當堂相驗正在諭鄧養傷傳蕭飭責時適以馬三被蕭二砍傷案中亦有蕭老馬三之兄馬二乘此喊告大令得供知非善類略訊一二語卽令將蕭老重責蟒鞭二百鎖押候訊

兇犯已獲　○于二被刺斃命兇手于七逃逸各節均已登報日昨經差役在靜海縣某處窺見于七當卽拿獲送縣歸案

得雨寸餘　○畿南津屬盼澤已久前雖得雨均未渥沛甘霖昨晚九點鐘北望金蛇屢掣忽東忽西漫空而來隱隱似有雷聲霎卽風雨驟至滿擬傾盆直瀉不料急陣數催風伯遽捲雲以去及開門看雨月滿前汀矣今晨詢自田間來者云營門迤南掘地濕痕僅得寸餘差勝無也

高員辭職　○倫敦接長崎電云高麗執政諸大臣除外部大臣外概行辭職因外部將鹿島一地讓與俄人其先未經執政諸員公允故也

英人防俄　○英太晤士報謂現在俄人威權日盛英將爲其壓倒爰發議曰英在極東方之局勢與在斐洲西境者無異設有閉關絕市之舉當用計阻之倘歐洲別有變端尤當嚴備以待各報家多著論勸政府力勸外政勿稍懈怠並應禁阻俄人在極東方大施政策

英籌印度　○倫敦消息英將軍羅[illegible]謂印度與阿富汗判壤諸部落英宜制服之蓋日後英若保護阿富汗拒敵俄人旣免臨

時佈置且如此辦理亦所以使阿富汗不敢生心也倘俄人踰越印度舊處地方則其攻擊印度即在旦夕要知印度確須究與英烈○英紳士宣言曰頃間所言政策須得印度稅務暢旺邊防辦理得法始能集事現與土人聯絡邊界上築道路設防營皆應辦之事　以上俱譯巴黎辯論報

光緒二十四年五月十七日京報全錄

宮門抄○五月十七日戶部　通政司　詹事府　廂白旗值日無引　見　濾撰請假十日　召見軍機

○○都察院左都御史臣裕德等跪　奏爲奏　聞請　旨事據河南民人馬蓮以味贓坑商等情赴臣衙門呈訴臣等傳訊馬蓮供年三十歲係衛輝府新鄉縣人向在本縣祥盛公號生理光緒二十二年九月初四日身帶銀兩千五百餘兩赴陝買貨十二日行抵繩池縣西關住宿是夜盜匪十數人持械明火將身銀物刦搶一空喊蒙李縣主派子帶領勇役追至南山十四日將賊八人並原贓悉數拿獲不意其子見財起意先將牽驢二賊斬首餘賊六人帶案與身對質賊等供認縣主言係胡供僅獲贓銀六十餘兩令身具領身無奈控府控司院蒙批府發委會訊縣主賄詳無異身冤難伸等語餘與原呈畧同臣等公同查閱該商所控串盜昧贓各節須俟訊明惟緝捕必有武員何以派用其子獲盜必須研訊何竟先殺二人如果屬實難保別無情節擬請　旨飭下河南巡撫迅卽提訊究辦務得確情以飭吏治而安行旅謹恭摺具陳伏乞　皇上聖鑒訓示再據該民人結稱在河南府控告二次臬司衙門控告三次巡撫衙門控告四次經府提訊合併聲明謹　奏奉　旨已錄

○○民人馬蓮年三十歲係河南省衛輝府新鄉縣人叩爲串盜昧贓賄委揑詳護賊坑商冤難府伸懇恩轉奏飭提根究以清盜源而懲貪婪事緣身與郭善行等各在本縣領衛獻琮資本開設祥盛公等號生理二十二年九月初四日身等帶銀千五百餘兩轎車兩輛馬一匹赴陝買貨十二日晚行抵河南府屬繩池縣住宿西關張三運店內是夜盜匪約十數人各執洋鎗刀械明火撞門入室毒將身等與車夫打傷銀錢衣物刦搶一空喊蒙李縣主勘驗立派其子七少爺帶領六班小隊勇役張金德趙榮光韓德玉劉振興沈逢林楊名聲董懷堂支文玉支心成等跟踪追至南村寨南山曲處十四日將賊八人並駝贓驢一頭悉數拿獲不意七少爺見財起意遂將牽驢二賊先行斬首希圖滅口餘賊六人帶案與身等對質賊犯閻四等供認伊六人搶銀三十七包約銀一千八百五十兩在包袱內被獲時抛棄路旁勇役拾交少爺被殺牽驢二人駝銀若干伊等不知清楚及蒙覆訊堅供如前身求領贓並懇酌賞勇役誰知李縣主見贓與子同心言賊等前供係畏刑胡供僅獻贓銀五兩勸身具領不允後又稱搜獲銀二十餘兩身因贓銀全獲不願具領致觸李縣主之怒將犯等收禁不訊嗣身呈催蒙批內云又護銀三十餘兩共合銀六十餘兩令身具領回籍毋庸逗留身無奈控府遂批回候不理身控司控院分別批飭河南府發委會訊究追身奉批時適値傷發到案稍遲傳聞李縣主飭令門丁李香泉串許該犯活罪唆令改供稱言將銀抵擲黃河又賄囑會審委員與巳所詳無異嗣將賊犯解府又蒙張府尊與郭委員李縣主會訊該犯仍以投擲黃河爲詞不惟不嚴審追贓亦不提原拿勇役竊思若非串盜昧贓賊供何以前後相殊況獲賊處距河八里不能一擲而至護賊坑商確鑿無疑果無賄委揑詳府委豈肯與巳所詳不異且身帶車兩輛馬一匹資本豈止六十餘兩冤難府伸顯然可見爲此無奈匍匐奔轅懇恩轉奏飭提根究庶可以清盜源而懲貪風則身感德無暨矣哀哀跪呈

○○奴才連順德木楚克多爾濟跪　奏爲勸辦昭信股票現據開畢兩盟暨沙畢等處情願報効銀兩恭摺仰祈　聖鑒事竊奴才連順前於具陳勸辦庫哈兩處商民股票銀六萬兩摺內聲明所有蒙古王公等亦應籌備若干擬俟蒙古辦事大臣德木楚克多爾濟回任時商酌辦理等因在案茲蒙古辦事大臣德木楚克多爾濟業經回任奴才連順與其和衷商酌由才奴連順籌集銀一千兩以爲蒙古王公之倡隨將圖車兩部落盟長及哲布尊丹巴呼圖克圖之掌辦商上事務商卓持巴達喇嘛等札調來庫遴派印房滿蒙司員穆誠額開周棍布羅布桑車林等妥愼勸辦不准稍有抑勒茲據圖什業圖漢部落正盟長輔國公密什克多爾濟副盟長貝子銜台吉端

多布扎勒布帕拉木多爾濟副將軍貝子彭楚克車林和貝親王罕達多爾濟車臣漢部落正盟長郡王多爾濟帕拉木副將軍貝子普爾布扎布哲布尊丹巴呼圖克圖之掌辦商上事務商卓特巴巴特瑪多爾濟達喇嘛巴特瑪多爾濟達喇嘛果緯等報稱現經派辦官將昭信股票章程詳爲佈告並勸導一切咸知需欵孔亟致煩 宵旰憂勤凡世受國恩孰敢不竭盡愚誠以圖報稱圖什業圖漢部落車臣漢部落及哲布尊丹巴呼圖克圖沙畢等情願報効市平足銀共二十萬兩內有哲布尊丹巴呼圖克圖銀六萬兩蒙古辦事大臣車臣漢德木楚克多爾濟盟長郡王多爾濟帕拉木貝勒車陵桑都布銀各一萬兩其餘另造清册皆不願請領股票亦不敢仰邀獎叙且此項銀兩本應作速湊解惟自前任大臣責令以四成歸債之後舖商遂多疑畏勢難照常通融請俟各回游牧將牲畜變價定於九月內將現銀二十萬兩一律交齊等語呈報前來謹先奏聞再奴才連順籌集銀一千兩實係爲蒙古王公之倡亦請作爲報効奴才受恩深重萬不敢仰邀議叙合併聲明所有蒙古王公喇嘛等報効銀兩緣由理合恭摺具陳伏乞 皇上聖鑒謹 奏奉 硃批着入昭信股票戶部知道欽此

○○恭壽片 再查上年川東一帶災賑需欵所有捐資助賑若在千金以上應請建坊者均經隨時 奏請給獎在案茲據奉節縣知縣禀監生李煥然遵其故父李恒有故母李魏氏遺命捐市斗穀二百石以彼時穀價核計共値銀一千六百兩又據大竹縣知縣禀孀婦林黃氏捐銀一千六十七兩前任湖北長樂縣知縣雷裔昌監生雷裔蕃遵其故父四品封職雷型發遺命捐銀一千二百兩又據達縣知縣禀教諭周宗濂遵其故父遺命捐銀一千兩又據籌賑局報一品廕生雷心仁遵其故祖父前任固原提督雷正綰遺命捐銀一千兩又據巴縣知縣禀監生趙象文趙鳴雝遵其故祖父遺命捐銀一千兩以助賑需等情由布政使裕長核明詳請 奏獎前來臣查所捐銀數均與建坊之例相符合無仰懇 天恩俯准將監生李煥然故父故母前任湖北長樂縣知縣雷裔昌監生雷裔蕃教諭周宗濂一品廕生雷心仁監生趙象文趙鳴雝等故祖故父暨孀婦林黃氏各在本籍自行建坊給予樂善好施字樣以昭激勸除咨部查照外謹附片具陳伏乞 聖鑒 訓示謹 奏奉 硃批着照所請禮部知道欽此

○○恭壽片 再查例載捐納道府簽掣分發者試用一年期滿後該督撫察看才具分別堪勝繁簡專摺奏 聞等因又嘉慶十六年八月十五日欽奉 上諭嗣後各直省督撫遇有分發試用期滿人員務須嚴加甄別如實係才具明晰辦事勤能者准予保留欽此又通行內開嗣後道府丞倅州縣等官無論何項勞績保奏歸入候補人員卽以到省之日起予限一年詳加察看出具切實考語等因遵奉在案茲查有留川補用道賴鶴年試用知縣曾福謙試用知縣陳毓楨補用知縣王澤霑均到省一年期滿教習知縣鄧鴻儀到省二年期滿例應甄別由藩臬兩司造具各該員履歷清册填註考語會詳請 奏前來臣查該員賴鶴年精明強幹曾福謙年健才明陳毓楨人尙安詳王澤霑才具平穩鄧鴻儀年力富强均堪以留省照例補用除册送部外理合附片具陳伏乞 聖鑒謹 奏奉 硃批吏部知道欽此

啓者昨接上海孫仲英善長來電旋又接到顧緝庭葉澄衷嚴筱舫楊子萱施子英各觀察來電據云江蘇徐海兩屬水災綦重飢民數十萬顚沛流離死亡枕籍災區十餘縣待賑孔急需欵甚鉅官欵恐未能徧及素仰貴社諸大善長久辦義賑飢溺猶已敬求代呼將伯源源接濟功德無量蒙滙賑欵卽滙上海陳家木橋電報總局內籌賑公所收解可也云云伏思同居覆載異姓不啻天親縱隔形骸民物莫非胞與頓遭洪水哀此災荒盡是蒼生何分畛域況救人性命卽積我陰功雖此日拯茲黎庶散盡赤仄青蚨卜他年報在子孫同來玉堂金馬敝社欵無備濟自知獨力難成術欲廣仁惟冀衆擎易舉叩乞 顯宦鉅紳仁人君子共憫奇災同施仁術原擬活人無算雖千金之助不爲多但能濟世有功卽百錢之施不爲少盡心籌畫量力輸將敝社不禁爲億萬災黎泥首叩禱也如蒙 慨助卽交天津溜米廠濟生社帳房代收並開付收條以昭徵信

濟生社籌賑同人謹啓

吏隱告白

從來病者以診治爲先痊則以調養爲要誠以稍不自愼則痊者復病而病轉滋深所貴愼之又愼而不可輕心掉也僕自莅津以來凡遇重症每殫竭心力以求其愈愈後必以調養爲諄囑獨於北塘賈鎭帥有難焉者鎭帥膺專閫重寄年雖老而心猶壯故連興之勤撫髀之嘆在所時有而無如其病也雖病必醫醫必痊痊而不養則病復作僕自仲春以迄孟夏嘗赴北塘悉心診治計二閱月其病而復痊者屢矣然猶諄諄囑以調養切勿誤服藥餌延至淸和下浣見其精神矍鑠飲食如初且自津郡雇取名班賽神酬願矣僕始畧爲放心不取謝資折回津寓不圖昨聞驚報將星仍以藥誤而隕也使確念余囑則董奉之杏林僕豈不望多栽數株惟事已如此深恐後之施治者以反僕爲藉口也故登諸報端以明治病未必善言者所能愈又豈可行險以幸中售技者必當審愼立方而病家亦當善于調養耳

新開 元隆號綢緞洋貨莊

自去歲四月初旬開張以來蒙 各主顧垂盼雲集馳名日盛本號特由蘇杭等處加意揀選名機新鮮貨色零整銀價俱照大莊行市公平發售以昭久遠此白
寄賣龍井雨前素茶福建皮絲水烟各種貢料大小皮箱
開設天津府北門外估衣街中路北門面便是

元茂機器磚瓦公司

本公司仿照西法燒作磚瓦事屬創舉曾經通稟在案該貨堅固異常價值從減並各樣印花磚瓦俱全 賜顧者請至海大道新興南里內本公司商議可也謹啓

魁陞號綢緞洋貨莊

本號自置顧繡綢緞洋貨等物整零均按銀莊格外公道大市價廉發售 寄賣各種貢料大小皮箱漢口水烟袋各種眼鏡龍井雨前紅茶棟 寓天津北門外估衣街五彩號衚衕口坐北向南 士商賜顧者請認本號招牌特此謹啓

建平永平金礦局告白

啓者壬辰年春 前北洋大臣李委潤等創辦建平金礦自顧菲材膺茲鉅不勝主臣開辦以來疊於平建朝赤等處徧加採試或以石堅金薄不敷度支或以費鉅工艱難祈速效頻年耗損實屬不支迨丙申歲抄核計彌縫舊缺外始有微餘洎丁酉全年見盈遂奉 熱河都憲諭以丁酉正月至四月爲建平第一屆升課其課銀已於今春解呈熱河五月至十二月爲第二屆其課銀亦不日報解又丙申冬分設永平金礦該處砂綫窄小浮露於外無大水患工程尙簡計至去年十二月底共試辦十四個月稍見餘利去冬十一月杪該局又得遷安縣屬峪之爾岩今正以後出金日逐見增將後可望蒸蒸日上刻亦報解第一屆升課惟是解課以後即應分息在股諸君觖望已久茲定於六月初一日在天津招商局內建平帳房上海寶源祥香港招商局等處分派屆時務祈 諸股友携摺枉顧以憑核發除將歷年辦理情形收支帳目稟報公牘彙刊成册印送核閱外合將派息日期登報奉聞 徐潤等謹白

告白

新出石印濟公傳此書出在南宋高宗皇帝出一位高僧濟公奉佛敕旨降世人間微愚勸善忠孝節義與前醉菩題濟公不同本房不惜多金邀請名公細加批註由濟公降生共二百四十回趙家樓馬家湖前後接連又全續彭公案經史子集石印鉛板家藏板局板均照申價發售寄售毛賈夥巷瑞芝閣天津資字山房謹啓

告白

頭彩第七千四百七十七號
二彩第二萬零七百五十號
三彩第一萬零三百零四號
諸君三次所買官商快覽如有得頭二三彩及上下附彩者請即攜原書來領當即照發彩洋也 絳雪齋啓

三井洋行分莊 告白

廠者日本商始創貿易爲業數拾年以來今分莊開設北門外鍋店街洗家衚衕口對過專選精工料實東洋棉紗各等時式大小疋棉布粗洋布斜紋洋標等格外公道價亦從廉凡仕商賜顧者請至分莊面議可也特此佈聞

三井本莊主人啟

舊鐵出售

啓者今有舊鐵鋼帽釘各百餘担舊東洋車一輛如有購者請至敝帳房面議可也

駁船公司楊少平告白

梁子亨代售類報

彼處經理各報多年如今北方風氣徽開本津新出類類報每〃拜兩次訪經濟六門論年四元外埠酌加寄費閱者定取賜函分送風雨不誤

天津北門內府署東各報總處啓

告白

十七日接到知新報至五十六冊時務報至六十五冊蒙學報至二十四冊出集時務策論萬國時務分類大成時務分類興國策先取爲快

天津北門內府署東各報總處紫氣堂啓

天福茶園

新排全本新戲

洛陽橋

本園特請藝人不惜工夫精製各樣彩切另新排洛陽橋八仙飄海仙女乘坐彩蓮花船打彩散樂羣妖作亂此橋工程不能告竣蔡狀元差家人夏德海赴水晶宮投文龍王閱文見喜遂帶領夏德海遊玩水晶宮花園作樂演唱合班名角戲中戲十錦雜耍各樣彩切龍王賞賜同文從此修造工程告竣龍王轉稟 玉皇遣天兵天將各顯神通羣仙門法捉拿妖怪各現原形蔡狀元邀請四方士農工商俱來觀看所造橋樑內有三十六行作買作賣許多奇文令人可觀與前不同屆期擇日佈告光請 駕臨賞覽是幸

本園謹啓

本號專作英法大菜各色精細點心各樣洋酒洋貨等物一應俱全並售

上　八百
紅茶每斤津錢一千
上　六百

又批發茂生公司鐵海紙烟零整發售價值格外公道原箱計一百盒價洋一百四十四元每盒計五百支洋一元五角凡　仕商賜顧請即駕臨昱荷

主人謹白

告白

昨接本津東門內沐簪衚衕瑞昌店李宅委託代施石印繡像西方極樂圖　金剛經　高王觀音經後附靈驗記　均無多部諸善士如願領各種善書圖記請向東門內瑞昌店領取可也

天津各報總處紫氣堂全啓

減價

今有友人自辦陝西老土每兩津錢四百八十文新到梁州土每兩津錢五百四十文如蒙賜顧者請到東門內聚隆成寄售

告白

皖江方友莊司馬喬廣津門紫竹林義和生西棧精于岐黃儕輩頗受益友莊本世家子不欲以醫鳴僕等以爲沽上良醫甚尠姑懸壺以救眼前人亦仁者之造福也特揚之以告采薪者〇謹代訂車費兩竿門診一竿

王蓮生　馬少雲　洪月坡　胡丹甫　仝啓

廣東鼎盛機器廠

本廠精造大小機器汽機火爐開礦水龍滅火水龍磨麵機器全套管辦鑄造修理精巧銅鐵等件貨眞價廉倘蒙賜顧請至天津紫竹林法租界牌坊旁本廠面議不悞主顧

本主人謹啓

本局自印耕香館畫臘每部價洋二元專辦各種石印書籍精選加高南紙頂細雅扇格外價廉寓天津東門外襪子衚衕本局啓

本局謹啓

美孚老牌煤油

啓者美國三達煤油公司之德富士老牌煤油天下馳名萬商稱美蓋其質潔色清亮白如銀且絕無烟氣能耐久燃比之生荳等油晶光百倍而儉用價廉此爲德富士老牌之佳處誠屬無雙妙品也士商賜顧請到天津美孚洋行採辦或向就近殷實行店購買庶不致悞

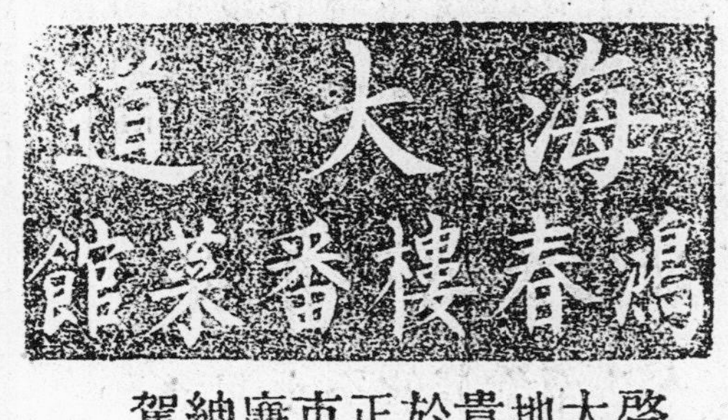

開設紫竹林法國租界北

天福茶園

京都新到

崇慶名班

特請京都上洋姑蘇山陝等處

各色文武頭等名角

五月二十日早十二點鐘開演

新到

小三寶 長祿 八百紅 張長奎 謝才寶 十四紅 崇芬 六月鮮 大貞 白文奎 安桂秋 王壽雲 于報 趙斌恆 劉祥泉 常雅秋 蘇廷奎

全家福 十王府 斷后龍袍 桑園會 探窰 硃砂痣 百萬齋 衆武行 惡虎村

晚七點鐘開演

蓋天雷 小三寶 十二紅 蕭州翠 楊福寶 十一紅 羊喜壽 謝才寶 王喜雲 羊喜壽 蘇廷奎 雙處 劉祥泉 李吉瑞 常雅秋 高玉喜

牧虎關 烏玉帶 九更天 思凡下山 黃鶴樓 代水戰 衆武行

開設天津紫竹林海大道旁

福仙茶園

啓者本園於前月初四日止戲清理賬目今將戲園及園內桌椅磁壺磁碗製彩切零星等件合盤出兌如有願兌者及詳細章程請至本園面議可也特此佈告

福仙茶園謹啓

創包機器

敬啓者近來西法之妙莫過機器靈巧至各行應用非得其人難盡其妙每値傷損修理必悞時日今有甯子卿專於經理機器茲擬創辦包定各項機器以及向有機器常年煤料工力價値格外公道如貴行欲商者請到福仙茶園面議可也特白

海大道 鴻春樓番菜館

啓者本店三層大樓工程告竣地勢寬闊以備貴官紳讌請擇於去臘遷移新正月初二日開市各樣俱全價廉物美凡仕紳賜顧者請郎駕臨是幸

主人謹白

五月二十日輪船出口 禮拜五
海晏 輪船往上海 招商局
豐順 輪船往上海
五月廿一日輪船出口 禮拜六
順和 輪船往上海 怡和行

五月十九日銀洋行情
天津通行九七六錢
銀盤二千四百六十文 洋一千七百四十文
紫竹林通行九六錢
銀盤二千四百九十三 洋一千七百六十五
洋錢行市七錢一分三

擇於閏三月十一日開張

新開 敦慶隆綢緞洋貨莊

本號開設天津北門外估衣街西口路南第五家專辦上等綢緞顧繡以及各樣花素洋布各碼線批合線俱按銀莊零整批發格外克巳士商賜顧者請認明本號招牌庶不致誤 本號特白

朱鈍翁現經運庫廳劉 延赴密雲縣爲其 令堂太夫人診脉巳於五月十九日啓程前往餘俟歸來再布

直報

本館開設天津紫竹林海大道老菜市氣燈房巷內

光緒二十四年五月二十日　第一千一百零六號
西歷一千八百九十八年七月初八日　禮拜五

部照又到　直隸勸辦湖北賑捐局自光緒二十四年三月初一日起至閏三月十五日止請獎各捐生部照又到請即攜帶實收來局換照可也

招領部照　捐生陳殿揚山東福山縣人前在直隸勸辦湖北賑捐局報捐監生部照早到望即攜帶實收來局換領切勿自誤

直隸勸辦湖北賑捐局第四次經收義賑清單

羅耀庭軍門捐銀五百四十八兩　鄂省災重前報備述已蒙　仁人君子慷慨資助三次登報茲復承　羅耀庭軍門倡率全營將士輸捐繳冊到局仁施普被立拯鴻嗷億萬災黎悉拜再生之賜功德無量感頌同聲矣　直隸勸辦湖北賑捐局謹識

直隸勸辦江蘇淮徐海賑捐局第三次收集義賑清單

袁慰庭廉訪捐銀一百兩　佘徵甫都轉捐銀陸百兩　以上共銀七百兩　竊江蘇淮徐海地方災重且酷經敝局布啓告災已荷仁人君子慷慨資助兩次登報在案茲復承　袁廉訪　佘都轉輸捐到局値此麥收失望災象未紓死亡流離之餘得此源源接濟億萬災黎冀有再生之慶謹爲九頓首以謝　直隸勸辦江蘇淮徐海賑局謹識

總署議覆山西商務局與福公司議訂山西礦務章程合同　續前稿

七盂平潞澤地面甚廣開辦不止一處然各礦出入與所有盈餘各歸各礦辦理如或彼虧此盈不得以此礦之盈補彼礦之虧致使國家應得餘利因之少減　八開礦所需料件機器等物進口照關平各礦現行章程完納海關正半稅項內地厘捐概不重征至開出礦產運出口時仍照關章納稅　九公司所開之礦以六十年爲限一經限滿公司所辦各礦無論盈虧如何即以全礦機器及該礦所有料件全行報効　國家不求給價屆時由商務局稟　山西巡撫派員驗收　十每處礦廠總以聯絡官民預息紛爭爲要應由商務局稟請巡撫酌派照料委員一人又設照料紳士一員由公司局聘請該員薪水均公司局籌備　十一礦師工頭開辦之始自應選用洋人倘日後華人中有精礦學習工程者商務局會同公司派充此項要職至其餘司事照料等職無關重大責成者皆用華人尤宜多用山西人以開風氣　十二礦丁宜多用晉人其工價應從公酌定至礦丁受傷如何撫卹與使用數十年後應如何酌給養老之費又平日作工每日若干時刻各節統俟開礦後再由商務局會同各公司採擇歐美各礦妥善章程商請巡撫定奪　十三福公司于各礦開辦之始即于就近開設鐵路學堂地方官紳選取青年穎悟學生二三十名延請洋師教授以備路礦因材選用此項經費由福公司籌備　十四山西商務局所借福公司銀一千萬兩係約估之數將來每開一處實需資本若干由福公司撥用准福公司按照所用之數造印借款股分票刊刻章程定期發賣如華商於期內願買此種股票者有則無論多寡聽其買取　十五華商收買此項股票應由

商務局按照時價漲落照章代爲收買或自行買賣均聽其便如華商辦富于六十年限內將某處股票收至四分之三即將該廣產先期收由商務局查報飭交該華商自行經理　十六凡於所准開地遇有民人先經開採者不得侵佔如原主情願租賣應由商務局會同公司秉公給價但不得稍有抑勒　十七各壙遇有修路造橋開濬河港或須添造分支鐵道接至幹路或河口以爲轉運該省煤鐵與各種出產出境者均准福公司稟明山西巡撫自備欵項修理不請公欵其支路應訂章程屆時另議至正定至太原鐵道已由商務局另行備欵修理該路左右各一百里內福公司不得另造鐵道以杜爭端凡爲以上所准各事其需用民地之處亦照各局已定章程租買不得少佔民地仍求地方官代爲保護　十八每至年終或盈或虧各分廠造具清册應各請華洋公正人一名核算無訛然後刊刻報單送至商務局察核各處盈虧會造總册呈報巡撫以憑總理衙門戶部查核並將報効　國家各項一併呈繳　十九該章程華洋文繕具兩分各執爲憑

內府經費　○安徽巡撫差委即用知縣李延慶管解安徽省光緒二十四年內務府經費銀五千兩於五月十八日解赴內務府交納矣

咨取挑缺　○廂黃旗滿洲都統爲知照事印房案呈本旗出有公中佐領一缺照例咨取三四五品京堂科道侍讀理事官郎中副理事官員外郎頭二三等侍衛冠軍使雲摩使治儀正前鋒參領侍衛正副委護軍參領鳥鎗護軍參領翼尉協尉步軍校等與本旗應升人員一體揀選相應知照貴衙門即將前項人員保送一二員務於即日咨覆本旗以憑揀選

都門時氣　○京師自五月初旬以來天氣亢晴趙盾之威逼人咄咄以致居民之患痧症者到處皆有頃聞前門外前孫公園地方有程某赴菓子巷訪友行至中途忽患痧氣經人以車載回赶即延醫未效約有半日呻吟即被勾魂使者攝去又有泰山巷沈姓女傭一人亦患是症而死雖爲時暑久然亦止兩晝一夜而已又聞前門內王福井大街一帶擔水水夫似此炎熱天氣每日由晨至夕肩擔重擔毫無歇息以致多患此症雖不致魂歸地府然俱臥床不起都中人士深恐復蹈前年　瘰痧等症而術精岐黃者日坐飛車往來街巷直至月落斗轉猶未能回家高臥一覓南柯好夢財星照命不言可知矣其如居民之倒運何

川督覲光　○四川總督裕壽帥於五月十八日到京暫寓東安門外金魚衚衕賢良寺廟內即繕備請安摺二分於十八日夜間乘輿赴頤和園跪請　皇太后　皇上聖安當即　召見至十九日卯刻始行散出回寓往謁諸鉅公頗甚辛勤云

蠹役宜懲　○崇文門外南官園居住趙某年甫弱冠其父遠亭在家設館教讀偶當出門拜客恐曠功課特遣子赴宣武門騾馬市福建新館拜謁便道贖當路徑三里河地方被汛兵劉某見其服飾華美而行路遑遽形神不定疑爲賊遂即帶至乾泰寺廟內再四訊問加以私刑拘禁一夜將其衣服錢帖當票盡數留下迨天明始行釋放趙某歸告其父遂至東河訊鳴寃當將劉某提訊重責禁押以俟究結夫誣良爲盜罪不容赦況擅用私刑強留衣物情罪較重不知問官能否按律究辦俟訪明再錄

民之父母　○大興縣謝邑尊錫芬視事之初即與署內書吏差役人等約法三章凡屬居民興訟所有堂費牌費以及一切例所應得之費俱先酌定不得過事需索且數亦極廉不使居民有因訟破家之患一時諸吏役怨言百出皆以易膏粱而食粗糲更錦繡而衣縕敝爲憂然百里蒼生則歡聲雷動無口不碑矣古語云一邑哭何如一家哭邑尊洵今時之賢父母也

督轅門抄　○五月二十日中堂見　運司方大人　關道李大人　天津道任大人　湖北候補道薛大人　候補道晏大人　韓大人　汪大人　王大人仁寶　吳大人懋鼎　正任張家口撫民同知沈守誠　候補同知程鹿鳴　馬漢章　候補通判吳泰增　盧台通判羅燮陽叩謝牌示　候補縣項明鑑　左運樞　熊紹舟　方汝謹　際安　章師程　何厚吾　屈永秋　督標前營遊擊陳熾昌　後營遊擊王蓮桂　右營遊擊李培榮　保定練軍後營王占魁　密雲協領秀昌　通永中營遊擊黃懋澄　補用副將徐祥林　四川補用副將宋鴻儀　昨晚見候選道姚文棟

盤查兩庫　○中堂蒞北洋以來事事愼重以支應局與銀錢所爲各局經費淮軍餉糈攸關必得確審虛實方可以舒　國用爰委熱河道介眉恒觀察親眼盤查現聞業將兩庫查訖不日卽當稟覆

鎭節旋沽　○鎭憲羅軍門駐節大沽以防務緊要雖膺津鎭　寵命仍不得離防次前以恭迓　中堂來津因公小駐於十八日詣督轅稟辭昨已乘早車旋沽

糧憲南旋　○江蘇督糧憲春江陵觀察督運該省漕糧在通壩交兌全清晉京公幹隨復由京來津於十五日晉謁　中堂已見轅抄茲聞擬於二十日乘火車赴塘沽登輪旋滬詣蘇云

委查淮軍　○記名副都統建亭統憲奇克伸布奉督憲札委查點北洋淮軍各營差使昨已赴轅叩謝仰見中堂實事求是力除朦混諸弊彼向之扣軍餉半額充數若某某統領者無惑乎其急欲告退也

武榜已發　○津邑武童自十三日開場至十七日三場已竣榜發實貼貢院照墻定於十八日覆試今將前五名登錄　第一名王慶炎　第二名范振銘　第三名于長祐　第四名劉振明　第五名鄭輔臣

失愼未成　○昨宮北某鮮菓舖因炊爨失愼立時火光冲天鄰右見勢不佳七手八脚取水灌救未經水會傳知已撲滅矣

是何凶暴　○河東上冰窖西局前開雜貨舖劉某父子與鄰右不和昨不知因何將附近劉某砍傷當卽抬赴縣署控告聞傷勢甚重未知能保性命否

不欲纏訟　○河東于家廠張姓守夜之孽犬皮類虎猛亦如之前月將是處王姓孩咬傷今閱月餘犬復咬之因傷重起瘋殤亡當經該管地方稟報有司相驗差役拘張到案王忠厚不欲纏訟其事約須議和云

揚州小輪　○揚州創辦內河小輪已於端節一日開行計輪十八艘每日來往鎭江三次其淸江等處逐日開行價目甚廉人皆便之按此種小輪一係英商一係美商各碼頭一切辦理等事皆華人爲之主持應酬頗形周到將來必能暢行無限也

蘇局未平　○蘇垣設局平糶每升祇取錢三十四文較之各店省錢十六文以故城廂內外經紀小民披星戴月不憚煩勞紛紛擾擾各持囊橐聞風麕至以致開局多日自晨至午無日不人聲嘈雜擁擠不堪其無賴者恃其強而有力往往旣去復來分販謀利彼眞鰥寡孤獨窮民無告者苦於無力爭先雖鵠候經朝依舊粒米難得饑火中燒怨聲載道前日舊學前分局有老嫗兩人被擠倒地受傷甚重其餘婦孺遺簪墜珥高呼救命者亦所在多有嗚呼今歲平糶倉董吳培卿大守以有鑒於往年分發米店夾雜糠粃不能實力奉行故重定章程分局處自行糶賣並請縣差彈壓立法周密似覺無懈可擊誰知又致是弊經事之難爲之奈何說者謂爲今之計惟有分段分巷延請公正紳衿就近按戶寫票給發或三升或五升則人人面熟易於稽核有票之人始准按日持票買米如此則旣無擁擠軋傷之虞亦無苦樂不勻之憾庶幾諸弊皆祛實惠同沾矣

美日戰耗　○干廳賴提督在鉢碎海口由煤船裝運煤斤埃及政府聞此當卽阻止幷令其卽刻駛離該口干帥答稱現因船隻損壞亟須修理故在此裝運煤料備用非爲他事也按此次日軍之派往小呂宋者計有官員四百七十名兵役一萬四百零四人○德國意將斐利賓羣島收入版圖一事現雖經其官場力辯其非而美廷猜忌之心終不能已也○自禮拜五晨起美軍一萬七千人攻擊三第阿哥水陸並進日美對壘鏖戰竟日美軍約計傷亡人數在於八百至一千之譜日則自四千至六千也○薛富德軍門七月三日咨其本國公文內開查得三第阿哥日軍守禦甚爲堅固實非現時所有兵力能摧敗陷據者等語旋奉廷命持重俟派有援軍到日再行進取○麥爾斯軍門觀於此戰因言是役美日兩軍堪稱平敵並盛道日軍之戰頗爲得法云

俄人游歷　○俄地輿會擬派人赴天山分道考查水禽其喀爾喀山加斯賓海省比路芝斯坦等處亦皆派人游歷　俄四月彼得堡時報

光緒二十四年五月十八日京報全錄

宮門抄○五月十八日禮部　宗人府　欽天監　廂紅旗値日．吏部引　見八十名　譲貝子等差完覆　命　善耆百日孝滿請
安　鈕楞額假滿請　安　鳳鳴前往東陵請　訓　山西布政使何樞到京請　安　那王請假五日　壽昌續假十日　韓培森
崔國霖預備召見　禮部奏派考試拔貢搜檢之王大臣　派出鄭王崑中堂崇寬徐用儀堃岫載卓定昌彭壽　召見軍機　何樞
韓培森　崔國霖

○○山西學政臣劉廷琛跪　奏爲恭報歲試省南西路汾解蒲絳平及太原各府州屬情形仰祈　聖鑒事竊臣於去年十一月間將到省日期恭摺具報在案今年正月二十二日出棚按試汾洲府次解州次蒲州府次絳州次平陽府並調考霍隰二州於四月十一日回省接試太原府屬二十八日試竣臣於出棚時將隨帶書役家丁嚴申約束所至尤加意防範以淸內源按試各屬先飭提調認眞稽察以杜外弊試士之日終日堂上復提面試不使僥倖者濫竽其間山西士習素尙謹馴臣復不遺餘力以防閑之生童等均一律安靜亦無槍替等弊伏惟學校爲人才所從出固當嚴絕倖進之路尤貴廣儲有用之英方今時事多艱　朝廷開經濟之科更武科之制孜孜以得人爲先務山西爲　皇畿右輔屹然巨鎭則培植人才整飭學校在今日尤爲切要之圖惟是地勢瘠寒風氣得之較晚中更巨祲民困至今未蘇故士人恒急於謀生詩書轉視爲末務省城前設令德堂格致課近又與撫臣商議擴充風氣漸盛而各府州地處偏遠恒苦得書之難士雖有志用功亦局於淺近而莫由深造道在因勢利導漸開通而激勵之臣竊不自揆到任後撰條敎數千言刋發各屬大抵以義理端始基經濟恢宏畧振其疲苶擴其固陋之識剴切淺近冀樹風聲按試所臨先試之以經史性理政務天算之屬覘其學識有稍知塗徑者雖正場文藝畧平亦必拔置優等以示鼓勵發落日集諸生堂下反復開導勗以讀書立品從事於根柢實用之學似亦頗能領悟爭自濯磨每接見地方官諭令量置圖籍儲院俾士子就近誦習並飭各教官隨時訓迪督行月課季課詩文外添試各項專門之學意欲士子皆知繹古不專溺志於帖括詞章始涉藩籬漸窺堂奧然後學問經濟可得而言矣臣又於試士中擇尤調赴省中令德堂肄業囑院長視其才質所近分習經濟六科之目猶必以經史爲宗不令荒廢務使通經致用本末粲然才識貴極宏通門庭必歸正大嚴畔道離經之漸收明體達用之功將來造就有成．國家任使庶有實效而無流弊此則臣區區微忱勉圖報稱者也武生童亦嚴諭以安分守法有勇知方留心鎗砲等事進無用爲有用以副　朝廷整飭學校培植人才至意所試各屬文風以趙城稷山汾陽臨晉臨汾爲最平遙永濟太平安邑榆次萬泉次之武風以霍州趙城垣曲平陸臨縣夏縣較優惟祁縣文童介休榆次武童人數寥寥不敷取進謹遵任缺毋濫之例祁縣缺取文童一名榆次缺取武童一名介休缺取武童二十四名俟下屆再行補進再臣經過地方均盼澤甚殷平陽以南幸經得雨近日省城亦獲陰霖民情均極安謐堪慰　宸廑所有微臣歲試省南西路及省城六棚八屬情形理合恭摺具陳伏乞　皇上聖鑒謹　奏奉　硃批知道了欽此

○○頭品頂戴兩江總督管理兩淮鹽政臣劉坤一跪　奏爲恭報淮北甲午綱徵收課厘數目仰祈　聖鑒事竊淮北票鹽經前督臣曾國荃奏請仍照正額辦運二十九萬六千九百八十二引部咨議准限十個月奏銷業已報至癸巳綱止在案茲查甲午綱於光緒二十一年五月二十日開辦起至二十二年二月二十日止一綱完竣計收正雜課銀三十七萬一千五百二十四兩有奇又收五河正陽兩卡鹽厘錢八十二萬七千八百九十三千有奇是綱運道暢通連閏核計十個月奏銷期限尙有遲逾據兩淮鹽運使江人鏡詳請具
奏前來除將送到册結循案咨移部科外所有甲午綱徵收課厘數目謹繕淸單恭摺具陳伏乞　皇上聖鑒勅部查核施行謹
奏奉　硃批戶部知道單併發欽此

○○三品頂戴督辦雲南礦務臣唐炯跪　奏爲委解十八起頭批京銅運員考語及起程日恭摺仰祈　聖鑒事竊據布政使湯壽銘詳稱十八起頭批京銅現當起運自應遴員委解准糧儲道英奎轉據雲南府知府林紹年申稱查有試用知府李盛卿爲守兼優勤能

卓著堪以委運由道覆查該員老成練達辦事細心加考咨司該布政使查驗屬實詳請委解前來臣覆加查看尙與考語相符並據該運員稟報於光緒二十四年五月十九日自滇起程臣巳檄飭趕緊赴盧兌銅雇船開運毋得躭延至委員鈐結隨解樣銅俟該運員到盧兌收稟報至日另行專咨報部合併聲明所有委解十八起頭批京銅運員考語及起程日期除咨部查照外謹會同雲貴總督臣崧蕃雲南巡撫臣裕祥恭摺具陳伏乞　皇上聖鑒謹　奏奉　硃批戶部知道欽此

○○恭壽片　再査前准戶部咨內務府經費光緒二十四年另籌銀五十萬兩四川省飭解銀二萬兩應於京協各餉外無論何欵照數籌解等因當經轉飭遵辦在案茲據布政使裕長詳稱查川省經費有常近年加撥愈多催解愈急實有顧此失彼應接不暇之勢惟此項經費係　內廷要需不能不竭力籌解現在於土稅項下籌撥銀一萬兩平餘銀三百三十兩由司體鑄庫法一副飭交管解二批京鑲委員補用知縣李宏年領解於光緒二十四年四月十八日自川起程仍援照京鑲各案發交委員轉發西商存義公號承領俟該員到京兌齊實銀解赴內務府交收以昭愼重等情詳請　奏咨前來臣覆查無異除分咨查照外理合附片具陳伏乞　聖鑒謹　奏奉　硃批該衙門知道欽此

○○成都將軍兼署四川總督臣恭壽跪　奏爲恭報年班土司朝　覲旋以遣回本寨住牧恭摺仰祈　聖鑒事竊照上年川省二班土司入　覲經前督臣鹿傳霖派委軍標右營把總田森發等分起護送起程當經　奏報在案茲於光緒二十四年閏三月初七初八初九等日該二班土司等先後回至成都沿途極爲安靜臣傳見該土司等咸稱仰瞻　天顏荷蒙　恩慈優渥不勝感激歡忭之至隨即照例犒賞飭令各回本寨並檄飭經過地方妥爲照料前進俾得早安住牧所有年班土司旋川日期並遣令回寨由理合恭摺具陳伏乞　皇上聖鑒　再成都將軍係臣本任毋庸會銜合併聲明謹奏奉　硃批知道了欽此

新開元茂號綢緞洋貨莊

自去歲四月初旬開張以來蒙　各主顧垂盼雲集馳名日盛本號特由蘇杭等處加意揀選名機新鮮貨色零整銀價俱照大莊行市公平發售以昭久遠此白

寄賣龍井雨前素茶福建皮絲水烟各種眞料大小皮箱

開設天津府北門外估衣街中路北門面便是

元茂機器磚瓦公司

本公司仿照西法燒作磚瓦事屬創舉曾經通稟在案該貨堅固異常價値從減並各樣印花磚瓦俱全　賜顧者請至海大道新興南里內本公司面議可也謹啓

本號自置顧繡綢緞洋貨等物整零均按銀莊格外公道皆比大市價廉發售　寄賣各種眞料大小皮箱漢口水烟袋各種眼鏡龍井雨前紅茶梗　寓天津北門外估衣街五彩號衚衕口坐北向南　士商賜顧者請認本號招牌特此謹啓

啓者昨接上海孫仲英善長來電旋又接到顧緝庭葉澄衷嚴筱舫楊子萱施子英各觀察來電據云江蘇徐海兩屬水災綦重飢民數十萬顚沛流離死亡枕籍災區十餘縣待賑孔急需欵甚鉅官欵恐未能徧及素仰貴社諸大善長久辦義賑飢溺猶巳敬求代呼將伯源源接濟功德無量蒙滙賑欵卽滙上海陳家木橋電報總局內籌賑公所收解可也云云伏思同居覆載異姓不啻天親縱隔形骸民物莫非胞與頓遭洪水哀此災荒盡是蒼生何分畛域況救人性命卽積我陰功雖此日拯茲黎庶散盡赤仄靑蚨卜他年報在

子孫同來玉堂金馬敝社款無備濟自知獨力難成術欲廣仁惟冀衆擎易舉叩乞 顯官鉅紳仁人君子共憫奇災同施仁術原擬活人無算雖千金之助不爲多但能濟世有功即百錢之施不爲少發心饑囊量力輸將敝社不禁爲億萬災黎泥首叩禱也如蒙 概助即交天津溜米廠濟生社帳房代收並開付收條以昭徵信

濟生社籌賑同人謹啓

吏隱告白

從來病者以診治爲先痊則以調養爲要誠以稍不自愼則痊者復病而病轉滋深所貴愼之又愼而不可輕心掉也僕自蒞津以來凡遇重症每殫竭心力以求其愈愈後必以調養爲諄囑獨於北塘買鎭帥有難焉者鎭帥膺專閫重寄年雖老而心猶壯故運甓之勤撫髀之嘆在所時有而無如其病也雖病必醫醫必痊痊而不善養則病復作僕自仲春以迄孟夏當赴北塘悉心診治計三閱月其病而復痊者屢矣然猶諄諄囑以調養切勿誤投藥餌延至清和下浣見其精神矍鑠飲食如初且自津郡雇取名班賽神酬願矣僕始畧爲放心不取謝資折回津寓不圖昨聞驚報仍因藥誤以致將星遽隕也使確念余囑則董奉之杏林僕豈不望多栽數株惟事已如此深恐後之施治者反以僕爲藉口也故登諸報端以明治病未必善言者所能愈又豈可行險以幸中售技者必當審愼立方而病家亦當善于調養耳

京緞零剪 減價售現

零剪　寄售

品名	價
高鴉背	一千三百五十文
正號 元青貢緞每尺	一千四百文
中號	一千一百文
副號	八百八十文
眞杭青金銀庫緞每尺	一千二百文
眞裕順會皮絲烟每包	一千一百文
南京鹹鴨每支 大	一千八百文
小	一千二百文
龍井 每斤	一吊七百文
雨前	一吊一百文
珠蘭	一吊四百文
雀舌	九百六十文
蜂翅	一吊二百文
紅袍	六百四十文
小種	一吊二百文

本號自製元緞京緞兼售零剪杭綢衣線[illegible]燕金腿南貨糖貢一應俱全近因錢市漲落不同分別減價抑因無恥之徒假冒南味字號者甚多雖云謀利誠恐亂眞欲辦嘉篩用煩楮墨

天津宮北大獅子胡同公益仁記南味坊謹白

本莊自置顧繡綢緞綾羅紗絹各樣洋貨南貨雅扇桂頭油香貨歸安貝松泉湖筆一概俱全

品名	價
頭號杭寧綢	四錢二
頭號摹本緞	三錢八
紅梅茶 每斤	九百六
紅茶	六百四
紅茶梗	二百二
龍井茶	一吊八

金百壽綿薇裙布裡每套五兩八

哆囉蔴每尺原碼四分二

各莊夏布一概照行發莊

建平永平金礦局告白

啓者壬辰年春 前北洋大臣李委潤等創辦建平金礦自顧菲材膺茲艱鉅不勝主臣開辦以來疊於平建朝赤等處徧加採試或以石堅金薄不敷度支或以費鉅工艱難祈速效頻年耗損 實屬不支迨丙申歲抄核計彌縫舊缺外始有微餘洎丁酉全年見盈遂奉 熱河都憲諭以丁酉正月至四月爲建平第一屆升課其課銀已於今春解呈熱河五月至十二月爲第二屆其課銀亦不日報解又丙申冬分設永平金礦該處砂綫窄小浮露於外無大水患工程尚簡計至去年十二月底共試辦十四個月稍見餘利去冬十一月杪該局又得遷安縣屬峪之爾岩今正以後出金日逐見增將後可望蒸蒸日上刻亦報解第一屆升課惟是解課以後即應分息在股諸君觖望已久茲定於六月初一日在天津招商局內建平帳房上海寶源祥香港招商局等處分派屆時務祈諸股友携摺框顧以憑核發除將歷年辦理情形收支帳目稟報公牘彙刊成冊印送核閱外合將派息日期登報奉聞

徐潤等謹白

告白

新出石印濟公傳此書出在南宋高宗皇帝出一位高僧濟公奉佛敕旨降世人間微愚勸善忠孝節義與前醉菩題濟公不同本房不惜多金邀請名公細加批註由濟公降生共二百四十回趙家樓馬家湖前後接連又全續彭公案經史子集石印鉛板家藏板局板均照申價發售寄售毛買夥巷瑞芝閣

天津黃字山房謹啓

告白

頭彩第七千四百七十七號

二彩第二萬零七百五十號

三彩第一萬零三百零四號

諸君三次所買官商快覽如有得頭二三彩及上下附彩者請即攜原書來領當即照發彩洋也

絳雪齋啓

三井洋行分莊

告白

敝者日本商始創
貿易爲業數拾年
以來今分莊開設
北門外鍋店街洮
家衚衕口對過專
選精工料實東洋
棉紗各等時式大
小疋棉布粗洋布
斜紋洋標等格外
公道價亦從廉凡
仕商賜顧者請至
分莊面議可也特
此佈聞
三井本莊主人啟

天福茶園

特請上洋新到
頭等花旦
柴桂仙
擇日開演

新排全本新戲
洛陽橋

本園特請藝人不惜工夫精製各樣彩切另新
排洛陽橋八仙飄海仙女乘坐彩蓮花船打彩
散樂羣妖作亂此橋工程不能告竣蔡狀元差
家人夏德海赴水晶宮投文龍王閱文見喜遂
帶領夏德海遊玩水晶宮花園作樂演唱合班
名角戲中戲十錦雜耍各樣彩切龍王賞賜同
文從此修造工程告竣龍王轉稟玉皇遣天
兵天將各顯神通羣仙鬥法捉拿妖怪各現原
形蔡狀元邀請四方士農工商俱來觀看所造
橋樑內有三十六行作買賣許多奇文令人
可觀與前不同屆期擇日佈告光請　駕臨賞
覽是幸
本園謹啟

告白

皖江方友莊司馬喬
廣津門紫竹林義和
生西棧精于岐黃儕
輩頗受無友莊本世
家子不欲以醫鳴僕
等以爲沽上良醫甚
尠姑繫壺以救限前
人亦仁者之造福也
特揚之以告采薪者
○謹代訂車費兩竿
門診一竿
王蓮生馬少雲
洪月坡胡丹甫仝啟

紫竹林第一樓番菜館

本號專作英法大菜各色
精細點心各樣洋酒洋貨
等物一應俱全並售
上　八百
紅茶每斤津錢一千
上　六百
又批發茂生公司鐵海紙
烟零整發售價值格外公
道原箱計一百盒價洋一
百四十四元每盒計五百
支洋一元五角凡仕商
賜顧請即駕臨是荷
本主人謹白

廣東鼎盛機器廠

本廠精造大小
機器汽機火爐
閘礦水龍滅火
水龍磨麵機器
全套管辦鑄造
修理精巧銅鐵
等件貨眞價廉
倘蒙賜顧請
至天津紫竹林
法租界牌坊旁
本廠面議不悞
主顧
本主人謹啟

三日一本
石印類報

看至約四個月
可成書七部八
股已改策論此
報詢屬利器也
每月津錢六
百四十文先交
報資定看全年
者收洋肆元不
折不扣
北閣內延邵
公所對門類
類報館啟

本局自印耕
香館書牘每
部價洋二元
專辦各種石
印書籍精選
加高南紙外
細雅扇格外
價廉廉天津
東門外襪子
衚衕本局啟
本局謹啟

減價

今有友人
自辦陝西
老土每兩
洋錢四百
八十文
新到梁州
土每兩津
錢五百四
十文
如蒙賜顧
者請到東
門內聚隆
成寄售

告白

出售時務策論　時
務續庸書內外編郎
治平十議　西學通
攷　西事類編　原
板切問齋文鈔　時
務摭言　時務分類
興國策　萬國時務
分類大成　中外大
署時務要書　餘者
各書各報不及仝錄
先取爲快
天津北門內府署東
各報總處紫氣堂啟

告白

昨接本津東門內
冰窖衚衕瑞昌店
李宅委託代施石
印繡像西方極樂
圖　金剛經　高
王觀音經後附靈
驗記　均無多部
諸善士如願領各
種善書圖記請向
東門內瑞昌店領
取可也
天津各報總處
紫氣堂仝啟

美孚老牌煤油

啓者美國三達煤油公司之德富士老牌煤油天下馳名萬商稱美蓋其質潔色清亮白如銀且絕無烟氣能耐久燃比之生荳等油晶光百倍而儉用價廉此為德富士老牌之佳處誠屬無雙妙品也士商賜顧請到天津美孚洋行採辦或向就近殷實行店購買庶不致悞

DEVOE'S
PAT'D JUNE 22.63
BRILLIANT
OIL
IMPROVED
PAT'D JUNE 28.64
PATENT CAN
美孚行

海大道 鴻春樓番菜館

啓者本店三層大樓工程告竣地勢寬闊以備貴官紳請讌擇於去臘遷移新正月初二日開市各樣俱全價廉物美凡仕紳賜顧者請駕臨是幸

主人謹白

五月廿一日輪船出口　禮拜六

順和　輪船往上海　怡和行
海晏　輪船往上海　招商局
新濟　輪船往上海　招商局
溫州　輪船往上海　[?]太古

五月二十日銀洋行情

天津通行九七六錢
銀盤二千四百六十七　洋一千七百四十五
紫竹林通行九六錢
銀盤二千五百文　洋錢一千七百七十七
洋錢行市七錢一分三

新開 敦慶隆綢緞洋貨莊

擇於閏三月十一日開張

本號開設天津北門外估衣街西口路南第五家專辦上等綢緞顧繡以及各樣花素洋布各碼線批合線俱按銀莊零整批發格外克已士商賜顧者請認明本號招牌庶不致誤　本號特白

朱鈍翁現經運庫廳劉　延赴密雲縣為其　令堂太夫人診脉已於五月十九日啟程前往俟歸來再布

開設紫竹林法國租界北

天福茶園

京都新到

崇慶名班

特請京都上洋姑蘇山陝等處

各色文武　頭等名角

五月廿一日早十二點鐘開演

新到

邊義臣　洪州翠　長祿　八百紅　劉景山　白文奎　安桂秋　六月鮮　銀棠　十一紅　小九　王喜雲　常雅秋　李吉瑞　蘇廷奎　劉祥泉　趙斌恒

泗水關　吳家坡　柴桑口　教子　東宮掃雪　鐵冠圖　虹霓關　眾武行　普球山

晚七點鐘開演

全班　十二紅　邊義臣　小祿奎　十一紅　高玉喜　賽狸靈　王喜雲　姜小五　于報　雙處　終德明　常雅秋　蘇廷奎　劉祥泉　趙斌恒　楊四立

大賜福　五雷陣　文昭關　董家山　取帥印　眾武行　羅四虎

開設天津紫竹林海大道旁

福仙茶園

啓者本園於前月初四日止戲清理賬目今將戲園及園內桌椅磁壺磁碗新製彩切零星等件合盤出兌如有願兌者及詳細章程請至本園面議可也特此佈告

福仙茶園謹啓

創包機器

敬啓者近來西洋之妙莫過機器靈巧至各行應用非得其人難盡其妙每値傷損修理必悞時日今有甯子卿專於經理機器玆擬創辦包定各項機器以及向有機器常年煤料工力價値格外公道如貴行欲商者請到福仙茶園面議可也特白

直報

本館開設天津紫竹林海大道老菜市氣燈房巷內

光緒二十四年五月二十一日　第一千一百零七號

西歷一千八百九十八年七月初九日　禮拜六

部照又到　直隸勸辦湖北賑捐局自光緒二十四年三月初一日起至閏三月十五日止請獎各捐生部照又到請即攜帶實收來局換照可也

招領部照　捐生陳殿揚山東福山縣人前在直隸勸辦湖北賑捐局報捐監生部照早到望即攜帶實收來局換領切勿自誤

直隸勸辦湖北賑捐局第四次經收義賑清單

羅耀庭軍門捐銀五百四十八兩　鄂省災重前報備述已蒙仁人君子慷慨資助三次登報茲復承　羅耀庭軍門倡率全營將士輸捐繳冊到局仁施普被立拯鴻嗷億萬災黎悉拜再生之賜功德無量感頌同聲矣　直隸勸辦湖北賑捐局謹識

直隸勸辦江蘇淮徐海賑捐局第三次收集義賑清單

袁慰庭廉訪捐銀一百兩　佘敬甫都轉捐銀陸百兩　以上共銀七百兩　竊江蘇淮徐海地方災重且酷經敝局布啓告災已荷仁人君子慷慨資助兩次登報在案茲復承　袁廉訪　佘都轉輸捐到局值此麥收失望災象未紓死亡流離之餘得此源源接濟億萬災黎冀有再生之慶謹爲九頓首以謝　直隸勸辦江蘇淮徐海賑局謹識

上諭恭錄

上諭步軍統領衙門奏拿獲結夥持械拒傷事主鄰境盜犯請交部審辦一摺所有拿獲之鄭長荅即小鄭李舜即舜兒齊成仔即成兒張永汰即小張王珍即大王杓子李即破頭李劉五即小劉趙十吳長兒李元兒即小元兒陳二即麻城兒田三復兒趙陞即大趙老康即康合等十四名着交刑部嚴行審訊按律懲辦未獲之小葛等犯仍着嚴緝務獲究辦原拿此案之員弁俟刑部定案時聲明請旨另片奏拿獲迭次搶刦盜犯等語張五兒即張玉五一名着一併交刑部審明辦理未獲之陳保良等犯仍着嚴緝究辦該衙門知道欽此

總署覆奏山西鐵路礦務辦法摺稿

謹奏爲遵議山西鐵路礦務辦法改訂章程請旨遵行恭摺仰祈聖鑒事光緒廿四年二月初八日准軍機處片交奉上諭都察院奏山西京官呈訴山西興辦鐵路流弊滋多請停辦一摺山西興辦鐵路前據該撫奏稱因所產煤礦各礦須修鐵路方能運銷現有皖粵各紳商籌借洋欵來晉開辦當經降旨允其開辦並令預防流弊酌定詳細章程奏明辦理迄今尚未奏到茲據山西京官呈稱該撫竟將潞安澤州沁州平定三府一州典與洋人深堪詫異著將現辦形情及擬定章程刻日具奏原呈所指方孝傑劉鶚二員聲名甚劣均著撤退毋令預聞該省商務又左都御史徐樹銘奏山西礦務鐵路宜歸紳民自辦各節著胡聘之一併詳議具奏等因欽此是月廿四日復准軍機處鈔交山西巡撫胡聘之奏遵旨覆陳晉省鐵路礦務現辦情形分繕合同章程清單呈覽一摺奉硃批該衙門議奏單三件併發欽此臣等正在核議間復於三月初六日准軍機處片交御史何乃瑩奏山西鐵路鑛務請停借洋欵一摺軍機

大臣面奉　諭旨該衙門知道欽此三月十四日准軍機處片交都察院山西京官條陳山西商務局借欵章程關繫重大據呈代奏一摺軍機大臣面奉　諭旨著歸入胡聘之前奏內一併議奏欽此臣等當就山西巡撫胡聘之所訂合同章程按之山西京官及徐樹銘何乃瑩陳奏各節悉心參酌逐條覆核原訂借欵章程利息旣重　國家應得餘利幾同虛指租稅課等項概未聲叙似於各國開鑛成式尚多遺漏自應酌量增改以濬利源而山西京官原呈謂將路安澤州沁州平定四屬典與洋人徐樹銘原奏謂將鐵軌開礦兩事包與商人均屬言之過甚郎山西京官二次公呈將合同章程逐層辯駁亦多附會無以折服洋人何乃瑩奏請停借洋欵固屬正辦惟泰西各國率皆經營路鑛以馴至富强晋煤鐵鑛產之富久爲西人涎羡若深閉固拒轉恐利權旁落何如豫爲之地猶得操縱自如現在中國商情集股不易僅用土法開採實係難觀成效劉鶚方孝傑二員奉　旨撤退後義國商人羅沙第俄國商人璞科第即各聳其公使先後來臣衙門催辦謂合同業經山西巡撫遵照奏案批准斷難更改並謂巳各報其本國政府往後辯論至再至三勢亦難於中止臣等公同商酌晋省路鑛業經奉　旨准借洋欵開辦果將合同章程斟酌妥善於　國於民均有裨益當與各該使臣訂明事關商務非同別項交涉事件應逕與洋商商辦使臣不必攙預以免轇轕臣等遂博攷西國鑛路章程與義商羅沙第俄商璞科第將原定章程逐一增改鑛章第一條原稿僅叙辦理晋省盂平澤路等處鑛務語涉含渾改爲先與鑛師勘定何鄉何山何種礦產繪圖貼說彙由山西巡撫查明果與地方情形無礙方准開採並添叙如係民地公平租買如係官產照該處田則加倍納賦第五條聲明所開礦地遇有墳塋祠墓必須繞越毋得發掘第六條增入所有礦產按照出井之價值百抽五作爲落地稅報效中國　國家官利八厘改爲六厘公積一分改爲逐年還本仍隨本減息用本還淸公積郎行停止此外所餘淨利提二十五分歸中國　國家餘歸公司自分給并聲明係商人籌借如有虧折與中國　國家毫不干涉第八條添入開礦所需料件機器等物進口照開平各鑛章程完納海關正稅項壙產出口仍照關章納稅第十六條於租買民人巳開之壙添叙不得稍有抑勒第十七條於添造支路轉運煤壙添入應訂章程屆時另議第十八條每年盈虧淸册添入各請華洋公正人一名核算無訛以符各國公司通例又鐵路合同第六條添入鐵路經過地段如係民地應向業主公平租買如係官地應與地方官議定租價并照該處田則逐年納賦第七條聲明路成後中國於正定太原鐵路兩處設關收稅與鐵路無干第十條原議每年餘利以四成歸公司二成歸報效　國家一成歸商務局三成歸華俄銀行現改爲以二成歸商務局四成報效　國家一成歸商務局辦公之用三成歸華俄銀行仍聲明俟借欵完淸此三成餘利銀行亦郎停收原議第十四條鐵路初成客貨稀少恐不敷養路之費准於附近鐵路地方酌開煤鐵壙數處現今全行删除以淸界限其餘各條亦均逐句推敲期於妥協并將劉鶚方孝傑所立公司名目一律删除統歸山西商務局任辦俾一事權臣等與該洋商逐細磋磨始經定議分繕淸單恭呈御覽該洋商等守候日久該國使臣屢催定議勢難再緩如蒙　俞允郎由臣等飭令電調來京之山西商務局紳士曹中裕與洋商羅沙第在臣衙門畫押以免稽延至賈景仁被叅各欵由臣等另片具覆所有遵議山西鐵路壙務辦法緣由理合恭摺具陳伏乞皇上聖鑒訓示遵行再此摺係總理衙門主稿會同戶部具奏合并聲明謹奏光緒二十四年閏三月二十七日奉　硃批依議欽此

○學堂章程　○第一章總綱　第一節　京師大學堂爲各省之表率萬國所瞻仰規模當極宏遠條理當極詳密不可因陋就簡有失首善體制　第二節　各省近多設立學堂然其章程功課皆未盡善且體例不能畫一聲氣不能相通今京師既設大學堂則各省學堂皆當歸大學堂統轄一氣呵成一切章程功課皆當遵依此次所定務使脉絡貫注綱舉目張　第三節　西國大學堂學生皆由中學堂學成者遞升今各省之中學堂草創設立猶未能徧則京師學堂之學生其情形亦與西國之大學堂畧有不同今當於大學　中兼寓小學　中學　之意就中分列班次循級而升庶幾兼容並包兩無窒礙　第四節　西國最重師範學堂蓋必教習得人然後學生易於成就中國向無此舉故各省學堂不能收效今當於學中別立一師範齋以養教習之才　第五節　西國學堂皆有一定功課書由淺入深條理秩然有小學堂讀本有中學堂讀本中學堂讀本按日程功收效自易今中國既無此等書故言中學則四庫七畧

浩如烟海窮年莫殫望洋而歎言西學則陵亂無章顧此失彼皮毛徒襲成效終虛加以師範學堂未立教習不得其人一切教法皆不講究前者學堂不能成就人才皆由於此今宜在上海等處開一編譯局取各種普通學盡人所當習者悉編爲功課書分小學中學大學三級量中人之才所能肄習者每日定爲一課局中集中西通才專司纂譯其言中學者薈萃經子史之精要及與時務相關者編成之取其精華棄其糟粕其言西學者譯西人學堂所用之書加以潤色既勒爲定本除學堂學生每人給一分外仍請 旨頒行各省學堂悉遵教授庶可以一趨向而廣民智 第六節 學者應讀之書甚多一人之力必不能盡購乾隆間 高宗純皇帝於江浙等省設三閣盡藏四庫所有之書俾士子借讀嘉惠士林法良意美泰西各國於都城省會皆設有藏書樓亦是此意近張之洞在廣東設廣雅書院陳寶箴在湖南所設時務學堂亦皆有藏書京師大學堂爲各省表率體制尤當崇閎今擬設一大藏書樓廣集中西要籍以供士林流覽而廣天下風氣 第七節 泰西各種實學多藉試驗始能發明故儀器爲學堂必需之事各國都會率皆有博物院蒐集各種有用器物陳設其中以備學者觀摩事半功倍今亦宜仿其意設一儀器院集各種天算聲光化電農礦機器制造動植物各種學問應用之儀器咸儲院中以爲實力考求之助 第八節 現時各省會所設之中學堂尚屬寥寥無以備大學堂前茅之用其各府州縣小學堂尤爲絕無僅有若不尅期開辦則雖有大學堂而額數有限不能逮下成就無幾今宜一面開辦一面嚴飭各省督撫學政迅速將中學堂小學堂開辦務使一年之內每省每府每州縣皆有學堂庶幾風行草偃立見成效 第二章學堂功課例第一節 近年各省所設學堂雖名爲中西兼習實則有西而無中且有西文而無西學蓋由兩者之學未能貫通故偶涉西事之人輒鄙中學爲無用各省學堂既以洋務爲主義卽以中學爲具文其所聘中文教習多屬學究帖括之流其所定中文功課不過循例伊吾之事故學生之視此學亦同贅疣義理之學全不講究經史掌故未嘗厝心考東西各國無論何等學校斷未有盡舍本國之學而徒講他國之學者亦未有絕不通本國之學而能通他國之學者中國學人之大蔽治中學者則絕口不言西學治西學者亦絕口不言中學此兩者之所以終不能合互相詬病若水火不相入也夫中學體也西學用也二者相需缺一不可體用不備安能成才且既不講義理絕無根柢則浮慕西學必無心得祇增習氣前者各學堂之不能成就人才其弊皆由於此且前者設立學堂之意亦與今異當同文館廣方言館初設時風氣尚未大開不過欲培植譯人以爲總署及各使館之用故僅教語言文字而於各種學問皆從簡畧今此次設立學堂之意乃欲培非常之才以備他日特達之用則其教法亦當不同夫僅通中國語言文字之人必不能謂爲中學之人才然則僅通西國語言文字之人亦不能謂爲西學之人才明矣西文與西學二者判然不同各學堂皆專教西文而欲成就人才必不可得矣功課之完善與否實諸生成就所攸關故定功課爲學堂第一要著今力矯流弊標擧兩義一曰中西並重觀其會通無得偏廢二曰以西文爲學堂之一門不以西文爲學堂之全體以西文爲西學發凡不以西文爲西學究竟宜昌明此意頒示各省 此單未完

督轅門抄 ○五月二十日晚中堂見 候補道張大人翼 東文繙譯張文成 日本領事鄭永昌 副領事藤田豐三郎 候補繙譯井原其澄○二十一日見 藩台裕大人 候選郎中鈕秉臣 候補府李蔭梧 錢榮 馬錫侯 候補直隸州黃建移 候補縣吳鴻祺 趙巽年 銘峻 成肇麟 孫毓琦 馬毓藻 裴景星 林喦 湖北候補縣陳元庸 批驗所大使陳寶誠 長蘆鹽大使桂先培 天津縣縣丞沈揮 補用都司鄭汝成 候補鹽大使黃煥奎 卓德徵 兪錫祥 候補州同寶煜 寧夏滿洲協領奇克伸布 記名總兵張詔模 古北練軍左營錫耆 補用守備王增耀

蹕路清嚴 ○九月初三日 皇上恭奉 皇太后幸臨津門擇定海防公所爲駐蹕行宮等情業經恭紀前報公所內院戲台現已折去並圈兩旁祠屋局勢畧加開展但地方亦宜清肅現奉閣督部堂諭飭地方官所有居民房屋附近行宮者當令一律遷移並將新浮橋重加修理作爲 御路另在上下游添造浮橋二道以便官民往來免致攙越

拓地宜寬 ○蘆漢鐵路料廠因地勢不甚合宜另在塘沽商局租賃房屋一所刻已訂立合同僱覓工匠趕緊修葺完整准於

月中遷移云

命案傳聞　○日前河東火車站有人由他處拐來婦女各一口被地方看破扭交該管坐捕看守而自往衙署報案及地方回來該犯已死於路旁身有傷痕坐捕與婦女均不知去向地方大驚赶即折回報官相驗不知作何辦理

假帖被獲　○于某者年逾不惑衣服麗都每自稱在津候補實則專以使用假帖誆騙昨在宮北某號買鞋付以假帖被櫃上人看出怒將衣服扯破復揪髮辮聲言送至官裏去旋因旁人解勸該舖掌始肯釋手于乃抱頭鼠竄以去

長江鐵路　○滙豐與怡和洋行擬於蘇甯鎮各處及長江一帶修築鐵路聞已向中國鐵路公司議妥簽立合同矣

紹興鬧米　○紹興府蕭山各米行店因貨乏來源公議不准多售概以一斗爲率而斗量又暗中收小以致激成衆怒初七日各鄉糾集多人將縣城附近各行店搗毀一空最可惡者所有米糧或棄河內或拋街頭如此作賤實干天怒鄉民之愚一至於此可嘆也亦可憫矣

浙議墾荒　○浙江各屬拋荒田畝雖由各當道隨時諭令農民陸續開墾奈上八府等處地廣人稀農力終嘆不足故以統省較之曠廢田地寔難數計刻經杭紹紳富胡曉春廣文丁辛垞明府及蔡太史陸世尉等擬仿照湖北省農桑公會成効定章設立公所察勘各鄉地形之高下土性之燥溼勸種禾麥桑蔴以修農事俾期地無曠土里無游民而收天地自然之利刻已詳定辦法聯名具稟未識果能輿情允洽克底於成否

日聯中外　○日本友人來信云邇來中國各大憲時時派員游歷東瀛研求新法行李往來不絕於道前者鄂督張香帥所派姚司馬石銓與浙撫廖仲帥所派之張蔣二君同寓厚生館旅邸至自備資斧相約問俗觀風之徐小農大令劉偉菴司馬則以西郁屋爲逆旅主人之數君者要皆年少多才練達時務事聞於日本公爵近衛氏及子爵長岡氏以諸君客居異地不便良多因擬加貲設一行轅專備華員居處俾航海到此者得以賓至如歸併勸令將庠校規制教育事宜一一詳細攷求以資取法暇復歷覽各山講求開采之術庶中日兩國得以漸致富強日後脣齒相依不受外人之欺侮云　又云日東自由黨與進步黨平日各立門戶幾如冰炭近者互議合而一之別標其名曰政憲黨華歷五月初四日大會於東京新富座劇場登壇宣說大旨謂此後凡我黨中人當力求有益於國計民生者知無不言言無不盡任勞任怨以期匡輔我國家一時環而聽者數千人無不鼓掌稱善

考查地利　○俄地輿會擬派人赴滿州游歷查考近日所開煤壙其游歷官中有壙師阿鋪甫特及闊廝羅甫

光緒二十四年五月十九日京報全錄

宮門抄○五月十九日兵部　太常寺　太僕寺　正藍旗值日　吏部引　見七十七名　四川總督裕祿到京請　安　崑中堂等磨勘試卷覆　命　毓秀假滿請　安　補用知府全文炳謝　恩　明桂續假五日　提督衙門奏拿獲盜犯鄭長苓等十四名請交刑部　又拿獲盜犯張五兒一名請交刑部　召見軍機　裕祿　皇上明日已刻升　文華殿

○○頭品頂戴南洋通商大臣兩江總督臣劉坤一跪　奏爲隨辦洋務人員三年期滿循案照章擇尤請獎恭摺仰祈　聖鑒事竊查吏部奏定章程內開嗣後隨同南北洋大臣專辦洋務出力人員自奉委之日起扣滿三年請獎以十員爲率等因歷經循辦在案南洋爲通商總滙之區濱江環海交涉事務較繁近年商務愈推愈廣旋値蘇州闢口通商釐定章程權衡輕重往復辨論甚費維持此外一切交涉事件全賴各該員等實力籌辦勞瘁弗辭不激不隨顧全大局洵屬著有勞績當此時艱愈亟需材孔殷似應鼓勵作興藉收奔走禦侮之用查隨辦洋務出力人員自光緒十九年九月請獎後扣至光緒二十二年九月已滿三年奬叙之期除出力稍次各員存俟下屆彙案列保外自應照章擇尤請保並無冒濫核與部定新章相符謹繕清單恭呈　御覽合無仰懇　天恩俯准照擬給奬以示鼓勵除將各該員履歷分咨總理衙門吏部外理合會同江蘇巡撫臣奎俊恭摺具　奏伏乞　皇上聖鑒訓示謹　奏奉　硃批該部

議奏單併發欽此

○○張之洞片　再前准戶部咨豫撥湖北省戊戌年滿綠各營兵餉案內撥江漢關洋稅銀十五萬兩等因當經轉飭遵照辦理茲據湖北漢黃德道監督江漢關稅務瞿廷韶詳稱在於第一百五十結所徵六成洋稅項下動支庫平足色銀五萬兩委員解赴藩司衙門交收以供支放等情詳請　奏咨前來臣覆核無異除分咨總理各國事務衙門及戶部查照外理合會同湖北巡撫臣譚繼洵附片具陳伏乞　聖鑒謹　奏奉　硃批該衙門知道欽此

○○頭品頂戴兩江總督臣劉坤一頭品頂戴江蘇巡撫臣奎俊跪　奏為江南籌防第十七案收支各款分別造報恭摺具陳仰祈聖鑒事竊江蘇省籌辦江海防務前經設立籌防總局委司道各員公同經理業將光緒二十一年十二月以前收支各款目遵照部章造冊　奏銷在案茲據籌防局司道江寗布政使松壽等詳稱自光緒二十二年正月起籌防案內正雜各款截至是年十二月底止收支款目列為籌防第十七案報銷計舊管銀二十二萬四千六十二兩有奇新收江浙兩海關稅項又江海關製造二成洋稅內按月額撥各款及代放軍火價值運脚江蘇省厘金湖北萬戶沱抽收四川鹽厘江西補解前次光緒十二年分撥款兩淮商捐初次報効找款及二次報効銀兩天津海防支應局籌撥南洋各兵船調防旅順餉雜等款江海鎮江揚州等關加解陸師學堂經費收同金陵支應局借用防費申平銀兩又收回十四十五十六三屆報銷案內部刪魚雷營清書公費等項銀兩共銀二百二十六萬三百九十八兩有奇總計舊管新收二項共銀三百四十八萬四兩千四百六十兩有奇內除撥解金陵機器局額造加造軍火經費官電局薪水雜用及添設水陸電線工料加給薪水同文館經費膏火水師學堂額支添支經費江南新設鑄造銀元制錢局購辦機器價值運脚江南新設陸師學堂起造房屋購置書籍器具及開堂後額支薪費贍銀等項共計登除銀四十一萬一千四百七十四兩有奇實計收用銀二百七萬二千九百八十五兩有奇開除各砲台添築修理各項工程及購辦蓬布繩索支給價銀守台紮營及煤廠等處租用民地各處建造收買民基支給租價購價各砲台華洋員弁教習勇匠薪糧津貼辛工公費魚雷營薪糧等項兵輪艇砲差運等船薪糧公費藥費郵賞調操賞犒購辦煤油軍火雜件修理工料文武員弁司事學生兵夫工匠人等各薪糧口糧雇用營造洋員薪水川資補放設防時查船洋人辛工等款購辦外洋軍火支給價值運脚工食轉運軍火煤斤運費電報報費夫力魚雷水雷購辦用物備放設防時收買沙船及撤防撈雷清港又修造房屋廠庫添置用物並念船修艌等項以上計由籌防案內放給前項銀兩均遵部議報銷章程各歸各部核銷計應歸戶部核銷銀十三萬五千二百六十六兩有奇兵部核銷銀五十二萬四千五百三兩有奇工部核銷銀八十九萬七百五十七兩有奇共請銷銀一百五十五萬五百二十六兩有奇又水師學堂用款奏明歸籌防案內附銷今另立專冊附案請銷總計所支各項均係循照成案暨　奏咨奉准數目核實支給並無絲毫浮冒計實存銀五十二萬二千四百五十八兩有奇又水師學堂冊報結存銀兩均於下屆各歸各案滾接造報茲將清冊分別咨送總理衙門戶部兵部工部查照外謹合詞恭摺具陳並繕列清單恭呈　御覽伏乞　皇上聖鑒　勅部查照施行謹　奏奉　硃批該部議奏單併發欽此

吏隱告白

從來病者以診治爲先痊則以調養爲要誠以稍不自愼則痊者復病而病轉滋深所貴愼之又愼而不可輕心掉也僕自蒞津以來凡遇重症每殫竭心力以求其愈愈後必以調養爲諄囑獨於北塘賈鎭帥有難焉者鎭帥膺專閫重寄年雖老而心猶壯故運甓之勤撫髀之嘆在所時有而無如其病也雖病必醫醫必痊痊而不善養則病復作僕自仲春以迄孟夏嘗赴北塘悉心診治計三閱月其病而復痊者屢矣然猶諄諄囑以調養切勿誤投藥餌延至淸和下浣見其精神矍鑠飲食如初且自津郡雇取名班賽神酬願矣僕始畧爲放心不取謝資折回津寓不圖昨聞驚報仍因藥誤以致將星遽隕也使確念余囑則董奉之杏林僕豈不望多栽數株惟事已如此深恐後之施治者反以僕爲藉口也故登諸報端以明治病未必善言者所能愈又豈可行險以幸中售技者必當審愼立方而病家亦當善于調養耳

自去歲四月初旬開張以來蒙　各主顧垂盼雲集馳名日盛本號特由蘇杭等處加意揀選名機新鮮貨色零整銀價俱照大莊行市公平發售以昭久遠此白

寄賣龍井雨前素茶福建皮絲水烟各種眞料大小皮箱

開設天津府北門外估衣街中路北門面便是

元茂機器磚瓦公司

本公司仿照西法燒作磚瓦事屬創舉曾經通稟在案該貨堅固異常價値從減並各樣印花磚瓦俱全　賜顧者請至海大道新興南里內本公司面議可也謹啓

本號自置顧繡綢緞洋貨等物整零均按銀莊格外公道大市價廉發售　寄賣各種眞料大小皮箱漢口水烟袋各種眼鏡龍井雨前紅茶梗　寓天津北門外估衣街五彩號衚衕口坐北向南　士商賜顧者請認本號招牌特此謹啓

建平永平金礦局告白

啓者壬辰年春　前北洋大臣李委潤等創辦建平金礦自顧菲材膺茲艱鉅不勝主臣開辦以來疊於平建朝赤等處徧加採試或以石堅金薄不敷度支或以費鉅工艱難祈速效頻年耗損實屬不支迨丙申歲抄核計彌縫舊缺外始有微餘洎丁酉全年見盈遂奉　熱河都憲諭以丁酉正月至四月爲建平第一屆升課其課銀已於今春解呈熱河五月至十二月爲第二屆其課銀亦不日報解又丙申冬分設永平金礦該處砂綫窄小浮露於外無大水患工程尚簡計至去年十二月底共試辦十四個月稍見餘利去冬十一月杪該局又得遷安縣屬峪之爾岩今正以後出金日逐見增將後可望蒸蒸日上刻亦報解第一屆升課惟是解課以後卽應分息在股諸君觖望已久茲定於六月初一日在天津招商局內建平帳房上海寶源祥香港招商局等處分派屆時務祈諸股友携摺柱顧以憑核發除將歷年辦理情形收支帳目稟報公牘彙刊成册印送核閱外合將派息日期登報奉聞　徐潤等謹白

告白

新出石印濟公傳此書出在南宋高宗皇帝出一位高僧濟公奉佛敕旨降世人間微愚勸善忠孝節義與前辭菩題濟公不同本房不惜多金邀請名公細加批註由濟公降生共二百四十回趙家樓馬家湖前後接連又全續彭公案經史子集石印鉛板家藏板局板均照申價發售寄售毛賈夥巷瑞芝閣　天津賨字山房謹啓

告白

頭彩第七千四百七十七號
二彩第二萬零七百五十號
三彩第一萬零三百零四號
諸君三次所買
官商快覽如有
得頭二三彩及
上下附彩者請
即攜原書來領
當即照發彩洋
也　絳雪齋啓

天福茶園

特請上洋新到
頭等花旦
柴桂仙
擇日開演

新排全本新戲
洛陽橋

本園特請藝人不惜工夫精製各樣彩切另新排洛陽橋八仙飄海仙女乘坐彩蓮花船打彩散樂羣妖作亂此橋工程不能告竣蔡狀元差家人夏德海赴水晶宮投文龍王閱文見喜遂帶領夏德海遊玩水晶宮花園作樂演唱合班名角戲中戲十錦雜耍各樣彩切　龍王賞賜回文從此修造工程告竣龍王轉稟玉皇遣天兵天將各顯神通羣仙鬥法提拿妖怪各現原形蔡狀元邀請四方士農工商俱來觀看所造橋樑內有三十六行作買作賣許多奇文令人可觀與前不同屆期擇日佈告光請　駕臨賞覽是幸

本園謹啓

告白

出售中外大畧時務要書　萬國時務分類大成　時務分類興國策　時務正續庸書治平十議　內外編精選策學百萬卷　廣廣策府　統宗　海國大政記　中外時務策學大成　萬國公法　普法戰紀　重訂法國志　切間　齋文鈔　原板大英國志　時務新書八種　萬國公法會通　中外緒言　世說新語　時務要覽　金軺籌筆　藝蘆叢書　保富興國論　文學興國策　無邪堂問答　四國日記　四國志畧　壙務叢鈔　西學通致格物入門　格致精華錄　先覯爲快　物奇價廉

天津北門內府署東各報總處紫氣堂啓

三井洋行分莊

告白

敝者日本商始創貿易爲業數拾年以來今分莊開設北門外鍋店街洗家衚衕口對過專選精工料實東洋棉紗各等時式大小疋棉布粗洋布斜紋洋標等格外公道價亦從廉凡仕商賜顧者請至分莊面議可也特此佈聞

三井本莊主人啟

紫竹林第一樓番菜館

本號専作英法大菜各色精細點心各樣洋酒洋貨等物一應俱全並售

上　八百
紅茶每斤津錢一千
上　六百

又批發茂生公司鐵海紙烟零整發售價値格外公道原箱計一百盒價洋一百四十四元每盒計五百支洋一元五角凡仕商賜顧請即駕臨是荷

主人謹白

梁子亨代售類報

彼處經理各報多年如今北方風氣微開本津新出類報每禮拜兩次類訪經濟六門論年四元外埠酌加寄費閱者定取賜函分送風雨不誤

天津北門內府署東各報總處啓

減價

今有友人自辦陝西老土每兩津錢四百八十文新到梁州土每兩津錢五百四十文如蒙賜顧者請到東門內聚隆成寄售

告白

皖江方友莊司馬喬寓津門紫竹林義和生西棧精于岐黃輩頗受益友莊本世家子不欲以醫鳴僕等以爲沾上良醫甚尠姑懸壺以救眼前人亦仁者之造福也特揚之以告采薪者

○謹代訂車費兩竿
門診一竿

王蓮生　馬少雲
洪月坡　胡丹甫　仝啓

廣東鼎盛機器廠

本廠精造大小機器汽機火爐開礦水龍滅火水龍磨麪機器全套管辦鑄造修理精巧銅鐵等件貨眞價廉倘蒙賜顧請至天津紫竹林法租界牌坊旁本廠面議不悞

主顧
本主人謹啓

本局自印耕香館畫賸每部價洋二元專辦各種石印書籍精選加高南紙頂細雅扇格外價廉天津東門外襪子衚衕本局啓

本局謹啓

美孚老牌煤油

啓者美國三達煤油公司之德富士老牌煤油天下馳名萬商稱美蓋其質潔色清亮白如銀且絕無烟氣能耐久燃比之生荳等油晶光百倍而儉用價廉此爲德富士老牌之佳處誠屬無雙妙品也士商賜顧請到天津美孚洋行採辦或向就近殷實行店購買庶不致悮

DEVOE'S PAT'D JUNE 22.63. BRILLIANT OIL IMPROVED PAT'D JUNE 28.64. PATENT CAN 美孚洋行

海大道 鴻春樓番菜館

啓者本店三層大樓工程告竣地勢寬闊以備貴官紳請讌擇於去臘遷移新正月初二日開市各樣俱全價廉物美凡仕紳賜顧者請即駕臨是幸

主人謹白

新開 敦慶隆綢緞洋貨莊

擇於閏三月十一日開張

本號開設天津北門外估衣街西口路南第五家專辦上等綢緞顧繡以及各樣花素洋布各碼線批合線俱按銀莊零整批發格外克已士商賜顧者請認明本號招牌庶不致誤　本號特白

朱鈍翁現經運庫廳劉　延赴密雲縣爲其　令堂太夫人診脉已於五月十九日啓程前往俟歸來再布

五月廿四日輪船出口　禮拜二

蘇順　輪船往廣東　怡和行

新豐　輪船往上海　招商局

五月二十一日銀洋行情

天津通行九七六錢

銀盤二千四百六十七　洋一千七百四十五

紫竹林通行九六錢

銀盤二千五百文　洋錢一千七百七十七

洋錢行市七錢一分三

開設紫竹林法國租界北

天福茶園

京都新到

崇慶名班

特請京都上洋姑蘇山陝等處

各色文武　頭等名角

五月廿二日早十二點鐘開演

新到

劉景山　小三寶　八百紅　銀　堂　玉　奎　張長奎　東發亮　六月鮮　崇　彪　雙　處　安桂秋　十一紅　賽狸猫　羊喜壽　王壽雲　常雅秋　蘇廷奎

五梅駒　打金枝　雙代箭　對銀盃　金水橋　鐵蓮花　衆武行　戰皖城　割髮代首

晚七點鐘開演

十二紅　小三寶　自文奎　羊喜壽　小祿奎　十一紅　終德明　雙　處　安桂秋　謝才寶　王喜雲　賽狸猫　楊四立　常雅秋　李吉瑞　劉祥泉　趙斌恒

汴梁圖　審刺客　定軍山　牧羊卷　新安驛　衆武行　翠鳳樓

開設天津紫竹林海大道旁

福仙茶園

啓者本園於前月初四日止戲清理賬目今將戲園及園內桌椅磁壺磁碗新製彩切零星等件合盤出兌如有願兌者及詳細章程請至本園面議可也特此佈告

福仙茶園謹啓

創包機器

敬啓者近來西法之妙莫過機器靈巧至各行應用非得其人難盡其妙每值傷損修理必悞時日今有甯子卿專於經理機器玆擬創辦包定各項機器以及向有機器常年煤料工力價值格外公道如貴行欲商者請到福仙茶園面議可也特白

直報

本館開設天津紫竹林海大道老菜市氣燈房巷內

光緒二十四年五月二十二日
西歷一千八百九十八年七月初十日　禮拜日
第一千一百零八號

上諭恭錄

上諭御史文悌奏言官黨庇誣罔熒聽請旨飭查一摺據稱御史宋伯魯楊深秀前參許應騤顯有黨庇熒聽情事恐啓台諫攻擊之風等語該御史此奏難保非受人唆使向來台諫結黨攻訐各立門戶最爲惡習該御史既稱爲整肅台規起見何以躬自蹈此文悌不勝御史之任着回原衙門行走欽此　旨分發陝西道吳樹棻四川道曹穗湖北道李宗棠廣西道尹恭保雲南道湯魯璠山西知府甘永熙河南知府李翊煌陝西知府王瑞龍江西知府劉家蔭袁樹勛廣東知府龔心湛沈秉樸廣西知府陳壽琯王克誠英霖黃英采羅廷桂浙江知府劉廷鈞江西知府曹樹藩廣西知府王龍詔吉林同知張渭田葆瑗山東同知黃篤瓚楊嘉辰山西同知廣隆浙江同知葉祖巽江西同知梁佩祥李慶增郭調元河南同知劉銘宣浙江同知吳清高許崇厚福建同知朱丙元廣西同知史煥青安徽直隸州知州英華李會棻鄧兆南四川直隸州知州宋聯奎山東直隸州知州蔣文懋山西直隸州知州江立忠江蘇知州徐士英貴州知州曾維矩山西知州錫元兩浙鹽運副朱燦奎雲南鹽提舉陳灼山西通判郭連山林以紱陝西通判晁桂昌貴州通判劉復校浙江通判英瑨福建通判王景祺廣東通判林齊賢彭會植貴州通判黃廷魁黃鳳祥兩淮鹽運判姚體善安徽直隸州州同薛念祖湖北直隸州州同張新年四川直隸州州同羅永開廣東直隸州州同李先疇奉天知縣張兆駿江蘇知縣倪文范沈善發邵文炳劉思勲山東知縣徐際鴻祝嗣隆河南知縣謝葆榮文棫焦中孚黎乾陝西知縣秦駿聲李丙焱甘肅知縣單元亨黃家模浙江知縣吳曾壽江西知縣方恒湖北知縣劉嶽鎮湖南知縣鄧嘉楨彭念謨王兆瀛四川知縣陳謨侯昌鎮雲南知縣孫祥麟雷元澍貴州知縣楊琯奉天知縣孟憲彝安徽知縣陳兆煊徐士傑山東知縣徐瑞麟吳用威山西知縣保謙薛賫良陳爵謝鴻舉河南知縣高景三陝西知縣姚熙陳維藻浙江知縣陳宗元汝夢庚吳本伊顧沛綸江西知縣李九齡倪望隆徐寬濟洪曰洵黃曾詒李德利福建知縣盧家駒湖北知縣胡承恩李堅徐

之棨沈世鈞梅際郁顧印愚湖南知縣嚴用彬沈文林曹臻四川知縣丁良幹胡松雲范鍚祺胡世名蔣應澍段榮嘉何廷璐廣東知縣華承讀史允端舒繼券文星輝鄧盛鈞廣西知縣翟洪銓謝樞劉縉道雲南知縣楊嘉紳廖鴻賓江蘇孫全璧郎承先貴州知縣戴永清四川鹽大使羅堉兩淮鹽大使劉錫綸王恩溥莫如滋劉保鴻浙江鹽大使秦學顯福建鹽大使余元達唐人寅鄒國珍許孝虞龔慶龍福建鹽大使陳元煜四川鹽大使貴善廣東鹽大使汝光祖梁耀基呂鳳儀俱照例發往欽此

○學堂章程　續前稿

第二節　西國學堂所讀之書皆分兩類一曰溥通學二曰專門學溥通學者凡學生皆當通習者也專門學者每人各占一門者也今畧依泰西日本通行學校功課之種別参以中學列爲一表如下　經學第一　理學第二　中外掌故學第三　諸子學第四　初級算學第五　初級格致學第六　初級政治學第七　初級地理學第八　文學第九　體操學第十　以上皆溥通學其應讀之書皆由上海編譯局纂成功課書按日分課無論何種學生三年之內必須將本局所纂之書全數卒業始得領學成文憑惟體操學不在功課書內　英國語言文字學第十一　法國語言文字學第十二　俄國語言文字學第十三　德國語言文字學第十四　日本語言文字學第十五　以上語言文字學五種凡學生每人自認一種與普通學同時並習其功課悉用洋人原本　高等算學第十六　高等格致學第十七　高等政治學第十八法律學歸此門　高等地理學第十九測繪學歸此門　農學第二十　礦學第二十一　工程學第二十二　商學第二十三　兵學第二十四　衛生學第廿五醫學歸此門　以上十種專門學俟溥通學卒業後每學生各占一門或兩門其已習西文之學生卽讀西文各門讀本之書其未習西文之學生卽讀編譯局譯出各門之書　第三節　凡學生年在卄以下必須認習一國語言文字其年在卄一以上舌本已強不能學習者准其免習卽譯出各書爲功課惟其學成得獎當與兼習西文者稍示區別　第四節　本學堂以實事求是爲主固不得如各省書院之虛應故事亦非如前者學堂之僅襲皮毛所定功課必當嚴密切實乃能收效今擬凡肄業者每日必以六小時在講堂由教習督課以四小時歸齋自課其在講堂督課之六小時讀中文書西文書時刻各半除休沐日之外每日課肄時刻不得缺少不遵依者卽當屏出　第五節考驗學生功課之高下依西例用積分之法每日讀編譯局所編溥通學功課書能通一課者卽爲及格功課書之外每日仍當將所讀書條舉心得入箚記册中其箚記呈教習評閱記注分數以爲高下之識別其西文功課則以背誦默寫解說三事記注分數每月總核其數之多寡列榜揭示　第六節　每月考課一次就溥通學十類中每類命一題以作兩藝爲完卷其頭班學生習專門學者則命專門之題試之由教習閱定分別上取次取其課卷箚記列高等者擇尤刊布如同文館算學課藝之例布諸天下以爲楷模　第三章學生入學例　第一節　學生分爲兩項第一項　諭旨所列翰林院編檢各部院司員大門侍衛候補候選道府州縣以上及大員子弟八旗世職各省武職後裔之願入學堂肄業者第二項各省中學堂學成領有文憑咨送來京肄業者　第二節　學生分兩班其治各種溥通學已卒業者作爲頭班現治普通學者作爲二班第一項學生投考到堂之始皆作爲二班以漸而升第二項學生咨送到堂時先由總教習考試如實係曾經治溥通學卒業者卽作爲頭班若未卒業者卽作爲二班俟補足後乃升　第三節　恭繹　諭旨有其願入學堂者均准入學肄習等語似不必先行甄別考錄仰見廣大教澤之　聖意惟絕無節制人數既多恐其中或有沾染習氣不可敎誨或資質劣下難以成就者亦在所不免一體雜厠恐於堂中功課有礙今擬凡此各項人員願來學者取結報名投到先作爲附課生一月以後由總教習提調等察其人品資質實可教誨然後留學庶幾精益求精成就較多　第四節　既不經甄別則願來學者多少無定額經費及學舍等亦皆不能懸定今擬畧示限制暫以五百人爲額其第一項學生額設三百人第二項學生額設二百人若取額已滿續行投到咨到者暫作爲外課生俟缺出乃補凡外課生不住學堂不給膏火

此單未完

軍律維新　○禮邸慶邸暨諸王大臣皆以西洋兵法實勝中華尤以德國爲最日前據掌江西道監察御史唐侍御宗彥專摺條陳陸營兵丁操演請改洋操仿照天津武備學堂規模特開新塾在阜成門外附近處所建營蓋屋專選京西之外火器營健銳營圓明圓三處旗兵中之年輕聰穎子弟若干名附入該堂肄習德國武備已由王大臣等行知各營遴派造册呈送查核靜候考試入堂云

嚴限接班　○太醫院御醫向在　內廷值班住宿按五日輪流換班前因某御醫接班遲悞據太醫院堂憲將輪應赴　內廷及　頤和園值班住宿之御醫李壽昌等三十二員各分爲八班　內廷二員　頤和園二員均按五日一輪必待接班值差之員到班始准交班若有不候接班之員到班而值班之員先行散去者一經查出卽治以曠職之咎諒經此番整頓必當謹愼從公不致仍前懈怠矣

無怠無荒　○幼官學之設朝廷不惜帑金延師訓課爲之師者當如何精白乃心認眞訓迪近聞此項課師黽勉從事者固不乏人而素餐尸位以荒以嬉者亦頗有之幸有　欽命大臣隨時稽查學事不至大壞否則習俗相沿恐不免肆無忌憚現奉　欽命稽查幼官學大臣戶部右侍郞溥少司農良傳諭該學各教習等務當勤加訓課毋許怠荒定於六月初一日起親詣學中查察功課分別等第嚴予獎斥云云自有此諭想該師等定有一番振作不致再踏前非焉

工匠把持　○南苑駐操兵丁添修營房及　南苑內團河等處行宮殿宇一律興工業經由戶部領出庫平銀二十萬兩已於五月十二日開工修葺曾列報端頃聞瓦匠工作因每日應得工錢三吊不敷用度竟於十九日齊行罷工經各木廠商人許給每日每匠工錢四吊五百文衆匠尙未首肯而各官商因此項工程緊要限於七月中元節前一律告竣勢必不能刻延已商定再行加價諒不致曠工矣

督轅門抄　○五月二十二日中堂見　運司方大人　關道李大人　候補道聯大人芳　廣平府岑春煦　廣平府同知楊炳華辭　內閣中書文焯　候補同知沈文輝　查美蔭　補大名同知王錫藩　宣化縣陳本　候補州趙炳林　候補縣嚴以盛　陳伯涵　曹廉箴　葉世濂　王恢善　陳榮　劉世駿　陳懷忠　候補州同吳畬　候補縣丞馮承熙　成緒　羅惠銘　孫筠　陳復藩　王劭廉　劉國楨　吏目嚴文炳○又見　親軍馬隊楊大人福同　協領奇克伸布　飛霆船李鼎新　直字後營王雲瑞　霸州守備劉長發　補用叅將周寶麟　新建陸軍左翼步隊千總錢錫霖　前千總葉長盛　後把總吳金彪　左都司戴金標　右遊擊張允泰　左翼步隊第二營督操曹錕　前隊領官何宗道　後領官王占元　左領官聶汝清　右隊領官李天保　右翼步隊第一營帮統王金鏡　前領官邱開浩　後領官孫鴻甲　左領官胡庭相　右領官張永成　右翼步隊第三營帮統縣丞張錫藩　前領官州同張懷芝　後領官州同雷震春　左領官守備趙國賢　右領官千總李進　馬隊第一營前隊領官王開福　後領官吳鳳嶺　左領官魏將清　右領官孟恩遠　砲隊第一營兼左翼砲隊守備商德全　右翼砲隊領官守備王賓　接應砲隊領官守備田中玉　馬蘭鎭把總盧承鼐　李炤喬　外委李振鵬　蔣仲昌

委辦教案　○頃聞保定府有滋鬧教堂事當經臬憲電稟督憲委派姚子樑觀察文棟帶同差弁赴省查辦昨已詣院稟知遵卽星夜馳往或云係甘軍勇丁與該處教士起衅未知孰是俟訪明再佈

點驗淮軍　○記名副都統奇克伸布奉閣督憲札委點查淮軍各營曾紀前報昨已稟知遵辦先由親軍馬隊挨次點名查閱汰弱留强期成勁旅

發放兵餉　○天津鎭標三營兵餉歷由道庫撥發茲聞夏季兵餉准於二十二日發放鎭憲仍委派中營韓遊戎會同城守左右三營親詣鎭署點名給領

調員辦差　○河間協玉協戎崑辦理　皇差多次頗稱執手因秋季　皇上恭奉　皇太后駕幸津門經理各事宜須昭愼重現奉閣督憲札調來津帶陸隊三百名以便應承　皇差

屏藩在望　○藩憲員方伯日昨來津是晚詣院謁見中堂後卽入行台稅駕

何如安步　○洋車便捷輕利行也如飛扯者快坐者尤快而不知其一蹶不振生也快死亦快也如此者筆不勝述而卒無肯逍遙安行者此亦知人心浮躁好勝而不知慮敗也昨東門外有人乘洋車行甚速車翻坐客及地扶而起起而仆立卽絕氣經地方將車夫揪住云將送官未知能無事否也

甘霖豫慶　○南米不來夏禾缺雨室懸罄而野無靑草飢也荒將繼之矣今早出門四望雲氣如烟濕痕欲滴歸喜濡筆以待不炊許簷溜淙淙巳知雨師稅駕待鐘鳴十一響街道成渠淋零猶未休也按此番天氣無電無雷無風甘霖定當普被俟來朝訪之農人更以誌喜

人心浮動　○頃接粵友函稱現因伏莽堪虞各郡邑有辦團練之議所以緝匪安民法良意美詎香山有黃某鄭某等潛謀不軌謬稱奉憲辦團在該邑附近設局招集黨羽製造軍械並於海口造船多隻擬於端陽日水陸並舉幸經邑侯蔣大令偵知赶緊禀報上憲通知防營出其不意將爲首之黃姓捕獲羽黨解散地方賴以敉安誠幸事也又云聞廣西梧郡屬縣有竪旗舉事之說人數約有數萬某邑已遭攻據羽檄紛馳人心爲之惴惴俟有續聞再行飛布云云噫團練所以保民豈料竟有藉以叛亂者人心浮動深可懼哉

路透電音　○茲據華盛頓官場傳說禮拜日美提督薩拘生已入三希埃格港內將日色督艦隊毀壞無餘云○美薛富冷軍門咨其政府公文內開所有日艦已於禮拜日駛離三港并聞其幾全被毀等語又一咨稱所有日人將船駛近於岸卽行放火焚燬云○禮拜日淸早日色督急駛出港擬向西奔美薩督立卽追逐日軍返輪力拒幾於逃脫惟砲大迫之向岸不得逸去日衆水手於是放火焚舟計色督之軍死於火溺於水者二百五十人受傷者一百六十名被擒者一千一百人并色督亦成楚囚美軍此役共亡三人而已○薛軍門諭令三希埃格速降否則立卽屠城○薩督辰下已可入港無虞抵拒也

日人治臺　○東歷本月十二號有臺灣鐵路技師石原政次郞自臺附釜山丸輪船歸抵神戶談及由臺北至基隆之鐵路經前乃木總督創議舉辦嗣雖少有更張業已一律告竣計長三十東里車行一點半鐘時可達前稍嫌遲緩今則飛行絕迹快速異常共需司事工役人等八百餘名車價約每一東里取資三角日可得八百元至千元之數另有運送貨物以樟腦茶葉米粮爲大宗本年內地米價昂貴運者多乘載火車頗獲利益按火車一日往返八次僅以基隆而論有貨一萬件左右生意之盛可想而知是以初始貨車只有三輛矣今增至六輛矣同日有森靑右衛門自臺歸京因擬接設臺北至打狗之鐵路計有二百三十東里內有濁水溪須造鐵橋一架約長一東里預期五年竣工已有某英商願附股一千五百萬元靑森右衛門不日將偕河村淳渡臺亟勘擇於七月中旬開辦查政府所撥與造臺灣鐵路資銀常年以七釐計息茲核計所入逐年僅有六釐可收此中不無虧折然他日大工告成於地方設有軍事當獲益非淺鮮也譯日本報

光緒二十四年五月二十日京報全錄

○○頭品頂戴兩江總督臣劉坤一跪　奏爲揀員請補陸路都司員缺恭摺仰祈　聖鑒事竊江西萬安營都司高鍾奇因病告退勒令休致遺缺係陸路部推之缺接准部咨准其扣留外補應用儘先人員行令迅卽照章揀員請補等因應遵照辦理伏查是缺都司駐紥萬安縣城巡緝操防均關緊要非熟悉營務精明幹練之員不足以資整頓臣於兩江儘先都司各員內逐加遴選查有升用游擊兩江儘先補用都司朱寶忠年五十二歲安徽壽州人由軍功隨剿出力洊保千總於光緒四年三月到標五年經前督臣沈葆楨於督標新兵練軍尤爲出力案內保俟補千總後以守備升用十年八月調補浙江鎭海防營差遣海防解嚴經前閩浙督臣楊昌濬會保以都司儘先留兩江原標補用十一年十一月二十二日奉　旨依議欽此十二年二月回標十六年二月拔補江南平望營千總嗣因管帶防營未能赴任請開除千總底缺是年十二月准部咨覆應以補千總奉　旨之日起歸該省儘先都司班內序補十八年於南洋籌辦海防出力案內經臣咨請海軍衙門奏保俟補都司後以遊擊仍留原標補用各在案該員營務熟悉辦事老成以之請補是缺都司洵堪勝任惟查儘先都司名次在該員之前者尙有三十五員非別有事故卽人地未宜均未便遷就請補照章繕具淸單恭呈　御覽合無仰懇　天恩俯准以升用遊擊兩江儘先補用都司朱寶忠補授江西萬安營都司員缺實於營務地方均有裨益如蒙　俞允俟部覆至日卽行給咨送部引　見以符定制除將履歷咨部查核外謹會同江西巡撫兼提督銜臣德壽恭摺具陳伏乞　皇上聖鑒訓示再遵照新章查明該員並無參革膝保情弊合併聲明謹　奏奉　硃批兵部議奏單併發欽此

○○頭品頂戴河東河道總督臣任道鎔跪　奏爲江北河運第一起漕船駛入東境黃林莊日期恭摺馳陳仰祈　聖鑒事竊臣前准

漕臣咨稱光緒二十三年分江北冬漕仍辦河運共起運市米九萬三千七十餘石業經受兌開行等因所有東省運河道屬應挑淤淺河道應修堤埽壩工先經臣督飭道廳核實勘估撙節請撥銀兩勒限分投趕辦旋據稟報次第完竣復飭該道督令加河聽照章啓放湖口大壩鋪水下注接濟曹行一面派員飭令前往迎提催儹茲據該道等具稟江北第一起曹船五十一隻於五月初一日酉時挽入山東睾縣黃林莊境後幇各起跟接前進等情除飭司曹各員併力催提上挽迅抵十里堡候汎渡黃並咨山東撫臣一體飭催外所有江北第一起曹船駛入東境黃林莊日期理合循例恭摺由驛馳陳伏乞　皇上聖鑒謹　奏奉　硃批戶部知道欽此

○○劉坤一片　再江蘇淮徐海等屬上年被水成災業將辦理賑務情形先後　奏明在案惟是災區甚廣需欵浩繁入春以來雨雪嚴寒又値青黃不接災黎待哺嗷嗷有不可終日之勢正在籌欵賑撫間經尙書臣翁同龢徐郙廖壽恒念切桑梓分電各省設法接濟旋准各將軍督撫臣力顧大局先後滙欵來甯計直隸河南陝西湖北湖南山西江西各滙到銀一萬兩浙江四川廣東各滙到銀一萬兩雲南滙到銀七千兩福建滙到銀六千兩貴州甘肅各滙到銀五千兩東河山東各滙到銀四千兩新疆彙到銀三千兩奉天廣西各彙到銀二千兩黑龍江彙到銀一千兩共銀十六萬九千兩業經陸續彙交義紳嚴作霖會同各該地方官妥爲散放全活甚多裨益實非淺鮮茲據賑捐局司道詳請具　奏前來臣覆核無異除咨戶部查照外理合會同江蘇巡撫臣奎俊附片具陳伏乞　聖鑒謹　奏奉　硃批戶部知道欽此

○○恭壽片　再查奉准部咨光緒二十四年分邊防經費指撥四川夔關常稅銀四萬兩鹽厘銀十五萬兩津貼銀八萬兩共銀二十七萬兩等因前巳解過銀七萬兩又查固本兵饟前巳陸續籌解過銀一百九十四萬五千兩計巳解至光緒二十四年閏三月二十一日止均經先後　奏咨在案茲據布政使裕長按察使文光鹽茶道張元普會詳邊防經費待撥孔殷自當竭力籌解以維大局現催據各厘局解到鹽厘銀四萬兩津貼銀一萬兩夔稅銀二萬兩共銀七萬兩作爲光緒二十四年二批東北邊防經費又湊得京平銀一萬兩折放官票核減銀一萬兩共銀二萬兩作爲光緒二十四年閏三月二十一日起至七月二十一日止四個月固本兵餉按照部頒新法平兌飭委補用知縣李宏年領解於光緒二十四年四月十八日自川起程解赴戶部交收仍援前案將銀發交日昇昌銀號分批彙解俟該員到京兌齊實銀解部以期迅速而免疏虞等情詳請奏咨前來臣覆核無異除分咨查照外理合附片具陳伏乞　聖鑒謹　奏奉　硃批戶部知道欽此

○○王毓藻片　再查前准部咨凡調署實缺州縣佐雜不得逾十分之二並將因何調署緣由及委署若干員按季造册詳咨又咸豐十一年十一月二十三日奉　上諭嗣後各省州縣無論奏調委署代理着每屆三月彙奏一次由吏部嚴行查核如有違例更調等弊卽將該督撫藩司分別叅奏欽此又准部咨候補委用試用人員除委署無人之缺及暫時代理無庸核計外如委署有人之缺擬請州縣與佐雜分計各不得逾十分之一以示限制又州縣佐雜實缺人員調署比照委署定章各不得逾十分之一以示區別各等因歷經遵辦在案茲查光緒二十三年各季分調委現任人員署理別缺者知州一員典史二員候補委用試用人員除實缺調署別缺及撤省察看所遺各缺不計外並無委署有員之缺據藩司邵積誠造册具詳前來臣覆查無異除册分送部科外謹恭摺具　奏伏乞　聖鑒謹　奏奉　硃批吏部知道欽此

告白

新出石印濟公傳此書出在南宋高宗皇帝出一位高僧濟公奉佛敕旨降世人間儆愚勸善忠孝節義與前醉菩提濟公不同本房不惜多金邀請名公細加批註由濟公降生共二百四十回趙家樓馬家湖前後接連又全續彭公案經史子集石印鉛板家藏板局板均照申價發售寄售毛賈夥巷瑞芝閣

天津冀字山房謹啓

吏隱告白

從來病者以診治爲先痊則以調養爲要誠以稍不自愼則痊者復病而病轉滋深所貴愼之又愼而不可輕心掉也僕自蒞津以來凡遇重症毋殫竭心力以求其愈愈後必以調養爲諄囑獨於北塘買鎮帥有難焉者鎮帥膺專閫重寄年雖老而心猶壯故運甓之勤撫髀之嘆在所時有而無如其病也雖病必醫醫必痊痊而不善養則病復作僕自仲春以迄孟夏嘗赴北塘悉心診治計三閱月其病而復痊者屢矣然猶諄諄囑以調養切勿誤投藥餌延至清和下浣見其精神矍鑠飲食如初且自津郡雇取名班賽神酬願矣僕始畧爲放心不取謝資折回津寓不圖昨聞驚報仍因藥誤以致將星遽隕也使確念余囑則董奉之杏林僕豈不望多栽數株惟事已如此深恐後之施治者反以僕爲藉口也故登諸報端以明治病未必善言者所能愈又豈可行險以幸中售技者必當審愼立方而病家亦當善于調養耳

新開元隆號綢緞洋貨莊

自去歲四月初旬開張以來蒙　各主顧垂盼雲集馳名日盛本號特由蘇杭等處加意揀選名機新鮮貨色零整銀價俱照大莊行市公平發售以昭久遠此白

寄賣龍井雨前素茶福建皮絲水烟各種頂料大小皮箱

開設天津府北門外估衣街中路北門面便是

本公司仿照西法燒作磚瓦事屬創舉曾經通稟在案該貨堅固異常價値從減並各樣印花磚瓦俱全　賜顧者請至海大道新興南里內本公司面議可也謹啓

魁陞號綢緞洋貨莊

本號自置顧繡綢緞洋貨等物整零均按銀莊格外公道皆比大市價廉發售　寄賣各種頂料大小皮箱漢口水烟袋各種眼鏡龍井雨前紅茶梗　寓天津北門外估衣街五彩號衚衕口坐北向南　士商賜顧者請認本號招牌特此謹啓

建平永平金礦局告白

啓者壬辰年春　前北洋大臣李委潤等創辦建平金礦自顧菲材膺茲艱鉅不勝主臣開辦以來疊於平建朝赤等處徧加採試或以石堅金薄不敷度支或以費鉅工艱難祈速效頻年耗損實屬不支迨丙申歲抄核計彌縫舊缺外始有微餘洎丁酉全年見盈遂奉　熱河都憲諭以丁酉正月至四月爲建平第一屆升課其課銀已於今春解　呈熱河五月至十二月爲第二屆其課銀亦不日報解又丙申冬分設永平金礦該處砂綫窄小浮露於外無大水患工程尚簡計至去年十二月底共試辦十四個月稍見餘利去冬十一月杪該局又得遷安縣屬峪之爾岩今正以後出金日逐見增將後可望蒸蒸日上刻亦報解第一屆升課惟是解課以後即應分息在股諸君觖望已久茲定於六月初一日在天津招商局內建平帳房上海寶源祥香港招商局等處分派屆時務祈諸股友携摺枉顧以憑核發除將歷年辦理情形收支帳目稟報公牘彙刊成册印送核閱外合將派息日期登報奉聞

徐潤等謹白

告白

出售類類報　時務報　知新報　廣智報　農學報　譯書公會報　萃報　華美月報　新學月報十二册俱全　格致新報　渝報一至十六册俱全　萬國公報　蒙學報　新出蜀學報　山東時報每月兩次　實報選湖北來時必送報　集成報重立新章報册未至二至十五册富強報丁酉三四月商務報餘者不暢之報尚未接售還有各日報名目繁多並未全載

天津北門內府署東各報總處售書局紫氣堂仝啓

三井洋行分莊
告白

敝者日本商始創貿易爲業數拾年以來今分莊開設北門外鍋店街洮家衚衕口對過專選精工料實東洋棉紗各等時式大小疋棉布粗洋布斜紋洋標等格外公道價亦從廉凡仕商賜顧者請至分莊面議可也特此佈聞

三井本莊主人啟

朱鈍翁現經運庫廳劉延赴密雲縣爲其令堂太夫人診脉已於五月十九日啓程前往餘俟歸來再布

天福茶園

特請上洋新到

頭等花旦

柴桂仙

擇日開演

新排全本新戲

洛陽橋

本園特請藝人不惜工夫精製各樣彩切另新排洛陽橋八仙飄海仙女乘坐彩蓮花船打彩散樂羣妖作亂此橋工程不能告竣蔡狀元差家人夏德海赴水晶宮投文龍王閱文見喜遂帶領夏德海遊玩水晶宮花園作樂演唱合班名角戲中戲十錦雜耍各樣彩切龍王賞賜回文從此修造工程告竣龍王轉稟玉皇遣天兵天將各顯神通羣仙鬥法捉拿妖怪各現原形蔡狀元邀請四方士農工商俱來觀看所造橋樑內有三十六行作買作賣許多奇文令人可觀與前不同屆期擇日佈告光請

駕臨賞覽是幸

本園謹啓

告白

皖江方友莊司馬喬寓津門紫竹林義和生西棧精于岐黃儕輩頗受益友莊本世家子不欲以醫鳴僕等以爲沽上良醫甚尠姑懸壺以救眼前人亦仁者之造福也特揚之以告采薪者○謹代訂車費兩竿門診一竿

王蓮生 馬少雲 洪月坡 胡丹甫 全啓

紫竹林
第一樓番菜館

本號專作英法大菜各色精細點心各樣洋酒洋貨等物一應俱全並售

上 紅茶 每斤津錢八百

上上 紅茶 每斤津錢一千六百

又批發茂生公司鐵海紙烟零整發售價値格外公道原箱計一百盒價洋一百四十四元每盒計五百支洋一元五角凡仕商賜顧請卽駕臨是荷

主人謹白

廣東鼎盛機器廠

本廠精造大小機器汽機火爐開礦水龍滅火水龍磨麵機器全套管辦鑄造修理精巧銅鐵等件貨眞價廉倘蒙賜顧請至天津紫竹林法租界牌坊旁本廠面議不悞主顧

本主人謹啓

三日一本
石印類類報

看至約四個月可成書七部八冊已改策論此報詢屬利器也每月津錢六百四十文先交報資定看全年者收洋肆元不折不扣北閣內延邵公所對門類類報館啓

告白

頭彩第七千四百七十七號
二彩第二萬零七百五十號
三彩第一萬零三百零四號
諸君三次所買官商一覽如有得頭二快三彩及上下附彩者請卽攜原書來領當卽照發彩洋也

絳雪齋啓

天后宮北
義興順綢緞莊

本莊自置顧繡綢緞綾羅紗絹各樣洋貨南貨雅扇桂母頭油香貨歸安貝松泉湖筆一概俱全

頭號杭甯緞 每斤 四錢二
頭號摹本緞 三錢八
紅梅茶 九百六
紅茶梗 六百四
龍井茶 二百二
金百 一吊八
壽棉潞裙布裡每套 五兩八
哆囉蔴每尺原碼 四分二
各莊夏布一概照行發莊

本局自印耕香館畫譜每部價洋二元專辦各種石印書籍精選加高南紙格外細雅扇天津價廉厲外襪子東門衚衕本局

本局謹啓

美孚老牌煤油

啓者美國三達煤油公司之德富士老牌煤油天下馳名萬商稱美蓋其質潔色清亮白如銀且絕無烟氣能耐久燃比之生荳等油晶光百倍而儉用價廉此為德富士老牌之佳處誠屬無雙妙品也士商賜顧請到天津美孚洋行採辦或向就近殷實行店購買庶不致悞

DEVOE'S
PAT'D JUNE 22.63.
BRILLIANT
OIL
IMPROVED
PAT'D JUNE 28.64.
PATENT CAN
美孚行

海大道鴻春樓番菜館

啓者本店三層大樓工程告竣地勢寬闊以備貴官紳請讌於去臘遷移新正月初二日開市各樣俱全價廉物美凡仕紳賜顧者請即駕臨是幸

主人謹白

五月廿四日輪船出口 禮拜二

蘇順 輪船往廣東 怡和行

新豐 輪船往上海 招商局

五月二十一日銀洋行情

天津通行九七六錢

銀盤二千四百六十七　洋一千七百四十五

紫竹林通行九六錢

銀盤二千五百文　洋錢一千七百七十七

洋錢行市七錢一分三

新開 敦慶隆綢緞洋貨莊

擇於閏三月十一日開張

本號開設天津北門外估衣街西口路南第五家專辦上等綢緞顧繡以及各樣花素洋布各碼線批合線俱按銀莊零整批發格外克已士商賜顧者請認明本號招牌庶不致誤

本號特白

減價

今有友人自辦陝西老土每兩津錢四百八十文　新到梁州土每兩津錢五百四十文　如蒙賜顧者請到東門內聚隆成寄售

開設紫竹林法國租界北

天福茶園

京都新到

崇慶名班

特請京都上洋姑蘇山陝等處

各色文武頭等名角

五月廿三日早

忌辰

晚七點鐘開演

十二紅 蓋天雷 安桂秋 白文奎 羊喜壽 高玉喜 十一紅 張鳳台 周茹荃 王喜雲 李吉瑞 賽狸蓮 張長奎 雙處 大禿 賽旋風 常雅秋 蘇廷奎 劉祥泉 趙斌恆

高平關 寶蓮燈 取西川 獅子樓 魚藏劍 四杰村 衆武行

開設天津紫竹林海大道旁

福仙茶園

啓者本園於前月初四日止戲清理賬目今將戲園及園內桌椅磁壺磁碗新製彩切零星等件合盤出兌如有願兌者及詳細章程請至本園面議可也特此佈告

福仙茶園謹啓

創包機器

敬啓者近來西法之妙莫過機器靈巧至各行應用非得其人難盡其妙每值傷損修理必悞時日今有甯子卿專於經理機器茲擬創辦包定各項機器以及向有機器常年煤料工力價值格外公道如貴行欲商者請到福仙茶園面議可也特白

直報

光緒二十四年五月二十三日　第一千一百零九號
西歷一千八百九十八年七月十一日　禮拜一

部照又到　直隸勸辦湖北賑捐局自光緒二十四年三月初一日起至閏三月十五日止請獎各捐生部照又到請卽攜帶實收來局換照可也

招領部照　捐生陳殿揚山東福山縣人前在直隸勸辦湖北賑捐局報捐監生部照早到望卽攜帶實收來局換領切勿自誤

直隸勸辦湖北賑捐局第四次經收義賑淸單

羅耀庭軍門捐銀五百四十八兩　鄂省灾重前報備述已蒙　仁人君子慷慨資助三次登報茲復承　羅耀庭軍門倡率全營將士輸捐繳册到局仁施普被立拯鴻嗷億萬灾黎悉拜再生之賜功德無量感頌同聲矣　直隸勸辦湖北賑捐局謹識

直隸勸辦江蘇淮徐海賑捐局第三次收集義賑淸單

袁慰庭廉訪捐銀一百兩　佘黻甫都轉捐銀陸百兩　以上共銀七百兩　竊江蘇淮徐海地方灾重且酷經敝局布啓告灾已荷　仁人君子慷慨資助兩次登報在案茲復承　袁廉訪　佘都轉輸捐到局値此麥收失望灾象未紓死亡流離之餘得此源源接濟億萬灾黎冀有再生之慶謹爲九頓首以謝　直隸勸辦江蘇淮徐海賑局謹識

上諭恭錄

旨巡視西城事務着慶綿去欽此　旨巡視中城事務着馮金鑑去欽此　旨福全着准其留院欽此　上諭前據順天府府尹胡燏棻奏請精練陸軍並神機營改用新法操演出使大臣伍廷芳奏京營綠營叅用西法各摺片先後諭令軍機大臣會同神機營王大臣八旗都統妥議茲據該王大臣等會同議奏改練洋操爲練兵要著各省綠營練勇迭經諭令認眞裁併一律挑練着各該將軍督撫歸入前次戶部兵部議覆御史曾宗彥請改操摺內一併迅速籌議切實具奏神機營業經挑選馬步官兵萬人勤加訓練卽着汰弱留强寔力講求務成勁旅八旗滿洲蒙古漢軍驍騎營兩翼前鋒護軍營均着以五成改習洋鎗五成改習洋機抬鎗着派奕劻色楞額永隆管理八旗驍騎營崇禮載卓蘇嚕岱管理兩翼前鋒護軍營奕劻向來辦事認眞熟諳武備務須會同簡派各員並督同各旗營專操大臣按照泰西兵制更定新章認眞操演其八旗漢軍砲營籐牌營着一併改用新法挑練精壯如式演練以成有用之兵更使日起有功何惜寬籌餉項各直省將軍督撫及該管王大臣等務當振刷精神屏除積習毋得始勤終怠至一切陣法器械營制餉章及挑選將弁教習各節着按照胡燏棻等所奏議定切實辦法奏明辦理用副朝廷整軍經武至意將此通諭知之欽此

○學堂章程　續前稿

第五節　額設學生分爲六級畧依同文館之例據功課之優劣以第其膏火之多寡畧列表如下

等次	額數	每月膏火
第一級	三十人	二十兩
第二級	五十人	十六兩
第三級	六十人	十兩
第四級	一百人	八兩
第五級	一百人	六兩
第六級	一百六十人	四兩
合計	五百人	

第六節　凡學生留學補額寗闕毋濫六級遞升寗嚴毋寬以昭愼重其有本在優級者或功課不如格則隨時黜降以優者補升或犯堂規輕者降爲外課重者擯出

第七節　於前三級學生中選其高才者作爲

師範生專講求敎授之法爲他日分往各省學堂充當敎習之用　第八節　西國師範生之例卽以敎授爲功課故師範學堂每與小學堂並立卽以小學堂生徒命師範生敎之令譯　諭旨凡大員子弟八旗世職等皆可來學未指明年限今擬擇其年在十六以下十二以上者作爲小學生別立小學堂於堂中使師範生得以有所考驗實一舉兩得之道　第四章學成出身例　第一節　前者所設各學堂所以不能成就人才之故雖由功課未能如法敎習未能得人亦由　國家科第仕進不出此途學成而無所用故高才之人不肯就學今既創此盛舉必宜力矯前弊古者貢舉皆出於學校西人亦然我中國因學校之制未成故科舉之法亦敝現京師大學堂既立各省亦當繼設卽宜變通科舉使出此途以勵人才而開風氣　第二節本年正月初七日　上諭已有各省學堂經濟科舉人經濟科貢士各名號今擬通飭各省上自省會下及府州縣皆須一年內設立學堂府州縣謂之小學省會謂之中學京師謂之大學由小學卒業領有文憑者作爲經濟科生員升入中學由中學卒業領有文憑者作爲舉人升入大學由大學卒業領有文憑者作爲進士引見授官既得舉人者可以充各處學堂敎習之職既得進士者就其專門各因所長授以職事以佐新政惟錄用之愈廣斯成就之益多　第三節　京師大學堂多有已經授職之人員其卒業後應如何破格擢用之處出自　聖裁其各省中學堂學生如有已經中式舉人者其卒業升入大學堂之時亦卽可作爲進士與大學堂中已經授職之人員一體相待　第四節　大學堂中卒業各生擇其尤高才者先授以淸貴之職仍遣遊學歐美各國數年以資閱歷而期大成遊學既歸乃加以不次擢用庶可以濟時艱而勸後進　第五節　學生既有出身敎習亦宜獎勵今擬自京師大學堂分敎習及各省學堂總敎習其實心敎授著有成效確有憑證者皆三年一保舉原係生監者賞給舉人原係舉人者賞給進士引　見授職原係有職人員者從異常勞績保舉之例以爲盡心善誘者勸　第五章聘用敎習例　第一節　同文館及北洋學堂等多以西人爲總敎習然學堂功課既中西並重華人容有兼通西學者西人必無兼通中學者前此各學堂於中學不免偏枯皆由以西人爲總敎習故也卽專就西文而論英法俄德諸文並用無論任聘何國之人皆不能節制他種文字之敎習專門諸學亦然故必擇中國通人學貫中西能見其大者爲總敎習然後可以崇體制而收實效　第二節　學生之成就與否全視敎習敎習得人則綱目畢舉敎習不得人則徒糜巨帑必無成效此舉既屬維新之政實事求是必不可如敎習庶吉士國子監祭酒等之虛應故事宜取品學兼優通中外者不論官階不論年齒務以得人爲主或由總理衙門大臣保薦人才可任此職者請　旨擢用　第二節設溥通學分敎習十人皆華人英文分敎習十二人英人華人各六日本分敎習二人日本人華人各一俄德法文分敎習各一人或用彼國人或用華人隨所有而定專門學十種分敎習各一人皆用歐美洲人　第四節　用使臣自辟參隨例凡分敎習皆由總敎習辟用以免柄鑿之見而收指臂之益其歐美人或難於聘請者則由總敎習總辦隨時會同總署及各國使臣向彼中學堂商請　第五節　現當開辦之始各學生大率初學必須先依編譯局所編出之溥通功課卒業然後乃習專門計最速者亦當在兩年以後現時專門各學之分敎習如尙無學生可敎卽暫以充編譯局繙譯之用　第六章設官例　第一節　設管學大臣一員以大學士尙書侍郎爲之畧如管國子監事務大臣之職　第二節　設總敎習一員不拘資格由　特旨擢用畧如國子監祭酒司業之職

此單未完

五月分缺單　○小京官翰林院典簿關峻逾限翰林院孔目馬爲宣改敎　知府山東萊州彭念宸降　通判吉林雙城吳廷珍修墓　知縣山東卽墨朱衣繡革　廣東會同陳志喆　廣西來賓王章祺俱丁　直隸龍門林仰崧修墓　山東費縣葛鴻恩革　州同江西義甯陳肇孫近　吏目貴州平越州黃聯芳故　巡檢廣東淸遠李正靑丁　江西永豐金善廣近　典史廣東臨高趙熙近

天廚經費　○戶部爲示傳事所有總理　御茶膳房支領本年六月分恭備膳品經費銀一萬兩本部庫定於五月二十三日開放該委員委署主事全福務於是日辰刻赴庫承領毋得違悞特示

拔貢須知　○禮部爲曉諭事本年考試丁酉科各直省選拔生應先期奏請　欽命題目一摺又附片奏應否仍用四書文題詩題抑或改用四書論題詩題等因於光緒二十四年五月十八日具奏本日軍機大臣面奉　諭旨拔貢考試覆試兩場題目均改爲一論一策欽此爲此出示曉諭該生等各宜懔遵毋違特示○禮部爲曉諭事照得本部具奏考試丁酉科各直省拔貢日期一摺於光

緒二十四年五月十八日具奏本日奉　旨知道了欽此爲此出示曉諭各直省拔貢生知悉務於六月初三日辰刻以前赴貢院聽候點名給卷初四日在貢院考試卽於是日出場各宜懍遵毋違特示

謄錄傳到　○國史館示傳吏部送到漢謄錄胡先嶽楊度閻緒昌王毓珍等四員限於五月二十六日辰刻取具同鄉京官印結親身赴館驗到毋得違悞特示

王道平平　○前門大街兩旁擺設貿易攤經總理衙門行知都察院飭行街道衙門出示曉諭限於五月二十日一律遷移他處貿易曾紀前報今經街道察院彭侍御每日親詣稽查所有前門大街石路兩旁各攤已一律挪移諒不日修築石子路建設電氣燈矣又永定門城垣第三道朶口城墻內外皆用石子黃土墊成踏橋以備開行東洋車往來靈便

明火行刦　○京師崇文門內東四牌樓十條胡同戶部某部郞宅內於五月十五日夜間時交三鼓忽有明火執仗者十數人各持利刃施放洋槍入室行刦衣物銀兩所失甚鉅當經該管地面步軍校官廳兵丁拿獲二名解交步軍統領衙門嚴行審訊奏交刑部按律懲辦在逃各犯認眞緝捕毋任遠颺云

名拉故事　○京師地面屢有匪徒逞兇插圈涉訟拉故事等名目與差役通同一氣索詐分肥不勝枚舉頃聞前門外朱家衚衕春陞妓寮有勞子樵者率領黨羽前往挑揀一妓以不善酬應因而尋衅詈罵隨經鴇婦喝令魚兵蟹將始則老拳從事繼而棍棒亂毆勞子樵身受鱗傷甚重當卽赴中西坊控告傳訊時勞子樵信口妄供誣扳多人名謂拉故事問官不察有傳訊管押者封禁者計十數名之多其被供未經傳訊者趕卽公攤息訟之資除官差收受數百金外勞子樵獨入私囊者已三四百金噫輦轂之下往往似此詐索平民通同一氣閭閻之害可勝言哉

客豈無能　○崇文門內東四牌三條衚衕怡王府中護院楊某數年前投入邸中一若無能無好者惟自盡已職每晚隨衆查夜頗著忠勤近日以薪水不豐意欲他去遂稍露其能每獻一技衆皆詫爲神奇該府正殿高近五丈楊由傍殿數躍而上步行脊梁如履平地以雙手按脊身卽懸起作順風旗勢已而至簷翻身下墜雙手握椽往復數次殊無倦意復由正殿躍至西廊連翻筋斗至南矮屋而下親王聞之厚加賞賜月增薪水仍留其護院謹愼當差

督轅門抄　○五月二十三日中堂見　候補道繆大人彝　通州協龍大人殿揚　新授湖北宜昌府陳其璋　補用同知凌驥　楊來昭　候補州袁世廉　新充駐京提塘完縣武舉恩榮　天津府潘大人請假五天

耆民望　幸　○歷來　聖駕幸臨隨處耆民跪接向有　恩賞銀牌之例刻聞傳諭各銀匠趕造若干預備到津時用以賞賜老民

改期進署　○中堂瀛眷抵津後刻尙寓居海防公所聞官場傳說因督署旣未騰淸且房屋亦須略加修葺大約入署當在巧節前後

諭傳拜客　○昨閣督署諭傳伺候中堂准於二十四日出府答拜駐津各國領事官早八點出府八點半拜法九點拜英九點半拜比十點拜日本十點半拜俄十一點拜美十一點半拜稅務司以次拜畢仍按原路回署

代奏謝　恩　○正定鎭李安堂調補通永鎭已奉　諭旨並赴督轅叩謝昨又派旗牌送來謝　恩摺子祈中堂代奏

奏請督辦　○　皇上欽奉　皇太后慈駕巡幸各節已隨時恭誌報牘茲又聞官場傳說所有津淀應備要差中堂擬奏請調補直隸藩司壽泉裕方伯督辦一切以昭愼重云

果係甘霖　○昨憶甘霖定當普被今詢之農人據稱允係普雨地有夙露春雨者已酣透卽久旱之區約亦澤下二三寸云

好停輪船　○海河淤灘各碼頭皆是設非潮漲幾不能靠船卸貨聞塘沽商局碼頭淤灘現經該管用機器挖出潮來可以停輪起貨矣各碼頭曷倣爲之

當非善類　○海下張某不知爲何許人然決非食德服疇者裔也聞因向林某索陋規不遂兩相爭吵致將林之叔某某打傷

甚重昨已抬至縣署請驗

傳雨紅虫　○昨某報載某國某處雨雪色赤中有虫皆紅色以爲耳聞非目覩也茲有靜邑西鄉客云其處子牙鎭月之十八日晚陰以風力甚猛居人不能開目視惟覺紛紛墜襟袂疑是沙也物者晨視遍地色皆赤若撒糠粃數寸許在街滿街在巷滿巷糞除兩日始絕迹該鎭之外南北二三里是物僅見東西半里外則無是物也噫是何祥歟豈傳之尙非眞耶

奉省安民　○奉省伊將軍廷府尹札飭金州廳會同協領等查明戶口分別遷移略謂照得俄租旅大已有定約乃該國屢出告示將旅大兩處與附近民房地業皆售與俄並限日逼令遷徙查俄議已成勢難堅抗爲此飭札先行查明各戶願投依某城親族及無親族又無投奔者共若干名其家男婦若干名口均自分撥附近海蓋復岫各城安置妥爲照料加意撫綏該商民等倘有移居所屬界南仰卽會同揀派委員設流安置並查明旗民男婦共有若干極貧次貧者如何接濟將辦理情形隨時具報云云

鐵路紀數　○英二萬零一百九十一里　法二萬三千四百八十一里　德合衆二萬七千零五十四里　俄二萬五千八百九十八里　奧一萬六千七百十三里　意八千三百四十里　西班牙六千零五十八里　荷二千六百八十六里　匐一千三百三十三里　丹一千二百四十五里　比二千八百二十八里　瑞士一千九百八十里　瑞典六千一百四十五里　那威一千一百十九里　土一千四百零六里　希五百八十二里　羅美尼亞一千七百里　以上歐洲皆以英里計　日本二千二百五十六英里　印度一萬七千二百八十二英里　錫藍三百英里　中國三百二十英里　以上亞洲

光緒二十四年五月二十一日京報全錄

宮門抄○五月二十日刑部　都察院　大理寺　廂藍旗値日　刑部引　見四名　都察院五名　翰林院十八名　光祿寺一名　廂白蒙三名　廂白漢一名　內務府十一名　兩翼十九名　廣西總兵李永芳請訓並請假一個月　博公續假五日　順天府奏京師得雨三寸有餘　召見軍機　崇禮　李永芳　本日　皇上升　文華殿美國使臣田貝康格覲見○二十一日工部　鴻臚寺　八旗兩翼値日無引　見　熙俊假滿請　安　徐致靖謝署日講起居注官　恩　補用道府吳樹芬龔心湛等謝　恩　明安請假五日　瀾公溥侗各請假十日　李端棻請假十五日　火藥局奏派管理火藥局事務　派出色楞額　召見軍機　吳樹棻　龔心湛　皇上明日辦事後至　頤和園　皇太后前請安後駐蹕

○○奴才恩澤薩保跪　奏爲放過呼蘭上年被災各戶賑濟銀兩請　飭各部核銷恭摺仰祈　聖鑒事竊查呼蘭副都統所轄地方上年被水成災當蒙　聖恩准撥漢河金廠貨利雜餘等項銀十二萬四千兩以資賑撫其時擬定自光緒二十三年正月起至四月止計四個月每一大口放給賑米三斗小口減半由省派員分赴呼蘭綏化兩廳購運散放並在呼蘭地方設立粥廠一二處以濟游民嗣因放賑委員佐領都爾蘇等稟以購米放賑價昂脚貴耗費既鉅需日亦多請照各處集鎭米價報價酌中核定改爲極貧每一大口給賑銀一兩小口減半次貧每一大口給銀五錢小口減半所有被災戶口數目需過銀兩請俟散放完竣續報到日再行覆核送部核銷以重欵項各等因於光緒二十二年十二月初六日二十三年四月十一日兩次具　奏在案茲准呼蘭副都統轉據放賑委員等冊報查放廂黃等四旗界內極貧災民一千三百九十三戶計大口八千七百一口小口四千四百一十五口次貧災民四千三百一十二戶計大口一萬八千九百二十四口小口一萬一千二十三口共需銀二萬三千一百二十六兩二錢五分呼蘭兩處粥廠另收有永和福商民李業基捐米一百石慶和湧商民宋發捐米五十石除抵用外添購米石置辦器具委員薪水等項共需銀一千五百七十六兩二錢三分二厘九毫九絲查被災戶口放賑委員薪水車脚分金另平鎔排火耗心紅紙張等項共需銀二千三百二兩六錢六分二厘五毫統計共需銀二萬七千六兩一錢四分五厘四毫九絲該副都統覆核轉報前來復經奴才等飭司按冊詳查均屬核實委無浮冒所需各項銀兩除由漠河金廠提撥貨利雜餘銀兩內照數提用仍剩銀九萬六千九百九十三兩八錢五分四厘五毫一絲並另收有呼蘭等處燒商湊捐銀一萬二千兩應共剩銀十萬八千九百九十三兩八錢五分四厘五毫一絲伏查呼蘭地面極寬外來謀食貧民又最衆成災以後萬口嗷嗷迭經嚴飭派出放賑委員佐領都爾蘇等到處親歷詳查不准絲毫遺濫該員等亦皆實心實力弗憚煩勞並

復因地甚遠禀將賑米改放銀兩不惟貧民咸霑實惠奸商無從高抬且將運腳節省減於原需之欵數倍蓋自始購以至散放事事悉資人力處處皆有耗虧計運一石之粮恒需數石之費一經改折前費胥捐以致剩存賑銀如此其多實非奴才恩澤始願所期及至於商民李業基宋發兩人協捐米石洵屬樂善好施擬即由奴才衙門奬給六品功牌頂戴以示鼓勵而昭觀感除將散放銀兩暨粥廠需過賑欵等項其戶口住址人數花名逐一分晰照繕清册咨部查核外爲此所餘銀兩擬即藉以整飭地方無待外求查黑龍江各城制錢奇絀軍民交困生計日艱前次奏將內地協撥俸餉改解湖北附鑄銀元隨時領回散放餉項軍民稱便允宜購置機器自行鼓鑄並現在創修武備學堂購買槍刀等物需欵甚鉅再查黑龍江墨爾根布特哈三處被水成灾應行接濟之戶奴才等自應遵照部奏即由所撥齊齊哈爾等處接濟銀十五萬兩內通融撥給惟人數衆多恐有不敷合無仰懇 天恩俯念邊地連年荒歉實無可籌之欵應需銀兩即准由賸存賑欵樽節動用請免部撥專欵將來另案咨部核銷所有放過呼蘭上年被灾各戶賑濟銀兩請銷緣由理合恭摺具陳伏乞 皇上聖鑒 訓示謹 奏奉 硃批着照所請戶部知道欽此

○○黃槐森片 再准部咨嗣後道府州縣無論何項勞績保舉歸入候補班人員令該督撫即以此項人員到省之日起予限一年詳加察看奏明分別繁簡補用又定例未經簽仕人員如加捐過班分發簽發各省令該督撫詳加察看試用一年期滿如果才堪勝任即據實奏明留於該省遇有相當缺出酌量題補各等因在案茲查有勞績保舉候補班前儘先補用知縣黃興廉分缺先補用知縣李鴻勳均已試用一年期滿據藩臬兩司出具考語詳請留省照例補用前來臣查勞績保舉候補班前儘先補用知縣黃興廉精明穩練勤慎安詳歷經差委並無貽誤堪勝繁缺知縣之任又分缺先補用知縣李鴻勳明幹有爲悉心任事歷經差委並無貽誤堪以留省補用均請留於廣西遇有缺出照例請補除將各員履歷送部外謹會同兩廣總督臣譚鍾麟附片陳明伏乞 聖鑒 訓示謹 奏奉 硃批吏部知道欽此

○○恭壽片 再前准戶部咨京員津貼銀兩改爲另欵加復俸饟仍令照原定銀數每年籌解銀一萬四千兩七月解半十月解清不准延欠等因所有二十三年應解銀兩業已搭解 奏報在案茲據布政使裕長鹽茶道張元普詳稱二十四年春夏二季加復俸餉銀兩現湊得節省經費銀一千五百兩厘金公費銀一千五百兩官運鹽局銀四千兩共銀七千兩按照部頒新法平兌發交管解二批京餉委員補用知縣李宏年承領滙解赴京交收等情詳請奏報前來臣覆查無異除分咨查照外謹附片具陳伏乞 聖鑒謹 奏奉 硃批戶部知道欽此

○○董福祥片 再奴才行營總理營務處道員白遇道蒙恩補授甘肅甘涼道自應聽其赴任惟奴才前承 恩命督練甘肅所部二十營甫經調集募補成軍近復奉旨添募五營尚未報到權其新舊酌盈劑虛在在悉關緊要該員才識練達勤奮耐勞奴才前此行營深資贊助實爲不可多得之員現正部署各營未便遽易生手應懇天恩准其留營暫緩赴任一俟諸務畧清再行赴任是否有當理合附片具陳伏乞聖鑒 訓示謹 奏奉 硃批着照所請欽此

新開 元隆號綢緞洋貨莊

自去歲四月初旬開張以來蒙　各主顧垂盼雲集馳名日盛
本號特由蘇杭等處加意揀選名機新鮮貨色零整銀價俱照
大莊行市公平發售以昭久遠此白
寄賣龍井雨前春茶福建皮絲水烟各種眞料大小皮箱
開設天津府北門外估衣街中路北門面便是

元茂機器磚瓦公司

本公司仿照西法燒作磚瓦事屬創舉曾經通稟在案該貨堅
固異常價値從減並各樣印花磚瓦俱全　賜顧者請至海大
道新興南里內本公司面議可也謹啓

魁陞號綢緞洋貨莊

本號自置顧繡綢緞洋貨等物整零均按銀莊格外公道皆比
大市價廉發售　寄賣各種眞料大小皮箱漢口水烟袋各種
眼鏡龍井雨前紅茶梗　寓天津北門外估衣街五彩號衚衕
口坐北向南　士商賜顧者請認本號招牌特此謹啓

京緞減價零售現剪

零剪

高鴉背
正號元青貢緞每尺　一千三百五
中號　一千四百文
副號　一千一百文
　　　八百八十文
眞杭青金銀庫緞每尺　二千二百文
眞裕順曾皮絲烟每包　一千一百文
南京鹹鴨每支　大 一千八百文　小 一千二百文

寄售

每斤
龍井　一吊七百文
雨前　一吊一百文
珠蘭　一吊四百文
雀舌　九百六十文
蜂翅　一吊二百文
紅袍　六百四十文
小種　一吊二百文

本號自製元淺京緞躉售零剪杭縐衣綫官燕金腿南貨糟貨一應俱全近因錢市疲落不同分別減價抑因無恥之徒假冒南味字號者甚多雖云謀利誠恐亂眞欲辨薰蕕用煩楮墨天津宮北大獅子胡同公益仁記南味坊謹白

建平永平金礦局告白

啓者壬辰年春　前北洋大臣李委潤等創辦建平金礦自顧菲材膺茲艱鉅不勝主臣開辦以來疊於平建朝赤等處偏加探試或以石堅金薄不敷度支或以費鉅工艱難祈速效頻年耗損實屬不支迨丙申歲抄核計彌縫舊缺外始有微餘工泊丁酉全年見盈遂奉　熱河都憲諭以丁酉正月至四月爲建平第一屆升課其課銀已於今春解呈熱河五月至十二月爲第二屆其課銀亦不日報解又丙申冬分設永平金礦該處砂綫窄小浮露於外無大水患工程尚簡計至去年十二月底共試辦十四個月稍見餘利去冬十一月杪該局又得遷安縣屬峪之爾岩今正以後出金日逐見增將後可望蒸蒸日上刻亦報解第一屆升課惟是解課以後即應分息在股　諸君缺望已久茲定於六月初一日在天津招商局內建平帳房上海寶源祥香港招商局等處分派屆時務祈　諸股友携摺杻顧以憑核發除將歷年辦理情形收支帳目稟報公牘彙刊成册印送核閱外合將派息日期登報奉聞　徐潤等謹白

史隱告白

從來病者以診治爲先痊則以調養爲要誠以稍不自愼則痊者復病而病轉滋深所貴愼之又愼而不可輕心掉也僕自蒞津以來凡遇重症每殫竭心力以求其愈愈後必以調養爲諄囑獨於北塘貫鎭帥有難焉者鎭帥膺專閫重寄年雖老而心猶壯故運甓之勤撫髀之嘆在所時有而無如其病也雖病必醫醫必痊痊而不善養則病復作僕自仲春以迄孟夏嘗赴北塘悉心診治計三閱月其病而復痊者屢矣然猶諄諄囑以調養切勿誤投藥餌延至清和下浣見其精神矍鑠飲食如初且自津郡雇取名班賽神酬願矣僕始畧爲放心不取謝資折回津寓不圖昨聞驚報仍因藥誤以致將星遽隕也使確念余囑則董奉之杏林僕豈不望多栽數株惟事已如此深恐後之施治者反以僕爲藉口也故登諸報端以明治病未必善言者所能愈又豈可行險以幸中售技者必當審愼立方而病家亦當善于調養耳

出售類類報　時務報　知新報　廣智報　農學
報　譯書公會報　萃報　華美月報　新學月報
十二冊俱全　格致新報　渝報一至十六冊俱全
萬國公報　蒙學報　新出蜀學報　山東時報
每月兩次　實　報遷湖北來時必送　集成報重
立新章報冊未至餘者不暢之報尙未接售還有各
日報名目繁多並未全載　紫氣堂梁子亭全啓

天福茶園

特請上洋新到
頭等花旦
柴桂仙
擇日開演

新排全本新戲
洛陽橋

本園特請藝人不惜工夫精製各樣彩切另新排洛陽橋八仙飄海仙女乘坐彩蓮花船打彩散樂羣妖作亂此橋工程不能告竣蔡狀元差家人夏德海赴水晶宮投文龍王閱文見喜遂帶領夏德海遊玩水晶宮花園作樂演唱合班名角戲中戲十錦雜耍各樣彩切龍王賞賜同文從此修造工程告竣龍王轉稟玉皇遣天兵天將各顯神通羣仙門法捉拿妖怪各現原形蔡狀元邀請四方士農工商俱來觀看所造橋樑內有三十六行作買作賣許多奇文令人可觀與前不同屆期擇日佈告光請駕臨賞覽是幸

本園謹啓

鳴謝良醫

茲有本郡西門內大柵欄內住魯生趙先生精通內外兩科兼充育黎堂官醫每値疫氣流行醫活險症不可勝數忽於五月初二日余偶患中風衆醫束手命在旦夕隨一有友人魯生先生能療此疾延請立至一藥與病失兼有友人染患對口其病更險余之疾投藥數帖即能毒出結伽雖非昔比神醫眞不愧當世良醫也余感恩無以爲報持具數言願津郡後患症延請手到病除愼勿自悞謹此鳴謝

天津城內浙江會館前李夢麟告白

三井洋行分莊 告白

敝者日本商始創貿易爲業數拾年以來今分莊開設北門外鍋店街洗家衚衕口對過專選精工料實東洋棉紗各等時式大小疋棉布粗洋布斜紋洋標等格外公道價亦從廉凡仕商賜顧者請至分莊面議可也特此佈聞

三井本莊主人啟

朱鈍翁現經運庫廳劉延赴密雲縣爲其令堂太夫人診脉已於五月十九日啓程前往餘俟歸來再布

紫竹林 第一樓番菜館

本號專作英法大菜各色精細點心各樣洋酒洋貨等物一應俱全並售

上 紅茶 每斤津錢 八百
上 一千六百

又批發茂生公司鐵海紙烟零整發售價値格外公道原箱計一百盒價洋一百四十四元每盒計五百支洋一元五角凡仕商賜顧請即駕臨是荷

主人謹白

梁子亭代售類類報

彼處經理各報多年如今北方風氣微開本津新出類類報每禮拜兩次訪經濟六門論年四元外埠加寄費閱者取酌分定風雨不賜函誤送

天津北門內府署東各報總處啓

告白

頭彩第七千四百七十七號
二彩第二萬零七百五十號
三彩第一萬零三百零四號

諸君三次所買官商快覽如有得頭二三彩及上下附彩者請即攜原書來領當即照發彩洋也

絳雪齋啓

告白

皖江方友莊司馬喬廣津門紫竹林義和生西棧精于岐黃儕輩頗受益友莊本世家子不欲以醫鳴僕等以爲沽上良醫甚尟姑懸壺以救眼前人亦仁者之造福也特揚之以告采薪者○謹代訂車費兩竿門診一竿

王蓮牛馬少雲洪月坡胡丹甫仝啓

廣東鼎盛機器廠

本廠精造大小機器汽機火爐開礦水龍滅火水龍磨麵機器全套管辨鑄造修理精巧銅鐵等件貨眞價廉倘蒙賜顧請至天津紫竹林法租界牌坊旁本廠面議不悞主顧

本主人謹啓

本局自印耕香館書臘每部價洋二元專辦各種石印書籍精選加高南紙頂細雅扇格外價廉廣天津東門外襪子衚衕本局啓

本局謹啓

美孚老牌煤油

啓者美國三達煤油公司之德富士老牌煤油天下馳名萬商稱美蓋其質潔色清亮白如銀且絕無烟氣能耐久燃比之生荳等油晶光百倍而儉用價廉此為德富士老牌之佳處誠屬無雙妙品也士商賜顧請到天津美孚洋行採辦或向就近殷實行店購買庶不致悞

DEVOE'S
PAT'D JUNE 22.63.
BRILLIANT
OIL
IMPROVED
PAT'D JUNE 28.64.
PATENT CAN
美孚行

海大道 鴻春樓番菜館

啓者本店三層大樓工程告竣地勢寬闊以備貴官紳請讌擇於去臘遷移新正月初二日開市各樣俱全價廉物美凡仕紳賜顧者請即駕臨是幸

主人謹白

五月廿四日輪船出口 禮拜二

蘇頓 輪船往廣東 怡和行

新豐 輪船往上海 招商局

五月二十三日銀洋行情

天津通行九七六錢

銀盤二千四百六十七 洋一千七百四十五

紫竹林通行九六錢

銀盤二千五百文 洋錢一千七百七十七

洋錢行市七錢一分三

擇於閏三月十一日開張

新開 敦慶隆綢緞洋貨莊

本號開設天津北門外估衣街西口路南第五家專辦上等綢緞顧繡以及各樣花素洋布各碼線批合線俱按銀莊零整批發格外克巳士商賜顧者請認明本號招牌庶不致誤

本號特白

減價

今有友人自辦陝西老土每兩津錢四百八十文 新到梁州土每兩津錢五百四十文 如蒙賜顧者請到東門內聚隆成寄售

開設紫竹林法國租界北

天福茶園

京都新到

崇慶名班

特請京都上海姑蘇山陝等處

各色文武 頭等名角

五月廿四日早十二點鐘開演

東發亮 劉景山 小連仲 崇芬 長祿 蓋天雷 八百紅 蒲州翠 十四紅 小三寶 玉奎 白文奎 于報 賽狸貓 王喜雲 姜小五 楊四立 常雅秋 賽旋風 趙斌恒

八郎探父 忠孝牌 忠保國 殺府 審頭 鴻鸞禧 代鋸大缸 衆武行 百草山

晚七點鐘開演

全班合演 老虎 十二紅 邊義臣 賽旋風 劉祥泉 趙斌恒 高玉喜 十一紅 謝才寶 安楂秋 雙處 張長奎 楊四立 李吉瑞 王喜雲 蘇廷奎 賽狸貓

大獻瑞 戰太平 衆武行 金項山 洪洋洞 二進宮 翠屏山

開設天津紫竹林海大道旁

福仙茶園

啓者本園於前月初四日止戲清理賬目今將戲園及園內桌椅磁壺磁碗新製彩切零星等件合盤出兌如有願兌者及詳細章程請至本園面議可也特此佈告

福仙茶園謹啓

創包機器

敬啓者近來西法之妙莫過機器靈巧至各行應用非得其人難盡其妙每值傷損修理必悞時日今有甯子卿專於經理機器茲擬創辦包定各項機器以及向有機器常年煤料工力價值格外公道如貴行欲商者請到福仙茶園面議可也特白

本館開設天津紫竹林海大道老菜市氣燈房巷內

光緒二十四年五月二十四日　第一千一百零十號
西歷一千八百九十八年七月十二日　禮拜二

上諭恭錄

上諭前經降旨開辦京師大學堂入堂肄業者由中學小學以次而升必有成效可覩惟各省中學小學尙未一律開辦總計各直省省會及府廳州縣無不各有書院着各該督撫督飭地方官各將所屬書院坐落處所經費數目限兩個月詳查具奏卽將各省府廳州縣現有之大小書院一律改爲兼習中學西學之學校至於學校等級自應以省會之大書院爲高等學郡城之書院爲中等學州縣之書院爲小學皆頒給京師大學堂章程令其仿照辦理其地方自行捐辦之義學社學等亦令一律中西兼習以廣造就至各書院需用經費如上海電報局招商局及廣東闈姓規聞頗有盈欵此外陋規濫費當亦不少着該督撫儘數提作各學堂經費各省紳民如能捐建學堂或廣爲勸募准各督撫按照籌捐數目酌量奏請給奬其有獨力措捐鉅欵者朕必予以破格之賞所有中學小學應讀之書仍遵前諭由官設書局編譯中外西書頒發遵行至於民間祠廟其有不在祀典者卽着由地方官曉諭民間一律改爲學堂以節糜費而隆教育似此實力振興庶幾風氣徧開人無不學學無不實用副朝廷愛養成材至意將此通諭知之欽此

○學堂章程　續前稿

第三節　設分教習漢人二十四員由總教習奏調畧如翰林院五經博士國子監助教之職其西人爲分教習者不以官論　第四節　設總辦一人以小九卿及各部司員充　第五節　設提調八人以各部院司員充以一人管支應以五人分股稽查學生功課以二人管堂中雜務　第六節　設供事十六員謄錄八員　第七節　藏書樓設提調一員供事十員　第八第　儀器院設提調一員供事四員　第九節　以上各員除管學大臣外皆須常川駐扎學堂　第七章經費　第一節西國凡一切動用欵項皆用豫算表決算表之法豫算者先估計此事應需欵若干甲項用若干乙項用若干擬出大槪數目然後撥欵措辦也決算者每年終將其開銷實數分別某項某項開出淸單也中國向來無列表豫算之法故欵項每患舞弊費帑愈多成效愈少今宜力除積弊采用西法先列爲常年豫算表開辦豫算表然後按表撥欵辦理　第二節　中國官制向患祿薄今旣使之實事求是必厚其薪俸使有以自養然後可責以實心任事今除管學大臣不別領俸外其各教習及辦事人應領俸薪列一中數爲表如下　職名　人數　每人　每月　薪水　每年合計　總教習　一　三百兩　二千八百兩　專門學分教習西人　一　三百兩　三萬六千兩　溥通學分教習頭班　六　五十兩　三千六百兩　溥通學分教習二班　八　三十兩　二千八百八十兩　西文分教習頭班西人　八　二百兩　一萬九千二百兩　西文分教習二班　八　五十兩　四千八百兩　總辦　一　一百兩　一千二百兩　提調　八　五十兩　四千八

百兩　藏書樓提調一　五十兩　六百兩　儀器院提調一　五十兩　六百兩　供事三十　四兩　一千四百四十兩　謄錄八　四兩　三百八十四兩　統計每年開銷八萬一千六百兩　右教習及其餘辦事人薪俸豫算表第一學生分爲六級每級以所領膏火之多寡爲差列表如下　級數　人數　每人　每月　膏火　每年合計　第一級　三十　廿兩　七千二百兩　第二級　五十　十六兩　九千六百兩　第三級　六十　十兩　七千二百兩　第四級　一百　八兩　九千六百兩　第五級一百　六兩　七千二百兩　第六級　一百六十　四兩　七千六百八十兩　附設之小學堂學生　八十　四兩　二千四百兩　總計每年開銷五萬零四百八十兩　右學生膏火豫算表第二　其餘各雜用列表如下　伙食共五百六十人每人每月三兩每年約二萬六千兩　華文功課書每學生一分每分約二兩每年約一萬兩　西文功課書每學生一分每分約二兩每年約一萬兩　獎賞每月一千兩每年一萬二千兩　紙張及墨水洋筆等每年約二千兩　僕役薪工飯食約用一百人每年約三千六百兩　預備額外雜用每年五千兩　總計五萬六千六百兩　右其餘雜用豫算表　三表合計每年共應開銷十八萬八千六百三十兩之譜是爲常年統計經費之數　第三節　開辦經費以建學堂購書購器及聘洋教習來華之川貲爲數大宗今畧列於下　建築學堂費約十萬兩　建築藏書樓費約二萬兩　建築儀器院費約二萬兩購中國書費約五萬兩　購西文書費約四萬兩　購東文書費約一萬兩　購儀器費約十萬兩　洋教習來華川貲約一萬兩　右開辦經費豫算表約三十五萬兩　第四節　一切工程及購書器等費皆由總辦提調經理皆當實支實銷不得染一毫官場積習　第八章新章　第一節　以上所列不過大概情形若開辦以後千條萬緒非事前所能悉定在辦事人各司所職順時酌擬　第二節　功課之緩急次序及每日督課分科分課及記分數之法其章程皆歸總教習分教習續擬　第三節　一切堂規歸總辦提調續擬　第四節　建築學堂分段分齋一切格式歸總辦提調續擬　第五節　應購各書目錄及藏書樓收藏借閱詳細章程歸藏書樓提調續擬　第六節　應購各器並儀器院准人游觀詳細章程歸儀器院提調續擬　第七節　學成出身詳細章程應由總教習會同總理衙門禮部詳擬　第八節　各省府州縣學堂訓章應由大學堂總教習總辦擬定請　旨頒示　第九節　學生卒業後選其高才者出洋游學其章程俟臨時由總教習會同總理衙門詳擬　已完

限期截止　○禮部爲再行曉諭事照得本年各直省選拔生例應於五月內赴部投文驗到經本部出示曉諭在案玆查各直省拔貢赴部驗到者人數尚多不齊合再出示曉諭各直省選拔生知悉本部現定於五月二十五日截止該生等務各於二十四日以前赶赴本部投文驗到倘遲延定行扣除事關　朝考大典毋得觀望自悞功名各宜懍遵毋悞特示

京師得雨　○五月二十二日天曙時陰雲四合細雨廉纖霎時狂風怒號雨勢頗驟噴薄滂沱濠盈溝滿至午後一點鐘旭日騰光即見晴霽而天氣又覺悶熱爲三農者皆謂此次大雨可稱深透云

譯局興工　○近來中國風氣大開諸事振作創學西法養育人才尤爲第一要務日前召見舉人梁啓超派辦譯書局事務今聞譯書局設在前門內台基廠榮公府傍院另行建屋庀材鳩工擇吉興修約於六月內即可工竣從此人文蔚起日上蒸蒸矣

增員護衛　○陵寢重地修建之後必須添設員弁守護經理方可經久無虞玆聞兵部於五月二十日奏請　恭忠親王園寢添設防禦二缺領催一員披甲十員以垂永久而昭愼重

良二千石　○新簡順天府府丞丁少京兆立瀛履新後將署中禮房某書父子及戶房某書共三名悉行革卯不准復充聞禮房他書吏言該革書等平日作奸犯科久爲署中積蠹饒有資財京兆前在都察院供職時早有所聞故當接篆伊始首將卯名革退即此一端可見京兆立心除害果敢有爲不以五日京兆自居而秉尹知人之明亦可見矣從此威行都城政績維新雖古之良二千石何以過之哉

一時雅集　○都門宴會之繁甲於行省而每屆會試場後新貴諸君恭請太老師房師之宴尤屬繁華五月二十二日戊戌科新中諸君在前門外虎坊橋湖廣會館招三慶部並外串名班角色演戲恭請孫燮臣中堂等暨諸房師赴宴辰刻入座山珍海錯羅列滿前因已飛盞流觴主賓誼洽而所演新譜聊齋誌異中西湖主一則名爲富貴神仙音聲態度摹擬入神舞袖歌衫飄飄然有淩雲之

概其曲詞爲名下士所撰餘音繞梁絕無俗韻誠一時雅集也

刦人於市 ○前門外李鐵拐斜街東頭於五月二十一日黃昏時有匪徒結黨十數人各持刀械團聚一堆聞係某甲相邀搶奪陳姓之女者詎在該處久候多時忽來一車爲某京宦之女少公子女僕跨轅由該巷經過該匪徒等未及詢明卽行搶奪而去旋經某京宦聞知因事關顏面不敢聲張祇得隱忍偵騎四出似此張冠李載陳女竟脫於危而某女少公子遭此奇禍刻下尙無下落也雖經地方官訪知此事然無從捉摸未悉若輩能否破獲及女少公子能否合浦珠還俟訪明再錄

督轅門抄 ○中堂廿四日早出門拜外國未會客　昨晚見　頭品頂戴　奏派駐德使署頭等參贊稅務司德大人　海關道李大人　大名府榮大人　候補直隸州蔡紹基

藩節旋省 ○直隸藩台眞梧崗方伯於十九日由省來津行至半途接電知甘軍勇丁與敎堂敎士有滋鬧情事立卽返轅回省須俟事平後再行來津前報所云係屬傳聞之誤

勘修　行宮 ○由蘆溝橋來人云天津工程局憲奉調赴蘆溝橋勘修　行宮預備　聖駕幸東陵時駐蹕刻已鳩工庀材限定秋間告竣

府尊病故 ○天津府潘黎閣太尊于月之二十三日申刻因病出缺雖經稟明　閣督部堂尙不知派何員接署俟訪明再登

報牘

薏苡誤同 ○武官不怕死文官不要錢人人知其然而不能然者一行作吏內而日用外而應酬皆須關綽悉取給於無俸錢祿米之一官薏苡謗騰故雖賢哲不免也然使其果有優差當無慮此旣富方穀官亦猶是人情耳委員某承辦文窪掩骨差使有知其事者謂是公此行本擬破囊以襄善舉事竣除公欵外私欵賠幾盈千而猶不理於口致如前報所云難矣豈其久辦淀差尙未盡得淀民心乎噫盡人而悅日亦不足故復證之一爲某委廉白一見本館之與人爲善惟知忠告初無成見以故爲抑揚也

河東命案 ○河東魏某前在東浮橋李家飯鋪吃飯欠錢數百屢討未付未免催討稍過魏羞愧難堪遂吞洋藥斃命當經該管地保稟報邑尊委廉詣場相驗畢將李帶案至如何訊辦訪明再登

混混打客 ○河東老爺廟混混某甲因有帖請上阁子居住孫某孫未遂甲願昨晚甲乃率領同夥數十人將孫姓家內搾砸一空孫卽赴該管保甲局喊控經飭勇將混混名戴黑者傳局堂訊棍責後送縣究辦聞縣尊已票傳同夥某某來案訊究

傷人刦車 ○昨有人談及蘆台有趕車李三者被坐車之人毆傷於路幸未斃命將車拐逸幸有行路人向李三詢明知會左近某營卽派人追赶至唐山將其人拿獲營主某訊明拐車傷人是實卽案軍法從事將車並受傷之李三一同送至其家云

飢民攫物 ○頃接申友函稱近有飢民過滬咸操江西晉計有一百八十餘名由胡茂才爲首其中男有百名女有五十餘名餘皆幼孩昨日清晨該難民齊至南市升吉里祥豐土行求食無着當取行中地上大錢三千文行主見人數衆多立投十六鋪巡防中局及總巡局稟報總巡戴明府局員潘二尹急往照料卽將原錢取回送還該土行一面將飢民送往校場安插並照會邑尊黃大令並堂董曹君妥爲設法遣出境外以安閭閻

杭州平糶 ○杭省設廠平糶以維民食等因迭詳本報茲復議定在各廠左近保甲局內設櫃初六日始由員會董查照門牌領口着保認明眞貧之戶先行買票不得冒混每日大口一升小口減半每升收官價錢四十文俟初十日開廠繳票照領且恐爭欲先人擁擠嘈雜故議分婦女孤寡老弱爲一班首先給領發舉放出後再以男子壯丁爲一班挨次照給廠前一帶均派委員照料彈壓以防人衆滋事間或有遺失票者准卽告地甲偕同投買票處稟明補給昭領刻奉林迪臣太守出示諭知俾衆通曉同沾東澤矣

創種藥材 ○俄兩京藥商以採買外國藥品入口按照新章稅則日重擬就其藥之可在俄境種植者令村民試辦俟有成效予以獎賞藉資推廣　俄四月彼得堡時報

消除螟患 ○俄農部擬設法弭田間螟患其欵由保險項下提撥　俄四月彼得堡時報

光緒二十四年五月二十二日京報全錄

宮門抄○五月二十二日內務府　國子監　侍衛處值日無引　見　慶王等謝管理八旗練兵　恩　色楞額謝管火藥局　恩
王錫蕃謝授日講起居注官　恩　滄州城守尉圖敏請　訓　裕德錢應溥各請假五日　輿伯請假十五日　舒存請假十日　召
見軍機　圖敏

○○頭品頂戴兩江總督臣劉坤一跪　奏爲揀員借補陸路守備員缺恭摺仰祈　聖鑒事竊安徽潛山營守備沈振慶開缺歸遊擊班候補所遺員缺前以儘先守備安徽撫標右營左哨千總宋開勝請補經部議覆宋開勝儘先名次較後請補潛山營守備核與定章不符應毋庸議行令查照例章另行揀選請補等因自應遵照辦理伏查是缺守備駐紮潛山縣城有兵馬錢糧守護倉獄督率操防之責非精明強幹之員難期勝任接准部咨係第三輪第一缺輪用儘先人員茲復於通省候補中詳加遴選查有儘先補用都司郭國揚年五十三歲安徽桐鄉縣人由勇目隨剿出力薦保藍翎儘先守備嗣於上蔡等處迭獲勝仗案內經前督臣曾國藩奏保同治五年十二月二十七日奉　上諭着免補守備以都司儘先補用並賞換花翎欽此光緒十六年經前督臣曾國荃飭發安徽撫標左營候補經部覆准各在案該員熟悉營務差操勤愼於地方情形極爲熟悉以之借補是缺守備洵堪勝任核與借補定章限制亦屬相符合無仰懇　天恩俯准以儘先都司郭國揚借補潛山營守備員缺以收得人之效如蒙　俞允俟部覆至日卽行給咨送部引　見除將該員履歷印結送部查核外謹會同安徽巡撫臣鄧華熙恭摺具奏伏乞　皇上聖鑒訓示再該員籍隸本府應俟准補後容臣另行揀員對調以符定制合併聲明謹　奏奉　硃批兵部議奏欽此

○○頭品頂戴兩江總督臣劉坤一跪　奏爲揀員升補外海水師守備員缺恭摺仰祈　聖鑒事竊外海水師松蘇鎭標左營守備謝克明升補都司遺缺接准部咨係題缺第四輪第三缺輪用豫保揀發應補俱無人應用應升之缺人員抵補行令迅卽揀員請補等因查是缺守備係外海水師題補要缺有管駕艇船巡緝外海洋面之責必須久歷水師熟悉風濤沙線之員方克勝任臣於外海實缺千總內逐加遴選查有蘇松鎭標左營二號艇船正哨千總伍德成年五十六歲江蘇崇明縣人由行伍遞拔蘇中等營額外外委把總各缺光緒八年升補蘇左營二號艇船正哨千總十年奉部頒給劄付二十年經臣驗看得該員年力正健訓練認眞堪以豫保守備於是年六月二十四日恭疏會　題經部議准十二月十七日奉　旨依議欽此在案該員熟悉洋面巡緝認眞以之升補是缺守備洵堪勝任歷俸早滿與例亦屬相符惟籍隸崇明縣距所補之缺係屬本州自應先補後調例准聲明奏請合無仰懇　天恩俯准以蘇松鎭標左營二號艇船正哨千總伍德成升補蘇松鎭標左營守備員缺實於水師地方均有裨益如蒙　俞允俟部覆至日卽行揀員對調送部引　見以符定制除飭取履歷咨部查核外謹會同江南提督臣李占椿恭摺具陳伏乞　皇上聖鑒訓示謹　奏奉　硃批兵部議奏欽此

○○頭品頂戴兩江總督臣劉坤一太子少保長江水師提督臣黃少春跪　奏爲長江水師安慶營副將各缺遴員請補恭摺仰祈　聖鑒事竊查長江水師守備以上各缺向係揀員開單會奏請補茲查有安慶營副將譚鴻聲等所遺各缺由臣少春遴選歷練營務熟諳水師之員會商擬補計請陞補副將各缺楊福田等五員核與定章均屬相符理合開列清單恭呈　御覽合無仰懇　天恩俯賜照准如蒙　俞允內請升補副將楊福田參將彭源洽都司王興明各前於升補參將遊擊守備等案內均引　見未滿三年照例毋庸送部應請　勅部頒給劄付以昭信守請陞遊擊陳麟書守備徐金玉二員俟部覆到日由臣坤一分別給咨送部引　見恭候　欽定除將各該員履歷咨部查核外謹會同江蘇巡撫臣奎俊安徽巡撫臣鄧華熙江西巡撫臣德壽合詞恭摺具奏伏乞　皇上聖鑒訓示謹　奏奉　硃批兵部議奏單併發欽此

○○張汝梅片　再沂州府屬之蘭山費縣與江西南郯宿毗連向爲盜賊出沒之區本年春間雨澤愆期糧價昂貴又値各路裁併營務外來散勇積匪臧工僅宋四等勾結無業游民於兩縣交界東莊寺車輞等處嘯聚數百人携帶洋鎗器械向附近村莊以借糧爲名肆行刦掠勒索馬匹鎗械子藥情殊叵測經蘭山縣知縣陳公亮署費縣知縣陳爰禀請派撥營勇會同剿辦當由臣酌派驍武馬隊並

就近抽調兗州鎮馬步哨隊馳往會捕去後旋據該縣等稟稱於三月二十一二十八等日先後會督營團前往捕拿一面出示解散脅從該匪等膽敢恃衆開鎗拒捕轟傷壯勇多名當卽激勵營團奮力圍攻其當場格斃匪徒四十餘名拿獲佘反兒等二十五名並奪獲洋槍器械多件匪首臧工僅宋四等分路竄逃復經該縣等會同派往馬步勇隊跟踪追捕因山徑紛歧未能處處堵截旋分道搜捕東莊寺東輞附近等處現在與無賊蹤地方一律安靜各等情稟報前來查散勇與游民勾結最易滋蔓該縣等於旬日之內親督團勇迅赴事機用能消患初萌辦理尚爲妥速臣此次赴沂屬閱伍復細加訪察地方均極安謐現當講求吏治整飭鄉團之際該二員克勤厥職能消初患似未便沒其微勞除將出力員弁團紳酌給外獎並仍飭勒緝匪首臧工僅宋四等務獲究報一面飭提所獲匪犯訊取確供分別甘心誘脅照章懲辦暨遞籍保束外合無仰懇天恩將蘭山縣知縣陳公亮署費縣知縣陳爰交部議敘以資策勵謹附片具陳伏乞聖鑒訓示謹奏奉硃批着照所請吏部知道欽此

○○大學士直隸總督奴才榮祿跪奏爲總兵因病出缺請旨簡放恭摺仰祈聖鑒事竊據署通永鎮中軍遊擊黃懋澄報稱通永鎮總兵賈起勝於本年四月二十五日因訓練洋操感冒風寒痰湧氣喘稟准前督臣王文韶給假調理該總兵醫藥旬餘迄未見效於五月初十日因病出缺呈請核辦前來奴才查賈起勝淮軍宿將卓著戰功由湖南永州鎮總兵調補今職操防勤愼紀律嚴明在任未及一年遽以病歿惋惜殊深除飭取戰功事實再行仰祈恩施外所遺通永鎮總兵篆務查有發往直隸差委記名總兵李大霆歷署大名鎮正定鎮總兵措置裕如堪以暫行署理員缺緊要應請旨迅賜簡放以重職守謹恭摺由驛馳陳伏乞皇上聖鑒謹奏奉硃批另有旨欽此

○○頭品頂戴漕運總督奴才松椿跪奏爲江北河運糧船挽上清江各閘日期恭摺由驛馳陳仰祈聖鑒事竊照光緒二十三年江北各漕因淮徐海各屬被水成災欽奉恩旨截留四萬石改折賑濟其餘仍辦河運當卽檄飭糧道吳重喜分投購米星夜兌竣於未年閏三月十三日開行業由督臣劉坤一專摺會奏在案奴才疊次催提據辦委員候補直隸州知州方臻喜報現已陸續到齊逐加查驗共計交倉正餘米十萬二千三百九十石七升三合二勺均屬乾圓潔淨分裝漕船三百七十六號先後行抵清江福興通濟惠濟四閘茲於五月初五日一律挽過運橋北上邳宿一帶淤墊河道甲經挑濬深通其應堵水口應築越壩亦均分別預爲布置查看水勢足資浮送除督飭糧道暨沿途文武各員加緊催趲前進不任停留一面飛咨東河督臣山東撫臣啓放湖口壩按照定章尺寸鋪水接濟並俟出境後另行奏報外所有江北曹船挽上清江各閘日期理合恭摺由驛馳陳伏乞皇上聖鑒訓示謹奏奉硃批該部知道欽此

新開 元隆號綢緞洋貨莊

自去歲四月初旬開張以來蒙　各主顧垂盼雲集馳名日盛
本號特由蘇杭等處加意揀選名機新鮮貨色零整銀價俱照
大莊行市公平發售以昭久遠此白
寄賣龍井雨前香茶福建皮絲水烟各種貨料大小皮箱
開設天津府北門外估衣街中路北門面便是

元茂機器磚瓦公司

本公司仿照西法燒作磚瓦事屬創舉曾經通稟在案該貨堅固異常價値從減並各樣印花磚瓦俱全　賜顧者請至海大道新興南里內本公司面議可也謹啓

魁陞號綢緞洋貨莊

本號自置顧繡綢緞洋貨等物整零均按銀莊格外公道皆比大市價廉發售　寄賣各種貨料大小皮箱漢口水烟袋各種眼鏡龍井雨前紅茶梗　寓天津北門外估衣街五彩號衚衕口坐北向南　士商賜顧者請認本號招牌特此謹啓

天后宮北 義興順綢緞莊

本莊自置顧繡綢緞綾羅紗絹各樣洋貨南貨雅扇桂母頭油香貨歸安貝松泉湖筆一概俱全

頭號杭寧綢　四錢二
頭號摹本緞　三錢八
紅梅茶　每　九百六
紅茶　六百四
紅茶梗　二百二
龍井茶　斤　一吊八
金百緞裙布裡每套五兩八
壽棉
哆囉蔴每尺原碼四分二
各莊夏布一概照行發莊

三日一本
石印類類報

看至約四個月可成書七部八門已改策論此報詢屬利器也每月津錢六百四十文先交報資定看全年者收洋肆元不折不扣　北閣內延邵公所對門類類報館啓

建平永平金礦局告白

啓者壬辰年春　前北洋大臣李委潤等創辦建平金礦自顧菲材膺茲艱鉅不勝主臣開辦以來疊於平建朝赤等處徧加採試或以石堅金薄不敷度支或以費鉅工艱難祈速效頻年耗損實屬不支迨丙申歲抄核計彌縫舊缺外始有微餘洎丁酉全年見盈遂奉　熱河都憲諭以丁酉正月至四月爲建平第一屆升課其課銀已於今春解呈熱河五月至十二月爲第二屆其課銀亦不日報解又丙申冬分設永平金礦該處砂綫窄小浮露於外無大水患工程尙簡計至去年十二月底共試辦十四個月稍見餘利去冬十一月杪該局又得遷安縣屬峪之爾岩今正以後出金日逐見增將後可望蒸蒸日上刻亦報解第一屆升課惟是解課以後即應分息在股諸君觖望已久茲定於六月初一日在天津招商局內建平帳房上海寶源祥香港招商局等處分派屆時務祈　諸股友携摺枉顧以憑核發除將歷年辦理情形收支帳目稟報公牘彙刊成册印送核閱外合將派息日期登報奉聞

徐潤等謹白

吏隱告白

從來病者以診治爲先痊則以調養爲要誠以稍不自愼則痊者復病而病轉滋深所貴愼之又愼而不可輕心掉也僕自蒞津以來凡遇重而每殫竭心力以求其愈愈後必以調養爲諄囑獨於北塘賈鎭帥有難焉者鎭帥膺專閫重寄年雖老而心猶壯故運籌之勤撫髀之嘆在所時有而無如其病也雖病必醫醫必痊痊而不養養則病復作僕自仲春以迄孟夏嘗赴北塘悉心診治計三閱月其病而復痊者屢矣然猶諄諄囑以調養切勿誤投藥餌延至淸和下浣見其精神矍鑠飲食如初且自津郡屢取名班賽神酬願矣僕始畧爲放心不取謝資折回津寓不圖昨聞驚報仍因藥誤以致將星遽隕也使確念余囑則謹奉之杏林僕豈不望多栽數株惟事已如此深恐後之施治者反以僕爲藉口也故登諸報端以明治病未必善言者所能愈又豈可行險以幸中售技者必當審愼立方而病家亦當善于調養耳

新出石印濟公傳此書出在南宋高宗皇帝出一位高僧濟公奉佛敕旨降世人間儆愚勸善忠孝節義與前醉菩題濟公不同本房不惜多金邀請名公細加批註由濟公降生共二百四十回趙家樓馬家湖前後接連又全續彭公案經史子集石印鉛板家藏板局板均照申價發售寄售毛賈夥巷瑞芝閣

天津賁字山房謹啓

天福茶園

特請上洋新到

頭等花旦

柴桂仙

擇日開演

新排全本新戲

洛陽橋

本園特請藝人不惜工夫精製各樣彩切另新排洛陽橋八仙飄海仙女乘坐彩蓮花船打彩散樂羣妖作亂此橋工程不能告竣蔡狀元差家人夏德海赴水晶宮投文龍王閱文見喜遂帶領夏德海遊玩水晶宮花園作樂演唱合班名角戲中戲十錦雜耍各樣彩切龍王賞賜同文從此修造工程告竣龍王轉稟玉皇遣天兵天將各顯神通羣仙門法捉拿妖怪各現原形蔡狀元邀請四方士農工商俱來觀看所造橋樑內有三十六行作買作賣許多奇文令人可觀與前不同屆期擇日佈告光請駕臨賞覽是幸

本園謹啓

鳴謝良醫

茲有本郡西門內大柵欄內住魯生趙先生精通內外兩科兼充育黎堂官醫每值疫氣流行醫活險症不可勝數忽於五月初二日余偶患中風衆醫束手命在旦夕隨有友人魯生先生能療此疾延請立至一藥病失兼有友人染患對口其病更險與余之疾投藥數帖即能毒出結痂雖非昔比神醫眞不愧當世良醫也余感恩無以爲報持具數言願津郡後患症延請手到病除愼勿自悞謹此鳴謝

天津城內浙江會館前李夢麟告白

朱鈍翁現經運庫廳劉延赴密雲縣爲其令堂太夫人診脉已於五月十九日啓程前往餘俟歸來再布

三井洋行分莊

告白

啟者日本商始創貿易爲業數拾年以來今分莊開設北門外鍋店街洗家衚衕口對過專選精工料實東洋棉紗各等時式大小疋棉布粗洋布斜紋洋標等格外公道價亦從廉凡仕商賜顧者請至分莊面議可也特此佈聞

三井本莊主人啟

紫竹林 第一樓番菜館

本號專作英法大菜各色精細點心各樣洋酒洋貨等物一應俱全並售

上　　八百

上紅茶每斤津錢一千

六百

又批發茂生公司鐵海紙烟零整發售價値格外公道原箱計一百盒價洋一百四十四元每盒計五百支洋一元五角凡仕商賜顧請卽駕臨是荷

主人謹白

時務日報增價

本津代售時務日報從五月十五日爲起每月報資津錢八百文

天津北門內府署東粱子亭啓

告白

頭彩第七千四百七十七號

二彩第二萬零七百五十號

三彩第一萬零三百零四號

諸君三次所買官商快覽如有得頭二三彩及上下附彩者請卽攜原書來領當卽照發彩洋也

絳雪齋啓

告白

皖江方友莊司馬喬廣津門紫竹林義和生西棧精于岐黃儕輩頗受益友莊本世家子不欲以醫鳴僕等以爲活上良醫甚尠姑懸壺以救眼前人亦仁者之造福也特揚之以告采薪者○謹代訂車費兩竿門診一竿

王蓮生 馬少雲 洪月坡 胡丹甫 全啓

廣東鼎盛機器廠

本廠精造大小機器汽機火爐開礦水龍滅火水龍磨麵機器全套管辨鑄造修理精巧銅鐵等件貨眞價廉倘蒙賜顧請至天津紫竹林法租界牌坊旁本廠面議不悞

主顧

本主人謹啓

本局自印耕香館畫賸每部價洋二元專辦各種石印書籍精選加高南紙頂細雅扇格外價廉廉天津東門外襪子衚衕本局啓

本局謹啓

美孚老牌煤油

啟者美國三達煤油公司之德富士老牌煤油天下馳名萬商稱美蓋其質潔色清亮白如銀且絕無烟氣能耐久燃比之生荳等油晶光百倍而儉用價廉此為德富士老牌之佳處誠屬無雙妙品也士商賜顧請到天津美孚洋行採辦或向就近殷實行店購買庶不致悞

美孚行

DEVOE'S
PAT'D JUNE 22.63.
BRILLIANT
OIL
IMPROVED
PAT'D JUNE 28.64.
PATENT CAN

海大道 鴻春樓番菜館

啟者本店三層大樓工程告竣地勢寬闊以備貴官紳請讌擇於去臘遷移新正月初二日開市各樣俱全價廉物美凡仕紳賜顧者請駕臨是幸

主人謹白

五月廿六日輪船出口 禮拜四
怡生 輪船往上海 怡和行
利運 輪船往上海 招商局

五月二十四日銀洋行情
天津通行九七六錢
銀盤二千四百六十七 洋一千七百四十五
紫竹林通行九六錢
銀盤二千五百文 洋錢一千七百七十七
洋錢行市七錢一分三

新開 敦慶隆綢緞洋貨莊

擇於閏三月十一日開張

本號開設天津北門外估衣街西口路南第五家專辦上等綢緞顧繡以及各樣花素洋布各碼線批合線俱按銀莊零整批發格外克己士商賜顧者請認明本號招牌庶不致誤

本號特白

減價

今有友人自辦陝西老土每兩津錢四百八十文 新到梁州土每兩津錢五百四十文 如蒙賜顧者請到東門內聚隆成寄售

開設紫竹林法國租界北

天福茶園

京都新到

崇慶名班

特請京都上洋姑蘇山陝等處

各色文武頭等名角

五月廿五日早十二點鐘開演

十四紅 長祿 蓋天雷 東發亮 八百紅 蕭州翠 小德生 安一秋 十桂紅 小祿奎 常雅秋 王喜雲 賽猩豔 張長奎 雙處 高玉喜 張鳳台 李吉瑞 蘇年奎 終德明

渭水河 三擊掌 三疑計 桑園寄子 鳳凰山 捉放曹 衆武行 獨木關

晚七點鐘開演

劉景山 邊義臣 小三寶 崇芬 大貞 楊福寶 安桂秋 謝才寶 蘇廷奎 雙處 終德明 白文奎 王喜雲 于報 劉祥泉 常雅秋 十一紅 張長奎 羊喜壽 高玉喜

紅逼宮 牧羊山 落花園 除三害 烏龍院 衆武行 陽平關

開設天津紫竹林海大道旁

福仙茶園

啟者本園於前月初四日止戲清理賬目今將戲園及園內桌椅磁壺磁碗新製彩切零星等件合盤出兌如有願兌者及詳細章程請至本園面議可也特此佈告

福仙茶園謹啟

創包機器

敬啟者近來西法之妙莫過機器靈巧至各行應用非得其人難盡其妙每值傷損修理必悞時日今有甯子卿專於經理機器茲擬創辦包定各項機器以及向有機器常年煤料工力價值格外公道如貴行欲商者請到福仙茶園面議可也特白

直報

本館開設天津紫竹林海大道老菜市氣燈房巷內

光緒二十四年五月二十五日　第一千一百十一號
西歷一千八百九十八年七月十三日　禮拜三

上諭恭錄

上諭裕祿着在軍機大臣上行走署理廂藍旗漢軍都統凱泰着毋庸兼署欽此　上諭江西九江府知府員缺着孫毓駿補授欽此

柳太鐵路借欵合同

建築柳林太原鐵路借欵乃此段鐵路實應起於滹沱河南柳林堡相近蘆漢鐵路車站之處目下該路尚未興修不能指定處所大約由柳林起至太原止共計長五百里應分兩段修造一段由柳林至維水河左岸平定州迤北屬之煤礦一段由此煤礦至太原府止鐵路修造各項經費至於開車之先所有應出之官利一包在內共計需費一千三百萬法郎克二段需費一千二百萬法郎克共計一千五百萬法郎克照現在行市約合華銀六百八十萬兩此欵現由山西商務局向華俄銀行暫借其章程列後　一開辦柳林太原鐵路山西商務局擬由銀行暫借核計所需實欵約三千五百萬法郎克約合華銀六百萬八十兩其借欵自實在撥用之日起按照週年六厘行息　二此項借欵應俟詳細勘估完竣之日方能定其實數其歸本付利章程應如下辦理鐵路開車之先因無入欵付利應將借欵之利亦即附入本銀內核算開車後若前二年所入運費不敷歸六厘息銀所短之數亦即附入本銀核算三年限滿應將借用銀行造路銀欵自興修至工竣止所用實數並附入利息若干以及開車後欠利實數若干詳細核算明白在三年之內不歸成本但只按照所算明白實數以週年六厘行息自開車五年內所有入項除官利倘有盈餘即存於銀行五年滿以之歸本銀行於此五年內按四厘行息計算自開車第六年起以廿五年分期付利還本均須歸本撤利總之自開車三十年本利掃數歸清付利還本三個月一次以西歷月日計算借欵還欵均以金價計算一以當時時價計算付交　三商務局若願於限內還清此欵亦無不可或能如借欵之數分塡華洋文股票暫存於華俄銀行廿五年限逐年按照應還本銀之數將股票繳歸商務局又中國富戶在未經還清成本限內視此爲美願入股者可由商務局代向銀行買取此項寄存股票惟票價應加十分之二商務局果能按照前言兩項辦法將此借欵掃數完清則銀行與此事竟無干涉矣　四此段鐵路應由何路經過鐵軌之寬窄何處應設車站以及車站何處應大何處應小火車客貨車輛之多寡各等事均由銀行代爲酌核商明商務局辦理惟所做各項工程均應由商務局査核所需料物銀行應設法就本地購置修路所用人夫等設法亦就本地雇用必使借欵大半費於本地其由外洋所辦料物亦應設法極從少辦遇有不能不由外洋購辦之料必由俄境或法境購辦所購料物由銀行隨宜從公購辦　五在此三十年借欵未清限內復有他人於柳林太原此路沿途左右各一百里內興造鐵軌路及各項機械運行之路皆恐與此借欵有礙應由商務局稟明山西巡撫立案概不准行　六鐵路經過地段所有購買

民地章程應查照中國津榆蘆漢已行章程稟明批准如係民地應向業主議明或租或買公平給價如係官地應與地方官議定租價外並照該處田則逐年納賦凡給地價應由商務局派人同地主與銀行所派專人公司三面領價以免弊混銀行繪具鐵路經過地方之詳細圖樣送交商務局務於接到之日起限六個月內將應用地段全行預購妥協　七凡修路所需料件機器等物進口完納海關稅項照津榆津京鐵路現行章程辦理路成後中國於正定太原鐵路兩處設關收稅與鐵路無干所收稅項與原有稅釐不得加重惟此路中段議明不另設關卡　八所有鐵路相關各事宜悉由商務局總辦承辦必擇數人充爲帮辦該總辦等遇有與地方相涉事件應持平和衷辦理是爲專責總辦自行酌定招致帮辦書記人等以資襄理自合同批准之日起每年薪水公費共予以一萬五千兩在未開車之先由銀行支給此項亦附入本銀核算迨開後已有入款即將此款歸爲公司經費開支開車所入除各項費用尚有盈餘此一萬五千兩外亦可加給花紅其如何分給若干之處由商務局自行相商酌定此項一萬五千兩之銀專爲總辦帮辦人等任事辦公之用至於路上所用傭工人等之費不在其內而其應用何項人等應給工食若干之處須與總辦代辦聚議相商酌定聚議之時銀行所去代辦洋人亦當在坐預議　此稿未完

加價體恤　○日前報登南苑　行宮等處工程緊要業經開工興修瓦匠以工飯錢未能畫一齊行停工今經各木廠官商會議定價遂即知照會首工頭匠夫人等於五月二十二日在宣武門內西四牌樓白廟衚衕路西魯班殿焚香演戲齊行議得每日瓦匠工飯錢三吊六百文小工工飯錢二吊四百文如有不肖之徒不遵此規者查出罰香五十封在魯班前當衆跪香五爐並罰戲一天俟此工告竣仍照舊日行規瓦匠每日工飯錢三吊小工工飯錢兩吊二百文一概不准多取分文各木廠官商因此項工程緊迫於是無論瓦匠小工每日另外加酒錢四百文以示體恤

不孝宜誅　○京師廣渠門外玻璃營地方有程某者家道小康農家子也自幼有失教訓時向伊父言語頂撞昨聞五月十九日偶因細故用鐵鋤將伊父毆傷當經該管地保訪聞即將程某鎖拏稟請相驗傷痕雖不甚重厥罪匪輕亦應按律定擬此等逆子行同梟獍兇惡已極天理昭彰豈容逃出法網乎

好行其德　○京師自入夏後天時不正疫症流行一經染患大有朝不保暮之勢頃聞崇文門外井兒衚衕居住順天候補縣韓湘臣明府夙精岐黃術目覩斯民疾苦惻然憫之且深悉市上懸壺者競高聲價請封而外又需輿金在富家力能延醫至於貧乏之人不免坐而待斃爰取秘傳方藥慨解廉囊百餘金購諸貴品藥料製合避瘟丹雷公散靈痧藥平安散等在宅施送一時求藥者肩摩踵接絡繹而來幾如山陰道上應接不暇明府且製且送救活性命不可枚舉信所謂好行其德者矣

蟻媒破獲　○東直門內羊管胡同居住李姓女年屆花信父母雙亡自幼許字平某爲室至今尚未于歸日前被蟻媒沈秦氏誘至其家緣該氏前有某銀號掌櫃王某托買侍姬是以將女誆來即約王相看詎此女乃王之表姪女彼此相見大爲駭異暗約乘該氏不備赴大興縣喚差役等一擁而入並同黨者一併捉獲解往縣署管押提訊供出眞情正用大刑拷責忽有某舉人親來縣署與之求情明府以案情重大當即回覆不准多事而該舉人大肆咆哮邑尊喝役逐出當即提傳平某到案領回李女立將沈秦氏按律懲辦並將同黨者一併重責收禁至如何定罪俟訪明再錄

醫非小道　○醫關人生死行道豈可不愼西國凡業醫者非考得憑據實堪濟世方准懸壺於此道何等愼重中國則不然苟讀得本草數本及湯頭歌訣者即自命爲醫無怪草菅人命者指不勝僂數也前門外高桃胡同柳某者業擅岐黃聲名卓著每日清晨就診者門庭如市午後則乘車周行各處計一日可得京錢八九十千居然名振一時昨聞五月二十日午後乘輿至某家診視因察病未眞誤投藥餌以致病入膏肓奄奄一息其家不由情急即約同親鄰數十人趨至醫所將室內陳設搗毀一空旋即控於大興縣傳訊立即驅逐出境不准在京逗遛彼以人命爲兒戲者其亦知所警誡歟

姑妄言之　○據都門訪事函稱五月二十三日晚約九點鐘有白虹一縷自西而上隨時增長內有赤黃彩忽隱忽見轉瞬間直貫北斗斜插銀河倘已自西徂東矣至十點鐘向北而沒未幾復出一縷與前一轍一時觀者莫不謂奇有識者云此主風旱瘟疫也

噫彼蒼示警凡我億兆愚氓當由此省心向義守分敬天庶幾可挽回於萬一云

疎忽取咎 ○聞內廷値差人傳云前有某西國呈進 御用足踏車二乘昨 皇上試演乘騎伺候之太監太不經心致將 聖體翻落不由 龍顏大怒當將太監高某羅某二名立交愼刑司發遣吳店充當苦差卽刻起解

督轅門抄 ○五月二十四日早中堂未會客晚見 臬台袁大人世凱 張大人翼○廿五日見 藩台裕大人 運司方大人 關道李大人 道台任大人 候補府黃本慶 景州王兆麒 候補縣羅廷煦

瀛眷南旋 ○前直督王夔帥 召見內用瀛眷尙留津門刻聞三公子與孫五公子候搭新裕輪船携眷南旋惟如夫人赴京節署迄未騰清故榮中堂暫寓海防公所未經入署云

存儲核實 ○海防支應局帑項繁細關係甚重茲經榮中堂飭下定章該局所有實存銀兩若干務照五日一次分報津郡司道核對以昭核實

軍駐開州 ○前報紀護衛營馬隊奉前督憲王札調該營營官楊福同帶本隊赴大名一帶彈壓不靖該隊卽移駐大名之開州地方聞是處與山東河南界相毘連多屬甌脫最易藏奸理應防患未然故駐該處以資鎭守云

運貨章程 ○山海關自光緒二十四年開辦土貨稅則屢經釐訂茲經議定卽以二十四年發單之日起扣至該貨運津繳單投稅之日止按中歷月分計算本省一年他省二年新疆甘肅三年逾限卽按華商運貨舊章逢關納稅過卡抽釐倘起單後或實有礙難事故限期致有不足亦須豫爲報明沿途地方官關卡請轉詳關道亦准通融辦理云

市面將興 ○雲時歌泣千載興亡聞者見者足以感發善心懲創佚志今之戲古之詩也且世有不知詩之人斷無不知戲之人故演戲之場人樂趨之非獨爲酒食遊戲也而人事聚則地利興百行生意無不利市誠亦昇平之助矣前自海大道福仙茶園清理賬目數旬間鋪多歇業近聞復將演唱不禁爲市面一幸焉

命案將結 ○昨報千廠魏姓因飯館討帳呑烟身死一案茲悉飯館田姓業經傳案蒙邑尊堂斷飭田出資棺殮後赶卽邀人理處勿庸涉訟

觀射受傷 ○昨日爲天津縣武童覆試步箭之期閒人入觀者頗衆有某武童射失正鵠反中西廊某年少左膊雖不致有損性命然箭鏃陷於骨者幾二寸許矣

索詐慣技 ○日前侯家後周胡子卜班內忽來府署差役數十人向該班聲稱辦案欲將合班妓女全行帶署有好事者向該差關說始將開班之周胡子帶去府署至因何案犯俟訪實再爲續登

割肉療親 ○割股療親儒者弗尙以其毀傷肢體也然一片血誠出於天性必沾沾以禮法相繩過矣據聞靜邑陳官屯劉某農家子事親以孝稱鄕黨無間言月之初旬母患病侍湯藥維謹目不交睫者旬餘迄無效不得已於昨夜人靜時焚香祝天封股肉煎湯以進病果愈噫孝德動天顧如此神速乎故亟錄之以待採風

爲名傾命 ○大邑城東北十八里雯奴村馬某應童子試數困場屋未靑一衿以致抑鬱成疾類瘋顚本月初八日用刀自抹咽喉及家人知覺拯救已無計矣慘哉

雨粉誌異 ○閩報載上月初一夜甫邑北門外七步村雨聲達旦天氣凝寒其雨狀如粉條浮水錯認蘋花鄕人異而珍藏之翌日味變腐臭論者謂此係冰霜之質凝結未成若然則味必不變而竟變者何耶請質諸格致家

擔保國債 ○英擬擔保希債已經議院核准或謂此項債欵共六百八十萬磅希之財政至千九百三年始能持平定以三百八十萬磅償軍費及賠補私人財產以一百二十萬磅補國中虧項言明先交五兆其餘八十萬磅挨次緩交首五年以二分半行息限五十三年本利歸淸土得軍費卽須將佛薩利亞省兵退出軍費交太邦公立稽欵所存收云

議論爲政 ○美內閣官噶林仁耳遍由古巴島歸據云該處人民已餓死者四十二萬餘嗷嗷待哺餓而瀕死者仍有二十萬

名有紅十字醫會報册可查倘此情形卽不將島歸併亦須頒告天下令其自主以紓民困也

新槍進呈 ○補耳加里阿隨營槍礮匠創造槍一種槍筒六半密利邁當爲轉簧螺旋槍進呈兵部 俄四月彼得堡新聞報

俄兵東來 ○俄兵乘義勇船赴東方者至四月杪約有三萬名之多皆身體精壯操練純熟者

美洲紅族 ○合衆國戶口册載紅皮人之屬美籍者四萬九千二百七十三名列則維深斯一區爲紅皮人公用圖地內居十三萬三千三百八十二名入學讀書提調等亦爲紅皮人免納稅租尙有六萬六千二百八十九名分五部曰車羅柯白曰赤喀匝文曰車克塔文曰克列克蘭曰色米頗耳皆已服教化者他若新墨西哥舊金山等處紅皮人不少約有九萬二千二百八十一名

挨兵獲勝 ○泰晤士探訪人傳說英挨兵與蘇丹迭耳維士部交仗獲勝情由曰兩軍對壘鏖戰多時雖英挨軍中火器齊備始猶未能得手英挨大礮二十四尊直前攻擊計迭兵陣亡者三千名英挨兵陣亡者武官三員哨委六十七員受創者武官二十七員哨委四百十一員迭兵一萬六千名悉數潰散首惡馬赫木得被擒後由英官訊鞫治罪云 以上均譯俄四月彼得堡新聞報

光緒二十四年五月二十三日京報全錄

宮門抄○五月二十三日理藩院 鑾儀衛 光祿寺 廂黃旗值日無引 見 永隆謝管八旗練兵 恩 那王續假十日 會章請假十日 召見軍機

○○頭品頂戴山西巡撫臣胡聘之跪 奏爲遵議武科改制參酌晉省情形詳細覆陳恭摺仰祈 聖鑒事竊臣前准部咨議改武科章程業經奏准行令各省已經設有武備學堂者卽將章程開明報部其尙未設立學堂省分迅卽酌量情形將如何建立如何教練之處報部核辦又准部咨議覆黃槐森改試洋鎗一摺奉 旨依議欽此行令各省督撫學政各就見聞所及詳細奏明並按照兩次原奏逐細參詳迅速咨報各等因遵卽督同司道等察酌情形妥議辦法竊維變法自强以修明武備爲先儲材待試以振興學堂爲要自北洋創設武備學堂一切功課章程至爲詳備近年南洋湖北浙江等省均已次第增設晉省局面褊狹各屬肄業生童人數本少於鎗砲素未講求現在武科既經改制轉瞬鄉試屆臨若不速建學堂多士何從肄習擬請先於省城設立武備學堂仿照南北洋章程延訂教習挑取學生定立功課分門指授俟學有成就卽派充各府州縣教習並選練營兵丁之熟習鎗砲者先行分往教練或於運城大同等處添設小學堂以廣造就統俟籌定經費酌擬章程再由臣奏明辦理至原奏京營之制於科擧之中所論極爲扼要査從前武科不盡得人者以所習非所用耳今旣改試鎗砲是平時練習之功卽臨敵制勝之具而武科所得無非折衝禦侮之才矣若必合操防考試併爲一途如武生武擧盡數入營武童歸武職官考課彈壓未免轉多窒礙又各州縣屬置槍炮亦尙有須詳愼斟酌之處謹就部臣所擬參以晉省情形逐條詳議開繕淸單會同山西學政臣劉廷琛恭摺具奏伏乞 皇上聖鑒勅部核議施行謹 奏奉 硃批另有旨欽此

○○胡聘之片 再遵議武科改制各情形業經臣等詳細會奏在案惟思武備學堂規制閎遠事繁欵鉅僅於省城設立已屬不易此外府廳州縣斷難同時徧設卽欲選派營勇分赴教練而鎗砲名目演放章程尙未議定須發將來購運給領亦需時日査學臣例於歲試隨棚錄科該武生等於鎗砲全未肄習何能應考撥厥情形庚子武科鄕試恐難改用新章似不得不另籌簡便易行之法考宋時所設武學其教法與今之學堂相仿三年業成卽授敎隊差使或補官並不必歷府州試省試茲或畧師其意令各州縣於應試武童及舊日武生中擇其年在二十以內材力健壯文義粗通者申送省學堂由總辦督同教習等挑取入堂學習俟三年後將所習外塲鎗砲營壘及內堂兵法測算輿圖等項功課由撫臣詳加考驗擇其優等者按照本省鄕試中額取作武擧於會試前咨送兵部由部奏請 欽派王大臣考試以馬步快鎗快砲及兵法測繪等項分作內外塲擇其優者照額取中武進士俟 殿試後仍照例以各等侍衛及營衛守備用其不中者仍赴兵部請票歸標效力或派充小學堂教練下科會試仍准一體咨送其武擧武進士或取不足額卽寗缺無濫以期得眞才而收實效至學堂所出之額仍隨時挑補各州縣如有設立小學堂者卽先儘該堂學生申送以備挑取如此變通辦理武擧武進士悉仍其舊所去者僅武生一項耳然由童生入學堂卽可徑作武擧以視向之武生進身無異而出路較寬上之可膺將帥之選

敎亦可勝管帶之任人才悉出於學校而科學與營制乃並收其益矣且學堂之外無須多置鎗砲不特省無窮之費亦可免意外之虞但令未設學堂各省均能於六個月內一律建齊並早爲延訂教習勤加督課計下屆辛丑科會試爲期尚遠當不慮應試乏人可否一併 飭部核議之處伏候 聖裁臣等愚見所及謹附片具陳伏乞 聖鑒謹 奏奉 硃批覽欽此

○○頭品頂戴山西巡撫胡聘之跪 奏爲查明升補要缺同知任內盜案參限未滿並獲越獄逸犯業經審擬奏報仍請升補以重地方恭摺仰祈 聖鑒事竊照歸化城撫民同知方龍光呈請修墓所遺係衝煩疲難要缺經臣奏請以卓異候升太平縣知縣俞恒升補旋准部咨以該員任內有承緝事主劉夢錫高文煥被刼二案核計已起四參而三參尚未咨報今將該員於何年月日由本任太平縣交卸聲覆報部至盜犯閻鳴山越獄一案雖據咨報獲犯應俟審明定擬咨報到日再行核辦等因光緒二十四年閏三月初三日具奏奉 旨依議欽此咨行到晉臣查太平縣知縣俞恒現年五十二歲順天宛平縣人由監生遵籌餉例報捐縣丞指分山西試用同治八年二月到省於防河堵剿竄匪案內保歸候補班前先補用又於剿平包頭游匪馬賊案內保俟補缺後以知縣儘先補用光緒五年准補永濟縣縣丞六年四月赴部蒙 欽派王大臣驗放覆奏堪以照例用奉 旨依議欽此八年十月丁母憂開缺回籍十一年正月服闋起復四月回省十四年 題補汾西縣知縣十七年六月到任捐免歷俸十八年調補太平縣知縣是年六月到任二十二年調署臨汾縣知縣補行 大計保荐卓異二十三年七月十八日赴部引 見奉 旨着回任准其卓異加一級仍註册候升欽此九月十五日回省復飭回臨汾縣署任其在太平縣任內有承緝事主劉夢錫家被刼一案應以二十一年十月初四二參限滿之日起扣至二十二年十月初四日三參限滿又承緝事主高文煥家被刼一案應以二十一年十月二十九二參限滿之日起扣至二十二年十月二十九日三參限滿該員先於二十二年正月二十二日均未滿三參例限調署臨汾縣卸事迄未回任無從接扣至三參至續獲越獄逸犯閻鳴山已經審明定擬專摺奏報並請銷革留處分在案查歸化城撫民同知爲口外七廳領袖蒙民雜處俗悍事繁係屬衝四要缺該員精明穩練治理深諳以之陞補斯缺人地實在相需前在太平縣任內盜案均係未滿三參例限卸事越獄一案亦經臣審擬奏報此外並無已起降革參限之案且要缺請升一切因公處分例免核計據署布政使錫良署按察使楊宗濂會詳聲覆前來合無仰懇 天恩俯念歸化城撫民同知員缺緊要准以太平縣知縣俞恒升補洵於治理有裨如蒙 俞允該員係卓異甫經引 見回任候升人員未滿三年遵例毋庸送部引 見所遺太平縣知縣係屬繁缺容俟接准部覆截缺後另行揀員請補所有查明升補要缺同知任內盜案參限未滿並獲越獄逸犯業經審擬奏報仍請升補緣由理合恭摺具陳伏乞 皇上聖鑒 勅部核覆施行謹 奏奉 硃批吏部議奏欽此

○○劉坤一片 再投標學習人員經臣先後奏請留省補用奉 旨允准在案茲查有儘先推補參將唐盛祥儘先補用參將趙雲龍參將張香山儘先補用遊擊楊振江四川儘先補用都司宋春霖升用遊擊儘先補用守備彭桂林儘先補用守備吳斌勝歷在江皖閩浙陝甘等省迭著戰功荐保今職前經臣收標差遣均無貽誤惟該員等原保之案或未經留有省分或保留他省字樣現値兩江整頓營伍之時合無仰懇 天恩俯准將唐盛祥趙雲龍張香山楊振江彰桂林吳斌勝各以原官留於兩江補用宋春霖以原官改留兩江補用以資得力除飭取該員等履歷印結咨部查核外謹附片陳明伏乞 聖鑒 訓示謹 奏奉 硃批着照所請兵部知道欽此

新開元隆號綢緞洋貨莊

自去歲四月初旬開張以來蒙各主顧垂盼雲集馳名日盛本號特由蘇杭等處加意揀選名機新鮮貨色零整銀價俱照大莊行市公平發售以昭久遠此白

寄賣龍井雨前素茶福建皮絲水烟各種貨料大小皮箱

開設天津府北門外估衣街中路北門面便是

元茂機器磚瓦公司

本公司仿照西法燒作磚瓦事屬創舉曾經通稟在案該貨堅固異常價值從減並各樣印花磚瓦俱全　賜顧者請至海大道新興南里內本公司面議可也謹啓

魁陞號綢緞洋貨莊

本號自置顧繡綢緞洋貨等物整零均按銀莊格外公道皆比大市價廉發售　寄賣各種貨料大小皮箱漢口水烟袋各種眼鏡龍井雨前紅茶梗　寓天津北門外估衣街五彩號衚衕口坐北向南　士商賜顧者請認本號招牌特此謹啓

啓者昨接上海孫仲英善長來電旋又接到顧緝庭葉澄衷嚴筱舫楊子萱施子英各觀察來電據云江蘇徐海兩屬水災綦重飢民數十萬顛沛流離死亡枕籍災區十餘縣待賑孔急需欵甚鉅官欵恐未能徧及素仰貴社諸大善長久辦義賑飢溺猶已敬求代呼將伯源源接濟功德無量蒙滙賑欵卽滙上海陳家木橋電報總局內籌賑公所收解可也云云伏思同居覆載異姓不啻天親縱隔形骸民物莫非胞與頓遭洪水哀此災荒盡是蒼生何分畛域况救人性命卽積我陰功雖此日拯茲黎庶散盡赤仄青蚨卜他年報在子孫同來玉堂金馬敝社欵無備濟自知獨力難成術欲廣仁惟冀衆擎易舉叩乞顯官鉅紳仁人君子共憫奇災同施仁術原擬活人無算雖千金之助不爲多但能濟世有功卽百錢之施不爲少盡心籌畫量力輸將敝社不禁爲億萬災黎泥首叩禱也如蒙慨助卽交天津溜米廠濟生社帳房代收並開付收條以昭徵信

濟生社籌賑同人謹啓

建平永平金礦局告白

啓者壬辰年春　前北洋大臣李委潤等創辦建平金礦自顧菲材膺茲艱鉅不勝主臣開辦以來疊於平建朝赤等處徧加探試或以石堅金薄不敷度支或以費鉅工艱難祈速效頻年耗損實屬不支迨丙申歲抄核計彌縫舊缺外始有微餘洎丁酉全年見盈遂奉　熱河都憲諭以丁酉正月至四月爲建平第一屆升課其課銀已於今春解呈熱河五月至十二月爲第二屆其課銀亦不日報解又丙申冬分設永平金礦該處砂綫窄小浮露於外無大水患工程尙簡計至去年十二月底共試辦十四個月稍見餘利去冬十一月杪該局又得遷安縣屬峪之爾岩今正以後出金日逐見增將後可望蒸蒸日上刻亦報解第一屆升課惟是解課以後卽應分息在股諸君觖望已久茲定於六月初一日在天津招商局內建平帳房上海寶源祥香港招商局等處分派屆時務祈　諸股友攜摺枉顧以憑核發除將歷年辦理情形收支帳目稟報公牘彙刊成册印送核閱外合將派息日期登報奉聞

徐潤等謹白

吏隱告白

從來病者以診治爲先痊則以調養爲要誠以稍不自慎則痊者復病而病轉滋深所貴慎之又慎而不可輕心掉也僕自蒞津以來凡遇重症每殫竭心力以求其愈愈後必以調養爲諄囑獨於北塘鎭帥賈有難焉者鎭帥膺專閫重寄年雖老而心猶壯故運籌之勤撫馭之嘆在所時有而無如其病也雖病必延醫醫必痊痊而不善養則病復作僕自仲春以迄孟夏嘗赴北塘悉心診治計三閱月其病而復痊者屢矣然猶諄諄囑以調養切勿誤投藥餌延至清和下浣見其精神矍鑠飲食如初且自津郡屢取名班賽神酬願矣僕始畧爲放心不取謝資折回津廨不圖昨聞驚報乃因藥誤以致將星遽隕也使確念余囑則蓳奉之杏林僕豈不望多栽數株惟事已如此深恐後之施治者反以僕爲藉口也故登諸報端以明治病未必善言者所能愈又豈可行險以幸中售技者必當審慎立方而病家亦當善于調養耳

新出石印濟公傳此書出在南宋高宗皇帝出一位高僧濟公奉佛敕旨降世人間徹愚勸善忠孝節義與前醉菩題濟公不同本房不惜多金邀請名公細加批註由濟公降生共二百四十回趙家樓馬家湖前後接連又全續彭公案經史子集石印鉛板家藏板局板均照申價發售寄售毛賈夥巷瑞芝閣

天津[illegible]字山房謹啓

天福茶園

特請上洋新到

頭等花旦

柴桂仙

擇日開演

新排全本新戲

洛陽橋

本園特請藝人不惜工夫精製各樣彩切另新排洛陽橋八仙飄海仙女乘坐彩蓮花船打彩散樂羣妖作亂此橋工程不能告竣蔡狀元差家人夏德海赴水晶宮投文龍王閱文見書遂帶領夏德海遊玩水晶宮花園作樂演唱合班名角戲中戲十錦雜耍各樣彩切龍王賞賜同文從此修造工程告竣龍王轉稟玉皇遣天兵天將各顯神通羣仙門法捉拿妖怪各現原形蔡狀元邀請四方士農工商俱來觀看所造橋樑內有三十六行作買作賣許多奇文令人可觀與前不同屆期擇日佈告光請駕臨賞覽是幸

本園謹啓

三井洋行分莊 告白

敝者日本商始創貿易爲業數拾年以來今分莊開設北門外鍋店街沈家衚衕口對過專選精工料實東洋棉紗各等時式大小疋棉布粗洋布斜紋洋標等格外公道價亦從廉凡仕商賜顧者請至分莊面議可也特此佈聞

三井本莊主人啟

朱鈍翁現經運庫廳劉延赴密雲縣爲其令堂太夫人診脉已於五月十九日啓程前往俟歸來再布

鳴謝良醫

茲有本郡西門內大費衚衕內住魯生趙先生精通內外兩科兼充育黎堂官醫每值疫氣流行醫活險症不可勝數忽於五月初二日余偶患中風求醫束手命在旦夕隨有友人魯生先生能療此疾延請立至一藥病失兼有友人染患對口其病更險與余之疾投藥數帖即能毒出結痂雖非昔比神醫眞不愧當世良醫也余感恩無以爲報持具數言願津郡後患症延請手到病除愼勿自悞謹此鳴謝

天津城內浙江會館前李夢麟告白

紫竹林第一樓番菜館

本號專作英法大菜各色精細點心各樣洋酒洋貨等物一應俱全並售

上　　　　　　八百
上　　　　　　一千
紅茶　每斤津錢　六百

又批發茂生公司鐵海紙烟零整發售價值格外公道原箱計一百盒價洋一百四十四元每盒計五百支洋一元五角凡仕商賜顧請即駕臨是荷

主人謹白

時務日報增價

本津代售時務日報從五月十五日爲起每月報資津錢八百文

天津北門內府署東梁子亨啓

告白

頭彩第七千四百七十七號

二彩第二萬零七百五十號

三彩第一萬零三百零四號

諸君三次所買官商快覽如有得頭二三彩及上下附彩者請即攜原書來領當即照發彩洋也

絳雪齋啓

告白

皖江方友莊司馬喬寓津門紫竹林義和生西棧精于岐黃儕輩頗受益友莊本世家子不欲以醫鳴僕等以爲沽上良醫甚尠姑懸壺以救眼前人亦仁者之造福也特揚之以告采薪者〇謹代訂車費兩竿門診一竿

王蓮生　馬少雲　洪月坡　胡丹甫　仝啓

廣東鼎盛機器廠

本廠精造大小機器汽機火爐開礦水龍滅火水龍磨麵機器全套管辦鑄造修理精巧銅鐵等件貨眞價廉倘蒙賜顧請至天津紫竹林法租界牌坊旁本廠面議不悞

主顧　本主人謹啓

本局自印耕香館書譜每部價洋二元專辦各種石印書籍精選加高南紙細雅扇格外價廉天津東門外襪子衚衕本局啓

本局謹啓

美孚老牌煤油

啓者美國三達煤油公司之德富士老牌煤油天下馳名萬商稱美蓋其質潔色清亮白如銀且絕無烟氣能耐久燃比之生荳等油晶光百倍而儉用價廉此為德富士老牌之佳處誠屬無雙妙品也士商賜顧請到天津美孚洋行採辦或向就近殷實行店購買庶不致悞

DEVOE'S
PAT'D JUNE 22.63
BRILLIANT
OIL
IMPROVED
PAT'D JUNE 28.64
PATENT CAN

海大道 鴻春樓番菜館

啓者本店三層大樓工程告竣地勢寬闊以備貴官紳請讌擇於去臘遷移新正月初二日開市各樣俱全價廉物美凡仕紳賜顧者請即駕臨是幸

主人謹白

五月廿六日輪船出口　禮拜四

怡生　輪船往上海　怡和行

利運　輪船往上海　招商局

五月二十五日銀洋行情

天津通行九七六錢

銀盤二千四百八十文　洋一千七百六十文

紫竹林通行九六錢

銀盤二千五百一十三　洋一千七百八十五

洋錢行市七錢一分三

新開 敦慶隆綢緞洋貨莊

擇於閏三月十一日開張

本號開設天津北門外估衣街西口路南第五家專辦上等綢緞顧繡以及各樣花素洋布各碼線批合線俱按銀莊零整批發格外克已士商賜顧者請認明本號招牌庶不致誤

本號特白

減價

今有友人自辦陝西老土每兩津錢四百八十文　新到梁州土每兩津錢五百四十文　如蒙賜顧者請到東門內聚隆成寄售

開設紫竹林法國租界北

天福茶園

京都新到

崇慶名班

特請京都上洋姑蘇山陝等處

各色文武　頭等名角

五月廿六日早十二點鐘開演

蓋天雲　長祿　八百紅　溎州翠　于報　張鳳台　楊福寶　終德明　安桂秋　楊同來　白文奎　謝才寶　賽狸猫　王喜雲　周茹奎　高玉喜　劉祥泉　常雅秋　蘇廷奎　羊喜壽

雅觀樓　長登殿　安　探陰山　彩樓配　狀元譜　打櫻桃　長板坡　衆武行

晚七點鐘開演

邊義臣　崇芬　張鳳台　張長奎　姜小五　于報　十一紅　賽狸猫　汪德寶　高玉喜　雙處　王喜雲　姜小五　劉祥泉　賽旋風　常雅秋　李吉瑞　趙斌恒　蘇廷奎　楊四立

火烟駒　鎖五龍　鐵蓮花　探母　回令　盜魂鈴　衆武行

開設天津紫竹林海大道旁

福仙茶園

啓者本園於前月初四日止戲清理賬目今將戲園及園內桌椅磁壺磁碗新製彩切零星等件合盤出兌如有願兌者及詳細章程請至本園面議可也特此佈告

福仙茶園謹啓

創包機器

敬啓者近來西法之妙莫過機器靈巧至各行應用非得其人難盡其妙每値傷損修理必悞時日今有甯子卿專於經理機器玆擬創辦包定各項機器以及向有機器常年煤料工力價值格外公道如貴行欲商者請到福仙茶園面議可也特白

本館開設天津紫竹林海大道老桒市氣燈房巷內

光緒二十四年五月二十六日　第一千一百十二號
西歷一千八百九十八年七月十四日　禮拜四

部照又到　直隸勸辦湖北賑捐局自光緒二十四年三月初一日起至閏三月十五日止請獎各捐生部照又到請卽攜帶實收來局換照可也

招領部照　捐生陳殿揚山東福山縣人前在直隸勸辦湖北賑捐局報捐監生部照早到望卽攜帶實收來局換領切勿自誤

上諭恭錄

上諭四川總督着奎俊補授德壽着調補江蘇巡撫江西巡撫着松壽補授袁昶着補授江甯布政使欽此　上諭各國傳教載在約條迭經諭令各該督撫妥爲保護以期民教相安乃本年四川江北廳等處教案未了廣西永安州復有殺斃教民之事湖北沙市亦有因案牽連之事總由地方官不能仰體朝廷諄諄誥誡之意遇有民教交涉案件非漫不經心卽意存歧視畛域未化斯嫌隙易生無怪教案之層見迭出也用示特加申諭各直省大吏凡有教堂州縣務當諄飭地方官實力保護平日如有教士謁見不得自意拒絕使彼此誠信相孚從教之人亦不致藉端生事一面開導百姓毋以薄物細故輕啓釁端卽使事出倉猝該管官吏果能持平辦理亦何難消患未萌是在各該將軍督撫嚴飭所屬隨時妥愼籌辦　從前未結之案卽着迅速了結此後不准再有教案倘仍防範不力除將該地方官照總理各國事務衙門奏定新章從嚴懲辦外該將軍督撫責無旁貸亦必執法從事勿謂言之不預也將此通諭知之欽此

文侍御摺稿

三品銜湖廣道監察御史奴才文悌跪　奏爲言官黨庇誣罔熒聽請　旨飭查覆奏以肅臺規恭摺仰祈　聖鑒事竊奴才生長滿洲舊族誦習孔孟遺書世受　國恩幼承家教惟知奉公守法時欲報　主捐軀憶昔乙酉之年在戶部郎中任時　京察一等蒙　皇上召見於養心殿親聞　聖訓命奴才謹愼當差破除情面奴才退卽以此八字鐫刻圖章終身膺佩是以奴才蒙　恩外簡河南知府三年不受一人私書京中故舊亦皆未嘗以一字通問服官京外三十餘年從不敢沾染陋習與人結盟換帖除幼年受業同學六人外亦絕無拜上官舉主爲師頗以此取怨招尤不以爲悔蓋深懍　皇上破除情面訓辭亦由奴才四世祖鄂伯諾費揚武在康熙年間見族人鼇拜亂政伏罪因著有淸文家訓令後世子孫首重寡交永戒植黨赤心報　國勒石祠堂奴才等世世守之弗敢違也今者備員臺諫日覩同官中有爲人指使黨庇報復紊亂臺規者奴才於此事確有聞見謹遵　皇上破除情面訓誡縷晰陳之奴才於光緒二十四年五月初九日恭讀邸鈔見御史宋伯魯楊深秀聯銜參劾禮部尚書許應騤守舊迂謬阻撓新政及許應騤奉　旨明白回奏原摺各一件許應騤在朝聲譽初碌碌未有奇節奴才與之向無往來晤對亦未聞其有講求舊學之名此次見其覆奏摺內所稱珍惜名器物色通才等言深合大臣之體始知該尚書立身行事自有本末轉過於奴才平日所聞至該尚書摺內所指工部主事康有爲請將其罷斥驅逐證以奴才見聞所及許應騤所言亦適相符合伏維奴才服官京外已數十年康有爲向不相識去年十二月奴才改官御史忽於今年二月間由原任大學士閻敬銘之子道員閻迺竹致奴才一信言有傑士康某欲訪奴才相見奴才昔在戶部爲閻敬

銘賞識天下所共知然於闔迺竹向亦不相聞問只於去年十二月引　見御史之日在朝房始一識面奴才當卽函覆闔迺竹云方今正士大夫存誠踐實之時非標榜聲氣之日康某何須必相見也以阻之而康有爲仍復踵門來見奴才因與晤言接談之頃聞其議論頗多偏宕然見其激昂慷慨以爲是蓋志士憂時鬱抑激而出此雖卽以言規正之而心亦喜其負氣敢任或可救今時委靡偸侻積習不爲無用於其去後曾致闔迺竹信告以康有爲不無血性可愛惟其看天下事太易正恐不足有爲迨後康有爲數數來奴才處送奴才以所著書籍數種閱其著作以變法爲宗而尤堪駭詫者託詞孔子改制謂孔子作春秋西狩獲麟爲受命之符以春秋變周爲孔子當一代王者明似推崇孔教實則自申其改制之義大抵援據公羊何休學黜周王魯變周從殷之說首引董仲舒春秋繁露淮南子各書以爲佐證不知何休爲公羊罪人宋儒早經論定董仲舒本傳其所著蕃露玉杯竹林各自爲卷今本則皆在繁露一編之中故崇文書目已疑春秋繁露非董子原書程大昌攻之尤力　國朝文淵閣著錄春秋繁露十七卷亦置之附錄提要謂其中無關經義者多再考漢書董仲舒本傳當時其弟子呂步舒已不知其師說以爲大愚何況數千年後士不獲親見聖人自三傳以下假託聖賢以伸己說者何可勝數又焉能於蠹簡之餘欲盡廢羣籍執一家之言而謂爲獨得聖人改制之心哉至於淮南乃漢淮南王劉安所著其殷變夏周變殷春秋變周三代之禮不同等言不過叛王肇亂之辭殆與漢末張角妖言蒼天已死黃天當立正同尤不可據爲典要由是奴才乃知康有爲之學術正如漢書嚴助傳所謂以春秋爲蘇秦縱橫者耳然奴才猶以爲方今時事孔棘求才未可一格譬如烏附蛇蝎皆有毒藥品然以之治風痺疾轉良於參朮蓍苓只在用之何如也及聆其談治術則專主西學欲將中國數千年相承大經大法一掃刮絕事事時時以師法日本爲長策奴才於咸豐庚申年始年十二三歲卽留意西學故三十餘年所見泰西書籍頗多亦粗通其二十六母拼字之法及其七十課學言之訣頗有志習學其天算格致之術前者在戶部會計光緒七年出入計帳全用西洋歲計算法非絕口不談洋學者比卽近日數上奏議彈章亦曾以推廣新學爲言已在　聖明洞鑒之中惟中國此日講求西法所貴使中國之人明西法爲中國用以強中國非欲將中國一切典章文物廢棄摧燒全變西法使中國之人默化潛移盡爲西洋之人然後爲強也故其事必須修明孔孟程朱四書五經小學性理諸書植爲根柢使人熟知孝弟忠信禮義廉恥綱常倫紀名教氣節以明體然後再習學外國文字言語藝術以致用則中國有一通西學之人得一人之益矣若全不講爲學爲政本末如邇來時務知新等報所論尊俠力伸民權興黨會改制度甚則欲去跪拜之禮儀廢滿漢之文字平君臣之尊卑改男女之外內直似只須中國一變而爲外洋政教風俗卽可立致富強而不知其勢小則羣起鬭爭召亂無已大則各便私利賣國何難奴才曾以此言戒勸康有爲而康有爲不知省改且更私聚數百人在　輦轂之下立爲保國一會日執途人而號之曰中國必亡必亡其會規設議員立總辦收捐欵意與會匪無異以致士夫惶駭庶民搖惑私居偶語亦均曰國亡國亡可奈何設使四民解體大盜生心藉此以聚集匪徒招誘黨羽因而犯上作亂未知康有爲又何以善其後是則康有爲立會倡始名爲保國勢必亂國而後已焉奴才於其立保國會後曾又與面言恐其實生亂階令其將忠君愛國合爲一事幸勿徒欲保中國四萬萬人而置我大清國於度外而康有爲亦似悔之奴才由是不欲與之往來然仍謂其心或無佗只不過不知輕重尙未深惡其人迨後許應葵等阻其在會館聚衆又有人奏參康有爲忽到處辭行奴才處亦兩次來辭云將回里養母奴才當卽作詩送之諷以歸隱並有勸其切勿走胡走越之言不意其僞爲歸養以息譏彈而暗營保薦以邀登進乃于辭行之日忽有　召見之事奴才至是始覺其詐僞多端斷乎非忠誠之士心鄙其人矣而康有爲見奴才于其　賜對後絕無聞問又于四月初七日使其弟康廣仁至奴才處求見奴才未與相見爲奴才留一信云康有爲在寓患病現奉　旨令其進書是將宋伯魯楊深秀等已參許應葵許應葵已明白回奏惟原摺邸鈔未見奴才欲知宋伯魯等所奏云何又聞康有爲奉　旨進書欲知其進書之意何在且仍欲勸其安靜勿再生事端遂于初八日至康有爲寓所其家人因奴才問病引奴才至其臥室案有洋字股信多件不暇收拾康有爲形色惶張忽坐忽立欲延奴才出坐別室奴才隨僕又聞其弟怨其家人不應將奴才引至其內室奴才乃忽忽立起惟告以中庸有云萬物並育而不相害道並行而不相悖萬不可分門別戶致成黨禍置國事於不問而康有爲兄弟同言卽今在朝諸人又何嘗以國事爲問乎奴才仍勉以旣蒙　恩命爲總署章京則當謹愼趨公以圖報効康有爲言實不能爲此奔走之差現奉　旨進書書進仍然回籍其弟又謂奴

才云朝廷特罷制藝何不從速仍待下科且生童小試尤當速改策論奴才見其終不可諫乃舍之而去初九日遂於邸抄中見許應騤覆奏中言康有爲少即無行通籍回里屢次搆訟晉京後終日聯絡台諫貪緣要津再三干謁又在會館私行立會聚衆至二百餘人入對奉 旨充總理衙門章京不無觖望捏造浮詞諷言官彈劾等情奴才更深信康有爲不過一輕浮巧猾之徒獨怪以閻敬銘之狷介家風而閻迺竹何爲交結此人且引薦至奴才處也由是憶其曾於閏三月間擬有摺底二件囑奴才具奏一件欲參廣東督撫一件請釐正文體更變制科當時即經奴才曉以科道爲 朝廷耳目之官遇事原不能不向人訪問然必進言者自有欲言之事參詢詳細於人若受人指使而條奏彈劾是乃大干 列祖 列宗嚴禁斷不敢爲且其欲參廣東巡撫奏中特爲清查沙田一事而發奴才拒之尤力至今其擬來奏底仍存奴才處而其釐正文體一事已有楊深秀言之矣至康廣仁所言罷制藝不必待下科小試尤宜速改策論而宋伯魯又適有此奏是許應騤謂其聯絡台諫誠不爲誣又康有爲於閏三月間忽遣其門生廣東崖州舉人林纘統持其信至奴才處求見奴才聞林纘統係會試舉人亦即延見乃林纘統並非來京會試因其在崖州有聚衆州衙鬨堂塞署之案其子弟迄今仍監禁州獄康有爲令其尋奴才爲之奏辦時奴才正在都察院署理京畿道事務告以如有寃抑應到院呈訴不當在私宅商辦乃林纘統竟於次日備辦禮物至奴才處餽送甚至奴才幼子童奴皆有贈貽奴才大駭立即驅逐之去告以如敢再來定即奏交刑部林纘統去而康有爲旋來奴才以正言責之康有爲且言禮亦微物係由康有爲代備初不以爲愧怍至今康有爲引薦林纘統申訴之信亦仍存奴才家中是則許應騤言其搆訟亦不爲無據至康有爲兩三月中凡至奴才處十餘次路隔重城或且上燈後亦至往往見其車中攜有衾枕奴才家丁問其隨僕皆言其行蹤詭秘恒於深夜至錫拉胡同張大人處住宿蓋戶部侍郎張蔭桓與康有爲同縣同鄉交深情密是則許應騤言其貪緣要津亦屬有因若云用爲總署章京不無觖望奴才實親聞康有爲有不能當奔走差使之言由此觀之則許應騤所論康有爲各節皆非揣測之辭概可信也總之康有爲之爲人講學如明之李贄干進如明之陳啓新尤復胆大妄爲不安本分性非安靜然而奴才始尚以爲其深通洋務不妨節取所長留爲偵探參訪之用故兩次至其寓所回拜十餘次在奴才家與之晤言雖無一次不規勸其失於其囑託均不敢聽受後亦明知其生事然不欲參劾蓋恐或阻抑 朝廷破格求才之路今見許應騤所奏歷指其奸若終始不言則有違 皇上破除情面之訓負 恩實甚且康有爲又曾在奴才處手書御史名單一紙欲奴才倡首鼓衆人伏 闕痛哭力請變法其單內所開多台諫中知名之人而宋伯魯楊深秀即在其內後康有爲立會保國在單之人皆不與聞獨惟宋伯魯楊深秀兩次到會列名傳布奴才於其開單之時即告以言官結黨爲 國朝大禁此事萬不可爲乃楊深秀旋即便服至奴才處仍申康有爲之議且奴才與楊深秀初次一晤楊深秀竟告奴才以萬不敢出口之言是則楊深秀爲康有爲浮詞所動概可知也至宋伯魯奴才未曾與之晤言面聞其曾上設立公司之奏亦係康有爲持此議先尋御史黃桂鋆陳奏黃桂鋆不爲所使竟由宋伯魯奏之以康有爲一人在京城任意妄爲徧結言官把持 國是已足駭人聽聞而宋伯魯楊深秀身爲台諫公然聯名庇黨誣參 朝廷大臣夫容臺本執禮之官宗伯以守舊爲過一則曰重邦交再則曰傷邦交以今日之非禮脅制諸臣曲全大局正患無禦侮之才儻使許應騤能折衝樽俎遇事挽回得一分即可爲 朝廷存一分國體凡爲 大清臣子孰不喜之奈何獨以爲罪乎尤可怪者原摺竟敢擅擬以三四品京堂降調正卿干預 皇上黜陟大權實從來所未有此風又何可長也宋伯魯前者黨庇薛允升今者又與楊深秀黨庇康有爲專以報復爲得計原摺謂可免鄰封之笑柄以奴才觀之該御史等縱不慮天下後世笑不知同臺中正有笑之者矣孟子曰國君進賢如不得已國人皆曰不可是康有爲也哉 聖祖仁皇帝御製臺省箴曰或藏嫌怨謬爲雌黃受人指囑尤爲不臧是宋伯魯楊深秀也奴才身沐 聖朝厚恩久存不敢避嫌遠怨之志故於三月初一日初次封事即以請甄別御史爲言今日觀此情初亦再四躊躇恐蹈明季科道攻訐惡習遲遲十日不敢輕於陳奏繼思 國家變法原爲整頓國事非欲敗壞國事譬如人家屋宇年久失修欹斜欲覆勢宜改造自應招集工匠依法拆卸庶乎瓦木不損終成室廬若任三五喜事之徒運以蠻椎絙以巨索邪許一聲曳之傾仆而曰非此不能捷速姑無論瓴石梁棟毀折摧傷且恐因而壓人吏何改造之有其間稍有阻止持重者則反加之毆詈此何理也今康有爲變法宋伯魯楊深秀之參劾何以異是此奴才所以終不敢已於言也所有康有爲之爲人如是是否可用應如何辦理 皇上自有

權衡至朱伯魯楊深秀顯有庇黨熒聽情事然奴才終恐啓臺諫互相攻擊之風仍未敢擅擬其去留可否請　旨飭下都察院堂官查覈該員等是否堪勝御史之任覆奏請　旨辦理奴才爲整肅臺規起見謹繕摺縷陳伏乞　皇上聖鑒再康有爲歷次致奴才信函及所擬摺底如有應行考覈之處　當呈交都察院堂官咨送軍機處備查合併聲明謹　奏

柳太鐵路借欵合同　續前稿

九該代辦洋人由銀行派往專任稽查銀欵勾稽出入其算法悉用西式此外兼任查看鐵軌機械站房損壞堅固之責使其齊整免致糟朽不堪使用該代辦尙應有帮辦洋人幾名其數至少此項薪水應亦由商務局開車後在入欵內支給共計一年不逾十萬法郞克計銀在三萬兩上下至於應用各項人等應皆擇用華人惟管機器之人中國無從尋覓只可暫由銀行代雇洋人其數無幾一俟中國得有此項掌機器者刻將洋人撤退總期此項管機器之人不逾數年皆用華人商務局總辦可於附近開設鐵路礦務學堂選擇青年穎悟華人二十名延請洋師敎授並可送至外洋專學此等機器之學此項經費應於所分花紅成數之內開支銀行亦得相助爲理以便速得此項華人而免用洋人　十車路告成每年除去官利及各項經費外尙有盈餘之利應如何分派之處開列如下餘利作爲十成以二成分歸商務局此二成數足三萬兩之上總帮辦薪水一萬五千兩在內劃給不得在年內入欵項下支付其二成如不足三萬之數仍在入欵內開支作爲常年經費以四成報效　國家以一成作爲商務局辦公之用其三成撥歸華俄銀行而此三成自開車起在借欵未清之時一律按數收取商務局果能如第三條於限內將借欵掃數完清則此三成餘利銀行亦卽停收，十一車站告成後開車之先應由商務局總辦帮辦會同銀行代辦聚議商定搭客載貨詳細章程先期由商務局禀明山西巡撫請札地方官明白出示俟禀明後卽行擇日開車以後倘遇　國家軍務奏明賑務所有調兵運糧各事均照常價減讓一半其餘中外軍器軍火及炸藥轟藥違禁等物非奉山西巡撫明白公文不得運載此條預先申明後屆時仍首先載入運載章程遵行外　大清郵政局信件免納車費　十二華俄銀行始先修造柳林堡至平定州屬之煤礦一段鐵路應於勘定畫圖辦妥地基之日起三年爲限應行告竣此段告成後二年之內銀行若不將第二段自平定煤礦至太原鐵路之工開辦則商務局可以辭退銀行另招他人承辦其銀行所有爲此第二段鐵路勘估圖式等項憑據卽應平日送交商務局不得有所異議　十三商務局若不按照定限歸本付利卽將此段鐵路暫時由銀行代管惟仍由商務局稽查其總辦等仍舊聚議薪水仍按第八條所言開支此等情勢銀行非爲主管只爲代管俾得收完所欠本利迨暫欠之數全完立將此段鐵路事宜還歸商務局主管　十四此路借欵係華俄兩國商人公司商辦之件所有贏絀兩國　國家槪不干預　十五此件合同　奏准方爲的準正約　十六此合同華洋文繕具兩分各執爲憑

督轅門抄　○五月二十五日晚中堂見　補用副將韓謙　補用遊擊林輔臣○二十六見　熱河道恒大人壽　廣西試用道尹恭保　前署安徽安廬除和道蕭允文　湖北候補道薛大人華培　候補道張大人鼎祜　汪大人瑞高　張大人翼　委署天津府李蔭梧叩謝　候補府林際康　補直隷州李紹勳　蔡紹基　調署漕運通判夏詒垣　候補通判陳景熙　沈寶賢　新選順天保定縣彭英甲　鹽山縣銘彝　宣化縣陳本辭赴永平　獻縣胡良駒　廣東試用縣鄧盛鈞安未見　候補縣張繼善　馬慶麟　蔡詠棠　張錦紱　彭庚孫　顧思孝　候補州汪熙安未見　新選石碑場大使蔣有霖　候補縣丞戴清　武備學堂學生崔祥奎　試用府經歷陸炳文　候補典史盧沛恩　主簿黃德春　大名鎭吳大人殿元　海關道李大人　正任臬台袁大人　候選道嚴大人復　廣平府岑大人春煦　古北口左營錫善辭　水師學堂敎習麥賴斯　霍克爾　林德碑　比國領事官標爾

委任得人　○保甲局總辦李少雲太守前曾署理天津府篆表率有方屬僚讋服自辦理保甲局務實事求是於地方興利除害不遺餘力昨潘藜閣太守出缺本郡士民紛紛議論卽有若得保甲總辦李公重守是邦則閭閻獲福無量之語頃據聞官場人言果於二十五日奉閣督部堂札委天津府員缺緊要以候補知府李蔭梧署理等因督憲知人之明太守輿論之美不禁爲津人士幸焉

委查金礦　○候補道袁行南觀察大化奉督憲札委赴永平開平口外熱河等處查辦金礦事宜赴轅叩謝不日卽當起程馳往遵辦

河北竊案　○河北大王廟一帶陳姓喬姓前數日均經被竊昨陳姓代當局亦被賊穿穴入室竊去衣包等物當卽開列失單稟送該管有司飭捕嚴拏

牛驢遭刼　○文邑德歸村李某家素封因水患中落乃養船裝貨爲生月之十八日晚八點餘鐘由蘇家橋載驢牛各一頭運往石溝交卸行距該處未遠天忽陰風雨交作霹靂一聲火光四射滿船作硫黃氣頃卽雨止雲收船中人皆無恙惟牛驢俱斃按雷殛妖怪及惡人事恒有之畜類何辜亦遭天怒耶是索解不得者

仁心義氣　○世上兩般淒慘事無非死別與生離然生離視死別尤爲難捨訪事云靜邑瓦子頭村難婦周氏冀州産因夫病故不能謀生膝下兩子長六齡次三歲憑中人說合將長子賣與山貨店譚姓客爲螟蛉議定身價錢十五千詎當交易時母子抱頭痛哭堅不釋手譚某惻然憐之立毀前議慨贈青錢三吊仍令母子完聚聞者莫不稱該客之仁慈義氣云

蟹災傷稻　○東淀一區毗連文大等境界蒲葦外兼種稻田爲出産大宗聞今歲蟹最多稻秧半爲所害較之蝗虫更難驅捕故該處農人無不愁鎖雙眉歎有秋之難卜云

路透電音　○日美兩軍之在三希埃格者近日未曾再相攻擊而戰事想當自此停止矣聞得兩國已論令各該軍知照現在已於日美都城會議和欵云好博遜游戎及墨力米加俘囚現已互換釋放矣○美國擬將檀香山嶼收入版圖一事旋經議定玆據英倫電稱麥總統業將此議照准畫諾矣并謂現有兵輪一艘前往該處懸掛國旗也

光緒二十四年五月二十四日京報全錄

宮門抄○五月二十四日吏部　翰林院　正黃旗值日無引　見　裕祿謝在軍機大臣上行走並謝署廂藍漢都統恩　卓公祟禮謝管八旗練兵恩　車王請假十日　明桂續假五日　順天府奏京師得雨五寸有餘　吏部奏派驗看月官　派出熙敬溥善敬信懷塔布溥𩔖楊頤裕德會廣漢吳光奎齊蘭彭述文璟裴維安德藩桂斌富通阿　兵部奏派演放水師砲位　派出色楞額奕功　召見軍機

○○成都將軍兼四川總督臣恭壽跪　奏爲委解光緒二十四年二批京餉起程日期恭摺仰祈　聖鑒事竊查前准部咨本年京餉撥鹽厘銀十五萬兩津貼銀十二萬兩重慶關洋稅銀十二萬兩共銀三十九萬兩行令分欵批解等因前已籌解過銀十二萬兩當經奏咨在案茲據布政使裕長鹽茶道張元普會詳京餉關繫緊要待撥孔殷自應竭力籌解以顧大局催據各厘局解到鹽厘銀六萬兩津貼銀四萬兩又據該司等另詳動撥重慶關解到洋稅銀四萬兩三共銀十四萬兩作爲光緒二十四年二批京餉按照新法平兌飭委補用知縣李宏年領解於光緒二十四年四月十八日自川起程解赴戶部交收並請仍援前案將銀發交西商日昇昌等商號分別滙解俟該委員到京兌齊實銀解部以期迅速而免疏虞等情詳請奏咨前來臣覆核無異除分咨查照外理合恭摺具陳伏乞皇上聖鑒謹　奏奉　硃批戶部知道欽此

啓者昨接上海孫仲英善長來電旋又接到顧緝庭葉澄衷嚴筱舫楊子萱施子英各觀察來電據云江蘇徐海兩屬水災綦重飢民數十萬顚沛流離死亡枕籍災區十餘縣待賑孔急需欵甚鉅官欵恐未能徧及素仰貴社諸大善長久辦義賑飢溺猶已敬求代呼將伯源源接濟功德無量蒙滙賑欵卽滙上海陳家木橋電報總局內籌賑公所收解可也云云伏思同居覆載異姓不啻天親縱隔形骸民物莫非胞與頓遭洪水哀此災荒盡是蒼生何分畛域況救人性命卽積我陰功雖此日拯茲黎庶散盡赤仄青蚨卜他年報在子孫同來玉堂金馬敝社欵無備濟自知獨力難成術欲廣仁惟冀衆擎易舉叩乞　顯官鉅紳仁人君子共憫奇災同施仁術原擬活人無算雖千金之助不爲多但能濟世有功卽百錢之施不爲少盡心籌畫量力輸將敝社不禁爲億萬災黎泥首叩禱也如蒙　慨助卽交天津溜米廠濟生社帳房代收並開付收條以昭徵信

濟生社籌賑同人謹啓

新開 元隆號綢緞洋貨莊

自去歲四月初旬開張以來蒙各主顧垂盼雲集馳名日盛本號特由蘇杭等處加意揀選名機新鮮貨色零整銀價俱照大市行市公平發售以昭久遠此白 寄賣龍井雨前素茶福建皮絲水烟各種眞料大小皮箱 開設天津府北門外估衣街中路北門面便是

元茂機器磚瓦公司

本公司仿照西法燒作磚瓦事屬創舉曾經通稟在案該貨堅固異常價値從減並各樣印花磚瓦俱全 賜顧者請至海大道新興南里內本公司面議可也謹啓

魁陞號綢緞洋貨莊

本號自置顧繡綢緞洋貨等物整零均按銀莊格外公道皆比大市價廉發售 寄賣各種眞料大小皮箱漢口水烟袋各種眼鏡龍井雨前紅茶梗 寓天津北門外估衣街五彩號衚衕口坐北向南 士商賜顧者請認本號招牌特此謹啓

京緞減價零售現剪

零剪

品名	價
高鴉背	一千三百五
正號元青貢緞每尺	一千四百文
中號	一千一百文
副號	八百八十文
眞杭青金銀庫緞每尺	二千二百文
眞裕順曾皮絲烟每包	一千一百文
南京鹹鴨每支 大	一千八百文
小	一千二百文

寄售 每斤

品名	價
龍井	一吊七百文
雨前	一吊一百文
珠蘭	一吊四百文
雀舌	九百六十文
蜂翅	一吊二百文
紅袍	六百四十文
小種	一吊二百文

本號自製元淺京緞躉售零剪杭絨衣線下燕金腿南貨精貨一應俱全近因錢市低落不同分別減價抑因無恥之徒假冒南味字號者甚多雖云謀利誠恐亂眞欲辦薰猶用煩楮壓天津宮北大獅子胡同公益仁記南味坊謹白

建平永平金礦局告白

啓者壬辰年春 前北洋大臣李委潤等創辦建平金礦自顧菲材膺茲艱鉅不勝主臣開辦以來疊於平建朝赤等處徧加探試或以石堅金薄不敷度支或以費鉅工艱難祈速效頻年耗損實屬不支迨丙申歲抄核計彌縫舊缺外始有微餘洎丁酉全年見盈遂奉 熱河都憲諭以丁酉正月至四月爲建平第一屆升課其課銀已於今春解呈熱河五月至十二月爲第二屆其課銀亦不日報解又丙申冬分設永平金礦該處砂綫窄小浮露於外無大水患工程尚簡計至去年十二月底共試辦十四個月稍見餘利去冬十一月杪該局又得遷安縣屬峪之爾岩今正以後出金日逐見增將後可望蒸蒸日上刻亦報解第一屆升課惟是解課以後即應分息在股諸君觖望已久茲定於六月初一日在天津招商局內建平帳房上海寶源祥香港招商局等處分派屆時務祈諸股友携摺枉顧以憑核發除將歷年辦理情形收支帳目稟報公牘彙刊成册附送核閱外合將派息日期登報奉聞 徐潤等謹白

支隱告白

從來病名以診治爲先痊則以調養爲要誠以稍不自愼則痊者復病而病轉滋深所貴愼之又愼而不可輕心掉也僕自蒞津以來凡遇重症每殫竭心力以求其愈愈後必以調養爲諄囑獨於北塘貫鎭帥有難焉者鎭帥膺專閫重寄年雖老而心猶壯故運籌之勤撫髀之嘆在所時有而無如其病也雖病必醫醫必痊痊而不善養則病復作僕自仲春以迄孟夏嘗赴北塘悉心診治計三閱月其病而復痊者屢矣然猶諄諄囑以調養切勿誤投藥餌延至清和下浣見其精神矍鑠飲食如初且自津郡雇取名班賽神酬願矣僕始畧爲放心不敢謝資折回津寓不圖昨聞驚報仍因藥誤以致將星遽隕也使確念余囑則董奉之杏林僕豈不望多栽數株惟事已如此深恐後之施治者反以僕爲藉口也故登諸報端以明治病未必善言者所能愈又豈可行險以幸中售技者必當審愼立方而病家亦當善于調養耳

新出石印濟公傳此書出在南宋高宗皇帝出一位高僧濟公奉佛敕旨降世人間儆愚勸善忠孝節義與前醉菩題濟公不同本房不惜多金邀請名公細加批註由濟公降生共二百四十回趙家樓馬家湖前後接連又全續彭公案經史子集石印鉛板家藏板局板均照申價發售寄售毛賈夥巷瑞芝閣 天津袁宇山房謹啓

天福茶園

特請上洋新到
頭等花旦
柴桂仙
擇日開演

新排全本新戲
洛陽橋

本園特請藝人不惜工夫精製各樣彩切另新排洛陽橋八仙飄海仙女乘坐彩蓮花船打彩散樂羣妖作亂此橋工程不能告竣蔡狀元差家人夏德海赴水晶宮投文龍王閱文見喜遂帶領夏德海遊玩水晶宮花園作樂演唱合班名角戲中戲十錦雜耍各樣彩切龍王賞賜同文從此修造工程告竣龍王轉稟玉皇遣天兵天將各顯神通羣仙鬥法捉拿妖怪各現原形蔡狀元邀請四方士農工商俱來觀看所造橋樑內有三十六行作買作賣許多奇文令人可觀與前不同屆期擇日佈告光請駕臨賞覽是幸

本園謹啓

天后宮北
義興順綢緞莊

本莊自置顧繡綢緞綾羅紗絹各樣洋貨南貨雅扇桂冊頭油香貨歸安貝松泉湖筆一概俱全

頭號杭甯綢　四錢二
頭號摹本緞　三錢八
紅梅茶　每斤　九百六
紅茶　六百四
紅茶梗　二百二
龍井茶　一吊八
金百𦄰裙布裡每套五兩八
壽棉
哆囉蔴每尺原碼四分二
各莊夏布一概照行發莊

朱鈍翁現經運庫廳劉延赴密雲縣爲其令堂太夫人診脈已於五月十九日啓程前往俟歸來再布

三井洋行分莊
告白

啟者日本商始創貿易爲業數拾年以來今分莊開設北門外鍋店街洮家衚衕口對過專選精工料實東洋棉紗各等時式大小疋棉布粗洋布斜紋洋標等格外公道價亦從廉凡仕商賜顧者請至分莊面議可也特此佈聞

三井本莊主人啟

紫竹林
第一樓番菜館

本號專作英法大菜各色精細點心各樣洋酒洋貨等物一應俱全並售

上上紅茶每斤津錢　八百　一千　六百

又批發茂生公司鐵海紙烟零整發售價值格外公道原箱計一百盒價洋一百四十四元每盒計五百支洋一元五角凡仕商賜顧請即駕臨是荷

主人謹白

三日一本
石印類類報

看至約四個月可成書七部八冊已改策論此報詢屬利器也每月津錢六百四十文先交報資定看全年者收洋肆元不折不扣北閣內延邵公所對門類報館啓類

告白

頭彩第七千四百七十七號二彩第二萬零七百五十號三彩第一萬零三百零四號諸君三次所買官商快覽如有得頭二三彩及上下附彩者請即攜原書來領當即照發彩洋也

絳雪齋啓

告白

皖江方友莊司馬喬廣津門紫竹林義和生西棧精于岐黃濟輩頗受益友莊本世家子不欲以醫鳴僕等以爲沽上良醫甚夥姑懸壺以救眼前人亦仁者之造福也特揚之以告采薪者○謹代訂車費兩門診一竿

王蓮生馬少雲
洪月坡胡丹甫　仝啓

廣東鼎盛機器廠

本廠精造大小機器汽機火爐開礦水龍滅火水龍磨麵機器全套管辦鑄造修理精巧銅鐵等件貨眞價廉倘蒙賜顧請至天津紫竹林法租界牌坊旁本廠面議不悞主顧

本主人謹啓

本局自印耕香館畫臘每部價洋二元專辦各種石印書籍精選加高南紙項細雅扇格外價廉寓天津東門外磯子衕本局啓

本局謹啓

美孚老牌煤油

啓者美國三達煤油公司之德富士老牌煤油天下馳名萬商稱美蓋其質潔色清亮白如銀且絕無烟氣能耐久燃比之生荳等油晶光百倍而儉用價廉此為德富士老牌之佳處誠屬無雙妙品也 士商賜顧請到天津美孚洋行採辦或向就近殷實行店購買庶不致悞

DEVOE'S PAT'D JUNE 22.63. BRILLIANT OIL IMPROVED PAT'D JUNE 28.64. PATENT CAN 美孚行

海大道 鴻春樓番菜館

啓者本店三層大樓工程告竣地勢寬闊以備貴官紳請讌擇於去臘遷移新正月初二日開市各樣俱全價廉物美凡仕紳賜顧者請即駕臨是幸

主人謹白

新開 敦慶隆綢緞洋貨莊

擇於閏三月十一日開張

本號開設天津北門外估衣街西口路南第五家專辦上等綢緞顧繡以及各樣花素洋布各碼線批合線俱按銀莊零整批發格外克己士商賜顧者請認明本號招牌庶不致誤

本號特白

減價

今有友人自辦陝西老土每兩津錢四百八十文 新到梁州土每兩津錢五百四十文 如蒙賜顧者請到東門內聚隆成寄售

五月廿七日輪船出口 禮拜五

景星 輪船往上海 怡和行

新裕 輪船往上海 招商局

五月二十六日銀洋行情

天津通行九七六錢

銀盤二千四百八十文 洋一千七百六十文

紫竹林通行九六錢

銀盤二千五百一十三 洋一千七百八十五

洋錢行市七錢一分三

開設紫竹林法國租界北

天福茶園

京都新到

崇慶名班

特請京都上洋姑蘇山陝等處

各色文武 頭等名角

五月廿七日早十二點鐘開演

劉景山 大貞 十二紅 邊義臣 張長奎 謝才賓 白文奎 終德明 汪德寶 王喜雲 賽徑溫 于報 謝才寶 雙處 安桂秋 常雅秋 劉祥泉 李吉瑞 長祿 蘇廷奎

辭朝 罵閻 牧虎關 七星燈 打面缸 牧羊卷 伐子都（衆武行）

晚七點鐘開演

蓋天雪 長祿 八百紅 蒲州翠 邊義臣 十八紅 老虎 終德明 十一紅 小祿奎 張鳳台 蘇廷奎 雙處 謝才寶 劉祥泉 常雅秋 王喜雲 趙斌恒 賽徑潘 高玉喜

金殿封官 柳林池 逃國 大報仇 黃金台 迷人館（衆武行） 男女跑台

開設天津紫竹林海大道旁

福仙茶園

啓者本園於前月初四日止戲清理賬目今將戲園及園內桌椅磁壺磁碗新製彩切零星等件合盤出兌如有願兌者及詳細章程請至本園面議可也特此佈告

福仙茶園謹啓

創包機器

敬啓者近來西法之妙莫過機器靈巧至各行應用非得其人難盡其妙每值傷損修理必悞時日今有甯子卿專於經理機器玆擬創辦包定各項機器以及向有機器常年煤料工力價值格外公道如貴行欲商者請到福仙茶園面議可也特白

直報

本館開設天津紫竹林海大道老菜市氣燈房巷內

光緒二十四年五月二十七日　第一千一百十三號
西歷一千八百九十八年七月十五日　禮拜五

上諭恭錄

上諭總理各國事務衙門會同禮部奏遵議經濟特科章程開單呈覽一摺所擬章程六條尙屬詳備卽着照所請行經濟特科原期振興士氣亟應認眞選舉以廣登進而勵人才着三品以上京官及各省督撫學政各舉所知限於三個月內迅速咨送總理各國事務衙門會同禮部奏請考試一俟咨送人數足敷考選卽可隨時奏請定期舉行不必俟各省彙齊再行請旨用副朝廷側席求賢至意該衙門知道單併發將此通諭知之欽此　上諭湯壽銘着調補安徽布政使雲南布政使着于蔭霖補授欽此　上諭前經降旨各省士民著書製器暨捐辦學堂各事給予獎勵論令總理各國事務衙門妥議具奏茲據該王大臣等議定詳細章程開單呈覽所擬給予世職實官虛銜及許令專利頒賞匾額各節量能示獎尙屬妥協着依議行卽由該衙門咨行各直省將軍督撫通行所屬將章程出示曉諭以動觀聽而開風氣朝廷鼓勵人才不惜破格之賞仍應嚴防冒濫所有著書製器各事該衙門務當認眞考驗嚴定罰懲以期無負振興庶務實事求是之至意該衙門知道單併發欽此　上諭陝西按察使着趙爾巽調補安徽按察使着徐壽朋補授欽此　上諭雲南雲南府知府員缺緊要着該督撫於通省知府內揀員調補所遺員缺着羅文彬補授欽此　上諭鍾泰奏因病請假回旗調治一摺鍾泰着賞假四個月回旗調理甯夏將軍着色普徵額暫行兼署欽此

○南洋公學章程

謹將南洋公學章程恭呈　御覽　計開　第一章設學宗旨共二節　第一節西國以學堂經費半由商民所捐半由官助者爲公學今上海學堂之設常費皆招商電報兩局衆商所捐故定名曰南洋公學　第二節公學所敎以通達中國經史大義厚植根柢爲基礎以西國政治家日本法部文部爲指歸略倣法國國政學堂之意而工藝機器製造礦冶諸學則於公學內已通算化格致諸生中各就質性相近者令其各認專門略通門徑卽挑出歸專門學堂肄習其在公學始終卒業者則以專學政治家之學爲斷　第二章分立四院共二節　第一節一曰師範院卽師範學堂也二曰外院卽日本師範學校附屬之小學院也三曰中院卽二等學堂也四曰上院卽頭等學堂也　第二節師範院高才生四十名外院生四班一百二十名中院生四班一百二十名上院生四班一百二十名　第三章四院學生班次等級共二節　第一節師範生分格五層第一層之格曰學有門徑材堪造就質成敦實超絕卑陋志慕遠大性近和平第二層之格曰勤學誨勞撫字耐繁猝就範圍通商量先公後私第三層之格曰善誘掖密稽察有條理能操縱能應變第四層之格曰無畛域計較無爭無忌無驕矜無吝嗇無客氣無火氣第五層之格曰性厚才精學廣識通行正度大心虛氣靜外中上三院學生各分

四班每班三十人　第二節師範生合第五層格准充敎習外院生至第一班遞陞中院第四班中院生至第一班遞升上院第四班上中下三院學生皆歲升一班　第三章學規學課一節日本學校規則及授讀之書皆由交部省酌定頒行但其初亦屢試屢改然後定爲合式公學課程參酌東西之法惟其中層累曲折之利弊必歷試而後能周匝師範院外院課程一年之內已屢有更定應由總理與華洋敎習逐細再加考核厘爲定式　第四章考試共三節　第一節每三月小試總理與總敎習以所業面試之　第二節周年大試督辦招商電報兩局之員會同江海關道員親試之　第三節上中外三院學生未卒業之日均不應學堂外各項考試惟師範院及上中兩院高等學生經學政調取錄送經濟科歲舉者不在此例　第五章試業給據共三節　第一節師範院生考取後給試業白據進院試業兩月察其合第一層格換給第一層藍據第二層綠據第三層黃據第四層紫據第五層紅據遞進遞給　第二節外院生考取進院試業兩月去其不可敎者質性可造者給予分院生肄業據遞升中苑給中苑肄業據遞陞上苑給予上苑生肄業據　第三節上苑生四年學成給予卒業文憑　第六章藏書譯書共二節　第一節公學設一圖書苑調取各省官刻圖籍其私家所刻及東西各國圖籍皆分別擇要購置庋藏學堂諸生閱看各書照另定收發章程辦理　第二節師範苑及中上兩苑學生本有繙譯課程另設譯書苑一所選諸生之有學識而能文者將圖書苑購藏東西各國新出之書課令擇要繙譯陸續刊行　第七章出洋　學一節　上苑學生卒業後擇其尤異者咨送出洋照日本海外留學生之例就學於各國大學堂以擴才識而資大用　第八章敎習人役名額共四節

第一節南洋公學總理一員華總敎習一員洋總敎習一員管圖書苑兼備敎習二名醫生一名　第二節師範苑並外苑洋敎習二名華人西文西學敎習二名漢敎習二名司事四名齋夫雜役二十名　第三節中苑華人洋文敎習四名洋文帮敎習四名漢敎習四名帮漢敎習四名稽察敎習二名司事二名齋夫雜役十六名　第四節上苑專門洋敎習四名華人洋文敎習四名漢敎習四名稽察敎習二名司事二名齋夫雜役十六名奉　硃批覽欽此

五月分選單　○小京官翰林院典簿于宗翰直隸甲孔目王恩藻正黃副榜太常寺博士王樹魁浙江附貢生　知府甘肅慶陽慶霖正紅貢生山東萊州曹榕山西甲　通判山東沂州王承修安徽人吉林雙城廳柳大年湖南人　知縣山東費縣謝羲順天監山東即墨周永廣西舉直隸龍門張兆齡安徽增貢廣東會同方朝槃湖南廣西來賓朱念祖江西俱附貢　州同江西義寧阮尙質浙江監　吏目貴州平越唐愈廣西文童　巡檢江西永豐華冕英浙江廣東淸遠陳慶朝四川典史廣東臨高雍紹緒四川俱監

體恤値差　○皇上奉　皇太后駐蹕　頤和園每日萬幾之餘隨意游覽所有各禁門値班各朱車守衛終日衣冠預備際此酷暑抱恙者日有所聞遂議定　聖駕欲抵何處內監暗傳號令朱車官兵即衣冠跨刀鵠立其無事時准於本朱車內脫褂摘帽隨便乘涼云

愼重庫儲　○通州坐糧廳署內通濟庫設在大堂之旁凡山東及南數省所解正雜各項銀兩均儲庫內每遇開放封鎖責成庫官莊某專司其事由倉帥坐糧廳當堂監視平時派人看守分晝夜二班現定於六月初一日爲始由庫房長班莊某銀匠郭某看視夜間撥庫兵十二名坐糧廳裏班四名在庫墻外巡邏庫門前設桌一張上置一燈另派官人四名對庫門而坐天明始各散去自此晝夜循環認眞看守始可無虞矣

電氣觸物　○京西蘆溝橋巡檢署內有大楡樹二株數百年物也巡檢鄭君近購一騾拴在樹上五月二十三日下午風雨交作霹靂大震將樹劈折騾匹亦被擊斃又京師西便門內老營房地方是日風雨交作街頭忽有二尺許黑物四顧張惶被道旁一挑担者急以扁担擊斃視之乃一大蝎虎觀者如堵相顧驚異

驅逐急迫　○前門大街石路兩旁貿易各攤前經街道察院限於五月二十日一律挪移等情疊列前報茲聞刻下遵限遷移者固屬不少其未經依限遷移者尙有十數處之多昨經彭侍御立將違限不遵之人李大陳三管二等十數名分別交中東中西兩坊管押聽候懲辦

坍屋傷人　○知命者不立乎巖墻之下孟子敎人何等悚切奈人多忽焉不察以致慘殞其身時有所聞可憐也京師宣武門

外南下窪一帶居住貧民甚多皆係小本營生所租房屋朽破壞岌岌可危昨於五月二十四夜間大雨如注以致房坍屋倒平窗之聲不絕於耳次晨詢探該處倒塌房屋不計其數聞有十數人壓於覆墻之下腦漿迸裂傷勢甚重某姓家有一幼孩尚在襁褓因傷斃命惟一老婦同被墻壓並未受傷殊屬可異

水懦民玩　○五月二十四日淸晨陰雲密布雨師稅駕至下午七點鐘雷電交作大雨滂沱如銀河倒瀉通宵達旦次晨仍細雨廉纖天氣尚未晴霽以致永定門內先農壇前一片汪洋盡成澤國適有香廠居住之孩童四五人赴水中同作嬉戲效寒鴉浮水以泳以游正在得意之際張姓童忽然力不能支致遭滅頂當經撈救已氣絕體冰旋經其家人赴中城司報案稟請相驗備棺成殮觀者謂該童死於非命皆家督之失於防閑也

是眞不羈　○前門內旗手衛律例館居住徐某者素性不羈嘗言生平以未見鬼神爲憾現在年屆七旬頹然已老而興復不淺五月二十日偶梁小恙夜眠初醒忽見廟中所塑之無常鬼入房徐掀帳問曰爾得無閻君差來招我乎鬼頷之徐又曰卽去乎尚須躭延時日乎鬼示以三指徐曰命之矣鬼亦不見次晨以語家人並招衆親友來與之告別莫不笑翁之妄言也及期翁先沐浴果無病而終異矣哉

督轅門抄　○五月二十七日中堂見　候補道蔭大人昌　大名府榮大人辭

閱看旗操　○頃聞督署傳差伺候于二十九日早七點鐘中堂乘輿出府赴旗兵學營閱看操演刻已預備停妥不知錦標果爲誰得也

勘備操塲　○今早七點鐘榮中堂會同袁廉訪及司道各官赴宜興阜勘驗地界以備今秋　聖駕幸津閱操地至十一點鐘始旋節入署據官塲傳說仍嫌狹窄如有寬闊地址仍須勘閱云

憲眷赴都　○前直督王夔帥之孫五公子搭輪南旋一則曾紀前報茲聞二十七日如夫人率同三公子乘坐第二次火車赴京文武各官俱赴院恭送又聞官塲傳說榮中堂瀛眷諏吉於六月初三日入署云

諏吉接篆　○保甲總局李少雲太守奉閣督憲札委署天津府篆務等因均經錄報茲聞太守本諏吉於二十八日接篆任事刻因一切公牘尚未繕淸改於下月初二日午時接篆太守已詣轅稟知矣

查礦添員　○督憲前委袁行南觀察赴開州等處查辦金礦茲以礦務繁雜恐觀察一人不能遍察復委宣化縣陳大令本會同勘辦昨已趨轅叩謝

新船駛到　○開平礦務局經張燕謀方伯督辦以來日新月異而歲不同利市百倍去歲曾向英德兩名廠定造廣平西平兩輪船寬大堅新較商局之新裕新豐尤爲華美德廠製造之西平輪船今春已經到華乘風破浪穩如平地中西人爭稱之爲第一等船昨英廠所造廣平輪船亦已開駛來華其噸數馬力與西平從同洵商務中之出色船也

三覆試題　○縣試正覆各題均經列報茲將三覆題目照錄以供衆覽　論題　明恥教戰論題下標明不能作者卽以此題仿作以不教民戰時文　詩題　賦得山河影在月中看得看字五言八韻

事已平了　○保定敎堂因董軍滋事藩憲員方伯姚觀察奉督憲電札會同辦理已紀昨報茲據保陽友人聲稱此事幸未傷人現已了結惟以後駐防之軍切須嚴加約束云云合亟錄報以告關心時局者

設立巡捕　○英國現已接管威海衛辦理善後各事宜首將威海衛各項居民產業妥爲保護聞英國現已議定威海衛設一捕房並於上海選派操演純熟之中國印度各巡捕多名前赴巡邏又調上海總巡捕房三道頭西捕丹生充巡捕頭丹生熟於捕務在上海幾二十年將來調至威海衛必能加意整頓振興捕務大約不久卽須起程本日爲中國巡捕大操之期丹生卽就其中挑選數名隨帶前往譯字林西報七月五號

小輪阻礙　○中國政府新准各小輪船至內地駛行長江一帶各船戶均甚怨恨聲稱欲將小輪船盡數燒燬恫喝多端揚州

各船商更形洶湧前月三十號有小輪船一艘由內河行抵揚州忽有船業人糾集無賴多名肆行攔阻聲言欲與搭客爲難幸城內武員聞警趕往諭令各兵士手執槍械如有拒捕情事卽行轟擊始各鳥獸散揚州操船業者最多恐以後鬧事情形殆有甚焉又淸江浦來電云有輪船一艘甫從鎭江駛到被船業中人將小輪擊壞搭客均已受傷新造碼頭及買票處所均被拆壞地方官調兵彈壓幸卽安靜譯字林西報七月六號

輪船開駛　○輪船局自去春吳紳爲總辦招股集貲購輪開駛同安石碼內港一帶等處視潮爲度風雨無阻往來行旅無不稱便惟於年終核賬除共入水脚開銷無餘外所有各股東貲本萬餘金亦且虧折殆盡於是各股不平咸謂吳紳揑造假賬全行鯨吞公請吳紳將賬對衆核算吳紳置之不理各股東遂於今正聯名具禀涉訟而小輪亦於今正停駛刻經周子迪觀察秉公斷結改歸十途郊各行商公同辦理所有小船二隻判洋二萬元諭十途郊各行商量爲攤派繳還前途並公舉一人爲總理獲利以三成提作地方善舉餘各股均分四月二十八日十途郊已攤齊二萬元交還前手并公舉洋郊內洪君友梅爲輪務總辦日前周道憲出示准其於五月初二日開行往來於同安東石安海等處所有水脚刊定章程同安洋一角安海洋三角至同安包官艙洋六元至安海包官艙者洋二十元

光緒二十四年五月二十五日京報全錄

宮門抄○五月二十五日戶部　通政司　詹事府　正白旗值日無引　見　博公假滿請　安　孫毓駿謝授江西九江府知府恩　延俟請假十日　文琳續假十日　召見軍機　孫毓駿

○○頭品頂戴大理寺少卿臣盛宣懷跪　奏爲籌集商捐開辦南洋公學情形恭摺仰祈　聖鑒事竊世變日棘庶政維新自誤萬端非人莫任中外臣僚與夫海內識時務之俊傑莫不以參用西制興學樹人爲先務之急臣於光緒二十二年冬間附　奏請設達成館片內曾經陳明在上海地方籌立南洋公學嗣以捐欵難集而達成館之請已奉總理衙門王大臣等議覆應由戶部撥欵辦理欽奉諭旨飭遵又經臣奏明將原擬捐設達成館之欵還充南洋公學經費在案臣惟師道立則善人多故西國學堂必探原於師範蒙養正則聖功始故西國學程必植基於小學中外古今教學宗旨本無異同特中土文明之化開闢最先歷世愈遠尙文勝質遺實採華而西人學以致用爲本其學校之制轉與吾三代以前施教之法相闇合今日禮失而求諸野講西學延西師學堂之規模近似矣然臣前年創設天津頭二等學堂旁求教習招選學徒大抵通曉西文者多懵於經史大義之根柢致力中學者率迷於章句咕嗶之迂途教者既苦乏才學者亦難精擇竊喟然於事半功倍之故蓋不導其源則流不可得而淸也不正其基則構不可得而固也初議籌設南洋公學擬照天津分設頭二等兩學堂繼念京師達成館未有開辦之期滬館雖無所依仿不可不先行設法籌辦况師範小學尤爲學堂一事先務中之先務既病求艾相需已殷急起直追惟虞弗及查有奏調三品銜分省補用知府何嗣焜學術湛深不求聞達臣與縱論西學爲用必以中學爲體考核程功次序極爲精邃志氣尤堅卓不致始勤終惰當經派委該員總理南洋公學事務卽於上年二月間考選成材之士四十名先設師範院一學堂延訂華洋教習課以中西各學要於明體達用勤學善誨爲指歸復仿日本師範學校有附屬小學校之法別選年十歲內外至十七八歲止聰穎幼童一百二十名設一外院學堂令師範生分班教之比及一年師範諸生且學且誨頗得知行並進之益外院生亦多穎異之姿能在於學今年復將二等學堂先行開辦名曰南洋公學中院以次續開頭等學堂名曰南洋公學上院上中兩院之教習皆在師範院則駕輕就熟軌轍不慮其紛歧外院之幼童薦升於中上兩院則入室升堂途徑愈形其直捷師範院諸生挑充教習至速以一年後爲準外院生分四班滿三年挑充升中院之四班中上兩院各分四班歲轉一班閱八年而卒業夫人才盛衰之機全視在上之取舍伏查光緒二十三年二月安徽巡撫鄧華熙奏建二等學堂總理衙門議覆摺內有云所稱頭等學堂教習誘掖生徒精益求精應如何優以仕途各節查同文館學生每屆三年大考一次擇其學業經進考取前列者量予保獎或分部學習或分發省分或由出使大臣調充參贊繙譯等官近且有徑請　簡派出使大臣者仕途不爲不優又教習殷勤講校應照新疆設立俄文館章程分別有無官職奏請獎叙各等語均經核准欽遵今　皇上復准總理衙門禮部議奏經濟特科歲舉之制俾天下

新設學堂書院所教有用之學皆得學成而各盡其用宇內學生莫不爭自濯磨竊維時事之艱大無窮君子以致達爲重環球各國學校如林大率形上形下道與藝兼惟法蘭西之國政學堂專教出使治政理財理藩四門而四門之中皆可兼習商務經世大端博通兼綜學堂係士紳所設然外部爲其教習國家於是取才臣今設立南洋公學竊取國政之義以行達成之實於此次欽定專科實核內政外交理財嗣後每年年終大考後當將學生各籍及考定等級詳細造册咨送各該省學政存候鄉試年分調取錄送惟各教習不乏體用兼賅之選職在課徒調取不及施敎至勞榮途轉隘擬請將此次敎習內應經濟歲舉者由臣出具切實考語咨請學政錄送其本係舉人准與經濟科舉人一體應經濟科會試此外擬仍請援照新疆設立俄文館章程同文館學生大考前列章程三年期滿由臣會同南洋大臣江蘇巡撫擇敎誨有才造就最廣者分別保獎以仰副　皇上甄陶才俊之至意至公學四院常年經費以輪電兩局歲捐銀十萬兩量入爲出僅可相當雖初辦兩年內上院未開約可節存銀五六萬兩惟開辦之費除學堂基地由臣捐購外其餘建造房屋置備儀器圖書以及一切器具共需十數萬金初擬勸捐辦理近來商民交困物力艱難以茲鉅款未易集腋而成祗能先將節存餘款動用計不敷之數尚多而將來如辦理譯書之費既在常年經費之外卒業學生出洋游學之費亦當預儲於八年之內始有設措之方也謹將現畫公學章程繕具清單恭呈　御覽所有籌集商捐開辦南洋公學緣由理合恭摺具陳伏乞　皇上聖鑒　訓示謹　奏

奉　硃批該衙門知道單併發欽此

○○臣孫家鼐臣胡燏棻跪　奏爲遵　旨查明中允黃思永被參各款據實覆陳恭摺仰祈　聖鑒事竊於光緒二十四年四月十八日承准軍機大臣字寄本日御史楊崇伊奏中允黃思永前辦順天賑務被控有案等語軍機大臣面奉　諭旨着順天府查明具奏欽此相應傳知遵照辦理計粘摘抄片一件等因到臣衙門承准此臣等查原參各節專關賑撫其前辦賑有被控之案及領用官欵有無造報册據必須飭籌無局詳細確查方昭核實隨札飭查明詳覆去後茲據該總辦通永道沈能虎治中王夢齡等查明詳覆前來臣等逐一覆核如原參黃思永前辦順大義賑被控有案後來羅致官欵漸推漸廣仍藉口義賑未嘗造報一節現據籌撫局員查得黃思永歷辦義賑並無人控告之案惟初辦百善堂義賑均係自行集捐散放並未領用官欵光緒二十年秋間順屬復被水災該員曾勸善捐協助工賑經前府尹臣陳彝將霸州保定文安大城永清寶坻等六州縣二十年冬撫及二十一年春撫加撫應放官賑銀米發交該員携帶延紳分赴各災區按照紳放章程查放大抵原參卽指此項官賑而言事竣後雖無戶口及工段丈尺細册然亦隨時開摺送前尹臣飭局核明有案尙尙非概未造報又原參該員長子荒謬貪劣無人不知該員奉若神明一節經臣等查得該員辦理義賑事務紛繁非一人所能料理且係現任京員不能常赴災區督率辦理而邀友代辦又恐不得其人信任伊子黃中理前赴各災區分投查辦似係爲慎重賑務起見但伊子年少氣盛遇事任性不無與地方官紳齟齬人言嘖嘖不爲無因至其如何貪劣原參既未指實且無控告之案無從查究又原參前年創議翻沙比田之沙翻於彼田此熟彼荒徒然勞費一節查前經黃思永請將大興宛平永清三縣沙壓地畝翻墾播種奉　旨交臣等體察情形酌籌辦理等因當經委員查明沙壓地畝厚薄不一沙性鬆浮隨風移徙恐有朝墾夕塡彼翻此壓之虞僅由江西等省解到義賑欵內撥給銀三千兩聊助試辦栽樹種豆之　本於二十三年四月初五日覆奏奉　旨依欽此欽遵在案是查明沙壓地畝難以翻墾早經臣等奏明中止勞費無多該員尙無終堅持已見情事又原參兼欲奏辦河工羅致鉅欵一節查該員雖條奏永定河開挖引河各工經前任直隸督臣王文韶會同臣等奏明工艱費鉅並未舉辦該員無從羅致鉅欵原參似係傳聞之誤以上各節均經臣等查明該員尙無被控案據及羅致官欵慨不造報各事雖派伊子放賑不免信任過專但義賑係屬善舉臣等亦不敢過於苛繩致阻義紳好善之忱惟查從前南紳施則敬等來順散放義賑並修辦河堤雖均自行查辦然必將銀交與地方官易錢事後會同州縣核轉報然後造具捐生履歷請獎以昭核實近來京紳辦賑多不知會而各州縣亦未便過問事後按欵請獎未免漫無稽察物議之興未姑不由於此應請嗣後義賑除不請獎者仍任其自行查放外如須獎之欵雖由該紳自行辦理必須將銀報明州縣事後將所放村莊若干戶口若干每口放錢若干共計放銀若干由地方官覆查相符具報立案方准請獎以憑稽核而昭徵信所有查明黃思永被參各款緣由理合恭摺覆陳伏乞　皇上聖鑒謹　奏奉　旨已錄

新開

元隆號綢緞洋貨莊

自去歲四月初旬開張以來蒙 各主顧垂盼雲集馳名日盛本號特由蘇杭等處加意揀選名機新鮮貨色零整銀價俱照大莊行市公平發售以昭久遠此白

寄賣龍井雨前素茶福建皮絲水烟各種眞料大小皮箱

開設天津府北門外估衣街中路北門面便是

元茂機器磚瓦公司

本公司仿照西法燒作磚瓦事屬創舉曾經通禀在案該貨堅固異常價值從減並各樣印花磚瓦俱全 賜顧者請至海大道新興南里內本公司面議可也謹啓

魁陞號綢緞洋貨莊

本號自置顧繡綢緞洋貨等物整零均按銀莊格外公道皆比大市價廉發售 寄賣各種眞料大小皮箱漢口水烟袋各種眼鏡龍井雨前紅茶梗 寓天津北門外估衣街五彩號衚衕口坐北向南 士商賜顧者請認本號招牌特此謹啓

啓者昨接上海孫仲英善長來電旋又接到顧緝庭葉澄衷嚴筱舫楊子萱施子英各觀察來電據云江蘇徐海兩屬水災綦重飢民數十萬顛沛流離死亡枕籍災區十餘縣待賑孔急需欵甚鉅官欵恐未能偏及素仰貴社諸大善長久辦義賑飢溺猶已敬求代呼將伯源源接濟功德無量蒙滙賑欵卽滙上海陳家木橋電報總局內籌賑公所收解可也云云伏思同居覆載異姓不啻天親縱隔形骸民物莫非胞與頓遭洪水哀此災荒盡是蒼生何分畛域況救人性命卽積我陰功雖此日拯茲黎庶散盡赤仄靑蚨卜他年報在子孫同來玉堂金馬敝社欵無備濟自知獨力難成術欲廣仁惟冀衆擎易舉叩乞顯官鉅紳仁人君子共憫奇災同施仁術原擬活人無算雖千金之助不爲多但能濟世有功卽百錢之施不爲少盡心籌畫量力輸將敝社不禁爲億萬災黎泥首叩禱也如蒙慨助卽交天津瀏米廠濟生社帳房代收並開付收條以昭徵信

濟生社籌賑同人謹啓

建平永平金礦局告白

啓者壬辰年春 前北洋大臣李委潤等創辦建平金礦自顧菲材膺茲艱鉅不勝主臣開辦以來疊於平建朝赤等處徧加採試或以石堅金薄不敷度支或以費鉅工艱難祈速效頻年耗損 實屬不支迨丙申歲抄核計彌縫舊缺外始有微餘洎丁酉全年見盈遂奉 熱河都憲諭以丁酉正月至四月爲建平第一屆升課其課銀已於今春解呈熱河五月至十二月爲第二屆其課銀亦不日報解又丙申冬分設永平金礦該處砂綫窄小浮露於外無大水患工程尚簡計至去年十二月底共試辦十四個月稍見餘利去冬十一月杪該局又得遷安縣屬峪之爾岩令正以後出金日逐見增將後可望蒸蒸日上刻亦報解第一屆升課惟是解課以後卽應分息在股諸君觖望已久茲定於六月初一日在天津招商局內建平帳房上海寶源祥香港招商局等處分派屆時務祈 諸股友携摺柱顧以憑核發除將歷年辦理情形收支帳目禀報公牘彙刊成冊印送核閱外合將派息日期登報奉聞

徐潤等謹白

支隱告白

從來病者以診治爲先痊則以調養爲要誠以稍不自愼則痊者復病而病轉滋深所貴愼之又愼而不可輕心掉也僕自蒞津以來凡遇重症每殫竭心力以求其愈愈後必以調養爲諄囑獨於北塘貫鎭帥有難焉者鎭帥膺專閫重寄年雖老而心猶壯故運籌之勤撫髀之嘆在所時有而無如其病也雖病必醫醫必痊痊而不善養則病復作僕自仲春以迄孟夏嘗赴北塘悉心診治計三閱月其病而復痊者屢矣然猶諄諄囑以調養切勿誤投藥餌延至淸和下浣見其精神矍鑠飲食如初且自津郡屢取名班賽神酬願矣僕始畧爲放心不取謝貲折回津寓不圖昨聞驚報仍因藥誤以致將星遽隕也使確念余囑則董奉之杏林僕豈不望多栽數株惟事已如此深恐後之施治者反以僕爲藉口也故登諸報端以明治病未必善言者所能愈又豈可行險以幸中售技者必當審愼立方而病家亦當善于調養耳

新出石印濟公傳此書出在南宋高宗皇帝出一位高僧濟公奉佛敕旨降世人間儆愚勸善忠孝節義與前醉菩題濟公不同本房不惜多金邀請名公細加批註由濟公降生共二百四十回趙家樓馬家湖前後接連又全續彭公案經史子集石印鉛板家藏板局板均照中價發售寄售毛賈夥巷瑞芝閣

天津袁字山房謹啓

天福茶園

特請上洋新到

頭等花旦

柴桂仙

五月二十八日晚准演

胭脂虎

新排全本新彩燈戲

洛陽橋

本園特請藝人不惜工夫精製各樣彩切另新排洛陽橋八仙飄海仙女乘坐彩蓮花船打彩散樂羣妖作亂此橋工程不能告竣蔡狀元差家人夏德海赴水晶宮投文龍王閱文見喜遂帶領夏德海遊玩水晶宮花園作樂演唱合班名角戲中戲十錦雜要各樣彩切龍王賞賜同文從此修造工程告竣龍王轉稟玉皇遣天兵天將各顯神通羣仙門法捉拿妖怪各現原形蔡狀元邀請四方士農工商俱來觀看所造橋樑內有三十六行作買作賣許多奇文令人可觀與前不同屆期擇日佈告光請

駕臨賞覽是幸　本園謹啓

天津北門內府署東各報總處售書局紫氣堂告白

念六接班　湖北萃報至二十三册　蒙學報至二十五册　點石齋畫報至五月中浣　各種小說先取爲快　大板封神榜　東西漢　三國　後三國　東周列國　大梁野中　西遊記　飛龍傳　改正隋唐演義　粉粧樓　夢通掃北　南北宋　南唐演義　五虎平西　金鞭記　七俠五義　蕩寇志　新出濟公傳　包公洗寃錄　鮑駱奇書　九絲縧　初二三四集彭公案　初集施公案　後續施公案　三續施公案　正續永慶昇平　萬年青醫書　各樣報帋報册畫譜均未及全錄物奇價　熙朝快史　餘者各種閑書時務洋務算學廉

梁子亨紫氣堂仝啓

朱鈍翁現經運庫廳劉延赴密雲縣爲其令堂太夫人診脉已於五月十九日啓程前往餘俟歸來再布

三井洋行分莊

告白

啟者日本商始創貿易爲業數拾年以來今分莊開設北門外鍋店街洗家衚衕口對過專選精工料實東洋棉紗各等時式大小疋棉布粗洋布斜紋洋標等格外公道價亦從廉凡仕商賜顧者請至分莊面議可也特此佈聞

三井本莊主人啟

紫竹林

第一樓番菜館

本號專作英法大菜各色精細點心各樣洋酒洋貨等物一應俱全並售

上　紅茶　每斤津錢八百

上　一千

六百

又批發茂生公司鐵海紙烟零整發售價值格外公道原箱計一百盒價洋一百四十四元每盒計五百支洋一元五角凡仕商賜顧請即駕臨是荷

主人謹白

梁子亨代售類報

彼處經理各報多年如今北方風氣徽開津門新出類類報每禮拜兩次訪經濟六門閱者定取賜函分送本各報處經手送報上面皆有本號佳角紅戳爲記如有散號混充貪塗無壓詐騙財件於本號無涉

告白

頭彩第七千四百七十七號

二彩第二萬零七百五十號

三彩第一萬零三百零四號

諸君三次所買官商快覽如有得頭二三彩及上下附彩者請即攜原書來領當即照發彩洋也

絳雪齋啓

告白

皖江方友莊司馬喬寓津門紫竹林義和生西棧精于岐黃僑輩頗受益友莊本世家子不欲以醫鳴僕等以爲治上良醫甚彭姑懸壺以救眼前人亦仁者之造福也特揚之以告采薪者○謹代訂車費兩竿門診一竿

王蓮生　馬少雲　洪月坡　胡丹甫　仝啓

廣東鼎盛機器廠

本廠精造大小機器汽機火爐開礦水龍滅火水龍磨麵機器全套管辦鑄造修理精巧銅鐵等件貨真價廉倘蒙賜顧請至天津紫竹林法租界牌坊旁本廠面議不悞主顧

本主人謹啓

本局自印耕香館畫譜每部價洋二元專辦各種石印書籍精選加高南紙頂細雅扇格外價廉屬天津東門外襪子衚衕本局啓

本局謹啓

五月廿八日輪船出口　禮拜六

重慶　輪船往上海　太古行

新裕　輪船往上海　招商局

五月二十七日銀洋行情

天津通行九七六錢

銀盤二千四百八十三　洋一千七百六十五

紫竹林通行九六錢

銀盤二千五百一十五　洋一千七百九十文

洋錢行市七錢一分五

光緒二十四年五月二十八日　第一千一百十四號
西曆一千八百九十八年七月十六日　禮拜六

本館開設天津紫竹林海大道老棧市氣燈房巷內

部照又到　直隸勸辦湖北賑捐局自光緒二十四年三月初一日起至閏三月十五日止請奬各捐生部照又到請卽攜帶實收來局換照可也

招領部照　捐生陳殿揚山東福山縣人前在直隸勸辦湖北賑捐局報捐監生部照早到望卽攜帶實收來局換領切勿自誤

上諭恭錄

上諭近來各省商務未見暢興皆由官商不能聯絡遇有舖商倒閉追比涉訟胥吏需索以致商賈觀望難期起色當此整頓商務之際此種情弊亟宜認眞厘剔着各直省將軍督撫嚴飭各該地方官務須體查商情盡心保護凡有倒閉虧空之案應卽訊明查追斷還並嚴禁胥吏勒索等弊以儆奸蠹而安善良欽此　上諭安徽徽寗池太廣道員缺着吳景祺補授欽此

禮部遵議改試策論章程

改試策論之　諭士子驟聞莫知所宗將來闈場定如何功令今日竄下宜如何課程朝夕以其事過詢本館以功令未奉明文不敢憶答茲有京友寄來信函爲禮部遵議改試章程合亟照登以慰英盼據云自欽奉　上諭以時文積弊太深故一律改爲策論所有章程當交禮部議奏禮部堂司各官議以首場試四書論一篇不過將時文改股爲段改整爲散論說雖各不同仍須不背朱註爲要又時務策一道或二道仍以八韻詩殿之因　上諭未廢八韻又以翰林需用詞賦故也至第二場經義以御纂七經爲本至第三場廢而不舉則以三場本無關出入之故所有章程六條經儀制司主稿　一試題宜變通舊制也士子通經致用自宜欽遵　諭旨以四子六經爲根柢尤宜博考史事通達治體以成有用之才凡鄉試會試首場命題定爲四子書論一篇經論一篇史論一篇四子論以義理純粹爲宗經論以考覈詳備爲主史論則求上下古今臚陳剴切　一塲期宜量爲歸併也制義改爲策論原期敷陳切實力掃陳言首塲既試以四子六經則次塲再試經義轉覺近於重複擬卽試以策問五通援古證今有裨實用勿徒以名物訓詁瑣屑引伸仍蹈襞積爲文之習　一立言宜知所宗旨也　本朝崇文興學　御纂四經　欽定三禮久已頒列學宮而學庸論孟悉以朱註爲宗亦已垂爲功令雖制義改試策論　諭旨有云殊流同源實示多士立言之準嗣後鄉會試及各項考試四書論以朱註爲宗經論以恪遵　御纂四經　欽定三禮爲斷如有妄抒臆語顯違經旨者以文理悖謬論試官不得取錄　一試帖宜仍循舊制也多士科名登進穎異者卽將供職詞垣平時於聲韻對偶不能不留心肄及故　高宗純皇帝嘗謂詩易學而難工故二塲表文易以五言八韻又移於首塲制義之後今制藝雖改似宜於首塲四書經史論之後仍留試帖一首俾士子服習有素備他日　朝廷制作之才　一入闈宜嚴懲懷挾也欲拔眞材先淸弊竇　列聖諄諄誥誡奚啻至再至三近來石印盛行爭思弋獲經藝策料售自坊間公然携帶今既改試策論不復拘於程度點竄稗販尤易爲功如搜檢不嚴則珉玉混淆眞才不出應請　特降諭旨凡鄉會試及各項考試於懷挾例禁宜實力整頓庶抒論者出自心裁而勦襲者無從倖進　一考試宜酌從一律也生童歲科各試自應欽遵　諭旨一律改爲策論擬請學政考試生

童及諸童縣府各試正場以四書論一篇仍照例加五言六韻詩一首覆試時試以史論一篇策一道除歲科向有經古場本由學政隨時酌量命題外至學政考試拔貢首場向用四書文二篇經解一篇二場策一道論一篇八韻詩一首考試優生則以首場經解移於二場而無論題今既改試策論擬請無論優拔考試首場均試以四書論經論各一篇及五言八韻詩一首二場試以史論一篇策一道至拔貢優貢　朝考及考敎習向用四書文者今亦一律改爲四書論一篇八韻詩一首則程式旣已從同而多士咸知遵守此其大畧也俟奉

欽定再行續登

五月分敎職單　○敎授奉天錦州喬國楨冀州甲貴州遵義臧國光大定　正諭奉天寗遠王鑑保定江蘇山陽汪曾蔭太倉河南光山趙祥麟陳州甘肅靜寗徐炳熙蘭州江西新城鄒瀚瑞湖北歸州盧芳黃州東湖范文典安陸湖南澧州周綬榮長沙廣東德慶梁增嘏廣州四川巴州陳世昌資州雲南趙州鄭芳蘭雲南貴州玉屛徐坤貴陽俱舉　訓導順天房山郝錫綱保定山西臨縣趙昌燕太原甘肅隴西孫燿樞蘭州福建德化高毓彥福州湖南藍山屈彥鈞長沙廣東文昌何佳珩廣州俱舉奉天康平于濯漢順天廣東從化王壯猷潮州三水王定洛瓊州俱歲陝西藍田高樹桐綏德挨甘肅禮縣張化鵬慶陽挨湖北咸豐舒鎭觀武昌優　復諭直隸樂亭趙衡大名廣安徽巢縣趙培元泗州舉　縣李耀榮太平廩江西永新楊宗煌建昌附福建古田蔡璜泉州附廣東電白司徒洽肇慶舉四川蓬溪譚道成成都舉　復訓福建崇安張葆謙福州副福寗雷起龍汀州增四川廣安潘文錦成都廩雲南楚雄向東升永昌廩

傳知咨保　○協巡檔房爲傳知事現准文案處抄傳奉　諭本營各處因無征防兵差曾於光緒七年五月間酌派官員逾四年奏奬弁兵二年咨保通傳各處各隊一體遵照等因在案本年五月又屆咨保之期爲此傳知十班八處馬隊應進協巡弁兵終夜巡查不無微勞足錄着十班管帶官於每班六品以下弁兵酌保四名相應傳知各馬隊將擬保弁兵旗佐銜名造具細册一本呈遞本處以憑核辦

支領祿米　○祿壽山統制定於五月二十八日前往祿米倉支領所管正藍旗漢軍應領六月分弁兵甲米已由該冏山遵照定期咨部箚倉逾限照例題參毋得違悞

豈容推諉　○京北昌平州某燒鍋掌櫃人謝某於五月二十日進京至崇文門大街酒行算帳取銀七百數十兩並購買零物於二十三日乘車返里行至淸河鎭迤北數里時在午後對面忽來五六人各持洋鎗向謝燃放彈中左腿倒地呼痛該賊復向燃擊幸而未中謝知不敵假作死狀該賊牽騾携物向南而去沿途復放數鎗謝不能起立仰天垂泣適遇本村鄉鄰全某路經其處問明前情卽至燒鍋告知聚集十餘人將謝舁回醫治卽遣人赴北路廳該管地面呈報藉詞不管現於二十六日進京赴提督衙門呈控請緝逸賊因被搶之地非本衙門所屬地面移咨順天府辦理矣

蘆溝水勢　○頃有友人自京西而來談及五月二十三四日陰雨連綿炎熱非常惟二十四夜間尤如銀河倒瀉以致山洪陡發勢若萬馬奔騰永定河水霎時高漲數尺蘆溝橋十三孔水急如雷吼甚至從橋上竄過街市貿易土房冲倒甚多農田亦遭淹沒鄉民急開挖濠溝藉放積水至二十六日始獲大放晴光居人稍覺安穩云

令之不從　○前門大街前經街道衙門驅逐貿易各攤等情已列前報玆悉正陽橋南首路東有羊肉舖一座及珠市口迤南鷄兒衚衕外路西有羊肉舖一座該兩處門面肉案均與石路相近前經街道院憲文侍御栗彭侍御迭諭令卽速拆毁該舖主馬某艮某抗違不遵立予掌責各八十交坊管押倘再推諉立卽從重懲辦不貸

官尙曉事　○彰儀門內轎子衚衕居住靳某回民也在營當差與回敎中之鍾某有仇屢欲報復而無隙可乘五月二十四日淸晨靳某赴菜市口購買食物得悉鍾某現居醋張衚衕遂於次日邀集同類十餘人在車子營地方候至上午時見鍾某貿貿而來於是一聲暗號蜂擁上前將鍾拖倒各持器械肆意兇毆以致鍾遍體鱗傷大呼救命經旁人見而喝散乃鍾已不能行動僵臥地上旋由敎中阿哄到場將鍾抬回醫治並致信於靳畧言我等均是好漢不肯到官涉訟然鍾某所受傷痕已由我等醫治乞於二十六日淸晨再屆諸公到場彼此較量勝負若有性命不測各無怨言詎料事經菜市汛王遊戎訪聞前情因聚衆約期械鬥久干例禁是期密派弁

兵數十名在四散隱藏逾時斬鍾果率黨羽六七十人之多蜂擁而來正欲交鋒對敵之際旋經王遊戎立卽鎖拏十數名解案管押按律懲辦以儆閭閻而安良善

善士施藥　○京師近日瘟疫流行有善士於各街巷黏貼報單施送藥餌計有六處一南横街工部梁宅二彰儀門大街資善堂三前門外三里河官鹽店四崇文門外喜鵲衚衕電報局五廣渠門大街裕泰烟鋪六前門外五道廟慈幼堂義塾聞所施之藥奇驗異常誠爲莫大功德故樂爲書之

風俗之頹　○古者飾終之典往往以愛物殉葬然不過納諸棺中藏諸穴內而已至於焚化楮錠則從後世佛老之說與古意已不相合從未有取珍貴之物付諸咸陽一炬以爲足資冥福者乃京都風俗則不然京俗凡遭男子喪所焚祇衣冠楮錠大都以假作眞猶不足異獨婦女之富有奩具者毋家一聞兇耗輒率婢僕而至將其生前所有不論綾綢珠翠悉畀丙丁暴殄天物莫此爲甚且此風不獨小家儘有知書明禮之人亦染惡習不以爲怪五月二十三日前門外石猴街某姓家喪一婦所燬不啻巨萬祇就一首飾匣而論約値三四千金之多現在江蘇湖北兩省災重正在勸捐助賑仁施普濟災黎之際若以此種物變價行善或可大有造於死者計不出此而以有用之物同歸於盡準情酌理殊不可解君子是以歎風俗之頹于今爲烈云

勿飲雨水　○京師自節交小暑後連日乍晴乍雨忽暖忽寒二豎子聲東擊西每思乘隙而入攝生愼益加愼尚不聞多受其殃惟男女幼孩半患朶腮卽俗所稱大嘴巴者治法以靛青敷之須腫三五日方能痊愈見其面者幾疑被人掌責旋經西醫體驗知爲多飲毒水所致蓋天泉從屋瓦瀉下時交夏季百虫盡出屋瓦毒不可言故服天泉輒病愼之愼之勿飲雨水

督轅門抄　○五月二十七日晚中堂見　廣平府岑春煦　獻縣胡良駒辭赴京　補用巡檢李廷柱○二十八日見　新授廣西石江鎭李大人永芳　臬台袁大人辭　運司方大人　關道李大人　潘大人志俊　新授滄州城守尉圖大人敏　前奉天東邊道張大人錫鑾　候補府陳喬聲　候補府阮貞元　候選府阿暘阿　補同知馬復賁　姚康之　候補直隸州楊同鼎　補蔚州石賡臣　浙江候補通判史悠祥　順義縣周兆蕢　候補縣王伯滋　曹鳳來　陸維炘　天津府經歷繆廷珍　天津縣典史勞康臣　楊青驛巡檢楊毓斌　候補大使焦兆駿　候補巡檢羅獻庭　孟慶濚　楊兆麟　法國總教堂教士林懋德

書院改課　○前奉　諭旨本屆歲考卽行改試策論無容遲至下屆故天津縣試初覆已經遵照更改茲聞二十六日閤督憲札飭運司轉飭所屬各書院卽於六月初二日官課起一體改試策論以昭畫一方都轉接札後隨卽示知肄業各生童遵照矣

免致投缸　○本埠因易兆火災公議於街市間安缸儲水以備不虞日前城西某姓婦不知因何起衅一時氣忿難忍投入缸內尋死經人撈救未致斃命現有紳董等恐日後難保無投缸情事致滋拖累擬將水缸盡埋屋簷下加蓋上鎖倘有意外事啓而汲之可以免生事端一俟議定卽當禀官請示遵行

嚴正猶昔　○陳大令鴻保前署天津時卽以維持風化爲先務自調任省垣以來興利除弊孳孳不已而於娼妓一流尤深惡痛絕有人自保陽來者云端陽節後忽來歌妓五六人在紅關帝廟前某茶館演唱詞曲正在珠喉宛轉時被大令查知立飭差役驅逐不准逗留境內其整頓風俗想見嚴正猶昔也

蛇鼠交爭　○大城縣屬王口鎭萬壽庵古刹也前月中旬附近人家每夜聞爭鬥聲若有數十百人者然忽遠忽近究莫知其處十八夜聲頓息次晨該廟殿前有黃鼠狼死焉形類小犬山門洞則死一巨蛇長丈餘皆身帶傷痕先是前數日該鎭娘娘廟桅桿被大風吹折說者遂附會其詞謂桅折係蛇行運風所致鼠不依興師問罪致相鬥俱死然乎否乎姑錄之以符新聞體例

索詐行兇　○甯晉縣屬東汪村賀某素無賴奸淫敲詐久爲鄉人所側目四月十三日緣賭負赴鄰佑顏姓家借貸適顏外出顏妻宋氏峻拒之語涉搶白賀老羞成怒順取菜刀傷氏數處旋卽因傷斃命顏協同該管地方赴縣報案請驗賀信口汚衊反誣氏以不潔刻尚未經定案云

温州鎖記　○浙江水師提督兵船名超武者前禮拜行抵温州帶有糧米二千五百石接濟飢民

漢將登穀　○浙省甯波温州等處缺米廖中丞電商鄂督撫購米二萬石又黃　蘭通政電商購米六千石鄂中米價因亦驟漲幸其處雨暘時若月內新穀可以上市云

重慶異災　○前月十七夜大雨雹江津縣屬之鶴坪山等處最重次則白沙塲一帶不特打傷居民屋瓦盡壞所有鹽街及槽房街各鋪皆棟折榱崩壓死約計數百餘人當風勢猛時竟有河干居民被捲入河或橫吹渡過彼岸者奇矣現由江津縣周大令親往查勘禀請上憲設法拯撫

路透電音　○禮拜一夜半時日色督之殿艦名雷音那麥細得司者試欲脫離三希埃格當爲美軍探悉卽刻將其擊沉現尙淹沒於該埠口門內也○日國皇宮現巳派有軍隊守護國人咸望首相康伯斯闢議院集羣謀以禦此侮也○美國議院業將聯合檀香山嶼之議訂定頒布矣

冰雪傷人　○路透報館接維克托里亞地方來信云四月三號有擬前往美克彎達依克金廠探金人百餘名爲雪壓埋因之殞命此外尙有數千名行至克彎達依克佐近之山口因雪冰消化自山而下又復壓斃百餘人

光緒二十四年五月二十六日京報全錄

宮門抄○五月二十六日禮部　宗人府　欽天監　正紅旗值日無引　見　許應騤請假五日　明安續假五日　召見軍機

皇上明日由　頤和園還宮辦事召見大臣

○○頭品頂戴兼署湖廣總督臣譚繼洵長江水師提督臣黃少春跪　奏爲湖廣所轄長江水師各員因事出缺揀員分別升補並照章聲明請　旨定奪恭摺仰祈　聖鑒事竊查長江水師員弁出缺向係開單會奏請補在案茲臣繼洵查接管卷內長江水師近日所出各缺經臣少春遴選歷練營伍熟悉水師之王宗高彭三泰劉坤洪王益謨四員均由巳經升借官階遞請升轉相應照章聲明可否准其升補恭候　欽定理合彙繕清單恭呈　御覽如蒙　俞允俟接准部覆卽將王宗高彭三泰劉坤洪王益謨給咨送部引　見以符定制除飭取該員等履歷咨部外謹會同兩江總督臣劉坤一恭摺具奏伏乞　皇上聖鑒謹　奏奉　硃批兵部議奏單併發欽此

○○頭品頂戴雲貴總督臣崧蕃頭品頂戴雲南巡撫臣裕祥三品頂戴督辦雲南礦務臣唐炯跪　奏爲查明奉駁滇省歷年辦運京銅開支各欵銀兩分案據實聲覆籲懇　天恩俯准飭部照數核銷以淸積牘恭摺仰祈　聖鑒事竊准戶部咨開本部議覆雲貴總督等奏雲南辦運京銅自光緒十六年起至十九年止廠務陸運京運之案收支欵目造册送部核銷一摺光緒二十一年五月二十三日具奏本日奉　旨依議欽此欽遵抄錄原奏淸單咨行到臣等當經行司查覆去後茲據布政使湯壽銘詳稱查原奏內開除准銷各欵外實計删減銀五萬二千九百八十一兩三錢六分九厘一毫五絲九忽二微行查銀二萬八千三百五十八兩六錢五分九厘五絲令將删減銀兩分別着追完繳並將行查各欵迅速查明報部核辦等因遵卽按照指撥各欵逐一澈查均屬實支實銷無可删減謹就原單議駁欵項分案逐欵聲覆開具淸單統計廠務案內仍請核銷銀五萬四十四兩九錢九分二厘五毫八絲五忽陸運京運二案仍請核銷銀三萬一千二百九十五兩五分五厘六毫二絲四忽一微又上屆報銷案內奉駁删減仍請核銷銀一萬九千六百三十二兩九錢六分四毫五絲六忽所有本案新增之欵業於淸單內將各項開支因何與原案稍有未符及因何漏未報部立案之處詳細聲明其餘各欵均係查照光緒十五年以前章程辦理前因十五年以前各案報銷尙有未經核准之欵致將本案牽連議駁茲查上屆駁欵多有續奉核准者所有本案連駁各欵自應照案開銷其上屆仍未核准關涉本案者或因道路年久失修駝銅斤重稍不逮昔或亂後商稀船少例支水脚難於減輕又或店務繁簡前後實有不同斷難以後定之章繩減前支之欵均於淸單內將歷係變通辦理緣由切實聲覆伏查滇省銅務自同治十三年試辦迄今歷時不謂不久整頓亦不謂不至乃因地方蹂躪過久民物凋殘過甚情形有今昔之殊一切辦運事宜不特遠年例案不能拘守以成功卽隨時定章未幾而又多窒碍仍恃變通爲補救在公家所謂變通惟於例案萬難措手者斟酌事宜畧籌變計而公司則須於變通之中設法調劑廠艱體恤駝戶俾辦運得以集事故自試辦以來商民之虧折雖多而民

間尙有人肯於開採職是之故今若因例案偶有未符務令將歷來沿支各欵删除追繳不獨人往時殊欲追無著且以當時准行之事一旦轉而追繳亦慮生愚民疑畏之心於辦運殊有關係籌思再四惟有據實陳覆籲懇　天恩飭部照數該銷以清積牘而便接續造報等情詳請具奏前來臣等覆查無異除將送到清單咨部查核外所有查明奉駁歷年辦運京銅開支各欵銀兩分案逐欵據實聲覆籲懇　天恩飭部照數核銷以清積牘緣由謹合詞恭摺陳請伏乞　皇上聖鑒訓示謹　奏奉　硃批戶部知道欽此

○○廖壽豐片　再准戶部咨本部奏浙江省防軍用欵添扣減平其二十一年以前請免查追礙難照准附片一件光緒二十四年二月十五日奏奉　旨依議欽此欽遵抄錄原奏咨浙查原奏內稱浙江防軍報銷案內扣收減平一項已於光緒十年歸入衞安軍附銷銀四萬二千一百餘兩一節前撫臣衞榮光咨覆光緒六七八九等年案內聲明庫平已作湘平勢難再扣臣亦迭次奏咨詳細聲覆在案又稱自光緒十年起至二十一年止已銷各案册內列收厘金內除協餉庫平餘欵仍是庫平收欵一併計算並無列收申平欵目一節臣即檢查厘金局列收各欵銀兩係按庫平列收洋銀每元按七錢二分列收制錢則照原數列收復查防軍局造銷防軍報銷各案洋銀元每按七錢五分列收制錢每兩按一千六百文列收均係已經申合湘平明證無難查核查局收銀兩或由藩庫發給或由厘局解到雖係庫平除協餉原發並不扣收絲毫外其餘剩存銀兩留爲本省用者申合湘平爲數無幾每年局收銀洋錢三項雖有多寡大約錢洋兩項總在七八成銀兩不過二三成以二三成成計之所扣湘平每年約祗萬兩左右匀給各營以充油燭犒賞等項之用其稱沒燭一項各營向有辦公經費操練緝捕犒賞等項原由統領公費內開支一節查各營辦公費兩項平時所需油燭操演犒賞已屬不敷如有更換統帶考驗勇丁優劣以及春秋例操購綠緝捕經費並未另行開支彼時因爲數無多稍資挹注並非以扣平實銀抵給亦難執此爲扣存湘平之據至扣平一項通盤計算亦僅有十餘萬兩今奉部駁扣平一欵已銷未銷各案統計約在五十萬兩上下爲數甚鉅等語臣細加柳算似不相符蓋防軍報銷之案祗造報至十九年止內有十八十九兩年迄今未准部覆其二十年以後用欵尙未報部請銷案册可憑此或一時勾稽之誤總之防餉爲軍食所繫歷來收少用多宛肉補瘡久已左支右絀部臣責提平餘無非愼重度支有可提之欵臣何敢不竭力搜羅照章核扣無如光緒二十一年以前已銷未銷各案實無平餘扣存若不免予查追恐舊案難期清結二十二年以後應扣之平餘亦難劃清界限遵章扣儲報解合無仰懇　天恩俯准勅部將光緒二十一年以前防軍局已銷未銷各案免予查　平餘其二十二年以後應　湘平臣已經奏明遵照新章核　應俟前案清結後再行劃清界限提存候撥除咨部照外理合附片陳請伏乞　聖鑒　訓示謹　奏奉　硃批戶部知道欽此

啓者昨接上海孫仲英善長來電旋又接到顧緝庭葉澄衷嚴筱舫楊子萱施子英各觀察來電據云江蘇徐海兩屬水災綦重飢民數十萬顚沛流離死亡枕籍災區十餘縣待賑孔急需欵甚鉅官欵恐未能徧及素仰貴社諸大善長久辦義賑飢溺猶已敬求代呼將伯源源接濟功德無量蒙滙賑欵即滙上海陳家木橋電報總局內籌賑公所收解可也云云伏思同居覆載異姓不啻天親縱隔形骸民物莫非胞與頓遭洪水哀此災荒盡是蒼生何分畛域況救人性命即積我陰功雖此日拯茲黎庶散盡赤仄靑蚨卜他年報在子孫同來玉堂金馬敝社欵無備濟自知獨力難成術欲廣仁惟冀衆擎易舉叩乞　顯官鉅紳仁人君子共憫奇災同施仁術原擬活人無算雖千金之助不爲多但能濟世有功即百錢之施不爲少盡心籌畫量力輸將敝社不禁爲億萬災黎泥首叩禱也如蒙　慨助即交天津溜米廠濟生社帳房代收並開付收條以昭徵信　濟生社籌賑同人謹啓

新開 元隆號綢緞洋貨莊

自去歲四月初旬開張以來蒙各主顧垂盼雲集馳名日盛
本號特由蘇杭等處加意揀選名機新鮮貨色零整銀價俱照
大莊行市公平發售以昭久遠此白
寄賣龍井雨前素茶福建皮絲水烟各種眞料大小皮箱
開設天津府北門外估衣街中路北門面便是

元茂機器磚瓦公司

本公司仿照西法燒作磚瓦事屬創舉曾經通稟在案該貨堅固異常價値從減並各樣印花磚瓦俱全　賜顧者請至海大道新興南里內本公司面議可也謹啓

魁陞號綢緞洋貨莊

本號自置顧繡綢緞洋貨等物整零均按銀莊格外公道皆比大市價廉發售　寄賣各種眞料大小皮箱漢口水烟袋各種眼鏡龍井雨前紅茶梗　寓天津北門外估衣街五彩號衚衕口坐北向南　士商賜顧者請認本號招牌特此謹啓

天后宮北 義興順綢緞莊

本莊自置顧繡綢緞綾羅紗絹各樣洋貨南貨雅扇桂母頭油香貨歸安貝松泉湖筆一概俱全

頭號杭寗綢　四錢二
頭號摹本緞　三錢八
紅梅茶　每　九百六
紅茶　六百四
紅茶梗　二百二
龍井茶　斤　一吊八
金百
壽棉襉裙布裡每套五兩八
哆囉蔴每尺原碼四分二
各莊夏布一概照行發莊

時務日報增價

本津代售時務日報從五月十五日爲起每月報資津錢八百文　天津北門內府署東梁子亭啓

建平永平金礦局告白

啓者壬辰年春　前北洋大臣李委潤等創辦建平金礦自顧菲材曆茲艱鉅不勝主臣開辦以來疊於平建朝赤等處徧加採試或以石堅金薄不敷度支或以費鉅工艱難祈速效頻年耗損實屬不支迨丙申歲抄核計彌縫舊缺外始有微餘洎丁酉全年見盈遂奉　熱河都憲諭以丁酉正月至四月爲建平第一屆升課其課銀已於今春解呈熱河五月至十二月爲第二屆其課銀亦不日報解又丙申冬分設永平金礦該處砂綫窄小浮露於外無大水患工程尚簡計至去年十二月底共試辦十四個月稍見餘利去冬十一月杪該局又得遷安縣屬峪之爾岩今正以後出金日逐見增將後可望蒸蒸日上刻亦報解第一屆升課惟是解課以後卽應分息在股諸君觖望已久茲定於六月初一日在天津招商局內建平帳房上海寶源祥香港招商局等處分派屆時務祈諸股友携摺枉顧以憑核發除將歷年辦理情形收支帳目稟報公牘彙刊成册印送核閱外合將派息日期登報奉聞　徐潤等謹白

吏隱告白

從來病者以診治爲先痊則以調養爲要誠以稍不自慎則痊者復病而病轉滋深所貴慎之又慎而不可輕心掉也僕自蒞津以來凡遇重症每殫竭心力以求其愈愈後必以調養爲諄囑獨於北塘買鎮帥有難焉者鎮帥膺專閫重寄年雖老而心猶壯故運甓之勤撫髀之嘆在所時有而無如其病也雖病必醫醫必痊痊而不善養則病復作僕自仲春以迄孟夏嘗赴北塘悉心診治計三閱月其病而復痊者屢矣然猶諄諄囑以調養切勿誤投藥餌延至清和下浣見其精神矍鑠飲食如初且自津郡屢取名班賽神酬願矣僕始畧爲放心不取謝資折回津寓不圖昨聞驚報仍因藥誤以致將星遽隕也使確念余囑則董奉之杏林僕豈不望多栽數株惟事已如此深恐後之施治者反以僕爲藉口也故登諸報端以明治病未必善言者所能愈又豈可行險以幸中售技者必當審慎立方而病家亦當善于調養耳

新出石印濟公傳此書出在南宋高宗皇帝出一位高僧濟公奉佛敕旨降世人間儆愚勸善忠孝節義與前醉菩題濟公不同本房不惜多金邀請名公細加批註由濟公降生共二百四十回趙家樓馬家湖前後接連又全續彭公案經史子集石印鉛板家藏板局板均照申價發售寄售毛賈夥巷瑞芝閣

天津賣字山房謹啓

天福茶園

特請上洋新到
頭等花旦
柴桂仙
五月二十九日晚准演
鴻鑾禧

朱鈍翁現經運庫廳劉 延赴密雲縣爲其令堂太夫人診脉已於五月十九日啓程前往餘俟歸來再布

三井洋行分莊 告白

敝著日本商始創貿易爲業數拾年以來今分莊開設北門外鍋店街洗家衚衕口對過專選精工料實東洋棉紗各等時式大小疋棉布粗洋布斜紋洋標等格外公道價亦從廉凡仕商賜顧者請至分莊面議可也特此佈聞

三井本莊主人啟

新排全本新彩燈戲 洛陽橋

本園特請藝人不惜工夫精製各樣彩切另新排洛陽橋八仙飄海仙女乘坐彩蓮花船打彩散樂羣妖作亂此橋工程不能告竣蔡狀元差家人夏德海赴水晶宮投文龍王閱文見喜遂帶領夏德海遊玩水晶宮花園作樂演唱合班名角戲中戲十錦雜耍各樣彩切龍王賞賜同文從此修造工程告竣龍王轉稟玉皇遣天兵天將各顯神通羣仙鬥法捉拿妖怪各現原形蔡狀元邀請四方士農工商俱來觀看所造橋樑內有三十六行作買作賣許多奇文令人可觀與前不同屆期擇日佈告光請駕臨賞覽是幸

本園謹啓

自立經濟各報會

逕啓者彼處經理南北各報不足二十載如今奉旨改科八股文章一日棄去經濟策論取士中外一新各報專選宏才種種論說數學策署等事册報日報內均載之俗云知時務俊傑也余在津辦理報務官紳士庶皆云甚便不貪厚利有益衆人若風氣大開非閱各報不可富者羣報可覽出資有限貧士閱各報多有不便之處故創立經濟各報會早有此意因北方風氣甚遲今見明文改科報會設報會入會看報另有詳細章程不入敝會自立報會或三人五人十人不等亦可自出會名向本各報處定閱各報十份一外報價必須格外存廉

天津北門內府署東各報總處梁子亨啓

紫竹林第一番菜館

本號專作英法大菜各色精細點心各樣洋酒洋貨等物一應俱全並售
上上紅茶每斤津錢八百
上 一千六百
又批發茂生公司鐵海紙烟零整發售價值格外公道原箱計一百盒價洋一百四十四元每盒計五百支洋一元五角凡仕商賜顧請即駕臨是荷

主人謹白

三日一本 石印類類報

看至約四個月可成書七部八股已改策論此報詢屬利器也每月津錢六百四十文先交報資定看全年者收洋肆元不折不扣

北閣內延邵公所對門類類報館啓

告白

頭彩第七千四百七十七號
二彩第二萬零七百五十號
三彩第一萬零三百零四號

諸君三次所買官商快覽如有得頭二三彩及上下附彩者請即攜原書來領當即照發彩洋也

絳雪齋啓

告白

皖江方友莊司馬喬廣津門紫竹林義和生西棧精于岐黃儕輩頗受益友莊本世家子不欲以醫鳴僕等以爲沽上良醫甚尠姑懸壺以救眼前人亦仁者之造福也特揚之以告采薪者○謹代訂車費兩竿門診一竿

王蓮生 馬少雲 洪月坡 胡丹甫 仝啓

廣東鼎盛機器廠

本廠精造大小機器汽機火爐開礦水龍滅火水龍磨麵機器全套管辦鑄造修理精巧銅鐵等件貨眞價廉倘蒙 賜顧請至天津紫竹林法租界牌坊旁本廠面議不悞 主顧

本主人謹啓

同文仁記南紙書局

本局自印耕香館畫賸每部價洋二元專辦各種石印書籍精選加高南紙頂細雅扇格外價廉廣天津東門外襪子衚衕本局啓

本局謹啓

美孚老牌煤油

啓者美國三達煤油公司之德富士老牌煤油天下馳名萬商稱美蓋其質潔色清亮白如銀且絕無烟氣能耐久燃比之生荳等油晶光百倍而儉用價廉此為德富士老牌之佳處誠屬無雙妙品也士商賜顧請到天津美孚洋行採辦或向就近殷實行店購買庶不致悞

DEVOE'S
PAT'D JUNE 22.63
BRILLIANT
OIL
IMPROVED
PAT'D JUNE 28.64
PATENT CAN
美孚行

海大道 鴻春樓番菜館

啓者本店三層大樓工程告竣地勢寬闊以備貴官紳請讌擇於去臘遷移新正月初二日開市各樣俱全價廉物美凡仕紳賜顧者請即駕臨是幸

主人謹白

五月廿九日輪船出口　禮拜日

重慶　輪船往上海　太古行

廣東　輪船往上海　太古行

五月二十八日銀洋行情

天津通行九七六錢

銀盤二千四百八十三　洋一千七百六十五

紫竹林通行九六錢

銀盤二千五百一十五　洋一千七百九十文

洋錢行市七錢一分五

新開 敦慶隆綢緞洋貨莊

擇於閏三月十一日開張

本號開設天津北門外估衣街西口路南第五家專辦上等綢緞顧繡以及各樣花素洋布各碼線批合線俱按銀莊零整批發格外克已士商賜顧者請認明本號招牌庶不致誤

本號特白

減價

今有友人自辦陝西老土每兩津錢四百八十文　新到梁州土每兩津錢五百四十文　如蒙賜顧者請到東門內聚隆成寄售

開設紫竹林法國租界北

天福茶園

京都新到

崇慶名班

特請京都上洋姑蘇山陝等處

各色文武　頭等名角

五月廿九日早十二點鐘開演

十八終張楊白李王六小十汪安雙謝蘇王常羊
四百德長同鳳文玉全月三一德桂　才廷喜雅喜
旦紅明奎來奎台奎立鮮寶紅寶秋處寶奎雲秋壽

打金枝　御菓園　樊城　雙官誥　烏盆計　乾坤帶　衆武行　戰皖城　割髮代首

晚七點鐘開演

新到

全班合演

蕭十高十小賽王小雙安姜柴賽李邊劉趙賽
州二玉一祿狸喜連　桂小桂狸吉義祥斌旋
翠紅喜紅奎貓雲仲處秋五仙貓瑞臣泉恒風

大獻瑞　烏玉帶　鳳鳴關　新安驛　舉鼎　鴻鑾禧　衆武行　雄黃陣

開設天津紫竹林海大道旁

福仙茶園

啓者本園於前月初四日止戲清理賬目今將戲園及園內桌椅磁壺磁碗新製彩切零星等件合盤出兑如有願兑者及詳細章程請至本園面議可也特此佈告

福仙茶園謹啓

創包機器

敬啓者近來西法之妙莫過機器靈巧至各行應用非得其人難盡其妙每值傷損修理必悞時日今有甯子卿專於經理機器玆擬創辦包定各項機器以及向有機器常年煤料工力價值格外公道如貴行欲商者請到福仙茶園面議可也特白

光緒二十四年五月二十八日
直報
第八版
二四九六

直報

本館開設天津紫竹林海大道老栄市氣燈房巷內

光緒二十四年五月二十九日 第一千一百十五號
西歷一千八百九十八年七月十七日 禮拜日

上諭恭錄

上諭本日御史攀桂呈遞封奏摺內銜名所書攀字係屬何字着明白回奏欽此

贅言

時局多艱武備日以弛庫欵日以絀疆土日以蹙一遇交涉事件無論內外文武鮮有濟危扞患能措天下於太平者然後知國家之弱在人材人材之衰在科舉而迄未能改絃易轍者積重難反勢使然也幸　皇上宸衷獨斷鋭意維新明降　諭旨旣設經濟特科復改八比舊例旋經言官條陳無容遲至下屆卽以本屆爲始一律停八比改試策論大哉王言薄海臣民同深欽佩各報館欣欣然著爲論說喜舊弊之頓除頌新猷之丕煥指陳利害最爲詳盡鄙人何敢置喙實亦無容置喙然管窺蠡測百慮容有一得用是不能默默妄贅一言諒亦賢者所弗責自後世風俗偸競尙夤緣請託鄕舉里選之法不復可行朝廷取士迄無善術唐以詩賦宋以策論至有明而八比盛行我　朝因之非徒取妃靑儷白戛玉敲金也藉以覘抱負徵品行耳士子讀古人書苟能吸精華而吐糟粕精研義理身體而力行之以胸中之蘊蓄宣於口筆於書發爲論議未嘗不可儲才未嘗不可致用特相沿旣久漸失立法本意寖假而尙機局寖假而矜詞藻寖假而翻陳出新衍爲截搭諸名目上非此不能錄取下非此無以進身致使心思智慧日消磨於且夫賦得之中他日秉樞機膺疆寄如傀儡登場全賴他人牽引運動緩急時百無足恃可慨也抑可笑也今幡然悔悟痛革積習廢八比用策論世運似有將轉之機雖然猶不能無慮焉策論猶是文詞也與八比有何分別作策論者卽作八比之人閱策論者卽閱八比之目畧改面貌未變心腸實才之得將於何求誠有如國聞報所云者況槍冒夾帶賄買種種諸弊端凡八比塲中所有者能保其必無乎卽曰關防嚴密弊絕風淸無槍冒無夾帶無賄買文必已出名論不刋實爲有目所共賞入彀矣中式矣非濫竽充數者比而能言者未必能行古與今如出一轍書曰敷奏以言明試以功孔子曰今吾於人也聽其言而觀其行人之不可徒以言信也明矣八比言也策論亦言也行徵諸平日功待於將來聚數千百人而試之矮屋棘闈中主司所得見者數行筆墨而已何從知其行而考其功當變法伊始與天下更新主考學政各官自應掃除舊解拔取眞才一切閱卷衡文無徒尙機調詞華並不必拘拘於古文家數惟擇言中有物具特識切當事理者取之庶幾得人稍勝於前昔文文山廷試時考官閱其文曰此卷古誼若龜鑑忠肝如金石敢爲得人賀然則有大文章須遇眞賞鑑但恐時下之主考學政猶是腐濫墨卷手無巨眼未必能辨認也今就事論事旣用策論取士由生員以至舉人進士而選授官職亦須酌加變通前明進士有觀政之例李唐時進士及第嘗授丞佐暨主簿等官使之親民事歷練政務老其才然後擢遷他職我　朝不然一入翰林便不

可限量司文衡歷清秩數年間居然迴翔台閣及其外用也小道府大藩臬卽督撫唾手可得猶是白面書生耳地方之利弊民間之疾苦衙門之案牘舉未諳習不能不授權於門丁書吏與幕友任其播弄無怪一遇重大事輒束手張皇一籌莫展也夫翰林一途習楷法工詞賦染翰揮毫黼黻休明特太平盛事耳今固非其時矣八比既不行楷法詞賦當與之俱廢向之所謂玉堂人物復何用焉雖不能驟革其名亦須稍變其制使庶吉士專學經濟如內政外交諸事儲爲大用之才主事分部行走原係學習例案仍之可也至卽用知縣一途甫登仕版遽膺民社亦未免太早鄭國僑所謂猶未能操力而使割也所傷實多是宜改爲丞佐先授府經州判等職俟二三年後果能措置裕如毫無貽誤准由大吏出具切實考語遞遷正印以上數條雖係後日事似與當前考試無涉實不能不預先議及以防流弊否則善其始恐未必善其終也要之求治理不外取眞才取眞才尤宜停捐納拚數千金卽可歸部選及指省分發何等容易便捷誰肯窮老盡氣究心實學走此不可必得之紆徑也哉吁

閩湘經費　○湖南巡撫咨差號商協同慶承領滙解光緒二十四年分內務府經費銀五千兩平餘拾費銀一百六十五兩又福州將軍咨差號商蔚泰厚承領本年閩關洋稅奉撥內務府經費銀二萬五千兩均於光緒二十四年五月二十七日午刻赴內務府投批滙兌交收

擇地興工　○頃聞京師崇文門東四牌樓隆福寺宣武門內西四牌樓護國寺經　皇上給與英法兩國改建府第已將神像遷移　雍和宮廟中安置此一說也或又謂以此二寺院改建迎賓館以備將來各西國君后來游稅駕之所未知執是又奉　旨建立京師大學堂地方必須寬闊聞已擬定馴象所不日均興工修建矣

以示鼓勵　○五月二十七日爲神機營演放炮位之期各隊兵丁於是日黎明排隊前往操演各項技藝萬字隊原設兵丁九千九百九十九名又新募二千名俱已教習西法操演純熟經閱操諸大臣每名賞京錢四千以示鼓勵

限日投考　○總署同文館示傳先後遞呈投効肄業各生務於五月二十六日起至六月初十日止半月以內親身到館報明能考何項文字以便定期考試分別去取倘或逾限不得投報

捉獲私鑄　○私鑄銅銀本干例禁五月二十六日左翼番役協同眼線在前門外虎坊橋迤東蠟燭芯衚衕拏獲棍徒莫二一名並起出銀模爐灶及銅鉛等物當卽解交步軍統領衙門按律懲辦想南面者爲民除害必當從嚴懲治以示儆戒也

區別食俸　○步軍統領衙門於五月二十五日將五營兼襲世職之副叅遊都守各現任官員查明計有九名蓋欲另擬章程與非實任之世職不同緣凡現任副叅遊都守各官有兼襲世職字樣將來出缺准其子孫承襲後接食薪俸與無實任世職有別聞此摺不日將入奏云

鏢匠禦敵　○西直門內武定橋地方居住某宦宅於五月二十三初更後突有賊二十餘名持械撞門欲入搶刦該宅有護院鏢匠趙二王五二人告以好言戒勿妄動賊衆不聽口稱借銀鏢匠知非言語能解遂持刀開門與鬥鏢匠捨命相拚二十餘賊皆披靡不敵被砍傷數賊而趙王亦遍體鱗傷賊見勢不佳當卽逃逸鏢匠力竭筋疲亦不敢再追所幸宅中尚未失物次晨但見門外血跡滿地呈報該管地面官廳已派撥兵丁前往巡護鏢匠知賊必來報復已約十數人每夜靜候諺曰一人拚命萬夫難敵其鏢匠之謂歟然亦險矣

戲有何益　○崇文門外火把廠居住張姓子年僅十五歲昨於五月二十四日由大柵欄慶樂園戲館觀劇見有演三上吊者輕盈如燕矯捷如猿心焉喜之於歸家後卽與羣兒效演至上吊時童解褲帶繫樹枝上套其頸羣兒拍手大笑各家父母聞聲尋至將子姪喝罵回家視童猶未將帶解去少刻童母亦至近前諦視大有死狀撫之體已冰矣語云戲無益噫豈徒無益已哉

督轅門抄　○五月二十九日中堂見　前山東登州鎮章大人高元辭　藩台裕大人　候補道孫大人寶琦　卽選府李大人宗潮自京來　候補京府通判劉于祜　天津縣呂增祥　前無錫縣吳觀樂

督批照錄　○安徽省增生張之超等稟批據請補考集賢書院候行津郡司道查核辦理此批

新藩蒞任　○新授直隸布政司裕壽泉方伯前日來津謁見閣督憲旋奉札飭卽赴新任聞於六月初二日起程刻邑尊傳差預備茶座以便恭送行旌

軍麾還鎭　○大名鎭吳崙峯軍門因要公來津面稟畢奉閣督憲諭以操防緊要速回任事不得勾留鎭憲隨卽命駕南旋已於日昨起程矣

革勇一名　○奇克伸布統憲奉派查點淮練各軍會紀前報茲聞各營均按名查點盤詰年貌籍貫昨在某營內查有某勇丁一名年貌籍貫均不符合當卽飭令開革

示試策論　○昨報登書院改課運憲奉督憲遵　旨札飭運司轉飭所屬各書院於六月初二日一體改試策論一則茲悉運憲示諭署云光緒二十四年五月十八日蒙　閣督鹽憲榮札開五月十六日准　總理各國事務衙門電開五月十二日奉　上諭御史宋伯魯奏請將經濟歲舉歸併正科並各省生童歲科試迅卽改試策論一摺前因八股時文積弊太深特諭令改試策論用覘實學惟是掄才大典究以鄉會兩試爲綱鄉會試旣改試策論經濟歲舉亦不外此自應併爲一科考試以免紛歧至生童歲科着各省學政奉到此次諭旨卽行一律改試策論毋庸候至下屆更改將此通諭知之欽此希卽轉咨學政併分行各屬一體欽遵等因到本閣督部堂准此查鄉會試及生童歲科已改試策論其各屬書院向試八股者應一律改試策論除咨順天學院並分行外合行札飭札到該司卽便轉飭各屬一體欽遵查明辦理此札等因到司蒙此查天津爲畿輔首區書院實人材淵藪現在考試　功令旣改試策論風氣已開書院考課自應欽遵諭旨一律改試俾院中肄業諸生童得以講求時務各抒讜論蔚成體用兼備之材以臻一道同風之盛除分行一體欽遵外合亟出示曉諭爲此示仰各書院諸生童等一體欽遵本司遵自本年六月初二日起逢官齋課期一律改試策論其各遵照毋違

立除荆棘　○星星不熄漸致燎原無匪徒不招盜賊無小盜不招大盜人情澆薄每懷盜心冠蓋往來之區幾於觸目皆是而以無事爲福者或謬託大度包荒或自謂小心無過荆棘滿路繞徑越之而不除此賊之所以縱民之所以殃也抑知臣者行君之令而致之民者也俗云天下官管天下民果遇不法盡情治之懲一儆百除一莠安百良處處安則天下安矣今早入館坐甫定鬨然震耳𠹌喊聲怒罵聲人馬行聲不辨何人何語急驅戶外見一橫暴面凶惡年二十許被衆馬夫及脚行圍住後跟有鬢人哭且追至則挽其髮辮拽之回途經前保甲總局憲湯觀察門首觀察詢知係傾騙以壯侮老者急命片送該管保甲局訊辦吁安得天下官急民之急皆如觀察耶噫

難得同心　○頃傳聞津武口岸於六月朔有新商接手實則五股合辦係姚朱黃唐汪諸君聞內中惟黃某股在一半其爲人素屬强暴未悉能附衆同心否姑先登錄以覘厥後

疑是路金　○賊盜贓物不得走脫往往委棄路側或叢葬之區掩以敗蓆俟得便再取見者多以爲蓆裹孩屍不敢攫取俗所謂遍地黃金無福難得也昨河東人言某於某當舖後僻處見有遺地布袋疑是寶物急取視之則白骨珊珊充牣其中呼衆往觀信然豈若輩無福黃金化爲白骨耶抑賊盜白骨誤疑其爲黃金耶聞該處地方已報明官塲請驗云

我聞如是　○文安縣屬康家皇甫村康某本月中旬日下午飭僕人携帶弓賬至田間清分地界行距該村里許漸覺涼氣逼人猶謂天晚氣清詎猛一抬頭見田禾中亘橫如隄長約七八丈高數尺近視乃巨蛇也二人同時驚斃因晚未歸家人倩人往視僕夫始甦畧陳顚末而康竟作長睡客矣或謂文安窪被水二十餘年戶口流亡地成荒僻故妖物窩宅其中理或然與

悍婦虐媳　○靜海縣屬唐官屯鎭宋某爲子聘定鄰村某氏女爲妻女父以貧故擬移居津門將女送歸宋宅爲童養媳宋妻乃著名胭脂虎任意淩虐月之十六日不知因何用烙鐵燒紅烙女身幾遍死而復甦者數次鄰佑咸抱不平然亦莫敢誰何現女父得耗聞赴該縣控告矣

行船遇險　○念四日下午有勝芳鎭回空魚船乘風上駛其疾如激箭行經第六埠上游由下西河口門入淀詎一轉舵間正

撞淺水土崗船即橫立致將水手某甲兩腿砸折當即暈絕經救復甦雖不至有傷性命然亦未免殘廢矣走馬行船三分險信然

編查漁船 ○太湖爲羣盜出沒之區所有湖邊衆漁船均編列字號每季派員稽查頗爲嚴謹現因沿湖胥口一帶船戶增多府憲桐太尊澤特委本府照磨廳姚定信馳往編列新號以重責守

土國亂事 ○君士但丁電云土耳其業門地方匪徒倡亂已派兵兩營前往彈壓剿辦無如亂黨甚熾兵力過單以致失利折傷兵丁多名且有一哨爲亂黨所困援絕被陷現土廷已添調多營赴該處協剿云 西五月德歌崙報

建共讀樓 ○高麗漢城新立共讀樓一所其書籍悉由紳商捐置任人往觀以便學習高麗可謂知所當務矣俄彼得堡時報

光緒二十四年五月二十七日京報全錄

宮門抄○五月二十七日兵部 太常寺 太僕寺 廂白旗値日無引 見 裕德假滿請 安 恩順前往口外賜奠請 訓 羅文彬謝授雲南遺缺知府 恩 錢應溥續假十日 恩佑溥撰各續假五日 順天府奏京師得雨七寸有餘 召見軍機 恩順 羅文彬

○○奴才春滿跪 奏爲豫估塔爾巴哈台歲定新餉懇 恩飭部撥案指撥以濟要需恭摺仰祈 聖鑒事竊照光緒十九年六月十三日承准戶部咨議覆伊犁將軍長庚等會奏塔城實需餉數謹再行劃分並籌撥驛站經費等因一摺奉 硃批戶部議奏欽此欽遵臣部査自光緒十七年起甘肅新疆巡撫與駐塔爾巴哈台副都統將兵數餉數劃分各得銀十四萬五千兩該副都統疊稱不敷支放奏請加撥嗣因巡撫用欵較少該將軍督撫等會奏巡撫之所餘補副都統之不足計巡撫應分餉裝並驛站經費銀十二萬七千兩副都統應分廉俸饟裝公費等項銀十六萬三千兩仍不逾原定二十九萬兩之額公同商酌自應照准於光緒十九年五月初八日具奏奉 旨依議欽此欽遵等因行文知照歷經遵辦在案伏維塔城駐防滿營官兵每年應需俸餉米折馬乾額魯特營官兵俸餉錢糧綏靖城守中右兩旗馬步漢隊五百人俸饟馬乾辦公銀兩開花砲隊一大哨俸餉等項東南兩路並巴爾魯克山沿邊卡倫二十二處鹽菜馬乾參贊領隊大臣廉俸米折公費神機營官兵營務糧餉印務駝馬等處章京筆帖式邊防章京辦理交涉事宜哈巴河阿爾泰山防營東北路辦事章京並酌留文武委員義學敎習官醫生口分鹽菜勞金每年進呈 貢馬官兵鹽菜春秋祭祀品物巡查邊界出差鹽菜口糧製造火藥各營官兵差操馬匹暨例價運餉脚價採買銅帽鉛丸修理洋槍匠役物料修補軍火器械均屬必不可少之欵而遇閏加增不與焉此外如告休官員半俸在差病故官兵半俸以及未能豫計各項銀兩已於無可省減之中力加删除其餘一切雜支浮費概行裁減綜計每年應需銀一十六萬三千兩內除遵照部章裁減正勇五十名節省銀二千一百二十四兩解交部庫不計外實需銀一十六萬八百七十六兩惟查塔爾巴哈台地控西北極邊之區實爲新省屏藩伊犁 角漢番雜處防守不容稍鬆需欵自難再減況當 宵旰焦勞之日奴才受 恩深重具有天良苟能減去一分即可多一分實濟又何敢稍涉浮冒致糜正供奈自抵任以來體察情形委係無可裁減所有各項支欵細數業經前任參贊大臣富勒銘額截至光緒二十二年底止造册請銷並將本年無可裁減實情專摺縷陳 奏明在案茲屆光緒二十五年分塔爾巴哈台應需新餉之期謹懇 天恩俯念塔城極邊重地防務緊要 勅部照數指撥以濟要需除咨明陝甘總督新疆巡撫查照外所有豫估塔爾巴哈台歲定新餉緣由是否有當理合恭摺具陳伏乞 皇上聖鑒訓示謹 奏奉 硃批戶部知道欽此

○○太子少保頭品頂戴兩廣總督臣譚鍾麟頭品頂戴廣東巡撫臣許振禕跪 奏爲高明縣衙署監獄被刦派勇拿辦將專管文武撤任留緝並請 旨交部議處恭摺仰祈 聖鑒事竊照廣東肇慶府屬高明縣地方向多盜匪已故知縣蔡逢恩先經捕獲著匪陸幅潰黃亞如二名訊供收禁未及解辦蔡逢恩於光緒二十四年三月二十五日因病出缺據典史報經知府文康委簡用知縣楊本楫前往代理尙未抵任詎閏三月初六起四更時分盜匪結衆踰城直破縣監大呼陸幅潰之名即將陸幅潰黃亞如及另案八犯陳亞汰曾亞桔陳亞杜三名一併縱放並入署搜刦徵存地丁正雜各項錢粮及首飾衣物蔡逢恩之姪蔡紫珩與家丁李開更夫劉發均被拒傷携贓逃逸楊本楫在途聞信趲程前進於初七日抵任勘驗稟報並先據該道府電稟前來臣等即飭派陽江定羅所駐安勇就近馳往

會同拿辦旋據營縣報獲謝亞妹一犯訊認聽從逸犯杜亞相等糾刦不諱案情重大嚴催緝拿首夥各逸盜及被刦陸幅濆等五犯按名悉獲追贜嚴辦以警將來斷不容敷衍塞責所有署高明縣典史孔憲邦城守把總何容德均應撤任留緝並請　旨交部照例議處其不同城兼統轄各官另行查叅除咨部查照外謹先將大概情形合詞繕摺具陳伏乞　皇上聖鑒　訓示謹　奏奉　硃批該衙門知道欽此

○○劉樹堂片　再前准戶部咨奏撥雲南銅本在於豫省應辦光緒二十二二十一兩年旗兵加餉項下每年撥解銀五萬兩等因節經分批解過銀六萬兩　奏明在案茲據布政使額勒精額在於光緒二十四年地丁項下續籌銀一萬兩於四月二十九日發商承領滙解赴滇呈請　奏咨前來臣覆查無異除分咨查照外理合附片具陳伏乞　聖鑒謹　奏奉　硃批戶部知道欽此

○○陶模片　再甘肅藩臬司道詳稱竊查前次辦理河隍一帶善後賑撫事宜需欵本鉅除請撥正帑外並將甘省光緒二十一二三等年新海防捐及籌餉新捐先後請准按年全數截留提撥濟用無如地廣日久欵仍不敷雖由外設法挪借勉應急需而現正清釐報銷亟須彌補還欵司庫無可籌措再四思維惟有仍請將甘省光緒二十四年分新海防捐及籌餉新捐再行截留一年以資挹注等情由藩臬司道會詳請　奏前來臣覆加查核委係實在情形合無仰懇　天恩俯准將前項捐欵再行截留一年俾完賑事而便造報謹附片具陳伏乞　聖鑒　訓示謹　奏奉　硃批着照所請欽此

○○太子少保頭品頂戴兩廣總督臣譚鍾麟頭品頂戴廣東巡撫臣許振禕跪　奏爲遵　旨查明覆陳仰祈　聖鑒事竊等於本年閏三月初七日承准軍機大臣字寄光緒二十四年三月十三日奉　上諭廣東雷州府係屬海疆地方緊要知府鄧馨是否勝任抑或人地未宜着譚鍾麟許振禕悉心查看據實　奏毋稍遷就將此諭令知之欽此欽遵寄信前來臣等覆查知府鄧馨曾任浙江湖州府廣東雷州府兩次開缺送部引　見光緒二十一年五月復選授雷州府十二月抵任閱今兩年有餘公事尙無貽誤操守亦屬謹嚴惟查看才具稍欠開展雷州爲海疆要地現復交涉事繁似宜酌量揀調查有現任肇慶府知府文康心地明白辦事勤能臣等悉心商酌合無仰懇　天恩俯准將雷州府知府鄧馨肇慶府知府文康互相調補俾人地各得其宜出自　鴻施逾格所有遵　旨查明緣由謹合詞恭摺覆奏伏乞　皇上聖鑒　訓示謹　奏奉　硃批吏部議奏欽此

○○譚繼洵片　再准部咨道府州縣無論何項勞績保奏歸於候補班人員令該督撫卽以此項人員到省之日起予限一年詳加察看認眞考核如係爲守兼優堪膺民社之員出具切實考語奏明分別繁簡補用等因茲查候補班前先補用知縣淸瑞應以光緒二十三年十二月十七日到省之日起至二十三年十二月十七日試看一年期滿據湖北布政使王之春按察使馬恩培取具該員履歷淸册詳請甄別具　奏前來臣隨考驗該員淸瑞安詳穩練辦事勤能堪以繁缺留省補用除淸册咨送吏部查核外謹附片具陳伏乞　聖鑒　勅部查照施行再湖廣總督係臣兼署毋庸會銜合併陳明謹　奏奉　硃批吏部知道欽此

災黎頌德　武淸屬運河迤西鳳河迤東一帶地畝積水四年不得耕種羣黎有死亡之憂前蒙　黃殿撰籌資助賑救有億萬戶今年四月間復經　黃殿撰惲學使大發仁人惻隱之心籌助鉅欵將堤掘開洩水迨盡隨卽堵塞俾地畝已得耕種禾苗皆形暢旺各村災黎冀有再生之慶乃管河廳何以久不關切以致怨聲載道可見善舉者功德無量而殘忍者物議沸騰矣

新開元隆號綢緞洋貨莊

自去歲四月初旬開張以來蒙　各主顧垂盼雲集馳名日盛本號特由蘇杭等處加意揀選名機新鮮貨色零整銀價俱照大莊行市公平發售以昭久遠此白
寄賣龍井雨前春茶福建皮絲水烟各種眞料大小皮箱
開設天津府北門外估衣街中路北門面便是

元茂機器磚瓦公司

本公司仿照西法燒作磚瓦事屬創舉曾經通稟在案該貨堅固異常價値從減並各樣印花磚瓦俱全　賜顧者請至海大道新興南里內本公司面議可也謹啓

魁陞號綢緞洋貨莊

本號自置顧繡綢緞洋貨等物整零均按銀莊格外公道皆比大市價廉發售　寄賣各種眞料大小皮箱漢口水烟袋各種眼鏡龍井雨前紅茶梗　寓天津北門外估衣街五彩號衚衕口坐北向南　士商賜顧者請認本號招牌特此謹啓

京緞減價零售現剪

零剪

品名	價
高鴉背號元青貢緞每尺	一千三百五
正號	一千四百文
中號	一千一百文
副號	八百八十文
眞杭青金銀庫緞每尺	二千二百文
眞裕順曾皮絲烟每包	一千一百文
南京鹹鴨每支 大	一千八百文
南京鹹鴨每支 小	一千二百文

寄售

品名（每斤）	價
龍井	一吊七百文
雨前	一吊一百文
珠蘭	一吊四百文
雀舌	九百六十文
蜂翅	一吊二百文
紅袍	六百四十文
小種	一吊二百文

本號自製元淺京緞躉售零剪杭絨衣線年燕金腿南貨糟貨一應俱全近因錢市漲落不同分別滅價抑因無恥之徒假冒南味字號者甚多雖云謀利誠恐亂眞欲辦薰蓄用煩楮墨
天津宮北大獅子胡同益仁記南味坊謹白

建平永平金礦局告白

啓者壬辰年春　前北洋大臣李委潤等創辦建平金礦自顧菲材膺茲艱鉅不勝主臣開辦以來疊於平建朝赤等處徧加採試或以石堅金薄不敷度支或以費鉅工艱難祈速效頻年耗損實屬不支迨丙申歲抄核計彌縫舊缺外始有微餘洎丁酉全年見盈遂奉熱河都憲諭以丁酉正月至四月爲建平第一屆升課其課銀已於今春解呈熱河五月至十二月爲第二屆其課銀亦不日報解又丙申冬分設永平金礦該處砂綫窄小浮露於外無大水患工程尙簡計至去年十二月底共試辦十四個月稍見餘利去冬十一月杪該局又得遷安縣屬峪之爾岩令正以後出金日逐見增將後可望蒸蒸日上刻亦報解第一屆升課惟是解課以後即應分息在股諸君觖望已久茲定於六月初一日在天津招商局內建平帳房上海寶源祥香港招商局等處分派屆時務祈諸股友携摺柱顧以憑核發除將歷年辦理情形收支帳目稟報公牘彙刊成冊印送核閱外合將派息日期登報奉聞　徐潤等謹白

吏隱告白

從來病者以診治爲先痊則以調養爲要誠以稍不自愼則痊者復病而病轉滋深所貴愼之又愼而不可輕心掉也僕自蒞津以來凡遇重症每殫竭心力以求其愈愈後必以調養爲諄囑獨於北塘賈鎭帥有難焉者鎭帥膺專閫重寄年雖老而心猶壯故運甓之勤撫髀之嘆有所時有而無如其病也雖病必醫醫必痊痊而不善養則病復作僕自仲春以迄孟夏嘗赴北塘悉心診治計三閱月其病而復痊者屢矣然猶諄諄囑以調養切勿誤投藥餌延至淸和下浣見其精神矍鑠飲食如初且自津郡雇取名班賽神酬願矣僕始畧爲放心不取謝貲折回津廨不圖昨聞驚報仍因藥誤以致將星遽隕也使確念余囑則董奉之杏林僕豈不望多栽數株惟事已如此深恐後之施治者反以僕爲藉口也故登諸報端以明治病未必善言者所能愈又豈可行險以幸中售技者必當審愼立方而病家亦當善于調養耳

新出石印濟公傳此書出在南宋高宗皇帝出一位高僧濟公奉佛敕旨降世人間儆愚勸善忠孝節義與前醉菩題濟公不同本房不惜多金邀請名公細加批註由濟公降生共二百四十回趙家樓馬家湖前後接連又全續彭公案經史子集石印鉛板家藏板局板均照申價發售寄售毛賈夥巷瑞芝閣
天津責字山房謹啓

三井洋行分莊 告白

敝者日本商始創貿易爲業數拾年以來今分莊開設北門外鍋店街洸家衚衕口對過專選精工料實東洋棉紗各等時式大小疋棉布粗洋布斜紋洋標等格外公道價亦從廉凡仕商賜顧者請至分莊面議可也特此佈聞

三井本莊主人啟

朱鈍翁現經運庫廳劉 延赴密雲縣爲其令堂太夫人診脉已於五月十九日啓程前往餘俟歸來再布

天福茶園

特請上洋新到頭等花旦

柴桂仙

五月三十日晚准演

百萬齋

新排全本新彩燈戲 洛陽橋

本園特請藝人不惜工夫精製各樣彩切另新排洛陽橋八仙飄海仙女乘坐彩蓮花船打彩散樂羣妖作亂此橋工程不能告竣蔡狀元差家人夏德海赴水晶宮投文龍王閱文見喜遂帶領夏德海遊玩水晶宮花園作樂演唱合班名角戲中戲十錦雜耍各樣彩切龍王賞賜回文從此修造工程告竣龍王轉稟玉皇遣天兵天將各顯神通羣仙鬥法捉拿妖怪各現原形蔡狀元邀請四方士農工商俱來觀看所造橋樑內有三十六行作買作賣許多奇文令人可觀與前不同屆期擇日佈告光請駕臨賞覽是幸

本園謹啓

設立經濟各報總會

逕啓者彼處經理南北各報不足二十載如今奉 旨改科八股文章一旦棄去經濟策論取士中外一新各報專選宏才種種論說數學策畧等事冊報日報內均載之俗云 知時務俊傑也余在津辦理報務 官紳士庶皆云甚便不貪厚利有益衆人若風氣大開非閱各報不可富者羣報可覽出資有限貧士閱各報多有不便之處故創立經濟各報會早有此意因北方風氣甚遲今見明文改科故設報會入會看報另有詳細章程不入斂會自立報會或三人五人十人不等亦可自出會名向本各報處定閱各報十份一外報價必須格外存廉天津北門內府署東各報總處梁子亭啓

紫竹林 第一樓番菜館

本號專作英法大菜各色精細點心各樣洋酒洋貨等物一應俱全並售

上 八百
紅茶 每斤津錢 一千
上 六百

又批發茂生公司鐵海紙烟零整發售價值格外公道原箱計一百盒價洋一百四十四元每盒計五百支洋一元五角凡 仕商賜顧請即駕臨是荷

主人謹白

梁子亭代售類類報

彼處經理各報多年如今北方風氣徹開津門新出類類報每禮拜兩次訪經濟六門閱者定取賜函分送本各報處經手送報上面皆有本號住角紅戳爲記如有散號混充貪塗無壓詐騙財件於本號無涉

告白

頭彩第七千四百七十七號
二彩第二萬零七百五十號
三彩第一萬零三百零四號

諸君三次所買官商快覽如有得頭二三彩及上下附彩者請即攜原書來領當即照發彩洋也

絳雪齋啓

告白

皖江方友莊司馬喬寓津門紫竹林義和生西棧精于岐黃術輩頗受益友莊本世家子不欲以醫鳴僕等以爲沽上良醫甚尟姑懸壺以救眼前人亦仁者之造福也特揚之以告采薪者〇謹訂一代車費兩門診一竿

王蓮生 馬少雲 洪月坡 胡丹甫 仝啓

廣東鼎盛機器廠

本廠精造大小機器汽機火爐開礦水龍滅火水龍磨麵機器全套管辦鑄造修理精巧銅鐵等件貨眞價廉倘蒙賜顧請至天津紫竹林法租界牌坊旁本廠面議不悞主顧

本主人謹啓

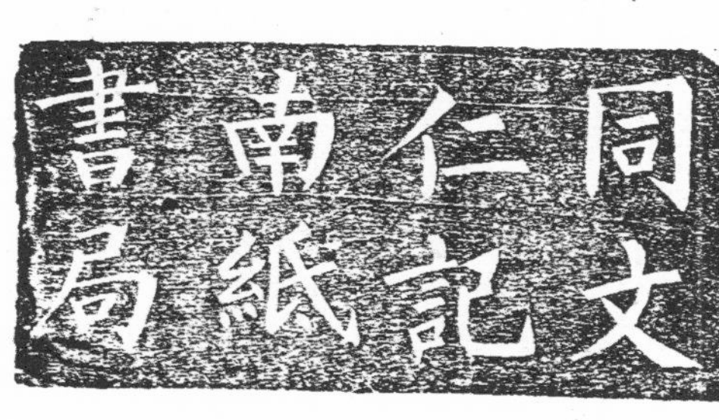

本局自印耕香館畫賸每部價洋二元專辦各種石印書籍精選加高南紙項細雅扇格外價廉庽天津東門外襪子衚衕本局啓

本局謹啓

美孚老牌煤油

啓者美國三達煤油公司之德富士老牌煤油天下馳名萬商稱美蓋其質潔色清亮白如銀且絕無烟氣能耐久燃比之生荳等油晶光百倍而儉用價廉此爲德富士老牌之佳處誠屬無雙妙品也士商賜顧請到天津美孚洋行採辦或向就近殷實行店購買庶不致悞

DEVOE'S
PAT'D JUNE 22.63.
BRILLIANT
OIL
IMPROVED
PAT'D JUNE 28.64.
PATENT CAN
美孚行

海大道鴻春樓番菜館

啓者本店三層大樓工程告竣地勢寬闊以備貴官紳請讌擇於去臘遷移新正月初二日開市各樣俱全價廉物美凡仕紳賜顧者請即駕臨是幸

主人謹白

五月三十日輪船出口 禮拜一
重慶 輪船往上海 太古行
景星 輪船往上海 怡和行
六月初一日輪船出口 禮拜二
海晏 輪船往上海 招商局

五月二十九日銀洋行情
天津通行九七六錢
銀盤二千四百八十三 洋一千七百六十五
紫竹林通行九六錢
銀盤二千五百一十五 洋一千七百九十文
洋錢行市七錢一分五

新開敦慶隆綢緞洋貨莊

擇於閏三月十一日開張

本號開設天津北門外估衣街西口路南第五家專辦上等綢緞顧繡以及各樣花素洋布各碼線批合線俱按銀莊零整批發格外克巳士商賜顧者請認明本號招牌庶不致誤

本號特白

減價

今有友人自辦陝西老土每兩津錢四百八十文 新到梁州土每兩津錢五百四十文 如蒙賜顧者請到東門內聚隆成寄售

開設紫竹林法國租界北

天福茶園

京都新到

崇慶名班

特請京都上洋姑蘇山陝等處各色文武頭等名角

五月三十日早十二點鐘開演

八百紅 長祿 楊福寶 李玉奎 崇彪 六月鮮 東發亮 謝才寶 白文奎 安桂秋 姜小五 王喜雲 常雅秋 賽旋鳳 楊四立 趙斌恒 李吉瑞 劉祥泉 蘇廷奎 羊喜壽

斬子 武昭關 對銀盃 牧羊卷 佘唐關 盜御馬 連環套 衆武行

晚七點鐘開演

新到

十二紅 小連仲 終德明 張長奎 十一紅 張鳳台 王喜雲 楊福保 雙處 于報 汪德寶 柴桂仙 賽狸滿 羊喜壽 賽旋風 常雅秋 李吉瑞 劉祥泉 趙斌恒

打登州 天水關 思凡 浣沙計 百萬齋 收關勝 衆武行

開設天津紫竹林海大道旁

福仙茶園

啓者本園於前月初四日止戲清理賬目今將戲園及園內桌椅磁壺磁碗新製彩切零星等件合盤出兌如有願兌者及詳細章程請至本園面議可也特此佈告

福仙茶園謹啓

創包機器

敬啓者近來西法之妙莫過機器靈巧至各行應用非得其人難盡其妙每值傷損修理必悞時日今有甯子卿專於經理機器茲擬創辦包定各項機器以及向有機器常年煤料工力價值格外公道如貴行欲商者請到福仙茶園面議可也特白

直報

本館開設天津紫竹林海大道老棊市氣燈房巷內

光緒二十四年五月三十日　第一千一百十六號
西歷一千八百九十八年七月十八日　禮拜一

上諭恭錄

上諭裁空糧節餉需爲方今救弊之要圖前經諭令各省體察情形妥速具奏現據該將軍督撫先後奏陳或裁制兵或裁防勇或裁練軍或稱業經裁併無可再裁當經詳加披閱各省情形雖屬勢不得已但法敝則亟宜變通財匱則尤資補救其已裁者卽着照擬定章程妥切辦理其未裁者仍着再行切實酌核總期裁一名空糧卽節一分虛糜空糧裁盡餉項自舒無論水陸各軍一律挑留精壯勤加訓練俾成勁旅並着遵照前降諭旨力行保甲詰奸禁暴相輔而行再能整頓釐金嚴杜中飽富國强兵之計無有亟於此者當茲時事多艱朕宵旰焦勞力圖振作每待臣下以誠而竟不以誠相應各該疆臣身膺重寄具有天良何至誥誡諄諄仍復掩飾支吾苟且塞責耶經此次諄諭之後儻再有仍前敷衍不肯實力奉行經朕查出或別經發覺試問各該大臣能當此重咎否也將此通諭知之欽此

上諭本日道旁叩閽之江西民人彭五喜着交刑部嚴行審訊欽此

○總理衙門遵　旨議覆摺稿

臣奕劻等跪　奏爲遵　旨議覆恭摺仰祈　聖鑒事竊本月十七日奉　上諭自古致治之道必以開物成務爲先近來各國通商工藝繁興風氣日闢中國地大物博聰明才力不乏傑出之英祗以囿於舊習未能自出新奇現在振興庶物富强至計首在鼓勵人才各省士民著有新書及創行新法製成新器果係堪資實用者允宜懸賞以爲之勸或量其材能試以實職或錫之章服表以殊榮所製之器頒給執照酌定年限准其專利售賣其有能獨力創建學堂開闢地利興造槍礮各廠有裨於經國遠猷植民大計並著照軍功之例給予特賞以昭激勵其如何詳定章程之處著總理各國事務衙門卽行妥議具奏欽此臣等竊考泰西各國當三百年前一切新學新法皆未開闢自英有刑部尙書名培根者始定一例凡有能製新器著新書之人國家給以優獎保其專利自此各國效之其獎之優者乃至賞給五等之爵專利百數十年此例既行舉歐洲美洲之人皆爭自濯磨講求新法故每國每年新出之器多至二千餘項新著之書多至一萬餘種智慧以相摩而開才能以相競而出論者謂泰西富强之原全在於是又前此一切善政皆專賴國家興辦善舉民間倡義舉者自明末時俄有富人名忒亞者捐二十萬盧布開辦學堂俄皇獎以大藏卿之職各國效之懸格以勸於是富而好禮之徒爭相捐輸有捐集數百萬磅爲學堂書樓之費者美國大學堂凡七所而民間捐辦者四此所謂重賞之下必有勇夫西國學術人才蒸蒸日上已然之成效也中上之人聰明才力不讓歐美而人才日乏國勢日蹙者殆由提倡激勵未得其道也臣等恭繹　諭旨按照軍功授以實職示以殊榮仰見　聖明天錫洞見本原　明詔一宣將天下之士靡然從風不數年而新器新學並出才不可勝用矣臣等謹

仰體　聖謨擬詳細章程十二欵或予世職或予實官或加虛銜或請許其專售或請頒之扁額無非所以奉宣　德意鼓舞羣才所議或疑過優然製新器著新書之人其切實致用視尋長科中所試帖括端楷虛實難易相去萬倍何獨於此而薄之捐集欵項興辦學堂之人爲　國家分勞其所報効視捐納郎中道府爲數尤巨何獨於此而吝之臣等竊維鼓勵人才必高示其的始足以動觀聽必廣開其途始足以厲風氣或疑此例既開恐多冒濫然書器既由臣衙門詳核捐欵復由地方官行查則與有司考試無異眞才則獲殊榮膺鼎則蒙厚罰魚目之混正自易防此皆無庸鰓鰓過慮謹將遵擬各欵另繕清單恭呈　御覽如蒙　俞允擬請　明降諭旨飭下地方官將章程出示曉諭以風動天下所有臣等遵　旨議覆緣由謹具摺上陳伏乞　皇上聖鑒謹　奏　章程續登

請　旨遵行　○太常寺以七月初一日孟秋時享　太廟應自六月二十八日齋戒三日本年恭值駐蹕南海檢查成案並無似此明文可循爰仿照駐蹕　圓明園恭遇孟夏時享　太廟成案　皇上前期還宮　駕御養心殿致齋三日上祭禮成後仍往圓明園駐蹕等情稟請滿漢各堂憲籌議核辦當由各堂憲公同商酌將所稟各節繕入奏摺即於本寺下班值日呈遞請　旨遵行

以俟秋涼　○神機營各馬隊現定新章輪日列隊出城隨地操演以習勞苦該馬隊於五月二十七日己由　南苑回京本應照章出城演隊惟目下天氣適當炎熱是以緩至秋間再議

秋成有望　○京師天氣自五月中旬以來忽涼忽煖時或細雨廉纖時或驕陽燥烈刻下節近大暑連日梅雨傾盆自宵達旦河水猛漲數尺直如萬馬奔騰臨流濯足幾乎震耳欲聾青疇綠壤之間均沾透膏澤矣

名字不符　○五月二十八日吏部帶領驗看月官於淸晨八點鐘　欽派驗看大臣熙續莊大冢宰諸公上班時飭吏唱名至二十四班中列有從九品陳安邦跪背履歷年歲籍貫三代均屬相符惟背名字錯誤係陳志邦當經扣除俟呈請聲明下月再爲驗看按此項人員本係經承辦人以銀數兩雇人頂替驗看大臣深悉其弊未經究辦此次之誤頂替歟抑造册之誤歟

捉獲要犯　○右營阜成汎守戎接奉提憲包封票立卽派役前往八里庄拿獲棍徒董三一名解交步軍統領衙門嚴行訊辦聞該犯係搶奪婦女之犯是以嚴密搜拿以儆不法

荷校示衆　○前門內戶部街地方有荷校人犯楊斗兒一名經步軍統領衙門派差每日押解在該處示衆閱視封條上硃筆標寫兇毆洋奴云

雷厲風行　○步軍統領崇受之大金吾自受事後於詰奸除暴諸大端實事求是並不以暫時攝篆稍涉因循各屬地方刦案疊出實由於捕務廢弛巳將巡緝不力之汎官計共十餘員立予叅劾以儆其餘

氣象一新　○各國駐京公使署俱在東交民巷每年共繳租費銀五千兩房屋等一切修理則由中國公家出欵今歲各處稍有敝舊業經總署知照工部勘估興修自五月初一日開工至今一律告竣輝煌金碧氣象一新事雖細微柔遠睦鄰之道備焉

長安市景　○京師銀價跌落百物昂貴巳非一朝一夕矣今春近畿一帶雖屬亢旱尚獲豐收加之運到米麥雜糧源源不絕是以各粮店將米麵稍爲減價白麵每斤當十大錢三百八十文老米白米每斤當十大錢三百六十文四百文不等各色菜蔬倍收是以物價漸平不似從前之奇貨可居矣惟銀價仍然甚低每兩京平松江銀可易當十大錢十吊零四百文洋銀每元易當十大錢七吊七百文云

改姓奇聞　○孤子因無養贍隨母改嫁改從後父之姓者有之若娶再醮婦後夫隨婦改姓者實聞所未聞京師前門內草帽衚衕居住李某貿易爲生因妻物故憑媒撮合以申姓婦爲繼室該婦言明李某非改姓申則不嫁乃李竟允許改姓始行接娶伉儷甚篤於是鄰居皆呼李兒爲申兒矣令人聞之莫不鼓掌曰奇哉

督轅門抄　○二十九日晚中堂見　浙江試用府劉廷鈞　大挑縣張朝弼　丁酉拔貢潘政良　彭翊宸　中堂三十日早未會客赴旗兵學堂閱操

閱旗營操　○三十日六點半鐘閣督憲榮中堂排導出署至鐵橋下換坐慈航輪船抵武備學堂渡口下船乘轎入旗兵學營

同城司道天津府暨各統領先在營內伺候旗兵學堂學生站隊迎接　中堂入學營後看視內堂各處畢隨卽乘轎出營到演武廳升座各隨員站班伺候廕觀察躬自帶隊先操旗兵槍法陣式次操武備學生槍法陣式再次操抬砲快砲操畢復操旗兵攻隊放響聲隆隆然半點鐘時乃收隊學堂各委員登演武廳稟見請中堂乘轎入學營用飯飯後周歷學堂獎勉各旗兵卽升輿回署

審案銷差　○候補直隸州楊刺史同鼎前奉天津道札委赴豐潤縣會同盧大令審訊要案一則曾紀前報茲聞案經審畢日昨來津隨卽赴轅稟請銷差

勘驗商船　○新造廣平商船一艘於昨日進口等情曾紀前報刻經張燕謀觀察稟知閣督憲赴塘沽勘驗已於日昨乘坐火車前往矣

日使過津　○昨午後聞有日本使臣過津暫寓領事官鄭君行署嗣經訪悉爲日本駐華全權大臣矢野文雄君因奉日　皇諭旨調回該國另加委用道出津門准於三十日乘某輪船由營口烟台至仁川以便東旋云

羊毛設廠　○直隸地近口外各色毛貨實出產大宗而製成氈毯多係人工故工費而利寡近聞有人擬在天津設廠製造羊毛一切章程倣照上海棉紗廠辦理所用機器向美廠訂購約須秋後方能運到以本地之出產供本地之製造物美價廉當不難與泰西並駕矣

鬥毆被送　○昨晚有某營勇丁騎馬行至河東某姓貨舖前因雨後馬蹄濺泥汚染該舖門面舖主係武生固糾糾者與該勇爭論遂喝令舖夥肆行攢毆並將大褂扯破該勇回稟營主當卽片送縣署懲辦本知作何發落俟訪明再佈

反目輕生　○朱某武清產携妻來津餬口在河北新浮橋上游贅成棧旁窩堡中居以貧故夫婦不時反目日前復因口角氏竟潛赴紫霞膏畢命迨夫知覺灌救已無及矣

軋傷類誌　○武清縣屬乂廣村王姓家車夫於月之十八日赶大車裝載秋麥赴勝芳鎭糶賣行至該鎭北大橋一轉灣將生意攤布傘碰倒正壓馬首當卽驚逸車夫被撞倒地車輪過處兩腿並折暈而復甦者再於念二日倩人抬送來津住河北于家小店延蘇醫調治據云傷勢過重不可救藥果於次日因傷斃命因買棺在店中成殮僱船裝回○又昨早津城北門洞有鄉人某甲推青菜車經過正値擁擠難行突有城內某姓家騾車驚逸將青菜車撞倒軋傷某甲左腿甚重當經車主倩人用笸籮抬回寓所延醫調治未卜能痊愈否也

賭風可畏　○河北大王廟西某甲專慣設局招賭藉以漁利恐官人查拏乃移置小巷僻靜處引誘少年子弟晝夜不止若不嚴行查禁將來不免滋生事端也

福擒會匪　○年來閩省有種會匪名曰雙刀會橫行閭閻魚肉鄉愚無惡不作去臘曾在水部門外結盟宴會經福靖營統領前毓仲副戎拿獲數名送縣懲辦後復暗購眼線各處訪緝若輩皆知斂跡地面亦形安靖不料上月杪復有會匪誘聚愚民在南台倉頭附近之白泉庵結盟叙會當由眼線密報劉副戎親率營兵百名扮作平民副戎則改衣短服足穿草鞋身先士卒前往兜拿至彼見衆欣然入席共計十三桌副戎一聲傳喊衆兵四面齊上諸匪措手不及急持軍械幷力抗拒詎營兵係改扮而往並未帶有洋槍軍器而該匪等多用長矛鳥槍勇敢直前營兵遂大爲所窘受傷者數名幸副戎督衆奮力攻擊復有哨官高聲喊叫誑稱大兵隨後卽至於是匪徒驚慌四散得以拿獲十一名驗之手腕各繫五綵絲線爲記經副戎立刻解送府署面謁胡廷幹太守叙明原委太守慰勞有加一面立撥庫銀二百兩犒賞在事出力之兵一面連夜升堂將衆犯逐名畧詰口供各笞數百板發交理刑廳禁押另日再訊聞匿名揭帖均係若輩所爲果爾則訊明後定當按律重辦以儆其餘亦未始非地方之幸也

溫州瑣紀　○溫州友人來函云昨又將滋事匪徒正法三名連前已決六名聞有一十五歲小兒備受酷刑仍未承招地方百姓咸怨府尊過於慘酷○浙江水師兵船名超武者裝到米糧二千餘石接濟飢民歡聲雷動○近日各釐局勒令鐵商納捐嗣由英領事官向地方官辯駁始停抽納各鐵商公製匾額以頌功德齎赴領事署懸挂云

宜春佳礦　〇宜春縣土產硫磺礦苗甚旺磺帶紅色顯係蘊有紅銅土人不知提取殊爲可惜而磺礦用土法未盡地利尤屬可惜該礦附近又有鉛礦銀質不時流露尤爲大利所在昨有知縣蔣君稟奉鐵政大臣捧檄來辦宜春礦務帶有著名礦師未悉能得法否也

沙面滋鬧　〇香港西報云前月二十四日廣東沙面地方因龍舟競渡幾釀大禍將匪首六人由工部局巡捕捉獲拘禁其餘多人勢更喧擾議將沙面全境用火燒焚經英領事聞知偕工部局董將前獲六人釋放始各散去

暹廷變法　〇比京電云比國駐紮暹羅總領事賴德閣科呈報本國外部畧謂暹國政務近日頗見整頓該國刑曹近聘比國律師四員襄辦一切內政省亦延比國士人一員帮辦庶政戶曹則添設英稅司一員另聘二員爲副鐵路總管係德國工程司某君郵政亦多用德人工局係聘用意大利營造司充當各工監督並請歐洲各項人員助理一切其海軍礮船上亦用西員統帶以丹國武員爲多云　西六月德三日軍報

光緒二十四年五月二十八日京報全錄

宮門抄〇五月二十八日刑部　都察院　大理寺　廂紅旗值日　宗人府引　見七名　禮部五名　鴻臚寺二名　廂黃漢二名正白蒙十三名　孫中堂等磨勘試卷覆　命　桂公等由南苑回京請　安　載蕚假滿請　安　恩輝等前往口外賜奠請　訓吳景祺謝授安徽道　恩　蘇嚕岱謝管八旗練兵　恩　都察院奏派專司稽察　派出裕德　召見軍機　吳景祺

〇〇步軍統領衙門片　再據中營署副將鮑湧泉右營署叅將趙春霖等督率都司王金鉦會同守備楊鳳鳴把總松年南城副指揮趙芳畦帶同弁兵在正陽門外地方拿獲結夥持械迭次搶刦盜犯張五兒即張玉五一名起獲現贓賊具等物傳同事主宋大薛文涵劉智堂一併解送到案奴才等督飭司員詳加審訊據張五兒即張玉五供係江蘇　山縣人曾在淮軍右營充當勇丁本年閏三月二十五日夜與逃勇陳保良劉玉環褚得勝張大分持槍械至通州八里橋地方一雜貨舖踹門入室搶得衣服制錢等物又於四月初一日夜伊等原夥五人分持鎗械至海子南鎮國寺地方住戶家進院入室搶得衣服等物又入是月初四日夜是伊等五人分持槍械至青龍橋地方一錢舖擁門入室搶得銀兩現錢等物以上所得贓物當賣錢文俵分花用現經官人拿獲運起獲現贓賊具等物一併解案實不知陳保良逃往何處事主宋大供係通州人在州屬八里橋地方開設天和成雜貨舖生理本年閏三月二十五日夜伊舖被賊入室搶去衣服制錢等物薛文函供係宛平縣人在海子南鎮國寺地方居住本年四月初一日夜伊家被賊進院入室搶去衣服等物劉智堂供係宛平縣人在青龍橋地方開設元泰錢舖生理本年四月初四日夜伊舖被賊入室搶去現銀等物令經官人獲賊飭傳伊等赴案認贓具領各等供查張五兒身充勇丁膽敢迭次商同結夥持械肆行搶刦實屬藐法已極亟應從嚴懲治以儆兇頑除事主宋大薛文函劉智堂均行取保聽候刑部傳質外相應請　旨將張五兒即張玉五交刑部審明辦理未獲之陳保良等犯仍飭嚴緝獲日補送刑部爲此附片謹　奏奉　旨已錄

〇〇裕祥片　再新授雲南迤東道陳啓泰現已領憑到省應飭赴任以重職守前署道錢登熙應令交卸回省另候差委除分檄飭遵並咨部查照外謹會同雲貴督臣崧蕃附片具陳伏乞　聖鑒謹　奏奉　硃批吏部知道欽此

〇〇張汝梅片　再維縣等處抽收土藥稅銀向歸東海關監督派員承辦所有收支銀數截至光緒二十二年十二月底止均經造册奏報在案茲據東海關監督登萊青道李希杰詳稱自光緒二十三年正月初一日起至十月初二日前任關道錫桐交卸前一日止又自十月初二日該關道到任接徵起至十二月底止遵照　奏定章程每土藥百斤收稅銀十六兩共收銀四千五百十一兩九錢六分內除留支一成局用銀四百五十一兩一錢九分六厘實存銀四千六十兩七錢六分四厘造册呈請　奏咨前來臣覆查無異除清册分咨總理各國事務衙門暨戶部查照核銷外謹附片具陳伏乞　聖鑒謹　奏奉　硃批該衙門知道欽此

〇〇頭品頂戴山西巡撫臣胡聘之跪　奏爲革書誣控本官按例定擬恭摺仰祈　聖鑒事竊查托克托城廳革書鄭儀呈控前署廳許涵鴻之門丁史桐山等詐賴弄弊等情一案前撫臣張煦因案內牽涉本官批飭提省審辦由司委員前往該廳提解來省行抵忻州

史桐山朱秉彝乘間脫逃報經前撫臣奏參將署托克托城通判議叙知縣許函鴻暫行革職歸案質訊押解委員試用巡檢聯恩摘頂勒緝嗣於限內緝獲朱秉彝一名史桐山在逃未獲復經　奏請將該委員聯恩與簽差不愼之前代理忻州知州楊逢春一併交部議處旋據托克托城廳將史桐山緝獲解省發委太原府審辦去後茲據調理太原府知府馮鍾岱審明擬由署按察使楊宗濂會同布政使錫良核議詳辦前來臣覆加查核緣鄭儀籍隸陽曲縣寄居該廳派充戶房經承與工房經承朱秉彝並前署廳許函鴻之門丁史桐山均素好無嫌光緒十八年秋間史桐山因有急用向鄭儀借用庫平紋銀二十兩屢索未償曾經朱秉彝代爲央緩許涵鴻並不知情十九年七月許涵鴻因鄭儀辦公錯誤將其革退查出虧短公款押比追繳釋放鄭儀因屢向史桐山索欠疑史桐山懷恨與朱秉彝乘機弄弊通同許涵鴻將其革退心懷忿恨起意上控遂將史桐山所借銀兩揑稱本官傳諭借貸並添砌朱秉彝係許函鴻親戚串通詐騙弄弊及提用公欵各情控經撫臣張煦批飭委員提省審辦維時許函鴻已交卸進省經廳樊恩慶將史桐山等傳案交給委員試用巡檢聯恩簽差押解二十年二月十七日行抵忻州住宿經該代理州楊逢春簽差馮玉等護解史桐山恐到省辦罪起意乘間脫逃次日早揑稱腹痛赴厠乘役等不防由厠後爬出逃逸朱秉彝亦卽避匿報經　奏參將該前署廳許函鴻暫行革職歸案質訊試用巡檢聯恩先行摘頂勒緝嗣後因限滿僅獲朱秉彝一名史同山在逃未獲復經　奏請將試用巡檢聯恩與前代理忻州知州楊逢春一併交部議處並據忻州將解役馮玉等訊明實係一時疎忽委無賄縱情弊照例責革而史同山逃後日行僻路夜宿孤廟空窰並無定址二十三年三月十三日回家探信卽經緝役拿獲飭省發府審明擬議由司核議會詳臣覆核無異應卽議結查例載胥役控告本管官若一經審係誣告應於常人誣告加等律上再加一等治罪又律載誣告人杖罪加所罪三等又監臨官借貸所部內財物計贓准不枉法論又監臨官家人於所部內借貸財物依不枉法減本官罪二等又不枉發贓一兩以上至一十兩杖七十又犯罪事發逃走於本罪上加二等各等語此案革書鄭儀因門丁史同山向借貸銀兩屢索未償迨經誤公革退輒敢揑情牽控本官實屬不法查所控許涵鴻提用公欵門丁史桐山等乘機弄弊各節或訊係懷疑惟稱許涵鴻向該革書借用紋銀二十兩如果得實許涵鴻應照借貸所部內財物計贓准不枉法折半科罪一兩至一十兩擬杖七十今訊係史桐山所借許涵鴻並不知情自應按律反坐鄭儀合依誣告人杖罪加所誣三等律於誣告許涵鴻杖七十罪上加三等擬杖一百係革書誣告本官照例再加一等擬杖六十徒一年史桐山訊無乘機弄弊通同詐騙情事第身充門丁不知遠嫌輒向戶房經承鄭儀借用銀兩亦屬不合查所借紋銀二十兩照例折半計算合依監臨官家人於部內借貸財物依不枉法減本官罪二等於不枉法贓一兩至一十兩杖七十律上減二等擬笞五十惟該犯於解省時中途脫逃應再加逃罪二等擬杖七十該犯等恭逢光緒二十年八月十六日　恩詔事犯在正月初一日以前所得罪名均准援免史桐山並免逃罪朱秉彝與許函鴻並非親戚訊無不合應毋庸議解役馮玉等先經忻州訊明實係一時疎忽並無聽囑賄縱情弊業已照例責革亦毋庸議該前署通判暫革議叙試用知縣許函鴻於門丁借貸部內財物雖訊無知情縱容情事究屬失於覺察相應請　旨將該員許函鴻前參暫革處分予以開復仍交部照例議處借銀照追給領除備錄供招咨部查照外所有革書誣控本官按例定擬緣由理合恭摺具陳伏乞　皇上聖鑒　訓示謹　奏奉　硃批該部議奏欽此

災黎頌德　武淸屬運河迤西鳳河迤東一帶地畝積水四年不得耕種羣黎有死亡之憂前蒙　黃殿撰籌資助賑救有億萬戶今年四月間復經　黃殿撰憚學使大發仁人惻隱之心籌助鉅欵將堤掘開洩水迨盡隨卽堵塞俾地畝已得耕種禾苗皆形暢旺各村災黎冀有再生之慶乃管河廳何以久不關切以致怨聲載道可見善舉者功德無量而殘忍者物議沸騰矣

啓者昨接上海孫仲英善長來電旋又接到顧緝庭葉澄衷嚴筱舫楊子萱施子英各觀察來電據云江蘇徐海兩屬水災綦重飢民數十萬顚沛流離死亡枕籍災區十餘縣待賑孔急需欵甚鉅官欵恐未能徧及素仰貴社諸大善長久辦義賑飢溺猶已敬求代呼將伯源源接濟功德無量彙滙賑欵卽滙上海陳家木橋電報總局內籌賑公所收解可也云云伏思同居覆載異姓不啻天親縱隔形骸民物莫非胞與頓遭洪水哀此災荒盡是蒼生何分畛域況救人性命卽積我陰功雖此日拯茲黎庶散盡赤仄靑蚨卜他年報在子孫同來玉堂金馬敝社欵無備濟自知獨力難成術欲廣仁惟冀衆擎易舉叩乞　顯宦鉅紳仁人君子共憫奇災同施仁術原擬活人無算雖千金之助不爲多但能濟世有功卽百錢之施不爲少盡心籌畫量力輸將敝社不禁爲億萬災黎泥首叩禱也如蒙　慨助卽交天津溜米廠濟生社帳房代收並開付收條以昭徵信

濟生社籌賑同人謹啓

新開 元隆號綢緞洋貨莊

自去歲四月初旬開張以來蒙各主顧垂盼雲集駟名日盛本號特由蘇杭等處加意揀選名機新鮮貨色零整銀價俱照大莊行市公平發售以昭久遠此白

寄賣龍井雨前素茶福建皮絲水烟各種眞料大小皮箱

開設天津府北門外估衣街中路北門面便是

元茂機器磚瓦公司

本公司仿照西法燒作磚瓦事屬創舉曾經通稟在案該貨堅固異常價值從減並各樣印花磚瓦俱全　賜顧者請至海大道新興南里內本公司面議可也謹啓

魁陞號綢緞洋貨莊

本號自置顧繡綢緞洋貨等物整零均按銀莊格外公道皆比大市價廉發售　寄賣各種眞料大小皮箱漢口水烟袋各種眼鏡龍井雨前紅茶梗　寓天津北門外估衣街五彩號衚衕口坐北向南　士商賜顧者請認本號招牌特此謹啓

天后宮北 義興順綢緞莊

本莊自置顧繡綢緞綾羅紗絹各樣洋貨南貨雅扇桂母頭油香貨歸安貝松泉湖筆一概俱全

頭號杭寗綢　四錢二
頭號摹本緞　三錢八
紅梅茶　每　九百六
紅茶　六百四
紅茶梗　斤　二百二
龍井茶　一吊八
金百襽裙布裡每套五兩八
壽棉
哆囉蔴每尺原碼　四分二
各莊夏布一概照行發莊

時務日報增價

本津代售時務日報從五月十五日爲起每月報資津錢八百文
天津北門內府署東梁子亨啓

史隱告白

從來病者以診治爲先痊則以調養爲要誠以稍不自愼則痊者復病而病轉滋深所貴愼之又愼而不可輕心掉也僕自蒞津以來凡遇重症每殫竭心力以求其愈愈後必以調養爲諄囑獨於北塘賈鎭帥有難焉者鎭帥膺專閫重寄年雖老而心猶壯故運籌之勤撫髀之嘆在所時有而無如其病也雖病必醫醫必痊痊而不善養則病復作僕自仲春以迄孟夏嘗赴北塘悉心診治計三閱月其病而復痊者屢矣然猶諄諄囑以調養切勿誤投藥餌延至淸和下浣見其精神矍鑠飲食如初且自津郡屢取名班賽神酬願矣僕始畧爲放心不取謝貲折回津寓不圖昨聞驚報仍因藥誤以致將星遽隕也使確念余囑則董奉之杏林僕豈不望多栽數株惟事已如此深恐後之施治者反以僕爲藉口也故登諸報端以明治病未必善言者所能愈又豈可行險以幸中售技者必當審愼立方而病家亦當善于調養耳

建平永平金礦局告白

啓者壬辰年春　前北洋大臣李委潤等創辦建平金礦自顧菲材膺茲艱鉅不勝主臣開辦以來疊於平建朝赤等處偏加採試或以石堅金薄不敷度支或以費鉅工艱難祈速效頻年耗損實屬不支迨丙申歲抄核計彌縫舊缺外始有微餘洎丁酉全年見盈遂奉　熱河都憲諭以丁酉正月至四月爲建平第一屆升課其課銀已於今春解呈熱河五月至十二月爲第二屆其課銀亦不日報解又丙申冬分設永平金礦該處砂綫窄小浮露於外無大水患工程尚簡計至去年十二月底共試辦十四個月稍見餘利去冬十一月杪該局又得遷安縣屬峪之爾岩今正以後出金日逐見增將後可望蒸蒸日上刻亦報解第一屆升課惟是解課以後即應分息在股諸君觖望已久茲定於六月初一日在天津招商局內建平帳房上海寶源祥香港招商局等處分派屆時務祈諸股友携摺枉顧以憑核發除將歷年辦理情形收支帳目稟報公牘彙刊成冊印送核閱外合將派息日期登報奉聞

徐潤等謹白

新出石印濟公傳此書出在南宋高宗皇帝出一位高僧濟公奉佛敕旨降世人間儆愚勸善忠孝節義與前醉菩題濟公不同本房不惜多金邀請名公細加批註由濟公降生共二百四十回趙家樓馬家湖前後接連又全續彭公案經史子集石印鉛板家藏板局板均照申價發售寄售毛賈夥巷瑞芝閣

天津賁字山房謹啓

天福茶園

重排新製新彩新切

七八本

鐵公雞

擇日開演

新排全本新彩燈戲
洛陽橋

本園特請藝人不惜工夫精製各樣彩切另新排洛陽橋八仙飄海仙女乘坐彩蓮花船打彩散樂羣妖作亂此橋工程不能告竣蔡狀元差家人夏德海赴水晶宮投文龍王閱文見喜遂帶領夏德海遊玩水晶宮花園作樂演唱合班名角戲中戲十錦雜耍各樣彩切龍王賞賜回文從此修造工程告竣龍王轉稟玉皇遣天兵天將各顯神通羣仙門法捉拿妖怪各現原形蔡狀元邀請四方士農工商俱來觀看所造橋樑內有三十六行作買作賣許多奇文令人可觀與前不同屆期擇日佈告光請駕臨賞覽是幸

本園謹啓

告白

選啓者近時特科經濟策論興起士林無不搜求時務洋務新編策論畧說早覽各種可知大槩皮毛老道學讀經史條然棄拋皮毛難得乍入學諸少君方可進步時書中各新編各論說多有抄錄各報一年合定一次裝成畧說請查時事新編新論皆是抄錄各報論說還有未抄的若干 諸公搜求經濟時務論畧說編彼處現有各種報冊各樣新聞日報紙等等均有若干先觀爲快如遲多日均售一空未出書先看各報早知時事變局願查老報者格外減價並不加資專此佈知

天津北門內府署東各報總處梁子亨啓

朱鈺翁現經運庫廳劉 延赴密雲縣爲其 令堂太夫人診脉已於五月十九日啓程前往餘俟歸來再布

紫竹林
第一樓番菜館

本號專作英法大菜各色精細點心各樣洋酒洋貨等物一應俱全並售

上 八百

上 紅茶 每斤津錢 一千

六百

又批發茂生公司鐵海紙烟零整發售價值格外公道原箱計一百盒價洋一百四十四元每盒計五百支洋一元五角凡仕商賜顧請卽駕臨是荷

主人謹白

三日一本
石印類報

看至約四個月可成書七部八冊已改策論此報詢屬利器也每月津錢六百四十文先交報資定看全年者收洋肆元不折不扣北閣內延邵公所對門類報館啓

告白

頭彩第七千四百七十七號

二彩第二萬零七百五十號

三彩第一萬零三百零四號

諸君三次所買官商快覽如有得頭二三彩及上下附彩者請卽攜原書來領當卽照發彩洋也

絳雪齋啓

三井洋行分莊
告白

啟者日本商始創貿易爲業數拾年以來今分莊開設北門外鍋店街洸家衚衕口對過專選精工料實東洋棉紗各等時式大小疋棉布粗洋布斜紋洋標等格外公道價亦從廉凡仕商賜顧者請至分莊面議可也特此佈聞

三井本莊主人啟

告白

皖江方友莊司馬喬寓津門紫竹林義和生西棧精于岐黃儕輩頗受益友莊本世家子不欲以醫鳴僕等以爲沽上良醫甚尠姑懸壺以救眼前人亦仁者之造福也特揚之以告采薪者○謹代訂車費兩竿門診一竿

王蓮生 馬少雲 洪月坡 胡丹甫 仝啓

廣東鼎盛機器廠

本廠精造大小機器汽機火爐開礦水龍滅火水龍磨麵機器全套管辨鑄造修理精巧銅鐵等件貨眞價廉倘蒙賜顧請至天津紫竹林法租界牌坊旁本廠面議不悞主顧

本主人謹啓

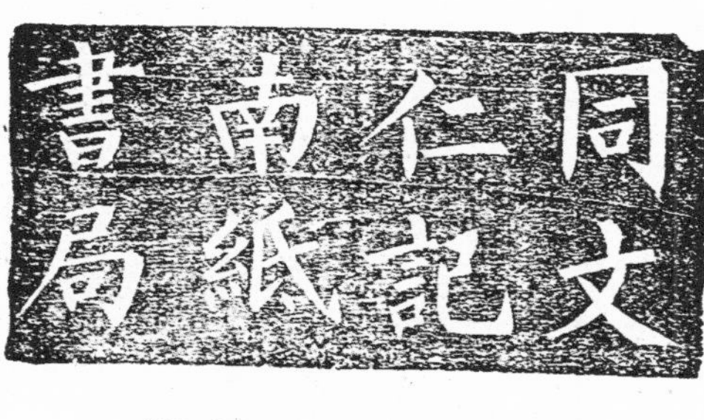

本局自印耕香館畫膽每部價洋二元專辦各種石印書籍精選加高南紙項細雅扇格外價廉處天津東門外襪子衚衕本局啓

本局謹啓

美孚老牌煤油

啓者美國三達煤油公司之德富士老牌煤油天下馳名萬商稱羡蓋其質潔色清亮白如銀且絕無烟氣能耐久燃比之生荳等油晶光百倍而儉用價廉此為德富士老牌之佳處誠屬無雙妙品也士商賜顧請到天津美孚洋行採辦或向就近殷實行店購買庶不致悞

DEVOE'S
PAT'D JUNE 22.63
BRILLIANT
OIL
IMPROVED
PAT'D JUNE 28.64
PATENT CAN
美孚行

海大道 鴻春樓番菜館

啓者本店三層大樓工程告竣地勢寬闊以備貴官紳請讌擇於去臘遷移新正月初二日開市各樣俱全價廉物美凡仕紳賜顧者請即駕臨是幸

主人謹白

新開 敦慶隆綢緞洋貨莊

擇於閏三月十一日開張

本號開設天津北門外估衣街西口路南第五家專辦上等綢緞顧繡以及各樣花素洋布各碼線批合線俱按銀莊零整批發格外克已士商賜顧者請認明本號招牌庶不致誤　本號特白

減價

今有友人自辦陝西老土每兩津錢四百八十文　新到梁州土每兩津錢五百四十文　如蒙賜顧者請到東門內聚隆成寄售

六月初一日輪船出口　禮拜二
海晏　輪船往上海　招商局
六月初二日輪船出口　禮拜三
泰順　輪船往上海　招商局
通州　輪船往上海　太古行

五月三十日銀洋行情
天津通行九七六錢
銀盤二千四百八十三　洋一千七百六十五
紫竹林通行九六錢
銀盤二千五百一十五　洋一千七百九十文
洋錢行市七錢一分五

開設紫竹林法國租界北

天福茶園

京都新到

崇慶名班

特請京都上洋姑蘇山陝等處

各色文武頭等名角

六月初一日早十二點鐘開演

崇雪　八百紅　小三寶　長祿　蒲州翠　六月鮮　發生　張長奎　高玉喜　楊福保　十一紅　小德生　美小五　王喜雲　高玉喜　賽旋風　李吉瑞　常雅秋　劉祥泉　趙斌恒

斬黃袍　白蟒山　青風亭　雅觀樓　教子　玉玲瓏　衆武行溪皇庄

晚七點鐘開演

崇芬　蓋天雪　小亂　十四旦　十二紅　邊義臣　終德明　白文奎　張鳳台　謝才寶　楊福寶　十一紅　羊喜壽　終德明　常雅秋　王喜雲　于報　李吉瑞　趙斌恒　蘇廷奎

赤桑鎮　海潮珠　審刺客　九更天　虹霓關　衆武行花蝴蝶

開設天津紫竹林海大道旁

福仙茶園

啓者本園於前月初四日止戲清理賬目今將戲園及園內桌椅磁壺磁碗新製彩切零星等件合盤出兌如有願兌者及詳細章程請至本園面議可也特此佈告

福仙茶園謹啓

創包機器

敬啓者近來西法之妙莫過機器靈巧至各行應用非得其人難盡其妙每值傷損修理必悞時日今有甯子卿專於經理機器茲擬創辦包定各項機器以及向有機器常年煤料工力價值格外公道如貴行欲商者請到福仙茶園面議可也特白